HEYNE BÜCHER

SCIENCE FICTION

Herausgegeben
von Wolfgang Jeschke

John Kessel

Gute Nachricht von den Sternen

Roman

Aus dem Amerikanischen übersetzt
und mit Anmerkungen versehen
von
HENDRK P. und MARIANNE LINCKENS

Deutsche Erstausgabe

WILHELM HEYNE VERLAG
MÜNCHEN

HEYNE SCIENCE FICTION & FANTASY
Band 06/5425

Titel der amerikanischen Originalausgabe
GOOD NEWS FROM OUTER SPACE
Deutsche Übersetzung von Hendrik P. und
Marianne Linckens
Das Umschlagbild malte Rallé

Umwelthinweis:
Dieses Buch wurde auf
chlor- und säurefreiem Papier gedruckt

Redaktion: Wolfgang Jeschke

Erstveröffentlichung als A TOR Book by
Tom Doherty Associates, Inc., New York
Mit freundlicher Genehmigung des Autors und
Paul & Peter Fritz, Literarische Agentur, Zürich
(# 46734)
Teile des Romans erschienen in wesentlich anderer Form als
Vorabdrucke in ›Isaac Asimov's Science Fiction Magazine‹,
in ›The Magazine of Fantasy and Science Fiction‹
und in ›In the Field of Fire‹

Printed in Germany 1996
Umschlaggestaltung: Atelier Ingrid Schütz, München
Technische Betreuung: M. Spinola
Satz: Schaber Satz- und Datentechnik, Wels
Druck und Bindung: Ebner Ulm

ISBN 3-453-09466-2

Für Sue

Meine tiefempfundene Wertschätzung gilt den folgenden Menschen für ihren Rat, ihre Anregungen, ihre Informationen, ihren Zuspruch und ihre Unterstützung: Bayard Alcorn und Sally Roberson; Richard Butner; Jack und Jeanne Dann; Patrick Delahunt; Gardner Dozois; Ed Ferman; Molly Hays Glander; Betsy Hall; Colonel Robert M. Hall, M.D.*; T. E. LeVere; David Parker; Larry Rudner; Rana Van Name; Allyn Vogel; Sheila Williams; Dorothy Wright sowie den Teilnehmern an den *Sycamore Hill Writers' Conferences* in Clarion 1986 und den Teilnehmern an den *North Carolina State Fiction Writing Workshops.*

Mein besonderer Dank gilt Kim Stanley Robinson, Lucius Shepard, Mark Van Name, Bruce und Nancy Sterling, James Patrick Kelly, meinem Herausgeber Beth Meacham und Sue Hall. Tausend Dank, Sue. Danke, Freunde.

* *M.D.* = Doctor of Medicine

STADTMUSEUM
LUDWIGSHAFEN
RATHAUSCENTER

DIE ROMANOVS

Die Zarendynastie
vom 15. bis 20. Jahrhundert

Eine Wachsfigurenausstellung
aus St. Petersburg

13. März 1997 – 15. Mai 1997

Ermäßigt DM 8,–

Stadtmuseum LU, Rathauscenter, 1. OG
Ausstellungstelefon: 0621/504 21 39
Agentur Gies Grünstadt, Tel. + Fax: 063 59/96 04 66

INHALT

APRIL

Himmelsgott und Erdgöttin sind
nicht menschlich,
Für sie sind die zehntausend Wesen
wie stroherne Opferhunde.[1]

– LAC-TSE

1 Zitiert aus: Lao-tse ›Führung und Kraft aus der Ewigkeit‹ – Das ›Tao-te-king‹ in der Übertragung von Erwin Rousselle, Insel Verlag Frankfurt a. M., 1985, Seite 13

1

DONNERSTAG, 15. APRIL

Carla Hazard widmet sich einem Besucher von außerhalb

Am späten Abend, als Carla Hazard mit der Main-Street-Bahn zur Hauptpost von Kansas City, Missouri, fuhr, begegnete sie einem Fremden.

Sie hielt ihn zunächst für ihren Exmann. Er saß zwei Reihen vor ihr auf der anderen Seite des Mittelgangs, und so, wie sein langes strohblondes Haar über den Kragen des Jacketts fiel und im Fahrtwind wehte, der durch das offene Fenster blies, sah er Stuart zum Verwechseln ähnlich. Er hatte keinen Schirm, trug keinen Mantel. Niemand saß neben ihm. Er saß völlig allein da, genau wie Carla.

Sie reagierte mit Panik. Sie wollte weglaufen und bedauerte gleichzeitig, daß sie nicht den Schneid hatte, hinzugehen und ihn zu ohrfeigen. Wieso hatte er keine Notiz von ihr genommen, als sie den Gang heruntergekommen war? Er wirkte so ruhig, so selbstsicher. Auch eine von seinen Lügen.

Vielleicht war das jetzt jene Fügung des Schicksals – Stuart in der Straßenbahn zu begegnen, mit der zu fahren sie sich so spät am Abend normalerweise nicht traute. Ausgerechnet heute früh, als sie den *Hemisphere Confidential Report Service* angerufen hatte, da hatte ihr Dr. Horoscope auf dem Bildschirm lächelnd erklärt:

Warum immer zu Hause bleiben? Es wird Zeit, daß Sie rausgehen und ein bißchen Spaß haben, Mrs. Hazard. Ein paar neue Gesichter wären ein probates Mittel gegen Ihre Depression.

Seien Sie offen für neue Beziehungen. Dem alleinstehenden weiblichen Zwilling winkt heute abend das Schicksal. Aber Sie dürfen sich nicht verstellen. Zeigen Sie Ihr wahres Ich.

Zwischen der Neununddreißigsten und Einunddreißigsten flankierten acht Häuserblocks aus Pornoläden, Kaschemmen und Peepshows die *Main Street*. Als die Straßenbahn auf der Höhe von Bobs Vergnügungslokal hielt, stiegen drei Dada-Punks[1] zu. Einer offenbarte sein wahres Ich, indem er als Geisha daherkam, der zweite war angezogen wie ein Banker, und der dritte hatte sich als Außerirdischer verkleidet; an seiner Hüfte baumelte eine Strahlenwaffe. Während er die Fünfdollarmünze in den Schlitz des Fahrkartenautomaten steckte, huschte sein Blick über Carla, so gefühllos, als sei sie ein plattgefahrenes Eichhörnchen auf dem Pflaster. Die Punks lümmelten sich auf eine Sitzbank und unterhielten sich über das 1040-Pauschal-Formular[2].

Schon irgendwie witzig: Stuart und Porno-Nihilisten. Sie lenkte sich ab, indem sie sich umsah. Auf der anderen Seite des Mittelgangs saß eine junge Frau im schlichten griechischen Gewand, daneben ein Mann

1 *Dada* oder *Dadaismus* = nihilistisch-kreative Bewegung des frühen 20. Jahrhunderts in West-Europa und USA – geprägt durch Irrationalität, Ungereimtheit und Respektlosigkeit.

2 *1040 Short Form* = ein Steuerformular (vergleichbar mit unserem Formular für den Jahreslohnsteuerausgleich).

im Gehrock. Vor den beiden umklammerte eine winzige schwarze Frau ihre große Korbtasche. Neben ihr las ein Junge die *Revelations Grapevine.* Die Schlagzeile lautete ›Männer aus der Fliegenden Untertasse stürmen Pentagon‹. Viele, die wie Carla das Glück hatten, nicht arbeitslos zu sein, waren unterwegs zur Hauptpost, weil heute die Frist für die Einkommenssteuererklärung ablief.

An der Ecke zur Fünfunddreißigsten stieg ein blasser, zerrupft aussehender Mann zu. Er setzte sich auf die Bank vor Stuart, drehte sich um und schob den Ellbogen über die Rückenlehne. »Die Tatsache«, sagte er, »daß Er uns nicht alle vernichtet, ist nur der Beweis für Seine unendliche Liebe.«

»Sagen Sie das nicht«, sagte Stuart, und plötzlich begriff Carla, daß es sich gar nicht um Stuart handelte. Stuart hätte den Mann ignoriert.

»Alles ist prophezeit worden«, fuhr der blasse Mann fort. »Die Welt fällt auseinander. Der Krieg in Israel. Tote stehen auf. Seuchen. Glauben Sie mir.« Er klopfte mit dem Zeigefinger auf die Rückenlehne. »Es macht nicht den geringsten Unterschied, ob Sie die Steuererklärung abgeben oder nicht. Das Ende steht vor der Tür.«

Carla und Stuart hatten ihr Ende schon hinter sich. Sie reichte ihre Steuererklärung buchstäblich in letzter Minute ein, weil sie damit bislang nichts am Hut gehabt hatte. Das war seine Domäne gewesen. Stuart hatte noch nie etwas auf den letzten Drücker eingereicht, nicht einmal die Scheidung.

Stuart nahm es in jeder Beziehung peinlich genau. Das hatte Carla anfangs imponiert. Er war Weinprüfer des *American Restaurant* und trug seine europäischen Jacketts und Seidenschlipse ganz wie ein Bergarbeitersohn, der es zu was bringen will. Sie hatte eine Weile gebraucht, um dahinterzukommen, daß

Stuarts Pedanterie hauptsächlich dem Wunsch entsprang, es anderen recht zu machen. Und von da an begann ihr seine Pingeligkeit auf die Nerven zu gehen. Er unterwarf sich den Leuten, die den Ton angaben, unterwarf sein Urteilsvermögen bestimmten Spielregeln, die zu brechen ihm das Herz gebrochen hätte. Als sie Ben an der Universität begegnet war, war sie empfindlich gewesen und um so härter gefallen. Eine kurze Episode.

»Ich glaube, ich kann meine Gefühle nicht mehr beherrschen«, hatte sie Stuart gestanden. »Ich wollte dir nicht weh tun. Du weißt, es war keine Absicht, ich könnte das nie und nimmer mit Absicht tun.«

Sie hätte wissen sollen, daß Stuart mit seinem Urteil schnell bei der Hand sein würde. Kaum hatte sie ihm die Affaire gebeichtet, da zog er aus. Binnen einer Woche rief sein Anwalt an, und bis Weihnachten war die Scheidung vom Tisch gewesen, ein perfektes Timing, wie sie vermutete, damit Stuart sich für Silvester verabreden konnte, ohne seiner Auserwählten etwas vorlügen zu müssen.

Und schneller als ihr Brötchengeber mit dem W-2-Formular[1] war Mary Halloran mit ihrem Anruf bei der Hand gewesen: Stuart habe im Laufe des letzten Jahres ein Barmädchen gebumst. Carla hatte zwar ihre Zweifel, war aber inzwischen auf alles gefaßt. Es würde erklären, warum er so kampflos aufgesteckt hatte. Bumsen. Bei Mary hatte sich das angehört, als benutze Stuart eine Schußwaffe. Carla saß in der Straßenbahn und malte sich aus, wie Stuart nackend dastand und seinen Penis hielt wie Jimmy

---

1 *W-2 form* = jährliche Aufstellung des gezahlten Lohns und der abgeführten Steuern seitens des Arbeitgebers, die der Arbeitnehmer seiner Einkommenssteuererklärung beifügen muß (vergleichbar mit unserer Lohnsteuerkarte).

Cagney sein Schießeisen in dem alten Streifen *Public Enemy*[2]. »Bastard«, sagte sie laut.

Der strohblonde Mann sah über die Schulter. Das war nicht das Profil von Stuarts Nase, und die Wange war zu kantig.

»Tut mir leid, zu dumm von mir«, sagte sie bestürzt. Ihr Hals pochte.

»Laut gedacht?« Er lächelte. Er wirkte so verständnisvoll. Der blasse Mann hörte nicht auf zu reden, und der Blonde drehte das Gesicht wieder nach vorne und hörte zu.

Carla zwang sich zur Ruhe. Sie starrte aus dem Fenster. Der Abend war warm für Mitte April: am Nachmittag hatte es geregnet, das nasse Pflaster reflektierte die Lichter der wenigen Autos, die noch unterwegs waren. Carla wußte nicht mit Wut umzugehen. Sie wußte eigentlich erst seit letzter Woche, was Zorn war; seit sie sich an die Steuererklärung gesetzt hatte. Beim Erfassen der Belege hatte sie das letzte Jahr noch einmal durchlebt: die diversen Hauskosten, Vaters Hinterlassenschaft oder was die Inflation davon übriggelassen hatte, die Kontrollabschnitte der Tickets von Stuarts Einkaufsreise nach Kalifornien. Mit jedem Beleg bröckelte der Damm, der ihre Gefühle zurückstaute, und der scheidende Tag fand sie hemmungslos weinend. Stuart hatte sie betrogen. Das mit dem Barmädchen mußte seine Richtigkeit haben.

Sie trank eine drittel Flasche Scotch, blieb die halbe Nacht auf und verfolgte die HCR-Sorgentelefon-Show. Während ein junger Mann aus Tucson seine Probleme beschrieb, einen Job zu bekommen, wenn die Arbeitgeber erst mal kapierten, daß sie es mit

---

2 deutscher Titel *›Der öffentliche Feind‹ / James Francis Cagney* (1904–1986), amerikanischer Schauspieler von ähnlicher Bedeutung wie H. Bogart.

einem Wiedererweckten zu tun hatten, trockneten Carlas Tränen zu nackter Wut aus, die gleich wieder in einer Sturzflut aus Selbstmitleid ertrank, um schließlich in kalte Verachtung umzuschlagen. Sollte er *schwarz* werden. Sie war eine Närrin gewesen, und eine blinde dazu. Doch das war vorbei. Keine behaglichen Illusionen mehr. Sie würde sich ihre Welt aus den Dingen zimmern, auf die Verlaß war. Sie ließ sich nicht noch einmal hinters Licht führen. Leichtgläubigkeit wurde zu hart bestraft.

»Die Strafe für die Ungläubigen ist schrecklich«, sagte der Blasse eben zu dem Blonden. »So schrecklich, davon können Sie sich gar keine Vorstellung machen. Was glauben Sie, warum die Börse zusammengebrochen ist? Die Zeichen stehen am Himmel, und sie stehen auf Sturm.«

»Was für Zeichen?«

»Diese UFOs. Das sind keine Raumschiffe. Das ist nur moderne Augenwischerei. Im Alten Testament hätte man sie Engel genannt. Haben Sie schon mal einen gesehen?«

»Einen Engel?«

»Engel oder Raumschiff – alles dasselbe. Darauf will ich ja hinaus. Alles nur eine Frage der Terminologie. Ich habe sie selbst gesehen, mit eigenen Augen. Glauben Sie mir.«

»Warum nicht.« Ihr fiel auf, daß der Blonde groß war, größer als der Blasse. Seine Stimme klang belegt, gar nicht wie die von Stuart, sondern wie eine von diesen ewig heiseren Stimmen. Er redete wie ein Deutscher, der britisches Englisch gelernt hat.

»Crown Center«, verkündete die Straßenbahn. Carla glitt aus ihrem Sitz und ging zur hinteren Tür. Die beiden Männer folgten ihr. Der Gesichtsausdruck des großen Blonden sah Stuart nun wirklich nicht ähnlich; die leicht amüsierte Miene paßte überhaupt nicht zu Stuarts nüchternem Blick. Es schien ihm nichts auszumachen, dem Verrückten auf eine unverbindliche Weise zuzuhören. Er ertappte sie dabei, wie sie ihn beobachtete, und hob eine Augenbraue, als wolle er sagen: ›Er hört einfach nicht auf, was soll ich machen?‹ Sie wandte sich lächelnd ab. Die Bahn hielt mit einem Ruck, und sie ließ es geschehen, daß sie gegen ihn fiel. »Entschuldigung«, sagte sie.

»Keine Ursache«, sagte er. Sie stiegen aus.

In der Schalterhalle der Hauptpost stand ein Tisch mit zwangsverpflichteten Arbeitern in verblaßter Armeekleidung, die die Disketten einsammelten und in Terminals einlasen. Zwei Postangestellte sahen ihnen auf die Finger.

»Grand Central, da wären wir also«, sagte der UFO-Experte zu dem Großen. Er streckte ihm die Hand hin. »Kyle Igoe. War nett, sich mit Ihnen zu unterhalten, Mr. …«

»Stuart«, sagte der Große. Carla starrte ihn wieder an.

»Stuart – und weiter?«

»Stuart ist mein Familienname. Mein Vorname ist Holman.«

»Verstehe. Tja, dann – Kopf hoch, Mr. Stuart, und nehmen Sie's nicht so tragisch.« Kyle Igoe kehrte ihm den Rücken und begann gleich, auf einen der Angestellten einzupredigen. Holman Stuart stellte sich hinter Carla an. Sie war zu dem Ergebnis gekommen, daß nur ein Wassermann – geradeaus wie ein Pfeil und doch exzentrisch – so mit einem Kyle Igoe umgehen konnte. Ein Mensch, der einsam genug war, um anderen zuzuhören. Eine ungewöhnliche Kühnheit überkam sie.

»Ich kann nur staunen, wie Sie diesen Menschen ertragen haben«, sagte sie.

Er blickte sie an. »Toleranz«, sagte er. »Damit kommt man in der Fremde am besten zurecht.« Von vorne sah die Nase noch gerader aus, und das Haar war zwar entschieden zu lang, aber ordentlich frisiert. »Ich heiße Holman Stuart.«

»Das habe ich mitbekommen. Ich war erst ganz baff. Mein Mann hieß nämlich Stuart. Mit Vornamen.«

Sein Mundwinkel zuckte. Der Anflug eines Lächelns. Wirklich anziehend. »Hat er ihn gewechselt?«

»Wie bitte?«

»Seinen Namen. Sie sagen, er ›hieß‹ Stuart. Heißt er jetzt anders?«

Carla forschte nach Sarkasmus in seinem Gesicht. »Nein. Er heißt natürlich immer noch Stuart, aber er ist nicht mehr mein Mann.«

»Ach so.« Er lächelte.

Die Reihe vor ihr war weggeschmolzen, und Carla händigte dem Arbeiter ihre Diskette aus. Ohne aufzusehen nahm er sie entgegen, schob sie in das Lesegerät und fragte nach Carlas Identität. Er tippte die Daten ans Finanzamt. »Der nächste, bitte«, sagte er. Holman Stuart händigte ihm ein Kuvert aus.

»Ist da die Diskette drin?« fragte der Arbeiter.

»Nein.« Holman stand da, den Kopf leicht vorgereckt.

»An diesem Tisch wird nur eingelesen. Sonst brauchten wir hier nicht sitzen? Sie ...«

Einer der Postangestellten trat neben den Arbeiter. »Was gibt es, Bishop?«

Bishop machte ein Pokerface. »Er hat sich in die falsche Reihe gestellt.«

Der Angestellte nahm das Kuvert. »Sie hätten das drüben in den Schlitz für frankierte Post stecken können, Sir.«

»Tut mir schrecklich leid.«

Der Angestellte musterte Holman. Die Reihe hinter Holman wurde unruhig.

»Schon okay. Durch das Anstehen haben Sie nur viel Zeit verloren.«

Holman klopfte unhörbar mit dem Handrücken auf den Tisch, eine Geste der Verbindlichkeit, erstaunlich feminin. Carla hatte plötzlich das Bedürfnis, ihn in Schutz zu nehmen. »Ach, wissen Sie, Zeit habe ich mehr als genug.«

»Aber ich nicht, Bruder«, sagte der Mann hinter ihm in der Schlange.

Holman machte Platz, und Carla ertappte sich dabei, daß sie auf ihn gewartet hatte. Verlegen drehte sie sich um – und stieß mit einer Frau zusammen. Carla taumelte zurück; Holman Stuart fing sie auf. Die Frau war sichtlich sauer.

»Bitte, es tut uns furchtbar leid«, sagte Holman.

Die Frau wandte sich brüsk ab und ging.

Carla spürte, wie ihr das Blut in den Kopf schoß. »Danke«, sagte sie.

»War mir eine Freude.«

»Ich weiß nicht, was mit mir los ist. Ich benehme mich heute abend wie ein Tölpel.«

»Wir haben Vollmond.«

Carla lächelte. »Sie sind nicht aus Kansas City.«

»Woran merkt man das?«

»An Ihrem Akzent.«

»Ich arbeite daran.«

»Nein. Mir gefällt das, wie Sie reden. Was dagegen, wenn ich mitkomme?«

»Überhaupt nicht.« Sie gingen zusammen zur Haltestelle. Carla spürte die Erregung. Weit hinten, auf dem Backenzahn, prangte der illuminierte Phallus des Pershing Memorial. »Wie lange sind Sie schon hier?« fragte sie.

»Seit vierzehn Tagen – fünfzehn mit heute.«
»Wie finden Sie die Stadt?«
»Menschlich. Kansas City ist menschlich.«
Sie bestiegen die nächste Straßenbahn ins Südviertel und setzten sich nebeneinander. Carla sah auf die Armbanduhr. 23.30 Uhr. Sie fand, daß sie jetzt eigentlich nach Hause sollte. Aber sie wollte noch nicht nach Hause. Morgen brauchte sie erst um zehn im Büro zu sein.
Holman saß da und blickte aus dem Fenster. »Human ist das bessere Wort«, sagte er. »Menschlich, das würde vielleicht ein Außerirdischer sagen.«
»Keine Sorge, ich hab Sie schon richtig verstanden. Von wo kommen Sie?«
»Aus Brüssel, Belgien.«
»Und was führt Sie in die Staaten?«
»Geschäfte. Vergnügen.« Da war wieder dieses anziehende Lächeln, aber diesmal ließ es den Mundwinkel nicht wieder los. »Morgen verlasse ich die Stadt. Was meinen Sie, wollen wir noch zusammen einen Drink nehmen?«
Carla überlegte. »Für jemanden, der sich nicht auskennt im Englischen, klingt das geradezu professionell.«
»Man tut, was man kann.«
Sie gab sich einen Ruck. »Irgendwo in Westport?«
»Sie bestimmen.«
Sie stiegen an der Westport Road aus und spazierten in Richtung der Restaurants. Die Nacht war wolkenlos, der Vollmond versilberte die Straße. Der Bürgersteig war sauber gefegt; die Polizei hielt die Bettler aus Westport fern. An einer Straßenecke stand ein junger Mann mit weißem Panamahut und spielte mit zwei Klöppeln auf einem Saiteninstrument. Ein Kino öffnete die Türen, und die Leute strömten auf die Straße. Im nächsten Augenblick bog eine Gruppe von

Millennialisten[1] um die Ecke. Sie sangen von den ›Letzten Tagen‹ und zogen einen Handwagen, der mit Bildern vom künftigen ›Paradies auf Erden‹ bepflastert war. Auf dem Rücken der weißen Overalls waren grüne Kreuze aufgedruckt. Da und dort blieben ein paar Leute neugierig stehen. Der Zimbelspieler hörte auf zu klimpern.

Carla und Holman umgingen die Zuschauer und betraten den Innenhof des New Parnassus. Die Kellner und Kellnerinnen waren wie griechische Sklaven gekleidet. Man bat sie, an der Bar zu warten, bis ein Tisch frei wurde. Während sie plauderten, spielte Holman mit dem Analysator. Er schob den Zeigefinger hinein. Sekunden später sagte die Flüssigkristallanzeige ›Danke‹, und der Automat druckte den datierten Bluttest aus. Carla fragte sich, was Holman vorhatte. Er animierte sie jedenfalls nicht zu dem Test.

Schließlich konnten sie unter der Eiche im Zentrum des Patios Platz nehmen. Carla wollte Holman nach seinen Geschäften fragen und danach, wie ein Belgier zu einem schottischen Namen kam. Sie wollte ihm eine Menge Fragen stellen, doch die Unterhaltung lief völlig anders. Nicht, daß er ihren Fragen auswich; er schien nur gerne zuzuhören. Sie hörte sich von ihrer Scheidung reden. Sie schilderte ihm, was für ein Monster Stuart war, wie er sie hintergangen hatte. Und mitten in diesem Redeschwall regte sich der Gedanke, sie könnte am Ende zuviel erzählen.

»Haben Sie schon mal von Seelischer Ökonomie gehört?« fragte Holman.

»*Seelische* Ökonomie?«

»Ja. Der Grundgedanke ist, daß seelisches Wohlbe-

---

1 *Millennium* (lat.) = Jahrtausend / Die Lehre von einer tausendjährigen Herrschaft Christi auf Erden am Ende der geschichtlichen Zeit, *Chiliasmus* genannt, beruft sich auf die Bibel: ›Offenbarung an Johannes‹, Kap. 20.

finden sich nur einstellt, wenn man mehr Liebe nimmt als gibt. Nur so macht man seelischen Profit. Das Anliegen der Seelischen Ökonomie ist die Maximierung des seelischen Profits. Das führt zu einer ständigen Steigerung des Wohlbefindens und am Ende des Lebens zu einem ansehnlichen Mehrwert, den man testamentarisch an einen x-beliebigen Menschen vererben kann.«

Er sah sie so freimütig an, als beschreibe er, wie man Briefmarken sammelt. Vielleicht hatte der Gin ihr Aufnahmevermögen getrübt. »Nehmen Sie mich jetzt auf den Arm?«

»Nein. Im Ernst.«

»Man ist darauf aus, mehr Liebe zu nehmen als zu geben? Das klingt reichlich kaltblütig.«

»Anders zu handeln, wäre gegen die menschliche Natur. Nur auf dieser Basis kann eine Beziehung überhaupt halten.«

»Stuart – mein Exmann – hätte seine helle Freude daran. Er hätte sich auf diese Lehre berufen. Ich meine, er könnte doch sagen, er ist fremdgegangen, um mehr Liebe zu kriegen, und hat mich belogen, damit er auf meine nicht verzichten brauchte. Je mehr, je glücklicher.«

»Da haben Sie recht. Ein leichtfertiger Mensch könnte sich die Seelische Ökonomie auf diese Weise zunutze machen. Aber so oberflächlich kann man mit jeder Theorie umgehen. Langfristig funktionieren solche Strategien nicht. Nehmen wir zum Beispiel Ihren Mann. Angenommen, er hat sie tatsächlich betrogen …«

Carla reagierte gereizt. »Was heißt ›angenommen‹?«

Holmans Gelassenheit war dahin. »Habe ich etwas Falsches gesagt? Ich weiß nicht – bitte, verzeihen Sie.«

»Schon gut. Fahren Sie fort.«

»Ja. Ich meine, angenommen, Ihr Mann hat sein seelisches Konto bei Ihnen gründlich überzogen – was hat er jetzt davon? Er hat Sie verloren. Und wenn er so weitermacht, wird ihm bald sein Ruf vorauseilen und jede weitere Beziehung im Keim ersticken. Das ist wie im Geschäft – ein Laden, der nur Schund verkauft, verliert seine Kunden. Schließlich macht er bankrott. Wieso? – Weil man den Leuten auf Dauer kein X für ein U vormachen kann.«

»Das ändert nichts daran, daß Sie mir weismachen wollen, man soll gefälligst mehr Liebe kassieren als geben. Ist das nicht absolut egoistisch?«

»Halten Sie es denn für möglich, *nicht* egoistisch zu sein? Alle, selbst die sogenannten Altruisten, handeln im eigenen Interesse. Mit dem Unterschied, daß manche redlicher sind als andere. Wenn Sie aber unbedingt darauf bestehen, daß manche Leute überzeugte Altruisten sind, dann würde die Seelische Ökonomie diese Überzeugung als Selbsttäuschung entlarven. Es ist allemal besser, seine wahren Motive zuzugeben als sie zu verleugnen. Ist das nicht genau der Vorwurf, den Sie Ihrem Mann machen – daß er nicht so war, wie er sich gab, daß er Ihnen etwas vorgemacht hat?«

Er war so ernst wie ein Labrador beim Apportieren. »Kann also ein – ein Jünger der Seelischen Ökonomie überhaupt ein falsches Spiel treiben? – Natürlich kann er. Aber worüber wir uns hier mehr oder weniger wohlwollend unterhalten, ist doch bloß die Art und Weise, wie jemand die Prinzipien der Seelischen Ökonomie in die Tat umsetzt. Die Prinzipien sind davon nicht betroffen.«

»Sie sind ein merkwürdiger Mensch«, sagte Carla. »Was Sie sagen, kann mich ganz und gar nicht beruhigen.«

Holman lächelte. »Wie kommen Sie darauf, daß ich Sie beruhigen möchte?«

»Na ja, der Bluttest ist mir nicht entgangen.«

Er wurde rot.

Carla stocherte mit dem Finger nach der Limette in ihrem Glas. Die Frucht kam wie eine kleine Boje an die Oberfläche. »Raffiniert. Trotzdem, ich bin mir nicht sicher, ob ich Ihnen das alles abkaufen kann.«

»Kaufen Sie nichts, was Sie sich nicht leisten können. Es liegt mir fern, Ihr Budget über die Maßen zu strapazieren.«

Carla lächelte, war aber traurig. Stuart hatte sie über den Tisch gezogen, Ben hatte sie über den Tisch gezogen. Sie war so einsam gewesen. Einsam war man nicht, wenn man allein war – einsam war man, wenn man die Dinge nicht aussprechen konnte, die einem wichtig waren. Sie heftete den Blick auf den Ausländer, der ihr gegenübersaß. Er sah Stuart wirklich ähnlich. Zum Teufel mit Stuart.

Er beobachtete sie, den Kopf geneigt und schräggestellt, die Pupillen halb unter den Augenlidern. Er wirkte einfältig, verzagt beinah.

Eine Woge sexueller Anziehung überschwemmte sie, so ungestüm, daß ihre Schenkel sich wie Wasser anfühlten. Sie war eine alleinstehende Zwillingsfrau. »Wo wohnen Sie?« fragte sie.

»Im Hilton Plaza.«

»Was dagegen, die Nacht in meinem Haus zu verbringen?«

»Im Ernst?«

Carla lachte. »Ich glaub schon.«

»Brechen wir auf.« Sein Akzent war wie weggeblasen.

Holman hinterließ zwei Fünfziger für die Drinks. Es war nicht weit bis zu Carlas Haus. Hier war eine sichere Gegend. Sie und Stuart hatten sich ganz schön nach der Decke strecken müssen; aber der Börsenkrach hatte ihr, Carlas, Gehalt in eine Dimension geschleudert, daß sie sich die Hypothek auch ohne sein Einkommen leisten konnte. Holman spielte mit der Musikbox auf dem Sofatisch, derweil Carla zwei Gläser Chivas einschenkte. Sie saßen eine halbe Stunde auf dem Sofa, Schulter an Schulter, nippten am Scotch und unterhielten sich leise. Carla legte ihm die Hand auf die Brust. Sie spürte die Wärme seines Körpers, den leisen, regelmäßigen Herzschlag. Schon merkwürdig die Vorstellung, daß sie ihn vor knapp drei Stunden zum erstenmal berührt hatte, als sie in der Straßenbahn mehr oder weniger freiwillig gegen ihn gefallen war. Sie gingen zusammen die Treppe hinauf.

In dieser Nacht fühlte Carla sich vollkommen gelöst, zufrieden und unbeschwert. Holman schien ihre geheimsten Regungen zu kennen; er wußte, was sie wollte, noch bevor sie es selbst wußte. Gedankenlos und emotionslos überließ sie sich den Wünschen ihres Körpers.

Schwer zu sagen, wieviel Zeit verstrichen war, als sie durch ein Klirren im Bad geweckt wurde. Der Mondschein meißelte aus der zerwühlten Bettwäsche ein scharfes Relief. Holman war nicht da. Sie versuchte sich zu bewegen und mußte feststellen, daß sie unter der Bettdecke an Händen und Füßen gefesselt war.

Holman kam aus dem Bad, er brachte eine kleine Flasche mit. »Kein Isopropanol zu finden«, sagte er. »Wir müssen uns mit Franzbranntwein begnügen.«

»Was hast du vor?« fragte sie. Daß ihre Stimme bebte, machte ihr erst recht angst.

Holman stellte die Flasche auf den Nachttisch. Carla starrte zu ihm auf. Das Mondlicht zog Streifen über sein Gesicht; es war ihr nur allzu vertraut.

»Ich möchte unsere Unterhaltung fortsetzen.« Er hörte sich genau wie Stuart an. Er setzte sich zu ihr auf die Bettkante und tastete nach der Nachttischlampe. Ihr Herz pochte dumpf in der Brust. Sie wollte ihm sagen, daß er nicht weitermachen sollte. Er knipste das Licht an.

Der Mann war Stuart. Er sah ihm nicht bloß ähnlich – er war es wirklich.

»Stuart.«

»Nenn mich Holman.«

Sie versuchte, Ruhe zu bewahren. Wie hatte er sie fesseln können, ohne sie wachzumachen? »Du Bastard! Wie hast du mich aufs Kreuz gelegt?«

»Das ist eine Lektion in Seelischer Ökonomie. Ich bin nicht Stuart. Wärst du mit Stuart ins Bett gegangen?«

»Eher wär ich gestorben.«

»Wie herzlos von dir. Aber ökonomisch gesehen hast du völlig recht. Also darf ich keinesfalls Stuart sein, richtig? Ich habe nichts Wesentliches mit Stuart gemein, bis auf meine äußere Erscheinung, gut so? Ich bin liebenswürdiger als Stuart. Ich höre aufmerksamer zu. Ich nehme mehr Rücksicht auf dein Empfinden. Im Bett bin ich besser. Du hast nur profitiert von dieser Transaktion.«

»Wovon redest du überhaupt?«

»Hättest du diese Nacht lieber mit Stuart oder mit mir verbracht?«

»Ich weiß nicht«, sagte sie. Ihr war schwindlig. Ihr Blick kletterte zum Nachttisch. Neben der Flasche mit Franzbranntwein lag ein Beutel mit Wattebäuschen, die sie zum Abschminken benutzte; außerdem gab es da noch eine kleine Schüssel aus der Küche, ein Fläschchen Tusche von ihrem Schreibtisch und ein Döschen mit Stecknadeln.

»Du hast die Wahl. Entweder ich bin nicht Stuart, oder du mußt sehen, wie du mit deinem Fehlurteil zurechtkommst. Die Bilanz weist aus, daß der betreffende ›Stuart‹ hier einen deutlichen Verlust zu verbuchen hat. In der Straßenbahn, da warst du dir so sicher, die Wahrheit über ihn zu kennen. Du warst so selbstgerecht. Wär ich wirklich Stuart, müßte ich dir ziemlich böse sein, weil du mich so ungerecht behandelt hast. Es ist nur gut, daß ich nicht Stuart bin. Zum Glück muß ich dir nicht böse sein.«

Carla versuchte sich aufzusetzen. Er sprang unmenschlich flink, saß rittlings auf ihr, splitternackt, und preßte ihr die Arme auf den Leib. Sie schlug mit dem Kopf. Er goß Franzbranntwein in die Schüssel, tränkte einen Wattebausch und wollte ihr die Stirn abreiben. Sie biß ihm in die Hand.

»Ein paar winzigkleine Einstiche«, sagte er ruhig. »Aber du mußt schon stillhalten.«

Carla hörte auf, sich zu wehren. Ihr Gesicht glühte, die Beine lagen kraftlos. »Ich schreie«, sagte sie.

»Arme Carla«, sagte er mit Stuarts Stimme. »Dir ist keine Pause vergönnt. Du wirst immer benutzt. Du bist eine Verliererin. Es steht dir auf der Stirn geschrieben.«

Er packte sie mit einer Hand beim Kinn, und mit der anderen tauchte er die Spitze einer Stecknadel in den Alkohol. Er taxierte ihr Gesicht wie ein Maler die leere Leinwand. »Und wenn es nicht so ist, dann muß man das ändern.«

2

DONNERSTAG, 15. APRIL

George fällt durch die Kaninchenröhre

Er fiel durch einen hell erleuchteten Brunnenschacht; das war das erste, woran George sich erinnerte. Er hatte keine Ahnung, wo der Brunnen war oder wie er da hineingeraten war. Das Licht, das von einem durchgehenden senkrechten Streifen an der Wand stammte, der aufwärtsfegte, während George fiel, wurde immer heller und erreichte schließlich ein kaltes, dimensionsloses Weiß. Georges Sehvermögen war getrübt. Wie weit war der Lichtstreifen entfernt? Als er den Arm ausstrecken wollte, da konnte er es nicht. George fiel rasch. Ihn schwindelte bei dem Gedanken, wie tief er schon gefallen sein mußte. Er kam sich vor wie Alice in der Kaninchenröhre, aber an der Wand ringsum gab es weder Regale noch Schränke – nur diesen einzelnen Lichtstreifen. Eigentlich hätte ihm die Angst den Verstand rauben müssen. Statt dessen überlegte er, wie er das Ende der Röhre überstehen würde. Würde er so landen wie Alice oder so sanft wie ein Schirmchen der Pusteblume – oder so unglücklich wie Humpty Dumpty? Was, wenn die Röhre kein Ende nahm?

Er vernahm ein Geräusch. Ein marodes Rasseln, nicht laut, aber unausgesetzt, ringsherum, es schwoll weder ab noch an. George dachte, es könnte vielleicht von einem fernen Triebwerk stammen; es erinnerte ihn an das Klopfen seines 64er Plymouth in der Steigung, wenn er Benzin mit niedriger Oktanzahl getankt hatte. Das lag lange zurück. Wie das Licht wurde auch das Geräusch schärfer, und allmählich stellten sich Empfindungen ein: kühle Luft, die an seinen Wangen vorbeistrich, eine leichte Vibration. Er versuchte erneut den Arm zu heben, der Arm reagierte träge. Eine ovaler Schemen trieb in sein Gesichtsfeld. »Nicht bewegen«, sagte eine Stimme. Die Stimme einer Frau, routinemäßig aber nicht unfreundlich. Er schenkte dieser Frau Vertrauen. Vielleicht bremste sie seinen Fall rechtzeitig.

George bemerkte, daß er mit den Augen klimpern konnte; die Lider gehorchten einwandfrei. Er hatte früher nie begriffen, was für ein Wunder das war, jetzt genoß er seine Macht; und während er blinzelte und zwinkerte, klärte sich sein Sehvermögen. Und dann die Offenbarung: er fiel nicht – er lag auf dem Rücken. Das rasende Lichtband war eine durchgehende Zeile aus Neonlampen an der Decke. Er lag auf einem fahrbaren Tisch und wurde durch einen Korridor geschoben. Was da klackerte, war keine ferne Maschine, das waren die Räder auf dem Fliesenboden. Die Stimme gehörte irgendeiner Hilfskraft, und das Oval war ihr Gesicht gewesen.

George bemühte sich, diese Kopernikanische Wende zu akzeptieren. Er fiel nicht und brauchte sich folglich keine Gedanken um seine Landung zu machen; er wurde irgendwohin gefahren, und folglich mußte er sich Gedanken machen, wohin man ihn brachte. Ringsum etablierte sich die neue Ordnung. Welche Macht sein Verstand hatte; wie logisch er arbeitete, wie rasch er die Wirklichkeit in den Griff bekam! So ein Verstand konnte im Handumdrehen das ganze Universum wiedererschaffen.

Dann fiel George etwas sehr Wichtiges ein. Er war tot.

Er hätte sich, gelinde gesagt, ohrfeigen können, ganz wie jemand, der den Kühlschrank öffnet und feststellt, daß er vergessen hat, die Milch zu kaufen, die er trinken will. Natürlich war er tot! Was sonst? Jetzt, da er sich entsann, tauchten Einzelheiten aus dem Dunkel. Wie sein Herz verrückt gespielt hatte. Die plötzliche Stille in seiner Brust. Atmen. Aber wie? Die unendliche Langsamkeit des Denkens. Ozeanische Müdigkeit. Dann hatte er sechs Fuß hoch über seinem Körper geschwebt, der vornübergesunken im Stuhl saß. Von dem Moment an, da er begriffen hatte, daß er einem Herzschlag erlegen war, bis zu dem vermeintlichen Sturz durch den Schacht gab es nichts – absolut nichts, woran er sich erinnern konnte.

Der Tisch, auf dem er lag, wurde langsamer, und das Neonband über ihm kreiste, bis es quer zu ihm stand. Der Tisch stoppte. Er hörte, wie sich eine Tür öffnete, und wurde in einen Raum geschoben. Wieder erschien das Gesicht der Frau über ihm, viel deutlicher diesmal. Kastanienbraune Locken fielen in eine krause Stirn. »Da wären wir, Mr. Eberhart«, sagte sie. Andere Gesichter tauchten auf. Hände faßten ihn an Schultern, Hüften und Beinen, und er wurde auf ein Bett gelegt. Sie klebten ihm Kontakte mit Drähten auf die Brust. Ein Apparat wurde an sein Bett gefahren; ein dünner Schlauch leitete eine Flüssigkeit in seinen Arm. »Wo bin ich?« wollte er fragen, aber seine Kehle war wie eingerostet: alles, was er zuwege brachte, war ein Krächzen. Die Schwester träufelte ihm Wasser in den Mund.

»Danke«, raspelte George. Sie gab ihm noch einen Schluck. »Wo bin ich?«

»In der Regeneration«, sagte sie. »Pscht. Nicht reden, Mr. Eberhart.«

Der Tisch wurde weggerollt. Sie gingen aus der Tür. Die Tür wurde ins Schloß gezogen. Man ließ ihn allein. George lag da und starrte an die Decke. Sie war weiß und voller winziger Löcher. Sah so der Baldachin des Himmels aus, oder war das die Decke der Hölle? Seine Augen fühlten sich so trocken an, als hätte er sie in hundert Jahren nicht geschlossen. Wie lange hatte er dagesessen, tot in seinem Stuhl, bevor man ihn gefunden hatte? War es denkbar, daß sich die Seele, wenn man starb, an den Körper erinnerte? Das würde erklären, warum seine Lider so bleiern waren, obwohl er doch hellwach war. Es dämmerte George, daß er noch weit davon entfernt war zu begreifen, was es mit dem Sterben auf sich hatte.

Denn gestorben war er, soviel stand fest, und jetzt war er in der ›Regeneration‹, was immer das war. Er fragte sich, was als nächstes passieren würde.

Der Tod war wie eine Klinik. Soviel lernte George bereits am ersten Tag. Daß es hier den Wechsel von Tag und Nacht gab, ging ihm allerdings über die Hutschnur; doch das war nur eine von lauter Ähnlichkeiten mit dem leibhaftigen Leben, die den Tod so verwirrend machten. Er hatte erwartet, daß es im Tod zu einer Art Rückschau im Zeitraffer oder zu einem wie auch immer gearteten Resümee kommen würde und danach zu einem grundlegenden Wandel. Statt dessen fand er, daß sich die Außenseite der Dinge überhaupt nicht geändert hatte. Die Laken waren trocken und warm, wo sie ihn berührten, und wo nicht, da waren sie trocken und kalt. Bewegte er sich, raschelte es ringsherum, und der Stoff kitzelte an seinen haarlosen Beinen. Sein Magen begann zu kollern, und man brachte ihm zu essen. Die Frikadelle schmeckte wie eine Frikadelle, die gekochten Kartoffeln wie gekochte Kartoffeln, und die Petersilie wie Petersilie. Zu

Lebzeiten hatte er keine Petersilie gemocht, und jetzt, wo er tot war, da fand er Geschmack daran. Schließlich fühlte er sich kräftig genug, um aufzustehen. Der Boden war kalt. Den Apparat, an dessen Schlauch er hing, rollte er wie einen fahrbaren Garderobenständer mit sich herum. Er manövrierte sich ins Bad, weil er aufs Klo mußte. Links und rechts fand er je einen kurzen Handlauf aus Edelstahl, um sich abzustützen. Aus dem Spiegel starrte ihm ein fremder, kahler Mann entgegen. Der forschende Blick war ihm unangenehm.

Das Zimmer hatte ein Fenster. Das Glas war hart und kühl. Georges Fingerspitzen hinterließen kleine Halos aus Feuchtigkeit, die rasch dahinschrumpften. Durch das Fenster waren die Wipfel von zwei Ahornbäumen zu sehen, ein befestigter Parkplatz und eine Bude, in der tagsüber ein weißes Mädchen und abends ein junger Schwarzer hockte. Hinter dem Maschendraht führte eine Schnellstraße vorbei, und George sah den ganzen Abend den Sattelschleppern zu, die im Licht der Quecksilberdampflampen vorbeisausten. Ein Dunstschleier verbarg tagsüber die Sonne, ein Lichtschleier nachts die Sterne – vorausgesetzt, es gab sie im Jenseits, die Sonne und die Sterne.

Es gab in der Nacht, während er mit offenen Augen dalag und Bilanz zog, einen Moment, da George sich allen Ernstes fragte, ob er überhaupt tot war. In seiner Umgebung deutete jedenfalls nichts darauf hin, daß er es war; im Gegenteil, alle Indizien sprachen dafür, daß er lebte und sich in einer gewöhnlichen Klinik befand. Er war ein logischer Mensch und konnte diesen Indizienbeweis mit keinem logischen Argument entkräften. Trotzdem, was bedeutete ein solcher Beweis angesichts der Tatsache, daß er *wußte,* war er tot? Es gab schließlich ein Wissen, das weder der Wahrnehmung noch der Logik entsprang.

Angenommen, diese Welt war also keine Klinik, was war sie dann? Es mußte einen Grund geben, warum er hier war. Irgendwann würde sich etwas ereignen, das ihm den Grund seines Hierseins verriet. Er war so naiv gewesen zu glauben, daß ihn die Erleuchtung wie ein Blitz aus heiterem Himmel treffen würde. Wer immer diese Erfahrung für ihn angeordnet hatte, hatte dies vielleicht getan, um ihn auf die Probe zu stellen. Der Mann im Spiegel war vielleicht ein Beobachter. George würde ihm beweisen, daß er die Stirn hatte, den Schein zu akzeptieren, und die Geduld, auf ein Zeichen zu warten. Bis dahin würde er die Augen offenhalten, skeptisch bleiben und sein Wissen für sich behalten.

Nicht, daß George argwöhnisch war. Das wäre paranoid gewesen. Nein, aber es genügte auch nicht, einfach klein beizugeben.

Am nächsten Morgen teilte ihm eine Schwester mit, daß Besuch für ihn da sei. Ihm blieb gerade noch Zeit, die Panik niederzukämpfen, die ihn zu übermannen drohte, als auch schon eine Frau und ein Mann ins Zimmer kamen. Die Frau setzte sich zu ihm auf die Bettkante, beugte sich über ihn und berührte mit ihrer duftenden Hand seine Wange. »O George«, sagte sie. »George.« Sie lächelte und zerblinzelte ihre Tränen.

George erkannte die Besucherin. Lucy war groß, hatte langes schwarzes Haar und graue Augen, die besorgt und intelligent dreinsahen. Sie trug ein konservatives Kostüm. Und wenn sie mit der weiten und hochgeschlossenen Bluse ihr Geschlecht kaschieren wollte, so mißlang ihr das gründlich. Lucy war seine Frau.

»Ich bin so froh, daß du lebst«, sagte sie. »Du machst dir ja keinen Begriff, Liebling.«

Wovon machte er sich keinen Begriff? »Lucy – schön, daß du da bist.«

Sie zog sich ein klein wenig zurück, ihre Hand glitt auf seine Brust. Der Mann, der mit ihr gekommen war, zog sich einen Stuhl an die andere Bettkante und setzte sich. »Du siehst gut aus«, sagte Richard.

Richard Shrike war sein Freund.

»Ich fühle mich auch so«, sagte George. »Wo bin ich hier?«

»Im St. Andrew's Medical Center«, sagte Richard. Er war schlank, hatte dunkles, straff zurückgekämmtes Haar und trug einen Rock mit geknöpften Stulpen und umstickten Knopflöchern, der bestimmt seine sechstausend Dollars gekostet hatte. Die kräftigen, breiten Hände waren tadellos manikürt. George brachte sie plötzlich mit einem Klavier in Verbindung, diese Hände konnten Klavier spielen. »Wie seid ihr hergekommen?« fragte er.

Lucy bewegte die Hand auf seiner Brust.

»Wir sind gefahren, George«, sagte Richard. »Wir haben die ganze Zeit darauf gewartet, daß wir zu dir durften.«

»Es ging dir sehr schlecht«, sagte Lucy.

»Du hattest eine Herzattacke«, sagte Richard. »Wir haben dich in deinem Arbeitszimmer gefunden, zusammengesunken vor deinem Computer. Ich bin bei euch reingeschneit, weil du vier Tage nicht zur Arbeit gekommen bist. Wir mußten die Serie über die Ruhmeshalle für Suizidenten Debbie überlassen, und Abramowitz wollte wissen, was mit dir los ist. Lucy wollte dich nicht stören, aber wenn wir nicht reingekommen wären, wär es vielleicht zu spät gewesen.«

»Was war auf dem Monitor?«

Richard sah George ruhig in die Augen, dann lächelte er. »Ein paar Notizen. Wär mir peinlich gewesen, sie Abramowitz zu zeigen, um damit deine

Abwesenheit zu rechtfertigen. Zum Glück hat sich das erledigt.«

»Mach dir deshalb keine Gedanken«, sagte Lucy. Sie umarmte George; ihre Wange lag warm an seinem Gesicht. Ihr Parfüm machte ihn schwindlig. »Hauptsache ist, daß es dir gut geht und daß du bald wieder nach Hause kommst.« Sie streckte den Arm über Georges Brust und rupfte Richard das blütenweiße Tuch aus der Brusttasche. Dann richtete sie sich auf und tupfte sich die Augen trocken. George war hingerissen von ihrer Leibhaftigkeit, und seine Überzeugung, daß er die materielle Welt endgültig hinter sich gelassen hatte, geriet heftig ins Wanken. »Ich weiß nicht, was ich getan hätte, wenn du gestorben wärst«, sagte sie.

Richard wirkte pikiert. Sie gab ihm das ruinierte Taschentuch zurück; er faltete die schwarzen Schmierflecke nach innen und stopfte es wieder an seinen Platz. »Ich weiß auch nicht, was ich getan hätte«, sagte er. »Wir haben da eine Story mit drei Einstellungen in petto: *Hemisphere*-Mitarbeiter durch brasilianische Agenten ermordet. Was uns fehlt, sind deine bissigen Kommentare.« Er lächelte wieder. »Machen wir uns darüber keine Sorge, George.«

»Gibt es denn etwas, worüber wir uns Sorge machen sollten?« fragte George.

»Und ob. Zum Beispiel, wie du möglichst rasch wieder zu deiner Haarpracht kommst, damit du auf Sendung kannst«, sagte Richard. »Ich stell es mir ziemlich langweilig vor, immer nur dazuliegen und an die Decke zu starren. Wenn du willst, bring ich dir deine Unterlagen vorbei.«

»Welche Unterlagen?«

Richard verzog keine Miene. »Der Sonderbericht. Über die Millennialisten… Aber vielleicht bist du noch zu labil, George. Ich will dich nicht strapazieren, bevor du wieder auf dem Damm bist.«

George versuchte sich an den Bericht zu erinnern. »Worum geht es in dem Bericht?«

Richard sah Lucy an. »Sein Hirn muß gelitten haben, Lucy. Vielleicht können wir ihn als Hutständer vermieten.«

Zum ersten Mal, seit er gestorben war, war George zum Lachen zumute. Dieser Richard unterschied sich in nichts von dem richtigen. »Sehr lustig, Richard. Ich arbeite also an einem Sonderbericht, richtig?«

»Der Betreffende ist jedenfalls mit deiner Frau verheiratet, richtig. Abramowitz hat schon vorgeschlagen, Stan Levine dranzusetzen. Er meint, Stan könnte ja mit dir zusammenarbeiten. Du weißt, was das heißt. Stan wechselt die Paßwörter wie ich meine Hemden, und du rennst hinterher. Ich hab ihm gesagt, daß du der einzige bist, der ihm den Bericht schreiben kann. Du hast die richtige Antenne für diesen Schwachsinn. Er …«

»Richard«, sagte Lucy. »Es war in erster Linie die Arbeit, die George hierhergebracht hat. Du mußt ihn nicht gleich wieder damit überfallen. George braucht Ruhe.«

»Wie recht du hast, Lucy. Entschuldige.«

George spürte die Wärme von Lucys Hüfte. »Denk nicht an HCR«, sagte sie. »Du brauchst nie mehr eine Reportage zu machen, Liebling. Komm einfach nach Hause.«

George schwieg. Sie wollten Small Talk machen, aber daran hatte er kein Interesse. Schließlich und endlich zogen sie sich lächelnd und mit aufmunternden Floskeln zurück und überließen ihn seinen Gedanken.

Lucy kam ihn jeden Tag besuchen. George beobachtete ihr schönes Gesicht und fragte sich, was in ihr vorging, wenn überhaupt etwas in ihr vorging und sie nicht bloß ein Simulacrum war – ein Simulacrum der Frau, mit der er verheiratet gewesen war. Simulacrum. Ein schillerndes Wort. George wälzte es wie ein Drops im Mund. Ein saures, hartes Wort, und während die Gedanken daran herumlutschten, wurde es bittersüß. Ein Simulacrum war ein Trugbild, etwas, das nicht hielt, was es versprach. Die Welt des St. Anthony's Medical Center strotzte vor Simulacra. Der ständige Luftzug der Klimaanlage anstelle einer frischen Brise, auf die er verzichten mußte, weil sich das Fenster nicht öffnen ließ. Die Zuwendung der Schwestern, die nichts weiter war als professionelle Routine gegen Entgelt. Die rot-weiß-blauen Busse auf der Schnellstraße hinter dem Maschendraht, die Viehtransporter voller Zwangsverpflichteter, die von einem Standort zum anderen verfrachtet wurden – George fragte sich, ob all die Fahrzeuge auch außerhalb seines Blickfeldes existierten. Das Mädchen und der Bursche vom Parkplatz; der Parkplatz wurde so wenig frequentiert, daß sich ein Parkwächter überhaupt nicht lohnte. Hatte Gott im Jenseits ABM-Stellen eingerichtet?

Lucy machte ihm Kopfzerbrechen. Hier stand er vor einem Rätsel, das nicht so leicht zu lösen war. Sie unterhielten sich. Lucy beklagte sich über die jüngsten Fehden im Ministerium für Resozialisierung und streute immer mal wieder einen Witz ein, um ihn aufzumuntern.

»Ein Anwalt und sein Freund schultern den Rucksack«, sagte sie. »Unterwegs laufen sie einem Berglöwen in die Arme. Beide erstarren zu Salzsäulen. Dann nimmt der Anwalt seinen Rucksack vom Rücken. ›Was soll das?‹ sagt sein Freund. ›Meinst du, du wärst jetzt schneller als der Berglöwe?‹ Darauf der Anwalt: ›Ich muß nicht schneller sein als er, ich muß nur schneller sein als du.‹«

George starrte sie an. Ein Stück Erinnerung kehrte zurück. »Aber – du bist doch Anwältin«, sagte er.

»Ja. Aber wenn du in Gefahr wärst, ich würde niemals weglaufen.«

Sie lachte lauthals. Bislang hatte nichts so real geklungen wie dieses Lachen. Er musterte sie. Diese Unterhaltungen gerieten zum beinah perfekten Simulacrum ihrer Beziehung.

Von Zeit zu Zeit ertappte George sich bei der Frage, wie weitreichend diese Ähnlichkeit war. Schon als Lucy ihn das erste Mal besucht hatte, da hatte sich sein Verlangen geregt. Und das tat es seither jedesmal, wenn sie zur Tür hereinkam. Egal, was sie anhatte, die Kurve ihrer Hüfte, die sich unter dem Stoff abzeichnete, verfehlte nie ihre Wirkung.

Zusammen mit Lucy drang noch mehr aus der Außenwelt in sein Zimmer. Er bekam reihenweise Blumensträuße und Topfpflanzen geschickt, und die Schwestern wußten vor lauter Arbeit nicht mehr, wo ihnen der Kopf stand. Und mit den Blumen und Pflanzen kam ein Schwarm von Glückwunschkarten. George las jeden Absender, und jedesmal kehrte ein Stück Erinnerung zurück – ein bewußtes Vorgehen, das Erinnerung wieder möglich machte. Und George genoß dieses Puzzlespiel so, wie er blinzelnd und zwinkernd die Entdeckung genossen hatte, daß ihm die Augenlider gehorchten.

George beschloß, diese Welt mit Hilfe seines Erinnerungsvermögens zu entlarven. Er bat um eine Zeitung, und man brachte ihm eine. Er hielt jetzt sozusagen den Spiegel eines Simulacrums in der Hand. Stück für Stück kehrte die Erinnerung zurück, und sie war von einer himmelschreienden Absurdität: Besuch des Präsidenten beim brasilianischen Außenminister / Separatisten beherrschen die Dixie-Debatte / Ex-Mann bestreitet Tätowierung der Frau / Oregon:

Welle von UFO-Sichtungen / Dow-Jones seit 16 Monaten am Gefrierpunkt – Er fahndete nach einem Anhaltspunkt, der dafür sprach, daß diese Welt bloß eine Kopie der Realität war. Vergebens. Ob er es wahrhaben wollte oder nicht, es sprach alles dafür, daß er sich in der realen Welt befand. Und diese Aussicht erfüllte ihn mit Schrecken.

Er las die ganze Zeitung, ließ nichts aus. Er stöberte in den 140 Menüs, die aus dem Kabel des Hospitals kamen. Er stieß auf den *Hemisphere Confidential Report.* Und der ganze trostlose Wahnsinn fiel ihm wieder ein:

Tragödie führt zu ergreifender Teenager-Romanze

Richter setzt Tote auf die Straße

Tochter sagt: »Daddy, wie kannst du diese Zombies verteidigen?«

Monetärer Rosenkranz bringt Geldregen für die Rechtgläubigen

Comandante Jesus stört NBA-Übertragungen

Zahl der Wunderheilungen spricht für Anbruch des Millenniums

George war der Kopf der Sonderberichterstattung des HCR, und Richard war sein Boß. George hatte die Millennium-Serie selbst ins Leben gerufen.

Da draußen gab es eine ganze Welt mit allem Drum und Dran, einschließlich Wiedererweckung. Das würde erklären, warum er wußte, daß er gestorben war – er war gestorben. Er war einer dieser Wiedererweckten. Obwohl ihn diese Erklärung nicht befriedigte, sah er sich gezwungen, sie zu akzeptieren. Diese Welt war real.

Eine Rastlosigkeit überkam ihn, die sich nicht aus

überschüssiger Energie sondern aus Ungeduld speiste. Er bat Richard, ihm die Unterlagen zu schicken. Das Ganze war ein Wust von Papieren. Da war erst mal eine dicke Mappe mit Hardcopies von überall aus den Staaten. Viele handelten vom plötzlichen Tod. In Spokane[1] ging eine Fünfzehnjährige mit der Flinte in den Vorgarten und jagte sich eine Ladung Schrot in den Kopf. In Des Moines kam eine vierköpfige Familie ums Leben, weil ein betrunkener College-Professor ihr Haus in Brand gesteckt hatte. Ein Stadtratsmitglied in Houston wurde von seiner Frau ermordet, als sie entdeckte, daß er AMPS[2] hatte und schwarz wurde. HCR lebte davon, solchen Stoff ins Netz zu speisen. George konnte den Stories nicht mehr Sinn abgewinnen als der Titelseite der Zeitung.

Die andere Mappe war leichter zu begreifen. Die Unterlagen betrafen verschiedene religiöse Bewegungen, insbesondere die Predigten des Reverend Jimmy-Don Gilray. Die Millennialisten glaubten, daß – wie in den Schriften vorhergesagt – das Ende der Welt bevorstand. Die Zeichen sprachen für sich. Der Antichrist lebte, und jede Strömung dachte diese Rolle im Drama der ›Letzten Tage‹ einem anderen Kandidaten zu. Reverend Jimmy-Don brachte die Prophezeiungen in Verbindung mit der Flut von UFO-Berichten, die in den letzten Jahren die Welt überschwemmt hatte. Seine Jünger hielten ihn für einen Propheten. Aus ihrer Sicht verkündete er das neue Zeitalter, das Jahrtausend des Friedens und der Freiheit unter der Herrschaft Christi, an dessen Ende das Jüngste Gericht stand. Nach Richard war George

1 Stadt am Ostrand des US-Bundesstaates Washington
2 Acquired Melanin Production Syndrom (erworbene Melaninüberproduktion

dabei gewesen, ein Interview zu entwerfen, als er den Herzanfall bekommen hatte.

George wußte nicht, was er mit diesen Unterlagen anfangen sollte, aber sie waren – abgesehen von Lucy – seit seinem Erwachen das erste, was ihn wirklich interessierte. Er verbrachte Stunden damit, sie durchzulesen. Von den Ausschnitten hatte es ihm einer besonders angetan:

UFONAUT DROHT MIT DEM JÜNGSTEN GERICHT!

...hinterläßt aber Wunderheilmittel gegen Krebs als Zeichen seiner guten Absichten

Austin, 18. März / HCR / In einer denkwürdigen Offenbarung, die den Lauf der menschlichen Geschichte zu ändern droht, hat ein fremdes Wesen aus einer anderen Galaxie den Erdenmenschen das finale Ultimatum gestellt: Ändert euch, oder ein intergalaktisches Killerkommando wird euch vom Erdboden tilgen!

Die verblüffende Botschaft sowie das wunderbare Geschenk aus dem All bekam Ende Februar der pensionierte Klempner Hank Gansvoort im Kellergeschoß des historischen Driskill Hotels im Geschäftsviertel von Austin überantwortet. Der sechzigjährige Schwarzarbeiter wurde dort von dem Ufonauten dabei überrascht, wie er Installationsmaterial stahl, um Geld für die terroristischen Umtriebe seiner Rentnerclique zu organisieren.

Der Ufonaut war als Mensch getarnt. »Zuerst hab ich gedacht, er wär der Hausdetektiv. Dem Portier hatte ich gesagt, ich wär vom Wartungsdienst, aber in Wirklichkeit war ich grade dabei, mir 'ne Ein-Zoll-Kupferleitung auszubauen.«

»Er hatte keinen Notruf dabei«, sagte Gansvoort. »Also wollte ich ihm das Messer in den Bauch schieben, aber er hat mich einfach abgeschaltet. Er konnte meine Gedanken lesen.«

»Er hat mir klargemacht, daß es falsch ist, gegen Gottes Gebote zu verstoßen. Er hat mich bekehrt, und er hat mir die Botschaft mitgeteilt.«

Die göttliche Invasion

Das Sternenwesen hat gesagt, daß die Galaktische Union nun schon seit eintausend Jahren die Erde beobachtet, und daß sie noch vor Ablauf des Jahres das endgültige Urteil über die menschliche Rasse fällen will. Das Killerkommando der göttlichen Invasion ist schon unter uns und steht Gewehr bei Fuß, die Reulosen auszulöschen.

Die Mitglieder von Gansvoorts militanter Altengang, die laut Polizeibericht für mindestens sechs Bombenanschläge aus dem letzten Jahr verantwortlich ist, sind davon überzeugt, daß Gansvoort die Wahrheit sagt. Nach der Heimsuchung haben sie sich den örtlichen Behörden gestellt und wurden der staatlichen Armenpflege zugeteilt.

»Helfen ist besser als Zerstören«, sagte Martha Vetters, die dreiundsechzigjährige Ex-Bombenbastlerin.

»Sie wollen nur, daß wir uns jetzt entscheiden und zu unserer Entscheidung stehen«, sagte Gansvoort.

Noch ist es Zeit

Laut Gansvoort hat der Geheimagent aus dem All gesagt, für die gutwilligen Erdlinge sei es noch Zeit, der Wahrheit ins Gesicht zu sehen und vom Bösen abzulassen.

Als Zeichen seines Wohlwollens hat der Fremdling Gansvoort einen kleinen mysteriösen Metallgegenstand übergeben, der Warzen und vielleicht sogar Krebs heilen kann. Wissenschaftler einer berühmten westlichen Universität, die das zwei Zoll lange Objekt untersucht haben, das sinnigerweise wie ein gewöhnlicher Türschlüssel aussieht, können sich seine Wirkungsweise nicht erklären. Der Leiter des Forschungsteams äußerte die Vermutung, der Wunderschlüssel emittiere womöglich Z-Strahlen.

»Die Sache liegt technologisch im Brennpunkt«, äußerte sich der Wissenschaftler gegenüber HCR. »Ich kann mir kaum vorstellen, daß Gansvoort sich so was aus den Fingern saugt.«

Weltweit haben Wissenschaftler von Rang und Namen schon vor Jahrzehnten mit dem Gedanken gespielt, daß das Weltall mit Intelligenzen bevölkert sein könnte, die uns weit überlegen sind. Das Universum enthält mehr als einhundert Millionen Galaxien.

Die Geschichte erzeugte einen schmerzhaften Druck in Georges Brust. Das Ganze machte einen gewissen Sinn. Ein Bote. Täuschende Aufmachung. Der buchstäbliche Wink mit dem Zaunpfahl. Er blätterte in den Ausschnitten herum, suchte nach Querverbindungen.

Nach vier Tagen nabelte man ihn von der Maschine ab. Nach einer Woche konnte er nicht mehr verstehen, warum er noch in der Klinik war. Lucy redete davon, ihn nach Hause zu holen. Ein Reporter der *New York Times* rief an und stellte ihm Fragen über sein HCR-Team. Lucy zeigte ihm einen Artikel in der Rubrik Medien: ›HCR legt Sonderberichterstattung auf Eis‹. Darin Richard wörtlich: ›George ist wieder ganz der alte und kann es nicht erwarten, wieder an die Arbeit zu gehen‹. Das zumindest stimmte; George hatte es noch nie so sehr in den Fingern gejuckt wie jetzt.

Einmal, während Lucy im Zimmer saß, in einer Illustrierten blätterte und von Zeit zu Zeit aufblickte, um ihn zu beobachten, weil sie dachte, daß er gerade nicht hersah, da kapierte George, daß er noch lange auf ein ›Zeichen‹ würde warten müssen. Das wirkliche Leben war weitaus komplizierter als ein Leben nach dem Tode. Gegenwärtig wurde er entweder auf die Probe gestellt, oder er litt Buße, oder er wurde favorisiert. Wie auch immer – die Situation war heikel. Er hatte Angst, daß er ihr nicht gewachsen war.

Endlich gab der Arzt sein Placet. George durfte nach Hause. Lucy und Richard kamen, um ihn abzuholen.

»Mein lieber Mann, Abramowitz macht vielleicht Druck.« Richard saß auf einem Stuhl, derweil Lucy George beim Anziehen half. »Ich mußte ihm Tranquilizer ins Weißbier tun, sonst hätte er sich 'ne Kamera geschnappt und die Putzfrau interviewt. Im Ernst.« Richard zwinkerte. »Er hat sich schon mit Jeff Pack unterhalten, und ich fürchte, sie gehen hinter meinem Rücken zu Abramowitz.«

»Wir nehmen den Seitenweg, George«, sagte Lucy, während sie ihm das Hemd zuknöpfte. George hatte Mühe, sie nicht zu umarmen. Er wollte den Kopf an ihre Schulter legen. Er fröstelte.

»Ich friere«, sagte er.

Richards Frohsinn war unerschütterlich. »Du bist fein raus, George. Du wirst ewig leben. Du solltest dich ein bißchen mehr auf die ärztliche Kunst verlassen.«

»Richard«, sagte Lucy. »Vielleicht holst du schon mal den Wagen.«

»Besser nicht, Lucy. Wenn George die Rechnung sieht, streikt vielleicht sein Herz, und dann brauchst du meine Hilfe. Wir wollen ihn doch nicht verlieren, hm?«

Lucy warf einen flüchtigen Blick in Georges Gesicht, dann schlug sie die Augen nieder und begann ihm den Schlips zu binden. »Dazu wird es nicht kommen«, sagte sie ruhig.

Sie half ihm in das Sakko. Dann setzten sie ihn in

den Rollstuhl, rafften die Pralinenschachteln und welken Blumensträuße zusammen und schoben ihn unter dem Band aus Neonlampen durch den Korridor zum Patientenausgang. Er unterzeichnete ein Formular. Man lächelte ihm zu; er erhob sich aus dem Stuhl und verließ flankiert von Frau und Freund die Klinik. Der Parkplatz war so gut wie leer: es brauchte Richards Beziehungen, um an den Gasohol[1] zum Betrieb eines Pkws zu kommen. Ein rauher Wind schlug George ins Gesicht und trieb ihm die Tränen in die Augen. Es gab Wetter nach dem Tod. Oder das war das Leben. Richard schloß den Mercedes auf und hielt ihm den Schlag offen.

Lucy und George saßen im Fond, und Richard fuhr. Als sie an der Ausfahrt hielten, sah George zu, wie das blonde Mädchen den Parkschein lochte; er hörte, wie sich die Stechuhr klackernd auf der Rückseite des Scheins verewigte. Das Mädchen trug einen Pferdeschwanz; es gab Richard das Wechselgeld, das »Gute Fahrt« ertrank im Poltern eines Schleppzugs jenseits des Maschendrahts. Sie verließen den Parkplatz des St. Anthony's Medical Center und fuhren in die Simulacrum-Welt hinaus.

1 Gemisch aus Benzin und 10 % bis 20 % Äthylalkohol

JUNI

Der menschliche Verstand ist kein über alles erhabenes Organ ...[1]

– E. M. FORSTER, Ansichten des Romans

1 ›Aspects of the Novel‹ von Edward Morgan Forster (1879–1970), zitiert aus der Übersetzung von Walter Schürenberg: ›Ansichten des Romans‹, Suhrkamp-Verlag, 1949, Seite 155

3

FREITAG, 4. JUNI

Lucy ißt ein Sandwich

Soviel stand fest, George fühlte sich verfolgt; wovon, konnte Lucy nicht sagen. Er nahm Spiegel von den Wänden, um dahinter zu sehen. Er seifte Handspiegel ein. Er schlich wie ein Terrorist durch die Wohnung. Sie ertappte ihn ständig, wie er ihr nachspionierte. Inzwischen verließ er sein Arbeitszimmer nicht mal mehr zum Essen.

Lucy zauderte vor der Zimmertür, balancierte das Tablett auf der einen Hand und setzte mit der anderen zum Klopfen an, dann hielt sie inne. Das Tablett schwankte. Sie hörte das Geplärre von drei verschiedenen Fernsehprogrammen, die um seine Aufmerksamkeit buhlten. Sie setzte wieder zum Klopfen an, hielt wieder inne und setzte das Tablett auf dem Tischchen ab, das neben der Tür stand. Sie sah George wieder vor sich: zusammengesunken, totenblaß, unten auf dem Schirm ein Rattenschwanz aus bernsteinfarbenem Kauderwelsch, weil der Kopf auf die Tasten gefallen war. Und sie fragte sich, ob George da drinnen noch am Leben war.

Sie klopfte leise an die Tür. »Lunch«, sagte sie schnell, dann ging sie ohne abzuwarten den Flur hinunter und zog sich in ihr eigenes Arbeitszimmer zurück. Ihre Notizen zum Antrag auf ein abgekürztes Verfahren lagen verstreut auf dem Schreibtisch. Der

Gefangene war bei einer handgreiflichen Auseinandersetzung niedergestochen worden und hatte eigenhändig eine Klageschrift verfaßt, in der er eine Krankenschwester des Gefängnislazaretts der groben Fahrlässigkeit bezichtigte. Typisch, daß kein einziger von den siebzig Fällen, die sie zur Zeit für die regionale Geschäftsstelle des Generalstaatsanwalts ›frisierte‹, wirklich kritisch war. Aber sie konnte sich nicht konzentrieren. Den Job, Mitarbeiter des Ministeriums für Resozialisierung zu verteidigen, hatte sie mit gemischten Gefühlen angetreten: instinktiv taten ihr eher die Gefangenen leid als deren Bewacher. Sie sagte sich zwar, daß Direktoren, Wärter, Ärzte, Pfleger und Betreuer auch nur Menschen waren, die einem harten aber schlecht bezahlten Job nachgingen; das änderte aber wenig daran, daß sie sich immer weniger wohl fühlte in der Rolle, die sie in diesem Apparat spielte. Bei Licht besehen, war das ganze System von Grund auf faul; noch schlimmer war, daß keine Rechtsordnung die Zerrüttung einer Gesellschaft aufhalten konnte, die Gefangene wie Bewacher durch den Fleischwolf drehte. Tag für Tag tat sie ihr Bestes und verdrängte solche Gedanken. Sie stumpfte ab, und das wollte sie nicht.

Unterdessen nagten andere Sorgen an ihr. Georges Wohlergehen, Georges Freunde, Georges Gemütszustand, Georges Karriere, Georges Gefühle – Georges Lunch!

Sie legte die eidesstattliche Erklärung des Klägers aus der Hand, suchte ihren Sessel auf und blätterte in der jüngsten Nummer der *Vanity Fair*[1], wobei sie eher ihre Hände im Blick hatte, als die Illustrierte

---

1 existierende Frauen-Illustrierte – Titel bedeutet soviel wie ›Jahrmarkt der Eitelkeit‹ und ist aus John Bunyans ›Pilgrim's Progress‹ entlehnt (dt. 1685 u. d. T. ›Eines Christen Reise nach der Seeligen Ewigkeit ...‹) – eines der meist übersetzten Werke der Weltliteratur.

darin. Ein blauer Fleck markierte die Stelle unten an ihrem Zeigefinger, wo vor zehn Jahren eine Schwiele gewesen war. Sie hatte geglaubt, das ein für allemal hinter sich zu haben, doch da hatte sie sich offenbar getäuscht. Auf der Seite unter dem Finger stand ein Artikel über die Diskriminierung Wiedererweckter.

George war immer für die Rechte der Wiedererweckten eingetreten, auch wenn man beim HCR offiziell die Position vertrat, daß ›Zombies‹ etwas Abscheuliches waren. »Wenn man tot ist, ist man tot«, hatte George gesagt. »Holt die armen Teufel also nicht ins Leben zurück.« Ob George jetzt, wo er selbst ein Wiedererweckter war, seine Einstellung änderte? Und was, wenn der Generalstaatsanwalt erfuhr, daß eine seiner Mitarbeiterinnen diese Wiedererweckung angezettelt hatte? Bestenfalls war das der Schlußpunkt hinter ihrer Karriere. Schlimmstenfalls würde sie im Staatsgefängnis landen und dort ihre eigenen Klageschriften verfassen können.

Lucy schlug die Seiten um und besah sich die Bilder. Entspannen auf den Virgin Islands: der Strand der Megan's Bay, eine braungebrannte, fast nackte Frau, die bis zu den Oberschenkeln im turmalingrünen Wasser stand. Sie war sehr schlank, hatte den Finger an die Lippen gelegt. Ob sie auch so eine Schwiele am Finger hatte? Die Augen der Frau waren weit geöffnet, die vollen Lippen schmollten. Ihre ganze Haltung brachte Unschuld, Arroganz und Selbstvertrauen zum Ausdruck. Lucy suchte nach dem Wort, das diese Attitüde beschrieb. Es lag ihr auf der Zunge. Sie hatte ein ungewöhnlich großes Vokabular.

Das Telefon läutete; Lucy grapschte den LCD-Schirm vom Schreibtisch, drückte mit dem Daumen in die Ecke, und Richard Shrike erschien.

»Hallo, Lucy, wie geht es dir?«

»Mir geht es gut. Und dir?« Lucy kam es so vor, als rede sie mit ihm vom Grund des Ozeans aus.

»Was macht George?«

»George lebt und arbeitet. Er ist jetzt nicht zu sprechen.«

»Ich hab kein Verlangen nach George. Mit dir möchte ich reden, Lucy.«

»Ich höre.«

Richard schwieg. Lucy blickte in die elektronische Simulation seines Gesichts, lauschte auf die elektronische Simulation seines Schweigens. Die Auflösung des Schirms war erbärmlich, und die leisesten Nebengeräusche wurden verstärkt.

»Alles klar bei dir, Lucy?«

»Wie meinst du das?«

»Du weißt, was ich meine. Ich weiß, du traust mir nicht über den Weg. Du hast mir nie getraut.«

»Warum sagst du das?«

»Ich weiß nicht recht. Der Mund ging auf und – schwups ...«

Lucy sah auf die Frau im Ozean.

»Warum kannst du mich nicht ausstehen?« fragte Richard.

Unbekümmert. Das war das Wort. »Richard, was ist mit den Ärzten? Evans frißt dir aus der Hand, und ich bekomme nicht eine einzige klare Antwort.«

Richard seufzte. »Ich wollte dich da raushalten. Dein Chef sieht es nicht gerne, wenn seine Mitarbeiter Kliniken bestechen, um geltendes Recht zu brechen.«

»Keine Bevormundung, Richard. Ich bin da genauso tief drin wie du. Es war meine Idee, ihn wiederzuerwecken.«

»Und das haben wir getan. Er lebt. Was macht dir Kopfzerbrechen?«

»Es ist diese verflixte Geheimniskrämerei. Du benimmst dich wie der große Unbekannte und nicht wie Georges Freund. Kannst du nicht ein einziges Mal offen zu mir sein?«

Lucy konnte das feine Knacken hören, mit dem die Elektronen für den Ladungsausgleich sorgten. »Ich will ehrlich zu dir sein«, sagten sie mit Richards Stimme. »Das ist eine verwirrende Situation. Und immer, wenn ich verwirrt bin, halte ich mir so viele Türen offen wie möglich. Und das mache ich, indem ich meine Meinung für mich behalte.«

Wenn er so verschwiegen war, warum zerriß man sich dann in der Kanzlei bereits den Mund über George und seine Wiedererweckung? So wie sie Richard kannte, konnte sie sich diese Frage sparen. »Ich bin seine Frau, Richard. Du bist nur sein Vorgesetzter.«

»Kannst du diesen moralischen Unterton nicht unterlassen. Ich kenne George schon ein bißchen länger als du. Ich will nur sein Bestes.« Die Elektronen, die Richards Gesicht kopierten, gaben sich zwar redliche Mühe, waren aber denkbar schlechte Garanten dafür, daß Richard mehr Tiefgang hatte als der Bildschirm. »Ich will auch *dein* Bestes, Lucy, glaub mir«, sagte der Bildschirm auf ihrem Schoß.

»Dir scheint es mehr um Georges Arbeit zu gehen als um seine Gesundheit.«

»Zugegeben. George muß her, sonst geht die Quote noch mehr zurück. Aber du glaubst doch nicht im Ernst, daß ich ihn nur deswegen zurückgeholt habe. Das rechnet sich nicht, Lucy.«

»Trotzdem, du hättest mich einweihen können.«

»Natürlich hätte ich. Aber du warst nicht in der Verfassung. Ich wollte dich nicht noch mehr belasten. Warum hätte ich dir Hoffnungen machen sollen, wo drei von vier Toten bleiben, was sie sind? Also hab ich mit Evans verhandelt, der offengestanden ziemlich nervös wurde bei der Sache. Und das Handgeld, das er nicht verrechnet hat, hab ich aus meiner Tasche bezahlt. Okay, ich rechne fest mit einem Sonderbericht im Hauptmenü. Aber ich hab mir auch einen Freund erhalten, und zwar ohne die Gefühle einer Frau zu strapazieren, die ich schätzen gelernt habe.«

»Manchmal denke ich, du schätzt nicht bloß meine Gefühle, Richard.«

»Ich schätze auch deinen Körper, Lucy. Versteh mich bitte nicht falsch. Aber wenn ich dein fruchtbares Delta beackern wollte, dann wär mir George doch bloß im Weg. Oder seh ich das falsch?«

Sie fühlte sich ausgetrickst. »Nein.«

»Schön. Ich gebe also zu, ich habe dabei nicht an dich gedacht, und es tut mir leid.«

»Na, gut«, sagte Lucy schließlich. »Du hast angerufen, um mit mir zu reden. Schieß los.«

»Ich brauche deine Hilfe.«

Sie fragte sich, ob der Bildschirm sie mit harten Röntgenstrahlen bombardierte. »Und?«

»Ich wette, George hat Schwierigkeiten, sich wieder einzuarbeiten. Hab ich recht?«

»Ich seh ihm nicht über die Schulter, Richard. Er spricht so gut wie nie über seine Arbeit.«

»Wer kneift da jetzt? Du hast Jahre mit ihm zusammengelebt. Seit einem Monat ist er wieder zu Hause. Er kommt zweimal die Woche auf einen Sprung ins Büro und brabbelt sich was zurecht. Seine Augen leuchten, als hätte er sich sechs Sorten Speed eingeschmissen. Der ganze Stab steht Gewehr bei Fuß. Levine kaut die Zügel durch; ich hab gesehen, wie er mit Abramowitz geredet hat. Das war gestern, und heute hör ich, daß man ihn und Jeff Pack morgen losschickt, um Gilray zu interviewen.«

»Das ist schade, Richard. Tut mir leid.«

»HCR liegt drei Punkte hinter Reuters. Wir haben

ein paar Randbezirke verloren. *Compunet* spielt mit dem Gedanken, ersatzweise einen Vertrag mit *Revelations Grapevine* zu unterzeichnen, und Abramowitz will noch was anderes als UFO-Berichte und Kindersuizide, um über das Sommerloch zu kommen.« Richard sah an der Aufnahmeoptik vorbei, als betrachte er seine Seele. »Ich persönlich hab nichts gegen Kindersuizide«, sagte er, »aber Abramowitz ist ein Rechtgläubiger. Das heißt, er ist ganz wild auf diese religiöse Sache. Und George will nicht gestört werden.«

»Er arbeitet ununterbrochen – ich bekomme ihn kaum noch zu Gesicht. Ich an seiner Stelle würde das Handtuch werfen. Der HCR ist nicht gerade das, was man einen Eckpfeiler der Gesellschaft nennt. Das Ganze war mal eine nette, spleenige Idee, aber George geht es nicht gut, basta.«

»Niemand zwingt ihn. Wenn er sich wieder in die Arbeit gestürzt hat, dann aus freien Stücken.«

Das stimmte. Sie konnte George gegen den HCR abschirmen, auch gegen Richard, aber sie konnte George nicht gegen George abschirmen. »Du wolltest, daß ich dir einen Gefallen tue. Komm zur Sache, Richard.«

»Ich bin bei der Sache, Lucy. Das Mindeste ist, daß wir ihn beobachten. Er war mindestens eine Stunde lang tot. Sicher, man hat ihn mit SOD[1] und Dr. Pepper[2] vollgepumpt, aber er hat bestimmt jede Menge Hirnzellen verloren; wir können froh sein, daß er nicht lallend im Rollstuhl sitzt. Selbst wenn der Kopf okay ist, die Wiedererweckung ist die Nummer eins im Stanford-Stress-Profil. Er könnte leicht schlapp machen. Tu mir also den Gefallen, und setz

---

1 *sodium bicarbonate* = Natriumbicarbonat
2 Medizinerslang für Adrenalin

ihn auf Sparflamme, du weißt schon. Bring ihn auf andre Gedanken.«

»Wir könnten Monopoly spielen.«

»Das ist nicht witzig, Lucy. Er steht unter einem Trauma. Merkst du das nicht?«

»Doch.«

»Dachte ich mir. Und noch etwas: ich fände es wichtig, daß du seine Arbeit überwachst.«

»Klar, Richard. Ich erwirke einen Gerichtsbeschluß und höre sein Telefon ab.«

Richard überging die Bemerkung. »Ich schlage vor, du machst zwischendurch Kopien von seinem Schreibkram. Dann können wir uns immer ein Bild machen. Und sollten wir feststellen, daß ihm das Projekt über den Kopf wächst – ich meine gesundheitlich –, dann können wir rechtzeitig einschreiten.«

»Und ganz nebenbei kannst du Levine den Mund stopfen und dir Abramowitz vom Hals halten. Hab ich recht, Richard?«

»Natürlich. Aber mein Vorschlag ist ideologisch korrekt. Er nützt George; er nützt dir. Ich mache nur Nägel mit Köpfen.«

»Was soll ich mit Nägeln?«

»Sieh mal, Lucy. Ich bin Georges bester Freund. Ich hab ihm den Job verschafft, als er in New York noch ein unbeschriebenes Blatt war. Ich könnte auch *dein* Freund sein, wenn du mal für 'ne Minute dein Frühwarnsystem abschalten würdest. Wär ich wirklich so ein durchtriebener Halunke, wie manche wahrhaben wollen, dann würde ich noch hinzufügen, daß es deine eigene Unsicherheit ist, die dich so mißtrauisch macht. Aber das verbietet mir mein Taktgefühl.«

»Ich weiß das zu würdigen, Richard.«

»Schlaf erst mal drüber. Und wenn du dann immer noch glaubst, mein Ansinnen könnte George schaden, dann vergiß es. Okay?«

Lucy sah auf die Illustrierte, die aufgeschlagen auf dem Tischchen neben ihr lag. Das Holo ließ es so aussehen, als ob die Frau in einer Nische in der Tischplatte liege, dekoriert mit bewegungslosen Wellen und einem Kristallhimmel. Ein tropischer Sarg. Mit einem Daumendruck schaltete sie den Schirm ab, und Richards Gesicht ertrank in einem blinden Grau. »Mal sehen«, sagte sie.

Lucy nahm das Tablett, das noch unberührt auf dem Tischchen neben Georges Tür stand, und trug es in die Küche zurück. Das SST[1] war kalt. Sie hob die obere Toastscheibe ab. Die Mayonnaise blieb dran kleben. Speck kostete ein Vermögen, Kopfsalat auch. Sie stand am Küchentisch, pflückte die steifen Speckstreifen heraus und aß sie auf, dann aß sie die Salatblätter, die beiden Tomatenscheiben und zuletzt den Toast. Binnen einer Minute hatte sie alles verputzt. Fett, Mayo und Tomatenmark verklebten ihr die Finger wie angetrocknetes Blut. Sie wischte sich die Hände an einem Küchentuch ab und stellte den Teller in den Geschirrspüler. Sie schüttete Spülmittel in das Fach, warf die Klappe zu und schaltete die Maschine an, dann suchte sie fluchtartig das Wohnzimmer auf.

Der vergangene Monat war der schlimmste in ihrem ganzen Leben und der Herzanfall nur der Tiefpunkt von Georges Verfall gewesen. Sie fragte sich, ob sie schon damals, als sie ihm zum erstenmal begegnet war, hätte merken müssen, was aus ihm werden würde – aber damals, da war sie noch sehr jung gewesen.

Die Tinte auf ihrem Diplom war noch feucht gewesen, als Lucy ihre Nische im Großraumbüro der Rentenversicherungsanstalt bezogen hatte. Sie half

---

1 (Toastsandwich mit) Speck, Salat, Tomate

damals ein Positionspapier erstellen, das sich mit der Wiedererweckungstechnik befaßte, die Han an der Medizinischen Fakultät der Universität Houston entwickelt hatte. George hatte damals sein Leben als freier Journalist gefristet, der sich erst noch die Sporen verdienen mußte. Der erste Kontakt mit ihm war rein beruflich gewesen. Er hatte sie an ihrem Arbeitsplatz aufgesucht, um einen Artikel zu recherchieren. Später hatte er dann noch mal angerufen, weil ihm einiges unklar geblieben war, und sie hatten sich zum Lunch verabredet.

George war einundvierzig gewesen, und sie vierundzwanzig. Mit dem dunklen Bart und der struppigen, vorzeitig ergrauten Mähne, die so widerspenstig war wie bei einem Achtjährigen, war er ihr vorgekommen wie ein dicker, mürrischer Bär. Der Sakko mit Fischgrätenmuster war mindestens zehn Jahre aus der Mode gewesen. Seine unverblümte, freimütige Art zu fragen war entwaffnend; Lucy entging nicht, daß sie es mit einem beachtlichen Intellekt zu tun hatte.

George verkörperte eine herrlich ausgewogene Mischung aus Zynismus und Idealismus. Sie mochte seinen trockenen Humor, und alles, was er sagte, hatte einen verlockenden Beigeschmack von Fatalismus. Dann machte er sie mit Richard bekannt, und die seltene Kombination aus dessen penetranter Bosheit und Georges weltfremder Intelligenz wurde zu einer zwerchfellerschütternden Erfahrung für sie. Auch wenn sie es mit Richards Zynismus nicht aufnehmen konnte, gehörte sie von Stund an zu diesem magischen Zirkel, derweil der Rest der absurden Welt außen vor blieb. Richard machte sie nie zum Objekt seiner Bosheit, vielleicht aus Rücksicht auf George, und nach ein paar Abenden zu dritt schien George mehr von ihr angetan zu sein denn je. Damals hatte sie keinen Anstoß an der Schwärze dieses Humors genommen.

Lucy imponierte Georges Enthusiasmus, seine Grundanständigkeit. Sie war ein gebranntes Kind, was Männer anging. Sie hatte sich zu oft über den Tisch ziehen lassen: als Studentin war sie die meiste Zeit hoffnungslos unglücklich gewesen, hatte sich auf Diät gesetzt oder gefuttert wie ein Scheunendrescher, immer darauf bedacht, ihrem jeweiligen Freund zu gefallen. Aber die Anziehungskraft, die sie auf George ausübte, schien mehr zu sein als ein Diktat der Hormone. Nicht, daß das Sexuelle in ihrer Ehe zu kurz gekommen wäre: im Gegenteil, da sie mehr als das Bett geteilt hatten, war es prächtig gediehen. Im Laufe ihrer ersten Ehejahre hatte Lucy eine ungeahnte Leidenschaft entwickelt. George hatte sich wie selbstverständlich um sie gekümmert. Und sie sich um ihn. Seine gelegentliche Besessenheit hatte keine Rolle gespielt.

Obwohl sie gemeinsame Ideale hatten, stritten sie über die Verwirklichung. Lucy fühlte sich dem Recht verpflichtet. Ihr Beruf bedeutete ihr mehr als das Geld, das sie damit verdiente; sie sah darin die Chance, zu bewahren, was bewahrenswert, und zu ändern, was änderungsbedürftig war. Tatsächlich war das Recht so sexistisch und heuchlerisch wie die Gesellschaft, die es hervorgebracht hatte, doch Lucy schwebte ein anderes Recht vor, ein potentielles Recht, ein Recht, in dem Vernunft und innere Einstellung mehr zählten als das Geschlecht, dem man angehörte. Dieses Recht gab es noch nicht, doch jeder, der bei gesundem Verstand war, kannte die Unzulänglichkeiten des geltenden Rechts.

Das Problem war, daß nicht jedermann bei gesundem Verstand war. Die Gesellschaft funktionierte nur, wenn die Menschen die Gesetze akzeptierten, wenn sie mehr taten, als die Gesetze verlangten, und weniger, als die Gesetze erlaubten. Das erforderte Zuversicht. In den letzten zehn Jahren war diese Zuversicht bei immer mehr Menschen zusammengebrochen. Anfangs hatte Lucy sich geweigert, diese bittere Pille zu schlucken, und hartnäckig daran festgehalten, daß die Irrationalität, die sich in der Gesellschaft breitmachte, nur eine Welle geistiger Verwirrung war, die sich bald wieder verlaufen würde. Doch die Jahre vergingen, und die Welt wurde immer verrückter. Lucy kam sich vor wie das deutsche Bürschchen, das die Flut bannen wollte[1], nur daß für jedes Loch, das sie zustopfte, ein Dutzend neue aufsprangen. Schlimmer noch, zu viele Menschen in ihrer Umgebung – Juristen, Politiker, Prediger, Berichterstatter, Jason Abramowitz, Richard Shrike und selbst George – halfen nicht, sondern waren damit beschäftigt, immer neue Löcher zu bohren.

Georges Niedergang war die bitterste Pille gewesen, die Lucy hatte schlucken müssen. Zu spät hatte sie bemerkt, daß er voller Unsicherheit war: er war so kompromißlos anständig, weil er es nicht ertragen hätte, Schuld auf sich zu laden, und so kompromißlos offen, weil er es nicht ertragen hätte, mißverstanden zu werden. Mit seinem politischen Engagement hielt er seine tiefverwurzelte Überzeugung in Schach, daß sich politisch nichts ändern konnte, weil sich die Menschen nicht ändern konnten. George war das Paradebeispiel eines Menschen, der unfähig war, sich zu ändern. Das Leben sei alles, was man habe, und der Tod ein schwarzes Loch. Georges wachsender Pessimismus ließ ihn zu guter Letzt mit leeren Händen dastehen. Seine Karriere stagnierte. Er

---

1 Gemeint ist vermutlich *Der Zauberlehrling* in der gleichnamigen Ballade von Goethe.

wurde immer depressiver, glaubte immer weniger daran, daß er irgend etwas bewegen konnte. Seine letzten Artikel als freier Journalist waren entweder geharnischte Appelle oder apokalyptische Prophezeiungen gewesen. Dann beschaffte Richard ihm den Job beim *Hemisphere Confidential Report,* und George geriet in den Sog des alltäglichen Wahnsinns. Mit George hatte der Sender einen guten Fang getan. George war ein Volltreffer. Von da an hatte George sich in einer atemberaubenden Schlitterpartie seinem Herzinfarkt genähert, und Lucy hatte ihn nicht aufhalten können.

Sie spürte den Hang, sich gehen zu lassen. Sie liebte George. Sie brauchte seinen Beistand. Sie hatte nicht gezögert, ihre Karriere aufs Spiel zu setzen, um ihn zurückzuholen – aber was durch die Wohnung geisterte, war nur sein Phantom, war nicht George. Wenn George in diesem Körper wohnte, mußte sie ihn wecken, ihn in die Realität zurückholen; aber so oft sie es versuchte, sah er sie nur an, als sei sie ihrerseits ein Phantom, und ihre Unterhaltung geriet jedesmal zu einem Tennismatch, in dem er nie den Aufschlag erwiderte. Und abends schloß George sich in seinem Zimmer ein und sah fern. Sie hatten nicht wieder zusammen geschlafen.

Lucy saß auf dem Sofa, starrte aus dem Fenster in die sinkende Sonne über den Giebeln jenseits des Hinterhofs. Sie hörte ein Geräusch im Flur. George kam ins Zimmer. Er trug seinen roten Bademantel und ein Paar ausgetretene Pantoffel. Er hielt einen Computerausdruck in der Hand. Sein Haar war nicht mehr als ein graumelierter Pfirsichflaum, und die Falten, die seinen Mund flankierten, waren tiefer denn je. Mit seinen hellen, rotgeränderten Augen sah er aus wie ein sechzigjähriger Alkoholiker. »Wir müssen reden«, sagte er.

Sie schöpfte Hoffnung. »Fein, George, das finde ich auch.«

»Alles ist anders, seit ich zurück bin«, sagte er nachdenklich.

»Gesagt hast du nichts, aber ich hatte auch das Gefühl.«

»Ich habe viel darüber nachgedacht. Ich weiß jetzt, worauf es ankommt.«

»Ja?«

Er vermied es, ihr in die Augen zu sehen. »Ist dir jemals aufgefallen, wie im Fernsehen alles zusammenpaßt?«

»Nicht, daß ich wüßte. Was zum Beispiel?«

»Kleinigkeiten.« Er legte eine Pause ein. »Wir leben in einem religiösen Zeitalter. Aber die Menschen bringen sich gegenseitig um. Macht das Sinn?«

»Viele sind arbeitslos. Die Gefängnisse sind voll. Ich sehe das jeden Tag. Ein Grund mehr, daß wir zusammenhalten, George.«

Er sah ihr in die Augen, nur um den Blick rasch wieder abzuwenden. »Ich glaube nicht an Zufälle«, sagte er zur Zimmerdecke.

Lucy fröstelte. »Wie meinst du das?«

»Sieh dir das an.« Er kam zu ihr und zeigte ihr den Ausdruck.

Eine Karte von Nordamerika mit lauter farbigen Punkten: blaue, rote, gelbe, schwarze, grüne. Neben den Punkten standen Zahlen und Schrägstriche – Tag, Monat, Jahr. Die Punkte waren untereinander verbunden, die Linien bildeten ein wirres Netz. Das Ganze erinnerte Lucy an ihre Kindheit, an Bilder, die entstanden, wenn man die numerierten Punkte in der richtigen Reihenfolge verband. Aber das hier war kein Bild, das war Chaos.

Sie gab sich Mühe, ihre Furcht zu verbergen. »Ja, George?«

»Siehst du das Muster?«

»Nein.«

Er sah sie einen Moment lang an, und die spärliche Flamme in ihm schien zu erlöschen. Er setzte sich halb auf die Fensterbank und sah über die Schulter nach draußen. Nach einer Weile sagte er: »Hübscher Blick, hm?«

Eine verfahrene Situation. »Wenn man Ziegelsteine mag.«

»Als wir eingezogen sind, haben wir in der ersten Zeit hier gesessen, abends«, sagte George wie jemand, der über seine frühere Frau sprach. »Wir haben da rüber geguckt und uns über die Leute in den Wohnungen amüsiert. Das ist lange her.«

»Nicht ganz zwei Jahre.«

»Heute ist alles ganz anders. Wer hat angerufen?«

Lucy erschrak. »Wann?«

»Vorhin. Das Telefon hat geläutet. Hat jemand eine Nachricht für mich hinterlassen?«

»Das war Richard. Er wollte nicht, daß ich dich bei der Arbeit störe.«

»Was wollte er?«

»Er wollte nur wissen, wie es dir geht. Er macht sich Sorge um die Einschaltquoten. Ich hab ihm gesagt, daß du nicht arbeiten mußt, wenn du nicht willst. Du wärst noch nicht auf dem Damm.«

»Ich arbeite. Ich habe noch nie an einer so wichtigen Sache gearbeitet. Sie könnte das Ende der Welt bedeuten.«

Sie konnte das nicht mehr hören. »Das Ende der Welt, George? Du hast das letztes Jahr dreimal durchgehechelt. Welche Version ist es diesmal?«

Er machte Anstalten, die Karte hochzuhalten, dann zerknüllte er sie in der Hand.

»George, ich finde es nicht gut, wenn du dich gleich wieder in diese Sache stürzt.«

»Das nächste Mal, wenn Richard anruft, will ich selbst mit ihm reden.«

»Er hat nur so angerufen, es gab nichts Bestimmtes.«

»Wie soll ich das wissen?«

Es kostete Lucy Anstrengung, auf ihn zuzugehen. Die untergehende Sonne knapp über den Dächern schien voll in Georges Gesicht. Er blinzelte dagegen an, drehte aber nicht den Kopf. Lucy berührte den Flaum an seiner Schläfe. »George?«

»Was?«

»George, er wollte dir nichts mitteilen. Er wollte *mich* sprechen. Er wollte wissen, wie wir beide damit fertigwerden.«

»Was will er?«

»Schwachsinnige Stories. Um mehr geht es ihm nicht.«

»Nein?«

Lucy hörte auf, sein Haar zu streicheln. Sie legte die Arme um ihn und legte den Kopf auf seine Schulter. Sie spürte, wie er sich entspannte. Dann straffte er sich.

Er drehte den Kopf und sah sie an. »Und was willst *du?*«

»Ich will Frieden auf Erden, und ich will meinen Mann zurückhaben. Aber ich bin schon zufrieden mit dem Mann. Bitte. Denk nicht mehr an den HCR. Wir beide sind wichtiger als ein Haufen hysterischer Lügen.«

Sie sah ihm ins Gesicht und begegnete einem unbeirrbaren Fremden. Er sah wieder aus dem Fenster. »Zuerst hab ich gedacht, die Sonne wär zu hell«, sagte er. »Aber dem ist nicht so.«

Er legte die flache Hand an die Scheibe, als müsse er sich vergewissern, daß da wirklich eine Scheibe war.

George aß zu Abend und ging schlafen. Lucy räumte die Küche auf und probierte von den Überbleibseln. Warum machte sie Essen für diesen Mann? Sie hatte so schon genug um die Ohren. Je mehr sie darüber nachdachte, um so wütender wurde sie.

Sie dachte nicht daran, für Richard zu spionieren. Und sie hatte auch keine Lust, sich jetzt noch mit dem Schriftsatz für das Ministerium zu befassen. Bei Gott, sie wollte nichts weiter als sich zu George legen, ihn in die Arme nehmen und seine Wärme spüren. Der beste Weg, sich davon zu überzeugen, daß er lebte und sie nicht alleine war.

Sie ging ins Schlafzimmer und zog sich aus. George lag mit dem Rücken zu ihr. Sie knipste die Nachttischlampe an. Die breiten Schultern, einst mit einem dunklen, krausen Pelz besprenkelt, waren knabenhaft glatt. Als kleines Mädchen war Lucy einmal von einer Fernsehserie entzückt gewesen, in der es um eine Siedlerfamilie mit ihrem zahmen Bären ging. Mal rettete der Bär ein Kind vor dem Rotluchs, mal warnte er die Familie vor einem Waldbrand, jede Woche lieferte er einen anderen Beweis seiner Anhänglichkeit. Anfangs, in verspielten Augenblicken, hatte sie George als ihren Bären betrachtet. Er konnte so lieb und aufmerksam und umsichtig sein wie dieser wunderbare Fernsehbär. Sie knipste das Licht aus und schlüpfte ins Bett. Zum Kuckuck mit seinen Depressionen, seinem Tod und seiner Wiedererweckung – wenn dieser Bär nicht mehr in ihm wohnte, dann würde sie ihn verlassen.

Sie schlang den Arm um seine Taille. Er atmete gleichmäßig und tief, sein Herz schlug regelmäßig. Dieses Herz hatte siebzig Minuten lang stillgestanden. Diese Vorstellung machte ihr angst. George regte sich träge, wie jemand, der noch schläft, wälzte sich auf den Rücken und zog sie an sich. Er war noch nicht ganz wach. Sie spürte, wie er an ihrem Schenkel erigierte und empfand diese spontane Reaktion als unsäglich tröstend. Sie legte die Wange an sein Gesicht.

George fuhr plötzlich zusammen. Seine Augen glänzten. Er schauderte. Dann wälzte er sich fort, drehte ihr den Rücken zu und rückte bis an den Rand des Bettes. Lucy spürte, daß er zitterte.

»Was ist los?« fragte sie.

»Es stimmt«, sagte er. »Ich lebe.«

Sie wartete.

»George?« Als sie seine Schulter berührte, zuckte er fort.

Das war mehr als genug; das war zuviel. Ohne das Licht anzuknipsen, stand sie auf, zog sich den Morgenmantel über und ging.

Sie ging ins Wohnzimmer, schaltete den Fernseher ein und drehte die Lautstärke auf, dann stöberte sie in ihrem Arbeitszimmer, fand eine Packung leerer Disketten und ging damit den Flur hinunter.

In Georges Zimmer wimmelte es von Diagrammen und Ausdrucken. Auf einem Schreibtischmonitor scrollte lautlos das HCR-Weltmenü, die anderen Monitore und die drei Wandbildschirme waren blind. Lucy fand seine Daten-CDs. Vier waren mit ›Millennium‹ beschriftet. Sie warf den Computer an, machte Kopien davon, legte alles wieder an seinen alten Platz und kehrte in ihr Arbeitszimmer zurück. Sie versteckte die Disketten in der untersten Schublade hinter den Akten, wo sie ihre Süßigkeiten, getrockneten Feigen und Müsli-Riegel aufbewahrte. Sie schob die Schublade zu und ließ sich in ihren Sessel fallen. Sie fischte den *Vanity Fair* vom Tischchen, schlug auf und bekam prompt die Frau am Strand präsentiert.

Lucy saß ein paar Minuten lang da, dann erhob sie sich und zog die Schublade auf, in der sie die Disketten versteckt hatte. Sie riß die Schachtel mit den Feigen auf, nahm eine heraus, biß ab und ging kauend in die Küche. Mit einem Glas Wasser kehrte sie zurück. Sie aß eine Feige nach der anderen, bis die Schachtel leer war. Sie aß drei Milky-Ways und trank das Glas aus. Aus dem Wohnzimmer drang Gelächter. Ihr Magen schmerzte.

Sie stand auf und ging den Flur hinunter in Richtung Bad. Auf halbem Weg machte sie kehrt und ging ins Wohnzimmer zurück. Sie stellte den Fernseher noch lauter. Im Bad versperrte sie die Tür hinter sich, kniete sich vors Klosettbecken und schob den Zeigefinger in den Hals, biß feste auf die blaue Stelle, würgte und übergab sich.

4

SAMSTAG, 5. JUNI

Die Welt platzt in Georges Arbeitszimmer

Leute, die George nicht einmal kannte, und die auch George nicht kannten, wollten ihn in den Wahnsinn treiben. Das Fernsehen vergewaltigte ihn.

»Hier *ist* die Frage«, flüsterte Reverend Jimmy-Don Gilray, und es kam George vor, als sei der Reverend in seinem Zimmer und wolle ihn endlich ins Vertrauen ziehen. »…Hier ist die Frage, auf die diese Scharlatane nicht kommen, weil sie nicht die Augen haben zu sehen und nicht die Ohren zu hören.« Der Reverend hatte seine Fanfarenstimme angestaut für das Crescendo, das jetzt kam. »…Hier *ist* die Frage, die sich wie Gottes glühender Speer mitten in das Herz der sogenannten ›Wiedererweckung‹ bohrt. Welche Seele, frage ich euch, würde jemals aus dem Paradies zurückkommen?«

»Sapaduh-hula!« George ›moonwalkte‹ im Takt der Musik durch das Arbeitszimmer. Die beiden anderen Fernsehschirme ignorierten den Appell des Reverends. Ein Schirm brachte die *Insideline* von Reuters – die einzige Konkurrenz, die HCR zu fürchten hatte – und der andere eine Telewahl für die hundert Top-Videoclips des 20. Jahrhunderts. ›Degauss Bop‹ von *The Weird Girls With Problems* landete auf Platz 43. Der digital simulierte Video-Jockey knabberte an seinen Fingernägeln, während er die Clips vorstellte.

George zoomte auf die *Zion Tribulation Hour,* bis Gilrays Gesicht den 90-cm-Schirm füllte. Er studierte die scharf gemeißelten Züge des Reverends, das silbergraue borstige Haar, die makellose Haut, die grauen scharfen Augen. Die silbergrauen Brauen ließen an die Schwingen eines zornentflammten Engels denken. Seine Gestik war die eines Popstars, eckig und von gespenstischer Intensität. Für die Leute draußen war er schlicht ›der Rev‹.

George nahm den Ton des Musiksenders und des Nachrichtenmagazins so weit zurück, daß beide nur noch einen leise plärrenden Kontrast zur Botschaft des Revs bildeten.

»Diese Frage, meine lieben Freunde, ist so einfach, daß selbst ein Kind auf die Antwort kommt«, sagte Gilray. »Wenn ich es fragen würde ›Was glaubst du, wie viele Seelen freiwillig aus dem Himmel zurückkämen, wenn wir sie rufen würden?‹ da würde es mich groß ansehen und sagen ›Nicht eine einzige, Reverend Jimmy-Don Gilray; warum fragst du?‹ – Wenn die Gerechten einmal die Ewige Seligkeit erlangt haben, dann *kann* sie niemand mehr zurückholen.«

»Wissenschaftler der Freien Welt behaupten, Außerirdische kontrollieren Singapur«, sagte die leise Stimme des Nachrichtenmoderators von *Insideline*.

Der Video-Jockey spuckte einen Fingernagelsplitter. »Ricardo Rot von *Dada Alert* will die wiedererweckte Porno-Prinzessin Di Downstroke heiraten. Die Hochzeit soll noch während der laufenden Video-Tournee stattfinden. Ort und Zeit werden durch Datenabgleich zwischen der Hautkrebsrate der westlichen Hemisphäre und dem Tibetischen *Totenbuch* bestimmt…«

Georges Hardcopies lagen am Boden verstreut wie die Blätter elektronischer Bäume, seine Notizen reihten sich chronologisch an der Wand, auf jedem Tisch lagen Karten, Punkte und Linien wie Momentaufnahmen seines erwachenden Geistes. Er schwang sich singend aus dem Drehstuhl. »Degauss[1] me honey, I'm burning up!«

»... was sind diese Wiedererweckten? Sie sind uns nichts Neues. Gott hat uns in der Offenbarung an Johannes rechtzeitig gewarnt. Kapitel 13, Vers 13 – aber diese Zahlen sind wohl nur Zufall, hab ich recht?«

Wie auf ein Stichwort rief die Gemeinde: »Es gibt keinen Zufall!«

»Kein Zufall also! Der Antichrist *›tat große Zeichen. Es wurde ihm Macht gegeben, dem Standbild des Tieres Lebensgeist zu verleihen‹.* Christus erweckte den toten Lazarus – und also wird es so aussehen, als könne auch der Antichrist Tote zum Leben erwecken, genauso wie Johannes es prophezeit hat. Was also sind diese lebenden Toten?«

»Zombies!« schrie die Versammlung wie aus einem Mund.

»... treibt die Wirtschaftstroika das weibliche Drittel der zwangsverpflichteten Bevölkerung in die Sklaverei ...« Filmclip einer abgespannt wirkenden Frau im olivgrünen Overall, die sich mit einer Sozialarbeiterin unterhielt. »Der Korrespondent Roger Insider berichtet aus dem Amt für Zwangsvermittlung ...«

Eine splitternackte Frau auf einem rosaroten Pogostock, dazu das hartnäckige Synthogetrommel der *Wild Seeds:*

---

1 frei übersetzt: »Lösch mich, Liebling, ich verbrenne!« (to degauss = entmagnetisieren)

»I know that secret
You know that secret
They know it too…«
It spirals round your genes like smoke
From Indonesian ovens
And when the light comes up again
You're spread like lampshade skin across the floor.[1]

»… die Untoten!« schmetterte der Reverend. »Glatzköpfe! Zombies! Lebende Leichen! Wie, frage ich euch, kann man eine Leiche wieder lebendig machen? – Doch nur, indem man sie mit einem Dämon beseelt!«

»… die hitzige Chefin des Seppuku[2]-Clubs erklärte der Polizei von New Jersey, sie würde jeden, der sie daran hindern wolle, sich das Leben zu nehmen, mit einer Israeli-Surprise, Kaliber 0.38, empfangen…« Filmclip einer orangehaarigen Frau im bedruckten Baumwollkleid; sie hatte ein Gesicht wie aus porösem Vulkangestein und schwenkte eine automatische Waffe.

»Die toten Leiber kommen zu ihrer Seele wie ein Computer zu seinem Programm. Aber es gibt nur einen Seelenverkäufer.«

George konzentrierte sich auf den Reverend. Er wollte sich nicht zum Narren machen lassen – er wollte es endlich wissen. »Es gibt nur einen Ge-

---

1 Versuch einer Adaption:

»Ich kenne das Geheimnis,
Du kennst das Geheimnis,
Wer kennt es nicht …?«
Es rankt sich um deine Gene wie Rauch
Aus indonesischen Öfen.
Und wenn es wieder hell wird,
Liegst du flach am Boden
Wie Lampenschirmhaut.

2 *Harakiri* = seit dem 12. Jahrhundert bei japanischen Adligen (vor allem bei den *Samurai*) übliche Art des rituellen Selbstmordes, durch den man sich einer entehrenden Lebenslage entzog.

braucht-Seelen-Multi, der diese elende Welt überzieht! *Die Hölle AG!* Weltweit an sieben Wochentagen rund um die Uhr geöffnet! Vollgepfercht mit den Seelen der Verdammten, die nach Freiheit lechzen. Und man hat sich mit Gott weiß wieviel Seelen für die Toten eingedeckt, um euch, meine Freunde, zu verführen – um euch in den verderblichen Strudel der High-Tech zu locken!«

George stellte den Reverend leiser und drehte die Musik auf:

What will you name your child?
Rover, that's rad
It's been done before
But honey what hasn't?

What will your gun name you?
Kimberly or Don?
Kim's hot as a pistol
Don's a zombie dream.

Don't give me no static, hon
Or I might cling
Boop, boop
Zapadoolah![1]

---

1 Versuch einer Adaption:

Wie wirst du dein Kind nennen?
Rover, das wär geil.
Das hat's zwar schon gegeben, Honey,
Aber was hat es noch nicht gegeben?

Wie wird dich dein Schießeisen nennen?
Kimberly oder Don?
Kim ist so heiß wie eine Pistole,
Don ist ein Zombie-Traum.

Mach mich nicht an, Honey,
Oder ich laß nicht mehr los.
Buhwipp, bubuhwipp
Sapaduhula!

In den ersten Tagen, da George wieder zu Hause gewesen war, hatte er viel Zeit darauf verschwendet herauszufinden, ob die Welt ringsum die wirkliche war. Um nicht ausspioniert zu werden, hatte er die Spiegel verhängt. Und auf der Suche nach verborgenen Speicherchips hatte er die Stuhlbeine demontiert. Umsonst. In der Annahme, Lucy könne ihm Aufschluß geben, war er ihr nachgeschlichen und hatte versucht, sie zu überrumpeln. Aber sie hatte nur überrascht getan.

Ganz zu Anfang, während er noch passiv über seinen Notizen gebrütet hatte, die kurz vor seinem Ableben entstanden waren, da hatte er unwillkürlich das Fernsehen eingeschaltet – und die schmerzliche Wahrheit entdeckt. Das Fernsehen war wie eine Wasserleitung. Inwiefern? Weil ihn die Banalität des Fernsehens unheimlich nervte. Weil es nie aufhörte, wenn man es nicht abstellte. George sah stundenlang zu, geblendet vom Argwohn, übermannt von der Realität, entsetzt. Immer klarer zeichnete sich schließlich die Quelle seines Elends ab. Alle Bilder, die übers Fernsehen kamen und ihren Tanz vor ihm aufführten, waren Bilder von realen Menschen. Alle Worte, die sie von sich gaben, waren reale Äußerungen. Und doch stand kein Bild mit dem anderen in Verbindung, und eine Äußerung war so banal wie die andere. Magendrücken? – *Nehmen Sie Nulining. Ninja-Terroristen plündern Biowaffenlager in Satellit. Bei Raoul's, Ihre Zufriedenheit ist unser Vergnügen. ATM-Security-Systems weiß, was Ihnen Ihre Kinder bedeuten. Zitronensirup mit Wasser, und schon verfliegt ihre schlechte Laune.*

Am Rande der Verzweiflung hatte er sich wieder an seine Notizen gesetzt. Und da erst war ihm die Offenbarung zuteil geworden. »Mach mich nicht an, Honey«, winselte George, »oder ich laß nicht mehr los. Buhwipp, bubuhwipp. Sapaduh-hula!«

Er stöberte in den Papieren, die verstreut auf seinem Schreibtisch lagen, und zog eine zwei Monate alte Hardcopy aus der HCR-Crimeline heraus:

**PROSTITUIERTE SAGT:
ICH HANDLE IM AUFTRAG VON JESUS**

Denver, 19. März / CLN / Eine Frau, die der Aufforderung zur Unzucht beschuldigt wird, hat der Polizei erklärt, ihr sei ein Engel des Herrn erschienen und habe sie bewogen, Prostituierte zu werden.

Mary Benzell, 37, wurde am Donnerstag im Naturkundemuseum festgenommen, als sie den dienstfreien Polizeibeamten Otto Eisenhauer ansprach. Beim Verhör erklärte Ms. Benzell gegenüber Eisenhauer, sie habe Anfang des Monats ihre Stelle im Straßenverkehrsamt gekündigt und sich seither tagsüber in verschiedenen öffentlichen Gebäuden aufgehalten, um ›dem Herrn zu gefallen‹.

Ms. Benzell hat zu Protokoll gegeben, ihr sei dargetan worden, daß sie binnen Jahresfrist zu sterben hätte, falls sie ihre Stelle nicht aufgeben und auf den Strich gehen würde. »Sie behauptet, das habe ihr eine andere Frau in der Lutherischen Kirche geweissagt«, gab Eisenhauer an. Laut Mr. Benzell sei diese Frau ein Erzengel Gottes gewesen, der sie auf den ›rechten Weg‹ bringen sollte.

Der Polizei ist es nicht gelungen, eine Frau ausfindig zu machen, auf die die Beschreibung paßt, die Ms. Benzell zu Protokoll gab.

Ms. Benzell, eine attraktive, brünette Frau (37-27-35, Adresse auf Wunsch an Abonnenten von *Crimeline Prime*) gehört nach eigenen Angaben seit sieben Jahren der Good-Faith-Gemeinde an. Sie hat Reportern gegenüber versichert, besagter Frau erstmals am 13. März im Frühgottesdienst begegnet zu sein.

»Sie konnte in meine Seele blicken«, hat Ms. Benzell gesagt. »Sie hat mir ein Zeichen gegeben, wie es ein Mensch nicht geben kann. Sie hat mir die ›Frohe Botschaft‹ verkündet.«

Der Pfarrer der Kirche, Reverend R. Finnerly, verweigerte jeden Kommentar. Die Angeklagte wurde gegen eine Kaution von 1000 $ aus der U-Haft entlassen.

Noch weitere solcher Geschichten trieben sich auf dem Schreibtisch herum: ›Stahlarbeiter in Pittsburgh ißt sich selbst.‹ ›Schützengräben-Marotte überschwemmt Mittelwesten.‹ ›Brandbombe auf Unarius-Tempel.‹ ›Schulsprecher an High-School in Sex-Orgie verwickelt.‹ ›High-Tech-Pionier gründet Partei Amerikanischer Atheisten.‹ ›Ufonauten landen in Fatima.‹

George hatte die Stories auf jede erdenkliche Weise geordnet: nach Kategorien, nach Ort und nach Zeit. Sein Fundus reichte drei Jahre zurück. Er hatte alles ausgesondert, was nicht wenigstens drei der fünf Hauptmerkmale besaß: Ein Wesen, das getarnt auftrat. Eine überraschende Begegnung, meist ein Konflikt. Eine Drohung oder ein Gewaltakt. Eine Art Gericht oder Urteil. Eine emotionale Wende.

Dann hatte er die Ereignisse nach Datum und Ort eingezeichnet, und zwar rote Kreuzchen für Morde, blaue für Suizide, orangefarbene für andere Gewaltakte, gelbe für religiöse Bekehrungen, grüne für totalen Glaubensverlust, schwarze für alles andere. Die Vorfälle bildeten ein Muster in Zeit und Raum. Ein Muster, das auf einen Agenten hinwies. Ein mysteriöses Wesen, das seine wahre Identität nicht preisgab. Eine lebendige Zeitbombe, die unter den Menschen weilte. Ein Alien.

Zum ersten Mal war das Wesen Anfang des Jahres in Phoenix aufgetaucht. Ein Schwall von UFO-Berichten und der erste Konflikt – diesmal in Form eines heftigen Disputs zwischen Pater Edouard Mendoza und dem Bischof der katholischen Diözese von Phoenix über die sogenannte Erbsünde. In Phoenix war also der Fremdling gelandet. Im Januar wurden noch zwei weitere Begebenheiten aus dieser Gegend berichtet. Dann hatte der Fremdling sich auf den Weg gemacht und in Abständen von zwei bis drei Wochen seine Spur hinterlassen. Zwei Stories aus Carson City vom 31. Januar und eine aus Salem, Oregon, die sich mit drei bizarren Selbstmorden befaßte, die sich am Abend des 1. Februar in McMinnville ereignet hatten. Am Tag darauf hatte jemand in Olympia, im Staatsparlament von Washington, lautstark das Zeitalter der ›Entrückung‹ verkündet und mit seiner High-Tech-Elefanten-Mine ein Blutbad angerichtet.

Carson City, Salem und Olympia lagen in dieser Reihenfolge ungefähr in Nordwestrichtung von Phoenix; alle vier waren Hauptstädte.

In der ersten Februarhälfte blieb der Fremde im Staat Washington. Es gab Stories aus Tacoma, Yakima und Walla Walla. Dann, Mitte Februar, schlug er einen überraschenden Haken. Vorfälle in Boise am 13. Februar, Salt Lake City am 14. Februar und in Austin am 20. Februar und vielleicht noch in Santa Fe am 16. Februar. Als er diese Ereignisse in seiner Karte verzeichnete, sah George förmlich die Luft in seinem Zimmer vor Bedeutung flimmern. Olympia, Boise, Salt Lake City, Santa Fe und Austin, allesamt Hauptstädte, lagen auf einer Nordwest-Südost-Linie von beinah mathematischer Präzision.

Ein Alien. Der Schlüssel zur Wahrheit. Womöglich war diese Entdeckung der Grund für Georges Weiterleben – denn George war der Überzeugung, daß nur er diesen Pfad reinster Logik beschritten hatte. Nur er war zu dieser glasklaren Schlußfolgerung gekommen. Er sah den Fremdling bei geschlossenen Augen vor sich, vage noch aber immer detaillierter.

Er trat in einer Vielzahl von Masken auf und immer

in einer Hauptstadt. Dann kam es zu einer Konfrontation mit Durchschnittsbürgern. Irgendeine Anfechtung ihrer Auffassungen, es wurde mit Vernichtung gedroht – eine Drohung, die sich nicht selten in einem Gewaltakt entlud. Diejenigen, die nicht ums Leben kamen, waren unwiderruflich bekehrt. Es folgte eine Periode der Konsolidierung, in deren Verlauf sich der Einfluß des Fremdlings wie ein Lauffeuer auf die Region ausdehnte. Eine Epidemie von Sichtungen, persönlichen Katastrophen und Bekehrungen erfaßte erst den Kreis und schließlich den ganzen Staat. Dann, so plötzlich wie er aufgetaucht war, fegte der Alien querfeldein durch Amerika, infizierte in kurzen Stippvisiten die Hauptstädte, die auf seinem Weg lagen, und landete in einer anderen Stadt, um dort einen neuen Flächenbrand zu legen.

Im Januar in Phoenix. In den ersten beiden Februarwochen in Olympia. Im späten Februar in Austin. Ein Feldzug nach Norden durch Oklahoma City, Topeka, Lincoln und Des Moines; im März drei Wochen in St. Paul. Ein Schlenker nach Westen durch Pierre und Cheyenne. Zwei Wochen in Denver. Ein Haken ostwärts nach Jefferson City, Missouri. Mitte April Abstecher nach Kansas City und St. Louis. Bis Ende April in Nashville; im Mai in Atlanta.

Aber jetzt war es früher Juni. Zeit für einen neuen Feldzug. Es gab zwei Möglichkeiten – die Ostküste hinauf über Columbia, Raleigh, Richmond, Annapolis und Trenton – oder geradewegs nach Norden zu den Großen Seen, durch Lexington, Indianapolis und Lansing.

George schmiß einen Stoß von Ausdrucken auf den Boden, dann packte er seine jüngste US-Karte, eine Liste mit Namen und Adressen und sein Notebook aufeinander. Noch den Mikro-Camcorder und die windige Gasoholkarte, die Richard ihm besorgt hatte. George machte sich nichts vor; seine Chancen standen schlecht, aber er war fest entschlossen, die Jagd nicht abzubrechen, bevor er fündig geworden war. Er würde versuchen, diesem Geschöpf um eine Nasenlänge voraus zu sein; er würde versuchen, dem Zufall in die Hände zu spielen – mehr noch, ihn herbeizuzwingen: er wollte diesem Alien um jeden Preis begegnen. Er würde seine Berichte via United Digital Service an den HCR absetzen. Auf diese Weise wollte George sich aus seinem Schattendasein befreien.

Er holte sich Interrail auf den Monitor und buchte einen Sitzplatz dritter Klasse im Abendzug nach Philadelphia, und zwar auf den Namen George Hynek. Er tippte das Konto eines Mr. Midas ein, das war sein Geheimkonto; dann reservierte er für einen gewissen George Sagan einen Sitzplatz im Mitternachtszug von Philadelphia über Columbus und Indianapolis nach Chicago. Dritte Klasse war gut genug. Das war billig und anonym. Derweil er auf die Bestätigung wartete, überflog er eine Hardcopy, die neben dem Terminal lag. Eine Zeitungsnotiz aus Kansas City über eine Frau, die behauptete, ihr Mann habe sie gegen ihren Willen tätowiert. Der Mann war in der fraglichen Zeit in Chicago gewesen.

Die Bestätigung kam. Die Tickets lagen am Schalter der Penn-Station. George ließ sich eine Hardcopy ausdrucken, stopfte sie zusammen mit den anderen Papieren in seine Brieftasche und ging zur Tür. Die drei Schirme hinter ihm plärrten weiter. Der Nachrichtensprecher auf dem mittleren kommentierte eine Panne am solaren Mikrowellen-Sender Prometheus, der außer Kontrolle geraten war und drei Stunden lang Tucson verstrahlt hatte. Das Video zeigte eine verödete Straße; die wenigen Fußgänger trugen aluminiumbeschichtete Mylar-Anzüge. Der rechte Schirm zeigte ein klassisches Video von Mick Jagger, der ansonsten nur noch als digitale Simulation zu sehen war. Auf dem linken Schirm holte der Reverend zum Schlußwort aus. Er tänzelte vor verhaltener Energie, lächelte mit nur einem Mundwinkel hinter George her, als teile er mit ihm ein Geheimnis, das nur sie beide begriffen.

Er verengte ein Auge. »Der Teufel ist schlau«, sagte er. »Der Antichrist heißt nicht Antichrist, bloß weil er der Gegenspieler Christi ist – nein er hat auch die Macht, Christus nachzuahmen. Jesus vermehrte Brote und Fische. Der Antichrist verwandelt Steine in Brot. Geht in euren Supermarkt! Da liegt es in den Regalen – und wie sagen sie dazu?«

»Vitaballast!« riefen die Versammelten wie aus einem Mund.

»Plastiknahrung!« Der Rev stürzte auf eine junge Frau in der vordersten Reihe zu, beugte sich vor und öffnete sein Jackett, als wolle er ihr ein schmutziges Foto verkaufen. »Ein Stück Baumrinde gefällig, Miss?« Die Menge gärte.

»Christus brachte Steine zum Sprechen. Der Antichrist bringt Maschinen zum Sprechen – und wie sagt er dazu?«

»Künstliche Intelligenz!«

»Welcher Begriff könnte den Schwindel besser entlarven als der, der ihn vertuschen soll? Künstliche Intelligenz – KI. KI vom IK, dem Inkubus. Wieder so ein Zufall.«

»Es gibt keinen Zufall!«

»Christus machte Tote wieder lebendig. Und der Antichrist macht Tote wieder lebendig. Er nennt es *Wiedererweckung* ...«

Die Gemeinde tobte vor Hohn.

»Wieder nur ein Zufall? *Wiedererweckung!* Seit Jahrhunderten benutzen die Diener Gottes dieses Wort, um die seelische Wiedergeburt zu beschreiben. Doch heute nennt der Antichrist seine Schimären *Wiedererweckte* – obwohl jedermann weiß, daß sie *tot* sind!«

George schloß die Tür hinter sich. Er ging zum Wohnzimmer. »Lucy?«

Sie war nicht da. Er bekam sie kaum noch zu Gesicht. Und wenn, dann hörte sie nicht zu. Sie hatte kein Interesse.

George sah in der Küche nach. Er ging zu ihrem Arbeitszimmer und klopfte an. Als keine Antwort kam, trat er ein: aufgeschlagene Gesetzeskommentare, eine leere Schachtel Müsliriegel. Er ging ins Schlafzimmer, öffnete den Wandschrank und zog die Reisetasche vom Regal. Er warf ein paar Sachen zum Anziehen hinein, holte Unterwäsche aus der Kommode. Lucy kam aus dem Bad, hatte einen Bademantel an, ein Handtuch um den Kopf geschlungen und den Fön in der Hand.

»Was hast du vor?« fragte sie.

»Ich hol mir nur ein paar Sachen«, sagte George. »Laß dich durch mich nicht stören.« Er schob sich an ihr vorbei ins Bad und zog eine Schublade auf. Ein süßlicher Seifenduft hing in der Luft. »Hatten wir nicht noch 'ne Tube Zahnpasta?«

»Wo willst du hin?«

George fand die Zahnpasta. Er steckte sie zusammen mit dem Rasierapparat in sein Necessaire. Er drehte sich um und wollte aus dem Bad. Lucy stand in der Türöffnung.

Ihm brach der Schweiß aus. Sie standen sich dicht gegenüber in dem winzigen Geviert. »Ich muß fort – ich muß recherchieren. Ich muß verreisen. Ich weiß nicht, wie lange es dauert.«

»Und was ist mit dem HCR? Und mit Richard?«

»Ich wollte dich bitten, das für mich zu erledigen.«

Sie schwieg.

»Ich weiß nicht, warum du immer Richard vorschiebst«, sagte George.

Ihr Mund wurde schmal. »Er ist dein Freund.«

Sie schien mit sich zu kämpfen, dann sagte sie ruhiger: »Hör zu, George.« Sie nahm ihn beim Ellbogen und zog ihn zum Bett. Sie setzten sich nebeneinander auf die Kante. Lucy sah ihn unentwegt an, ihre Augen waren voller Kummer. »Du bist nicht gesund. Du mußt zu Hause bleiben. Ich *brauche* dich, George.«

»Tut mir leid. Aber das hier ist zu wichtig. Das ganze Land ist in Schwierigkeiten. Vielleicht die ganze Welt.«

»Die x-te Bigfoot-Story ändert daran auch nichts. Aber *wir* sind in Schwierigkeiten, George. Du und ich. Begreifst du das nicht?«

George hätte sie am liebsten in sein Zimmer geschleppt und ihr das ganze Material unter die Nase gehalten. Es war alles so anders, seit man ihn aufgeweckt hatte. Er sah sie jetzt klarer. Zu Beginn ihrer Beziehung hatten sie einen unausgesprochenen Vertrag geschlossen, nach dem Lucy sich um die praktischen Belange und er sich um das Längerfristige zu kümmern hatte. George liebte ihren Eifer, aber ihr Eifer galt persönlichen Belangen. Lucy kümmerte sich zu wenig um die großen, unpersönlichen Kräfte, die am Werke waren – Kräfte, die Lucy und ihn und den Rest der Welt zu Staub zermahlen würden, wenn sich nicht endlich jemand kümmerte.

Er packte sie bei den Schultern. »Sieh mal, Lucy, ich möchte, daß du ein einziges Mal über uns beide hinausdenkst. Du weißt, daß ich dich liebe, aber es gehen Dinge vor, die sich den Teufel um unsere Liebe scheren.«

»George, du bist übergeschnappt! Ich habe versprochen, immer zu dir zu halten, in guten wie in schlechten Tagen. Mit deiner Wiedererweckung bin ich ein verdammt großes Risiko eingegangen.«

»Bereust du es?«

»Natürlich nicht! Aber ich habe schließlich auch meine Probleme. Wenn du jetzt gehst, bist du ganz allein auf dich gestellt.«

»Ich kann auf mich selbst aufpassen.«

Die Enttäuschung auf ihrem Gesicht hätte ihn fast umgestimmt. Er legte den Arm um ihre Schulter und wollte sie an sich ziehen. Sie wand sich los, stand auf und ging zu ihrem Toilettentisch. Sie wickelte sich das Handtuch vom Kopf und begann ihr Haar zu fönen. Er sah zu, wie sie den Kopf schief hielt, sich das Haar bürstete und den Luftstrom immer wieder auf den Nacken lenkte. Ihre Bewegungen waren von natürlicher Anmut; die Ärmel des Bademantels waren zurückgefallen, und das Spiel der Muskeln und Sehnen in ihren Armen war von eigentümlicher Schönheit. Er ging zu ihr. Er wollte sie in die Arme nehmen, scheute aber davor zurück, weil er Angst hatte, sie dann nicht mehr loszulassen. »Lucy«, sagte er. Er berührte ihre Schulter.

»Was ist?« Sie klang trotzig, ließ sich aber die Berührung gefallen. Er wußte nicht, was er sagen sollte. Sie stellte den Fön ab, barg den Kopf an seiner Schulter und fing an zu weinen. Ihr Haar duftete, er spürte die Wärme ihres Körpers. Er küßte ihren Scheitel, wollte selbst weinen, wurde dann aber von einer Woge des Verlangens überschwemmt.

Er zog Lucy zum Bett. Wie stark er wieder war. Er hatte sich schon lange nicht mehr so stark gefühlt. Er erinnerte sich, wie er in seiner Einbildung hilflos durch die Kaninchenröhre gefallen war; er hatte nur seine Augenlider bewegen können. Er küßte Lucy auf die Wange; sie drehte den Kopf weg. Er drückte sie ins Kissen, schob ihr den Bademantel von den Schultern. Im Bad brannte noch Licht. Wasser tropfte in die Duschtasse. Lucy knöpfte ihm das Hemd auf. Ihr Gesicht lag im Schatten, ihre Miene war ernst. Er schloß die Augen und legte den Kopf an ihre Brust, umarmte ihre Hüfte. Und hoch über ihnen, außerhalb der Atmosphäre, fielen fremde Sternenschiffe um die Erde – Schiffe, die von Intelligenzen erbaut waren, die den Menschen so überlegen waren wie die Menschen den Insekten. George wollte hart zustoßen, immer wieder, bis sie begriff, daß diese Welt unsäglich fremd war, voller Geschwätz, das ihm weismachen wollte, was er für Illusion hielt. Diese Welt hatte ihn getötet und hatte ihn zurückgeholt. Unten auf der Straße spielte ein Gettobooster christliche Musik. Lucy zog die Knie an, um ihn zu halten. Sie langte nach unten und verflocht die Finger mit den seinen. Ferner Donner, Regen an der Fensterscheibe. Sie liebten sich wortlos, und dann war es, als sei George zum zweiten Mal gestorben und diesmal die Welt mit ihm.

Als er aufwachte, war es Nacht. Lucy schlief, ihn trennten nur Zentimeter von ihrem Gesicht; es lag so friedlich gekuschelt wie das eines Kindes. Irgendwo in der Wohnung wurde geredet, ganz leise, hektisch. Dann fielen ihm die Fernsehschirme ein, die er nicht abgestellt hatte.

Er glitt aus dem Bett und fahndete nach seinen Kleidungsstücken. Er zog sich an. Lucy regte sich, als er den Reißverschluß der Tasche zuzog. In der Küche aß er einen Apfel und ein Stück Brot. Er zog die Jacke an, steckte den Mikro-Camcorder ein und fuhr mit dem Aufzug ins Parterre. Curtis, der Haussheriff, saß in seiner Kabine und nickte ihm durch die schußsichere Scheibe zu. Zwei Burschen mit Mönchstonsuren lungerten an der Straßenecke und nahmen ihn in Augenschein. »He, Zombie«, riefen sie, griffen an den Hosenschlitz und machten stoßende Bewegungen. George hielt eine Rikscha an. Der Fahrer drückte einen Knopf, das Schloß schnarrte; George kletterte in die Kabine. »Penn-Station«, sagte er durch das Sprechgitter.

5

SAMSTAG, 5. JUNI

Es bieten sich Antworten auf viele ernste Fragen

»Der Tod ist nicht grausam«, sagte Reverend Jimmy-Don Gilray. »Der Tod ist das natürliche Ende des Lebens. Leben ohne Tod wäre eine sinnlose Verlängerung unseres Elends. ›Nicht lange, und ich bin wieder bei euch‹ hat Christus gesagt. Aber wenn wir zu feige sind, um diesen Schritt zu tun – diesen kleinen Schritt vom Leben über den Tod ins ewige Leben, dann verdammen wir uns zur Hölle auf Erden. Das, meine Freunde, ist die sogenannte Wiedererweckung.

Der Herr streckt uns die Hand hin, um uns einzuladen. Die andere droht mit dem Flammenschwert! Und wer immer noch zweifelt – der richte sein Augenmerk auf San Francisco! Der Sodomite hat seine Lektion gelernt, die Dirne lernt sie, und der Atheist wird sie noch lernen!

Die Zeit wird knapp, Brüder und Schwestern. Das Schiff des Vaters ist unterwegs. Wenn es landet und der Friedensfürst in all seiner Glorie erscheint, um die Neue Erde zu regieren – dann solltet ihr vorbereitet sein. Möge in diesen schrecklichen Letzten Tagen die Gnade unseres Herrn Jesus Christus mit uns sein.«

Er senkte den Kopf und ließ die Arme hängen. Die

ganze Versammlung verharrte in Schweigen. Dann hob die Musik an, und der Chor setzte ein. Die Kameras fuhren zurück; einen Augenblick später erloschen die roten Signallichter, und die Scheinwerfer wurden gedimmt. Gilray hob die Arme über die Leute – die Krüppel in der vordersten Reihe und über die alten schwarzen Männer und über das Mädchen mit dem blonden Lockenkopf, das sich nun schon einen Monat lang um ein Stelldichein mit ihm bemühte. Der Chor sang noch, die Gemeinde stand andächtig und lauschte, da verließ er mit ausholenden Schritten die Predigerbühne.

»Nicht schlecht, Rev«, sagte ein Kameramann.

»Danke, Ed«, sagte Gilray. Er warf einen Blick auf die Männer, die die ganze Live-Übertragung aus dem Off verfolgt hatten: der große trug einen Mikro-Camcorder bei sich, der schmale, bärtige war Stanley Levine. Einer von Eberharts Handlangern. Felton neben ihm machte den Eindruck, als bewache er zwei Gefangene.

Marianne Bellereve kam mit einem Klemmbrett die Stufen herauf. »Sie warten, Reverend«, sagte sie.

Sollten sie warten. Gott allein wußte, wieviel Jahre Gilray gewartet hatte. Da war er wieder, dieser stechende Schmerz in der Blase. »Geben Sie mir eine Viertelstunde, dann sollen sie in mein Büro kommen.«

Er ließ Marianne stehen und verließ die Bühne durch den Hinterausgang, ging den Korridor hinunter durch das Vestibül in sein Büro. In seiner Naßzelle stand er minutenlang über dem Klosettbecken und versuchte vergeblich zu urinieren. *Herr, ich bin deiner nicht würdig, hilf deinem unwürdigen Diener.*

Gilray hatte einen bemerkenswert großen Penis. Dieses Attribut war Born und Symbol seiner Kraft. Die Leute sahen nur den rechtschaffenen Wegbereiter des glorreichen Jesus und der Neuen Erde, doch allein Reverend Jimmy-Don Gilray, der dastand und darauf harrte, daß der Herr ihm Erleichterung verschaffte, wußte um den Sünder gleichen Namens, der um Gnade flehte und von Gottes heiligem Instrument besessen war, das er, Gilray, in der Hand hielt und sachte schüttelte, um es zu provozieren.

Des öfteren, wenn er Beichte saß, wunderte er sich über die Lappalien, die diese Sünder bekannten. Wenn *sie* es verdienten, Staub unter den Füßen des Herrn zu sein, was verdiente dann *er?* – Weniger als Staub? – Würde er wegen seiner bodenlosen Verderbnis zu Asche unter dem Pferdefuß des Satans verdammt werden? Das war der Januskopf Gottes. Denn es war die eigene Verwerflichkeit, die Gilray von der Herrlichkeit Gottes überzeugte. Die Rute in seiner Hand hatte ihn die Macht des Herrn gelehrt. Wie die *Narzisse von Scharon*[1] in der Hochzeitsnacht, so hatte er im Staub gelegen und gedürstet, Christus möge sein heiliges Verlangen stillen. Nur die grenzenlose Gnade Gottes in ihrer unsäglichen Fülle und Herrlichkeit konnte bis auf den Boden eines Abgrundes blicken, der so tief war wie der Abgrund in Jimmy-Don Gilrays Seele.

Jedesmal, wenn ihn das Verlangen überkam, ahnte er, wie unendlich die Barmherzigkeit Gottes war. Und deshalb blieb er keusch. Sein Leib gehörte dem Herrn. Mit seinem Leib hätte er jede Frau zur Ekstase bringen könne, aber diese Ekstase wäre nur ein schwacher Abglanz jener Ekstase gewesen, mit der Gott jederzeit die Seele erfüllen konnte. Er vermochte jede Frau mit einem einzigen Gottesdienst zu schwängern: nichts und niemand konnte der Gnade Gottes widerstehen. Ein anderer Mann hätte sich das vielleicht als

1 Bibel: ›Das Hohelied‹ Kap. 2 – ›Eine Narzisse von Scharon bin ich.‹

Verdienst angerechnet, doch Gilray wußte, daß jeder Erfolg ein unverdientes Geschenk Gottes war.

Er wartete auf jene besondere Frau[1], die der Herr schicken würde, um die Zeit zu vollenden und das Millennium einzuleiten. Seit Jahren übte er Enthaltsamkeit, wartete. Er hatte gezweifelt. Vielleicht waren seine jüngsten Beschwerden ein Zeichen.

Mit einem Mal erlebte er einen neuen Beweis der göttlichen Gnade, so wunderbar und majestätisch wie die Sonne, die jeden Morgen am Horizont der alten Erde erblühte – hier in der Naßzelle seines Büros in der Endzeit-Akademie – die plötzliche Erlösung, der heiße, kräftige Strahl, das Rauschen an der Innenseite des Beckens. Gilray seufzte. Er schüttelte die letzten Tropfen ab, drückte die Spülung und wusch sich die Hände. Vor dem Spiegel bürstete er sich das Haar nach hinten. Er fühlte sich wie neugeboren, und Gott, dessen war er sich so gut wie sicher, hatte das Jüngste Gericht auf einen anderen Tag verschoben.

Als er aus der Naßzelle in sein Büro trat, wurde er bereits erwartet. Der Kameramann ging im Raum herum und fachsimpelte über Blickwinkel, Levine saß im Besuchersessel. Sie verstummten, als er eintrat. Levine stand auf.

»Reverend? Stanley Levine vom HCR.« Er streckte Gilray die Hand hin.

Gilray drückte ihm die Hand. »Erfreut über Ihren Besuch, Mr. Levine.« Der Kameramann prüfte die Batterieladung und setzte sich den Kopfhörer auf. »Das ist Jeff Pack«, sagte Levine. »Hell genug, Jeff?«

Der großgewachsene Mann nickte. »Okay.«

Gilray nahm hinter und Levine vor dem Schreib-

---

1 Bibel: ›Offenbarung an Johannes‹, Kap. 21, 9 ff.

tisch Platz. »Ich dachte, Mr. Eberhart macht das Interview.«

Levines dünne Nase wurde krumm wie ein Teppichmesser. »Mr. Eberhart muß sich noch von seinem Infarkt erholen.«

Der Kameramann steckte eine CD in die geschulterte Speichereinheit und klappte das Visier vor die Augen. Das Kontrollämpchen an seiner Schläfe leuchtete rot auf.

»Richten Sie ihm aus, daß wir alle um seine rasche Genesung beten.«

»Ich will es weiterreichen. Können wir beginnen?«

Nach ein paar vorbereitenden Fragen kam Levine zur Sache. »Sie haben diesen Kreuzzug gegen die Wiedererweckung ziemlich angeheizt. Wer hat schon gerne mit Zombies zu tun, aber erscheint die Wiedererweckung nicht unter bestimmten Umständen gerechtfertigt – zum Beispiel bei Mordopfern?«

»Ich lehne die Wiedererweckung grundsätzlich ab«, sagte Gilray. »Selbst einem Atheisten kann nicht entgehen, daß sie nur dazu dient, die Macht der Reichen zu erhalten. Die Wissenschaftler, die im Dienst von Regierung und Großkapital stehen, können viel versprechen – die Wiedererweckung von Durchschnittsbürgern ist nicht vorgesehen.«

Die Kameralinse rotierte und zoomte Gilray heran. Der sah direkt in die Kamera.

»Aber das ist vergleichsweise trivial, entscheidend ist der moralische Aspekt. Nehmen wir nur einmal die Methode. Um einen Toten wiederzuerwecken, müssen die Wissenschaftler die genetische Struktur der Zellen verändern. Dazu benutzen sie ›DNS-Keime‹. Und woher bekommen sie die? Von abgetriebenen Föten. Hier wird also eine ungeborene Generation getötet, um eine von rechts wegen tote wiederzuerwecken. Gott setzt dem menschlichen Leben eine

Grenze, und diese Wiedererwecker wollen sie überschreiten. Die Ärzte spielen den Erlöser, sie holen das Leben aus dem Himmel auf die Erde zurück. Das ist Blasphemie.«

»Wen kümmert das, wenn angeblich das Ende der Welt vor der Tür steht?« fragte Levine.

»Es gibt immer noch Seelen, die gerettet werden können. Die Bibel warnt uns vor den ›falschen Erlösern jener Tage‹. Gibt es falschere als die Wiedererwecker? Sie wollen uns weismachen, wir könnten Gott entrinnen. Die Menschen sind sterblich. Sie werden geboren, und sie sterben, und Gott nimmt sich ihrer Seelen an und sitzt Gericht über sie. Wie kommt es denn, daß nur so wenige Wiedererweckungen gelingen? Warum erscheinen so viele Wiedererweckte verändert? Die Antwort ist einfach: Sie haben keine Seele, und der Geist, der in ihrem Leib wohnt, stammt aus der Hölle. Satan ist raffiniert. Er ist um keine List verlegen.«

Levine leckte sich die Lippen. »Die Wiedererweckten sind Dämonen aus der Hölle?«

Der Stadtatheist, der freigeistige Jude war darauf aus, ihn lächerlich zu machen. Gilray fragte sich, ob Levine unter den 144 000 Juden sein würde, die sich noch vor Harmagedon zum Christentum bekehren würden.[1] »Ich will damit sagen, daß die Seelen der Toten weiterziehen an einen Ort, wo Gott das Urteil über sie spricht, woraufhin nichts und niemand sie zurückrufen kann. Was zurückbleibt ist die Verpackung. Diesen Abfall wieder zum Leben zu erwecken, verletzt so viele fundamentale Gesetze, daß dabei nur Böses herauskommen kann. Sehen Sie sich doch um in der Welt.«

»Was gedenken Sie zu tun, wenn das Oberste Bun-

---

1 Bibel: ›Offenbarung an Johannes‹, Kap. 7, 4 u. 16, 16.

desgericht die staatlichen Gesetze gegen die Wiedererweckung kippt?«

»Es kommt nicht mehr auf das Oberste Bundesgericht an, wenn ein Dutzend und mehr Staaten diese Gesetze ratifizieren.«

»Und wenn sie es nicht tun?«

»Wir werden kämpfen. Die Menschen werden sich Gehör verschaffen.«

»Wir leben in einer Demokratie. Zweiundsechzig Prozent unterstützen die Wiedererweckung.«

Gilray nahm seine Bibel auf und wedelte damit. »Das ist unsere Demokratie. Das hier ist die Verfassung der Vereinigten Staaten.«

»Das ist aber ein ziemlich unversöhnlicher Standpunkt.«

»Versöhnlichkeit ist keine Tugend, wenn es darum geht, das Böse auszurotten. Versöhnlichkeit hat uns dieses Chaos beschert. Sie lähmt, wo es besser wäre zu handeln.«

»Sie klingen ganz wie ein Politiker.«

»Politiker reden um den heißen Brei. Ich nenne das Kind beim Namen.«

»Sie können nicht abstreiten, daß Sie in diesem Staat eine Menge politischen Einfluß haben.«

»Ein paar von meinen Gefolgsleuten, nicht ich.«

»Leute wie Charles Duke Sumner.«

»Ich kenne Mr. Sumner.«

»Und Ihre Akademie hat einen privaten Gefängnisverbund unter Vertrag, der landesweit zu den größten zählt.« Levine suchte in seinen Notizen. »Letztes Jahr haben Sie die Resozialisierungsverträge für Gefangene aus sechzehn Bundesstaaten übernommen. Regierungen aus dem ganzen Land verpfänden ihre Inhaftierten an Ihre Farmen.«

»Weil unsere Rückfallquote unter zehn Prozent liegt – kraft des Gebetes.«

»Und dank Nembutal[1]« Bevor Gilray protestieren konnte, fuhr Levine fort. »Ein Wort zu den Sicherheitskräften. Sie haben sie in einer separaten Kaserne untergebracht. Es werden Stimmen laut, die Ihnen vorwerfen, eine private Armee aufzubauen.«

»Ihr Chauffeur, dieser Felton«, warf der Kameramann ein, »er sagt, er war ein Green Beret.«

»Stimmt. Felton hat mir das Leben gerettet – damals in Dayton. Ein Mann zog die Waffe und wollte mich erschießen. Ich habe drei Mordanschläge überlebt. Ich brauche den Schutz.«

»Aber keine Privatarmee.«

»Es könnte sein, daß wir bis zum Jahresende alle eine brauchen. Ich möchte meinem Erlöser jedenfalls leibhaftig begegnen. Ich hatte nicht vor, Prediger zu werden ...«

»... bis Ihre Software-Firma baden ging«, sagte Levine.

»Ich bin dazu *berufen* worden. Ich predige nur, weil es Gott gefällt, einen Blinden wie mich mit dem Schimmer Seiner strahlenden Wahrheit zu beglücken. Es wird Ihnen wie Schuppen von den Augen fallen, mein Freund. Und zwar schon am 31. Dezember um Mitternacht.«

»Danke für die Warnung. Aber reden wir vom Ende der Welt. In den letzten drei Jahren überschlagen sich die UFO-Meldungen. Steht uns mit dem Anbruch des Millenniums eine Invasion der Außerirdischen ins Haus?«

»Ich bin ein Diener Gottes und kein Experte für Fliegende Untertassen.«

Levine scrollte durch seine Notizen. »Letzten Oktober haben Sie in einer Sendung gesagt, *UFOs sind Zei-*

---

1 *Nembutal*™, Pentobarbitalnatrium = ein Schlaf- und Beruhigungsmittel.

chen. Der Messias kommt. Was auf unseren Radarschirmen funkelt, ist das Neue Jerusalem.«

Gilray lächelte. »Wir sind Christen und frönen keinem UFO-Kult. Ebenso wahr ist, daß Fliegende Untertassen vielleicht ein weiterer Hinweis auf den Anbruch der Letzten Tage sind.«

Levines Stimme troff vor Ungläubigkeit. »Wollen Sie damit sagen, in der Bibel ist die Rede von Fliegenden Untertassen?«

»Was die Endzeit angeht, so gibt uns die Bibel erschöpfende Auskunft. Es ist allerdings nicht leicht, die Weissagungen der Vergangenheit zu deuten – ein paar Beispiele mögen das illustrieren. Ezechiel – einer der Propheten, auf die unser Wissen um die Endzeit zurückgeht – sah, wie sich Räder durch die Luft bewegten[1]. Was waren diese ›Räder‹? In der Offenbarung an Johannes heißt es: ›Ich sah einen Stern, der vom Himmel auf die Erde gestürzt war.‹ Dieser Stern könnte ein Raumschiff sein. Johannes fährt aber fort, er – der Stern also – habe den Schlüssel zum Schacht in den Abgrund. ›Er öffnete den Schacht in den Abgrund, da quoll Rauch daraus hervor wie aus einem großen Ofen und verfinsterte die Sonne und die Luft.‹[2] Wie kann ein Stern eine Person mit einem Schlüssel sein? Wird irgendein Geschöpf aus dem All landen und einen nuklearen Krieg entfesseln?«

»Ein außerirdisches Wesen soll einen Atomkrieg entfesseln?«

»Das habe ich nicht gesagt. UFOs interessieren mich nur insoweit, als sie eines unter vielen anderen Zeichen sind, die dem großen Jammern und Zähneknirschen vorangehen. Gott hält es wie jeder gute Geschäftsmann: Er versucht die Aufmerksamkeit der

---

1 Bibel: ›Buch Ezechiel‹, Kap. 1 u. 10.

2 Bibel: ›Offenbarung an Johannes‹, Kap. 9, 1–2.

Leute auf Sein Angebot zu lenken. Zur Zeit finden viele Menschen zu Jesus, und manche wegen der UFOs. Jeder Grund ist recht. Die Zeit drängt, und alle guten Christen müssen gerüstet sein.«

»Und das Neue Jerusalem? Sie haben es ›das Schiff des Vaters‹ genannt.«

»Hören Sie sich an, wie Johannes es beschreibt: ein gigantischer Kubus aus Juwelen und Metall mit zwölf Toren oder Türen, der ›glänzte wie ein kostbarer Edelstein‹.[1] Und es steigt von Gott aus dem Himmel herab. Das *ist* das Schiff des Vaters. Und es ist unterwegs. Ich beschreibe das Ereignis nur mit modernen Begriffen.«

»Und die anderen Weissagungen, die sich angeblich erfüllt haben?«

»Sie *haben* sich erfüllt. Sonst wüßten wir nicht, daß die Letzten Tage angebrochen sind. Die Bibel weissagt ganz bestimmte Ereignisse: die Juden werden nach Israel zurückkehren – sie tun es seit 1948. Ein brennender Stern namens ›Bitterkeit‹ wird auf die Erde stürzen und die Gewässer vergiften, und viele Menschen werden daran sterben[2] – Tschernobyl 1986, der Kern des sowjetischen Reaktors schmolz und brannte sich in die Erde hinein. Das russische Wort ›Tschernobyl‹ bedeutet soviel wie ›Bittere Zeit‹. Babylon, das Römische Reich, wird in Gestalt eines zehnköpfigen Tieres wiedererstehen[3] – 1997 rief die Europäische Union eine zehnköpfige Kommission ins Leben, um die Weltwirtschaftskrise zu bekämpfen. ›Gog und Magog‹ werden aus dem Norden kommen und das Tal von Harmagedon mit Krieg überziehen[4] – wir erleben, wie die Sowjetarmee im Mittleren Osten in einer Sack-

---

1 Bibel: ›Offenbarung an Johannes‹, Kap. 21, 10–21.
2 Bibel: ›Offenbarung an Johannes‹, Kap. 8, 10.
3 dito, Kap. 17, 12 (Tier mit sieben Köpfen und *zehn Hörnern*).
4 dito, Kap. 16, 16 u. 20, 8 – ›Buch Ezechiel‹, Kap. 38 u. 39.

gasse steckt, wo sie, eingekeilt von anderen Territorien, gegenwärtig ein Tal besetzt, das man inzwischen als das ›Har-Megiddo‹[1] des Alten Testaments identifiziert hat. Der letzte sowjetische Ministerpräsident, ein eingefleischter Atheist, der eine Wirtschaftsunion mit den Vereinigten Staaten geschmiedet hat, trägt das ›Zeichen des Tieres‹[2] auf der Stirn.

Die Offenbarung an Johannes sagt, daß der Antichrist jeden mit diesem Zeichen brandmarkt, und ›nur wer das Zeichen trägt – entweder den Namen des Tieres oder die Zahl dieses Namens – kann kaufen oder verkaufen‹. In Ihrer Brieftasche, Mr. Levine, befindet sich eine Universal-Kreditkarte. Viele Menschen, die in diesen Zeiten der Depression die Arbeitslosenunterstützung in Anspruch nehmen, haben so eine Karte. Auf jeder Karte steht eine andere Zahl, und doch ist es immer dieselbe – 666.[3] Sie besagt, daß diese Menschen dem Staat gehören.

Sehen Sie sich doch um! Zwanzig Kriege toben in der Welt, die Seuche des Terrorismus, Japan und Brasilien haben sich gegen uns verbündet, die chinesische Industrie ruiniert unsere Wirtschaft, vierhundert Prozent Inflation, das Horten von Lebensmitteln angesichts von Hungerkatastrophen! Die Vier Reiter[4] galoppieren um die Welt. Das Greuel der Verwüstung nimmt seinen Lauf.«

---

1 hebräisch: har = Berg / ›Megiddo‹ wird im ›Buch Sacharja‹ Kap. 12, 11, erwähnt / ehem. Stadt an der Stelle des heutigen Dorfes Megiddo unweit von Afula, Israel – Ausgrabungen legten 20 Schichten frei (4. Jt. v. Chr. bis 4. Jh. n. Chr.).

2 ›Offenbarung an Johannes‹ u. a. Kap. 13, 16 u. 20, 4 – gemeint ist vermutlich *Michail Sergejewitsch Gorbatschow* mit seinem großen, unübersehbaren Pigmentfleck auf Stirn und Halbglatze.

3 Im Hebräischen und Griechischen haben die Buchstaben Zahlenwert. Die Zahl 666 wird auf den Kaiser Nero bezogen.

4 Die sogenannten Apokalyptischen Reiter – ›Offenbarung an Johannes‹, Kap. 6, 1–8.

Levine machte keinen Hehl aus seiner Ungeduld. Als Gilray verstummte, schaltete er sein Notebook ab, lehnte sich zurück und drehte den Kopf. »Du könntest ebensogut deine Batterien schonen, Jeff. Das ist die alte Leier.« Dann wandte er sich wieder an Gilray. »Reverend, ihr Bibelfuchser spult seit dreißig Jahren dasselbe Band ab. Woher nehmen Sie den Optimismus, daß das noch jemand hören will?«

»Sie sind zu *mir* gekommen.«

»Sicher, wir sind zu *Ihnen* gekommen. Weil wir dachten, Sie hätten uns etwas zu sagen, Reverend. Aber wir lassen die Kamera schnurren, und Sie servieren uns kalten Kaffee. Unsere Zuschauer wollen Fakten, keinen religiösen Humbug. Die Wissenschaft befaßt sich seit Galilei mit diesen Mythen. Was spricht dagegen, daß Jesus schlichtweg ein ET mit einem Herz aus Gold war? Er macht eine Bruchlandung, und die Halbwilden um ihn herum haben Probleme mit dem Input. Er schmeißt eine Kapsel ins Wasser, und es wird Wein, und läßt sie glauben, er kann Brot und Fisch vermehren. Er hört die Nachrichten ab, und sie halten ihn für einen Propheten. Er stirbt, und man beamt ein paar Wiederbelebungsspezialisten runter, die ihn bergen. Himmel, was tun wir denn zur Zeit? Die verblüfften Eingeborenen nannten es Wiederauferstehung. Wir sagen Wiedererweckung dazu und machen uns nicht gleich ins Hemd dabei.«

Gilray mußte sich beherrschen. Nicht einmal Christus vermochte diese verstockte Seele aufzutauen. »Ich bin immer wieder erstaunt, wie schnell ihr sogenannten Skeptiker jede noch so dumme Erklärung hinnehmt, solange sie nur den Anschein von Wissenschaftlichkeit hat. Ihr seid durch und durch Materialisten. Die Wiedererweckung ist keine Wiederauferstehung. Sie ist Schwindel.«

»Ich wette, Sie würden nicht so reden, wenn Sie selbst auf der Kippe stünden.«

Ausgerechnet jetzt machte sich Gilrays Blase mit einem stechenden Schmerz bemerkbar.

»Ich kann keinen gottlosen Heuchler bekehren.«

»Hörst du, Jeff? Der Mann vermutet unter jedem Stein einen Atheisten.«

»Da wird man am schnellsten fündig.«

»Ich bin gekränkt, Reverend. Aber zurück zu den UFO-Berichten. Sie haben viele Intellektuelle auf Ihrer Seite. Auch der deutsche Psychologe C. G. Jung hat geäußert, Fliegende Untertassen seien Hinweise auf das Ende der Welt.« Levine schaltete wieder sein Notebook ein. »Hier. Jung hat sinngemäß gesagt, er müsse diejenigen, die ihm Gehör schenkten, auf die Phänomene vorbereiten, die mit dem Ende einer Ära einhergehen. Was sagen Sie dazu? Klingt doch vertraut.«

»Jung war kein Christ.«

»Wer weiß? Er hat gesagt, die Weltlage sei förmlich dazu angetan, in den Leuten eine Art Heilserwartung zu wecken – die Erwartung eines erlösenden, übernatürlichen Ereignisses. Allein die Tatsache, daß wir uns für eine aufgeklärte Gesellschaft halten, verhindere mystische Visionen. Die Leute haben natürlich trotzdem Visionen. Sie projizieren sie aus ihren kranken Gemütern. Sie sehen ›Raumschiffe‹ und ›Extraterrestrier‹, bloß weil das ›aufgeklärter‹ erscheint als Engel in feurigen Karossen.«

»Sie brauchen mich nicht zu belehren, Mr. Levine. Ich kenne dieses Buch.[1] Es ist dieselbe alte Geschichte. Jung war ein freigeistiger Humanist. Seine

1 C. G. Jung: ›Ein moderner Mythos. Von Dingen, die am Himmel geschehen werden‹, Gesammelte Werke Band 10 / auch nachzulesen in ›Geheimnisvolles am Himmel. Von Ufos und ähnlichen Phänomenen‹ (eine Zusammenfassung von Äußerungen C. G. Jungs zum Ufophänomen) – Walter, Olten 1992.

Psychologie war nur eine weitere ›wissenschaftliche‹ Methode, Gott aus der Welt wegzuerklären.«

»Er sagt, UFOs seien ein Omen für die Letzten Tage des Westens.«

Gilray verschränkte die Arme vor der Brust. »Wurde er wiedergeboren?«

»Nicht daß ich wüßte.«

»Na also.«

»Sie haben nichts gegen die knallharten Fragen, Reverend? Ob Gott einen Felsblock erschaffen kann, der so schwer ist, daß er ihn nicht heben kann? Ob Jesus schwüle Träume hatte?«

»Sie tun mir leid, Mr. Levine. Ich werfe meine Perlen nicht vor die Säue. Jesu Botschaft ist Ihnen gleichgültig; was *Sie* interessiert, ist nur, ob er Sex gehabt hat.«

»Genau. Hat er? Warum hat er sich immer mit Prostituierten umgeben?«

Gilray stand auf. »Ich betrachte das Interview als beendet. Wenn Sie glauben, ich unterschreibe unter diesen Umständen die Freigabe, dann sind Sie auf dem Holzweg.«

Levine verging das Grinsen. »Ich dachte, die Formalitäten seien längst erledigt.«

»Da haben Sie falsch gedacht.«

»Sie meinen, es gibt nichts Schriftliches? Da hat doch jemand geschlafen!«

»Gottes Wege sind verschlungen.«

Noch während Gilray das sagte, erlitt er einen Anfall von Schwäche. Es war, als habe ihm jemand Stöpsel aus den Fersen gezogen und lasse ihn bis auf den letzten Blutstropfen zur Ader. Es wurde ihm schwarz vor Augen, dann klarte die Sicht wieder auf. Die Schwäche sammelte sich in seinen Schenkeln. Die Tür ging auf, und Marianne kam ins Büro, um ihn verabredungsgemäß an einen Pro-Forma-Termin zu erinnern. So wie die drei Männer dastanden und sich ansahen, wirkte die Szene wie ein Schnappschuß vom Preisboxen. »Reverend? Ihre Verabredung.«

Gilray ließ die Hände auf dem Schreibtisch und drückte die Arme durch, bis die Übelkeit sich verzogen hatte. »Danke, Marianne.«

Levine schwitzte. Unter anderen Voraussetzungen hätte Gilray die Verzweiflung seines Gegenübers komisch gefunden. »Machen Sie sich Vorwürfe angesichts der Ausschreitungen gegen Wiedererweckte in den letzten Monaten?«

Gilray kam um den Schreibtisch herum und streckte die gespreizte Hand gegen das Kameraauge. Pack zuckte zurück. Das rote Kontrollicht erlosch.

»Stimmt es, daß es im letzten Jahr drei Drogentote auf Ihren Farmen gegeben hat?«

Gilray ignorierte ihn. »Marianne, die Herren möchten gehen. Achten Sie darauf, daß sie auf dem Weg nach draußen mit niemandem reden.«

»Berichten zufolge haben ein paar Ihrer Gefolgsleute in South Carolina paramilitärische Einheiten gebildet«, sagte Levine.

»Stan«, sagte Pack. »Wir brauchen die Antworten, bevor ich weitere Fragen aufnehmen kann.«

»Zuerst brauchen Sie mal die richtigen Fragen«, sagte Gilray. Er stand in der offenen Tür. »Und Sie brauchen Hilfe, Mr. Levine«, sagte er, als er die Besucher hinausschob.

»Eja, aber …«

Gilray lehnte sich aus dem Türrahmen. »Marianne, sagen Sie Felton Bescheid.« Er zog die Tür ins Schloß.

Seine Knie fühlten sich an, als wollten sie jeden Moment einknicken. Ob man ihm das Zittern ansehen konnte? Wahrscheinlich nicht. Er ging ans Fenster, lehnte sich an den Rahmen und sah zu den Kiefern am Ende des Rasens hinüber. Er hätte wissen müssen, daß der HCR kein Sprachrohr für ihn war.

Ein Eichhörnchen hockte wie erstarrt am Rand des Hains und begann, als es sich sicher wähnte, an einer Eichel zu knabbern. Einer der Burschen fuhr auf einem Rasenmäher vorbei. Es flitzte unter die Bäume, dann erstarrte es wieder am Fuß eines Stamms. Ein blitzschneller Wechsel von Regungslosigkeit zu Laufen und wieder zu Regungslosigkeit. Wenn das Eichhörnchen rannte, hatte es Angst. Saß es still, war es in Alarmbereitschaft.

Das Schwächegefühl verlor sich.

Jesus war der Einzige, der jemals Tote zum Leben erweckt hatte. Wie fühlte man sich als Wiedererweckter? Hatten die Wiedererweckten das Gefühl, in der Gewalt eines Dämons zu sein? Hatten sie überhaupt Gefühle?

Seine Leistengegend fühlte sich an wie Papier. Er trat an den Schreibtisch und drückte die Taste der Gegensprechanlage. »Marianne? Bitte machen Sie mir einen Arzttermin.«

6

SAMSTAG, 5. JUNI

Spaß mit Drogen

Richard kehrte von einem Abend tiefgreifender Wandlungen heim. Er hatte den Überblick über die verschiedenen psychotropen Substanzen verloren, die er geschnupft, inhaliert, getrunken und sich in die Haut gerieben hatte. In der Redaktion liefen die Dinge nicht so, wie sie sollten. Er hatte um drei Uhr nachmittags angefangen und bis er seine Wohnung erreichte, war es späte Nacht und das Spiel schon weit fortgeschritten.

Richard hatte das Spiel selbst erfunden. Die Regeln waren verblüffend einfach: Zuerst machte man sich einen Knoten ins Hirn. Je vertrackter der Knoten, um so größer die Herausforderung. Dann versuchte man, ganz normal zu handeln. Das war schon alles – auf dem Mikrochip. Aber die Live-Version war tückisch und voller Spitzfindigkeiten, die sich erst zeigten, wenn man mitten drin war. Alles, was man tat, wurde zur Nagelprobe. Bin ich einer intelligenten Unterhaltung gewachsen? Schaffe ich es, mit der U-Bahn zu fahren? Kann ich den Bleistift aufheben?

Um das Spiel zu gewinnen, mußte man Zug um Zug eine ganze Serie von Situationen meistern, und zwar fehlerlos und so souverän, daß Außenstehende nicht merkten, wie wenig Tassen man noch im Schrank hatte. Das Spiel verlangte ein Übermaß an Selbstbeherrschung. Richard hatte noch nie gewonnen; irgendwann im Laufe des Spiels hatte er noch jedesmal das Bewußtsein verloren.

Soweit wie diesmal war er noch nie gekommen. Auf dem Heimweg hatte er im Village[1] bei Guido ein Essen bestellt, hatte gegessen und bezahlt, die Männertoilette benutzt und dankend ein interessantes Angebot vom Urinal nebenan abgelehnt, war durch den Washington Square Park nach Hause gegangen, nur um sich im Laden der Parkverwaltung noch eine Flasche billigen Moët zu kaufen. Während er den Broadway hinaufwanderte, ließ er den Korken knallen und trank aus der Flasche. Das Zeug schmeckte scheußlich. Vor seiner Wohnung fand er den richtigen Schlüssel, rief sich den korrekten Code ins Gedächtnis und tippte ihn fehlerlos ein. Kaum hatte er die Tür hinter sich geschlossen, als ihn das Telefon in der Luft zerriß.

»Antworte!« kreischte es mit der Stimme von Margaret Hamilton aus The Wizard of Oz[2]. Richard hatte das Telefon so programmiert, daß es sich mit Stimmen von Filmschauspielern meldete.

Er ließ prompt die Flasche fallen, sie kullerte übers Parkett, und der Schampus pulsierte wie Blut aus einer offenen Arterie. Richard wollte die Flasche einfangen, glitt auf der Nässe aus und schlug sich das Knie an seinem Bauhaus-Couchtisch. Ende von *Spiel Eins.*

»›Tante Em, Tante Em‹«, geißelte ihn das Telefon, »... wenn du nicht endlich antwortest, wirst du deine Tante Em nie wiedersehen!«

---

1 *Greenwich Village* = Künstlerviertel in Manhattan, New York

2 Der Zauberer von Oz. Ein märchenhafter Film, in dem ein Mädchen (Judy Garland) im Traum eine böse Hexe (Margaret Hamilton) bezwingt. Regie: Victor Fleming; nach Frank Lyman Baum ›The Wonderful Wizard of Oz‹ (1900) nebst Fortsetzungen; deutscher Film-Titel ›*Das zauberhafte Land*‹.

Richard langte rücklings nach einem Stuhl, griff ins Leere und setzte sich unsanft auf den Boden. Der Ärmel seines Sakkos tränkte sich mit Schampus. Kopfschmerzen warfen ihre Schatten voraus. Okay. Ein Umstand mehr, mit dem er in *Spiel Zwei* fertigwerden mußte.

»Na wird's bald, Pilgrim.« Jetzt war das Telefon John Wayne. »Ich bin das Warten satt. Ich zähle bis drei.«

Das hieß, der Anruf war äußerst dringend. Richard fragte sich, was ihm da ins Haus stand. Die Beine wollten ihm nicht gehorchen; schließlich gab er auf und krabbelte auf allen vieren zu John Wayne. Eben als der bei ›drei‹ anlangte und noch bevor William Demarest[1] seine Verbalinjurien loswerden konnte, schlug Richard die Empfangstaste.

»Hallo?« sagte Richard.

Der Schirm blieb tot. »Richard? Ich bin's, George.«

Richard zog sich aufs Sofa. Normal, dachte er. Ich bin völlig normal. »Wo brennt's denn, mein Freund?«

»Gleich fährt mein Zug. Wollte dir nur sagen, daß ich so bald nicht ins Büro komme.«

»Warum läßt du dich nicht blicken, jetzt, meine ich?«

»Das ist ein alter Münzfernsprecher. Hör zu, Richard, ich hab nur eine Minute. Ich bin hinter einer großen Story her, der größten überhaupt. Ich

---

1 *William Demarest* (geb. 1892) = amerikanischer Schauspieler mit reicher Varieté-Erfahrung vor seinem Filmdebut mit *The Jazz Singer* (1927). Zahlreiche Filme und TV-Serien (zumindest) bis in die sechziger Jahre. Filme u. a. *Sullivan's Travels* (1941), *Hail the Conquering Hero* (1943), *The Miracle of Morgan's Creek* [als *Officer Kockenlocker*] (1943), *The Jolson Story* (1946), *The First Legion* (1951), *It's a Mad Mad Mad Mad World* (1963).

will, daß du die Gilray-Sache erst mal vom Feuer nimmst.«

»Geht leider nicht. Levine war heute bei ihm. Er hat das Interview gründlich vermasselt. Abramowitz tobt. Ich bin heilfroh, wenn er uns nicht alle feuert.«

»Okay.« George hörte sich nicht enttäuscht an. »Tu, was du kannst. Aber Gilray liegt total daneben. Es ist nicht so, wie er sagt. Laß mir Zeit, bis ich ET beim Wickel hab, und ich garantiere dir, wir sind für Monate im Hauptmenü.«

Richards Schädel fühlte sich an wie eine Quarzuhr, die schlappmachte. Die Sekunden pulsierten in seinen Schläfen. »Wer ist Itie, George?«

»Wer ET ist? Der ExtraTerrestrier.«

»Der Was?« Nein, dachte Richard. Ich klinge viel zu verdutzt.

»Hör zu, ich kann nicht ins Detail gehen, nicht am Telefon. Lucy kann dir mehr sagen. Dieser UFO-Rummel ist nicht bloß eine Hysterie. Da treibt sich ein Außerirdischer in den Staaten rum, mindestens einer. Ich bin ihm auf der Spur und ich krieg ihn, verlaß dich drauf.«

»Kapiert.«

»Er verspricht das Blaue vom Himmel, und zwar mit der Überzeugungskraft eines Propheten, Richard. Und das in einer entwurzelten Gesellschaft ohne Perspektiven, in der die Werte den Bach runter sind.«

Es war Richard, als steche ihm jemand eine Nadel von hinten ins linke Auge. Bestimmt ein Tumor. »Redest du über den Rev?«

»Nicht über den Rev, Richard. Über den Außerirdischen.«

Aha. Kein Tumor also. Die Nadel war George, der ihn piesackte und an der Nase herumführte, um zu testen, wie weit Richard mitgehen würde. George mußte von dem geplatzten Interview gehört haben. Er hatte Aufwind. Der alte George setzte sich durch: ihre Freundschaft fußte unter anderem auf diesem Spiel, sich gegenseitig hochzukitzeln. Es durfte keine Videoverbindung geben. George war nämlich gar nicht in der Penn-Station.

»Kosmisch«, sagte Richard. »Eine grandiose Idee. Das wird ein Knüller.«

»Du hast die richtige Antenne, Richard.«

»Irgendwelche Toten in der Sache? Weinende Ehefrauen? Die Leute wollen im Dreck wühlen – bleib auf dem Teppich, Mann.«

»Keine Sorge, Richard, aber du mußt mir einen Gefallen tun.«

»Wie heißt der Außerirdische übrigens?« Richard massierte sein Auge.

»Überhaupt nicht.« George klang irritiert. Vorteil, Mr. Shrike. »Vielleicht hat er nicht mal einen Körper«, sagte George.

»Keinen Körper! Ein Geist also. Kann er uns ein Interview mit Elvis verschaffen?« Die Flasche Moët hatte aufgehört, sich zu entleeren, aber die Lache kroch jetzt auf Richards neugriechischen Läufer zu. Der Schampus erreichte die Ecke, und der Flor begann zu trinken. Aus Klassisch-Blau wurde glitzerndes Kobaltblau.

»Das ist kein Witz, Richard.«

Nein, das war ernst. Der verfluchte Läufer hatte ihn ein Monatsgehalt gekostet. Richard tastete nach der nassen Ecke und hielt sich die Fingerspitzen unter die Nase. »Ich mache keine Witze«, durchbrach er den Dunstschleier seines Rauschs. »Nichts Metaphysisches diesmal. Die Kollegen verhaspeln sich dabei, und die Zuschauer verstehen nur Bahnhof. *Ich* weiß ja nicht mal, was das ist.«

»Richard, tu mir den Gefallen und kümmer dich ein bißchen um Lucy.«

»Wird gemacht. Und bring uns den Kerl, George. Aber lebendig.«

Am anderen Ende blieb es still. Richard gratulierte sich bereits zu seinem glänzenden Part, als er in der Stille leise aber deutlich hörte, wie die Abfahrt des nächsten Zuges nach Philadelphia durchgesagt wurde.

Plötzlich kollabierte das Spiel. George *war* in der Penn-Station. Er hatte nicht geblufft, er hatte die Wahrheit gesagt. George war am Ende doch noch übergeschnappt. Richard tat der Kopf weh, als er versuchte, einen anderen Gang einzulegen, aber er kam nicht aus dem Leerlauf heraus. »George ...«

»Bis dann, Richard. Ich muß jetzt Schluß machen.«

»George!« Das Telefon gab Dauerton. »Verdammte Scheiße!«

Was nun? Lucy. Er drückte die automatische Anwahl. Er ließ eine volle Minute lang das Freizeichen über sich ergehen, als jemand an die Wohnungstür klopfte. Er gab auf und wankte in die Diele. Durch das Fischauge sah er das schöne, androgyne Gesicht von Jake. Er öffnete.

»Jake. Was machst *du* denn hier?«

Sie glitt an ihm vorbei und warf das Kaschmircape über eine Stuhllehne, wobei ihre Stöckelsandalen sorgsam die nasse Läuferecke mieden. Sie bückte sich graziös, stellte die Schampusflasche aufrecht und setzte sich aufs Sofa. »Seit ich dir die Steuererklärung gemacht hab, hast du nicht mehr angerufen.«

Jake trug das Haar aufgetürmt wie die schöne Helena, und die dünnen Träger ihres Oberteils machten sich vorteilhaft auf den männlichen weißen Schultern. Sie behauptete, früher ein Mann gewesen zu sein, doch Richard hatte ihr das nie so recht abnehmen wollen.

Er schloß die Tür. Heute konnte er nichts mehr tun für George; morgen früh würde er sich kümmern.

Zeit für *Spiel Drei.*

»Ich hatte viel um die Ohren«, sagte er und ging hinter die Bar. »Ich glaube, mein bester Freund hat den Verstand verloren. Ein Drink?«

7

SAMSTAG, 5. JUNI

Sandy Ellison mokiert sich über eine Schiedsrichter-entscheidung

Boden des *first base,* kein Punkt, Dutch auf *first,* Simonetti auf *second,* zwei Aus. Später in der Bar ließ Sandy das Spiel[1] noch einmal Revue passieren.

Sandy hatte diesem Louisville-Werfer bis jetzt vielleicht zweimal gegenübergestanden: gediegener Schnellball, gute Scherung, so daß Sandy besser abschnitt als erwartet. Und Sandy war auf dem absteigenden Ast (3 zu 20 in den letzten fünf Spielen), und der *count* war 1–2, und der Louisville-Fänger tyrannisierte ihn. Der Schiedsrichter richtete sich darauf ein, das große K anzuzeigen, Faust in die Luft – oder in Sandys Magen. Es war heiß. Sandys Beine waren aus Gummi.

Das Pilot-Stadion war still. Nicht mehr als 1500 Leute, große Tiere darunter; Louisville führte die *American Association,* und die *Bisons* waren das Schlußlicht. Der Himmel war bedeckt, ein kräftiger Wind ließ die Fahne nach links flattern, aber es war heiß für Buffalo, selbst für Juni. Es hieß, das

1 Es handelt sich um Baseball. Literatur: Jürgen Kalwa: ›American Sports – Stars, Stories, Fakten‹, Goldmann 1994, Seite 29 ff. / Fritsche, Rosenstein: ›Baseball – vom Hit zum Homerun‹, Weinmann 1993.

Klima würde sich ändern: die Ozonschicht, die Japse, die UFOs, das Ende der Welt. Der Werfer lehnte sich zurück, verschränkte die Arme und erstarrte. Dann nahm er die Wurfhand zurück und das Knie hoch.

Dann passierte etwas. Sandy wußte, er konnte diesen Burschen schlagen. Der Werfer glaubte, er hätte Sandy in der Tasche – Scherball, Scherball, Außenecke und niedrig, dann hoch und direkt auf den Schlagstock, damit Sandy sich nicht bückte – doch plötzlich wußte Sandy, wohin der Wurf zielte. Und da war er, Schnellball Innenecke, drehen und Gewicht nach hinten und *bye-bye-baby!* Das süße Knirschen des Korks. Sandy sah zu, wie der Ball links über den Spielfeldzaun segelte, als wolle er die Auffahrt zur Durchgangsstraße benutzen. Der Werfer hielt den Kopf gesenkt und stieß eine Dreckfontäne aus dem Erdhügel (nur nicht stolpern, Kleiner, vielleicht ist der Schuh eine Nummer zu groß für dich), derweil Sandy von einem Mal zum anderen rannte und sich phantastisch fühlte. Er würde ewig leben, und er würde jede Nacht Sex haben.

Gegen Ende des zweiten Durchgangs tat er einen läppischen Fang im rechten Innenfeld und im sechsten warf er einen Läufer Aus, der vom *first* zum *third base* wollte. Er brachte es von vier auf fünf, und seine Quote quälte sich auf 0,299. Und Nummer Fünf setzte im Innenfeld auf, obwohl Sandy hätte wetten können, er tat es außerhalb, doch dieser spitzfindige Itaker erklärte Sandy Aus. Schiedsrichterentscheidung.

Aronsen, Chefmanager der *Sox*, war in der Stadt, um sich die *Bisons* anzusehen, weil er jemanden suchte, den man aufbauen konnte; die *Sox* brauchten frisches Blut nach ihrem schlechten Start. Er kam zum Umkleideraum und warf einen Blick auf Sandys momentanes Blutbild. Sandy reagierte mit Gelassenheit: er lag 0.6 und tiefer unter dem Doping-Profil, und keine anabolen Steroide. Er solle seine Sachen packen, gleich jetzt, sagte Aronsen, und den Frühzug nach Chicago nehmen. Alles Nähere würde er von Estivez erfahren. Man wolle ihm die Chance geben, das Loch im rechten Innenfeld zu stopfen. Ja, Sir, sagte Sandy. Sandy war freundlich, und Sandy war eifrig.

Jawoll, Sir, hatte er still bei sich gesagt, als er auf dem Weg zur Straßenbahn die Swan hinunterging – *goodbye Buffallo.* Das lag ein paar Stunden zurück, und jetzt war Sandy im *Ground Zero* und stand mit Dutch und Leon an der Bar. Er hatte bereits einen Automaten aufgesucht und seine ganzen dreitausend Dollar abgehoben, hatte die Hausverwaltung angerufen und Bescheid gesagt, daß er Buffalo verlasse und seine Eigentumswohnung zur Disposition stelle. Sandy hatte die erste Runde spendiert: man spendierte spontan die erste, und niemand nahm mehr Notiz davon, wie man bei der zweiten und dritten zögerte, und wenn man es richtig anstellte, trank man mehr als man zahlte. Die Rechnung ging auf: Dutch zahlte die zweite Runde und Leon die dritte, und dann stellten sich ein paar Fans ein, die die nächsten beiden übernahmen. Sandys Tag. Es brauchte nur noch eins, damit alles perfekt war.

»Fliegenpatsche«, übertönte Dutch den lärmenden Bildschirm hinter der Theke, »so gut hast du lange nicht gespielt. Kaum ist Aronsen in der Stadt, da drehst du auf. Verdammter Glückspilz.«

Man nannte Sandy so, weil er mehrmals Doppel-Aus geschlagen hatte: zwei auf einen Streich. »Er wollte mich sowieso haben«, sagte Sandy. »Da kann es nichts schaden, wenn man sich von der besten Seite zeigt.«

Dutch stierte auf den Schirm; der Videojockey, ein

Transvestit mit Perücke und Spitzenhandschuhen, präsentierte die 100 Top-Clips des 20. Jahrhunderts. Die meisten stammten aus den letzten zwei Jahren. »Würde mir nichts bringen«, sagte Dutch. »Die haben zwei First-Base-Leute, gegen die ich alt aussehe. Ich könnte 0,350 schlagen und hätte nicht die geringste Chance.«

»Du spielst die falsche Position, Mann«, sagte Leon. Seine Augenbrauen standen so hoch, daß er immer einfältig wirkte.

Dutch paßte kein andrer Handschuh.[1] Er tat Sandy ein bißchen leid. Mit Achtzehn war Dutch ein vielversprechender Bursche gewesen, ein *first baseman* mit überdurchschnittlicher Quote. Was ihm gefehlt hatte, war eine kraftvolle Statur, und deshalb hatte er sich mit Somatotropin-Präparaten[2] behandelt. Und das Hormon hatte ihn aufgepumpt – auf 65 x 230. Folge war, daß seine Reflexe in den Keller gingen. Er konnte jetzt 20 *home runs* in einem *triple-A* schlagen, aber er war zu oft Aus, sein Schnitt war mittelmäßig, und er war langsam. Und kaum machte Dutch mit der Kurpfuscherei Schluß, da schaffte die *American League* den *designated hitter*[3] ab.

»Bleib am Handschuh«, sagte Sandy.

»Ich muß pinkeln«, sagte Dutch und bahnte sich den Weg zum Klo.

Das ging Sandy an die Nieren. Ein richtiger Kamerad meckerte nicht, wenn man aufrückte. »Manchmal geht Dutch mir auf den Keks.«

Leon lehnte sich rücklings an die Bar, Ellbogen auf dem Tresen, die knorrigen Fängerhände wie leblos von den Gelenken baumelnd. Leon war in

---

1 Spezialhandschuh für den *first baseman*

2 Wachstumshormon

3 Schlagmann, der den Werfer vertritt, wenn der eigentlich als Schlagmann an der Reihe wäre.

Fayetteville[1] aufgewachsen, knapp zehn Meilen von der Farm entfernt, die Sandys Vater gehörte; er war aber zehn Jahre älter als Sandy, und er hatte die falsche Farbe. Sandy wurde das Gefühl nicht los, daß die Schwarzen irgendwelche Geheimnisse hüteten, hinter die er so bald nicht kommen würde.

»Du mußt zugeben, Fliegenpatsche, in letzter Zeit warst du nicht besonders drauf«, sagte Leon. »Du bist ausgelaugt. Du übernimmst dich.«

Sandy trank seinen Bourbon aus und bestellte einen neuen. »Du gewinnst nur, wenn du aufs Ganze gehst.«

Leon nickte nur. »Wie findest du die da?«

Sandy folgte seinem Blick. An dem Tisch saß eine Frau, sie war allein. Sie hatte kurzrasiertes blondes Haar und ein herzförmiges Gesicht. Blau geschminkte Lippen. Dunkles Augen-Make-up. Was Sandy umwarf, war ihr Körper. Selbst aus dieser Entfernung war auszumachen, daß sie einsame Klasse war. Sie trug ein enges blaues Kleid und setzte eben ihren Drink ab, etwas weißlich Trübes on the rocks.

Sie erwiderte Sandys Blick, und Sandy wurde von einer lebhaften Erinnerung übermannt, einer Erinnerung an etwas, das lange zurücklag –

– Sein vorletztes Jahr auf der High-School[2]. Der Sommer ging zu Ende, und Sandy rief vom Parkplatz des *Dairy Queen* am Highway 401 Jocelyn an. Brutale Hitze. Die Autoschlüssel tickten auf dem lädierten Metallbord unter dem Telefon. Jocelyn wollte mit Sid Phillips nach Atlantic Beach, und sie hatte ihm nicht mal was gesagt davon. Das Freizeichen

---

1 Stadt am Cape Fear River im US-Bundesstaat North Carolina

2 USA: weiterführende Schule von der 7. oder 9. bis zur 12. Klasse – die sechsjährige *high school* gliedert sich meist in eine je dreijährige *junior* und *senior high school.*

tropfte in sein Ohr, ein ums andere Mal. Er hatte das aus dem Mund von Trudy Jackson; sie hätte ihm ebensogut das Knie in den Unterleib rammen können. Er hatte natürlich so tun müssen, als wisse er Bescheid.

Es wurde abgehoben. »Hallo?«

»Mrs. James, hier ist Sandy Ellison. Kann ich Jocelyn sprechen?«

»Augenblickchen.« Die Schlüssel tickten. Die Sonne verbrannte ihm den Nacken.

»Hallo.« Jocelyn klang nervös.

»Was hast du dir eigentlich gedacht dabei?«

Auf dem Highway tobte ein Sattelschlepper vorbei und zog eine Staubwolke hinter sich her. Sandy drehte den Rücken zur Straße und hielt sich das freie Ohr zu.

»Wovon redest du?«

»Mit *mir* nicht, Jocelyn. Wenn du ...«

»Nun mach mal halblang, Sandy. Ich ...«

»Wenn du mit ihm an den Strand fährst, ist Schluß mit uns.« Es sollte drohend klingen und nicht anklagend.

Er erntete Schweigen. Dann sagte sie: »Du warst immer schon ein Trottel.« Und hängte auf.

Er stand da mit dem Hörer in der Hand. Das Ding war aufgeheizt und glitschig. Der Bereitschaftston klang wie blanker Hohn. Dann fuhren Jeff Baxter und Jack Stubbs in Jeffs Trans-am vor, und sie fuhren zu dritt nach Fort Bragg hinaus und leerten im Wald eine Sechserpackung. »Luder«, schimpfte er. »Mieses Luder.« –

– Und plötzlich war er wieder in der Bar. Die Frau sah ihn immer noch an. Sie sah überhaupt nicht aus wie Jocelyn. Sandy unterbrach den Blickkontakt. Dutch stand wieder da, als sei er gar nicht weggewesen. Blöde Jocelyn.

Sandy traf eine Entscheidung. »Hundert Dollar, daß ich sie diese Nacht rumkriege.«

»Grün oder rot?« fragte Leon.

Sandy hatte sich sein Guthaben in neuer Währung auszahlen lassen. Er zog das Bündel aus der Hemdtasche und legte einen roten Hunderter auf den Tresen, ein Drittel seines gesamten Vermögens, wenn man von der Eigentumswohnung absah. Leon nahm es gelassen. Dutch schnaubte. »Das drückt die Schlagquote, mein Junge.«

»Der Junge nimmt den Mund ziemlich voll«, sagte Leon.

»Meinst du? Mal sehen, wer sich da übernimmt.«

»Ich halte dagegen.«

»Du nimmst den Einsatz, Dutch. Zahltag ist morgen, wenn ich meine Ausrüstung hole.« Dutch stopfte sich den rötlichen Schein in die Hemdtasche. Sandy nahm seinen Bourbon und steuerte auf den Tisch zu. Die Frau ließ ihn nicht aus den Augen. Aus der Nähe betrachtet, wirkte sie noch verheißungsvoller. »Hallo«, sagte er.

»Hallo. Es wurde auch Zeit. Hab schon auf dich gewartet.«

Er zog einen Stuhl zurück und setzte sich. »Was du nicht sagst.«

»Du glaubst mir nicht?« Sie lächelte herausfordernd. »Wie hoch ist der Einsatz?«

Schwer zu sagen, ob sie ihm feindlich gesonnen war oder ob sie ihn nur provozieren wollte. Er hielt mit. »Zweihundert – neue Währung. Das ist ein Monatseinkommen beim *triple-A*.«

»Was ist ein *triple-A?*« Ihre Stimme klang belegt. Sandy glaubte, einen Akzent herauszuhören.

»Baseball. Ich bin Sandy Ellison. Ich spiele bei den *Bisons*.«

Das superkurze Haar ließ die violetten Augen riesig wirken. Sie nippte an ihrem Drink. Wenn er sie diese Nacht nicht ins Bett bekam, würde er sterben. »Bist du ein guter Spieler?« fragte sie.

»Man hat mich heute in die Oberliga geholt. Montagabend geht's ab nach Chicago.«

»Du bist ein Glückspilz.«

So wie sie das sagte, hatte Sandy einen Moment lang das Gefühl, Opfer eines Komplotts zu sein. Aber Dutch war viel zu dämlich, um so etwas einzufädeln. Leon war da schon cleverer, aber das war nicht seine Art. Trotzdem, besser er sah sich vor. »Kein Glückspilz; ein Könner.«

»Oh, ein Könner. Und ich dachte schon, du wärst ein Glückspilz.«

»Wieso seh ich dich heute zum ersten Mal hier?«

»Ich bin von auswärts.«

»Hab ich mir gedacht. Und von wo?«

»Lexington.«

»Kentucky? Wir haben heute gegen Louisville[1] gespielt. Du ziehst den *Cards* hinterher?«

»Cards?«

»Den *Louisville Cardinals*. Die sind auf Achse und übers Wochenende in der Stadt.«

»Was für ein Zufall.« Wieder dieses Lächeln. »Ich bin auch auf Achse. Aber ich bin hinter keinem Baseball-Team her. Ich bin aus einem anderen Grund in Buffalo, aber nur noch bis morgen.«

»Eine Stadt wie geschaffen zum Abreisen. Du könntest mir beim Feiern helfen. Du mir und ich dir.«

»Deshalb bin ich hier.«

Ach ja? Sandy warf einen Blick zur Bar. Leon und Dutch unterhielten sich mit zwei Frauen. Auf dem Schirm dahinter liefen die Kurznachrichten. Mi-

---

1 *Lexington* und *Louisville* sind zwei ca. 100 km voneinander entfernte Städte im US-Bundesstaat *Kentucky*.

krowellen-Verstrahlung in Arizona. Videoschnipsel vom Katastrophenschutz, Gestalten in aluminiumbeschichteten Anzügen. Er wandte sich ab und lächelte. »Sag das noch mal.«

Die violetten Augen über den breiten Backenknochen blickten ihn groß und ruhig an. »Na los, Sandy. Sieh mir auf die Lippen. Heute ist dein Glückstag, und ich bin hier, um das mit dir zu feiern. Ein Könner wie du muß wissen, was das bedeutet.«

»Hat Leon dich dazu überredet? Wenn ja, dann gilt die Wette nicht.«

»Leon ist einer von denen da drüben? Ich kenne keinen Leon. Aber ich tippe auf den Schwarzen. Und darauf, daß du ihn zu der Wette angestiftet hast.«

»Zweimal ins Schwarze getroffen.«

»Siehst du. Ich bin ein Hellseher. Und wenn du mit Leon gewettet hast, dann wird doch nicht ausgerechnet er mich anheuern, um dich auf den Arm zu nehmen.«

Das war die verrückteste Anmache, die Sandy je untergekommen war. »Warum werd ich das Gefühl nicht los, daß ein gewisser Vorschlag in der Luft liegt?«

»Sag nicht, du hättest nicht damit gerechnet, daß zwischen uns ein gewisser Vorschlag in der Luft liegt.«

»Na sicher. Aber ich hab damit gerechnet, daß *ich* den Vorschlag mache.«

»Was hindert dich?«

Sandy versuchte, in ihrem Gesicht zu lesen. »Ihr Mädels aus dem Norden seid komisch.«

»Ich bin nicht aus dem Norden.«

»Dann kommst du eben aus dem Süden, aber nicht von da, wo ich aufgewachsen bin.«

»Jeder ist eine Sorte für sich. Darf ich dich was fragen?«

»Klar doch.«

»Warum hast du gewettet?«

Sandy überlegte. »Das macht es interessanter.«

»Bin ich erst richtig interessant, wenn Geld dabei herausspringt?«

Er lächelte. »Ich hab einfach Spaß am Risiko«, sagte er. »Und bei der Wette zwischen mir und Leon geht es eigentlich nicht um dich.«

»Klingt nicht sehr schmeichelhaft.«

»So meine ich das auch nicht.«

»Okay. Aber wir können alles noch interessanter machen. Glaubst du, du kannst mich zufriedenstellen?«

Sandy trank seinen Bourbon aus. »An mir soll's nicht liegen.«

»Gut. Dann machen wir es besonders interessant.« Sie öffnete ihre Handtasche, langte hinein und hielt sie schräg. Was sie ihm zeigte, war ein ausklappbares Rasiermesser.

»Wenn du mich nicht zufriedenstellst, werde ich dir weh tun. Ein bißchen nur.«

Sandy starrte sie an. »Willst du mich vergackeiern?«

Sie zuckte nicht mit der Wimper. »Wer weiß, vielleicht bist du gar nicht so gut, wie du behauptest. Vielleicht brauchst du *doch* ein bißchen Glück.«

Bestimmt wollte sie ihn nur provozieren. Sandy überlegte fieberhaft. Selbst wenn sie es ernst meinte, er würde mit ihr fertig werden. »Einverstanden.«

»Du weißt, worauf du dich da einläßt?«

»Das weiß man immer erst, wenn es soweit ist.«

»Ich spiele mit offenen Karten. Du kannst passen.«

Er kam um den Tisch herum. »Gehn wir«, sagte er. Sie machte die Tasche zu und ging voraus. Sandy zwinkerte Leon zu, als sie an der Bar vorbeikamen. Leon sah so erstaunt aus wie immer. Draußen auf dem Bürgersteig nahm Sandy sie um die Taille und bugsierte sie an die Hauswand. Ihr Parfüm war betäubend. »Wie heißt du?« fragte er sie.

»Judith«, sagte sie.

»Judith.« Der Name klang altmodisch. Kam nicht in der Bibel eine Judith[1] vor? Aber im Religionsunterricht hatte er nie aufgepaßt.

Er küßte sie. Er mußte ihr die Zunge mit Gewalt zwischen die Lippen schieben. Dann biß Judith sanft zu. Ihr Mund war kraftvoll und naß. Ihre Hüften drängten sich gegen ihn –

– Sandy war zwölf. Er saß neben seiner Mutter in der *Beulah*[2] *Land Baptist Church.* Seine Mutter war eine hübsche, vollschlanke Frau mit blondem Haar. Sein Vater blieb der Kirche fern. Zuletzt war Mutter häufiger in die Kirche gegangen und hatte nach dem Abendbrot immer aus der Bibel vorgelesen.

Ein paar von seinen Klassenkameraden, unter ihnen Carrie Ford und Sue Harvey, wurden an diesem Sonntag getauft. Die beiden Mädchen fuhren mit demselben Bus wie er, und Carrie hatte die größten Titten von der siebten Klasse.

Der Chor sang eine Hymne, derweil Reverend Foster die Mädchen in einem Nebenraum sammelte, und als der Gesang zu Ende war, gab der Vorhang das Taufbecken frei, und da standen der Reverend und Carrie hüfttief im Wasser. Carrie trug ein blaues Kleid und war krampfhaft bemüht, nicht zu lächeln. Hinter ihnen prangte ein Gemälde – das üppige

---

1 Bibel: ›Das Buch Judith‹ – Spätschrift des Alten Testaments – »Dann ging sie zum Kopfende des Bettes, auf dem Holofernes lag, und nahm sein Schwert … Dann hieb sie zweimal, so fest sie konnte, zu und schlug ihm den Kopf ab.« (Kap. 13, 6 u. 8)

2 Bibel: ›Der Prophet Jesaja‹, Kap. 62, 4. – Engl. Schreibweise des hebräischen Wortes für verheiratete Frau, Vermählte. – Gemeint ist das *Land des Neuen Jerusalems.*

grüne Tal des Gelobten Landes und auf dem Hügel die strahlende Gottesstadt. Der Scheinwerfer hoch über dem Becken ließ auch Carries Goldschopf erstrahlen.

Reverend Foster legte eine Hand auf Carries Schulter, erhob die andere gen Himmel und rief den Herrn an.

»Carrie, widersagst du Satan und all seinen Werken?« fragte er Carrie.

»Ja«, sagte sie und blickte heilig drein. Sie kreuzte die Handgelenke, Handflächen aufwärts, und deckte die Hände über diese Titten, als wolle sie sie in Zaum halten.

Der Reverend berührte sie im Nacken. Sie zuckte ein bißchen zusammen, und Sandy dachte sich, daß sie damit nicht gerechnet hatte, doch dann ließ sie es geschehen, und der Reverend duckte sie vornüber und tauchte ihren Kopf unter Wasser. Er hielt sie eine ganze Weile gedippt, um ihr zu zeigen, wer der Boss war. Das gefiel Sandy. Der Reverend sprach die Taufformel und gab Carrie frei.

Sie kam japsend und prustend hoch, nahm die Hände ans Gesicht und streifte sich die Haare aus den Augen. Der blaue Stoff klebte an ihrem Leib. Sandy konnte alles sehen. Während sie noch nach Atem rang, bekam er eine Erektion.

Er nahm die Hand auf den Schoß, wollte, daß das wegging, doch der Kontakt mit dem Hosenbein machte den Penis nur noch steifer. Sandy rutschte hin und her, und seine Mutter bemerkte die Hand auf seinem Schoß.

»Sandy!« zischte sie. Eine Frau vor ihnen sah sich um.

Seine Mutter versuchte, ihn zu ignorieren. Der Vorhang schloß sich. Sandy wäre am liebsten gestorben – oder aufgestanden und in den Nebenraum gegangen, um Carrie dabei zuzusehen, wie sie sich auszog und abfrottierte –

– Er spürte die Wärme von Judiths Lippen, die Arme um seinen Hals. Er stieß sich von ihr ab, starrte sie an, während die Erinnerung verblaßte. Was war los mit ihm? Sie biß sich auf die Unterlippe. Er hatte tatsächlich eine Erektion. Wegen Carrie oder wegen Judith? Da war noch die Verlegenheit und das schlechte Gewissen, die ihn in der Kirche gepeinigt hatten. »Komm«, sagte er, »laß uns zu mir gehen.«

»Wie du willst.« Sie spazierten den Block hinunter zur Straßenbahnhaltestelle. Sandy wohnte in einem der luxuriösen Apartmenthäuser, die man noch vor dem Börsenkrach ans Erie-Becken gebaut hatte. Der Ausblick auf den See war teuer; die Abzahlung verschlang fast sein ganzes Einkommen. ›Südstaatler‹, die nach Norden zogen, um der Dürre zu entkommen, trieben die Preise in die Höhe, doch Sandy wollte vom Allerfeinsten, koste es, was es wolle. Er schob die ID-Karte in den Schlitz und tippte den Sicherheitscode ein. Das Schloß schnappte auf, und er schob Judith über die Schwelle.

Judith zeigte sich nicht beeindruckt. Sie ging durch sein Wohnzimmer. Der Mond, der durch die Dachfenster schien, warf dreieckige Schatten in die kuppelförmige Decke. Sie fand mit schlafwandlerischer Sicherheit den Lichtschalter im Schlafzimmer und erwartete ihn gleich an der Tür. Sie begann sein Hemd aufzuknöpfen. Er verlor die Geduld und wollte sie entkleiden, doch sie stieß seine Hände beiseite, schubste ihn rückwärts, bis er auf das Wasserbett plumpste. Sie stand über ihm. Ihre Miene war ernst.

Sie kniete sich auf das wallende Bett und legte die Hände auf seine Brust. Er tastete auf dem Kopfregal nach Yohimbin[1]. Sie schob seinen Arm beiseite, nahm eine der Kapseln und zerbrach sie unter seiner Nase. Sein Herz hämmerte, seine Lippen waren trocken, und die Jeans wurden zur Qual. Schließlich befreite sie ihn aus der schmerzhaften Enge, aber nicht bevor sie seine Qualen zu Tantalusqualen gesteigert hatte.

Der Anblick ihrer Nacktheit hätte ihn fast kommen lassen. Doch sie kannte sich aus. Was in ihm vorging, schien sie früher zu wissen als er; sie reagierte, wie er es brauchte, präzise, zuvorkommend. Sie war die Erfüllung seiner geheimsten Wünsche. Sie schien ihre Wurzeln in den Urgrund seines Verlangens gesenkt zu haben: seine Pein, seine Angst, seine Hoffnung, all das ging auf in den schlichten, trägen Bewegungen ihrer Leiber. Er fragte sich nicht mehr, ob er sie zufriedenstellen würde. Er vergaß, wer er war. Eine Stunde lang vergaß er alles.

Es war dunkel. Sandy lag mit halbgeschlossenen Augenlidern am Abgrund des Schlafs. In der Ferne verlor sich das Jaulen einer Sirene.

»Du warst fabelhaft, Sandy«, sagte Judith. »Nicht mal ein klitzekleines Ritzchen ist nötig.«

Sandy war fix und fertig, er konnte kaum einen klaren Gedanken fassen. »Niemand schnipselt an der Fliegenpatsche rum«, murmelte er und lachte. Er rollte sich auf den Bauch. Das Bett schlingerte; er war seekrank.

»So ein herrlicher Körper. So ein strammer Mann.«

Er spürte ihre Finger zwischen den Schulterblättern, spürte sie abwärts gleiten, von Wirbel zu Wirbel, und ihm war, als entflechte sie mit ihrer Berührung

---

1 aus der Rinde des westafrikanischen Yohimbinbaums gewonnenes Alkaloid mit gefäßerweiternder Wirkung – Mittel gegen Durchblutungsstörungen und Aphrodisiakum.

die harten, verdrillten Muskelstränge in seinem Rücken. In einem Winkel seines Hirns schrillte ein winziger Alarm, der an das leise Jaulen erinnerte, das sich irgendwo in der Stadt verloren hatte.

»Jetzt«, sagte Judith, »will ich dir eine Geschichte erzählen.«

»Nur zu.«

Seinen Rücken streichelnd, sagte Judith: »Es ist die Geschichte von Yancey Camera.«

»Ulkiger Name.« Er war todmüde.

»Ja, du hast recht. Ich muß gleich dazusagen, Yancey Camera war ein junger, vielversprechender und zuversichtlicher Mann. Und ob du es glaubst oder nicht, er sah aus wie die Helden in den Schwarzweiß-Filmen. Und so gut wie er aussah, so gescheit war er auch – und so reich. Und sein Schwanz war so stattlich wie sein Konto.

Aber Yancey glaubte nicht an Glück. Oh, er redete den Leuten nach dem Mund; wenn sie sagten: ›Yancey, du bist ein Glückspilz‹, dann sagte Yancey: ›Ja, das glaube ich auch.‹ Aber dann dachte er nach und kam dahinter, warum die Leute so redeten: Glück, das bescherte einem der Zufall, das hatte man sich nicht verdienen brauchen, und von Rechts wegen hätte Yancey weder hübsch, noch gescheit, noch reich sein dürfen, und sein Schwanz auch nicht stattlicher als der der meisten Männer. Nachdem Yancey einmal kapiert hatte, daß die Leute, die ihn Glückspilz nannten, nur grün vor Neid waren, von dem Augenblick an, da waren sie ihm suspekt. Seither hat er manchen Heuchler entlarvt, denn was er da herausgefunden hatte, war weit mehr als die halbe Wahrheit.

Das Problem war nur, daß Yancey mit der Zeit vergaß, daß sein gutes Aussehen, seine Intelligenz und sein Reichtum ja wirklich ein Geschenk des Himmels waren – genauso wie sein strammer Schwanz. Mit anderen Worten, Sandy, er verlor den Glauben an sein Glück. Er glaubte, ein Könner wie er könne jede Situation meistern. Er schlug einfach den zweiten Hauptsatz der Thermodynamik in den Wind, der uns lehrt, daß wir alle Verlierer sind – und daß die Male, wo wir gewinnen, nur lokale statistische Anomalien in einem universellen Prozeß sind, der einen immer höheren Grad an Entropie erzeugt. Yanceys Glück war nichts weiter als eine solche Anomalie. Während die Jahre vergingen und das Glück ihm die Stange hielt, wuchs in Yancey die Überzeugung, daß er dem zweiten Hauptsatz der Thermodynamik entronnen war.«

Der zweite Hauptsatz der sexuellen Dynamik. Erst fickst du sie, dann redet sie. Sandy dachte über den Augenblick nach, da er das *home run* geschlagen hatte, spürte den Schläger in den Händen, spürte den Ballkontakt und lauschte dem süßen Knirschen, mit dem der Ball sich aus dem Feld verabschiedete.

»Fortuna nennt diese Sünde *Hybris*«, sagte Judith eben. »Und sobald Fortuna das Ausmaß von Yanceys Sünde erkannt hatte, ging sie mit sich zu Rate. Na ja, es gibt da mehrere Möglichkeiten, eine solche Störung zu regulieren. So was kann schrittweise erfolgen – oder in Gestalt eines einzigen Schicksalsschlages.

Und hier verzweigt sich meine Geschichte: in der einen heiratet Yancey eine schöne junge Frau, zeugt vier Söhne und wird Autohändler. Da sein Haus auf dem Gelände einer ehemaligen chemischen Deponie steht, will es das Unglück, daß einer seiner Söhne mit *spina bifida*[1] zur Welt kommt. Der Junge bleibt an den Rollstuhl gefesselt und stirbt mit zwölf. Ein anderer Sohn von Yancey schmeißt die Schule und wird zum

1 *spina bifida* (lat.) = fehlerhafte Ausbildung der Wirbelsäule mit exponiertem Rückenmark

Dealer. Ein weiterer ist zwar brillant, begeht aber mit vierzehn Selbstmord, weil seine Freundin mit einem anderen Jungen an den Strand fährt. Unter dem Druck dieser Schicksalsschläge wird aus Yanceys Frau eine hysterische Vettel. Sie wird dick und verfällt dem Alkohol und blamiert ihn auf Parties. Auch Yancey wird fett und bekommt eine Glatze. Sein einziger Trost ist das Geschäft, doch da bricht im Mittleren Osten ein Krieg aus, Atomwaffen verwüsten die Ölfelder. Das schwarze Gold bleibt aus. Yancey macht Bankrott. Ich will dir ersparen, was ihm noch alles passiert. Die Pointe ist, daß er in dieser Version sein gutes Aussehen, sein Geld und zuletzt auch seinen feinsinnigen Verstand verliert, der durch die Nackenschläge des Schicksals völlig aus den Fugen gerät. Sogar den strammen Schwanz büßt er ein, und auf dem Totenbett verflucht Yancey Camera sein Schicksal; denn eins steht fest für ihn: er ist nicht schuld an seinem Unglück. Und wo er recht hat, hat er recht.«

Sandy hatte die Augen geschlossen. »Das ist ja gräßlich«, mummelte er ins Bett.

»Furchtbar, nicht?« Mit spitzen Fingern kramte Judith in seinem Nackenhaar. Sandy schauderte unter dem Gekitzel.

»Die andere Version der Geschichte ist noch interessanter, Sandy. Yancey Camera wird älter, und der Erfolg bleibt ihm treu. Er heiratet eine schöne junge Frau, die nicht dick wird, und wird Vater von vier gesunden Söhnen, die alle gut vorankommen. Er wird ein erfolgreicher Anwalt und geht in die Politik. Er gewinnt jede Wahl. Schließlich wird er Präsident. Überall, wo er hinkommt, strömen die Leute zusammen, um ihn zu erleben, und wenn Yancey geht, läßt er zwei Gruppen von Bürgern zurück. Die einen gehen nach Hause und sagen: ›Welch ein Glück für unser Volk, daß wir so einen stattlichen, klugen und vermögenden Präsidenten haben.‹ Die anderen sagen: ›Was sind wir doch für ein kluges, stattliches und vermögendes Volk, daß wir so einen stattlichen, klugen und vermögenden Mann an unsere Spitze gewählt haben.‹ Wie ihr Präsident glauben sie nämlich, daß sie ihre Mitgift nicht glücklichen Umständen, sondern sich selbst zu verdanken haben. Daher müssen alle, die von Glück reden, eifersüchtig sein. Und so kommt es, daß Fortuna und der zweite Hauptsatz der Thermodynamik so mit Yanceys Nation umspringen, wie sie es in der anderen Version mit Yancey getan haben. In ihrer Arroganz provozieren Yancey Camera und sein Volk – weil sie doch das Öl für ihre Autos brauchen – einen Krieg, der alles Leben auf der Erde zerstört, einschließlich der hübschen Larven, der dicken Konten und der strammen Schwänze aller Bürger des ganzen Landes, der glücklichen wie der unglücklichen. Ende.

Was hältst du davon, Sandy?«

Sandy kämpfte mit dem Schlaf. »Ich glaube, du bist verrückt auf Schwänze«, mummelte er. »Wie alle Frauen.«

»Kann schon sein«, flüsterte Judith. Er spürte ihren warmen Atem am Ohr. Dann übermannte ihn der Schlaf.

Er schreckte hoch. Das Bett neben ihm war leer. Wie hatte er nur so leichtsinnig sein können? Sie hätte ihn skalpieren können oder … *Wo hatte er das Geld hingetan?* Er wälzte sich um seine Längsachse, langte nach den Jeans und stieß den Zeigfinger in die Gesäßtasche. Leer. Er sprang aus dem Bett, fuhr mit den Füßen in die Jeans und hopste, noch während er am Hosenbund zerrte, in den Flur. Als er den Reißverschluß hochzog, sah er sie durch die offene Badezimmertür.

Sie drehte sich nach ihm um. Hinter ihr brannte das Licht. Ihr Gesicht lag im Schatten.

»Hast du es gefunden?« Ihre Stimme klang belegter als vorhin.

Ihm wurde angst und bange. »Gefunden? Was?«

»Dein Geld.«

Dann fiel ihm ein, daß er die spröden Scheine, die frisch aus dem Automaten stammten, in die Hemdtasche gestopft und die Lasche zugeknöpft hatte. Er machte kehrt und grapschte das Hemd vom Boden. Das Geld war da.

Als er sich umdrehte, stand sie bereits über ihm. Sie berührte sein Gesicht –

– Er war fünfzehn. Er saß an dem zerkratzten Formica-Tisch[1] in der Küche, schwitzte, aß sein Sandwich mit Erdnußbutter und trank sein Glas süßen Tee. Die Luft war feucht und heiß wie eine Fieberkompresse. Durch die geflickte Fliegendrahttür konnte er die Veranda, den lehmroten Vorhof und eine Ecke der Tabakpflanzung sehen, die sich gelblich grün bis an die fernen schattigen Bäume erstreckte, die den Cape-Fear säumten; die Flußschleife bildete eine natürliche Grenze der Farm. Der süße Geruch von trocknendem Tabak hing in der Luft. Sogar das Sandwich schmeckte danach.

Er hatte den Baseball-Dress der High School an. Die Spikes und der Handschuh mit dem Autogramm von Dale Murphy lagen auf dem splissigen gelben Vinylpolster des einzigen anderen Küchenstuhls. Um zwei Uhr mußte er antreten, gleich im ersten Durchgang der Mid-South-4-A-Meisterschaft, und danach wollte er mit Jocelyn Pizza essen gehen. Es hielt ihn nicht auf der Farm, seine Gedanken schwammen in

---

1 *Formica*™ = Sammelbegriff für diverse strapazierbare Kunststoffbeschichtungen

einem Durcheinander von Eindrücken: das feine blonde Haar von Jocelyn, der grüne Rasen im Innenfeld, die grelle Reklame am Spielfeldzaun, die weißen Kreidelinien unter der Sommersonne, der Duft von Jocelyns Schultern, wenn er sich an ihren Nacken kuschelte. Er träumte davon, nie mehr einen Sommer in diesem widerlich süßen Geruch von Tabak verbringen zu müssen.

Er spülte Glas und Teller im Becken, als er die Stiefel seines Vaters auf der Veranda hörte. Die Fliegendrahttür klatschte. Er ignorierte den alten Mann. Sein Vater kam zur Anrichte, öffnete den Hängeschrank und nahm eine fast leere Flasche Bourbon und ein Glas heraus. Der Whiskey war selbstgebrannt, und die eklige Körnermansche wurde immer wieder verwendet, zum Teil wenigstens. Sein Vater goß sich den Rest ins Glas, dann kippte er, ohne die Flasche abzusetzen, das ätzende Zeug hinunter. Er seufzte und lehnte sich rücklings an die Anrichte.

Sandy trocknete sich die Hände ab und griff nach Handschuh und Spikes.

»Wo gehst du hin?« fragte sein Vater, als ob Dress und Ausrüstung nicht Antwort genug wären.

»Wir haben heute ein Spiel.«

Der alte Mann musterte ihn. Um seine Augen standen lauter Knitterfältchen, die vom Blinzeln gegen die Sonne kamen. Mr. Witt, der Coach, hatte auch lauter Fältchen um die Augen, aber die kamen vom Außenfeldspiel damals bei *Atlanta*. Und Mr. Witts Augen waren nicht gerötet.

Sein Vater schwieg. Er nahm die Kappe ab, wischte sich mit dem Unterarm über die Stirn und drehte sich um. Er griff in die Vorratsdose für Zucker, die er gleich neben den Flaschen aufbewahrte. »Wo ist das Geld?«

»Keine Ahnung.«

»In der Dose waren zwölf Dollar. Was hast du damit gemacht?«

Sandy stand hilflos in der offenen Tür. »Ich hab dein Geld nicht angerührt.«

»Lügner. Was hast du damit gemacht?«

Blanker Haß loderte in Sandy auf. »Ich hab dein Geld nicht genommen, du bist ja betrunken!«

Er knallte die Fliegendrahttür zu und ging hocherhobenen Hauptes zu seinem klapprigen Maverick, für den er abends und an Wochenenden gejobbt hatte, um an das Geld zu kommen. Er legte den ersten Gang ein, daß es nur so knirschte, gab Gas, daß der kaputte Auspuff nur so prasselte und die Räder durchdrehten. Im Seitenspiegel sah Sandy durch den Staub, den er aufwirbelte, den Alten auf der Veranda stehen und hinter ihm herschimpfen. Doch er konnte nicht hören, was er rief, und das Spiegelbild tanzte wie verrückt, als der Wagen die zerfurchte Ausfahrt hinunterholperte –

– Sandy zuckte zurück. Er hockte gebückt in seinem Schlafzimmer, und eine Frau stand über ihm. Er bebte noch vor Zorn über die Anschuldigung, die sein Vater erhoben hatte, schwitzte noch unter der Sommerhitze; er roch sogar den Tabak, der in der Sonne dörrte. Wie er diese Anschuldigung gehaßt hatte. Zum ersten Mal seit Jahren war da wieder diese Verachtung, die er damals für die spießige Borniertheit seines Vaters empfunden hatte.

Er wich bebend vor Judith zurück. Ihre Hand folgte ihm und berührte ihn wieder –

– Ein paar Minuten zuvor hatte Sandy sich aus dem Bett gebeugt, wo sie es ihm besorgt hatte, wie es ihm noch keine besorgt hatte, und den Finger in eine Gesäßtasche gesteckt, weil er wissen wollte, ob sie ihn beraubt hatte. Und das an dem Tag, an dem man ihn in die Oberliga geholt hatte – an dem Tag, da er besser denn je gespielt hatte – dem Tag, da er ehrlich gesagt besser gespielt hatte, als er eigentlich spielen konnte. Hatte den Finger in diese Gesäßtasche gesteckt, ganz wie ein Schwachkopf, der sich den Finger in den Arsch steckt, weil das so gut tut. Er war ein elender, mieser Spießer. Gerade so wie sein Vater –

– Sandy fuhr entsetzt zurück. Auf allen vieren strauchelte er zum Bett.

»Was hast du, Sandy?« Sie kam auf ihn zu.

»Rühr mich nicht an!«

»Du magst nicht, wenn ich dich *berühre?*«

»Du willst mich umbringen«, sagte er leise, und während er es sagte, wurde ihm klar, daß er recht hatte.

Sie kam näher. »Das wird sich zeigen, Sandy.«

»Rühr mich nicht an! Bitte!«

»Warum nicht, Sandy?«

Er kauerte am Bett und sah zu ihr auf, versuchte ihr Gesicht auszumachen. Das hatte er nicht verdient, *das war nicht fair.* Doch dann quoll etwas in ihm über, und er begriff, es war fair, und diese Einsicht war fast noch schwerer zu ertragen. »Es tut mir so leid«, schluchzte er.

Sie nahm ihn schweigend in die Arme und strich ihm übers Haar.

Nach einer Weile hörte er auf zu weinen und trocknete sich am Rand des Bettuchs die Augen. Er stützte sich hoch und setzte sich aufs Bett. »Es tut mir leid«, sagte er schniefend.

»Ich weiß«, sagte sie. Dann sah er, was sie in der anderen Hand hielt, der Hand, die ihn nicht berührt hatte. Sie hielt es die ganze Zeit schon darin.

»Ich wollte deine Gefühle nicht verletzen«, sagte er.

»Du kannst meine Gefühle nicht verletzen.« Ihre

Stimme verriet keine Gefühlsregung. Ihr Gesicht war ausdruckslos. Wie ein leeres Zimmer.

»Keine Sorge«, sagte sie und klappte das Rasiermesser in den Griff zurück. »Ich werde dir nicht weh tun.«

Diese Stimme war blind. Wie ein beschlagener Spiegel. Sandy fröstelte. Judith beugte sich vor. Ihr Leib war unerträglich schön, dennoch stemmte er sich zurück, stieß sich vom Bett ab und floh ins Zimmer; er raffte sein Hemd vom Boden, als sei die Hose nicht genug, als sei es Januar, und er habe sich am Seeufer in einem Blizzard verlaufen.

»Du brauchst keine Angst zu haben«, sagte sie. »Komm ins Bett.«

Er mußte hier weg. Sie war geisteskrank – gemeingefährlich, ein Unmensch. Er blickte in dieses kalte Gesicht. Das war keine Totenmaske. Das war, als sei die richtige Frau an einem anderen fernen Ort und dieser Körper ein Empfänger, mit dessen Hilfe sie ihm eine Botschaft überbrachte. Wenn er sich jetzt umdrehte und ging, war er sie los. Doch dann würde er verpassen, was passierte, wenn er blieb – falls etwas passierte; also würde er bleiben, koste es, was es wolle. Sein Blick kippte nach oben und fiel durch das Dachfenster auf den Mond, der durch ein Meer aus Wolken pflügte; sobald man sich auf die Fenster konzentrierte, erlosch die Illusion. Die Wolken jagten, und der Mond stand still – fast still, denn in fünf Minuten würden sich die Schatten an der Wand, auf dem Stuhl und auf dem Bett verändert haben, weil der Mond sich doch bewegte. Zwar nur langsam, aber in fünf Minuten würde das Zimmer ganz anders aussehen.

Sie lag im Bett. Sandy kam zurück, ließ das Hemd fallen, stieg aus der Hose und legte sich zu ihr. Ihre Haut war samtweich. Er fiel in Schlaf.

Als er am nächsten Morgen aufwachte, war er allein. 8:45 Uhr. Er mußte sich beeilen. Er fühlte sich fit. Er holte die Koffer aus dem Wandschrank und begann zu packen. Es kam der Augenblick, da ihm das Hemd einfiel, das am Bett auf dem Boden lag. Er hob es auf und schob es in den Wäschesack, dann fiel ihm das Geld ein, und er fischte es aus der Brusttasche.

Sie hatte ihm zwanzig Dollar gelassen. Einen Zehner, zwei Fünfer.

Er stopfte das Hemd ganz tief in den Sack und packte fertig. Er rief eine Taxe und ließ sich zum Stadion fahren.

Auf dem Bildschirm in der Taxe liefen die Morgennachrichten. Sandy wartete auf die Baseball-Notierungen. Reverend Gilray hatte erklärt, daß die Greuel der Verwüstung ihren Anfang nahmen, das Jüngste Gericht stand vor der Tür. Die Israelis wurden beschuldigt, sie hätten im Bürgerkrieg von Djibouti taktische Atomwaffen eingesetzt. Drei Teenager hatten am Chestnut Ridge ein UFO gesichtet.

Am Park drückte Sandy dem Fahrer einen Fünfer in die Hand, damit er wartete. Er ging schnurstracks in den Umkleide-Trakt und leerte sein Spind. Er wollte eben gehen, als Dutch zum Schlagtraining aufkreuzte. Heute war Sonntag, und am Nachmittag war das Spiel.

»Schätze, ich hab dich wieder mal unterschätzt, Sportsfreund. Ganz wie auf dem Feld.« Er zückte seine Brieftasche und zupfte an den Scheinen.

»Laß stecken«, sagte Sandy.

»Häh?« Dutch staunte wie eine vanillefarbene Imitation von Leon.

»Leon hat gewonnen.«

Dutch kicherte. »Ist sie dir draufgekommen?«

Sandy zog den Reißverschluß der Tasche zu und

nahm Handschuh und Schlagstöcke auf. Er lächelte. »Könnte man sagen. Ich muß gehen – das Taxi wartet. Du könntest mir wenigstens Glück wünschen.«

»Dachte, du brauchst kein Glück.«

»Man kann nie wissen. Grüß mir Leon, okay?« Er schüttelte Dutch die Hand und ging.

8

SONNTAG, 6. JUNI

Anekdotenhafter Realitätsbeweis

George saß im Spätzug von New York nach Philadelphia; der Wagen war überfüllt; der Mittelgang trennte ihn von einer schmächtigen Lateinamerikanerin mit zwei Kindern, einem pausbackigen Jungen von vielleicht zwölf und einem großäugigen kleinen Mädchen mit schwarzen Zöpfchen. Derweil die Mama schlief, beobachtete es George mit einer Faszination, die ihn stutzig machte. Die Klimaanlage war nicht eingeschaltet, die Belüftungsroste klapperten, und die heiße Luft spielte mit Georges Zeitung.

Die Frau wachte auf, sah erschöpft aus. »Mia. Nun guck nicht so«, sagte sie und zerrte an der Schulter des Mädchens. Es setzte sich ins Polster zurück, das so oft aufgeschlitzt worden war, daß es mittlerweile vor Klebestreifen starrte. Es streckte die Beinchen aus und besah sich sekundenlang die gekreuzten Füßchen, dann verrenkte es sich wieder, um George zu begucken. Er lächelte ihm zu. Es wandte sich ab und verlangte seine Puppe; die Mutter zog sie aus einer Bloomingdale-Tasche, die an ihren Füßen stand. Der Junge wurde wach und verlangte einen Kaugummi.

George gegenüber auf dem Ecksitz schlief ein Schwarzer; er trug einen schmutzigen Tarnanzug, an der Schulter saß noch das rot-weiße verschossene Abzeichen der 91. zentralamerikanischen Division. Der Mann sah aus, als habe er sich seit dem Krieg nicht mehr rasiert, und roch, als habe er seither nicht mehr mit Trinken aufgehört.

Ein Schaffner kam in den Wagen und kontrollierte die Pässe. Die Frau kramte in ihrer Sisaltasche und zeigte den grünen Paß, der sie und die Kinder als Ausländer auf der Durchreise auswies. Halb New York bestand aus solchen Ausländern, die keinen festen Wohnsitz hatten. Wann immer sie der Fürsorge zur Last zu fallen drohten, wurden sie in den nächsten Bundesstaat verfrachtet, der sie weiterreichte oder, falls Arbeitskräfte gebraucht wurden, in ein Camp einquartierte, bis es an der Zeit war, sie wieder loszuwerden. Trotz der immensen Arbeitslosigkeit war es politisch unmöglich, die illegalen Einwanderer einfach abzuschieben. Der Staat war mitverantwortlich für die Bedingungen, die sie zu Flüchtlingen machten, und zu viele Unternehmen hatten die letzten fünf Jahre nur deswegen überlebt, weil sie Zwangsverpflichtete eingestellt hatten.

Der Schaffner hob eine Augenbraue, als George ihm die blaue Karte aushändigte. Blau hieß soviel wie unbegrenzte Reiseerlaubnis. Die Farbe hatte den HCR einen Haufen Geld gekostet. Der Mann von *Interrail* musterte eingehend das Bild auf der Karte und verglich es mit dem haarlosen Mann, der vor ihm saß. Langsam aber sicher ging ihm ein Licht auf. »Kenne ich Sie nicht aus dem ...«

»Stimmt«, sagte George gedämpft. »Ich war beim Maskenbildner.«

Der Mann zog das Ticket durch den Apparat, um den Magnetstreifen zu löschen. »Ah, ich verstehe. Wie es ist, ein Zombie zu sein. Scheußlicher Job.«

Der Schaffner ging weiter. Der Wagen schlingerte, während der Zug über eine besonders miserable

Strecke der uralten Trasse fegte. Sie hatten vier Stunden bis Princeton gebraucht, und obwohl Trenton außen vor blieb, würden sie wahrscheinlich erst gegen Morgen in Philadelphia sein: *Interrail* konnte den Nordost-Korridor kaum mehr eine Woche offenhalten, ohne daß irgendeine Terrorgruppe die Gleise aufriß.

Das kleine Mädchen sah hintenherum an seiner Mutter vorbei. George hatte es ihm angetan. Die Mutter zog es wieder auf den Sitz zurück und flüsterte etwas in raschem Spanisch. Der Junge schmunzelte. George hob die Zeitung höher. Es war ein Extrakt des *Courier-Journal* aus Louisville, den er sich am Kiosk in der Penn-Station hatte ausdrucken lassen. Er hatte sich auf nationale Nachrichten, Weltraum-Nachrichten, Lokalnachrichten und Sport beschränkt. Er fahndete nach irgendeinem Vorfall, der darauf hinwies, daß der Außerirdische sich schon im *Ohio Valley* betätigt hatte. Konnte auch Lexington sein oder Indianapolis oder so weit nördlich wie Lansing, aber die einzige schwarz auf weiß abrufbare Ausgabe, die es in der Penn-Station gegeben hatte, war die von Louisville gewesen.

Der *Courier-Journal* war eine konservative Zeitung, darum bemüht, sich an die Traditionen eines achtbaren Journalismus zu halten, was bedeutete, daß die redaktionelle Einstellung eine Spur weniger chauvinistisch, sexbesessen und trivial war als die des HCR. Die Zeitung weigerte sich, Fotos von halbnackten Frauen auszudrucken, es sei denn, es handelte sich um Opfer von Gewaltverbrechen. Die Titelseite brachte zwei aufeinander bezogene Artikel, den einen über die Wirtschaftstroika und den anderen über die Frage, ob die Demokraten in der Lage waren, dem Präsidenten bei der nächsten Wahl Paroli zu bieten. Im zweiten Artikel behauptete Senator Harper, daß eine Demokratische Regierung wirtschaftliche Prioritäten setze; sie werde erstens die Arbeitslosigkeit unter 20 % drücken und zweitens gleichzeitig die Preisteigerungsrate bei 9 % einfrieren. Im ersten Artikel ließ das Finanzministerium verlauten, daß die neuerliche Abwertung des Dollars die letzte in diesem Jahr sei. Die Inflation sei im Laufe der letzten zwölf Monate auf 36 % gesunken, was den Dollar ungefähr bei einem Zehntel seiner Kaufkraft von 1990 stabilisiere. Beide Artikel unterbrachen mit dem Hinweis, sie würden auf Seite 16 fortgesetzt, doch George blieb bei der ersten Seite.

Unter Weltraum-Nachrichten erklärte die Energie-Behörde, man habe die Probleme bei der Fokussierung des Mikrowellenstrahls im Griff und wolle den Solarenergie-Satelliten Prometheus-I binnen einer Woche wieder in Betrieb nehmen, ungeachtet der Demonstrationen am Ort der Empfangsanlage, die Umweltschützer aus dem ganzen Südwesten angedroht hätten. Einheiten der in Arizona stationierten Nationalgarde seien bereits von Mexico City abgezogen worden, um das Areal zu sichern.

George hatte nach drei Grafiken genug von dem Artikel und widmete sich den Lokalnachrichten. Die Überschriften waren alte Bekannte. Zuerst las er ein Feature über den rasanten Anstieg des Kirchenbesuchs in Kentucky. Grund: die Leute glaubten, der Anbruch des Millenniums stehe bevor. Konservative Theologen erwarteten einen entsprechenden Rückgang nach Neujahr, und die radikalen konterten, es werde erst gar kein Neujahr mehr geben. George las den ganzen Artikel, obwohl er schon nach der Hälfte merkte, daß es sich hier nur um das übliche Vor-Millennium-Geplänkel handelte, das schon seit mehr als sechs Monaten durch die Presse geisterte. Er las über einen Mann, der in einer tätlichen Auseinandersetzung vor einer Bar getötet worden war, doch an den Umständen war nichts Außergewöhnliches. Man hatte zwei militante Alte verhaftet, weil sie den Leiter der Obdachlosenasyle angegriffen hatten. Die beiden vertraten die Ansicht, diese Asyle seien nur ›Feigenblätter‹, um das Elend der Alten zu kaschieren. Neben dem Bericht stand eine Werbung des Seppuku-Clubs: ›Bist du dein Elend leid?‹ Das Layout bewies Sinn für Humor.

George wechselte zum Sportteil. Nachdem die *Louisville Cards* achtmal hintereinander gewonnen hatten, waren sie am Samstag von den *Buffalo Bisons* mit 7 zu 2 geschlagen worden. Der rechte Außenfeldspieler der *Bisons*, ein Bursche namens Ellison, hatte 4 zu 5 abgeschnitten und den Sprung nach Chicago geschafft. In den sechziger Jahren, als College-Student in Evanston, war George ein fanatischer Anhänger der *White Sox* gewesen. Auf die *Sox* war Verlaß – sie hatten noch immer den schlechtesten Schlagdurchschnitt in der Liga.

Inzwischen konnte George sich wieder an alles erinnern, doch es war, als habe jemand anders dieses Leben vor seinem Tod gelebt. Er entsann sich der ersten Begegnung mit Richard; 1980 war Richard noch ein leidenschaftlich philosophierender Punk-Rocker in London gewesen, und George hatte sich in den Londoner Clubs herumgetrieben und Leitartikel für das Wirtschaftsressort von UPI[1] verfaßt. Er erinnerte sich an das feuchtfröhliche Jahr, das sie zusammen verbracht hatten, bevor Richard wieder auf die Schulbank und George über Paris nach New York zurückgekehrt war. George hätte mit all den wirkungslos verpufften Politrecherchen aus dieser Zeit Bände füllen können. An einem regnerischen Frühlingstag des

1 United Press International

Jahres 1991 war er in das Büro der Rentenversicherungsanstalt spaziert und war Lucy begegnet. Er verliebte sich in sie, und mit Lucy wurde die Trostlosigkeit seiner Arbeit erträglicher. Das war nicht von Dauer gewesen.

Als Richard ihm den Job beim HCR verschafft hatte, war das wie ein Rettungsring vor dem Ertrinken gewesen. George wußte bis heute nicht, wie Richard es angestellt hatte, Abramowitz zu überreden: George war ein seriöser Journalist und der *Hemisphere Confidential Report* ein einziger LSD-Trip. Nach Richard wollte der HCR in den seriösen Markt expandieren, und da war George einfach der richtige Mann gewesen, um die Abteilung Sonderberichte auf Vordermann zu bringen.

Richard überredete Abramowitz, George freie Hand zu lassen. Wenn Richard gut drauf war, gab es nichts, was er nicht konnte. Ohne verletzend zu sein, konnte er einen beschimpfen und im nächsten Augenblick in den höchsten Tönen loben. Wenn man länger mit ihm zusammen war, begann man sich zu fragen, warum man nicht so redete, sich nicht so kleidete und nicht auch so atmete wie Richard. Man wußte nie, ob er irgend etwas von dem glaubte, was er sagte. Der Versuch, seinen Motiven auf den Grund zu gehen, lief immer darauf hinaus, daß man ihm die besten Absichten unterstellte. Lucy meinte, dieser Charaktermangel würde Richard eines Tages in Schwierigkeiten bringen, und George hatte die Möglichkeit eingeräumt; aber sie kannte Richard nicht so gut wie er. Selbst die abscheulichsten Tiraden konnten nicht darüber hinwegtäuschen, daß Richard einen Kern von Menschlichkeit in sich trug. Und diese Menschlichkeit, davon war George überzeugt, war die eigentliche Triebkraft hinter Richards Auftritten. Diese Menschlichkeit war das Fundament ihrer

Freundschaft. George hatte das an jenem ersten Abend in einem East End-Club erlebt, als Richard in einer Pause vom Podium stieg, um eine Zigarette zu rauchen, und mit ihm ins Gespräch gekommen war. Er hatte diese Unterhaltung nicht vergessen. George war Richards Sicherheitsventil, George war der einzige Mensch, dem Richard ab und zu sein Herz ausschütten konnte. George gefiel sich in dieser Rolle.

Beim HCR bekam George dank Richard einen festen Wirkungsbereich und hatte mehr Einfluß auf seine Arbeit als früher. George strickte den Nachrichtenüberblick mit einer Geschicklichkeit, die das HCR-Weltmenü zum Spitzenreiter im *Compunet* machte. Im Videomenü übernahm er die Telefon-Shows. Sein bärenhaftes Charisma brachte bei all jenen etwas zum Schwingen, die allmählich die Nase voll hatten von den aalglatten, phrasendreschenden Moderatoren der letzten zehn Jahre. Obwohl die Schar seiner Anhänger noch überschaubar war, hatte man sich bereits in einem besorgten Artikel des *Columbia Journalism Review* von ihm distanziert. Georges Mitarbeiter respektierten seine Intelligenz. Sein Mangel an persönlichem Ehrgeiz war kein Handicap, denn für die diplomatischen Winkelzüge, die erforderlich waren, damit er Spielraum hatte, war Richard zuständig. Die Berichte über den ›Gen-GAU in Texas‹ und die ›Schwarze Pest‹ hatten das Ihre dazu beigetragen, den HCR bei *Compunet* auf Platz zwei unter den Nachrichtenagenturen zu katapultieren.

Er faltete die Zeitung zu einem schmalen Rechteck und stopfte sie in die Rocktasche. Der schwarze Veteran schnarchte lauter als die Belüftung klapperte. Durchs Fenster beobachtete George die Lichter am jenseitigen Ufer, die sich im öligen Wasser des Delaware spiegelten, während sich die Trasse neigte, um dem Flußlauf zu folgen. Könnte er nur das Fenster aufmachen. Die Luft war zum Schneiden. Er sah zur Decke. Rauch quoll aus der Belüftung.

Ein Zwangsverpflichteter, ein *Interrail*-Polizist und der Schaffner trabten in Fahrtrichtung den Mittelgang hinunter. Der Schaffner und der Arbeiter trugen Feuerlöscher. Die Fronttür des Wagens klemmte. Der Rauch wurde dichter. Leute fuhren aus dem Schlaf. Die Lateinamerikanerin wurde unruhig. Der Veteran schlief weiter. Durch das Türfenster sah George, daß der Gang zwischen den Wagen voller Rauch war. Die Leute dort schlugen gegen die Tür.

Der Schaffner drückte dem Polizisten den Feuerlöscher in die Hand. Er fluchte und die Tür flog auf. Drei hustende Leute torkelten herein. Der Schaffner und die Männer mit den Feuerlöschern eilten in den vorderen Wagen. »Was ist denn los?« fragte George.

Einer der drei Passagiere, ein Kerlchen um die dreizehn mit einer Bibel in der Hand, sagte: »Der Wagen brennt. Das Feuer ist unter dem Boden.«

»Warum zieht niemand die Notbremse?«

Der Kleine sah ihn verständnislos an. Die Passagiere, die wach waren, verhielten sich, als ob so ein Brand an der Tagesordnung sei. Manche gingen nach hinten zu einem anderen Wagen; fast alle kamen wieder zurück, weil nirgends mehr Platz war. George spähte neugierig nach vorne. Der Arbeiter hatte die Fenster des vorderen Wagens eingeschlagen, damit der Rauch hinauskonnte. Er und der Schaffner lehnten jetzt weit aus einem Fenster und sprühten Schaum an das Chassis.

Schließlich wurde der Rauch, der aus der Belüftung kam immer dünner, bis er ganz ausblieb. George setzte sich wieder zurück. Der Veteran schlief immer noch.

»Paß auf deine Schwester auf«, sagte die Lateinamerikanerin zu ihrem Sohn. Sie ging durch den schlingernden Wagen nach hinten zu den Toiletten. Kaum war sie außer Hörweite, da sagte der Junge ›dumme Kuh‹ zu dem Mädchen und nahm ihm die Puppe weg. Als es nach der Puppe grapschte, bekam es eine Ohrfeige. Das Mädchen begann zu weinen. Irgend etwas in George rastete aus.

»Hör auf damit!« fuhr er den Jungen an. Der Junge streckte ihm die Zunge raus. Kalte Wut packte ihn – Wut, wie sie ihn oft genug vor seinem Herzinfarkt gepackt hatte. Er versuchte, dem Jungen die Puppe abzunehmen. Der Knirps ließ nicht los. George zerrte; der Arm der Puppe riß ab, und ein Strom von weißen Styroporkügelchen ergoß sich auf den Boden. Das Mädchen kreischte so laut, daß der nicaraguanische Veteran aus dem Schlaf schreckte und vergeblich nach seiner Waffe tastete. George versuchte, die Puppe so zu halten, daß das Füllmaterial drinnenblieb. »Tut mir leid«, sagte er und hielt dem Mädchen die Puppe hin.

Das Mädchen heulte. Ihr Bruder schmiß den abgerissenen Arm auf den Boden und lief in den hinteren Teil des Wagens. Die Toilettentür flog auf und fegte ihn hintenüber.

»Maria!« schrie die Frau und stürzte sich auf George. Bevor sie ihn erreichte, knallte etwas in Georges Kniekehlen. Der Veteran.

Bis George sich wieder gefangen hatte, ragte die Frau über ihm empor. Sie hielt das Mädchen beim Arm, zog es nach oben, so daß es nur mit einem Füßchen den Boden berührte. Der Knirps, dessen Nase blutete, wollte etwas sagen, aber die Frau ließ ihn nicht zu Wort kommen. George wollte sich aufrichten. Sie trat nach ihm und wich zurück. »Polizei!« kreischte sie. »Hilfe!«

Der Polizist kam aus dem brennenden Wagen gelaufen. »Hören Sie«, begann George, doch ehe er zu

Wort kam, dröhnte der Veteran auf den Polizisten ein: George hatte dem kleine Mädchen weh tun wollen, dann dem Jungen eins auf die Nase gegeben, als der die Kleine verteidigen wollte. Der Polizist drückte George die Pistole in die Rippen. »Spagat, Mr. Glatzkopf!«

George kehrte das Gesicht zur Wand und spreizte Arme und Beine. Der Polizist tastete ihm die Achseln und den Schritt ab. Er fischte Georges Paß aus der Innentasche des Rocks und blätterte ihn wortlos durch.

»Okay, drehen Sie sich um. Was war los?«

Alle wollten auf einmal reden. Das kleine Mädchen fing wieder an zu flennen. »Ruhe!« bellte der Polizist und wandte sich an die Frau. »Sie zuerst.«

George wartete, derweil die Frau in stockendem Englisch erklärte, wie George ihr Töchterchen von Anfang an angestarrt und schließlich mit seinem bösen Blick Feuer gelegt hatte. Der Teufel habe ihn so zugerichtet. Der Polizist sah müde aus. Er fragte den Veteran und bekam eine Einführung in die US-Außenpolitik der neunziger Jahre. Der Polizist schnitt ihm das Wort ab, und wollte Georges Version hören. »Ich habe eine Chemotherapie hinter mir. Ich wollte nur verhindern, daß sich die Kinder balgten.«

»Sonst jemand, der gesehen hat, was los war?« Niemand sagte einen Ton, bis der Polizist auf eine blasse Frau zeigte, die ein billiges Hängekleid trug und aussah, als ob sie schwanger wäre. »Der Mann wollte dem Jungen die Puppe abnehmen, und da ist sie kaputtgegangen«, sagte sie.

Der Polizist wandte sich an die Mutter. »Hören Sie, Lady, so wie Sie das darstellen, kann ich nicht viel machen. Dieser Bursche sieht mir nicht nach einem Verrückten aus.«

»Er ist ein Zombie!«

George wollte sie aufhalten. »Hören Sie, ich bin kein ...«

Die Frau wich einen Schritt zurück und bekreuzigte sich. *»Madre Dios!«*

»Beruhigen Sie sich«, sagte der Polizist. »Ich hab noch was andres zu tun. Ich denk mal, der Mann sieht bloß ein bißchen alt aus für sein Alter, das ist alles.«

»Helfen Sie. Bitte«, sagte die Frau. Kein Wunder, daß die Gute mit ihrem Schicksal haderte, das sie in einem Wagen dritter Klasse mit einem Untoten zusammensperrte. »Helfen Sie uns.«

»Sie brauchen keine Angst zu haben, Lady. Ich würde ...«

»Keine Angst? Keine Angst? *Calabaza!*[1]«

Dem Polizisten schwoll der Kamm. »Okay, Sie setzen sich jetzt mit Ihren Kindern hin und halten den Mund. Am besten flicken Sie die Puppe wieder zusammen. Und *Sie* ...« Er setzte George den Zeigefinger auf die Brust. »Sie setzen sich auch und halten sich geschlossen, verstanden? Schlafen Sie einfach. Nicht mehr lange, und wir sind in Philadelphia.« Er gab George den Ausweis zurück.

»Und was ist mit mir?« wollte der Veteran wissen.

Der Polizist sah unsäglich gequält drein. »Sie, Mister, feilen inzwischen an dem Brief, den Sie Ihrem Kongreßabgeordneten schicken. Vielleicht haben Sie Glück, und er bringt Sie ins Kabel.« Er wartete, bis sich alle wieder gesetzt hatten, dann klappte er schräg gegenüber George einen Notsitz in den Mittelgang und setzte sich. Die Frau zog ein Taschentuch aus der Sisaltasche, benetzte einen Zipfel mit Speichel und begann ihrem Sohn das blutverschmierte Gesicht

---

1 *calabaza* [span. kalaˈβaΘa] = u. a. ›Schafskopf‹, ›Trottel‹

zu putzen. Sie tat George leid. Er war sehr müde. Er lehnte den Kopf ans Fenster und schloß die Augen.

Er wußte nicht, wie lange er so dagesessen hatte, als er in der Ferne die vertrauten Geräusche eines Feuerwerks hörte ... Es war in einer Sommernacht in Enid, Oklahoma, gewesen – vor vierzig Jahren, 1960, vielleicht früher – an einem 4. Juli[1] –, als er und Seth noch Kinder waren; sie hatten wachgelegen und dem Geknatter über der Stadt gelauscht. Seth hatte aus dem Fenster, am Regenrohr hinunter und zum Park gewollt, wo das Feuerwerk abgebrannt wurde, aber George hatte Angst vor Mom gehabt. George hatte immer Angst vor ihr gehabt.

Seth hatte nie vor irgend etwas Angst gehabt. Es hatte ihn 1972 erwischt. Tod durch elektrischen Schlag; das Radio war ins Badewasser gekippt.

Die fernen Explosionen holten George aus dem Halbschlaf. Er sah aus dem Fenster. Jenseits des Flusses flackerte die Nacht, weiß, nicht bunt, und um Sekunden versetzt drangen die gedämpften Schläge herüber. Das war kein Feuerwerk, das waren Granaten, Mörser oder Panzerfäuste. Fahler Rauch trieb über lichtlose, geometrisch ausgerichtete Reihen ausgebrannter Häuser. Der *Interrail*-Polizist ließ George nicht aus den Augen. »Was *ist* das?« fragte George ihn.

»Vorstadtdschungel«, sagte er.

---

1 *the Fourth of July = Independence Day* – Jahrestag der Unabhängigkeitserklärung, die am 4. 7. 1776 in Philadelphia verabschiedet wurde – Feiertag in den USA, der traditionell mit Feuerwerk begangen wird.

9

SONNTAG, 6. JUNI

Lucys Karriere löst sich in Rauch auf

Am Morgen wurde Lucy durch einen Anruf geweckt. Am Apparat war Mari Tokugawa, eine Kollegin aus dem Ministerium für Resozialisierung.

»Ich erzähle dir das bloß, weil ich dich gut leiden kann, Lucy«, sagte sie. »Der Generalstaatsanwalt weiß von Georges Wiedererweckung. Er ist besorgt wegen der politischen Auswirkungen, also will er ein Exempel statuieren. Montag, wenn du ins Büro kommst, will man dich verhaften.«

Lucy rieb sich die mit Gummi beschichteten Augenlider. »Wie ist er dahintergekommen?«

»Vorige Woche, abends im Village, sind sich Detweiler und Richard Shrike in die Arme gelaufen. Richard war wohl ziemlich weggetreten. Er muß sich verplappert haben.«

»Mistkerl, verfluchter«, flüsterte Lucy.

»Bitte, sag keinem, daß du's von mir hast«, sagte Mari. Sie hängte auf.

Lucy setzte sich auf. Konnte sie den Kampf gewinnen? Unwahrscheinlich. Detweiler war der politische Wichser des Generalstaatsanwalts. Er hatte sie vom ersten Tag an aufs Korn genommen, und jetzt war die Gelegenheit für den Blattschuß. Ihr Blick schweifte durchs Schlafzimmer. George war nicht da, und seine

Reisetasche war fort. Was, wenn er jetzt dem Berglöwen begegnete? *Ihr* Berglöwe setzte bereits zum Sprung an.

Sie duschte, zog sich an und machte sich ans Frühstück. Ringsherum wankten die Mauern, und es war Zeit, die Zügel in die Hand zu nehmen: Speck und Ei, Pfannkuchen mit Butter und Sirup, eine Kanne starken Kaffee. Anstelle von Panik stellte sich eine Art Galgenhumor ein. Fürsorgliche Lucy. Sie hatte für George ihre Karriere aufs Spiel gesetzt, und George war auf und davon. Sie hatte Richard vertraut, und Richard hatte sie verraten. Am nettesten fand sie noch, daß Mari sie gewarnt hatte, und Mari hatte mit der Bitte aufgehängt, sie da nicht mit reinzuziehen. Leckt mich doch alle! Lucys Galgenhumor kühlte merklich ab, und nach dem zweiten Stapel Pfannkuchen überkam sie die kalte Wut.

Sie rief Richard an. Als er nach acht Freizeichen endlich abhob, sagte sie bloß: »Er ist weg.«

»Wer ist weg?« Richard klang irritiert. Der Schirm blieb blind.

»Richter Crater[1]. Wer schon?«

»Lucy. Weißt du, wo er hin ist?« Er schien nicht besonders überrascht zu sein.

»Nein. Ist mir auch ziemlich egal.«

»Ich komm gleich mal vorbei. Bitte, rede mit keinem, bis ich da bin.«

»Keine Sorge, Richard. Ich kann schweigen.« Lucy hängte auf. Sie goß sich Kaffee ein. Sie lachte.

Sie saß noch immer am Tisch, als die Sprechanlage summte. Sie gab Curtis grünes Licht, Richard durchzulassen, und Minuten später klopfte es an die Wohnungstür. Sie ließ sich Zeit, und als sie öffnete, hatte

---

1 *Joseph Force Crater* (geb. 1889) – Richter am Obersten Gericht des US-Bundesstaates *New York* – verschwand am 6. August 1930 spurlos.

Richard eben die Knöchel oben, um wieder zu klopfen. Seine Augen sahen aus, als hätte er sie über Nacht in Spiritus gesetzt. »Bist du in Ordnung?« fragte er. »Was ist passiert?«

Er war so glatt. So besorgt. Was hielt er wirklich von ihr? Der Mann war undurchschaubar. Sie fragte sich, ob er sich am Ende selbst fremd war, und diese Möglichkeit ließ ihn in einem völlig neuen Licht erscheinen. Vielleicht probierte er sich aus. Das würde erklären, warum er so aufrichtig lügen konnte. Einen Moment lang tat er ihr leid – aber nicht länger. Wie wäre es, wenn sie einfach Richards Rolle kopierte und ihn an der Nase herumführte? »Mir geht es fabelhaft, Richard. Viel wichtiger ist, wie es George geht.«

»Ich hab dir ja gesagt, er steht unter Druck.«

Ihm entging die Ironie in ihren Worten. »Seine Reisetasche ist weg, und ein paar Kleidungsstücke fehlen.«

»Du hast nicht gemerkt, daß er gepackt hat?«

Sie ging voraus. In Georges Arbeitszimmer liefen noch die TV-Schirme. »Ich nehme Schlaftabletten«, sagte sie. »Seit er wieder da ist, kann ich nicht einschlafen.«

Richard blieb mitten im Zimmer stehen und musterte die Berge von Ausdrucken und die drei flüsternden TV-Schirme. »Was für ein heilloses Durcheinander. Gestern hat mich Abramowitz noch angerufen; ich sollte George fragen, wie er vorankommt. Er könnte nicht mehr länger warten, weil die Technik mit Streik droht. Zu dem Interview mit Gilray hat er Stan Levine geschickt.«

»George hätte den Job nicht besser gemacht.«

Richard nahm eine Karte in die Hände und studierte sie. »Er hat die Sache verpatzt. Er hat nicht dran gedacht, daß man sich vorher die Sendeerlaubnis unterschreiben läßt. Weißt *du*, was das hier zu bedeuten hat?«

»Nein. Was ist das?«

Die Geschwindigkeit, mit der Richard seinen Ärger unterdrückte, war beeindruckend. »Ich weiß nicht, was das ist, Lucy. Deshalb frage ich ja. Hat er nie darüber gesprochen?«

Lucy drehte die Lautstärke des religiösen Senders auf. Die Gegend sah nach Nationalpark aus; ein stattlicher Bursche im Flanellhemd hackte Holz. Er hielt inne und drehte sich zur Kamera. »Ich bin ein Opportunist«, sagte er. Richard langte an Lucy vorbei und stellte wieder leise. »Lucy, hör zu. Ich glaube, George steht kurz vor dem Zusammenbruch. Er braucht Hilfe.«

George stand kurz vor dem Zusammenbruch. »Du hast recht«, sagte sie. »Entschuldige, ich war weggetreten. Der Schreck sitzt mir noch in den Knochen.«

»Komm, gehn wir ins Wohnzimmer und reden.« Richard nahm die Karte mit. Er legte sie auf den Couchtisch und ging zur Bar. »Was trinkst du?«

»Scotch.« Lucy setzte sich aufs Sofa.

Richard brachte zwei Scotch. Er breitete die Karte aus und setzte sein Glas auf die widerspenstige Ecke. »Wie findest du das? Sieht aus wie eine Reiseroute. Er hat dir den Plan nie gezeigt?«

»Einmal. Genau hier. Er saß da, wo du jetzt sitzt. Ich wünschte, ich wüßte noch, was er gesagt hat, aber ich war so durcheinander.« Sie sah ihn an und lächelte. »Ich war nämlich high, weißt du?«

Richard kämpfte wieder mit seinem Ärger. »Denk nach.«

Sie legte die Stirn in Falten und ließ ihn warten. »Ich kann mich einfach nicht erinnern, Richard. Und wenn wir ein bißchen nachhelfen, was meinst du?«

»Meinetwegen, mach den Anfang.«

»Wenn du nicht mitmachst, hab ich kein gutes Gefühl.«

Sie ging hinter die Bar und kam mit zwei THC-Stäbchen[1] zurück. Richard steckte sich eins zwischen die Zähne. Sie stellte sich Richard in schwarzem Leder vor; er war zwanzig, stand hinter dem Keyboard. Kitschige Punkfrisur. Sie fühlte sich so gut wie lange nicht. Sie warf sich das Stäbchen in den Mund und kaute. Grüne Minze mit einem Beigeschmack von verbranntem Hanf.

»Okay«, sagte er. »Was hat George dir erzählt?«

»Er war hinter etwas her«, sagte Lucy nachdenklich. »Er hat doch diese ganzen Berichte über Gewalttaten gesammelt. Ich glaube, er ist auf irgendwelche religiösen Machenschaften gestoßen.«

»Religiöse Machenschaften?«

Lucy erfand, während sie fortfuhr. »Gilray benutzt Massenhypnose. Der Reverend manipuliert die Wählerschaft. Er setzt ganze Kader von psychologisch geschulten Stoßtrupps ein. Wenn ich mich nicht irre, hat George gesagt, sie würden von Brasilien bezahlt.«

»Warum hast du mir nicht früher davon erzählt?«

Ein bißchen Wahrheit konnte nicht schaden. »Ich hab dir nicht vertraut, Richard.«

Ob er das schluckte?

Er schluckte es. »Das ist gar nicht gut.« Richard stand auf und ging vor dem Fenster auf und ab – wie der Pappjapse in einem Video-Spiel. »Wir müssen uns überlegen, wie wir die Sache anpacken.« Er blieb stehen und fixierte sie. *Pjuh-pjuh* – aber ohne Joystick ging das nicht, schade.

»Wir müssen einen Detektiv engagieren«, sagte

1 *Tetrahydrocannabinol* = die psychotrope Grundsubstanz in der Cannabis- bzw. Hanfpflanze

Richard. »Ihn bei Punkt A auf der Karte anfangen lassen.«

Ob Richard sich erinnerte, daß er bei Detweiler geplappert hatte? Wahrscheinlich hatte er sich wirklich nur verplappert. Die meisten Dinge, die die Welt zu einem Saustall machten, passierten aus Versehen, oft genug aus lauterster Absicht. Richard war bloß ein bißchen verrückter als die meisten.

»Und Abramowitz halten wir so lange wie möglich da raus«, sagte Richard. »Nein, das funktioniert nicht. Ich bin morgen bei ihm, und er wird mich nach George fragen. Dann muß ich Farbe bekennen.« Er fuhr zu Lucy herum. »Georges Kamera! Hier muß irgendwo ein Mikro-Camcorder sein. Oder hat er ihn mitgehen lassen?«

»Keine Ahnung. So was verwahrt er in seinem Wandschrank im Arbeitszimmer.«

Richard stürmte in Georges Zimmer zurück. »Nicht da!« rief er Sekunden später.

»Vielleicht ist die Kamera längst wieder im Büro«, rief Lucy. »Er braucht sie nie.«

»Nein.« Richard kam ins Wohnzimmer zurück. »George hat sie mitgenommen. Das ist unsere Story. Ich sage Abramowitz, George ist durchgebrannt, weil er eine heiße Fährte hat – das ist es. Ich kann das auf seinen Enthusiasmus schieben. ›Der Bursche hat noch mehr Power als vorher. Er war immer schon ein Querkopf. Das ist seine Stärke.‹« Richard sah zufrieden aus. »Das hält vor, bis wir ihn beim Wickel haben. Verdammt – es könnte sogar stimmen.« Er heftete wieder den Blick auf Lucy. »Bist du sicher, daß du keine Ahnung hast, wo er hinwollte?«

Richard beim Slalom zuzusehen, war eine Offenbarung. Hatte er wirklich so wenig übrig für George? Lucy hatte Grund, die Flinte ins Korn zu werfen; welchen Grund hatte Richard? Zum ersten Mal empfand sie Verachtung für Richard. Sie würde ihn demütigen. »Ich hab mich noch nicht im Schlafzimmer umgesehen«, sagte sie.

»Dann laß uns nachsehen.«

Sie folgte ihm ins Schlafzimmer. Wie er dahertänzelte, wie ein Boxer im Ring, um den entscheidenden Schlag zu landen, kaum daß die Spitzen der koreanischen Schuhe den Teppich berührten. Sie spielte mit dem Schmuck, der auf ihrem Frisiertisch lag, derweil er die Schubladen aus Georges Kommode riß und die Kleidung achtlos aufs Bett kippte. »Wie wär's mit dem Bad?« schlug sie vor, als er sich unschlüssig umsah.

Er ging prompt ins Bad und begann in den Schubladen zu stöbern. Er schien wirklich in einer Einbahnstraße zu sein. Lucy biß sich auf die Unterlippe, sie hätte prusten können. So leise wie sie konnte, nahm sie den Stuhl, der an ihrem Frisiertisch stand, trug ihn durchs Zimmer, schlug die Badtür zu und klemmte die Rückenlehne unter die Klinke. Richard rüttelte an der Klinke. »Lucy?« rief er.

»Ja, Richard?« Sie holte ihre Handtasche.

»Lucy.« Seine Stimme klang friedlich. »Laß mich hier raus.«

Diese Stimme nervte sie. Er hatte keinen Anlaß, friedlich zu sein. Na warte, dir werd ich's zeigen.

Sie lief in die Küche und wurde fündig. Wieder im Schlafzimmer häufte sie noch die Untertaillen und französischen Höschen aus ihrer Wäscheschublade auf die Kleidungsstücke, die Richard bereits aufs Bett geworfen hatte, zog die Verschlußkappe von dem kleinen Kanister und besprenkelte die Unterwäsche mit Feuerzeugbenzin. Richard machte nicht mal den Versuch, die Tür mit Gewalt zu öffnen.

»Lucy, was, zum Teufel, soll das Ganze?«

»Weißt du, Richard, das eigentliche Problem ist, daß Gott tot ist. Seither ist alles schiefgelaufen.«

»Bist du in Ordnung?«

»Denke schon, abgesehen davon, daß ich ein Mensch und als solcher ein hoffnungsloser Fall bin.«

Richard lachte. Der Gram in diesem Lachen war so rührend, daß sie die Tür fast aufgemacht hätte. »Ein wahrlich allumfassender Vorbehalt«, sagte er.

»Wir wissen ihn zu schätzen. Wir leben seit Jahren davon, und wir lieben ihn mehr als die Wirklichkeit.« Der kleine Kanister röchelte und war leer.

Die Klinke rüttelte wieder. »Lucy, mach die verdammte Tür auf!«

»Falls du Langeweile hast, dann versuch dich an die Unterhaltung zu erinnern, die du vorige Woche mit Ralph Detweiler hattest.« Sie riß ein Zündholz an und warf es in den Haufen Wäsche. Der Stoff schwelte, dann leckten die Flammen. Beißender schwarzer Rauch stieg auf.

»Ralph Detweiler?«

Sie raffte Mantel und Handtasche auf und fuhr mit dem Lift ins Parterre. Curtis nickte ihr zu, als sie an der Kabine vorbeikam. »Taxe, Ma'am?«

»Nein, danke, Curtis.« Sie wollte eben aus der Tür, als ihr etwas einfiel. Sie kam zurück. »Ist Mr. Eberhart letzte Nacht aus dem Haus gegangen?«

»Ja, Ma'am.«

»Hat er gesagt, wo er hinwollte?«

»Nein, Ma'am.«

Sie wollte gehen, konnte aber noch nicht. »Curtis«, sagte sie. »Sie rufen besser die Feuerwehr.«

Auf dem Gehsteig kam sie schlagartig zur Besinnung. Bevor sie ihre Unterwäsche in Brand gesteckt hatte, hatte sie womöglich noch eine winzige Chance gehabt; jetzt war sie als Juristin endgültig abgestürzt. Das war schrecklich, und das war befreiend. Sie war ein Outlaw, sie war ein Überläufer, sie war ein neuer Mensch. Immerhin, ein paar Erfahrungen aus der Resozialisierung würden ihr zustatten kommen.

Im Gramercy Park wimmelte es von Menschen. Die Sonntagsjogger liefen Slalom zwischen Stadtstreicherinnen und Bettlern. Der Kreuzzug des Bürgermeisters gegen die Obdachlosen in den benachbarten Wohnvierteln war ein Schlag ins Wasser. Sie wandte sich nach Süden, überquerte die *East 14th Street* und ging durchs *East Village*, vorbei an schmutzigen Läden und Edelboutiquen, vorbei an jungen Leuten in griechischen Gewändern oder Jüngern der ›Neu-Aufklärung‹, die mit Schoßrock und gepuderter Perücke daherkamen. Heruntergekommene Wohnblocks und renovierte Häuser wechselten einander ab. Große Eichentüren mit Bleiverglasung wurden von verglasten Lünetten gekrönt; und immer wieder eine Phalanx drohender Speerspitzen, die sich aus schmiedeeisernen Gittern reckten.

Ecke *East 2nd* und *1st Avenue* fand sie, was sie suchte. Das Lokal hieß *The Tropic*. Ringsum lief ein Wandgemälde à la Rousseau mit Panthern, Tigern und schokoladenbraunen Frauen, die in blaue Tücher gewickelt waren und auf dem Kopf Körbe voller Bananen trugen. Am hinteren Ende der Theke flüsterte eine Orientalin einem Mann im Kaftan etwas zu. Der Mann lachte.

»Ich muß jemanden sprechen«, sagte Lucy zu der Kellnerin hinter der Theke. Die Frau zeigte auf eine abgetrennte Nische im Hintergrund.

Während Lucy wartete, bestellte sie das 80-Dollar-Gala-Menue: Sojaschnitzel mit Pommes frites, Kohlsalat und echtem Dill; zum Dessert gab es synthetischen Kaffee und Sahnetorte mit Bananengeschmack. Lucy lauschte der lateinamerikanischen Musik aus den Boxen.

Es war ein altes Lied. Zum letzten Mal hatte sie es gehört... das war lange her: High-School, Tenafly, New Jersey. Sie war in der zehnten Klasse und mit Vince Carvaggio befreundet. Vince war in der letzten Klasse; er fuhr einen Fiero, und wenn sie fuhren, lief immer eine tolle Kassette. Seine Familie war betucht und Lucys nicht; ihr Vater war arbeitslos, und ihre Mutter stand auf Hasch. Bis sechzehn verdiente Lucy hinzu und ging die Lebensmittel einkaufen und brachte trotzdem lauter Einser nach Hause. Ein Jahr lang war sie mit Vince gegangen, bevor sie merkte, daß sie ihn nicht wirklich mochte. Es gab nichts, worüber sie sich unterhalten konnten, und zuhören konnte er auch nicht. Aber daß sie mit ihm in diesem Auto gefahren war, das hatte sie nicht vergessen – auch nicht, wie gut er ausgesehen hatte, und wie der Wind in seinem kurzen, dunklen Haar gezaust hatte – und wie gut sie sich gefühlt hatte, wenn sie mit ihm ins Kino oder zu einer Party fuhr. Laue Sommerabende, die Sonne war untergangen, aber der Himmel war noch orange und purpurrot und die Straßenlaternen gingen eben erst an. Das war sechzehn Jahre her. War die Mitte, der Nabel ihres bisherigen Lebens – in diesem Wagen mit Vince unterwegs zu sein.

Draußen näherte sich eine Sirene, und ein Löschzug jaulte am Fenster vorbei. Das Essen kam. Sie ließ nichts davon übrig. Sie betrachtete die Krümel an der Kuchengabel. Sie betrachtete den blauen Fleck an ihrem Finger. Nie wieder. Aber was, zum Teufel, fing sie jetzt an?

Eine große schwarze Frau betrat das Lokal. Die Kellnerin redete mit ihr und nickte in Lucys Richtung. Lucy beobachtete die beiden. Sie war jetzt eine von ihnen. Hätte sie George nicht wiedererwecken lassen, hätte sie jetzt keine Probleme gehabt. Doch sie hatte nicht die Stirn gehabt, sich in dieser Welt alleine zu behaupten, sie hatte Verstärkung haben wollen. Die Ironie des Schicksals war: sie hatte nicht bemerkt, daß George sie schon vor seinem Tod verlassen hatte. Vielleicht brauchte sie noch eine Weile, bis sie darüber lachen konnte.

Die Frau setzte sich an Lucys Tisch. Sie war ausgesprochen mager. Ihr Haar war zu lauter fingerlangen Dornen gezwirbelt. Der breite Mund verzog sich zu einem Grinsen und entblößte eine Zahnlücke. Der Gipfel der Ironie war, daß Lucy auf Kosten solcher Menschen Karriere gemacht hatte.

»Ida sagt, Sie wollen mich sprechen.«

»Ja«, sagte Lucy. »Ich brauche einen Paß.«

10

MONTAG, 7. JUNI

Ist das der Gipfel der modernen Medizin?

Sie können hier warten«, sagte die Assistentin und führte Gilray ins Sprechzimmer. »Dr. Vance kommt gleich.«

Gilray setzte sich in den mit Kunstleder bespannten Lehnstuhl. Ihm war ziemlich elend zumute. Er starrte auf die Wand hinter dem Schreibtisch.

Diese Wand verriet alles, was man über Dr. Vance wissen mußte. Bakkalaureus in Chirurgie, Universität von Oklahoma. Doktor der Medizin, John Hopkins-Hospital. Auszeichnung der *National Science Foundation.* Eine Photographie, die eine Gruppe von Männern an einem felsigen Ufer zeigte; sie trugen Mylar-Anzüge, hatten die Helme unter den Arm geklemmt und standen in einem Wust elektronischer Ausrüstung. Unter ihnen ein etwas jüngerer Vance. Gilray malte sich diesen strahlenden Tag aus, den blauen Ozean und die blendend weiße Gischt. Im Hintergrund dräuten die beiden Kuppeln eines Kernreaktors. Das konnte nur San Luis Obispo nach dem Erdbeben sein. Als dieses Foto entstanden war, mußte die Verstrahlung noch ziemlich hoch gewesen sein; seltsam, daß ein solcher Tag so herrlich aussehen konnte. Auch das war prophezeit worden: ›Der Drache wurde wütend über die Frau und ging fort, um ihre übrigen Nachkommen zu bekämpfen... Dann trat der Drache ans Ufer des Meeres.‹[1]

Auf dem Tischchen neben Gilray lag eine Ausgabe von *Life*. Das Titelfoto zeigte ein UFO; die Aufnahme stammte aus Clanton, Alabama, wo es neulich zu mehreren Sichtungen gekommen war. Er nahm die Illustrierte und blätterte darin, bis er rein zufällig seinem Konterfei begegnete, dann legte er sie wieder zurück. Er sah auf die Armbanduhr. 6:45 Uhr. Seine Uhr zeigte noch *Eastern time*. Er ließ den Blick durch das Zimmer schweifen. Sein letzter Besuch hier lag ein Jahr zurück; nichts hatte sich inzwischen verändert.

Nur Marianne wußte darüber Bescheid, daß er den Arzt konsultierte. Er wollte nicht, daß dieser Umstand publik wurde. Viele Leute warteten nur darauf, daß er eine Schwäche zeigte. Die sogenannten Freidenker besaßen nicht die Stirn, ihm offen entgegenzutreten, also sannen sie auf Rufmord. Das gehörte zur Bürde, die ihm auferlegt war. Christus hatte gesagt: ›Siehe, ich sende euch wie Schafe mitten unter die Wölfe; seid also klug wie die Schlangen...‹[2] In der Welt der Wölfe war es ratsam, seine Wunden im Verborgenen zu lecken. Und deshalb saß Gilrays Leibarzt in Lexington, Kentucky, und nicht in Raleigh[3].

Gilray hatte nie Vertrauen zu Ärzten gehabt. Als Bub hatte er unter Asthma gelitten. Einen endlosen Sommer lang hatte er einen Allergietest nach dem anderen über sich ergehen lassen, ohne daß diese Tortur ihm auch nur die geringste Erleichterung verschafft hätte; in einem fadenscheinigen Hemdchen hatte er

1 Bibel: ›Offenbarung an Johannes‹, Kap 12, 17–18.

2 Bibel: ›Das Evangelium nach Matthäus‹, Kap. 10, 16 *(... und ohne Falsch wie die Tauben.)*

3 Hauptstadt des US-Bundesstaates *North Carolina*

mit nacktem Hintern auf einem kalten Plastikstuhl gesessen, während ein klappriger Dr. Kinbote seine Brust abgeklopft hatte, mit einem Fingerknöchel, der so gichtig war, daß Jimmy sich davor geekelt hatte.

Und später, mit fünfzehn, war seine Allergie so plötzlich verschwunden gewesen, wie sie aufgetaucht war. Er hatte allein auf seinem Zimmer gelegen und mit dem Atem gerungen. Das Licht war aus, und die Vorhänge waren zugezogen; durch ein Lücke fiel ein Sonnenstrahl schräg über sein Bett. An jenem heißen Nachmittag in Tennessee war er der Verzweiflung nahe gewesen und hatte immer wieder laut gesagt: »Laß mich atmen, laß mich sterben, laß mich atmen, laß mich sterben«, fast so, als wolle er Gott zwei Alternativen anbieten. Aber damals hatte er noch nicht an Gott geglaubt. Plötzlich war ein kühler Luftstrom aus der Zimmerdecke gefahren und war durch sein Brustbein gedrungen und hatte ihn an die Matratze genagelt; er hatte damals unwillkürlich an die schönen Schmetterlinge in den Schaukästen gedacht. Doch es war nicht der Tod, es war das Leben gewesen. Er hatte tief Luft geholt. Er hatte sich befreit gefühlt. Einen Moment lang hatte er das Gefühl gehabt zu schweben. Die Luft war kühl und rein gewesen. Er war aufgepumpt gewesen mit Energie. Er hatte eine Erektion gehabt – und was für eine.

Erst später begriff Jimmy Gilray, daß dies der Moment gewesen war, da Gott von ihm Besitz ergriffen hatte. Und von da an hatte er um seine Berufung gewußt. Ein ›Wunder‹ hatte seine Mutter es genannt. Die Fachleute nannten es ›spontane Heilung‹. ›Fachleute‹ war das richtige Wort: Ärzte steckten alles in Fächer, und sein ›Fach‹ trug das Etikett ›spontane Heilungen‹. Und Kunstfehler wurden unter dem Etikett ›negativer Verlauf‹ abgelegt. Alles verstanden sie, selbst das, was sie nicht verstanden. Ging es gut, waren sie erfolgreich, ging es schief, waren sie nicht schuld. Nichts lag ihnen ferner, als ihre Inkompetenz zuzugeben. Würde man sie als Schamanen bezeichnen, wären sie nicht einverstanden – würde man sie als Handlanger Gottes bezeichnen, würden sie sich mit Händen und Füßen wehren.

Und trotzdem saß er wieder hier. Hätte sein Zwerchfell lockerer gesessen, hätte er jetzt gelacht.

Die letzten dreißig Jahre, die aus einem armen Burschen in Memphis den Fernsehpriester in Raleigh gemacht hatten, waren nicht dazu angetan gewesen, seine Meinung über die ärztliche Kunst zu ändern. Mit einer gentechnisch frisierten Mikrobe konnte man Diabetes heilen. Man behandelte Geisteskranke mit synthetischen Drogen. Verkaufte orale Verhütungsmittel für Männer, und bagatellisierte Gerüchte über Mißbildungen bei Neugeborenen. Und seit 1995 hatte man eine Reihe von Menschen, die man früher unwiderruflich für tot erklärt hätte, in etwas zurückgeholt, das man großspurig mit ›Leben‹ bezeichnete.

Die Tür ging auf, und Dr. Vance kam ins Zimmer. «Reverend Gilray.«

Er schüttelte Gilray die Hand. Vance hatte ein Pferdegesicht. Er war noch jung, nicht älter als fünfunddreißig. Krauses Haar, gestutzter Bart; das weiße Gewand wies ihn als Mitläufer des Neu-Neoklassizismus aus. Der Bart und die hohlen Wangen ließen ihn streng aussehen, ganz wie Jonathan Edwards[1] auf dem Bild in Gilrays Büro. Diese metaphysische Aura war ein Dorn mehr im Auge des Gottesmannes. Vance war nur insoweit an Religion interessiert, als er Gilray drängte, ihn nach Raleigh einzuladen, um dort

---

1 (1703–1758) amerikanischer calvinistischer Theologe und Indianermissionar; berühmte Predigt ›Sinners in the Hands of an Angry God‹ (1741). Autor des Buches ›The Freedom of the Will‹ (1754).

ein paar Wochen lang das Gesundbeten zu erforschen. Es quälte Gilray, seinen Leib einem solchen Freidenker zu überlassen.

Vance hatte die besten Referenzen, Vance hatte den richtigen Stallgeruch, Vance hatte eine Menge Geld. Natürlich war er auch ein Humanist und Menschenfreund – solange ihm die Empfänger seiner Wohltaten nicht zu nahe kamen. Ab und an ließ er sich in einem Regierungsjet nach Houston oder Chicago fliegen, stürzte sich vom Himmel wie ein Erzengel, um einen gentechnischen Eingriff an einem Kind mittelloser Eltern vorzunehmen, und hinterließ eine weinende Mutter und ein Rudel von Berichten über den vieltalentierten Chirurgen und Internisten. Er war im Vorstand der *American Medical Association,* ein jüngeres Mitglied hatte es nie gegeben. Er war freundlich und rational und effizient. Sein Lächeln war ein verchromtes High Tech-Produkt.

Doch diesmal gab Vance sich anders. Anstatt so rasch wie möglich den Schreibtisch zwischen sich und Gilray zu bringen, setzte er sich in den zweiten Lehnstuhl und pfefferte den Schnellhefter, den er mitgebracht hatte, achtlos auf den Schreibtisch.

»Na, wie fühlen wir uns denn?« fragte Vance. Am frühen Nachmittag hatte er lediglich Gilrays Genitalbereich abgetastet und durch einen Laboranten Blut und Urinproben nehmen lassen. Jetzt war seine Nüchternheit einer fast greifbaren Anteilnahme gewichen. Gilray hatte das Gefühl, er sollte auf irgend etwas vorbereitet werden.

»Gut, ich kann nicht klagen.«

»Und beim Sitzen hier, kein Gefühl von Schwäche? Keine Schmerzen?«

Gilray sah ihn forschend an. »Nein.«

»Potenzprobleme seit Ihrem letzten Besuch?«

»Diese Frage müssen Sie mir schon erklären.«

Vance lehnte sich zurück. »Ich wollte die Gelegenheit beim Schopf packen und Ihnen ein paar Fragen stellen. Ich muß zugeben, Sie haben mich immer ein wenig eingeschüchtert, Reverend.«

»Was ist mit den Tests?«

»Machen Sie sich deswegen keine Gedanken«, sagte Vance. Er zögerte, dann fuhr er fort: »Mir ist zu Ohren gekommen, im Himmel würden die Seelen der Erlösten fortwährend kopulieren. Deswegen würde der Himmel Himmel genannt.«

Hätte Vance sich in einen Wellensittich verwandelt, Gilray wäre nicht verblüffter gewesen. »Was reden Sie da?«

»Ich erwähne das nur, weil Sie so eine imponierende Ausstattung haben. Unter meinen Patienten ist nicht ein einziger Prediger, der es mit Ihnen aufnehmen könnte – auch sonst niemand.«

Gilray machte Anstalten aufzustehen. »Ich brauche mir Ihre Beleidigungen …«

Vance lehnte sich vor und legte ihm die Hand auf den Arm. »Nicht doch, bitte. Ich möchte Sie nicht beleidigen. Verzeihen Sie, wenn ich den Eindruck erwecke. Aber ich bin Wissenschaftler. Ich rede von simplen Fakten. Sie haben einen Penis, der, was die Größe angeht, in die oberen zwei Prozent der Statistik fällt. Sie müssen das doch spätestens seit der Unterstufe bemerkt haben. Ich will damit nur sagen, daß dieses körperliche Attribut seine Wirkung nicht verfehlt haben kann.«

Gilray setzte sich zurück. »Nichts geschieht ohne den Willen Gottes.«

»Ich setze auf die Wissenschaft. Es gibt keine zuverlässigere Methode, um die großen Fragen zu beantworten.«

»Wissenschaft hat noch keine Frage beantwortet, die es wert gewesen wäre, daß man sie stellt.«

Vance lächelte. »Dann verdanken Sie diesen großen Ausleger also Gott? Oder hat sich das bloß so ergeben, und Gott hat es zugelassen?«

Gilray starrte ihn an. »Es war zu erwarten, wie Sie darüber lästern würden. Ich habe …«

»Sie haben sich nie nach der Ursache gefragt?«

»Gott würde uns keine Fähigkeit schenken, wenn er nicht wollte, daß wir sie auch nutzen.«

»Okay. Wenn es Ihnen nichts ausmacht, möchte ich das gerne weiterspinnen. Ich meine, *Er* gibt uns die Fähigkeit zu vergewaltigen, zu stehlen und zu morden. *Er* gab Eva die Fähigkeit, Adam zu verführen, und Adam die Fähigkeit, ihren Verführungskünsten zu erliegen. Jahrhunderte lang hat das Christentum behauptet, *Er* habe uns gewisse Dinge gegeben, um zu prüfen, ob wir den Willen aufbringen, sie *nicht* zu gebrauchen.«

»Sie verdrehen die Sprache. Die Fähigkeit zu vergewaltigen *ist* keine Fähigkeit. Das ist der Mißbrauch einer Fähigkeit. Körperkraft hat Gott uns verliehen, damit wir bestimmten Anforderungen gewachsen sind. Der Mann hat die Vergewaltigung erfunden, nicht Gott. Aber was soll dieser Quiz?«

»Katechese. Ich möchte herausfinden, woran Sie glauben und weshalb Sie daran glauben.«

»Woran ich glaube, geht Sie überhaupt nichts an.«

»Was die Leute glauben, hat Einfluß auf ihre Gesundheit. Ich habe das zu Papier gebracht. Es gibt eine physiomechanische Basis für unser Denken, und die ist dafür verantwortlich, wie der Glaube sich physisch auswirkt. Hindu-Fakire beispielsweise können mit bloßen Füßen über glühende Kohlen laufen. Oder nehmen Sie die christlichen Sekten, die in ihren Riten arglos mit giftigen Schlangen umgehen. Ich konnte diese physiomechanische Basis auf ein paar winzige

Zellkomplexe der Zirbeldrüse einengen. Wenn ich ein bißchen kaltschnäuziger wäre, würde ich behaupten, ich hätte den Sitz der Seele entdeckt.«

»Sie sind ja verrückt.«

»Sie zweifeln an meinen Resultaten? Ich kann Ihnen meinen Aufsatz ...«

»Verschonen Sie mich. Wenn Sie nichts dagegen haben, möchte ich jetzt gehen. Sie sind ein lächerlicher Egozentriker. Wie wollen Sie jemanden heilen, wenn Sie nicht auf ihn zugehen?«

»Heilen? Es kommt selten vor, daß ich jemanden wirklich heile. Ich lebe davon, daß ich Dinge herausschneide.«

Eine heiße, lange Nadel fuhr in Gilrays Unterleib. Vance verhöhnte ihn, wollte ihn aus der Praxis ekeln, damit er ihm nicht den Laborbefund eröffnen mußte. Er setzte sich wieder zurück. Vance wartete. »Sagen Sie mir den Befund«, sagte Gilray.

»Die Harnanalyse weist auf karzinomatöse Papillome[1] hin, die auf Blasenkrebs im Frühstadium hindeuten.«

Gilray starrte ihn an. Die braunen Augen von Vance blieben kühl.

»Außerdem habe ich beim Abtasten ihrer Hoden einen Knoten entdeckt. Ich befürchte, daß die Geschwulst bereits Metastasen bildet.«

Gilray saß wieder in Kinbotes Praxis und wartete darauf, daß man ihm auf dem Rücken kleine Schnitte beibrachte. »Was hat das zu bedeuten?«

»Der Krebs strahlt von der Muttergeschwulst in den Körper aus. Mein Vorschlag: heute abend noch in die Klinik und morgen früh operieren.«

»Was operieren?«

---

1 aus gefäßreichem Bindegewebe bestehende Geschwulst der Haut oder Schleimhaut mit blumenkohlähnlicher Oberfläche.

»Blase und Hoden, soviel ausräumen wie möglich. Und dann Chemotherapie.«

Es ging alles viel zu schnell. »Wieviel?«

»Geld sollte dabei keine …«

»Ich meine – wieviel werden Sie wegschneiden.«

»Soviel wie nötig.« Vance hielt inne. »Ich will Sie nicht belügen, Reverend. Der Blasenkrebs scheint im Frühstadium zu sein. Der Hodenkrebs – na ja, er ist wohl weiter fortgeschritten. Wir werden nicht umhin können …«

Gott prüfte ihn. »Kann ich eine zweite Meinung einholen?«

»Sicher. Aber die Zeit drängt. Wenn wir eine konventionelle Behandlung wollen, müssen wir uns sputen. ›Wenn dich deine rechte Hand ärgert, dann hau sie ab und wirf sie von dir! Denn besser ist es für dich, daß eines von deinen Gliedern verlorengeht, als daß dein ganzer Leib zur Hölle fährt.‹[1]«

»Schweigen Sie!«

Dr. Vance legte eine Pause ein, ehe er fortfuhr: »Ich schlage das einem Mann Ihrer Profession nur ungern vor, aber es gibt noch eine andere, radikalere Möglichkeit.«

»Welche?«

»Was wissen Sie über das *Han-Verfahren?*«

»Das ist die Methode, mit der Tote wiedererweckt werden.« Eine Welle von Übelkeit überschwemmte ihn. Das war eine Prüfung. Zufälle gab es nicht.

»Richtig. Aber die Methode eröffnet noch andere Möglichkeiten. Meine Forschungen legen nahe, daß das Han-Virus, wenn man es auf Krebsfälle wie diese anwendet, eine komplette Heilung bewirkt.« Sichtlich erregt lehnte Vance sich vor.

---

1 Bibel: ›Evangelium des Matthäus‹, Kap. 5, 30 [Siehe auch Kap. 18, 8 und ›Evangelium des Markus‹, Kap. 9, 43]

»Han selbst hat die ersten Jahre in der Krebsforschung verbracht. Auf die Wiedererweckung ist er nur durch Zufall gestoßen, und die Forscher wurden abgelenkt. Sehen Sie, das Han-Verfahren basiert auf einer Art viralem Krebs. Wir nennen diesen Prozeß Transduktion[1]. Han wollte maßgeschneiderte Viren; er benutzte dazu genetisches Material von Tieren. Was dabei herauskam, war ein Virus, das Information von einer Tierzelle in eine andere übertragen kann. Durch Rekombination[2] werden die gesunden Tiergene in die Chromosomen der kranken Zelle integriert.«

Jene, die heil sind, brauchen keinen Arzt, wohl aber jene, die krank sind. Und er *war* krank. Gott wußte es. Gilray zwang sich zuzuhören.

»Bei der Wiedererweckung«, fuhr Vance fort, »wird das zur Rekombination benötigte Virus aus den Genen des klinisch Toten geschneidert, und dieses Virus wird dem Patienten injiziert. Inzwischen überschwemmen wir den Körper mit soviel Chemie, daß man damit einen Mack-Truck wieder flottmachen könnte. Wenn wir Glück und einen Toten haben, dessen zelluläre Resistenz gegen Hypoxie[3] statistisch in die oberen zehn Prozent fällt, dann kann sich das Virus gegen die erst kürzlich abgestorbenen Zellen durchsetzen, so daß der Körper nach und nach seine Funktionen wiederaufnimmt.«

Mack-Truck. Funktionen wiederaufnimmt. Vance hatte einen Menschen vor sich und dachte an ein Automobil. Dieser gestutzte Bart à la Jonathan Edwards war ein Hohn. Warum passierte das alles? Mit fünf-

---

1 Übertragung von genetischem Material von einer Bakterienzelle in eine andere mittels Bakteriophagen (einer Virenart).

2 Bildung neuer Gene durch neue Kombinationen der vorhandenen.

3 Sauerstoffmangel in den Geweben infolge Rückgang des Blutsauerstoffs.

zehn kuriert, nur um mit achtundvierzig liquidiert zu werden? Um dann vollgepumpt zu werden mit Chemie und hernach ein Leben als Zombie zu fristen? Die Haut von Vance war vollkommen glatt, seine Stimme so ernst wie die eines TV-Kochs, der seine neueste Kreation vorstellte.

»Bei dieser neuen Therapie gehen wir analog gegen den Krebs vor. Wir benutzen genetisches Material aus gesunden Zellen, um ein entsprechendes Virus zu bauen. Wir infizieren den Patienten, das Hilfs-Virus klinkt sich in die Zellrezeptoren ein und bringt wieder Ordnung in die übergeschnappte DNS der Krebszellen. Die normale Replikation[1] setzt wieder ein. Der restliche Tumor wird herausgeschnitten und Sie sind geheilt. Es gibt nur *ein* Problem dabei.«

Nur *ein* Problem. Er spürte die Gegenwart eines Engels. Wenn Vance doch bloß den Mund halten würde, dann könnte er die Botschaft verstehen. »Ja?«

»Der Grund, warum ich Ihnen vorhin diese Fragen gestellt habe, ist der: die Han-Therapie funktioniert nur, wenn der Patient tot ist. Ich fürchte, wir müssen Sie vorher töten. Andernfalls fahren wir die konventionelle Schiene und amputieren die Hoden.«

Seine Seele quoll über vor Verzweiflung. Gilray kämpfte dagegen an. Er wollte aufspringen und aus dem Sprechzimmer laufen.

Vance beobachtete ihn. »Ein *bißchen* mehr Vertrauen, Reverend. So was soll Berge versetzen. Ich lasse Sie jetzt allein, damit Sie in Ruhe nachdenken können.« Er ging aus dem Zimmer, so leise, daß Gilray nicht sicher war, ob er wirklich fort war.

Das war eine Strafe Gottes. Er hatte gefehlt – noch ehe er den Fuß in die Praxis gesetzte hatte, hatte er geahnt, was auf dem Spiel stand. Der Engel hatte aus

---

1 identische Verdopplung der genetischen Substanz zwecks Zellteilung.

Vance gesprochen, und der Engel hieß Satan, und Satan tat Gottes Werk. Es lag bei Gilray, das Urteil anzunehmen. Warum also die Verzweiflung? Warum die Angst, zu verlieren, was ihm so lieb und teuer war? Das war der Sinn des Todes – alles, was einem fälschlicherweise lieb und teuer war, wurde getilgt, und man gewann das wahrlich Wertvolle. Aber es tat weh. Gilrays Blick nagte an dem Schnellhefter, der auf dem Schreibtisch lag. Ein Tränenschleier legte sich über die Welt.

Die Tür ging auf und jemand kam ins Zimmer. Gilray setzte sich gerade, die Tränen rannen ihm über die Wangen. Es war Vance. Der Arzt zog den Kopf zurück und starrte ihn bestürzt an. Bastard. Bestimmt hatte er das Gespräch genossen; genauso genüßlich würde er an ihm herumschneiden. Gilray rieb sich die Augen und starrte zurück. »Was fesselt Sie so an mir?«

»Nichts«, sagte Vance. Sein Blick glitt beiseite und fiel auf den Schnellhefter. »Da ist das Ding ja«, sagte er verärgert. Er ging um den Schreibtisch herum und setzte sich. Er schlug die Mappe auf. »Tut mir leid, daß ich Sie warten ließ.«

»Ich mache diese Wiedererweckungsfarce nicht mit«, sagte Gilray. »Ich weiß, wie sehr Ihnen daran liegt. In Ihren Augen bin ich ein Heuchler. Sie können soviel wegschneiden, wie sie wollen, meinen Glauben können Sie nicht erschüttern.«

Vance sah verwirrt drein. »Ich weiß nicht, wovon Sie reden.«

»Die Han-Therapie können Sie vergessen. Ich ziehe die Operation vor. Operation und Chemotherapie.«

Der Arzt hob eine Augenbraue. »Malen Sie den Teufel nicht an die Wand, Reverend. Was Sie haben, ist eine Harnleiterinfektion.«

Gilrays Herz pochte wie eine ferne Maschine. Zorn

und Hoffnung gingen eine äußerst seltene Verbindung ein.

»Und worüber haben wir eben gesprochen? Wollten Sie sehen, wie ich reagiere? Wenn Sie jetzt keine hieb- und stichfeste Erklärung haben, Doktor, dann hören Sie in Kürze von meinen Anwälten.«

Die Erwähnung von Anwälten ließ Vance aufmerken. »Reverend Gilray. Sie haben eine Harnleiterinfektion und eine leicht entzündete Prostata.« Er legte die flache Hand auf die Akte. »Hier sind die Laborbefunde, die ich gerne mit Ihnen durchgehen will, wenn Sie endlich aufhören, über Anwälte zu reden. Und sollte man Ihnen in diesem Haus den Floh ins Ohr gesetzt haben, Sie hätten Krebs, dann wüßte ich gerne, wer das war.«

»Sie selbst. Vor nicht mal zehn Minuten hier in diesem Raum.«

»Bis ich durch diese Tür da gekommen bin, Reverend, war ich bei einem anderen Patienten. Wir haben uns das letzte Mal bei der Untersuchung gesehen.«

»Und wer war das vorhin?«

»Das ist Ihr Problem.«

11

MONTAG, 7. JUNI

Das schmutzige Juwel könnte Richard zur Falle werden

Es regnete. Vor dem *Daily News*-Gebäude patrouillierte ein Video-Sandwichman. Er war müde. Regen tropfte von seinem aufgeweichten Filzhut. TOLLSTER COMIC STRIP DES JAHRHUNDERTS stand auf den LCD-Schirmen, und dann TOLLSTE SCHAUSPIELERIN DES JAHRHUNDERTS, und dann …

Tollste Demütigung des Jahrhunderts, dachte Richard. Tollste Fehleinschätzung eines Menschen in diesem Jahrhundert.

Bis er den Rauch gerochen hatte und mit roher Gewalt aus der Tür gewesen war, hatte das Bett schon in Flammen gestanden. An den beißenden Schwaden wäre er fast erstickt, doch er hatte es hustend und keuchend und mit tränenden Augen auf allen vieren aus dem Zimmer geschafft, und als er aus dem Haus getaumelt war, hatte er das Jaulen des Löschzugs gehört.

Das war gestern gewesen, und heute tränten ihm die Augen immer noch. Er mußte fortwährend blinzeln. Chemikalien in dem Rauch waren schuld. Seit 1979 hatte er sich nicht mehr so gedemütigt gefühlt. Nicht so sehr, weil sie ihn zum Narren gemacht hatte, sondern daß er sie so lange aus den Augen gelassen hatte. Was daran lag, daß Lucy ihm auf eine gewisse

Weise ans Herz gewachsen war, mehr als jede andere Frau. Vielleicht hatte es auch an dem Kaustäbchen gelegen.

Er betrat das Gebäude und steuerte auf die Kontrolltheke zu. Der große Globus im Zentrum des Vestibüls sah verwahrlost aus; das Relief von Nordamerika war zugestaubt, und der blaue Pazifik war schmutziggrau. Die schwarz uniformierte Wachfrau bemerkte seinen Blick. »Das Original ist auch nicht attraktiver«, sagte sie.

»Du kommst besser damit zu Rande als ich.« Er legte die Hände auf den Rand der Theke und lehnte sich vor. Sie hatte ihr aschgraues Haar zurückgestutzt, aber ihre Augen waren noch so rehbraun wie immer. »Na, wie geht's dir, Sally?«

»So lala, allmählich bröckelt der Putz.« Sie drückte den Knopf, der den Lift entriegelte, und Richard fuhr zu Abramowitz hinauf.

Das Büro von Abramowitz war ganz im Vanderbiltschen Stil gehalten – glänzende Mahagonivertäfelung, dunkelgrüne Pflanzen, indirektes Licht, griechische Skulptur auf römischem Sockel, schwarzweiß gewürfelter Marmorboden und Perserteppich; dazu passend eine weibliche Empfangsdame in seriösem Grau. Diese Empfangsdame hieß Polly. Sie scherzte nicht. »Guten Morgen, Mr. Shrike.«

Nach einer Minute trat Abramowitz persönlich in Erscheinung. »Hallo, Richard«, sagte er und empfing ihn mit diesem Blick von Mann zu Mann.

Jason Abramowitz sah aus wie ein Ex-Ringer. Er war knapp sechs Fuß groß und hatte den Brustkasten einer mittleren Kommode. Den festen Händedruck hatte er zu einer Kunstform erhoben und zelebrierte ihn mit solcher Herzlichkeit, daß man meinen konnte, es fehle nicht mehr viel und der Mann stimme ein Holzfällerlied an. Obwohl Abramowitz dazu neigte, selbst die wildesten Stories zu glauben, die der HCR auf den Weg brachte, war Richard noch keinem gewiefteren Menschen begegnet als ihm. Abramowitz gebärdete sich wie ein Familienoberhaupt; er wurde nie laut; er stritt nie, wenn er Zuschauer hatte, und selten, wenn er sie nicht hatte. Doch die zerstörten Karrieren all derer, die ihm in die Quere gekommen waren, hätten – wären es Scherben gewesen und niemand hätte sie aufgekehrt – die Flure unbegehbar gemacht. Er hatte den *Hemisphere Confidential Report* zur drittgrößten Nachrichtenagentur in Nordamerika gemacht, hatte die überregionale Tagesschau auf einen Level gebracht, daß selbst religiöse Einfaltspinsel wie Jimmy-Don Gilray nach dem HCR schielten. Er war Hauptsponsor der letzten Bürgermeisterwahl, hatte Freunde in Singapur und Sao Paulo, und von allen Fischen waren ihm Piranhas die liebsten, und zwar gegrillt und mit Zitrone. Und Richard steckte in der Klemme und mußte ausgerechnet diesem Mann etwas vorlügen.

Aber wenn man einmal begriffen hatte, daß es keine Wahrheit gab, dann fiel einem das Lügen leichter. Mit siebzehn hatte Richard das kapiert gehabt, und die folgenden Jahre sollten ihm keinen Anlaß bieten, seine Meinung zu ändern. Als Richard vierzehn war, schmiß sein Vater, ein Nationalökonom monetaristischer Prägung an der Universität von Chicago, das Frühlingsquartal, indem er eine Flasche Abflußreiniger trank. Richards Mutter, eine Keynesianerin[1], die das Eintreten ihres Gatten für eine Goldwährung auf Penisneid zurückführte, rang sich dazu durch, ihre Trauer an der London School of Econo-

1 *John Maynard Keynes* (1883–1946), britischer Nationalökonom. Hauptwerk ›Allgemeine Theorie der Beschäftigung, des Zinses und des Geldes‹ (1936). – *Keynesianismus:* die von ihm entwickelte und von seinen Anhängern weiter ausgebaute ökonomische Theorie.

mics abzuarbeiten, wo sie sich eine Anstellung für das Herbstquartal sicherte. Richard hatte sie seitdem kein Wort mehr über den Tod seines Vaters verlieren hören.

Der Selbstmord schmetterte Richard nieder. Er hatte seinen Vater verehrt, und die Selbstzerstörung steigerte seinen Fatalismus zu stiller Hysterie. Auch Richards Großvater hatte sich umgebracht. Niemand schien sich über diese Koinzidenz zu wundern, und als die Genetiker entdeckten, was Soziobiologen schon seit Jahren vermuteten – daß nämlich der Hang zum Suicid vererbt wurde – da war Richard nicht überrascht. Das sah nicht gut aus für seine Zukunft. Doch die Zukunft ließ sich davon nicht beeindrucken.

Richard liebte London. Man schrieb die späten Siebziger. England wurde von Arbeitslosigkeit und sozialen Unruhen gebeutelt. Richard hatte seit seinem siebten Lebensjahr Klavierunterricht gehabt, und noch während er die Public-School[1] besuchte, hatte er eine Rock-Gruppe gegründet. Punk-Rock, ziemlich ausgeflippt. Sie nannten sich *Six Million Jews*[2]. Zu Ehren seines Vaters nahm Richard den Namen *Gene Lethal*[3] an. Sie spielten sich durch die Londoner Clubs und bekamen schließlich Fans – darunter diesen Wirtschaftsreporter einer Nachrichtenagentur, George Eberhart, der zehn Jahre älter war als der älteste von ihnen – aber sie bekamen nie einen Plattenvertrag, wohl hauptsächlich, weil die anderen das mit ihrer Musik nicht vereinbaren konnten. Wenn man es ernst

---

1 In England ist die *public school* eine private, von staatlicher Einflußnahme unabhängige *secondary school* (höhere Schule), meist mit Internat; einige der berühmtesten sind Eton, Harrow, Rugby, Westminster und Winchester. Die *secondary school* schließt sich an die *primary school* an.

2 *Sechs Millionen Juden* = Anspielung auf den Holocaust im Nazi-Deutschland.

3 *Letales (Tödliches) Gen.*

meinte, durfte man sich nicht von dem Moloch schlucken lassen. Richard sah das anders. Er vertrat die Ansicht, daß man sich ruhig schlucken lassen sollte, um den Moloch von innen her zu zerfleischen, beständig und beharrlich, bis er zusammenbrach und man selbst dabei draufging. Sie zerstritten sich, die Gruppe fiel auseinander, und vier Jahre später ging Richard nach Cambridge.

In Cambridge studierte er Philosophie. Zum Spaß schrieb er Romane frei nach Peter Handke. Mit sechsundzwanzig machte er seinen Baccalaureus. Er finanzierte einen Besuch bei seiner Mutter, die in Venedig lebte und sich inzwischen wiederverheiratet hatte (mit einem österreichischen Marxisten, der sein Haar sorgsam über die kahle Stelle auf seinem Kopf kämmte). Ein Jahr lang streunte Richard durch Europa. Dann, er hatte knapp ein halbes Jahr als Hausmeister einer windigen ›Pension‹ in Mailand gearbeitet, erwischte ihn der Börsenkrach. Es war an der Zeit, seinem Leben eine Wende zu geben. Zurück in New York, mietete er sich in ein Dachgeschoß in Soho ein, wo bereits ein Konzeptkünstler[1] und ein Dealer hausten, und versuchte, einen neuen Roman zu schreiben. Der Konzeptkünstler bekam AIDS, der Dealer flog auf, und der Roman wurde nie geschrieben; aber Richard ergatterte einen Job bei Reuters, erst als Lektor, dann als Nachrichtenredakteur. Dann lief ihm George wieder über den Weg.

Anfangs war er George mit gemischten Gefühlen begegnet. Dieser ganze Ex-Hippie-Eifer. Doch George besaß einen Humor, der mitunter gallig sein konnte, und schließlich erkannte Richard in ihm eine ver-

---

1 Konzeptkunst: Kunstrichtung der siebziger Jahre, bei der der Künstler sich auf den Entwurf seines Projektes beschränkt, wobei Realisierbarkeit und Realisation oft keine Rolle mehr spielen.

wandte Seele: auch George nahm keine Rücksicht auf sich. Mochte sein, er war nicht der Richtige, um dem Räderwerk, das sie alle miteinander zu zermalmen drohte, noch einen Schubs zu geben, aber seine Tendenz zur Selbstzerstörung war gut entwickelt. George hatte das letale Gen.

Nach Richards Hypothese war dieses Gen im 18. Jahrhundert mutiert, und zwar ziemlich genau zur Zeit der Industriellen Revolution. Bis dahin war es rezessiv gewesen. Jetzt war es dominant und mit den Genen für technische Intelligenz gekoppelt. So rasant, wie die Welt im Laufe der nächsten zweihundert Jahre technologisch bergan stürmte, so boomte auch die Selbstzerstörung. Das erklärte, warum es bald in jedem Einkaufszentrum neben dem Gesundbrunnen auch einen Seppuku-Club gab. Das erklärte, wieso die Menschheit nicht müde wurde, ihr eigenes Grab zu schaufeln.

George widersprach. Der Suicid, so George, habe in der Vergangenheit immer mal wieder Konjunktur gehabt. Die Römer. Die Japaner. Richard konterte, das Suicid-Gen stamme wahrscheinlich aus Asien und habe seinen Siegeszug gen Westen während der Blüte des Kolonialismus angetreten. George meinte, die gegenwärtigen Probleme seien schlichtweg Begleiterscheinungen der jüngsten Runde des Vor-Millennialismus. Daraufhin drehte Richard die Musik auf, nahm Papier und Bleistift und skizzierte George die Prinzipien des *Kreativen Nihilismus.* »Willst du denn ewig konservativ bleiben, George? Es gibt nichts mehr zu konservieren. Mach einfach Schluß; sei kein Lemming.«

Lucys Auftritt komplizierte die Beziehung; andererseits wirkte diese Frau wie das dritte Bein beim Schemel: stabilisierend nämlich. Sie wurde Richards Nebenbuhlerin. Richard mußte feststellen, daß er eine gewisse Zuneigung für George empfand. Er würde das niemals zugeben, und Georges instrumentelle Naivität (die in Richards Augen zuweilen an Scheinheiligkeit und Heuchelei grenzte) brachte ihn mitunter auf die Palme – aber er brauchte George.

Als Abramowitz auf die Idee kam, den HCR überregional anzubieten, hatte er Richard von Reuters abgeworben. Und Richard hatte George angeworben. Der HCR war für Richard die richtige Spielwiese. Wo ihnen Stories fehlten, da erfand er welche, und seine ›Erfindungen‹ waren nicht absurder als die Realität, von der sie eingeholt wurden. Die Wahrheit interessierte ihn nicht. Die Welt machte es nicht mehr lange, was selbst den Borniertesten ihrer Bewohner nicht entging, deren kopfloses Verhalten die Katastrophe nur beschleunigte. Nichts konnte den Lauf der Dinge mehr aufhalten.

Richard ging davon aus, daß jeder Versuch, daran etwas zu ändern, reine Energieverschwendung war, und das setzte seine Energien frei. Alles war möglich. Vom *Gene Lethal* zum *Mr. Shrike.* Von Leder und Nieten zu den *Brook Brothers*[1]. Vom Anarchisten zum Reaktionär. Kein Problem. Nackter Opportunismus? Was schert mich mein Geschwätz von gestern?

Na und? Richard liebte die freie Wildbahn. Leute mit gepflegten Händen und blauen Augen und gestyltem Haar, die mit solcher Anstrengung auf ein Gelingen setzten, daß sie sich Hämorrhoiden holten. Was für ein Aufwand für ein paar Kotpillen. Um wieviel leichter hatte es Richard, der auf nichts setzte. Richards innere Leere war von solcher Lauterkeit, daß sich die Bekenntnisse der mediensüchtigen und

---

1 *Geoffrey Brook* (12. 4. 43) und *Ricky Brook* (24. 10. 40) – britisches Duo, dessen Laufbahn 1956 in einer Skiffle-Band begann; größter Erfolg 1961 mit *Warpaint.*

THC kauenden Massen zu Kunst, Gott und Ideologie dagegen wie Smog ausnahmen. Er war der Kant des Zynismus, der Picasso des Sinnlichen. Bombt die hawaiianischen Separatisten nach Hiroshima! Turiner Grabtuch lüftet sein Geheimnis! Brasilianische Zombie-Mafia infiziert Amerika mit AMPS!

Derweil er auf der Kommode in Lucys Bad saß, hatte er allerdings das untrügliche Gefühl, daß etwas schiefgelaufen war. Das Dreigestirn mit Lucy und George war zerbrochen. Er wurde alt. Er dachte daran, wie es gewesen war, nachts in einem East End-Club zu spielen, er und Nick und Cotton und Stu auf dem Podest in der Ecke eines verrauchten Raums, aufgekokst, schwitzend, zugedröhnt vom Krach. Er drehte den Hall auf und stieg ins Keyboard, die Musik kreischte ihm ins verklärte Hirn, und er sah die ganze Welt, als sei sie in einer Kristallkugel gefangen, ein schmutziges, kleines Juwel, das er mit seinen Klängen foltern würde, bis es zerbarst. Er war Frankensteins Monster, mißbraucht und verstoßen, an dessen Fingerspitzen sich hunderttausend Volt zu einem rasenden Veitstanz entluden.

Er hatte George also nicht retten können. Er hatte seine illegale Wiedererweckung begünstigt und das im Zustand verminderter Zurechnungsfähigkeit durchblicken lassen, und das ausgerechnet bei einem Mann aus der Kanzlei des Generalstaatsanwalts. Seine Augen tränten noch vom beißenden Rauch eines Feuers, das eine Frau gelegt hatte, die ihn zum Narren gemacht hatte. Vermutlich war er damals in London auch schon ein Narr gewesen, als das Crescendo erstarb und das Licht wieder anging. Aber damals, vor zwanzig Jahren, da hatte es noch niemanden gegeben, dem er sich so verbunden gefühlt hatte.

Abramowitz bildete sich ein, die Roulettekugel

würde noch laufen; er konnte nicht wissen, daß Richard bereits alles verloren hatte. Das Erstaunliche war, daß Richard, ganz gegen seine Absichten, immer nur gewonnen hatte, wovon sich herausstellte, daß es keinen Schuß Pulver wert war. Aber er hatte ein As im Ärmel, einen Emergency-Exit, hinter dem die faszinierendste Version seines Spiels lauerte. Eine brillante Herausforderung, ganz im Geiste des Vor-Millenniums. Fast wünschte er sich, von Abramowitz den richtigen Schubs zu bekommen.

Abramowitz führte ihn durch die Leitstelle. Der Raum war fast menschenleer; zwei Reporter aus Georges Team bemannten die Datennetz-Terminals, und am Redaktionstisch saßen Penny Stalkowitz vom Anzeigenressort und der ausgebrannte Victor Dunn, alias *Dr. Horoscope*, vom Ressort ›Rat und Tat‹. Richard war überrascht. »Die Technik macht Ferien?«

»Wären Sie letzte Nacht zu erreichen gewesen, dann wüßten Sie, daß gestreikt wird«, sagte Abramowitz. »Wir haben bis fünf palavert und nichts erreicht. Es geht um eine Zusatzversicherung für die Alzheimer; bis wir zustimmen, wollen sie der Arbeit fernbleiben. Ich habe mich geweigert.«

Sie kamen in sein Büro. Abramowitz machte hinter Richard die Tür zu. An den Wänden hingen lauter aufgezogene Vergrößerungen von Titelseiten aus den Boulevardblatttagen des HCR: ZEN-MYSTIK EROBERT FERNSEHEN – HÖLLENHÜNDCHEN TERRORISIERT FAMILIE – WISSENSCHAFTLER BEWEISEN REINKARNATION VON ELVIS ALS DELPHIN. Ein großes Fenster blickte auf die dunstverhangenen oberen Stockwerke der 42. Straße.

»Bieten Sie medizinische Versorgung an«, sagte Richard. »Jason, Sie sollten nachgeben! Hirnerweichung durch Bildschirme ist pure Hysterie – da ist nichts dran. Das kostet uns keinen Pfennig.«

»Wer weiß? Vielleicht ist doch was dran. Bei Computer-AIDS haben die Ärzte auch abgewinkt.«

»Mit Recht. Das war ein Software-Virus, der nur Programme infiziert hat. Kein Mensch kriegt Alzheimer, weil er am Bildschirm arbeitet.«

»Lernen Sie mal einen kennen, der zwanzig Jahre am Terminal gehockt hat. Die können Shit nicht von Toast mit Butter unterscheiden.«

Wäre Richard nicht fähig gewesen, sich Abramowitz in SS-Uniform vorzustellen, mit diesen kleinen blitzförmigen Runen am Kragen, wäre er jetzt womöglich verwirrt gewesen. Abramowitz nahm eine Ausgabe von *Death* vom Schreibtisch und wedelte damit in Richards Richtung. »Haben Sie diesen Artikel über die Wahl gesehen? Er stammt von Ihrem Freund Thompson.« Er nahm ein feminines Lispeln an und las: »›Die jüngste vom HCR gesponserte Dressurprüfung für Bürgermeisterkandidaten hat einen neuen Tiefpunkt erreicht. Die Anwärter tänzelten sich ohne Elan und erkennbares Konzept durch die Gangarten, die Helfer so motiviert wie eine indonesische Todesschwadron, die ihre Schützlinge zur Feuerprobe eskortiert. Wenn das Schule macht, können wir nur beten, daß solche Wahlen wieder von der öffentlichen Hand finanziert werden.‹

Er ist ein Grüner, Jason. Was erwartest du?«

Der Regen rann über die große Scheibe hinter Abramowitz. »Wissen Sie, welches ›Konzept‹ ich bei Thompson erkenne? Nur eins – ins Türkische Bad gehen und den Arsch hinhalten.«

Richard lächelte. »Wer Anerkennung will, muß die Kritik in Kauf nehmen. Jetzt, wo uns die bourgeoisen Intellektuellen entdeckt haben, stellen sich auch die Kritiker ein. Thompson zappelt so am Haken wie alle anderen auch. Er verbringt die Nächte vor dem Bildschirm.«

»Na meinetwegen. Aber die Wichser waren leichter zu bedienen.« Abramowitz setzte sich auf die Schreibtischecke. Sein Ärger schien verflogen. »Also, Richard. Wo ist George?«

»George ist auf Achse.«

Abramowitz legte den Kopf schief, als lausche er auf ein Ticken in seinem Schreibtisch. »Leidet seine Arbeit nicht darunter? George reißt eine Lücke. Levine bringt dieses väterliche Image nicht. Freundlich. Herzlich. Sie wissen, was ich meine, Richard?«

»Ungefähr. Aber ich finde, Sie sollten nicht kurzsichtig sein, Jason. George ist nur gut, weil er originell ist. Und er ist originell, solange er sich nicht kontrolliert fühlt.«

»Ich bezahle ihn nicht, damit er sich der Kontrolle entzieht.«

»Er entzieht sich nicht der Kontrolle. Er ist nach Westen unterwegs. Er ist Samstag um 9.30 Uhr in den Zug nach Philadelphia gestiegen. Ich kriege die Stories per Datenkompression.«

»Was ist mit der Gilray-Sache? Die Spots sind schon angelaufen. Samstag steigt Gilray zu Levine ins Boot, und Levine geht über Bord. Dann erfahre ich, daß er überhaupt keinen Segelschein hat.«

»Das hat Stan verpatzt.«

»Tja. Na ja, Stan will eine Weile ausspannen. Und ich will, daß George sich hier blicken läßt.«

»Sie müssen bedenken, Jason, daß George die Gans ist, die goldene Eier legt. Sie können ihm nicht zu sehr ins Handwerk pfuschen, oder wir haben das Nachsehen.«

»Ich will ihm nicht ins Handwerk pfuschen. Aber das Gehalt läuft, und er ist seit Monaten aus dem Krankenhaus, und ich frage mich allmählich, was er die ganze Zeit macht und wann er hier wieder auftaucht. Wir sind sechs Punkte zurückgefallen, und ich weiß nicht mal, wo der Kerl sich rumtreibt. Das ist nicht unser Arbeitsstil. Also, erst mal will ich von Ihnen hören, wo er hin ist. Dann will ich hören, warum er da hin ist. Und ich will hören, wie Sie ihn unter Kontrolle haben, Richard. Ich nehme nicht an, daß Sie ihn einfach in der Welt herumgondeln lassen.«

»Wo denken Sie hin, Jason? George benutzt eine Gasoholkarte, die ich ihm besorgt habe. Ich kann verfolgen, wann und wo er tankt.«

»Ich denke, er hat den Zug genommen?«

»Außerdem verfügt er über ein Geheimkonto, das er für sicher hält. Ist es aber nicht. Ich kann es in Nullkommanichts abräumen, aber lieber wär mir, ich könnte damit seine Spur verfolgen. Ich kenne George. Es riecht nach einer ganz großen Sache, Jason. Ich würde ihm lieber keinen Knüppel zwischen die Beine werfen, bevor er soweit ist. Sagen Sie selbst, Jason, hätten Sie gedacht, daß er so einschlägt? Natürlich nicht. Sie haben ihn eingestellt, weil Sie mir vertraut haben.«

»Jetzt strapazieren Sie mein Vertrauen.«

»Richtig. Aber ich weiß, wie man Nachrichten verkauft. Also verfolgen wir Georges Fährte, und wenn der Stoff, den ich bekomme, nicht danach ist, schneiden wir ihn vom Nachschub ab, schicken einen Mann raus und greifen ihn auf. Oder greifen ihn nicht auf. So einfach ist das. Eine Zeitlang lassen wir ihn weitermachen. Das Risiko ist kalkulierbar.«

Abramowitz überlegte. Er schien sich voll und ganz auf die Zeitbombe in seinem Schreibtisch zu konzentrieren. Er schloß die Augen, aber nicht ganz; das Weiß hinter den Lidspalten verwischte sofort den Eindruck von robuster Gesundheit. Er sah aus wie ein Ertrunkener. Dann schlug er die Augen wieder auf. »Okay«, sagte er. »Sie geben mir die Nummer der

Kreditkarte, und ich setze einen Detektiv auf seine Fährte.«

»Ich wüßte da einen.«

»Einverstanden. Und ich wüßte jetzt gerne, um was es eigentlich geht bei der ganzen Geschichte.«

Das war der Knackpunkt. Zeit für eine Prise kreativen Nihilismus. »Das hat sich aus der Millennium-Serie ergeben. George hat sichere Anhaltspunkte, daß die neue Welle von UFO-Berichten, die Bombenanschläge auf Wiedererweckungskliniken – vielleicht sogar die Seuchen – das Machwerk von religiösen Zombies sind, von Leuten, die im Laufe ihrer seelsorgerischen Tätigkeit von Dämonen befallen wurden. George nimmt an, daß Gilray dahintersteckt.«

»Von Dämonen befallen?«

»Ich weiß nicht, was George in der Hand hat. Vielleicht benutzt Gilray auch nur eine neue Droge. Georges Unterlagen zeigen jedenfalls, daß er Fälle von religiöser Gewaltanwendung recherchiert hat. Da ist auch Politik im Spiel.«

Abramowitz war anzusehen, wie ihm das Wasser im Mund zusammenlief, aber er bezähmte seine Neugier. Richard begann unwillkürlich zu schwitzen. »Wie lange wollen wir ihm freie Hand lassen?« sagte Abramowitz. »Wo wir nicht mal wissen, was er weiß und was er vorhat? Und wie soll ich mich inzwischen in der Gilray-Sache verhalten?«

Richard sah Abramowitz in diesem Juwel. George war auch darin. Vielleicht mußte er das Ding doch noch zertrümmern. »Wieviel Zeit wollen wir ihm geben? Was meinen Sie, Jason?«

»Zwei Monate, höchstens. Und sollte sich im ersten nichts tun, dann steige ich aus. Schadensbegrenzung.«

Jetzt mußte Richard sein As ausspielen. »Keine Bange, Jason. Soweit wird es nicht kommen. Um Gilray werde ich mich selbst kümmern.«

»Der wird uns kein Interview mehr geben nach der Pleite mit Levine.«

»Ich rede nicht von Interwiew. Ich will für ihn arbeiten.«

Abramowitz starrte ihn an. Seine Augen verengten sich.

»Jawohl, Jason. Er schießt sich auf das Ende der Welt ein. Er will ein Maximum an Zuschauern. Er weiß mehr über UFOs als Sie und ich, und er ist scharf auf die Tagesschau. Eine perfekte Konstellation. Wir gehen folgendermaßen vor: Sie machen keinen Hehl daraus, daß Sie mich wegen des verpfuschten Interviews gefeuert haben. Sie schnauben vor Wut. Ich suche ihn auf. Ich sei bekehrt, werde ich sagen. Ich werde mich bei ihm nützlich machen. Inzwischen kriege ich von George die Stories, über privaten Telecode, versteht sich. Ich bearbeite den Stoff, füge das Meine hinzu und schicke alles an den HCR. Der Rev ist ahnungslos wie eine Nachtigall auf dem Kuckucksei.«

»Wie wollen Sie ihn überzeugen?«

»Leute wie ich sind ihm wichtiger als Interviews. Er ist ein religiöser Fanatiker. Er *will* mir glauben.«

Abramowitz betrachtete Richard; schwer zu sagen, ob mit Respekt oder Widerwillen. »Warum nicht einfach einen Detektiv engagieren und George zurückholen?«

»Nein. Wir lassen ihn verfolgen, halten ihn aber nicht auf. Wir wollen doch seine Stories, Jason.«

»Und seine Gesundheit, Richard? Ich dachte, Sie und George wären befreundet.«

»Ich bin nicht sein Kindermädchen, Jason. Er kann auf sich selbst aufpassen.«

Richard hörte sich reden. Wie kühl er seinen besten Freund abservierte! Das Juwel war nur mehr eine

Splitterwolke. Warum hatte er das getan? Er hatte keine Ahnung, wie er sich Gilrays Vertrauen erschleichen sollte. Er hatte keinen Anlaß, George seinem Schicksal zu überlassen. Das Ganze war eine einzige wunderschöne, glitzernde Absurdität.

Und Abramowitz fiel darauf herein. »Kein Mensch weiß, was auf ihn zukommt«, sagte der Verleger. »Manchmal habe ich auch ein ungutes Gefühl.«

»Ich nicht«, sagte Richard.

Sie besprachen noch Einzelheiten. Richard ging. Während er mit dem Lift nach unten fuhr, fragte er sich, was Abramowitz von ihm dachte. Verachtete er ihn, weil Richard, ohne zu zögern, Georges Gesundheit aufs Spiel setzte, nur um seine Haut zu retten? Oder bewunderte er Richards Skrupellosigkeit? Das war ein interessantes ethisches Problem; zu Schulzeiten hätte Richard es einer mathematischen Analyse unterzogen. Die Lifttür entließ ihn ins Vestibül. Der verstaubte Globus grüßte ihn. Sally sah ihm nach. Die Drehtür spie ihn aus; es regnete noch immer. Er blieb stehen, betrachtete den Sandwichman: RELIGIÖSE BEKENNTNISSE IN DEN STAATEN – AKTUELLER ÜBERBLICK.

Abramowitz hätte nicht so schlecht von Richard gedacht, wenn er gewußt hätte, daß George sein Ableben selbst inszeniert hatte. An jenem irren Nachmittag im April, während Lucy den Fahrer des Notfallwagen bestochen hatte, da hatte Richard von Georges Arbeitszimmer aus mit Dr. Evans telefoniert und unter Georges Schreibtisch ein leeres Barbiturat-Fläschchen gefunden; George mußte den ganzen Inhalt geschluckt haben. George hatte wahrgemacht, wovon sie so oft geredet hatten, und Richard hatte nichts geahnt. Richard war richtig verblüfft gewesen. Und neidisch.

Doch Georges Todeswunsch und Richards Neid in

die mathematische Analyse miteinzubeziehen, würde die ethischen Gleichungen bis zur Unlösbarkeit komplizieren. SIEBZIG PROZENT DER AMERIKANER SAGEN: DAS JÜNGSTE GERICHT STEHT VOR DER TÜR. Wozu also noch an den Gleichungen herumbasteln? Richard schlug den Kragen hoch, trat in den Regen hinaus und ging um den Mann herum die Straße hinunter.

12

MONTAG, 7. JUNI

George begegnet einem Amerikaner

In Philadelphia stieg George um in den Zug nach Westen. In Columbus stieg er aus, schulterte seine Reisetasche und ging zur Greyhound-Station, wo er ein Ticket nach Louisville löste. Es nieselte. DREIZEHN TAGE HINTEREINANDER REGEN! schrie das Columbus-Blatt. Ein neues Sturmtief dräute über dem Nordosten, und in Athen baute jemand eine Arche.

George hätte weiterfahren können bis Indianapolis, doch er hatte das Gefühl, daß seine Chance, die Spur des Fremden aufzunehmen, in Louisville größer war. Er hatte zwei neue Meldungen gefunden, die auf Kontakte in Lexington hinwiesen, und nichts dergleichen über Indianapolis; der Fremde befand sich also mitten in einem seiner Feldzüge, die er von Atlanta aus nach Norden unternahm. Als nächstes würde er wahrscheinlich in Indianapolis und Lansing auftauchen.

Derweil George in der Station wartete, traf ein USTS-Sattelschlepper[1] ein. Der Fahrer schrie etwas durch die hintere Lüftungsklappe, während der Beifahrer aus dem Führerhaus sprang und die Hecktüren des Trailers entriegelte. Heraus taumelten

1 *United States Transit Service*

zwanzig oder dreißig Zwangsverpflichtete in gelbbraunen Armee-Overalls, frisch aus Dayton, Cincinnati oder Cleveland, um gleich wieder dem *East Central Economic Distrikt* unterstellt zu werden. Sie drängten sich unter der Dachtraufe der Station, während der Rottenführer und der Beifahrer die Liste durchgingen. Dann ließ der Rottenführer die Männer und Frauen auf dem Gehsteig antreten, und einen Augenblick später schlurfte der Haufen durch den Regen in Richtung Stadt davon.

George hätte sich einen Wagen mieten können, doch der Zwischenfall im Zug von New York nach Philadelphia hatte ihm klargemacht, wie wenig er mit den alltäglichen Umständen und Gegebenheiten des Hinterlandes vertraut war. Er hatte in einem Elfenbeinturm gesessen. Der HCR-Zuschauer, so wie er ihn sich vorgestellt hatte, war ein Phantom. Wie wollte er die Menschen vor dem fremden Brandstifter schützen, wenn er ihre Beweggründe nicht kannte? Aßen sie lieber Käse-Sandwichs oder Nudelsuppe? Würden die Menschen es überhaupt bedauern, wenn sie wüßten, daß morgen die Welt unterging? Und nachts in den verlassenen Hochhausgaragen, wie viele von ihnen hörten Stimmen?

Ihm blieb noch mehr als eine Stunde, bis der Bus abfuhr. Er mußte unbedingt etwas gegen sein Zombieproblem tun. Er schob Reisetasche und Mikro-Camcorder in ein Schließfach und ging auf die Suche nach einem Friseurladen. Einen Block weiter stieß er auf ›Hair Today‹. Für einen roten Dollar verabreichte ihm der Meister eine Monoxyd-Massage; für weitere zehn erstand George ein Toupet. Er sah sich zwar immer noch reichlich unähnlich, aber er sah wenigstens nicht mehr so tot aus. Er suchte einen Geldautomaten auf und hob weitere fünfzig vom Konto eines gewissen Mr. Midas ab. Wieder im Bushof bestellte er sich an der Snack-Bar einen Kaffee, eine kleine Portion fritierten Tofu und ein Danish Pastry[1], das bei näherem Hinsehen eher von vorgestern als von gestern war. Er aß an einem Formica-Stehtisch voller klebriger Kaffeeringe. Er wunderte sich, wieviel Betrieb hier herrschte; wer reiste, gehörte entweder zu den wenigen, die sich die Tickets noch leisten konnten, oder er wurde von der Regierung geschickt.

Ihm blieben noch zwanzig Minuten. Er schlenderte zum Haupteingang. Es goß inzwischen in Strömen. Leute sprangen aus Rikschas, schleiften Gepäck hinter sich her, die Jacken über den Kopf gezogen. Der Wind trieb Regenböen unter die Traufe; die Träger blieben drinnen und rauchten Zigaretten. Der einzige Mensch, der es da draußen aushielt, trug einen marineblauen Frack und eine rotweiß gestreifte Hose, die ihm zu lang war. Die durchnäßten Umschläge stauten sich auf den Schuhen. Er trug einen Zylinder, der im Muster der amerikanischen Flagge bemalt war. Mit dem weißen Bart und der Adlernase sah er aus wie ein abgetakelter Uncle Sam. Auf einem Bauchladen bot er Taschenrechner feil. Er fand keinen Abnehmer, aber er stand da, still wie ein Gedanke, und starrte in den Regen, der den Schriftzug auf dem Pappschild zerlaufen ließ: *Original amerikanische Taschenrechner, fünf Alt-Dollar das Stück.* Der Mann sah so elend aus, daß George impulsiv nach draußen ging und einen roten Dollar in seine Tasse legte. »Der Rest ist für Sie«, sagte er.

»Haben Sie kein richtiges Geld?« fragte der Mann.

»Das ist richtiges Geld.«

»Wie man's nimmt«, grummelte er und kramte in seinem Sortiment, bis er ein erlesenes Stück für

1 Gebäck aus Blätterteig mit Zuckerguß und einer Füllung aus Creme oder Mus.

George gefunden hatte. Seine Stimme hätte die von Abraham Lincoln sein können – hart, markig, mit einem Anflug von Humor. »Meine Ware ist vom Feinsten. Originalprodukte aus den Vereinigten Staaten von Amerika. Keine cleveren Fälschungen.«

Er hatte recht, nichts war clever an dem Ding. Kreditkartengroß, sechs Funktionen; die Dinger kamen wahrscheinlich aus einer Gefängniswerkstatt in Pikeville oder Paducah und wurden per Katalog zu einem Dollar das Dutzend verhökert. »Schwer nachzuprüfen für einen Laien«, sagte George.

Die Augen unter der tropfenden Krempe fixierten ihn. »Prüfen Sie«, sagte der Mann. »Qualität spricht für sich.«

»Schön wär's.«

»Ich kenne mich aus mit Werten«, sagte der Mann. »Ich war Literaturwissenschaftler.«

George schwieg. Uncle Sam wollte ihm herausgeben, doch als George abwehrte, gab er sofort auf. George steckte den Taschenrechner ein. »Warum kommen Sie nicht ins Trockene?« sagte er.

»Ich habe in Chicago gelehrt«, sagte der Mann.

Der Regen schlug George ins Gesicht. George blinzelte; Wasser sammelte sich an seinen Wimpern. »Was ist denn passiert?«

Der Mann musterte ihn. Der Blick aus den porzellanblauen Augen war von psychotischer Eindringlichkeit. »Ich fand die Wahrheit über Texte heraus. Und sie besagt, daß es keine Wahrheit gibt.«

»Texte?«

»Sie wissen doch – Sprache. Gesellschaftliche Strukturen. Blumensträuße. Alles. Die ganze Welt ist ein Text.«

»Ich dachte, diese Art zu denken sei nicht mehr zeitgemäß.«

»Zeitgemäß! Exakt. Sehen Sie, man geht in eine

Imbißstube und bestellt sich ein Hot dog, und was bekommt man? Für gewöhnlich ein Hot dog – aber manchmal kriegt man eine Currywurst. Oder man kriegt ein Hot dog mit Sauerkraut, und man wollte gar kein Sauerkraut. Aber die Kellnerin denkt, wenn man ›Hot dog‹ sagt, daß man ›mit Sauerkraut‹ meint – weil das sonst jeder meint, wenn er ›Hot dog‹ sagt. Es ist sinnlos, sich zu ärgern. Man kann froh sein, wenn man keine Cremetorte bekommt.«

»Niemand bringt Cremetorte, wenn man Hot dog bestellt.«

»Wer weiß? Wohnt dem Wort ›Cremetorte‹ irgend etwas inne, das uns zu verstehen gibt, daß es auch tatsächlich das Objekt meint, mit dem wir es üblicherweise verbinden, wenn es launischerweise das Objekt meint, das wir üblicherweise ›Hot dog‹ nennen? Natürlich nicht.« Der Mann schnaubte. »Vergessen Sie Chomsky[1], habe ich ihnen gesagt.«

George stellte sich den Mann vor, wie er mit dreißig am Katheder stand und seine Studenten einem verwehenden Zeitgeist aussetzte. Er trug Lederjacke und Ohrring. In der ersten Reihe saß eine Studentin mit orange geflammtem Haar und Netzstrümpfen. ›Chomsky vergessen‹ schrieb sie in ihre Kladde.

»Wer ist Chomsky?« fragte George.

»Exakt. Das Wort ist unzulänglich definiert. Fragen Sie einen Politiker. Was heißt ›Wirtschaftstroika‹? Oder ›Besitzstandswahrung‹?«

George blieb kalt. »Also was ist passiert?«

Der Mann sah drein, als habe George eben Türkisch

1 *Noam Chomsky*, geb. am 7. 12. 1928 in Philadelphia; amerikanischer Sprachwissenschaftler, Begründer der *generativen Transformationsgrammatik*. Letztere will erklären, wie es möglich ist, mit einer endlichen Menge von Regeln eine unendliche Menge von Sätzen hervorzubringen und zu verstehen.

gesprochen. Dann schien er den Faden wiederzufinden. »Ich hatte ein mächtiges Instrument. Ich konnte alle Einwände vom Tisch fegen. Zuerst habe ich gezeigt, daß die Kriterien der Literaturkritik voller Annahmen stecken, deren Stichhaltigkeit nicht begründbar ist. Ich habe Papiere zu dem Thema verfaßt. Ich fing an, ein Buch zu schreiben.«

»Das war bestimmt gut für Ihre Karriere.«

»Ich habe es nie fertig geschrieben. Mitten in Kapitel vier erkannte ich, daß ich alles neu schreiben mußte. Ich hatte mich eines latenten Logozentrismus schuldig gemacht. Einer nicht fundierten Vorgehensweise. Dann begriff ich, daß ich mir mit meiner Methode selbst den Boden unter den Füßen weggezogen hatte; ich stand auf Treibsand. Da war nichts mehr, was ich mit Überzeugung sagen konnte. Alles war Text. Der Stein, der draußen neben den Stufen lag, war nichts anderes als ein Text? Und der Wind, die Luft, meine Frau? Alles Texte. Das Problem war, wie man sie interpretieren sollte, und ich hatte erkannt, daß Interpretationen vom Code abhängen. Alles ist relativ.«

»Das war sicher sehr verwirrend.«

»Nicht unbedingt. Ich kam zu dem Schluß, daß ich im Grunde nichts anderes tat, als auf plausible Weise zu phantasieren, und daß diese Fiktionen so wahr waren wie alles andere auch. Eines Tages kam Joyce mit einer neuen Frisur nach Hause. So was Aufgemotztes, Sie wissen schon. Hochtoupiert wie ein Rattennest. Ich war ratlos.«

»Und?«

»Sie hätte das Gefühl gehabt, nicht standesgemäß frisiert zu sein. Aber was sollte ich damit anfangen? Was meinte sie mit ›standesgemäß‹? Was mit ›Gefühl‹? Sie verbrachte mehr Zeit im Bad. Wie sollte ich das verstehen?«

»Gute Frage.«

»Es kommt immer auf den Kontext an. Ich habe mich intensiv mit den Kontexten befaßt. Mit der Geschichte zum Beispiel: Historiker verfahren nicht anders als Literaturkritiker. Lauter Annahmen, die sich aus ihrer Sprache ergeben und die sich in ihrer Sprache offenbaren. Die Geschichte wird von den Gewinnern geschrieben; die Wahrheit, die sie nicht müde werden zu behaupten, dient lediglich ihrer Selbstrechtfertigung. Nichts kommt den ökonomischen und kulturellen Vorlieben der Historiker mehr zustatten, als die Vorstellung, es gebe eine unparteiische Suche nach der historischen Wahrheit. Rassismus, Sexismus – die Straßenverkehrsordnung!«

»Die Straßenverkehrsordnung?«

»Ich habe sie in ihre Einzelteile zerlegt, als gelte es, das indonesische Plagiat einer Schweizer Uhr zu entlarven. Inzwischen stand ich am Anfang meiner marxistischen Phase. Na, was meinen Sie – wer hat die Straßenverkehrsordnung gemacht?«

»Ich …«

»Die Klasse der Autofahrer! Ihre Vertreter behaupten, eine unparteiische Studie der Verkehrssituationen beweise, daß eine Bestimmung, die das Rechtsabbiegen bei Rot vorsehe, die Effektivität um siebzehn Prozent steigere. Klar, nicht wahr? Wer vom Rechtsabbiegen bei Rot profitieren würde, liegt doch auf der Hand. Ist das etwa keine Selbstrechtfertigung? Ich fing an, auf der linken Straßenseite zu fahren. Das war zuviel für sie. Ihre faschistischen Handlanger brachten mich vor den Kadi – mehr als einmal! Ich habe dem Staatsanwalt alles haarklein auseinandergelegt. Ob er zugehört hat? Sprache ist ein Knüppel, mit dem die Mächtigen auf die Ohnmächtigen eindreschen. Sehr konstruktiv ausgedrückt, ist der Staat einfach zu vernagelt; ist zu sehr seiner einmal eingefahrenen Argumentation verhaftet.«

Diesem Mann mußte etwas Ungewöhnliches passiert sein. Die Begegnung mit ihm war kein Zufall. »Sind Sie jemals einem ungewöhnlichen Fremden begegnet?« fragte George.

Uncle Sam überhörte ihn. »O nein, der Staat durfte auf gar keinen Fall zusehen, wie ich jemandes Eigennutz entlarvte.«

»Jemandem, der normal aussah, aber Ihre Vorstellung von Realität angezweifelt hat?«

»Man hat mich aus dem Universum der Argumente gefeuert.«

»Der vertraut und doch beängstigend anders war?«

Der Mann neigte den Kopf vor. Von der Krempe des Zylinders rann Wasser. »Sie haben mir den Führerschein abgenommen.«

»Außerirdische haben Ihnen den Führerschein abgenommen?«

»Was für Außerirdische? – Der Staat natürlich!«

»Kentucky?«

»Wo?«

»Hier!« George machte eine Geste, die den Bushof meinte und die regennasse, schlüpfrige Straße.

»Ich hatte sie soweit!« Der Mann zog ruckartig den Kopf zurück; der Zylinder wackelte. »Ich war in der Lage, ihre Heucheleien zu durchschauen! Sie wollten mir weismachen, daß meine Analyse falsch war, und ich bewies ihnen mit mathematischer Logik, daß ihre Unparteilichkeit nur eine Farce war, die den Interessen bestimmter Klassen oder Lobbys nützte. Ich bestelle ein Hot dog, und man bringt mir Cremetorte! Ich habe ihnen die Torte ins Gesicht gedrückt.«

»Das glaub ich Ihnen aufs Wort.«

»Glauben Sie *nichts!*«

Seine heftige Inbrunst erschreckte George. Uncle Sam senkte die Stimme. »Vor allem, wenn es nicht amerikanisch ist.«

»Amerikanisch?«

»Sehen Sie, schließlich hab ich das kapiert. Ich stand im Dienste einer ausländischen Macht. Der wahre Marxist mußte aber zugleich der beste Amerikaner sein. Was, zum Kuckuck, konnte amerikanischer sein, als alle Annahmen in Frage zu stellen? Was war Amerika anderes als die Tabula rasa, auf der jedermann – oder jedefrau – Gott bewahre, ich bin kein Sexist, Sir! – sich seit eh und je verewigt hatte? Wozu war ich berufen, wenn nicht dazu, zum großartigsten Text aller Zeiten beizutragen, zu Amerika? Kein Kritiker war ich – nein, ein Literat!«

George sah ein, daß er nicht umhin kam, sich auf den Mann einzulassen. »Und was hat Ihre Frau dazu gesagt?«

»Diese Tussi? Sprachloser als ein Schmiedehammer! Völlig unter dem Bann der Texte, die sie am Rockzipfel ihrer Mutter gelernt hatte! Ich fand nicht mehr zu ihrem Strukturalismus zurück. Sie schlief mit dem Fachbereichsleiter. Ich wette, er hat ihr ein paar neue Märchen gewidmet!« Der Mann gackerte.

»Was ist dann passiert?«

»Wie ich sie hinters Licht geführt habe! Wie ich ihnen ihre sentimentalen kleinen Texte um den Mund geschmiert habe!« Er lächelte so breit, daß es aussah, als habe er Schmerzen; Regentropfen rannen die hageren Wangen herunter. »Die Lehrplankommission war verunsichert. Man konnte nichts beschließen, ohne daß ich meinen Senf dazutat. Der Lehrstuhl kam nicht an mir vorbei – denn ich war ein Patriot, verstehen Sie! Kein Egozentriker, o nein! Dann kam der Börsenkrach. Besitzstandswahrung? Oh, wie sie gelernt hatten. Sie schrieben den Text einfach um. Und so unparteiisch! Unvorhergesehene Umstände. Neue Richtlinien. Wirtschaftskrise! Zeitweilig gespannte Lage! Kosten reduzieren! Worte! Worte sind Nutten.

Sie machen die Beine breit für den faschistischen Machtpoker. Von heute auf morgen stand ich auf der Straße. Und wie hatte ich gekämpft! Wie hatte ich mich ums Vaterland verdient gemacht!«

Der Redeschwall versiegte, und der Mann schien sich wieder zu beruhigen. »Mein Platz ist hier draußen«, sagte er. »Und meine Ware ist vom Feinsten – ich kann das beurteilen! Greifen Sie zu.«

George war gerührt. Seine Hände waren taub vor Kälte. Er stellte sich vor, wie der alte Mann bis tief in die Nacht hier draußen stand, um schließlich wieder in den Kassenraum irgendeiner gottverlassenen Tankstelle zurückzukehren. ›GASOHOL Self Service‹. An der Wand ein schmieriges Werbeplakat für Michelin-Reifen und eine Urkunde der *Modern Language Association.* Darunter Uncel Sam ohne Zylinder, den Kopf auf die Arme gebettet. Außerirdische beobachteten ihn aus der gähnenden Waschstraße. Sie beschossen seinen Schädel mit Mikrowellen. Chomsky vergessen.

»Sie kommen wir irgendwie bekannt vor, Sir. Amerikaner?«

»Durch und durch.« George kramte in seiner Jackentasche und zückte noch einen roten Dollar. »Ich nehme einen Rechner«, sagte er.

Der Mann stocherte mit drei Fingern in seinem Bauchladen herum, bis er auf ein Exemplar stieß, das ihm zusagte. »Das ist der richtige. Verlieren Sie ihn nicht. Sie werden ihn noch brauchen. Hermeneutisch ausgedrückt.«

»Prima.« George ließ den Rechner in die Tasche gleiten, in der schon der erste steckte, und trat den Rückzug an. Er stieß rücklings mit jemandem zusammen – die Frau zerrte ein widerspenstiges Kleinkind hinter sich her. Sie bedachte George mit einem finsteren Blick und schob sich an ihm vorbei in den Bushof.

George mußte durch die Sperre. Er konnte Uncle

Sam nicht retten. Er drehte sich um und folgte der Frau. Ein Träger, an dem er vorbeikam, lächelte und wies mit dem Kinn nach draußen. »Ob der keine Pistole hat?«

George steckte ihm den zweiten Rechner zu. »Geben Sie ihm den zurück«, sagte er. »Sagen Sie, Sie hätten ihn auf dem Gehsteig gefunden.« Auf dem Weg zur Sperre blickte er noch einmal über die Schulter. Uncle Sam stand draußen im Regen, das Gesicht versteinert, die Augen ruhelos, als gelte es, der nächsten Attacke zuvorzukommen.

13

DONNERSTAG, 10. JUNI

Lucy wird verhaftet

Im Neuen Zeitalter ist nicht viel Platz für Anwälte«, sagte Luz.

»Da kannst du Gift drauf nehmen«, mummelte die untersetzte Frau in ihren Mundschutz. »Die Gelatine immer umrühren«, sagte sie zu Lucy. »Die Temperatur muß zwischen sechzig und fünfundsechzig bleiben, nicht drüber und nicht drunter.«

Lucy rührte. Das Thermometer am Becherglas zeigte 61° C an. Sie drehte den Knopf am Coleman-Herd einen Kick weiter. Das Gebräu stank. Vor vier Tagen hatte sie noch für ihren Mann gekocht, und jetzt kochte sie für zwei Frauen, die sie vorher noch nie gesehen hatte. Genau genommen kochte sie gar nicht, und sie kam sich auch nicht so vor.

Luz war die Frau aus dem *Tropic*. Sie hatte Lucys Geld abgelehnt; sich bezahlen lassen, das wollte sie nicht. Sie hatte Lucy zugehört und sie in die Damentoilette nachkommen lassen. Da hatte sie Lucys Handgelenke gepackt, ihr die Ärmel hochgestreift und die Arme untersucht. Luz hatte kräftige Hände, innen hell und außen schokoladenbraun mit einem blauen Relief aus Adern. Wie ein Tierarzt die kranke Katze, so hatte sie Lucys Augen inspiziert. »Keine Drogen mehr«, hatte sie gesagt und sie mit nach Hause genommen.

Die Frau mit dem Mundschutz hieß Concepción. Sie und Luz bewohnten ein Mietshaus-Apartment an der 128. Straße Ost. Am Telefonnetz hing ein Computer; das Gehäuse des Monitors war hellgrün gesprayt. Sie hatten kein Stadtgas, und das Wasser aus dem Hahn war orangefarben, doch es gab Strom und die Wohnung war sauber. Das Leitungswasser war tabu, und Lucy hatte bereits große Plastikflaschen mit Wasser aus einem Kasten raufgeschleppt, der in der Seitengasse aufgetaucht war. Nach zehn Flaschen hatte sie sich auf das Sofa mit dem geborstenen Rücken fallen lassen, und Luz hatte sie aufgezogen. »Wie wär's, wenn du wieder nach Hause gingst?«

»Das geht nicht.«

»Eine Leiche in der Küche?«

»Im Bad.«

»Warte mal – dein Mann im Bad, und du hast das Haus angesteckt.«

»Mein Mann ist auf und davon.«

»Na, Gott sei Dank. Und wer ist im Bad?«

»Sein bester Freund.«

»Das erklärt alles.«

Luz nahm Lucys Bargeld und die Kreditkarten. »Du trägst das Zeichen des Tieres auf der Stirn«, sagte Concepción mit ernster Miene. »Wir werden dich losbeten, dich freikaufen. Eine Frau darf nicht mit solchem Teufelszeug ins Neue Zeitalter gehen.«

Sie stutzte Lucys Haar und machte eine Aufnahme. Sonntagabend machte Luz sich am Computer zu schaffen, derweil Concepción unterwegs war. Sie kam zurück und gab Lucy eine ID-Karte. Sie hieß jetzt Hester Palenque. Sie sollte sich die neue Identität durch Arbeit verdienen. Lucy stellte keine Fragen, und man zog sie auch nicht ins Vertrauen. Abgesehen von ein paar simplen Verrichtungen konnte sie tun und lassen, was sie wollte – solange sie ihre Nase nicht in den rückwärtigen Raum steckte. Die Tür war aus Eisen und hatte ringsum eine Gummidichtung. Lucy hatte ein ungutes Gefühl. Hier konnte sie nicht bleiben. Sie sah aus dem Fenster, schlenderte durch die Wohnung und sann auf einen Ausweg. Siebdruckposter verdeckten die Risse in den Wänden. Tiere und Menschen in leuchtenden Farben, darunter Kinderreime, heimelig und unheimlich zugleich:

Whales in the Sea
God's voice Obey.

und

Xerxes the Great did Die
And So must You and I.

Lucy schlief auf dem Sofa; als Kopfkissen diente ein Stapel Magazine: *Science, ChemE News* und *Biotechnologie Newswatch.* Am Montagmorgen bekam sie eine Latzhose verpaßt und ein T-Shirt mit dem Slogan FISCHE KÖNNEN KEINE WAFFEN TRAGEN. Die beiden Frauen nahmen ihren Mantel und die anderen Kleidungsstücke mit und schleppten nach einer guten Stunde einen Karton mit Flaschen und weißen Plastikbehältern an. Lucy bekam eine alte Hundert-Dollar-Note. »Über tausend Alt-Dollar hat Cep für den Mantel bekommen«, sagte Luz. Der Mantel hatte Lucy zweitausend gekostet, und das war drei Jahre her.

Luz und Concepción verbrachten die meiste Zeit des Tages hinter der verschlossenen Eisentür. Sie kamen nur zum Vorschein, um zu essen, den Computer zu benutzen oder nach draußen zu rennen, um aus verschiedenen Telefonzellen Anrufe zu tätigen. Lucy bekam die Aufgabe, auf dem Flüssiggasherd

Agar-Agar-Gelatine[1] zu kochen; die elektrische Kochplatte in der Küche war angeblich viel zu träge und wurde so gut wie nie benutzt. In die noch flüssige Gelatine mußte Lucy eine Ampicillin-Lösung[2] einrühren und das Ganze auf sterile Reagenzgläser verteilen.

Im Laufe des Tages wurde die Luft in der Wohnung immer stickiger, und Lucy sperrte trotz Regen die Fenster auf. Wann immer die Eisentür aufschmatzte, fand ein sogartiger Luftaustausch statt, und eine der Frauen, die in ihren Schmuddelschürzen wie Schnellköche aussahen, kam bei Lucy ein Gestell mit gefüllten Reagenzgläsern holen.

Im *Daily News* vom Montag stand ein Artikel über den Wohnungsbrand: man hatte sechs Leute mit Rauchvergiftung ins Krankenhaus gebracht und suchte Lucy, weil man ihr Fragen stellen wollte. Kein Wort über Georges Wiedererweckung. In dieser Nacht lag sie wach und zerbrach sich den Kopf. Es war heiß; sie trug nur T-Shirt und Höschen, und trotzdem klebte sie am ganzen Körper. Wegen der teuren Unterwäsche war sie ziemlich verlegen gewesen, aber man hatte sie ihr gelassen. Durchs offene Fenster hörte sie die Stimmen der Kids, Musik plärrte, auf der Lenox-Avenue winselte ein Bus; auf derselben Etage, ein paar Fenster weiter, wurde heftig debattiert.

Soviel stand fest: Luz und Concepción züchteten illegal Mikroben. Die Büchse der Pandora hatte sich aufgetan, als man Mitte der neunziger Jahre die gesetzlichen Auflagen für die Biotechnologie mit einem Federstrich beseitigt hatte, einzig und allein zu dem Zweck, die Wirtschaft wieder flottzumachen. Als der

---

1 *Agar-Agar* = aus Rot-Algen gewonnenes Trockenprodukt, das nach Aufkochen und Abkühlen eine steife Gallerte ergibt; wird u. a. zur Herstellung von Nährböden in der Bakteriologie verwendet.

2 *Ampicillin* = halbsynthetisches Penizillin – Breitbandantibiotikum

rekombinante Geist einmal aus der Flasche war, konnte kein Gesetz der Welt ihn mehr einsperren. Jeder, der zweitausend Dollar und eine Benutzerkarte für die Bibliothek hatte, konnte sich in seinem Bad ein Labor einrichten. Die Gewinne waren hoch. Die Risiken nicht minder.

Wenn sie mit der Bakterienkocherei aufflogen, dann nahm sich die illegale Wiedererweckung von George dagegen wie Falschparken aus. Wenn sie auch nur einen Funken gesunden Menschenverstand hatte, dann mußte sie so schnell wie möglich von hier verschwinden, und zwar auf Nimmerwiedersehen.

Andererseits, seit sie ihre Wohnung in Brand gesteckt und das Weite gesucht hatte, erlebte sie ein nie gekanntes Gefühl von Freiheit. Sie war seither ein anderer Mensch. Es war so leicht, seine Persönlichkeit abzustreifen – manchmal brauchte man nur die Wohnung zu verlassen. Mit den Normen und Regeln der Gesellschaft zu brechen, stimmte heiter. Sie erfuhr diese Heiterkeit zum ersten Mal in ihrem Leben. Diese Heiterkeit konnte süchtig machen. Strafgefangene mußten sie kennen. Der Psychotiker mußte sie kennen. Alles war möglich. Weil nichts mehr galt.

Luz und Concepción machten aber nicht den Eindruck von Psychopathen. Nur schon, wie sie sich bewegten; aus jeder Geste und jedem Wort sprach die Selbstsicherheit von Frauen, die wußten, was sie wollten – wußten, daß sie es aus eigener Kraft schaffen konnten – und die rational auf ein Ziel hinarbeiteten. Aber auf welches? Lucy war überzeugt, daß man sie über kurz oder lang einweihen würde. Was immer das für ein Ziel war, es übte eine magische Anziehungskraft auf sie aus. Warum nicht hierbleiben und herausfinden, was es damit auf sich hatte? Das letzte, was sie im trüben Widerschein der Straße sah, war das orangerote Poster mit dem kleinen bärtigen Mann, auf den ein großer bärtiger Mann mit seiner Rute eindrosch. Darunter der Vers:

Job[1] *Feels the Rod*
Yet blesses God.

Dienstag früh wachte sie von einem Bürschchen in der Straße auf, das sich in perfiden Kampfschreien erprobte, die ihr durch Mark und Bein gingen. Sie streckte und bäumte sich die schmerzhaften Druckstellen aus dem Rücken. Es roch nach Sojapfannkuchen. Concepción steckte den Kopf aus der Küche. »Zeit zum Frühstücken.«

Lucy massierte den tauben Oberschenkel, dann stieg sie in die Latzhose und schulterte die Träger. Sie hatte einen Mordshunger. Auf dem Küchentisch standen zwei Teller. »Wo ist Luz?« fragte sie.

Concepción schenkte Wasser aus einer Plastikkanne ein. »Sie bleibt nicht lange. Übrigens, Luz sagt, du wärst wirklich Anwältin. Das wußte ich gar nicht.«

Lucy wußte den Unterton nicht einzuordnen. »Hm, bin ich.«

»Für wen?«

»Ministerium für Resozialisierung; ich verteidige es gegen Zivilklagen von Gefangenen.«

»Du nimmst die Aufseher in Schutz?«

»Nahm. Das ist vorbei.«

Concepción biß in ihren Pfannkuchen und kaute. »Was hast du dir dabei gedacht?« sagte sie mit vollem Mund.

»Ich hatte die Gesetze.«

»Gesetze, die von Männern gemacht sind. Gemacht für Männer.«

---

1 *Job* = Hiob

»Wenn sich die Frauen nicht einmischen, werden die Männer so weitermachen.«

»Die Frauen, die sich einmischen, denken wie Männer. Linke Hirnhälfte. Was ist mit der rechten? Der musischen?«

»Sehr mystisch. Tauschen wir jetzt Mantras aus?«

Concepción lächelte. »Sehr biologisch, nicht mystisch.«

Lucy nippte an ihrem Glas. Das Wasser hatte Raumtemperatur. Einen Block weiter gellten immer noch die Schreie dieses Bürschchens. »Warum habt ihr mich hergeholt?«

»Ich hab dich nicht hergeholt. Das war Luz.«

»Wenn man euch erwischt, kann ich euch nicht helfen. Ich bin selbst in Schwierigkeiten.«

Der Blick der dunklen Frau folgte Lucys Hand; er galt ihrem Ehering. Dann suchten die Augen Lucys Augen. »Die Welt ist ungerecht«, sagte Concepción.

»Durch Seuchenterror wird sie nicht gerechter.«

»Ich bin kein Terrorist. Bin Mikrobiologin. Bereite mich auf das Neue Zeitalter vor.«

»Das Neue Zeitalter. Na klar. Über welches reden wir denn?«

»Besseres Leben durch Biologie.« Sie zeigte auf die graue Metalltür. »Ich hab da hinten ein Virus, das könnte den Leuten ein Kaninchenfell wachsen lassen. Ich denk über eins nach, das uns Baumrinde essen läßt. Und vielleicht krieg ich eins hin, das Männerhirne so zermanscht, daß man daraus Knackwurst machen kann.«

»Männerhirne sind schon zermanscht.« Lucy dachte an George. »Mach mir eins, das Männerhirne entmanscht, und ich kauf es sofort.«

»Das kriegst du umsonst«, sagte Concepción.

Concepcións Gleichmut machte Lucy Angst. »Das ist Wahnsinn, Concepción. Das Neue Zeitalter kannst du dir abschminken – du landest hinter Gittern. Ihr macht alles nur noch schlimmer.«

Jemand schloß die Wohnungstür auf. Luz kam aus der Diele. »Das ist der Knackpunkt«, sagte sie. Sie setzte ihren Leinenbeutel auf die Anrichte, drehte einen Küchenstuhl herum und setzte sich rittlings. »Ihr redet über Politik, Concepción?«

»Alles ist Politik.«

»Wir haben Kundschaft. Donnerstag um drei.«

Concepción räumte den Tisch ab und setzte das Geschirr in die Spüle. »Wo?«

»Am Krankenhaus.«

Lucy starrte Luz an. »Ich geh jetzt besser«, sagte sie.

»Da ist die Tür.«

Lucy blieb sitzen. »Warum hast du mich hergebracht?«

Concepción kehrte dem Abwasch den Rücken, als sei sie neugierig auf die Antwort. Luz verschränkte die Arme auf der Stuhllehne. »Du wolltest, daß ich dir helfe. Ich wollte helfen.«

»Das erklärt alles.«

»Die Welt steht in Flammen. Wenn ich eine Frau sehe, die wie Zunder aussieht, helfe ich.«

»Schöne Hilfe. Ich hocke in einer Bazillenküche.«

»Barmherziger Himmel! Hast du das gehört, Cep?«

»Gräßlich.«

»Wer gibt euch das Recht dazu? Wenn sich jeder seine eigene Vorstellung von Recht und Unrecht bastelt, kommt dabei nur Chaos raus – seht euch doch um.«

»In deiner Lage steht dir kein Heiligenschein, Lucy. Du stehst mit einem Fuß im Gefängnis – wie wir.«

Lucy bekam heiße Ohren. »Ich habe das Gesetz übertreten, um meinen Mann zu retten. Ich bin nicht auch noch stolz drauf.«

Zum ersten Mal sah Luz wütend aus. Sie knallte die Stuhllehne an den Tisch, daß Lucys Wasser überschwappte. »Stolz? Du bist randvoll mit Stolz! Sieh *du* dich doch mal um! Gesetze funktionieren nur, wenn sie fair sind. Sind sie das? Wenn du nicht verrecken willst wie ein Straßenköter, dann mußt du deinen Weg gehen. Die Männer gehen ihn schon seit sechstausend Jahren, aber sie haben abgewirtschaftet! Jetzt sind wir an der Reihe; der Zug ist abgefahren. Cep und ich helfen dir beim Aufspringen, und du spielst den Moralapostel.« Sie machte eine Geste, als wische sie mit der großen Handfläche den Beschlag von der unsichtbaren Scheibe, hinter der Lucy saß. »Du bist zu lange Anwältin gewesen, meine Liebe.«

»Was stört dich an der Moral?«

»Moral ist für Leute mit vollen Bäuchen.«

»Wenn die Leute sich wirklich kümmerten, brauchte niemand zu hungern. Das ist Moral.«

»Stimmt«, sagte Concepción.

»Richtig«, sagte Luz. »Aber dann müßten sich die Leute ändern. Hier drinnen.« Sie klopfte sich mit der flachen Hand aufs Brustbein.

»Und im Kopf«, sagte Concepción.

»Wir treiben schon eine ganze Weile auf die Große Schlacht zu«, fuhr Luz fort. »Man hat rund um die Uhr zu tun, um das zu ignorieren, aber die meisten scheinen nichts anderes zu tun zu haben. Wir werden ihnen die Augen öffnen.«

»Indem ihr illegal Mikroben züchtet?«

»Die Leute müssen begreifen, daß die alte Politik nicht mehr funktioniert. Sie brauchen den totalen Zusammenbruch, noch vor dem Millennium.«

»Das sind doch Hirngespinste, Luz. Du hörst dich an wie Jimmy-Don Gilray.«

Concepción lachte. »Aus Gilray spricht die Alte Zeit. Die ganz alte. Aber die Richtung stimmt.«

»Hab ich nicht gesagt, sie ist helle?« sagte Luz. »Wir sitzen alle in einem Boot, Lucy. Und die Leute kapieren das erst, wenn ihnen das Wasser bis zum Hals steht. Die Männer haben das Boot schon tüchtig geschaukelt; wir brauchen nur noch ein wenig nachzuhelfen. Wir verkaufen ihnen Mikroben, daß ihnen die Augen übergehen. Denk nur mal an die Diskriminierung der Schwarzen. Wenn der weiße Mann heute Angst haben muß, daß er morgen schwarz wird, kommt er ganz schön ins Schleudern. AMPS sei Dank.«

»Ihr habt AMPS in die Welt gesetzt?«

»Wir sind Wegbereiter«, sagte Concepción.

»Das ist Stufe Eins. Stufe Zwei ist Organisation, Wertvorstellungen und Bildung. Was die Organisation angeht, sind wir dabei, die Scherben zusammenzukitten.«

»Macht euch nicht lächerlich. Ihr könnt nicht die Welt übernehmen.«

Luz zog eine Grimasse. »Welt übernehmen! Typisch Mann. Wir bringen Information unter die Leute, organisieren Nachbarschaft. Jeder lebt in einer Nachbarschaft. Die ganze Welt besteht aus Nachbarschaften. Das alte Gebäude wankt; bis es einstürzt, ist die Basis soweit, aus den Trümmern das neue zu errichten.«

»Eher begräbt das Gebäude die ganze Basis unter seinen Trümmern.«

»Vielleicht. Kann sein, daß die Große Schlacht uns alle vom Erdboden tilgt. Wir wandeln auf des Messers Schneide. Kann sein, daß unser Babylon zerschmettert wird. Was schlägst du vor? Sollen wir deshalb die Hände in den Schoß legen?«

Zwei Frauen in Harlem, die sich damit beschäftigten, die Welt zu retten. Mit Virusseuchen. Der HCR würde sich die Finger lecken. »Was wollt ihr von mir?«

»Nichts. Wir haben dir Unterschlupf gewährt. Vielleicht sperrst du einfach Augen und Ohren auf. Und solltest du nach einem Weilchen zu dem Ergebnis kommen, daß wir vielleicht doch nicht so abgedreht sind, wie du meinst, dann sag uns einfach Bescheid. Ob du mitmachst oder nicht, du stehst sowieso mit einem Bein im Gefängnis.«

»Und wenn du mit beiden drin bist, macht sie dir irgendein Tugendwächter breit, ob du willst oder nicht«, sagte Concepción.

Lucy sah von einer zur anderen. »Ich werd drüber nachdenken.«

»Tu das.« Luz stand vom Stuhl auf. »Inzwischen basteln wir ein Bonbon.«

Luz und Concepción verschwanden für den Rest des Tages im Labor. Nach dem Abendbrot hockten sie sich zu Lucy und knüpften an das Gespräch vom Morgen an. Ihre einzige Unterhaltung schien in der Tat darin zu bestehen, sich zu unterhalten. Lucy gefiel das. Sie plauderte aus ihrer italienischen Kindheit in Tenafly, über ihr Jurastudium, und von George. Concepción hatte an der *University of California* in Berkeley Biologie studiert und schilderte haarklein, wie man sie kurz vor dem Diplom geschasst hatte. Luz gab ein Dutzend schrecklicher, lustiger und zorniger Stories zum Besten, die alle davon erzählten, wie sie sich in Jamaika, Haiti und Fort Lauderdale über Wasser gehalten hatte. »Fort Lauderdale«, sagte sie, »war am schlimmsten.«

In dieser Nacht hatte Lucy einen Alptraum. Sie war wieder an der *Rutgers University*[1], es war Nacht, und sie war auf dem Weg zu ihrem Wohnheim. Auf dem Campus sollte sich ein Frauenschänder herumtreiben, und sie war zu lange in der Bibliothek geblieben. Wie

---

1 *Tenafly, New Jersey*

hatte sie nur so leichtsinnig sein können? Es war schon nach Mitternacht, mitten im Winter: Schneehaufen säumten die Fußwege, und der Campus lag verlassen da. Lucy verirrte sich in dem Labyrinth aus Wegen. Sie fror. Vor lauter Verzweiflung ging sie schneller, bog mal nach links und mal nach rechts ab. Sie hörte Schritte, die ihr folgten, doch wenn sie stehenblieb, blieb es still.

Schon als sie gar nicht mehr damit rechnete, sah sie plötzlich das Wohnheim vor sich. Vor dem Heim wartete ein Mann. Er stand am Rand des kreisförmigen Lichtscheins, den eine Straßenlaterne warf; ein großer Mann mit Schlapphut und Seemannsjacke. Er sah ganz normal aus. Lucy schlug das Herz bis zum Hals. Mit der unerklärlichen Gewißheit des Träumenden wußte sie, daß alles gutging, solange sie ihm nicht ins Gesicht sah. Alles hing davon ab, wie gut sie ihre Angst überspielte. Der Gedanke steigerte ihre Angst in Panik. Ihre Stiefel knirschten auf dem harschen Schnee. Ihr Atem vernebelte ihr die Sicht. Der Fremde wartete. Sie wollte nicht hingucken, aber es war stärker als sie. Während sie auf Armeslänge an ihm vorüberging, schielte sie aus den Augenwinkeln. Das Gesicht im Halbschatten der Krempe war wie aus Eis geschnitzt. Die Augen glitzerten eiskalt.

Sie beeilte sich, die Eingangstür zu erreichen. Er trat vor und packte sie bei den Armen.

»Nein!« sagte sie. »Ich habe keine Angst!«

Kälte schien aus seinen Händen zu kriechen. »Doch. Sie haben hergesehen. Sie haben mich angesehen.«

»Hab ich nicht!« Lucy wand sich in seinem Griff, schrie um Hilfe, wollte nicht hinsehen. Er packte sie beim Kiefer, seine Eisfinger brannten auf der Haut, er zwang Lucy, ihn anzusehen. Es war George.

»Lucy«, sagte er. »Lucy, mir ist so kalt.«

Sie wachte keuchend auf. Luz hockte am Sofa. »Ist ja gut«, sagte Luz und legte ihr die Hände auf die Schultern. »Ist alles gut, Kleines. Du hast nur geträumt.«

Lucy zitterte; sie nahm den Ellbogen unter sich und stützte sich hoch. Sie brachte kein Wort heraus. Luz strich ihr das Haar aus der nassen Stirn. Sie brachte ihr ein Glas Wasser.

Lucy trank. Der Traum verblaßte. »Danke«, sagte sie. Es war still im Zimmer. »Tut mir leid.«

Luz saß halb auf dem Tischrand. Die dunkle Haut glänzte im Widerschein der Straßenbeleuchtung. Lucy bemerkte zum erstenmal, wie abgespannt die Frau aussah.

»Ist bestimmt nicht leicht für dich«, sagte Luz.

»Es nimmt dich auch ganz schön mit. Dieses Leben.«

»Man gewöhnt sich dran.«

Lucy ging ein Licht auf. »Du hast *auch* Angst, hab ich recht?«

Der Mund verzog sich zu einem breiten Grinsen. »Eigentlich soll das niemand merken, du am allerwenigsten.«

»Ich seh es dir an.«

»Wer sieht schon so genau hin? Es bleibt unter uns drei. Die Liga der furchtsamen Weiber.«

Luz beugte sich herunter, pflanzte Lucy einen Kuß auf die Stirn und verließ das Zimmer.

Am Donnerstagmorgen hörte es auf zu regnen, zum erstenmal seit Wochen. Lucy ging die Treppe hinunter und hockte sich draußen auf die Eingangsstufen. Sie war immer noch unschlüssig. Der Himmel über der Straße war grau; Abfall und öliger Schaum schwamm in der Gosse. Fässer blockierten die Straße an beiden Enden und machten aus ihr eine Art Vorhof für die Anwohner. Viele Leute saßen vor den Häusern.

Der Alte, der im Keller hauste, kam herauf, um sich mit Lucy zu unterhalten. »Louis Akal«, sagte er. »Lassen Sie mich raten. Sie sind …«

»Hester Palenque.«

Louis Akal hatte knittrige Lippen, und das fettige graue Haar hing ihm in lauter dünnen Flechten vom Kopf. Er tat ganz so, als sei er über Lucy im Bilde. Wahrscheinlich war sie nicht die erste, die hier durchgeschleust wurde. Was war aus den anderen geworden? Sie fragte ihn nach der Bedeutung des Slogans auf ihrem T-Shirt.

»Das ist ein Geheimnis«, sagte er.

»Ich kann schweigen wie ein Grab.«

»Fische haben keine Hände«, sagte er.

»Das stimmt«, sagte Lucy. Ihr gefiel sein schrulliger Ernst.

Drei Mädels kamen vorbei, sie trugen Papierjacken mit Motiven des Zuckerhuts und der Guanabara Bay, Berg in Brasilien, in Rio de Janeiro an der Guanabara-Bay. Eines nickte Lucy zu.

»Der Fisch ist Jesus«, sagte Louis.

»Aber Jesus hatte Hände.«

»Ja …«

So kamen sie ins Plaudern. Im Laufe des Vormittags wurde es wärmer, die Wolkendecke riß auf, und die nasse Straße begann unter der Sonne zu dampfen. Schließlich verschwand Louis Akal humpelnd in seinem Treppenschacht und kam mit einem Bild zurück; es war auf die rauhe Seite einer Hartfaserplatte gemalt. Das Gelobte Land; er war noch nicht fertig damit. Winzige schwarze, gelbe und weiße Gestalten schwebten über einer Landschaft aus grünen Feldern, zerklüfteten Gebirgen und schimmernden, futuristischen Städten. Lucy stellte ihm Fragen, und Louis erzählte ihr, wie Gott ihn das Malen gelehrt hatte. Gegen Mittag hatte Lucy sich mit Hester Palenque angefreundet. Sie war so glücklich wie lange nicht mehr.

Sie stieg wieder ins Apartment hinauf. Zu ihrer Überraschung traf sie Concepción und Luz im vorderen Zimmer an. Die Frauen saßen am Tisch, zwischen sich zwei Gläser und eine halbleere Flasche Wein. Mitten auf dem Tisch lag ein kreditkartengroßer Taschenrechner.

»Ich möchte bleiben – vorläufig wenigstens«, sagte Lucy.

Luz verschränkte ihre knochigen Finger hinter dem Kopf, die Ellbogen standen abgespreizt wie Flügel. Sie lächelte. »Noch eine gesetzlose Frau.«

»Bist du bereit, die Welt zu verändern?« fragte Concepción.

»Ich denke schon.«

»Bist du bereit, sie zu zerstören?« fragte Luz. »Und dich dazu?«

»Ich bin schon zerstört.«

»Nein, das bist du nicht. Noch nicht.« Luz nahm den Rechner auf und wippte ihn zwischen Zeigefinger und Daumen. »Da ist unser Virus drin. Keine Gefahr, solange man ihn nicht schluckt. Wir bringen ihn heute noch an den Mann. Der Kunde ist überzeugt, unser Liebling macht aus seinen grauen Zellen wahre Endorphin-Fabriken[1]. Er glaubt, es macht ihn auf Kommando high, auf natürliche Weise, versteht sich.«

Concepción lachte.

»Und was passiert wirklich?« fragte Lucy.

»Willst du das wissen? Bist du sicher?«

---

1 *Endorphin* = opioides Peptid, das im Gehirn gebildet wird und eine morphinähnliche Wirkung hat.

»Sag schon.«

Luz legte den Rechner zurück. »Das Virus bedeutet das Ende der Männerwelt. Je früher, desto besser. Das Ende der Philosophen und Ökonomen und Wissenschaftler …«

»… und Marxisten und Kapitalisten …«, sagte Concepción.

»… und der Platoniker und Existenzialisten …«, sagte Luz.

»… und der Rechtsanwälte«, sagte Concepción und zeigte mit dem Finger auf Lucy.

»… und der Mikrobiologen«, sagte Luz und zeigte mit dem Finger auf Concepción. Sie lachten.

Lucy lachte nervös mit. »Ihr wollt alle Männer töten?«

»Nicht nötig, solange man sie ändern kann«, sagte Luz. »Wir haben es auf ihren Verstand abgesehen.«

Lucy setzte sich.

»Die Revolutionen der Vergangenheit waren zu theoretisch«, fuhr Luz fort. »Ohne Herz, verstehst du? Die ganzen Revoluzzer waren voller Prinzipien. Abstraktion statt Realität. Schwer verdauliche Ideen. Ideen, die zu Schwertern werden …«

»Es steht geschrieben: Der Buchstabe tötet, der Geist verleiht Leben«, warf Concepción ein.

»… und im Handumdrehen wird jemand einen Kopf kürzer gemacht. Du weißt ja, wie schwer es ist, mit einem richtigen Mann zu reden. Aber wenn man da oben …« – sie tippte sich an die Schläfe –, »wenn man da die Chemie ändert, dann sieht alles gleich ganz anders aus. Den Logiker zum Kreativen machen. Den Mann zur Frau. Das ist unser Motto.«

»Man kann sie nicht alle über einen Kamm scheren«, sagte Lucy.

»Sicher«, sagte Luz. »Ich hab mal einen gekannt, der nett war und mich nicht bevormundet hat.«

Lucy schnürte es das Herz ein. »Ich auch«, sagte sie. »Ich will nicht, daß sie alle sterben.«

»Wir bringen sie nicht um.«

»Nein«, sagte Lucy. »Ihr wollt sie nicht umbringen. Ihr wollt nur Frauen aus ihnen machen.«

»Leg nicht jedes Wort auf die Goldwaage, Kleines.«

»Das Virus wirkt auch auf Frauen«, sagte Concepción. »Hängt ganz vom Testosteron-Spiegel ab. Wirkt sich auf das Zusammenspiel von linker und rechter Gehirnhälfte aus. Schwer zu sagen, was da genau passiert. Es gibt keine Testreihen.«

»Ist das nicht riskant?«

»Jeden Tag sterben Leute«, sagte Luz. »Die Lage ist verzweifelt.«

Lucy nahm den Taschenrechner. Er fühlte sich an, wie er aussah: billig, Plastik, sechs Funktionen. Kaum vorzustellen, daß soviel Revolution in das dünne Ding paßte. Sie hätte eigentlich davon angewidert sein müssen, statt dessen klopfte ihr Herz schneller. Macht zu haben und sie zu benutzen. »Ihr wollt das jemandem geben, der nicht weiß, was er sich damit einhandelt?«

»Ja. Wie bei der Dose mit dem Springteufelchen.«

Das Ende der Männerwelt. Lucy drückte ein paar Tasten, die Zahlen sprangen ins Display. Sie blickte auf. »Wieso vertraut ihr mir?« fragte sie. »Wer sagt euch, daß ich kein verdeckter Ermittler bin?«

»Willst du die Wahrheit?« sagte Luz. »Dein Name. Du heißt nämlich genauso wie ich.[1] Ist doch logisch, oder?«

Lucy blieb skeptisch und legte den Taschenrechner zurück.

---

1 *Lucy, Lucia* (engl.) und *Luz* (span.) gehen beide auf lux, lucis (lat.) = Licht zurück.

Um zwei Uhr verließen sie das Haus. Die Sonne hatte die Straßen in eine Sauna verwandelt. Sie gingen die Lenox Avenue hinauf, vorbei am ausgeplünderten Goodfrey Nurse und den verrußten Mietskasernen. An einer Querstraße westlich des Harlem Hospital machten sie vor einem verödeten Mietshaus halt. Luz und Lucy gingen hinein; Concepción blieb draußen und hielt die Augen offen. In der Diele, auf dem Schachbrett aus weißen und schwarzen Fliesen, verrottete ein Haufen Lumpenzeug. Im Korridor schälte sich die Tapete von den Wänden. Luz schlüpfte durch eine aufgebrochene Tür; Lucy folgte ihr durch das verwaiste Apartment zum Schlafzimmer. Ein glasloses Fenster sah auf die Feuertreppe hinaus. Luz bugsierte Lucy an die Fensterbank. »Sag mir, wenn du jemanden siehst«, sagte sie und hockte sich auf eine Matratze in der Ecke. »Dürfte nicht mehr lange dauern.«

Lucy lehnte sich hinaus und blickte in die menschenleere Seitengasse. Ein Hund stöberte im Abfall. Lucy fragte sich, was aus dem Tier wurde, wenn alle Männer das Zeitliche segneten. Aber das war Paranoia: von Chemie war die Rede gewesen und nicht von Genozid. Niemand hatte vor, die halbe Menschheit auszurotten. Luz und Concepción waren nicht gleich geisteskrank, nur weil sie immer vom Millennium faselten. Trotzdem. Was, wenn ihnen ein Fehler unterlief? Je mehr sie nachdachte, desto verrückter kam ihr das Ganze vor.

Lucy drehte sich um. Luz starrte unverwandt auf den Durchgang. Keine Spur von Wahnsinn in diesen Augen; im Gegenteil, sie strahlten Intelligenz und Besonnenheit aus. Lucy war nur wenigen Frauen begegnet, die so in sich selbst ruhten wie Luz. Doch während sie diese Frau betrachtete, begriff sie, daß es mehr brauchte, damit aus einem Anwalt ein Rebell wurde – mehr als von seinem Mann verlassen und vom Gefängnis bedroht zu sein. Eine Frau konnte eben doch nicht so mir nichts dir nichts ihre Vergangenheit abstreifen; sie jedenfalls nicht. Sie war nach wie vor das Mädchen, das ihrem Paps die Fahrkarten bezahlte. Sie mußte ihnen das beichten, heimgehen und nachdenken.

»Luz ...«, hob sie an.

Ein Riese von einem Mann kam aus dem Flur in die Wohnung. Luz legte rasch den Finger auf den Mund und stellte sich neben den Durchgang. »Hier«, sagte sie. Der Mann kehrte zurück.

Er mußte seine einsneunzig groß sein; der Brustkasten war ein Anachronismus in dem kleinen Zimmer. Er bedachte Lucy mit einem flüchtigen Blick, dann hockte er sich mit Luz auf die Matratze. Er zog einen dicken Umschlag aus der Gesäßtasche, faltete ihn auseinander und legte ihn auf den fleckigen Stoff. Mit einem Finger so dick wie ein Besenstiel schob er Luz den Umschlag zu.

Luz nahm den Umschlag auf und ließ die Scheine mit dem Daumen abrauschen. Sie langte in die Handtasche, nahm die Brieftasche heraus und zog den Taschenrechner aus dem Etui. Sie fuhr mit dem Fingernagel die Kante entlang, und der Rechner spliß auf. Sie zeigte dem Mann ein klares Plastiktütchen mit einem kreisrunden roten Fleck in der Mitte. »Mit Orangensaft mischen oder trocken schlucken oder einfach in die Backentasche reiben. Und nicht offen rumliegen lassen.«

Der Mann lächelte. »Ich bin doch nicht verrückt.«

Nein, dachte Lucy. Panik beschlich sie.

»Wie lange dauert es, ich meine, bis es wirkt?« fragte der Mann.

»Solange Sie es nicht aktivieren, wirkt es überhaupt nicht. Trinken Sie vorher Dr. Pepper.« Luz legte das

Plastiktütchen an seinen Platz zurück und klappte den Rechner zu. Sie händigte die Ware aus. Wenn Lucy den Mann aufhalten wollte, dann mußte sie es jetzt tun. »Warten Sie …«, begann sie.

Bevor ihr einfiel, was sie sagen sollte, hörte sie Schritte im Vestibül. »Raus hier!« rief Concepción.

Luz trat dem Mann in den Magen und schubste Lucy auf die Feuertreppe. Aus der Avenue bog dröhnend ein Mannschaftswagen in die Gasse und erfaßte den Hund; das Tier blieb heulend und kläffend liegen. Lucy sprang aufs Pflaster, Luz landete neben ihr. Sie rannten vor dem Wagen davon. Hinter ihnen quietschten Reifen, Schiebetüren rumsten. »Polizei!« erscholl eine Männerstimme.

Lucy prallte auf Luz, die plötzlich stehenblieb. Vor ihnen war ein Polizist aufgetaucht. Er machte eine unmißverständliche Geste mit der MP.

Zwei Polizisten kamen von hinten, stießen die Frauen aufs Pflaster und befahlen ihnen, Arme und Beine zu spreizen. Der Riese kam aus dem Haus und durchsuchte sie nach Waffen. Es schien ihm besonders zu gefallen, Lucy zwischen die Beine zu fassen. Lucy lag mit dem Gesicht im feuchten Straßendreck und lauschte dem Gewinsel des Hundes. Das Tier lag im Sterben.

14

DONNERSTAG, 10. JUNI

George wird verhaftet

Louisville war ein Schlag ins Wasser. George verbrachte zwei Tage damit, in der Notaufnahme von Krankenhäusern Interviews mit Leuten aufzuzeichnen, die mit Schußwaffenverletzungen eingeliefert wurden. Kein Hinweis auf den Außerirdischen. Er beschloß, nach Lansing zu fahren.

Es hatte die ganze Woche geregnet, und es regnete immer noch; der Zug fuhr mit Verspätung ab, weil es Probleme mit der alten Brücke über den Ohio gab. Schließlich nahm man das Risiko in Kauf: die Brücke hielt, und der Zug kämpfte sich ohne unliebsamen Zwischenfall durch den hügeligen Süden von Indiana. George döste in seinem Sitz. Aus irgendeinem Grund blieb der Zug über Nacht in Indianapolis stehen; George aß im Bahnhof und schlief in der Wartehalle. Als der Zug weiterfuhr, fühlte George sich wie jemand, der zwei Tage und Nächte in der halbvollen Lore eines Steinbruchs geschlafen hatte.

George saß einem voluminösen schwarzen Mann gegenüber. Der Mann war ein paar Jahre älter als er, roch nach Kölnisch Wasser und trug einen pingelig gebügelten Anzug und eine stahlgefaßte Brille: in dem schäbigen Wagen stach er so ins Auge wie ein ernsthaft recherchierter Bericht beim HCR. Das Fenster zwischen ihnen war nicht dicht, und als sie aus dem Bahnhof rollten, wässerten die Kanten. »Scheint bis in alle Ewigkeit zu regnen«, wagte George sich vor.

»Ich mag den Regen«, sagte der Mann. »In Wichita hat es seit drei Monaten nicht mehr geregnet.«

»Das Klima soll sich ändern – wird gesagt.«

Der Mann lachte. »Gesagt wird viel.«

»Ich bin George Valee«, stellte George sich vor.

»Langston Burdock«, sagte der Mann.

»Sie wollen nicht zufällig auch nach Lansing?«

»Doch, ja. Ich habe da geschäftlich zu tun.«

»Darf man fragen, welches Geschäft Sie nach Lansing führt?«

Burdock lächelte. »Wohl chinesischer Agent, wie?« Er machte es sich in dem abgewetzten Sitz dritter Klasse so bequem wie in einem Clubsessel im Foyer des Plaza.

»So ähnlich«, gab George zu. »Ich bin Reporter.« Er legte die Hand auf die Kameratasche, die neben ihm auf dem Sitz stand. »Ich bin beruflich unterwegs.«

Burdock musterte George. »Sie heißen nicht Valee – Sie heißen Eberhart! Sie machen die *Specials*. Meine Frau ist ein Fan von Ihnen.«

George war überhaupt nicht unglücklich darüber, daß der Mann ihn erkannt hatte. »Was denken Sie?«

»Ich finde, Sie sollten sich ein besseres Toupet zulegen. Ist das eine Maskerade?«

»Tarnung. Sagen wir, ich halte nach unwahrscheinlichen Dingen Ausschau.«

»Meine Sparte ist Luft- und Raumfahrt«, sagte Burdock. »Ich glaube an lauter unwahrscheinliche Dinge.«

»Ich dachte, die Branche wär tot.«

»Alles nur auf Eis gelegt. Was mich übrigens nach Lansing führt.«

Ein Windstoß fing sich in der Fensterkante und

sprühte George kalte Tröpfchen ins Gesicht. Burdock lieh ihm ein Taschentuch. Es war blütenweiß.

»Danke«, sagte George und gab das Taschentuch zurück. »Eisenbahnfahren ist ein Abenteuer.«

»Ich mag die Eisenbahn«, sagte Burdock.

»Aber Sie wollen ihr Konkurrenz machen.«

»So ist es.«

»Und was nehmen Sie als Treibstoff?«

»Treibstoff ist nicht das Problem, wenn der Wirkungsgrad stimmt. Alkohol zum Beispiel. Aus Getreide, Baumrinde, Flachs – er wächst praktisch überall.«

George verkniff sich, was er angesichts der äquatorialen Hungerkriege davon hielt, aus Getreide Treibstoff zu machen. »Sonst noch was Unwahrscheinliches, woran Sie glauben?«

Sein Gegenüber blickte ihn mit klaren braunen Augen an. »Gleichheit der Rassen«, sagte Burdock.

George lächelte. »Was beweist, daß sie ein Optimist sind.«

»Was mich in die Nähe der UFO-Spinner rückt. Sie sollten ein *Special* mit mir machen.«

»Die Leute wollen nun mal Fliegende Untertassen.«

»Ich weiß.« Burdock tippelte mit den Fingerücken an die Scheibe und sah auf die sumpfigen Felder hinaus. »Es ist zwar eine Weile her. Aber ich habe eine Fliegende Untertasse gesehen.«

»Wo?«

»Bei Fort Bragg. Vor dreißig Jahren. Wir hatten Manöver und mußten im Wald übernachten. Ich bin aufgewacht durch dieses helle Licht über uns. Ich dachte erst an eine Leuchtkugel und daß uns ein Angriff bevorstand. Aber es war keine Leuchtkugel.«

»Was war es?«

»Eine gleißende silbrige Kugel, vielleicht zwanzig Meter im Durchmesser, die dicht über den Baumkronen schwebte. Sie hörte sich an wie ein großer Transformator. Und ich hatte Stachelbeerarme – aber das war vielleicht nur die Angst.«

»Und die anderen? Wer hat das sonst noch gesehen?«

»Alle. Der ganze Trupp.«

George überlegte, inwieweit er einem Fremden Einblick gewähren sollte. »Sie können sich denken, daß der HCR sich nicht alle Stories aus den Fingern saugt.«

Burdock sah skeptisch drein. »Froschregen in New Mexico? Der Garten Eden lag in New Jersey? Und an den UFO-Stories soll was dran sein?«

George lehnte sich vor. »Die Dogon[1].«

»Die was?«

»Ein afrikanischer Stamm. Sie kannten den Begleiter des Sirius, *bevor* die europäischen Astronomen ihn entdeckten. Sie hatten schon Kontakt mit Außerirdischen, als wir noch in Höhlen hausten.«

»Kommt mir irgendwie bekannt vor.« Burdock rückte an seiner Brille. »Aber ist das Phänomen nicht von irgendeinem Astronomen erklärt worden?«

»Der hat sich die Fakten doch so frisiert, wie er sie brauchte; dagegen ist der HCR ein Waisenknabe. Und was wir gesendet haben, ist nur die Spitze des Eisbergs. Wer sagt uns, daß der Kontakt prähistorisch war? Warum kann er nicht jüngeren Datums sein?«

»Müßten diese Afrikaner dann nicht mehr Details haben?«

»Nicht, wenn die Außerirdischen vor ihrem Abgang alle Fingerabdrücke abgeputzt haben.«

»Warum sollten fortgeschrittene Außerirdische sich mit primitiven Eingeborenen abgeben?«

---

1 sudanesisches Volk in Mali, das im sogenannten Dogonland lebt, an der Grenze zu Burkina Faso östlich von Bandiagara.

»Wer sagt uns denn, was diese Außerirdischen unter *fortgeschritten* verstehen? Die Dogon sind eine stabile Gesellschaft von Jägern und Sammlern. Sie kennen keine Verbrechen. Sie leben in Einklang mit ihrer Umwelt. Keine Armut, keine Psychosen, keine sozialen Mißstände. Einem Außerirdischen könnten sie geradezu als die fortgeschrittenste Gesellschaft der Erde erscheinen. Zumal wenn diese Außerirdischen schwarz sind.«

»Schwarze Außerirdische?«

»Warum nicht?«

»Und was treiben diese Brüder jetzt?«

»Eine Gesellschaft, die auf Rassismus basiert, ist ihnen zuwider. Sie wollen ein paar Korrekturen anbringen.«

Burdock sah skeptisch auf seine Fingernägel. Nach einer Weile sagte er: »AMPS?«

»Exakt«, sagte George. »Hier eine Prise Schwarz und da eine Prise Schwarz – oder kennen Sie eine bessere Taktik? Den weißen Club zermürben, bis er reif ist für die Neue Ordnung.«

»Biologische Kriegsführung?«

»Mr. Burdock, wenn Sie wüßten, was ich sonst noch alles vermute, dann würden Sie mich für verrückt halten.«

»Stimmt.« Burdock saß da wie ein Othellobesucher, der nach dem Notausgang schielt, weil ihm ein brenzliger Geruch in die Nase steigt. George sah seine Felle davonschwimmen. Dabei war Luft- und Raumfahrttechnik bestimmt ein gefundenes Fressen für die Außerirdischen. Und falls jemand von ihnen in Lansing war, mochte Burdock wie ein Magnet auf ihn wirken. George sollte sich seiner bedienen und ihn nicht mit UFO-Geschwätz verprellen.

»Sie brauchen mir nichts mehr zu erzählen«, sagte Burdock. »Ich glaube Ihnen kein Wort.«

»Ich mir auch nicht«, sagte George hastig. »Es ist nur so, daß ich an unserer nächsten Serie arbeite und hin und wieder etwas ausprobiere. Sie sind ein guter Resonanzboden.«

»Sie glauben selbst nicht daran?«

»Die eigentliche Dogon-Geschichte ist die pure Wahrheit. Ich muß nur ausprobieren, wie weit ich gehen kann.«

Burdock lächelte. »Ich muß zugeben, die Geschichte würde einiges erklären.«

George atmete ein wenig auf. »Das haben wir uns zum Prinzip gemacht. Jede Story muß etwas erklären.«

In diesem Augenblick schlingerte der Zug. Die Bremsen kreischten, und die Landschaft kam langsam aber sicher zum Stehen. Das Trommeln des Regens auf dem Dach wuchs aus dem verebbenden Fahrgeräusch. Passagiere spähten aus den Fenstern, als könnten ihnen die Felder draußen verraten, was passiert war. Schließlich kam ein Schaffner durch den Wagen und versicherte ihnen, daß der Zug in Kürze weiterfahren würde. Burdock entschuldigte sich und ging den Mittelgang hinauf in Richtung Lokomotive.

George widerstand der Versuchung, ihm zu folgen. Er starrte aus dem Fenster. Er benahm sich wie ein Idiot. Wenn er sich nicht am Riemen riß, würde er zum Gespött der Galaxis werden.

Der Regen ließ nach, und die sinkende Sonne brach kurz durch die Wolkendecke. Das Wasser im Graben neben der Trasse gleißte wie geschmolzenes Blei. Er dachte an Lucy. Eine Viertelstunde später ruckte der Wagen an, und bald danach kam Burdock zurück. Er plumpste in den Sitz, zückte eine mächtige Zigarre, setzte sie in Brand und entfaltete eine Zeitung, die er wie einen Paravent zwischen sich und George stellte. Rauchwolken quollen über den Rand der Zeitung.

George überflog die Titelseite: ASIATISCHE KOOPERATIVE VOLLENDET RAUMSTATION – WABASH[1] ÜBERSCHWEMMT WEITE LANDSTRICHE – BABY ANNE BEKOMMT MENSCHENRECHTE ZUERKANNT – VERMISSTENMELDUNGEN HÄUFEN SICH.

Vor seinem geistigen Auge sah George, wie Lucy aufwachte und ihn vermißte. Die Szene übermannte ihn wie eine Vision. Lucy tastet übers Bett, findet aber nur die Wolldecke, die Mutter ihm während des harten Winters '72 gehäkelt hat. Ihre Wimpern zittern. Sie schlägt die Faust in sein Kopfkissen, nicht feste, aber mit Entschiedenheit. Die Sonne wandert ins Fenster; Lucy stiert auf das Usambara-Veilchen auf der Fensterbank. Dann duscht sie, rasiert ihre Beine, zieht sich an; sie verzieht keine Miene, es zerreißt ihr das Herz. Aus seinem Zimmer das leise Brabbeln der Fernsehschirme. Asiaten überschwemmen weite Landstriche. Raumstation bekommt Menschenrechte zuerkannt. Babies häufen sich.

George wurde von Scham übermannt, solch purer Scham, daß jedes einzelne seiner nachwachsenden Körperhaare erigierte – so wie es Burdocks Haare getan hatten, als das Raumschiff über den Soldaten aufgetaucht war, geladen mit einem unvorstellbaren Ausmaß an elektromagnetischer Energie. Lucy trinkt schwarzen Kaffee. Sie ruft Richard an. Sie verlangt Aufklärung und weist die Antworten zurück. Sie poliert die Spiegel, forscht in ihrem Gesicht. Am Küchentisch poliert sie ihre Schuhe. Auf der Anrichte liegt die Spirale einer Mandarinenschale, die in ihre Form zurückgekehrt ist, obwohl Lucy die Frucht herausgerissen und verschlungen hat. Nachts träumt Lucy von Autounfällen und von abstürzenden Aufzügen.

1 Nebenfluß des *Ohio* in den Bundesstaaten *Indiana* und *Illinois*

Da war nichts Klischeehaftes an dem Bild, das George sich von ihr machte, keine Spur von Selbsttäuschung, keine Spur von Illusion. Er hätte versuchen sollen, ihr alles zu erklären, aber sie hatte nicht zuhören wollen. Zu viele Barrieren, zu viele Spielregeln. Ich verschone dich mit meinen Hoffnungen, und du verschonst mich mit deinen Ängsten. Beim Erzählen glänzt du mit Adjektiven; beim Zuhören mime ich waches Interesse. Wenn wir uns nahe sind, willst du mir noch näher sein, und ich muß weglaufen. Ich kaufe Lebensmittel ein. Du bezahlst die Rechnungen. Spielregeln.

Jetzt gab es keine Spielregel mehr, die er beachten mußte.

Burdock fiel in einen beklemmenden Husten. Er beugte sich keuchend vor, räusperte sich und spuckte aus.

»Geht's wieder?« fragte George.

»Besser denn je.« Burdock steckte sich die Zigarre zwischen die Zähne und sog, bis er die Glut wieder entfacht hatte. Er faltete die Zeitung auf seinem Schoß. »Nun spucken Sie schon aus, wie uns die Aliens vergiften wollen. Wie bringen sie das Zeug in Umlauf?«

George wünschte, er hätte den Mund gehalten. »Die Aliens nehmen die Gestalt von Menschen an«, sagte er.

»Ich denke, sie sind schwarz. Sehen schwarze Männer nicht wie Menschen aus?«

»Sie müssen nicht unbedingt schwarz sein. Das war nur so eine Idee. Sie könnten auch lila oder grün sein.«

»Sind Schwarze zu dämlich, um Raumschiffe zu bauen?«

Das hatte er davon, daß er Lucy verlassen hatte. »Unsinn, Mr. Burdock. Aber die Farbe spielt keine

Rolle. Würden die Aliens nur *einen* Menschenschlag imitieren, wären sie wohl kaum so erfolgreich, wie sie es zweifellos sind. Ich schätze, wir haben es mit wahren Verwandlungskünstlern zu tun.«

»Und das heißt?«

»Sie können jede Gestalt annehmen.«

Burdock grinste verklemmt. Er paffte an der Zigarre. George stieg ein unangenehmer Geruch in die Nase. Der Anzug seines Gegenübers sah inzwischen mitgenommen aus; als hätte der Mann darin geschlafen.

»Jede Gestalt annehmen?« sagte Burdock. »Und wie stellen die Aliens das an?«

»Sie unterscheiden sich vor allem biologisch von uns. Wie der Name schon sagt – es sind *Aliens*.«

»Sie meinen, diese Leute haben keine Knochen?« sagte Burdock laut. Mehrere Passagiere sahen her.

»Da bin ich überfragt. Jedenfalls können sie aussehen, wie … – egal wie. Schließlich kommen sie aus einem fremden Sonnensystem.«

Burdock blies George eine Rauchwolke entgegen. »Und wenn es Kalifornier wären, Eberhart, die Gesetze der Thermodynamik gelten für alle. Ich bin Ingenieur. Jede Kreatur, die ihre Gestalt ändert, braucht Zeit dazu und eine Menge Energie. Solche Kreaturen müßten pausenlos fressen, saufen und schlafen. Wie soll man da die Erde erobern?«

»Und wenn sie nun einen total anderen Metabolismus haben? Vielleicht laufen sie auf Batterien.«

»Woodoo-Zellen, ganz große.«

»Hören Sie«, sagte George. »Das ist mir so herausgerutscht, ich wollte sie nicht auf den Arm nehmen.«

»Erst behandeln Sie mich wie einen dummen Nigger, und jetzt, wo ich Sie erwische, spielen Sie das Unschuldslamm. Für wie langsam halten Sie mich.«

»Glauben Sie mir, ich will Sie nicht zum Narren halten.«

»Sie tun es, ohne es zu wollen, wie liebenswürdig. Aber vielleicht leiden Sie ja an paranoider Schizophrenie.«

Burdock schlug ihn mit seinen eigenen Worten. »Tut mir furchtbar leid! Am besten, wir wechseln das Thema.«

Der Mann hörte nicht auf zu grinsen. Wie konnte man nur so riechen? Wieso mußte man die Fenster einschlagen, um sie zu öffnen? Sie kamen in eine Stadt; der Zug überquerte einen Fluß und wurde langsamer, sie fuhren durch eine Ansammlung von Lagerhäusern. Burdock nahm die Zeitung und faltete den Sportteil obenauf. »Interessieren Sie sich für Baseball?«

»Ein bißchen.«

»Neulich abend hab ich ein Spiel gesehen. Die *Sox* haben sich den Jungen gleich geangelt. Darauf können Sie Gift nehmen: der Junge macht noch von sich reden.«

Burdocks braune Augen studierten Georges Miene; der schwarze Mann schien sich zu amüsieren. Ehe George seine Sinne auf Vordermann hatte, rollte der Zug in den Bahnhof ein. »Fort Wayne«, verkündete der Lautsprecher.

Burdock sprang auf, hievte seine Reisetasche aus dem Netz und stürmte den Mittelgang hinauf. Der Zug hielt quietschend am Bahnsteig. George atmete innerlich auf, als er den Mann im Bahnhofsgebäude verschwinden sah. Er beschloß, sich die Beine zu vertreten und ein bißchen Atmosphäre einzufangen. Er nahm den Camcorder aus der Tasche, vergewisserte sich, daß eine neue CD eingelegt war, schulterte die Speichereinheit und stülpte sich den AV-Bügel über; dann stieg er aus und sah sich um. Er klappte das Visier herunter und nahm hier einen Penner und dort einen Landstreicher aufs Korn, derweil seine Gedanken immer wieder zu Burdock zurückkehrten. Aus dem umgänglichen Geschäftsmann war urplötzlich ein aggressiver Skeptiker geworden. Burdock hatte die Toilette aufgesucht; danach war der Mann wie ausgewechselt gewesen.

George hielt inne, sein Visier zeigte Betonboden. *Ausgewechselt*. Die Art, wie Burdock mit ihm umgesprungen war. Der Geruch. Das Ding hatte ihn sage und schreibe auf die Probe gestellt, und er war zu blöd gewesen, das zu merken! Er zog einen raschen Schwenk über den Bahnhof. An der Reklametafel stand ein *Interrail*-Polizist.

Ein hageres Kerlchen, höchstens zwanzig. Mit zwanghaft makelloser Uniform und der Statur eines Drahtbügels aus der Schnellreinigung. George ging auf ihn zu. »Invasion vom Mars?« rief der Jüngling.

George klappte das Visier hoch. »Amateur-Filmer. Entschuldigen Sie, aber haben Sie zufällig einen großen schwarzen Mann aussteigen sehen? Zerdrückter Anzug, Brille, Zigarre?«

»Welcher Hobbyfilmer interessiert sich für den Interrail-Bahnhof von Fort Wayne?«

George beherrschte sich. »Manchmal interessiert sich eine Nachrichtenagentur. Ich glaube, der Mann ist ein Flüchtling.«

Der Polizist verschränkte die Arme vor der Brust. »Keine Ahnung, wovon Sie sprechen, Mister.«

George gab auf. Er klappte das Visier herunter, drückte den Knopf an der Speichereinheit und steuerte zielstrebig auf die Männertoilette zu. AUFNAHME, sagte das Display oben rechts im Blickfeld. Ein alter Mann an den Urinalen starrte über die Schulter, als George eintrat. Sein Gesicht war rot wie gekochter Hummer, und sein Haar sah aus wie schmutziges Stroh. Der Alte verließ überstürzt die Toilette, als George die Kabinen kontrollierte. Zwei waren von innen zugesperrt. George spähte durch den Spalt an der Seite, wo die Türangeln saßen; ein Mann gaffte hoch. Auf Zehenspitzen kehrte George zu der besetzten Kabine am Ende der Reihe zurück. Er nahm Abstand, bückte sich und blickte unter die Tür. Zwei Füße in braunen Schuhen, jede Menge Hose um die Knöchel.

Er schlich sich in die offene Nebenkabine, stieg auf das Klobecken, indem er den einen Fuß auf die rechte und den anderen auf die linke Seite der labilen Plastikbrille setzte. George konnte immer noch nicht über die Trennwand blicken. Er setzte beide Füße auf die eine Seite der Brille, stellte sich auf die Zehenspitzen und schielte über den Rand.

Sein Blick landete auf der Halbglatze eines schwarzen Mannes mittleren Alters. Der Gestank war überwältigend. George hielt den Atem an. Wenn ihn nicht alles täuschte, befand sich der Mann in einer Art Trance. Der Kopf lag ein wenig im Nacken, und die Lider waren halb geschlossen – wie zur Konzentration. Kommunizierte er mit seinen Artgenossen – mit einem Raumschiff, das eben jetzt in einem geostationären Orbit in 22 000 Meilen Höhe über ihren Köpfen hing? Lagebericht. Einsatzbefehle. Erdling Eberhart kontaktieren. Den Schleier der Realität zerreißen, dem Erdling das süße weiße Rauschen hinter den Dingen offenbaren. Georges Waden zitterten; man hatte ihn vor knapp einem Monat aus dem Krankenhaus entlassen, und er war einer Konfrontation von interstellarer Tragweite noch nicht gewachsen. Während er um sein Gleichgewicht kämpfte und fieberhaft überlegte, wie er sich verhalten sollte, flog die Kabinentür auf.

»Was, zum Teufel, treiben Sie da?« brüllte der Polizist.

George glitt ab, knallte mit dem Kinn auf den Rand der Trennwand, biß sich fast die Zunge durch und platschte mit dem Fuß in den Hals des Klobeckens. Er starrte in die Mündung einer Dienstpistole. Nebenan war das heisere Schnurren einer Gürtelschnalle zu hören.

»Lassen Sie ihn nicht entkommen!« sprudelte George hervor. Sein Mund blutete.

»Los, raus hier!« brüllte der Polizist. »Sind Sie okay, Mister?« rief er nach nebenan.

»Kapieren Sie doch endlich! Der Mann ist kein Mensch!« George torkelte aus der Kabine. Der Polizist ging fast hintenüber bei dem Versuch, ihm auszuweichen. Die Knöchel an der Pistolenhand traten weiß hervor. »Nicht schießen!« japste George und verspritzte Blutstropfen.

Burdock kam aus der Kabine und wollte zum Ausgang. Der Mann in der anderen Kabine hatte schon das Weite gesucht; George hatte draufgehalten, als der Mann sich beim Davonstraucheln die Hosen über den Blanken gezogen hatte. ›18:47 CDT‹[1] stand unten links im Blickfeld. George ließ durchlaufen. Wenn ihn der Polizist nicht erschoß, war das ein Feature fürs Hauptmenü. George zeigte auf Burdock. »Dieser Mann ist kein Mensch. Sie müssen ihn aufhalten.«

Der Polizist sah bekümmert aus. Burdock wollte an ihm vorbei, doch der Interrail-Mann trat drei Schritte zurück. »Warten Sie!« sagte er.

»Was geht hier vor?« fragte Burdock.

›Ziemlich gute Frage‹, sagte die Miene des Polizisten.

»Wachtmeister, der Mann ist ein Schwindler«, sagte George. »Er doubelt einen richtigen Mann, den ich aus dem Zug kenne.«

---

1 *Central Daylight Time* (USA) = mittlere Sommerzeit

»Er tut *was?*«

»Hören Sie, geben Sie mir eine halbe Minute, und ich kann Ihnen alles erklären. Aber halten Sie ihn auf, sonst ist er über alle Berge.«

Burdock sah George an, als sei George der Außerirdische. »Ich habe einen Geschäftstermin in Lansing. Dieser Mann ist übergeschnappt; ich habe keine Lust zu warten, bis bei Interrail der Groschen fällt.« Er marschierte schnurstracks an dem uniformierten Bürschchen vorbei.

»Lassen Sie ihn nicht fort!« flehte George.

»Schweigen Sie«, sagte der Polizist. »Hinlegen!«

Burdock war schon fast aus der Tür. George stürzte an dem Polizisten vorbei und schlang die Arme um den Mann. Sie stürzten zu Boden. George hing wie eine Klette an Burdock. Kurz bevor der Polizist ihn mit einem Handkantenschlag ins Land der Finsternis schickte, bemerkte George, daß der Mann, mit dem er rang, überhaupt nicht mehr stank. Der Mann roch nach Kölnisch Wasser.

15

DONNERSTAG, 10. JUNI

Mehr Spaß mit Drogen

Der Zug kam um Mittag in Raleigh an. Richard wurde abgeholt; man hatte für ihn im Brownestone Inn reserviert. Erst um vier war er mit Gilray verabredet. Er sorgte dafür, daß man bei der hauseigenen Vermittlung seinen Satelliten-Relais-Code kannte, stöpselte seinen Anrufbeantworter ins Telefon und schaltete den Fernseher ein.

Er beamte sich von Kanal zu Kanal. Für zehn Dollar konnte man sich in einen Unterhaltungssender mit interaktiven Stories einklinken. Die alten Sender brachten Seifenopern, die eine spielte in einem Krankenhaus, die andere im Pentagon, die dritte in den *Gay Nineties* in New York. Er platzte in *The Lord's Tinderbox,* eine christliche Varietéshow, in der ein Schwarzer und ein Weißer über die Überschwemmungen im Norden witzelten. Richard verweilte nirgends. Zwölf Nachrichtensender einschließlich HCR. Ein Shopping-Sender, der Werbung für einen Braun-Wasser-Destillator machte. Die sieben größten Musik-Sender. Spielfilme rund um die Uhr – in einem raschen Durchgang registrierte Richard *The Searchers*[1], einen *Blondie*-Streifen und auf dem öffentlichen Sen-

---

1 1956 – epischer Western mit John Wayne, Meilenstein des Genres. Regisseur John Ford; deutscher Titel: *Der schwarze Falke.*

der eine Wiederholung der neunten Folge von *Jesus: The Miracle Years*. Als Richard sich dabei ertappte, wie er zum dritten Mal bei John Wayne landete, der den Südwesten auf der Suche nach Natalie Wood umpflügte, schaltete er ab. Er haßte sich dafür, aber er war nervös. Ein Spaziergang würde ihm gut tun.

Die Sonne schien, es war heiß; die Leute in der Talk-Show hatten recht, was den Unterschied zu New York betraf. Das Hotel lag im Studentenviertel. Die Häuser in den Nebenstraßen brauchten einen neuen Anstrich; die Verandas sackten ein und die gesprungenen Scheiben waren kreuz und quer mit Klebeband geflickt. Die Hinterhöfe bestanden aus rotem Lehm und Unkraut. Generationen verblaßter Anschläge klebten an den Telefonmasten: VERBOT FÜR DEN KLAN! wetteiferte mit TOD DEM PAPST!

Richard ging die Hauptstraße hinunter in Richtung Zentrum, vorbei am YMCA[1], einem weiteren Hotel und großen alten Gebäuden, die zu Bürohäusern umfunktioniert waren. Vor einem Gebäude mit der Aufschrift RALEIGH WOMEN'S CENTER: GREEN PARTY HEADQUARTERS stand eine Kette von Demonstranten. Männer in weißen kurzärmeligen Hemden und Frauen mit Röcken in den leuchtenden Farben, wie sie vor fünf Jahren Mode gewesen waren; sie trugen Schilder wie FEMINISM IS SATANISM und GREENS ARE REDS. Aus ihren Gesichtern sprach dumpfe Gewißheit, schlichte Erschöpfung – und spirituelle Begeisterung.

Ein Bus näherte sich. An der Haltestelle stieg Richard zu und löste ein Billett. Er mußte nur drei Dollar bezahlen. Im Zentrum stieg er aus, überquerte die Straße und spazierte durch die Parkanlagen des Regierungssitzes. Der alte georgianische Bau mit sei-

1 *Young Men's Christian Association* = dt. Christlicher Verein Junger Männer (CVJM)

nen Säulen, der Kuppel und den Portalen hätte in jedem anderen Bundesstaat stehen können; amerikanische Staatsgebäude sahen sich zum Verwechseln ähnlich. Die Parkanlagen waren voller Denkmäler: für die Gefallenen der Konföderation, die Gefallenen im Spanisch-Amerikanischen Krieg, die Gefallenen des Zweiten Weltkriegs, die Gefallenen des Vietnam-Kriegs. Zwischen zwei Kanonen stand, umgeben von einem schmiedeeisernen Gitter, eine Statue von George Washington, der sich auf seinen Spazierstock stützte. In der Rotunde des Kapitols saß eine respektablere Version von Washington: zurückgelehnt in einem Thronsessel, bekleidet mit Tunika und Lederharnisch, hielt er eine Schreibtafel in der linken Armbeuge, und darüber schwebte beinah graziös die Rechte mit dem Gänsekiel. Der Gründungsvater als römischer Kaiser. Der Süden als Heimstätte patrizischer Kultur.

In einer Fußgängerzone an der Peripherie des Geschäftsviertels stieß Richard auf ein Prediger-Team, das vor einer Schar Menschen Zeugnis ablegte. Wenn ein Prediger fertig war, ergriff der nächste das Wort; auf einem Banner über dem Ladeneingang stand BEFORE MY EYES WAS A DOOR OPENED IN HEAVEN. Richard blieb im Hintergrund stehen und lauschte den üblichen Tiraden über die Zeichen, die angeblich den Anbruch des Millenniums verkündeten. Im Innern des Ladens wurden Gläser mit eisgekühltem Tee und Wurstbrötchen verteilt. Männer und Frauen pendelten zwischen spiritueller und leiblicher Nahrung hin und her. Die Leute machten alle miteinander den Eindruck, als seien sie längst bekehrt.

»Wer von euch hat schon seit einem Jahr keine regelmäßige Arbeit mehr?« fragte der Sprecher. Ein Wald von erhobenen Händen. »Wer seit zwei Jahren?« Mindestens die Hälfte der Hände blieb oben.

»Seit drei Jahren?« Noch immer ein Drittel. Der Mann lächelte grimmig. »Wer von euch kennt jemanden, der im letzten Jahr an einer Seuche gestorben ist?« Mehr Hände, ein paar Rufe. »Wer von euch leidet jetzt an einer unheilbaren Krankheit?« Hier und da eine Hand, ganz vorne das Schluchzen einer Frau.

»Ich weiß, ich weiß«, sagte der Sprecher. »Da ist keiner von euch, der nicht das Elend der Letzten Tage zu spüren bekommt. Aber ihr braucht nur über den *Capitol Square* zum Parlament zu gehen, und – falls ihr die Polizei bestechen könnt, euch einzulassen – dann könnt ihr da die fetten Männer sehen, wie sie auf ihrem Gewissen sitzen, und wie sie guten Christen das Wasser abgraben.

Ihr braucht nur eine Meile weiter nach Hillsborough zu gehen. Da seht ihr diese jungen Leute herumhängen, von denen man nicht mehr sagen kann, ob sie weiß oder schwarz, ob sie Männlein oder Weiblein sind! Sie nehmen Drogen, die es vor zwei Jahren noch nicht gab. Verbreiten Geschlechtskrankheiten wie Ratten auf einem sinkenden Schiff. Predigen die Rote Revolution. Stinken wie ein Plumpsklosett in Tennessee; doch ihre Lehrer, die stinken noch schlimmer. Woher kommen diese Lehrer? Wie viele sind aus North Carolina? Wie viele von ihnen sind getauft? Am Tag nach der Auferstehung reiben sie sich die Augen, weil sie arbeitslos sind – dabei wissen sie gar nicht, was Arbeit ist!«

Nervöses Gelächter, ein paar Rufe.

»Und so fragt ihr euch: Wie kann Gott das alles zulassen? Ihr fragt euch: Warum läßt der Herr dem Teufel freie Hand?«

Mehr Rufe.

»Ich werde euch sagen, warum der Herr abwartet. Angenommen, ihr habt einen Furunkel im Nacken; bevor der Arzt ihn aufschneiden kann, muß er warten, bis sich alles Gift darin gesammelt hat. Der Schmerz wird euch peinigen, bis euch die Tränen fließen. Aber der Arzt darf euch nicht eher erlösen. Das Elend ist Teil des Plans, aber das Elend hat bald ein Ende. Der Zeitpunkt naht, da die Furunkel reif sind, die in Chapel Hill und Durham und hinter dem Bahnhof von Hillsborough schwären.«

Die einen riefen, die anderen nickten. Das war eine gute Parabel gewesen; Richard wußte eine gute Parabel zu schätzen, wenn er sie hörte. Am Automaten zog er sich eine Zeitung und schlug, derweil er sich auf den Rückweg machte, die Stellenanzeigen auf. Er kam sich vor wie ein Rutengänger in der Wüste. Keine EDV-Leute, keine Immobilienmakler, keine Vertreter, keine Lektoren, keine Hausverwalter, keine Buchhalter. Vor zehn Jahren noch war die Gegend ein High Tech-Eldorado gewesen; jetzt war hier Brachland.

Richard blieb im Schatten einer riesigen Eiche stehen, zückte sein Pillendöschen und schluckte ein Amphetamin und eine halbe Tablette *Rapture*[1]. Sein Kopf summte vor Hitze, und der weiße Mittelstreifen auf der Straße war unnatürlich grell. Im schwarzen Glas einer Bürofassade ertappte er sein Spiegelbild. Er stimmte sich auf die Euphorie ein. Raleigh könnte ein Spaß werden. Die Stadt degenerierte noch schneller als New York: Religion vom Feinsten, das Ende der Welt, Krankheit und Arbeitslosigkeit, technologische Versteppung. Hochqualifizierte Wohlstandsbürger ohne Arbeit, was regionale wie rassische Ressentiments aus einem zweihundert Jahre währenden Dornröschenschlaf riß. Fliegende Untertassen und nihilistische Sozialisten. Sollte er den Reverend überreden können, ihn an Bord zu nehmen, dann konnten

1 *rapture* = Verzückung, Auferstehung

sie, bevor sie miteinander fertig waren, noch ein prächtiges Feuerwerk abbrennen.

Im Hotel erwartete ihn eine Nachricht: Felton McRae, Gilrays Chauffeur, würde ihn in einer Stunde abholen. Richard hob bereits ab, als er ins Foyer hinunterfuhr. Pünktlich um 3:30 Uhr stellte sich ein Mann mit Pokergesicht und militärischem Haarschnitt ein, und Richard kletterte auf den Rücksitz eines brutal klimatisierten '94er Lincoln. Gilrays Hauptquartier lag im ehemaligen *Research Triangle Park*[1]. Daß Gilray sein Institut ausgerechnet in dieses High Tech-Mekka gesetzt hatte, sollte angeblich ein Affront gegen die Computerfirma sein, bei der er früher gearbeitet hatte. Gilray wolle damit dokumentieren, daß er das einundzwanzigste Jahrhundert mit seinen eigenen Errungenschaften zu schlagen gedenke. Richard gefiel das Spinnerte daran, wobei ihm allerdings das Pathologische nicht entging, was da unterstellt wurde. Vielleicht litt Gilray unter einem Minderwertigkeitskomplex.

McRae saß schweigsam am Steuer, in der Haltung eines Marinegardisten. Plötzlich erkannte Richard den Mann.

»Felton McRae!« rief er aus. »Der Mann, der dem Rev das Leben gerettet hat. Sie haben diesem Meuchelmörder das Genick gebrochen.«

»Ich habe ein Attentat vereitelt«, sagte McRae. Von McReas Gesicht waren im Rückspiegel nur die verspiegelten Gläser der Sonnenbrille zu sehen. Richard war schon so überkandidelt, daß er in den gespiegelten Gläsern den Rückspiegel mit seinem winzigen Konterfei zu erkennen glaubte.

»Richtig«, hörte er sich wie aus weiter Ferne sagen. »Sie sind Gilrays Leibwächter.«

---

1 Technologiepark zwischen *Raleigh* und *Durham*

»Ich schütze ihn vor Leuten Ihres Schlags.«

Sie bogen in eine Seitenstraße; der Kiefernbestand wurde dichter, und bescheidene Schilder wiesen Firmengelände aus: *Sumitomo, Mitsubishi, Glaxo Incorporated, The National Humanities Center.* Auf einem kurvenreichen Privatweg näherten sie sich einem niedrigen Gebäudekomplex inmitten gepflegter Rasenflächen. Das Institut umfaßte Büros, ein Fernsehstudio, ein Labor für Medienforschung und einen abgesetzten Wohnbereich für Gilray und ein paar seiner Mitstreiter. Sie fuhren im Halbkreis um einen römischen Brunnen herum und hielten vor dem Eingang. Den Brunnen krönte eine Christusgestalt aus weißem Marmor, die Arme ausgestreckt, als strebe sie gen Himmel. Vielleicht stieg Christus aber auch aus dem Himmel herab, um die Neue Erde zu regieren. Ein Kerlchen mit blondem Wuschelkopf deckte den Boden unter den Azaleensträuchern mit Mulch ab.

Im gläsernen Atrium wurde Richard von einer jungen Frau empfangen, die offenbar Gilrays rechte Hand war. Sie führte ihn zu Gilrays Büro. Gilray war nicht da; er ließ Richard eine halbe Stunde warten, dann platzte er herein. »Mr. Shrike.« Ohne ihm die Hand zu schütteln, nahm er hinter dem Mahagonischreibtisch Platz. »Sie haben drei Minuten.«

»Ich werde mich kurz fassen, aber es könnte sein, daß ich mehr brauche.«

»Alles Wichtige läßt sich in drei Minuten sagen.«

»Sie hören sich an wie ein Sendeleiter.«

»Sendeleiter? Daß ich nicht lache. Da wo Sie herkommen, braucht man höchstens einen Stallburschen.«

Richard hatte das untrügliche Gefühl, daß da etwas dran war. »Es gibt eine Menge Leute, die ohne HCR aufgeschmissen wären. Wir zeigen ihnen die Welt auf unsere Art – Sie tun es auf Ihre, Reverend.«

»Da liegt der Hund begraben. Die Menschen brauchen die Wahrheit, und Sie und Ihresgleichen füttern sie mit Ammenmärchen.«

»Wir senden nichts, was wir nicht recherchiert haben.«

Gilray starrte ihn bloß an. Richard spürte, wie es in dem Mann gärte – aus den Pupillen brenzelte und stank es nach Lucys züngelnder Unterwäsche. Es war ein betäubender Duft.

»Starren Sie mich nicht so an«, sagte Richard. »Sie sind nicht besser als wir. Sie wähnen sich im Besitz der Wahrheit und ...«

»Was führt Sie zu mir?«

Richard setzte den Fuß in die Tür, er mußte seine Story an den Mann bringen. »Ich bin gefeuert. Das Fiasko letzte Woche – Sie wissen schon. Jason Abramowitz schiebt mir die Schuld in die Schuhe. Ich bin ein freier Mann, Reverend. Also hab ich mir gedacht, ich mache dem Bastard eine Freude und laufe zu Ihnen über.«

»Sie glauben doch nicht im Ernst, daß Sie eine Bereicherung für mich sind. Oder gehören Sie neuerdings zu den Bekehrten?«

»Ob ich zu den Verdammten oder zu den Bekehrten zähle, das ist doch völlig belanglos.«

»Irrtum. Das ist sogar von entscheidender Bedeutung.«

»Sie können meine Seele nicht retten. Ich brauche keine Erlösung.« Richard verlor die Beherrschung. Woher mit einem Mal diese Verbitterung?

Gilray war aufgestanden, kam mit gemessenen Schritten um den Schreibtisch herum, holte aus und gab Richard eine schallende Ohrfeige. Die Ohrfeige traf Richard gänzlich unvorbereitet. Seine Wange brannte. »Lügen Sie mich nicht an«, sagte Gilray. »Ich kann riechen, wenn jemand lügt.«

Richard tastete nach seiner Wange; an seinen Fingern klebte Blut. »Ich bin hier, weil ich für Sie arbeiten will.«

Gilray schniefte. »Und Abramowitz hat sie gefeuert? Sie lügen!«

Richard leckte an seinen Fingern. Das Blut schmeckte salzig, und er stellte sich vor, wie die Zellen in seinen Magen rutschten und von den anderen mit Hallo begrüßt wurden. Der Reverend war gut drauf, der Mann übertraf alle Erwartungen. »Sie haben recht. Ich hab das mit ihm ausgeheckt. Er denkt, daß ich mich bei Ihnen einschmeichle und ihm dreckige Wäsche zuspiele. Soll er doch. Ich arbeite für Sie. Sie binden mir nichts auf die Nase, was Sie mir nicht auf die Nase binden wollen. Sie tun nur, was Sie nicht lassen können. Wir füttern ihn mit Stories, die Ihnen in die Hände spielen. In dem Moment, wo ich etwas tue, was Ihnen nicht paßt, setzen Sie mich vor die Tür.«

Gilray musterte ihn. »Sie sind ein Wirrkopf, Mr. Shrike. Wie soll ich wissen, was wirklich in Ihnen vorgeht?«

»Vielleicht bin ich ein Wirrkopf. Aber das muß Sie nicht kümmern. Ich bin hier, um Ihnen ein Angebot zu machen. Sie brauchen einen Mann mit journalistischer Erfahrung.«

»Aber keinen wie Sie, Mr. Shrike.«

»Sie haben keinen an der Hand, der das Publikum so gut einschätzen kann wie ich. Sie haben eine Botschaft, und sie kommt nicht unter die Leute.«

»Wir erreichen Millionen von Christen.«

Richard spürte diesen selbstmörderischen Kitzel, den gleichen destruktiven Zorn wie damals, nachdem sich die *Six Million Jews* zerstritten hatten. Er ließ sich von seinen Emotionen inspirieren. »Sicher. Ich habe Ihnen zugesehen; Sie sind gut. Sie haben das Zeug zum Fernsehstar. Trotz des kalten Kaffees, den Sie immer wieder aufwärmen, erreichen Sie Leute, mit denen Sie kaum rechnen dürften. Ich weiß nicht, ob Ihnen klar ist, daß Sie unter den Junkies und Schwulen von Manhattan die reinste Weltuntergangsstimmung verbreiten. Jetzt müssen Sie zum entscheidenden Schlag ausholen. Sie müssen den Leuten klarmachen, daß es um Kopf und Kragen geht, müssen ihnen deutlich machen, wer ihnen dabei im Weg steht.«

»Was tue ich denn die ganze Zeit?«

»Was alle Fernsehprediger seit dreißig Jahren tun. Ihre Methode ist von gestern, Reverend, der HCR ist von heute. Die UFOs sind ein vielversprechender Anfang. Aber nicht so zaghaft; liefern Sie den Leuten mehr als nur vage Andeutungen – malen Sie in kräftigen Farben. Geben Sie den Leuten handfeste Hoffnungen.«

Gilray setzte sich halb auf die Schreibtischkante und drehte an dem Fingerring, der Richard die Verletzung beigebracht hatte. »Aber glauben tun Sie deshalb noch lange nichts, hab ich recht?«

»Ich muß nicht auch noch daran glauben.«

»Warum sollte ich ausgerechnet einem Mann wie Ihnen vertrauen, na?«

»Sie müssen mir nicht vertrauen. An den Früchten werdet ihr sie erkennen, heißt es nicht so?«

»Mich würden Ihre Motive interessieren.«

Richard lachte. Die Wange tat weh. Er spürte, wie ein dünner Blutsfaden seinen Hals hinunter in den Hemdkragen rann. Dieser Wichser hatte ihn geohrfeigt. Allein schon deshalb verdiente er die Wahrheit. »Sie verkünden den Weltuntergang, das reicht mir vollauf.«

»Und die Neue Erde.«

»Daran glaube ich nicht«, sagte Richard. »Was zählt, ist die Apokalypse. Da will ich mitmachen.«

Gilrays Finger trommelten auf der Schreibtischplatte. »Was hat das mit mir zu tun?«

»Sie schüren das Feuer. Ich halte Sie offengestanden für verrückt. UFOs, die Wiederkunft des Herrn, das große Zähneknirschen, die ewige Glückseligkeit.«

»Was die ewige Glückseligkeit angeht, da bin ich geradezu ein Ketzer.«

»Wen kümmert es? Ist doch alles bloß ein einziger Rock'n'Roll. Die Leute wollen für Sie sterben, Reverend. Ein paar sogar töten. Dieser Felton zum Beispiel. Die ganze Bühne ist ziemlich ramponiert und voller Blutflecken.«

»Die Pharisäer hielten Christus für verrückt.«

»Charles Manson ist einer Ihrer größten Fans. Was will ich mehr? Meinetwegen können Sie sich den Fuß abschrauben und ins Ohr stecken, Hauptsache, ich bin mit von der Partie.«

Gilray konnte sich ein Lächeln nicht verkneifen. »Ein waschechter Nihilist. Wenn ich *Sie* in meine Dienste stelle, denken meine Leute, ich sei übergeschnappt.«

»Ich laß mich vor keinen Karren spannen. Für mich ist das ein Abenteuer.«

Gilray langte über den Schreibtisch, zupfte ein Papiertuch aus der Schachtel und reichte es Richard. »Hier. Sie bluten ja immer noch.«

»Danke.« Richard betupfte seine Wange. »Ich verstehe mich selbst nicht. Ich will es einfach. Ich hatte noch nie Gelegenheit, für jemanden zu arbeiten, der den Schneid hatte, mir eine runterzuhauen.«

»Sie steuern geradewegs auf die Hölle zu.«

»Packen Sie die Gelegenheit beim Schopf und bekehren Sie mich.«

»Sie halten sich selbst zum Narren, hab ich recht? Sie bekommen zu wenig Ohrfeigen.«

»Da bin ich ja bei Ihnen an der richtigen Adresse. Na, was halten Sie davon?«

Der Reverend stieß sich vom Schreibtisch ab, kehrte Richard den Rücken und starrte aus dem Fenster. Der blonde Wuschelkopf hatte sich inzwischen um das Gebäude herumgearbeitet. Schließlich drehte Gilray sich um. »Kennen Sie den, wo sich der Mann aus dem obersten Stock des Wolkenkratzers stürzt, Mr. Shrike?«

»Im Augenblick nicht.«

»Auf jeder Etage, an der er vorbeikommt, hört man ihn sagen: ›So weit, so gut.‹«

Richard grinste. »Worauf wollen Sie hinaus. Ich weiß, was uns bevorsteht.«

»So weit, so gut. Ich lasse mir Ihr Angebot durch den Kopf gehen. Ich will Sie jetzt herumführen und meinen Mitarbeitern vorstellen.«

Richard faszinierte die kalte Glut absoluten Gottvertrauens in diesen Augen. Diesem Phänomen auf den Grund zu gehen, war Grund genug, um mit dem Sterben bis ans Ende aller Tage zu warten. Während sie das Büro verließen, nahm Richard sich vor, alles zu tun, um diese Glut zu schüren.

Später, auf seinem Hotelzimmer, fragte er sich allerdings, welche seiner Empfindungen vom Nachmittag er wirklich ernst nehmen durfte. Er hatte sich nicht mehr unter Kontrolle gehabt – wie damals mit zwanzig. Er hatte nicht geahnt, daß dieser Zorn noch immer in ihm lauerte. Im Badezimmerspiegel studierte er das Kainsmal, das Gilrays Ring hinterlassen hatte. Nicht ausgeschlossen, daß eine Narbe zurückblieb.

Als er aus dem Bad kam, sah er das rote Blinken am Telefon. Der Anrufbeantworter hatte einen Fernruf über Satelliten-Code bekommen. Richard drückte auf Wiedergabe. Auf dem Schirm erschien George.

Verstört, übernächtigt, mit einem scheußlichen Toupet.

»Richard, hier spricht George. Du kannst mir gratulieren! Ich bin auf einer Polizeiwache. Der Regen hat aufgehört. Sie geben mir eine Minute. Nach dem letzten Wort kommt ein Päckchen. Der Außerirdische! Er ist schwarz! Leider hab ich den Falschen erwischt, also nur den Mann, den er gedoubelt hat. Denk dran, das Video muß bearbeitet werden.«

Den Hörer zwischen Ohr und Schulter geklemmt, prüfte Richard die Mitsubishi. Da war tatsächlich was auf der CD.

Und kein Wort, worum es sich handelte. »Muß Schluß machen, Richard«, sagte die Aufzeichnung. »Was machst du in Raleigh? Ich glaube, er ist hinter allen her, die mit High Tech zu tun haben. Ich hatte eine harte Zeit. Vielleicht haben diese Seuchen damit zu tun. Bestelle Lucy, daß es mir leid tut; ich werd das irgendwie wiedergutmachen. Ich melde mich wieder. Fühle mich großartig. Sie wollen mich jetzt füttern. Ich bin ihm auf den Fersen!«

Das Bild verflackerte. Dann folgte das digitale Gezwitscher von Georges Bericht. Stille.

Richard ließ Georges Video über den Fernseher laufen. Ein paar Penner, ein Bahnhofspolizist; rasche, verwackelte Annäherung an das Bahnhofsgebäude; Blick von oben auf einen Mann, der auf dem Scheißhaus saß; dann Chaos; der Polizist mit Kanone; ein anderer Mann, der sich beim Davonstraucheln die Hose über den Hintern zerrte; der schwarze Mann kam von hinten ins Bild und entfernte sich, die Kamera stürzte hinterher, formatfüllendes Glencheckmuster. Ende.

George hatte recht; das Video mußte überarbeitet werden.

16

DONNERSTAG, 10. JUNI

Eine computergestützte Offenbarung

Als Shrike ging, war es Abend. Reverend Jimmy-Don Gilray zog sich in sein Apartment im Wohntrakt zurück. Mrs. Walsh hatte das Abendbrot gerichtet. Er schaltete die Alarmanlage ein, unterzog das Essen einem Gifttest und aß. Danach ging er ins Schlafzimmer. Er nahm seinen Kragen ab und zog die Schuhe aus. Aus der Schublade im Nachttisch nahm er die Bibel, die er mit sechzehn in einem Abfallhaufen hinter dem Hardware-Laden gefunden hatte. Er setzte sich vor den Computer und schob die Diskette in das Laufwerk, das er eigens zu diesem Zweck installiert hatte. Er bootete den Bibelzitator, den er damals zu IBM-Zeiten programmiert hatte, bat den Herrn um seine lenkende Hand und drückte die Return-Taste.

Einen Atemzug später warf der Zufallsgenerator einen bernsteinfarbenen Vers auf den Bildschirm:

```
Jeremia 10, 23: Ich weiß, Herr, daß der
Mensch seinen Weg nicht zu bestimmen vermag,
daß keiner beim Gehen seine Schritte selbst
lenken kann.
```

Gilray las den Vers mehrere Male. Der Herr hatte ihn an Jeremia verwiesen. Gilray kannte sich aus mit Jeremia; dieser Prophet weissagte die Apokalypse, die sich eben jetzt anbahnte.

Aber warum ausgerechnet dieser Vers? »… der Mensch seinen Weg nicht zu bestimmen vermag …« Das sollte ihn daran erinnern, daß niemand den Sinn oder Zweck eines Ereignisses ermessen konnte, daß alles gottgewollt war. Und Shrike? »… daß keiner … seine Schritte selbst lenken kann.« Das war die beschwerliche, wunderbare Befreiung durch den Glauben. Man mußte sich dem Herrn ausliefern. Shrikes Besuch war kein Zufall. Es spielte keine Rolle, ob Gilray dem Mann mißtraute, oder ob Shrike sich für einen Atheisten hielt; es spielte auch keine Rolle, welche Absichten Shrike hegte. Selbst wenn Shrike nur eins im Schilde führte, nämlich ihn, Gilray, zu demütigen – Gott war es, der ihre Schritte lenkte.

Gilray schaltete den Computer ab und trat vor den mannsgroßen Spiegel in der Ankleidekammer. Er knöpfte sein Hemd auf. Er war ziemlich verwirrt aus Lexington zurückgekehrt. Dr. Vance hatte ihn mit billigen Erklärungen abgespeist, und Gilray hatte keinen Finger gerührt, um herauszufinden, was wirklich passiert war. Was ihm zu denken gab, war, daß man es offensichtlich auf den Born seiner Kraft abgesehen hatte. Seine leiblichen Attribute waren gottgegeben, und jener übernatürliche Gaukler hatte sie ins Lächerliche gezogen. War dieser Gaukler ein Werkzeug des Herrn? Er zog das Hemd aus, dann Hose und Unterhose. Er stand nackt vor dem Spiegel. Ein Mensch. Fleisch. Nach Seinem Ebenbild. Sah Gott so aus? Ob Gott einen Spiegel hatte?

Er zog den Pyjama an und schlug das Bett auf. Christen wurden von Satan attackiert, und Satan war raffiniert. Er hatte viele Masken. Er konnte ebensogut den Arzt spielen wie den aalglatten Medienexperten mit britischem Akzent.

Und dennoch, Gott lenkte ihre Schritte. Gilray würde nicht dem Zweifel erliegen. Er konnte Shrike helfen, falls der Mann den Glauben suchte, er konnte ihn verstehen, falls er Einfluß suchte. Er konnte sich Shrikes Rat anhören und beobachten, was er tat. Es blieben nur noch Monate bis zum Ende, und es gab noch viel zu tun. Die Welt mußte auf Seine Wiederkunft vorbereitet werden. Shrike konnte sich als nützlich erweisen. Egal ob der Mann sich dessen bewußt war oder nicht, Hauptsache, er tat Gottes Arbeit.

Trotzdem hätte Gilray liebend gerne die wahren Beweggründe dieses Mannes gekannt. Er mußte sich damit abfinden, den schmalen Pfad zwischen Ungewißheit und Vertrauen zu wandeln. Aber war das je anders gewesen?

Er löschte das Licht und schloß die Augen. In dieser Nacht sollte Gilray zum ersten Mal in den kommenden Monaten jener schier endlosen, faszinierenden Zerreißprobe den folgenden Traum haben: Er befand sich alleine auf dem Dach eines Gebäudes. Ringsherum brannte lichterloh die Stadt. Am Himmel über ihm die strahlenden Lichter voller religiöser Symbolik. Und durch den Rauch kam eine Frau mit grauen Augen, die ihm versprochen war, und deren Kommen das Ende aller Dinge bedeutete und den Anbruch des Nichts. Sie streckte die Hände aus, und er nahm sie in die Arme, und ihm war, als stürze er von einem erhöhten Ort in eine bodenlose Tiefe.

17

FREITAG, 11. JUNI

Wes Purcell wahrt seine Glaubwürdigkeit

Nullkomma acht!« Wes konnte Harrys Ruf kaum hören, so laut schrillte das Triebwerk, dabei war der Prüfstand durch eine schallschluckende Wand vom Labor getrennt. Auf dem Monitor war der Propeller nur mehr ein scheibenförmiger Nebel, der immer durchsichtiger wurde, je schneller sich die Blätter drehten; die Tangentialgeschwindigkeit näherte sich Mach 2. Dieses kreisrunde Gespenst machte den Eindruck, als müsse es sich weich anfühlen, wie ein gutes Kissen. Kühl und sanft unter der Wange. Aber das war Unsinn. Es würde jeden Kopf im Nu in einen Nebel aus Blut und Knochenmehl verwandeln.

»Das reicht«, sagte Wes. Harry sah ihn an, als habe er nicht ganz verstanden; Bob Eliot und Stan Curtis waren so sehr auf das Kontrollpult fixiert, daß sie erst gar nicht reagierten. Wes langte an ihnen vorbei und schaltete ab. »Genug«, sagte er. In dem Maße, wie das Winseln des Triebwerks erstarb, verschaffte sich die E-Gitarre Gehör, die aus der Stereoanlage des Labors jaulte. Ein echter Oldie: Hendrix, *Let me Stand Next to Your Fire.* Platz 1600 bei den Top-2000 des 20. Jahrhunderts. »Wir wissen, daß die Maschine funktioniert«, sagte er kurz angebunden. »Wir verschwenden nur Treibstoff.«

Ein Argument, das stach. Das PTL-Triebwerk[1] hatte sechshundert Stunden Probelauf hinter sich: Strömungs- und Schwingungsverhalten waren hervorragend, der Wirkungsgrad lag fünfzehn Prozent höher als bei den Turbo-Props von NASA/Lockheed und fünfundfünzig Prozent über den alten Pratt & Whitneys. Aber in Wahrheit konnte Wes den Anblick einfach nicht mehr ertragen; das Triebwerk hatte bereits in seinem Kopf gewirbelt, lange bevor es gebaut war, so daß die fertige Maschine nur noch der Abklatsch eines jahrelang gehegten Traums war. Er brauchte eine Pause, der Wirbel mußte ein Ende haben. Doch er mußte noch mindestens einen Tag lang rotieren.

Eliott schaltete demonstrativ den Monitor, dann den CD-Recorder und zuletzt die Stereoanlage ab. Curtis lehnte rücklings am Kontrollpult und warf sich eine antibiotische Pastille in den Mund.

Harry wandte sich an Wes. »Und was jetzt?«

»Ich finde, wir sollten alle nach Hause schicken«, sagte Wes. »Willst du Burdock kennenlernen?« fragte er Curtis. Curtis lutschte an seiner Pastille. Curtis war so wehleidig wie eine alte Jungfer, wirkte aber mit dem roten Kraushaar, dem hageren Gesicht und dem Westernhemd wie der Marlboro-Mann persönlich. Es machte ihm Spaß, Wes hinzuhalten.

Ehe Curtis sich bequemte, platzte Harry dazwischen. »Die Sache ist die, Wes, Burdock will Curtis kennenlernen.«

»Er hat alle Daten, die er braucht.«

»Er kommt nicht wegen der Daten. Er kommt wegen uns. Er kann niemanden dazu bringen, einen Haufen Geld in Daten zu investieren.«

Wes sah auf den blinden Monitor. »Also, meinetwegen. Bob, Stan – sucht euch eine Beschäftigung, bis

---

1 Propeller-Turbinen-Luftstrahltriebwerk (dt. Turbo-Prop-Triebwerk)

der Bursche hier aufkreuzt. Harry, wir müssen reden.« Er steuerte auf die Tür zu, und Harry folgte ihm nach draußen über den feuchten Beton zum Büro, das in einer Wellblechbaracke untergebracht war, die dicht am Hangar kauerte. Es hatte endlich aufgehört zu regnen. Die Luft war nicht nur heiß und dick wie Motoröl, sie roch auch danach. Das Sonnenlicht schien aus knapp hundert Metern Höhe zu kommen; es warf die unscharfen Schatten der beiden Männer auf das rissige Vorfeld. Wes hatte das Areal in der Nähe der Hauptstadt aufgekauft und die *Purcell Aviation* ins Leben gerufen. 1996, als auf den Rollbahnen nur noch Skateboards fuhren, war Flugplatzgelände billig zu haben gewesen.

Neben der Baracke schmorte ein zerbeulter schwarzer Chrysler in der Sonne. Beim Anblick des Wagens, den Harry gemietet hatte, zog Wes eine Grimasse. »Funktioniert wenigstens die Klimaanlage?«

Harry zuckte die Achseln. »Ich hatte mehr Angst, es würde durchregnen.«

Wes hatte ein flaues Gefühl im Magen. »Wir hätten was Besseres mieten sollen.«

»Nein, Wes. Versetz dich doch mal in einen, der investieren will.«

»Burdock schwitzt sich doch den Arsch ab in der Kiste.«

»Na und? Er will sehen, daß wir Kapital brauchen. Da ist der Wagen genau richtig. Glaub mir, wenn du den Reichen markierst, denkt jeder sofort, du kommst nicht mit der Lieferung nach. Nach dem Essen läßt du ihn schön bezahlen. Dann kommt er sich vor wie der Boss. Was willst du mehr?«

Wes knirschte mit den Zähnen. Kapierte Harry denn nicht, daß er, Wes, damit ein Problem hatte? Harry riß die Seitentür des Hangars auf. Drinnen blieb Wes stehen und besah sich das Flugzeug. In der stromlinienförmigen Verkleidung unter der rechten Tragfläche saß bereits ein fertig montiertes Turbo-Prop-Triebwerk; die acht gebogenen Blätter sahen aus wie schlanke Mandarinenstückchen. Die Flugzeughersteller, die auf Druckpropeller gesetzt hatten, um den Geräuschpegel zu senken, hatten allesamt bankrott gemacht. Zu hoher Kraftstoffverbrauch. Sein Flugzeug war eine Weiterentwicklung der konventionellen Technik; es war so leise, daß er damit das Rennen gewinnen konnte. Er und Harry spiegelten sich im Rumpf, die Wölbung zerrte sie in die Länge. Was dabei herauskam war ein langer, dünner schwarzer Mann und ein langer, dünner Jude.

Wesley hatte die Testlizenz der FAA[1] und eine nagelneue Zulassungsnummer. Die Bürokraten waren froh, daß sie noch gebraucht wurden. Obwohl sie nicht müde wurden zu versichern, daß sich die Luftfahrt nach wie vor einer großen Nachfrage erfreute, verhielt sich die *Armee Gottes* im Mittleren Osten so, als ob sie nichts davon wüßte.

»He, hätt ich fast vergessen«, sagte Harry. »Molly meint, daß Burdock damals in den Sechzigern in Vietnam war.«

Wes starrte auf sein Spiegelbild, ging näher heran, um es zu berühren. Die Hand des verzerrten Bildes langte nach der seinen. Er fuhr mit den Fingerspitzen über das Metall. »Im Ernst?« sagte er. »Wann soll das gewesen sein?«

»Keine Ahnung. Siebenundsechzig, achtundsechzig. Der Punkt ist, daß wir Burdock mit unserer Arbeit vertraut machen, ihm das ganze Drum und Dran zeigen, daß er sich umsieht, aber was den Mann wirklich interessiert, das sind wir beide.«

»Das weiß ich auch.«

---

1 Federal Aviation Agency

Harry schien sauer; er drehte dem Flugzeug den Rücken und sah Wes ins Gesicht. »Ich meine nur, du sollst deine Vietnam-Erfahrung nutzen. Ihr seid beide Veteranen. Bring ihn auf alte Zeiten. Das könnte den Ausschlag geben.«

»Wer will noch was von Vietnam hören?«

»Dieser Bursche, Wes. Scheint so, als sei das ein Thema für ihn.«

Wes zog die Hand zurück und rieb sie am Hosenbein. »Mit meinem Magen stimmt was nicht. Ich bleibe im Büro. Wann holst du ihn ab?«

Harry sah auf die Uhr und tat entsetzt. »Ich muß los.«

Er ging, und Wes zog sich in die Naßzelle zurück. Er nahm zwei Alka-Seltzer und warf sie in ein Glas Wasser. Derweil er das blinde Glas übers Becken hielt und zusah, wie sich die Tabletten zischend auflösten, war er in Gedanken mehr als dreißig Jahre jünger. Er war Studienanfänger am RPI, ein verschüchtertes Bürschchen aus Rochester, das noch nie länger als einen Tag von zu Hause fort gewesen war. Und die Büffelei für die erste Physik-Klausur war ihm gründlich auf den Magen geschlagen. Sein Zimmergenosse, ein jüdisches Bürschchen aus Port Washington, gab ihm ein paar Alka-Seltzer. Wes wußte nicht, daß man sie erst in Wasser auflösen mußte; er hatte sie einfach geschluckt. In der nächsten halben Stunde hatte er gedacht, er wäre gestorben.

Er war sich wie ein Idiot vorgekommen. Er hatte nach Hause gewollt. Doch seine Mutter war tagsüber Mädchen für alles im *Ramada Inn* und ging nachts noch einem zweiten Job nach, nur um sein Studium zu finanzieren. Also war er geblieben.

Wes kehrte in die Gegenwart zurück und sah in den Spiegel. Auf seiner Stirn standen lauter winzige Schweißperlen. Er nahm eine Flasche, kippte etwas

Wasser ins Becken und benetzte sein Gesicht. Sein Spiegelbild sah längst nicht so verzerrt aus wie das im Rumpf des Flugzeugs, doch während er in seine braunen rotgeränderten Augen sah, sah er wieder den verschüchterten Jungen und kam zu dem Schluß, daß die meisten Bilder nur Trugbilder waren.

Die Lüge kam so harmlos daher. Es war schon bemerkenswert, wie harmlos Ereignisse daherkamen, die die Weichen fürs Leben stellten. Sie mochten nicht mehr als eine halbe Stunde an irgendeinem Nachmittag in Anspruch nehmen – es sei denn, sie berühren einen Nerv tief in deinem Innern, der wer-weiß-wohin führt – wahrscheinlich in den Uterus oder die DNS, die sich wie eine Geheimbotschaft in deinen Zellen kringelt. Und *schwups* sitzt du in der Falle.

Wesley absolvierte die *Benjamin Franklin High School*. 1966 nahm niemand das militärische Engagement in Vietnam ernst. In Berkeley mochte das anders sein, aber nicht in Rochester. Ein paar von Wesleys Freunden warteten ihre Einberufung erst gar nicht ab und meldeten sich freiwillig. Wes bekam aufgrund der Quotenregelung einen Studienplatz für Luftfahrttechnik in Rensselaer. Gegen Ende des zweiten Collegejahres redete alles über die Tet-Offensive[1], über große Truppenverschiffungen und Johnsons Abdanken – und vor allem über King[2] und Kennedy[3]. Wesley wurde von den Demonstrationen,

1 Die Offensive der Truppen von General Vo Nguyên Giaps Ende Januar 1968 war ein Schock für die USA; es waren inzwischen mehr als eine halbe Million amerikanischer Soldaten involviert.

2 *Martin Luther King* (1929–68), amerikanischer Bürgerrechtler und Baptistenpfarrer, 1964 Friedensnobelpreis; wurde April 1968 ermordet.

3 *Robert Francis Kennedy* (1925–68), Bruder von Edward M. und John F. Kennedy, ab 1964 demokratischer Senator für New York; kritisierte heftig die Vietnampolitik Präsident Johnsons; wurde Juni 1968 ermordet.

Protestveranstaltungen und Streiks mitgerissen. Es war, als habe die weiße Welt urplötzlich entdeckt, daß sie Wesley brauchte; Schwarz trug zur Glaubwürdigkeit von Weiß bei. Wes erinnerte sich an eine Begegnung mit zwei radikalen weißen Mädchen – es mit einem Neger zu machen, galt damals noch als besonders cool. Wes hatte gespürt, daß die beiden nur Angeber waren, aber er war auch verwirrt gewesen. Er wollte, daß sie ihn gern hatten. Er wollte so angemacht werden wie jeder andere Zwanzigjährige auch. *Let me Stand Next to Your Fire.* Klar. Sie fuhren damals alle auf Hendrix und Sly und *The Temps* ab. Und auf Wes.

Wenn er an die schwarzen Brüder in seinem Alter dachte, die in Vietnam ihr Leben ließen, dann nur, weil sie ihm leid taten. Die meiste Zeit war er damit beschäftigt, Punkte zu sammeln. Als dann die Lotterie losging, zog er das große Los. Nach dem Examen erwischte er einen Job bei den *Bell Laboratories* – einen der letzten, denn nach den Mondlandungen wurde das NASA-Budget radikal zusammengestrichen, und die Ingenieure standen Schlange.

Und dann war der Krieg vorbei. Wesley hatte Gewissensbisse, als die Kriegsgefangenen heimkehrten, und viele zerrissen sich den Mund über die Misere der Veteranen. Nicht, daß er Schuldgefühle gehabt hätte, weil er nicht mitgegangen und gestorben war – schwarze Söldner, die für die Weißen Gelbe töteten – aber trotzdem, sie hatten es auf sich genommen und er nicht. Zum ersten Mal in seinem Leben war ihm eines der Opfer erspart geblieben, die schwarzen Menschen abverlangt wurden. Dabei war er schwarz. Da stimmte etwas nicht.

Er kapierte nicht, was da alles nicht stimmte, bis er sich in seinem Hinterhof die Scherbe in den Fuß trat. Gut eine Woche war er durchs Büro gehumpelt. Und als einer der neuen technischen Zeichner ihn danach fragte, sagte Wesley bloß: »Vietnam.«

Schwer zu sagen, wieso er das gesagt hatte, jedenfalls hatte er es nicht vergessen. Als 1979 seine Mutter starb, fand Wes eine neue Stelle in Lansing. Im Mittleren Westen war er ein unbeschriebenes Blatt. Wenn man ihn fragte, ob er in Vietnam gedient hatte, sagte er bloß: »Einmal hin und zurück.«

Das wirkte bescheiden. Und wen interessierte schon die Wahrheit? Doch damit hatte er die Tür geöffnet und sah das Tor dahinter. Erst aus Neugier, dann mit wachsendem Interesse begann Wes über den Krieg zu lesen. 1982 kaufte er sich einen Videorecorder und nahm Dokumentarsendungen auf. Er freundete sich mit einem Toningenieur an, der beim lokalen Ableger von ABC[1] arbeitete, und ließ sich Originalmaterial überspielen. Ein Jahr lang saß er fast täglich bis weit nach Mitternacht vor der Mattscheibe und taumelte mit brennenden Augen ins Bett, um von Feuergefechten zu träumen und von napalmverbrannten Dörfern und Soldaten, die von Minen verstümmelt waren. In Fort Benjamin Harrisson unterhielt er sich mit Veteranen. Er studierte das 196. Leicht-Infanterie-Regiment, das in den Jahren '67, '68 im sogenannten *Kampfverband Oregon* in der Provinz Quang Ngai gekämpft hatte. Wäre er direkt aus der High School gezogen worden, hätte das durchaus sein Regiment werden können.

Von seinen Recherchen bis zum Erfinden einer – nämlich seiner – Geschichte war es nur noch ein kleiner Schritt. Um Einblick in Dokumente zu bekommen, gab er sich als Mitglied des 196. Regiments aus. Nachdem er einmal angefangen hatte zu lügen, war es leichter weiterzulügen als die Wahrheit zu sagen.

1 *American Broadcasting Company*

Er mußte sich immer mehr Lügen ausdenken, um die bisherigen zu untermauern. Er mußte sie verfeinern und mit Details aufwarten, damit seine Geschichte über jeden Zweifel erhaben war.

Von einem Waffenhändler in Flint, einem ängstlichen Mann namens Huey, der im Keller eines Lagerhauses residierte und jeden Moment mit dem Ausbruch des finalen Rassenkriegs rechnete, ließ Wes sich ein M-16 besorgen. Huey hatte den Blick des Sehers, als Wes ihm das Geld übergab. Wes richtete sich auf seiner Farm bei Moddersville einen Schießstand ein. An den Wochenenden fuhr er hinaus, stieg in seinen Kampfanzug, schnallte sich Patronengurt, Munitionstasche, Feldflasche und Proviantbeutel um, stopfte Watte für die Ohren in das Döschen, das er in der linken Brusttasche trug, setzte den Helm mit dem Tarnüberzug auf und stapfte durch die Wälder am Muskegon River. Doch die Wälder von Michigan waren kein Dschungel. Also verbrachte er einen Urlaub in Guatemala. In den Bergen kämpften Rebellen, doch Wes mied diese Gegend – statt dessen verbrachte er zwei Wochen allein im Dschungel, sozusagen als Mitglied einer Infanterie-Abteilung, die sich geduckt auf die Hügel von Thanh-Phuoc vorarbeitete und wie Enten in einer Schießbude in einen L-förmigen Hinterhalt lief, so daß sie gerade noch Luftunterstützung anfordern konnte, um Charlie[1] mit Napalm zu rösten.

Seine Lektion mit dem M-16 hatte er gelernt. Jetzt streckte er seine Fühler nach einem M-60 aus. Längst wickelte er seine Nachforschungen nur noch postlagernd ab; er benutzte Decknamen wie William Dietrich, Walter Bucknell, Sam Esperanza. T. C. Walsh … Wes hatte fast so viele Namen, wie eine Infanterie-

1 *Vietcong* (Militärslang)

Abteilung Männer hatte. Bei einem Waffenhändler in Las Vegas wurde er fündig. Das Maschinengewehr hatte den Spitznamen *Pig*. Es war nicht so einfach, die vierundzwanzig Pfund schwere Kugelspritze bei voller Ausrüstung zu tragen, ohne in den Patronengurt zu treten. Zog man den Abzug durch, dann war es, als müsse man einen Preßlufthammer bändigen. Man mußte sich richtig drüberlegen, damit das *Pig* einem nicht aus den Händen sprang und die Baumwipfel entlaubte. Wenn schon, denn schon, dachte sich Wes. Er war der Mann mit dem *Pig,* der Mann, den Charlie als ersten aufs Korn nahm, weil er die eigentliche Feuerkraft der Abteilung war.

Ein faszinierendes Spiel, auch wenn es bloß Schwindel war. Aber wer wollte schon die Wahrheit wissen? Bis in die späten Achtziger hatte das Land die Wahrheit unter einer Moräne aus Lügen begraben, die schon so festgetreten war, daß man sie kaum noch von Tatsachen unterscheiden konnte: der Krieg sei eine mutige und tapfere Anstrengung gewesen; eine gefährdete Demokratie habe die USA um Beistand gegen den Kommunismus ersucht; die USA hätten den Krieg gewinnen können, wäre die Armee nicht durch eine ängstliche Regierung und einen Haufen ehrloser Aufwiegler gebremst worden. Es gab noch hundert andere Halbwahrheiten, ausgemachte Hirngespinste und ebenso unerklärliche wie nützliche Erinnerungslücken. Wesleys Lüge paßte dazu, auch wenn sie sich dagegen nur klein ausnahm, gerade mal mannsgroß. Es dauerte nicht lange, bis sie ihm so gut saß wie der Kampfanzug. Als es ihm 1989 gelang, einen Inspektor im Pentagon zu bestechen, kam ihm das eher wie die Korrektur eines Fehlers vor: der Mann fälschte ein paar Unterlagen, die Wes Purcell für den Zeitraum von Mai '67 bis März '68 als

Mitglied der Kompanie Bravo des 196. Leicht-Infanterie-Regiments auswiesen.

Inzwischen machte er Karriere. Er war ein passionierter Ingenieur. In Computersimulationen und auf Prüfständen zählte die Hautfarbe nicht. Da zählten nur Ziffern, und obwohl es Knochenarbeit war, sie unter Kontrolle zu bringen, hatte man immer eine Chance. Die Politik begann erst, wenn man den Laborkittel auszog. Und Wes lernte rasch. Die Dekade der Achtziger gehörte den Schwarzen, die sie zu nutzen wußten. Wes hatte eine gute Nase; er roch die Rassisten schon von weitem. Und er machte sich ihren Rassismus zunutze. Besonders leicht machten es ihm die, die so taten, als sei er gar nicht schwarz. Er hielt sie hin, machte eine beiläufige Bemerkung über Vietnam und sah zu, wie sie Gewissensbisse bekamen. Dann gönnte er ihnen das befreiende Gefühl, einen schwarzen Freund zu haben. Er malte sich aus, wie sich die fetten Burschen nachts in ihrem Schlafzimmer auszogen und zu ihrer stumpfsinnigen Frau sagten: »Dieser Wes Purcell, der ist okay. Der will nichts geschenkt haben. Der Junge hat Respekt.«

Wes wußte, daß er ein paar Beraterjobs nur deswegen bekam, weil er schwarz war, und dann drückte er seinen Gönnern das Geschenk jedesmal ins Gesicht, indem er tadellose Arbeit leistete, und zwar termingerecht und ohne das Budget auszuschöpfen; sollten sie an ihrer großkotzigen Herablassung ersticken. Aber sie erstickten nicht. Sie schienen nicht einmal peinlich berührt zu sein. Wenn ihn nicht alles täuschte, dann war ihr Gewissen so weiß wie Kartoffelpüree. Dann fuhr er am Wochenende auf seine Farm und hielt drauf, bis er Schmerzen in den Schultern und Blasen an den Händen hatte, und bis das Ohrenklingen alle anderen Geräusche ausblendete. Er schoß ein Loch in sein Sperrholzziel, so groß, daß er hindurchpaßte, und dann stieg er hindurch und holte aus dem Schuppen ein neues Stück Sperrholz und nagelte es auf die Vier-mal-vier-Balken und schoß ein neues Loch. Nach drei oder vier Sperrholzplatten fühlte er sich okay.

Es zeigte sich, daß er Vietnam überhaupt nicht brauchte; aber inzwischen gehörte er zu den bekanntesten Veteranen in und um Lansing. Es war die Welt, die ihn brauchte – ihn, den schwarzen Veteranen, der seinen Weg machte. Den Quotenkapitalisten. Aus Sorge, sein Schwindel könnte auffliegen, wurde er immer wortkarger, wenn die Rede auf Vietnam kam. Er war schon zu alt, um noch einmal von vorne zu beginnen. Er konnte sich jetzt keinen Fehler leisten. Doch dann kam ihm Zentralamerika zu Hilfe. Es wurde umgeblättert, ein neues Kapitel begann. Der Bursche, der am Bushof schlief, ausgezehrt von Kampfdrogen, war nicht in Da Nang abhängig geworden sondern in Choluteka.

Jetzt stand ihm dieser Burdock ins Haus, ein Mann, der wirklich und wahrhaftig in Vietnam gewesen war. Bislang war Wes noch mit jedem Besucher fertig geworden. Wes war der unangefochtene Champion, auch wenn man ihm das nicht ansah. Außerdem war das alles Schnee von gestern. Kalter Kaffee. Reichlich unwahrscheinlich, daß Burdock '67 in Quang Ngai gewesen war.

Doch Wes hatte fünfundzwanzig Jahre an seinem Kartenhaus gebaut; und er hatte es ziemlich hoch aufgestockt.

Burdock plumpste in einen der Stahlrohrsessel, die vor dem Schreibtisch standen. »Vorab eine Frage, Wes. Was versprechen Sie sich von Ihrer Arbeit? Mal angenommen, Ihre Maschine geht in die Produktion, und von heute auf morgen fliegen wir alle wieder kreuz und quer über Amerika. Was bedeutet das für Sie?«

»Geld«, sagte Wes. »Viel Geld.«

Burdock war vielleicht fünfzig, so alt wie Wes, aber ausgesprochen fettleibig, was man von Wes nicht sagen konnte. Das weiße Hemd war prall gefüllt und quoll über den Gürtel. Der Mann atmete wie ein Blasebalg und hatte einen unangenehmen Raucherhusten. Die hohe braune Stirn und die stahlgefaßte Brille glitzerten im Licht der Leuchtstoffröhren. Ein Mundwinkel stand gekräuselt, als wolle Burdock jeden Moment eine sarkastische Bemerkung machen.

Harry ging zur Minibar. Er hatte ziemlich teure Sachen eingekauft; seine Tiefstapelei bezog sich offenbar nicht auf alkoholische Getränke. Er sah über die Schulter. »Drink?«

»Scotch mit Eis«, sagte Burdock. »Geld, sagen Sie. Liegt Ihnen soviel daran?«

»Wes macht sich nichts aus Geld«, sagte Harry. Er schenkte zwei Gläser Chivas ein und gab jedem eins. Wes setzte sich hinter den Schreibtisch und rückte näher zur Klimaanlage.

»Es ist nicht nur das Geld«, räumte Wes ein. »Aber es ist ein Gradmesser für den Erfolg. Wenn mein Flieger das Rennen macht, dann weiß ich, daß ich gute Arbeit geleistet habe. Dann investieren Fremde eine Menge Geld in meine Arbeit, verstehen Sie?«

»Nicht bloß in Ihre Arbeit, Wesley«, sagte Burdock. »Es gibt ein Dutzend Firmen, die an einem solchen Triebwerk arbeiten. Wenn *Aerodyne* investiert, dann in erster Linie in Ihre Person, Wesley.«

»Vielleicht ist es das, was mir gefällt.«

»Das hört sich schon besser an.« Burdock kippte den Scotch hinunter, als handle es sich um Mineralwasser. »Könnte sein, wir müssen Sie ein paar Leuten in New York vorstellen. Dreiviertel dieses Geschäftes besteht darin, einen guten Eindruck zu machen. Sie müssen lügen wie ein Nigger, und lächeln müssen Sie.«

Harry lachte nervös. Wes lächelte gezwungen. Burdock zog ein halbes Grinsen, das wild und gleichzeitig ungeheuer amüsiert wirkte. Wes bemerkte, daß diese Grimasse keine Marotte war – sie entstellte Burdocks Gesicht. Irgendein Gesichtsnerv spielte da nicht mit.

»Wollen Sie sagen, Sie kennen das Spiel nicht, Wesley?« Bevor Wesley etwas erwidern konnte, wurde Burdock von einem furchtbaren, brodelnden Hustenanfall erschüttert. Wes hätte sich nicht gewundert, wenn der Mann abgehustet und ihm einen blutigen Schleimpfropfen auf den Teppich gespuckt hätte. Anstelle von Mitleid empfand Wes nur Ekel. Burdock rang nach Luft. »Raus mit der Sprache«, ächzte er.

»Wer kennt es nicht. Aber Bluffen ist nicht mein Fall.«

»Ich bluffe immer. Wer blufft, hat mehr vom Leben.« Er fingerte eine silberne Dose aus der Rocktasche und nahm eine lächerlich große Zigarre heraus. Er nahm Wesleys Tischfeuerzeug, setzte sie in Brand und lehnte sich zurück. Er paffte eine Rauchwolke. »In Vietnam kamen die Jungs, die auf Nummer Sicher gingen, in Säcken zurück. Stolpert man in einen Hinterhalt, gibt es nur eins.« Er nahm die Zigarre aus dem Mund und rollte sie zwischen den Fingern. »Vorwärts und angreifen.«

Wes erhob sich und ging an die Minibar. »Wie wär's mit Nachschub?«

»Gute Idee.«

Harry stand auf. »Ich rufe schon mal Alice an, damit sie Bescheid weiß.« Er verließ das Büro. Wes verbarg seine Erleichterung. Er konnte gewinnen, wenn Harry nicht dazwischenfunkte. Morgen würde er rausfahren und das *Pig* füttern. Burdock stemmte sich aus dem Stahlrohrsessel, steckte die Hand in die Hosentasche und schlenderte ans Fenster.

Als Wes sich ihm mit zwei Gläsern Chivas näherte, stand Burdock da und sah über den verödeten Flugplatz hinweg auf den alten Tower. Burdock spülte sich den Mund mit Scotch, schluckte und schmatzte. Die Klimaanlage arbeitete nicht eben geräuschlos, trotzdem konnte Wes hören, wie es in Burdocks Brust rasselte. »Wissen Sie noch, als man überall hinfliegen konnte?« sagte Burdock. »Der Himmel war voller Flugzeuge. Dann, als sei schon aller Tage Abend, hat man die gesamte JP-4-Flotte eingestampft. Das ist noch gar nicht so lange her.«

Wes nippte an seinem Scotch. »Das ist unsere Chance.«

Burdock sah ihn an. Der gekräuselte Mundwinkel zuckte. »Sind Sie ein Opportunist? Einer von diesen ganz-amerikanischen Jungs?«

»Ich gehöre zu denen, die ihren Vorteil suchen. Ist das nicht legitim?«

»Männer wie wir, Wesley, sollten, so wie die Dinge liegen, Gegner des Systems sein. Auch wenn wir ein Leben lang kämpfen, der weiße Mann bleibt Sieger. Also müssen wir zusammenhalten und lügen, was das Zeug hält. Der weiße Mann darf erst gar nicht auf die Idee kommen, daß er im Zuschauerraum sitzt.« Burdock nahm das *Purple Heart* vom Schreibtisch und strich mit dem rosa Daumenballen über das Seidenband, dann über den Holzrahmen. »Sie waren im Krieg?«

»Ich rede nicht darüber.«

»Warum das? Ich schon. Ohne Vietnam wär ich jetzt ein verdammter dummer Nigger. Was ich bin, verdanke ich diesem Krieg.«

»Ich rede nicht gern darüber.«

»Und die Medaille auf dem Schreibtisch?«

»Ist gut fürs Geschäft.«

Burdock zog eine Braue hoch. Wes wurde unsicher. Meinte Burdock das ernst? Vietnam? Der weiße Mann? Burdock war ein Schmierenkomödiant.

»Vietnam hat die Jungs ruiniert«, sagte Wes. »Vietnam hat niemandem genutzt.«

»Kommt auf den Charakter an. Was ist denn mit den Veteranen aus Nicaragua? Ein Haufen fauler Eunuchen. Die Presse heult Niagarafälle über die Burschen. Was ist mit uns? Haben wir uns so hängenlassen? Zum Teufel, sie haben ihren Krieg gewonnen, vollgepumpt mit Kampfdrogen, mit technischer Aufklärung vom Feinsten. Sie kommen zurück mit einem Heiligenschein, unbefleckt wie die Heilige Jungfrau. Was soll die Jammerei?«

»Und die Genschäden?«

»Und *Agent Orange?* Krieg ist keine Trüffeljagd.«

Wes trank aus und ging wieder zur Minibar. Die Panik, die ihn beschlichen hatte, als die Sprache auf Vietnam kam, war abgeflaut. Er schenkte sich drei Finger breit Scotch ein. Etwas rumorte in ihm, weder in seinem Magen noch in den Eingeweiden. Er hätte diesem fetten Großmaul am liebsten ins Auge gespuckt.

»Wollen Sie damit sagen, daß alles okay ist, nur weil alle Kriege eben dreckig sind?« sagte Wes. »Wenn die Leute nicht so gründlich verarscht würden, könnte ich vielleicht so denken wie Sie. Wann, zum Teufel, hat ein GI je gewußt, wofür er gekämpft hat? Vietnam zum Beispiel; sagen Sie nicht, man hätte die Jungs auch nur ein bißchen aufgeklärt, bevor man sie über den Pazifik gescheucht hat. Durch den Fleischwolf hat man sie gedreht.«

»Meine Rede, Wesley. Vom weißen Mann haben wir

nur Scheiße zu erwarten. Er soll an seinen eigenen Lügen ersticken. Er will es nicht anders.«

»Mir ist scheißegal, was die Weißen wollen.«

Burdock sah wieder amüsiert drein. »Also sind Sie zu guter Letzt ein Gegner des Systems. Bravo.«

Wes starrte ihn an.

»Ich habe schon mit dem Gedanken gespielt, die Sache mit *Aerodyne* zu vergessen. Was Sie mir im Labor gezeigt haben, war gut, aber ich war mir nicht sicher, aus welchem Holz Sie sind, Wes. Jetzt sieht die Sache schon anders aus.«

»Worauf wollen Sie hinaus?«

»Auf Ihre Glaubwürdigkeit, Wesley. Glaubwürdigkeit ist für ein Geschäft dieser Größenordnung das, was der Treibstoff für Ihr Baby ist.«

»Wollen Sie damit sagen …«

»Warum glauben Sie, hat man diesen verdammten Krieg geführt? Um Vietcongs zu töten? Um Süd-Vietnam zu retten? Falsch. Um die Glaubwürdigkeit ging es! Man wollte kein neues Hiroshima, okay. Aber man mußte Russen und Chinesen zeigen, daß mit Amerika nicht zu spaßen war. Also blieb nur eins: man mußte eine halbe Million Soldaten da reinpumpen.«

»Unsinn. Was war denn mit Kambodscha, nachdem wir fort waren? Die Roten Khmer haben eine Million Menschen ermordet. Wir hätten das verhindern müssen.«

Burdock lächelte wieder dieses halbe Lächeln, wie jemand mit der Fliegenpatsche, der nur darauf wartet, daß die Fliege an der Fliegendrahttür lange genug sitzenbleibt. »Wesley, Sie sind mein Mann. Sie haben exakt die richtige Einstellung. Sie bieten dem Feind die Stirn.«

Wes wurde wieder nervös. »Dem Feind?«

»Den Investoren, Wes. Sie werden sie schon rumkriegen. Sehen Sie, mal angenommen, Sie sitzen hinter Gittern: wie können Sie verhindern, daß man Ihnen auf der Nase rumtanzt? Ich will es Ihnen sagen. Sie treten einfach jedem in den Arsch, der es versucht. Dann weiß man, mit Ihnen ist nicht gut Kirschen essen. Sie wahren Ihre Glaubwürdigkeit.«

»Verstehe«, sagte Wes. Er lockerte die Krawatte.

»Genauso ist es, wenn man das *Pig* schleppt. Man kennt ja die Burschen, die das *Pig* bekommen und dann nicht damit umgehen können. Die denken bloß an eins. Ich bin der erste, den sie beim Arsch haben. Die benehmen sich wie lebendige Zielscheiben und sind ständig auf dem Sprung. Bei der ersten Feindberührung liegen sie mit der Fresse im Morast, während die Brüder ringsum ins Gras beißen. Denken Sie nur an Bo. Hätte der Sarge[1] ihm das *Pig* nicht abgenommen, dann säßen Sie und ich nicht hier und würden guten alten Scotch trinken. Ein Glück, daß er die Kugelspritze ausgerechnet Ihnen in die Hand gedrückt hat. Das hat damals auch der Dümmste kapiert.«

Wes starrte ihn an. Burdocks Stahlbrille glänzte. Sie glänzte so hell, daß Wes geblendet wurde.

Burdock ließ sich in einen Stahlrohrsessel plumpsen. »Na, Wesley, wissen Sie jetzt, wen Sie vor sich haben? Hab mich schon gefragt, wann bei Ihnen der Groschen fällt. Und keine Sorge, was *Aerodyne* betrifft.« Er streckte ihm die braune Hand mit dem leeren Glas hin. »Noch einen zum Abgewöhnen?«

Wes nickte. Er ging mit dem Glas so vorsichtig um, als könne es jeden Moment implodieren. »Ja, natürlich, ich erinnere mich genau. Aber wollten wir nicht übers Geschäft reden?«

»Geschäft? Ich rede von nichts anderem, Wes. Ich rede von Ohren steif halten und Rückgrat beweisen,

1 Abkürzung für Sergeant

und das ist das Geschäft. Sie sind glaubwürdig, mein Junge. Sie haben das schon damals bewiesen. Bei mir braucht man das nur einmal zu beweisen. Das ist, als ob man getauft wird. Das ist wie eine Blutwäsche. Was nicht heißt, daß man nicht trotzdem den Bach runtergehen kann. Aber der Weiße hört einem zu, wenn man was zu sagen hat. Darauf kommt es an.«

Wes schenkte Burdock ein. Er bewegte sich wie in Zeitlupe, wie ein Tiefseetaucher. Sein Verstand arbeitete fieberhaft. Burdock *konnte* sich gar nicht an ihn erinnern. Burdock wollte ihn testen. Was erwartete der Mann von ihm? Daß er aufsteckte und zugab, nie in Vietnam gewesen zu sein? Daß er auf gut Glück improvisierte?

Vielleicht verwechselte Burdock ihn auch nur mit einem anderen Burschen, der damals tatsächlich in der 196. gewesen war? Vielleicht hatte Harry irgend etwas zu ihm gesagt, und als Burdock Wes begegnet war, da hatte Wes wie ein Puzzlestück in irgendeine Erinnerungslücke gepaßt. Jesus, das alles lag dreißig Jahre zurück. Wer wußte noch, was er mit achtzehn erlebt hatte?

Oder schützte Burdock nur vor, Wes zu kennen, weil er *auch* log? Weil er auch nie in Vietnam gewesen war? Vielleicht war ein vorsichtiger Angriff die beste Verteidigung.

»Was macht die Verwundung?« fragte Wes und gab ihm das Glas. »Noch Probleme damit?«

Burdocks Fingerspitzen berührten den verzerrten Mundwinkel. Er wollte etwas sagen, verfing sich aber wieder in diesem ätzenden Husten. Er brauchte diesmal eine volle Minute, bevor er wieder Luft bekam. »Das hier?« ächzte er. Sein Gesicht war blaurot angelaufen. »Ein bißchen taub, das ist alles. Kaputte Nerven wachsen nicht nach.«

»Denken Sie noch manchmal dran?«

»Kaum. Und Sie?« Burdocks Lächeln war blanker Hohn. »Ich sage ja nicht, daß ich mich nicht erinnere. Ich seh mich noch geduckt am Ufer des *Song Tram*, wir hatten uns verdammt weit vorgewagt, und Willie Estivez führte Selbstgespräche; der Junge hatte Flußwasser getrunken und sich die Ruhr geholt.«

»Estivez war ziemlich krank«, sagte Wes bleiern.

»Krank? Er hat in die Hosen geschissen, bis nur noch Blut kam. Sie, Wesley, waren auch krank. Diese Short-Timer-Krankheit. Torschlußpanik. Wissen Sie noch, wie uns der Oberwichser eines Nachts rausgeschickt hat? Er hatte irgendwas im Busch gehört, und wir sollten rausfinden, was es war. Sie haben plötzlich drauflos gefeuert, und wir sind Hals über Kopf zurück und haben ihm weisgemacht, daß Charlie im Dunkeln besser sieht als wir. Und dann in dem Hinterhalt an diesem Abhang, als Sie mit dem *Pig* so lange draufgehalten haben, bis Sie Brandblasen an den Fingern hatten. Wissen Sie noch, in Duc Tan? Wo wir sechzehn Stunden mit der Nase im Dreck gelegen haben, ohne einen Mucks? Und als wir dann rauskonnten, da haben Sie dem Mädchen die Waffe bis zum Anschlag in die Möse gestoßen? Mein Gott, ich werd das nie vergessen.«

Wes setzte sich. Er sagte kein Wort.

»Haben Sie noch das Andenkendöschen? Ich seh noch vor mir, wie Sarge Ihnen das Ding abnehmen wollte, in Chu Lai, als er Sie mit Madame Kreisch erwischt hat. Das Ding stand offen neben dem Bett, und Sie probierten gerade irgendwas aus dem Döschen an ihr aus. Stank zum Himmel das Zeug. Wenn ich Sie wäre, könnte ich da auch nicht drüber reden.«

Wes holte tief Luft. Was er bekam, war eine Lunge voll schwefliger Gase. Irgendwann während seines Monologs hatte Burdock lautlos einen gewaltigen Furz gelassen.

»Und wie wir damals alle Brüder waren. Die Jungs kamen aus allen Ecken Amerikas, aber nach sechs Monaten da draußen war es egal, ob du schwarz oder weiß warst. Wenn du nicht draufgehen wolltest, brauchtest du die anderen, und die anderen brauchten dich. Das hat uns zusammengeschweißt. Und dann kehrst du in die Zivilisation zurück, und – *business as usual.* Tja, mein Lieber, ich würde das alles am liebsten vergessen, aber ich kann nicht. Zuviel Ironie.«

Wes gab sich einen Ruck. »Wovon reden Sie überhaupt?«

Burdock setzte die Zigarre wieder in Brand. »Hasse Ironie.« Paff. »Wie die Pest.« Paff.

»Hören Sie endlich auf damit«, sagte Wes. Er wunderte sich über die Festigkeit in seiner Stimme.

Burdock sah so unschuldig drein wie der Mond. »Aufhören? Womit?«

»Was Sie da erzählen, so was hab ich nie getan.«

»Keine Sorge, Wes. Ich kann schweigen wie ein Grab.«

»Schluß jetzt!« Wes umklammerte das Glas, die Hand zitterte, Scotch kleckerte über die Hose. »Sie wissen ganz genau, daß ich niemals in Vietnam war.«

»Nicht in Vietnam?« Burdock hob eine Braue. »Wie soll ich das verstehen? Wie kommen Sie denn an das *Purple Heart?*«

»Gekauft. Alles erstunken und erlogen, Sie Hurensohn!«

»Wenn Sie nicht drüben waren, Wesley, wieso kann ich mich dann an Sie erinnern?«

Wes sprang zornbebend auf. »Weil Sie genausowenig in Vietnam waren wie ich!«

»Hoppla, Sir. Ich kann Ihnen gerne meine Entlassungspapiere schicken. ›Langston H. Burdock‹, steht da. Deutlich und lesbar.« Burdock sog an der Zigarre und hüstelte. »Nein, wir waren beide da, Wes. Vietnam hat uns geformt.«

»Sie waren nie in Vietnam.«

»Langston H. Burdock.« Er klappte Wes die offene Hand hin. »So wahr ich hier sitze. Fassen Sie mich an.«

Wes wich zurück. »Sie sind ja verrückt.«

»Macht Sie das nicht auch verrückt, Wes? Wie man über uns Veteranen redet?«

Die Tür ging auf, und Harry kam zurück. »Tut mir leid, daß es so lange gedauert hat. Alles geregelt. Sie kommt um sieben zum *Buttonwood*. Na, wie weit seid ihr?«

Wes starrte Harry an. Er setzte behutsam das Glas ab. Langston H. Burdock stand auf und lächelte. »Wir haben über alte Zeiten geplaudert. Wußten Sie, daß Wes und ich im gleichen Regiment waren?«

»Ach was?«

»Da staunen Sie, was? Unser Wes war nicht irgendwer, nein, nein. Aber ich wette, er schweigt sich aus darüber.«

»Stimmt auffallend.«

»Bescheiden, wie er ist.« Er heftete den Blick auf Wes. »Dabei könnte ein bißchen Angeben gar nichts schaden.« Er setzte sein Glas neben das von Wes. »Gut, gehn wir also essen.«

Burdocks Hand streifte die von Wes, eine flüchtige Berührung, so flüchtig, als sei sie zufällig. Aber sie war nicht zufällig. Wes hatte das Gefühl, als habe Burdock ihn mit Kot beschmiert. Harry war schon in der Tür.

»Harry«, rief Wes ihm schaudernd nach. »Du nimmst Mr. Burdock mit. Ich muß noch mal ins Labor. Um sieben im Buttonwood.«

Harry sah ihn fragend an. Aus seinem Gesicht sprach die Sorge, Wes könnte das Geschäft irgendwie vermasselt haben. »Dann mußt du dir 'ne Taxe rufen. Komm aber nicht zu spät.«

»Ich bin pünktlich«, beschwichtigte Wes.

»Hoffentlich«, sagte Harry grimmig.

Burdock blieb stehen und blickte zurück. »Wesley, fahren Sie mit. Wir müssen noch ein paar Dinge bereden. Sie machen sich zu viele Gedanken.«

Wes stierte den Mann an und bemerkte zum ersten Mal, daß Burdock zwei Gesichter hatte. Wes fiel eine Zeichnung ein, die er irgendwo gesehen hatte: mal war ein hübsches Mädchen zu erkennen, mal eine alte Hexe. Diese Grimasse mußte nicht Sarkasmus bedeuten. Sie konnte auch der Ausdruck von Schmerz sein.

Der Eindruck verflog sofort wieder, und Burdocks Gesicht drückte nur noch sardonische Freude aus.

»Ich kann nicht mitfahren«, sagte Wes.

»Wie Sie meinen, Wes«, sagte Burdock. »Bin sowieso noch eine ganze Weile in der Gegend. Langston H. Burdock und Wesley Purcell. Wie in alten Zeiten.«

»Nein«, sagte Wes leise. Nein, ohne mich, dachte er.

Er sah zu, wie die beiden in den Chrysler kletterten, dann ging er über das Betonfeld zum Labor. Die brutale Sonne war auf dem absteigenden Ast. Das Hirn lag ihm wie ein weicher Wachsklumpen im Schädel; die Wangen glühten. So heiß mußte den schwarzen Brüdern gewesen sein, die damals in Vietnam durch den Busch gestrauchelt waren und die Tage gezählt hatten. Die Short-Timer – vor allem diejenigen, die bald wieder nach Hause durften – waren die nervösesten. Wes war die Ruhe selbst.

Im Labor schaltete er die Kontrollgeräte ein und startete den Propeller. Auf dem Bildschirm war zu sehen, wie er sich zu drehen begann, langsam erst, so daß man die einzelnen Schaufelblätter verfolgen konnte – dann, ehe man sich's versah, verschwammen sie zu einem kreisrunden Gespenst. Die Tonhöhe des Greinens steigerte sich zu einem herzzerreißenden, anhaltenden Klagelaut. Tausend Wirbel wie ein einziger. Wes erinnerte sich an die Zeit, als sein Triebwerk noch eine bloße Idee gewesen war, eine fabelhafte Idee. Wieviel Arbeit hatte es gekostet, diese Idee zu realisieren. Er hatte verhindern müssen, daß sich der Propeller zu schnell drehte, damit die Metallblätter nicht bis zur Zerreißgrenze beansprucht wurden. Er hatte das Problem gelöst. Bis jetzt hatte der Prototyp jeden Test bestanden. Wes kontrollierte ein letztes Mal die Parameter, dann öffnete er die Tür zum Prüfstand.

OKTOBER

Wann immer eine allumfassende Theorie erscheint, sie muß sich daran messen lassen, ob sie alle Phänomene erklären kann. Bis jetzt hält man viele Phänomene nicht nur für ungeklärt, sondern sogar für unerklärbar; zu ihnen zählen die Sprache, der Schlaf, der Wahnsinn, Träume, Tiere und Sex.

– RALPH WALDO EMERSON, Nature

18

SONNTAG, 10. OKTOBER

Wie sich zeigt, sind die Tage des barmherzigen Samariters noch nicht vorbei

George spürte ein Kratzen im Hals, und seine Ohren summten. Aus dem Abfall, der sich im Wagen ansammelte, fischte er die Plastikflasche mit Wasser. Ein Fingerbreit war übrig. Ohne den verwaisten Highway aus den Augen zu lassen, legte er den Kopf zurück und setzte die Flasche an. Das Wasser schmeckte nach Schwefel. Sein Hals fühlte sich noch immer kratzig an, und die Hitze war noch genauso unerträglich.

Er fuhr einen Hyundai, Baujahr '90. Die Kiste war angeblich voll klimatisiert, mit dem Unterschied, daß die Klimaanlage davon nichts wußte. Und das Profil auf den Reifen war eine Sache für Archäologen. Der Mann in Providence hatte behauptet, der Wagen habe seit 1996, dem Jahr der zweiten Rationierung, in der Garage gestanden, und zwar aufgebockt, und die Zahl 42 000 auf dem Meilenzähler entspräche den Tatsachen. George hatte es eilig gehabt. Außerhalb von Wilmington, Delaware, war der Wagen dann auch prompt liegengeblieben, und in der Nacht darauf, in D.C., hatten Dada-Punks ihn aufgebrochen und eine teure Stereoanlage installiert. Der Innenraum roch nach den zwanzig Gasoholkanistern, die George ins

Heck gepackt hatte; die windige Tankkarte von Richard wollte er so selten wie möglich benutzen. Ein heißer Wind schlug durchs Fenster. Auf dem Beifahrersitz lag der Camcorder und darauf ein aufgeschlagener, zerfledderter Autoatlas von 1992. George schätzte, daß er sich momentan vierzig oder fünfzig Meilen südlich von Richmond befand; wenn die I-85 nicht wieder unbefahrbar wurde, schaffte er es noch vor Einbruch der Dunkelheit bis North Carolina.

Als ob er es heraufbeschworen hätte, tauchte aus der flimmernden, spiegelnden Luft über dem Asphalt eine Sperre aus orangeroten Blechtonnen auf. George hielt mitten auf der rechten Fahrspur, in Höhe einer Ausfahrt dreißig Meter vor den Tonnen. Er spähte die Abzweigung hinunter. Keinerlei Anzeichen dafür, ob es sich nur um ein Überbleibsel im Keim erstickter Reparaturarbeiten handelte oder um den Schabernack von ansässigen Jugendlichen; ebensogut konnte es sich um eine Falle handeln, die Sezessionisten aufgestellt hatten. Er durfte keine Zeit verschwenden; er wollte noch diesen Monat bis Tallahassee, Florida, kommen. Ein bißchen verstört stieg George aus und ging durch die Absperrung.

Die Abfahrt rechterhand verlor sich zwischen säurekranken Kiefern. Vor ihm sproß Grünzeug aus den Rissen im Asphalt. Die Bäume warfen lange Schatten übers Pflaster. Nach der Karte zu urteilen, war es nicht mehr weit bis zum *Lake Gaston*. Vielleicht war die Brücke kaputt. Vielleicht lauerte im Wald ein Scharfschütze. Eben wollte er kehrtmachen und zum Wagen zurückgehen, als er stutzte. Weiter vorne lag etwas auf der Straße, das aus dieser Entfernung und im Wechselspiel von Licht und Schatten wie der abgerissene Ärmel einer Jacke aussah; als er näher heranging, sah er, daß es eine tote Katze war.

Sie war noch nicht lange tot. Erst ein paar Fliegen

hatten sich eingefunden. Der Schwanz sah aus, als könne er sich jeden Moment zu einem Fragezeichen krümmen, doch die Beine zeigten in vier verschiedene Richtungen und der Rumpf war plattgewalzt. Die Katze mußte von links gekommen sein. Der Kopf saß mit dem Kinn auf dem Mittelstreifen, äußerlich intakt aber flacher als normal. Augen und Mund waren geschlossen. Der Tod hatte dem Tier einen Ausdruck von Resignation verliehen. ›Seht nur, was sie aus mir gemacht haben‹, sagte das Gesicht.

Oto, Georges siamesische Katze, war vor fünfzehn Jahren ganz ähnlich ums Leben gekommen; das war vor seinem Haus in Valhalla, New York, passiert. Oto war schokoladenbraun gewesen, dunkler als diese Katze hier. Oto war ein äußerst kluges Tier. Kam George später als gewöhnlich nach Hause, hatte der Kater den Schrank geöffnet, die getriebene Blechdose mit dem Katzenfutter herausgezerrt und sich sattgefressen. Schließlich hatte George eine Kindersicherung auf die Schranktüren gesetzt. Als er den zerfetzten Kater auf der Straße fand, wollte er es nicht wahrhaben. Oto war einfach zu klug, um in ein Auto zu rennen. Wütend hatte George im Hinterhof ein Loch ausgehoben; kaum hatte er die letzte Schaufel Dreck auf den kleinen Grabhügel gekippt, war er auf die Knie gefallen und hatte geheult.

Neun Jahre später waren in den Labors die ersten Wiedererweckungen geglückt – bei Katzen.

George starrte auf das Tier. Daß so etwas noch passieren konnte. Es fuhren doch kaum noch Autos auf den Straßen. Wer hatte die Katze überfahren? Wohin war er unterwegs? Ob er wenigstens angehalten hatte? Bestimmt nicht. Jesus, das sah nach mehr als einem Auto aus! George überlegte, ob er die Katze begraben sollte. Er hatte zwar keine Schaufel, aber das Pannenwerkzeug reichte, um ein Loch zu buddeln. Nur, daß er den Kadaver dann zusammenraffen und da hineinschaffen mußte – mit den Händen. Bei dem Gedanken wurde ihm speiübel. Außerdem, was sollte das Getue um ein Tier; die Menschen starben wie die Fliegen. Die Dämmerung brach herein. George wankte zum Wagen zurück; er wurde das Gefühl nicht los, daß man ihn beobachtete. Der Motor sprang rasselnd an. George schlug die Räder ein und bog im Schrittempo auf die alte U.S. 1 ab. Egal ob die Bundesstraße intakt war oder nicht, er wollte nicht an dem Kadaver vorbei – und dennoch bedrückte ihn der Gedanke, die Katze einfach da liegen zu lassen.

Monate waren vergangen seit seinem einwöchigen Gefängnisaufenthalt in Fort Wayne – Monate, in denen er vergeblich versucht hatte, den Außerirdischen zu stellen; die anfängliche Begeisterung, mit der er die Dinge zerpflückt und zueinander in Beziehung gesetzt hatte, war merklich abgeklungen. Die ersten Stories, die er dem HCR übermittelt hatte, waren noch voller Ideen gewesen. Seine Hypothesen expandierten. Vielleicht fand die Invasion ja in ganz Amerika statt, überall und gleichzeitig. Vielleicht auch überall und nirgends, weil das Phänomen ein metaphysisches war und seine Wurzeln im Zeitgeist des Millenniums hatte. Den ganzen Sommer über hatte es UFO-Berichte gegeben, aber falls ihnen, abgesehen von Trivialitäten, etwas gemeinsam war, er hatte es nicht ausmachen können. Es war zu keiner weiteren Begegnung gekommen, und im Laufe der Zeit hielt George die ganze Geschichte, die ihm in New York noch wie eine ›geheime Offenbarung‹ vorgekommen war, für immer weniger realistisch. Die Zweifel wuchsen. Der Burdock, den er in der Bahnhofstoilette gestellt hatte, war höchstwahrscheinlich derselbe gewesen, der ihm im Zug von Anfang an gegenübergesessen hatte. Es brauchte keine bösartigen Aliens, um zu erklären, warum die Menschheit verrückt spielte.

Nicht nur sein Elan geriet in eine Sackgasse, auch seine Genesung. Der Bart war zwar nachgewachsen, wies aber lauter kahle Stellen auf; auch der wilde Flaum auf seinem Kopf war nicht geeignet, einen hartnäckigen Gegner der Wiedererweckung zu bekehren. Schlimmer noch, Ende Juli hatten 41 Staaten den Anti-Wiedererweckungsartikel ratifiziert. Damit war eine Legalisierung ein für allemal vom Tisch. Der juristische Status der bereits Wiedererweckten war noch ungeklärt; vor dem Obersten Bundesgericht, wo die Alt-Konservativen dominierten, schwebte ein Verfahren. Es sah nicht gut aus für Leute wie George. Er trug immer noch sein Toupet.

Mehr als einmal hatte er mit dem Gedanken gespielt, einfach aufzugeben und nach Hause zu fahren. Wenn er versucht hatte, Lucy anzurufen, hatte niemand abgehoben, und zuletzt hatte es geheißen *Kein Anschluß unter dieser Nummer.* Er hatte sich bei Richard erkundigt und erfuhr, daß Lucy ihre Nummer geändert hatte und nicht mit ihm sprechen wollte. Sie hatte sich Richard unter dem Siegel der Verschwiegenheit anvertraut, doch Richard war nicht der Mann, der seinem besten Freund etwas vorenthielt. Also hatte er George ins Bild gesetzt. Lucy arbeitete immer noch beim Ministerium für Resozialisierung; es ging ihr zwar gut, aber auf George war sie gar nicht gut zu sprechen. Sie brauchte Zeit, um damit fertig zu werden, daß George sich einfach abgesetzt hatte. Und George war nicht der Mann, der seine Frau dafür verantwortlich machte, daß er nicht alle Tassen im Schrank hatte; er respektierte ihren Wunsch nach Privatsphäre. So hatten sie es immer schon gehalten. Also hatte er Richards Rat befolgt und nicht wieder versucht, mit ihr zu telefonieren. Statt dessen tauschte er über Richard Noten mit ihr aus.

Ich liebe dich, Lucy.

Ich weiß, daß du mich liebst, George.

Ich muß die Sache zu Ende bringen, Lucy. Bitte warte auf mich.

Suche du deinen Außerirdischen, George. Komm ja nicht zurück, bevor du ihn ausgefragt hast.

Sie war schon eine bemerkenswerte Frau, diese Lucy. George gab Gas. Wie auch immer, die ganze Angelegenheit mußte zu einem Abschluß kommen, und zwar bald. Vielleicht stieß er da, wo er hin wollte, auf ein paar Antworten.

George schaltete das Radio der Dadaisten ein und fahndete auf dem FM-Band nach Nachrichten. Fehlanzeige. Nichts als Country und Gospel. Die US-1 war wie ausgestorben; ein einziges Mal sage und schreibe zwei Fahrzeuge in fünfzehn Minuten: ein Bus und ein staatlicher Wohncontainer, beide kamen ihm entgegen. George hatte Hunger, doch er mied die kleinen Orte wie die Pest.

Es war bereits dunkel, und eben hatte er ein Schild mit der Aufschrift *Welcome to North Carolina* passiert, als ihn eine Gestalt aufschreckte, die mitten auf der Fahrbahn stand und wie verrückt winkte. Er stieg in die Bremse. Das Lenkrad schüttelte wie ein Farbmixer, der Wagen brach aus und kippte fast auf die linke Flanke. Die Scheinwerfer beleuchteten zwei Frauen neben einem schweren Wagen. George saß da und versuchte, seinen Herzschlag zu beruhigen; er sah sich dabei zu, wie er den toten Siamkater in eine Plastiktüte bugsierte.

Er stieg aus. Die Frau, die er fast angefahren hätte, beschattete die Augen und blinzelte geblendet. Die andere lehnte rücklings an der Karosserie des alten

Buick; sie hatte die Arme vor der Brust verschränkt. Beide trugen T-Shirts und Bluejeans.

»Was gibt es denn?« fragte George.

Die Frau, die ihn angehalten hatte, sagte: »Unser Wagen streikt.«

»Haben Sie eine Zigarette?« fragte die andere.

»Leider nein, ich bin Nichtraucher,«

»Das hältst du im Kopf nicht aus«, sagte sie genervt.

»Was ist passiert?« fragte George.

Die Frau, die gewinkt hatte, sah ihn irritiert an. Sie hatte einen weißblonden Pagenkopf. Die Augenschatten machten einen Vampir aus ihr. »Der *Wagen* streikt«, wiederholte sie.

»Der Mann muß blind sein«, sagte die andere.

»Ich meine, was genau ist denn passiert? Wie hat sich der Motor angehört. Dreht der Anlasser noch?«

»Der Wagen ist einfach stehengeblieben«, sagte der Pagenkopf.

»Hat denn niemand eine Zigarette?« fragte die andere wieder. Vorne auf ihrem T-Shirt wies ein Pfeil nach links, und darunter stand ›HIS‹. In Pfeilrichtung dräuten finstre Bäume, die von Kuzu[1] erdrosselt wurden; die reinsten Spukgestalten.

George öffnete den Schlag auf der Fahrerseite und drehte den Zündschlüssel. Der Anlasser machte nicht einmal *klick*. »Hört sich nach einer leeren Batterie an. Ich habe Startkabel dabei.«

Die Blonde sah bekümmert drein.

»Das hältst du im Kopf nicht aus, Betsy«, lamentierte die andere. »Und für die Karre hab ich fünfzig Dollar hingeblättert.«

1 *kudzu* (engl.) – *kuzu* (jap.) – haarige, Hülsenfrüchte tragende Kletterpflanze aus Japan mit dreizähligen Blättern und purpurroten, duftenden Blüten.

George zeigte Verständnis. »Tut mir leid. Aber wir kriegen das schon hin.«

»Hören Sie«, sagte Betsy. »Wir brauchen den Wagen, weil wir nach Zion müssen. Charlene kriegt Schläge von ihrem Mann, wenn sie zu spät zum Meeting kommt.«

Charlene machte nicht den Eindruck, als sei sie sonderlich besorgt, und George verkniff sich den Hinweis, daß ihr Mann sie schlecht schlagen konnte, wenn sie nicht in Reichweite war.

»Ich wende mal eben.« Er wendete den Hyundai und setzte ihn mit dem Kühler vor den Buick, dann zerrte er die Kabel unter den Kanistern heraus und öffnete die Hauben. Der Motor des Buick war noch heiß; der Kühler dampfte ein bißchen. George fragte sich, wie die beiden an den Sprit kamen. Mit der Taschenlampe leuchtete er die Schläuche ab. Sie schienen intakt zu sein. Die Frauen rührten keine Hand. Er schloß die Kabel an. »Dann wollen wir mal.«

Die Frauen rührten sich nicht.

»Hat jemand 'ne Menthol?« fragte Charlene.

»Versuchen Sie zu starten«, sagte George. Er saß in seinem Wagen und trat auf das Gaspedal; der Motor brauste auf, das Scheinwerferlicht wurde heller.

Betsy starrte einen Augenblick her, dann stieg sie endlich in den Buick und drehte den Zündschlüssel. Der Anlasser orgelte, aber der Motor sprang nicht an. George ging rüber und versuchte es selbst. Vergebliche Liebesmüh. Er setzte sich wieder in den Hyundai und stellte den Motor ab. Die plötzliche Stille gehörte den Insekten.

»Das hältst du im Kopf nicht aus.« Charlene stand da, die Hand auf der Hüfte, und machte ein Gesicht, als wolle sie George kastrieren. George fragte sich, was das für ein Meeting war, zu dem sie fuhren.

Betsy kam an den offenen Wagenschlag; sie stand

im hohen Gras zwischen Hyundai und Straßengraben. Sie war nicht älter als fünfundzwanzig, beide waren nicht älter. »Könnten Sie uns nicht einfach bis Zion schleppen?«

»Mein Auto ist ziemlich klein. Der Buick ist groß.«

»Ihr Auto fährt und der Buick rollt.«

»Wie weit ist Zion?«

»Zion – Sie kennen doch Raleigh.«

»Das hältst du im Kopf nicht aus!« schimpfte Charlene und trat mit dem Turnschuh gegen die Karosserie des Buick.

»Das sind noch mehr als achtzig Meilen«, sagte George.

»Warum schleppen Sie uns nicht einfach ab?«

George ließ sich nicht kirre machen. »Ich nehme Sie mit bis zum nächsten Telefon. Von da können Sie anrufen. Sie könnten Ihrer Freundin einen Gefallen tun und diesem Rohling sagen, was passiert ist.«

»Da hat Buddy nichts mit zu tun. Buddy ist das Wort Gottes.«

George lächelte. »Er ist der schlagende Beweis, daß es Gott gibt.« Der Witz verfehlte seine Wirkung. Charlene hatte ihn mitbekommen und schnaubte.

»Sind Sie noch nicht getauft?« fragte Betsy.

»Hören Sie, ich fahre Sie jetzt zum nächsten Telefon«, sagte George. »Sie können nach Hause anrufen oder sonstwen.«

»Wir haben kein Telefon. Wir wissen nicht, wen wir anrufen sollen.«

»Hat denn niemand 'ne Mentholzigarette?«

George stieg aus und sah die Straße hinunter. Gut zweihundert Meter entfernt, halb hinter der nächsten Biegung stand eine verwaiste Tankstelle. Vielleicht bekam er da Kühlwasser für den Buick. Er zerrte einen der leeren Kanister heraus und pilgerte damit die Straße hinunter.

Es handelte sich um eine alte Überland-Tankstelle mit zwei Zapfsäulen, ein Relikt aus den Vierzigern. Er suchte im Schein der Taschenlampe nach etwas, das wie Wasser aussah. Neben der Tür schimmerte eine zerbeulte Eismaschine. Im Fenster stand noch eine verschossene Werbetafel voller Pickel aus Fliegenscheiße: PEPSI – PRIDE OF THE CAROLINAS. Daneben stand ein vergilbtes Pappschild mit schwarzen handgeschriebenen Lettern:

CLOSED UNTIL KINGDOM COME

Neben dem Gebäude fand George schließlich eine vergammelte Tonne mit Regenwasser. Er tauchte den Kanister unter, bis er dachte, daß es genug war, und schleppte das Wasser den Weg zurück, den er gekommen war. Der Kanister schlug bei jedem Schritt gegen das Bein, der Arm tat weh. George trug schwerer an dem Wasser, als es tatsächlich war; er hatte abgebaut in letzter Zeit. Die Frauen lehnten an ihrem Buick. Charlene sah unglücklich drein. Ob sie eine Trinkerin war? Er dachte mit Wehmut an den Liter Scotch in der Reisetasche. Er schüttete das Wasser in den Kühler und bespritzte sich dabei. »Wir müssen weiter«, sagte Betsy immer wieder.

»Probieren Sie mal«, sagte George.

»Warum schieben Sie uns nicht einfach an?« sagte Betsy. »Mit dem Wagen, meine ich.«

Charlene schnaubte wieder. »Er fährt einen Japaner, Betsy. Und ein Japse macht sich doch nicht die Stoßstange an einem Ami-Auto schmutzig.«

George setzte sich in den Buick und drehte den Zündschlüssel. Der Anlasser orgelte, sonst tat sich nichts. Er versuchte es noch ein paarmal, dann hörte er auf. Er wollte sich nicht die eigene Batterie leerstarten. Er saß erschöpft am Steuer, sein Atem ging rasch und flach. Er lauschte auf seine Lunge und wartete, bis sie sich wieder beruhigt hatte, dann erst hörte er das Atmen hinter sich, spürte den warmen Atem im Nacken. In panischer Angst stürzte er aus dem Buick und wollte schreien.

Auf dem Rücksitz saß ein Hund. Hübsch gestriegelt und teuer – ein Chow-Chow. Er saß glücklich da, geduldig und mit hellen Augen. Er mußte mehr gekostet haben als der ganze Buick.

»Gibt es dafür keine Haftcreme?« fragte Betsy.

»Wie bitte?« fragte George verstört.

»Er versteht *kein* Englisch, Betsy«, sagte Charlene mit übertriebener Betonung. »Nix sprecken Amerikanisch. Er ist zu beschäftigt, um sich um seine Haare zu kümmern.«

Betsy starrte auf Georges Toupet. »Sie sind nicht zufällig ein Zombie, Mister?« sagte sie. Charlene kicherte.

»Glauben Sie, dann hätte ich angehalten?« George überlegte, ob er sich nicht verdünnisieren sollte, bevor sie das Thema vertieften.

»Himmel, ist das dunkel hier«, sagte Betsy. »In der Gegend hat man letzten Monat eine Fliegende Untertasse gesichtet. Hoffentlich kommen die nicht zurück. Glauben Sie, daß uns das Ende bevorsteht?«

George schüttelte den Kopf; es war, als ob sein Hirn darin herumschwappte. Er brauchte einen Drink. »Ich kann nicht länger warten. Wie wär's, wenn ich Sie beide mitnehme – bis zum nächsten Ort?«

»Schieben Sie uns an.«

»Das ist sinnlos. Ich kann Sie weder schieben noch schleppen. Ich bin froh, daß mein Auto überhaupt fährt.«

»Ich halt das im Kopf nicht aus. Die Kiste rührt sich nicht, und ich habe fünfzig Dollar hingeblättert ...«

»Also, steigen Sie jetzt ein oder nicht?«

Charlene baute sich vor ihm auf. »Hören Sie,

Mister. Ich will ja nicht grob werden, aber warum verpissen Sie sich nicht endlich.«

George taumelte zurück. Er schnappte den Kanister, schmiß Startkabel und Taschenlampe in den Hyundai. Seine Hand zitterte, als er den Zündschlüssel drehte; der Anlasser orgelte, und einen schrecklichen Augenblick lang befürchtete George das Schlimmste. Dann zündete der Motor und erwachte rasselnd zum Leben. George legte den Rückwärtsgang ein und setzte auf die Straße zurück, er verlor die Frauen, den Chow-Chow und den Buick aus dem Scheinwerferlicht; Charlene lehnte wieder am Kotflügel des Buick, und Betsy stand wieder auf der Straße, um den nächsten Wagen anzuhalten. Lichter flackerten in Georges Rückspiegel, ein Pick-up bremste. George legte den ersten Gang ein und gab Gas. Im Spiegel war zu sehen, wie Betsy den Kopf ins Fenster des Pick-up steckte.

19

MONTAG, 11. OKTOBER

Ein verwegener Charakter

Bei Menschen weiß man nie, wann sie lügen. Die Empfangschefin im *Federal Arms Hotel* zum Beispiel. Zwanzig Minuten nach Ankunft von Frances Delano Roosevelt Amassa wählte sie Delanos Nummer und eröffnete ihr, sie müsse in ein anderes Zimmer umziehen, weil die Wasseraufbereitungsanlage auf ihrer Etage verseucht sei. Verseuchtes Wasser auf *einer* Etage? Richtig. Die Empfangschefin versuchte Delano dazu zu bewegen, von Zimmer 777 nach Zimmer 666 umzuziehen. Delano war nicht damit einverstanden; sie verlangte Zimmer 101. Sollten die sich ruhig den Kopf zerbrechen, warum sie ausgerechnet diese Nummer wollte.

Delano wußte, daß die Empfangschefin eine vietnamesische Agentin war; das rote Haar und die Sommersprossen konnten nicht über die Augen hinwegtäuschen. Der HCR hatte über das Kaukasische Virus berichtet, den die Südostasiaten benutzten, um ihre Rassenmerkmale zu modifizieren, um unerkannt jeden Bereich des amerikanischen Lebens zu unterwandern. Nur die vietnamesischen Augen ließen sich nicht verhehlen. Vietnamesische Augen waren fanatisch. Verschlagen. Schlimmer noch als chinesische Augen. Vietnamesische Augen waren Erbgut, das sich im Laufe von zwei Jahrtausenden unauslöschlich in die Gene eingegraben hatte – Jahrtausenden wechselnder Machtverhältnisse in Südostasien unter der erdrückenden Machtfülle des gelben Kolosses im Norden. Jeder Weiße, der den Vietnamesischen Charakter verkannte, war dazu verdammt, ihm zum Opfer zu fallen – obwohl, wer ihn kannte, keine ruhige Nacht mehr hatte.

Damit mußte man leben. In Zimmer 101 machte Delano sich wieder an die Arbeit. Sie stöpselte ihr Laptop ans Telefon und rief die Kongreßbibliothek auf. Einmal im Katalog, stahl sie sich mit einem orthogonalen Skalpell ins Energieministerium.

Eberhart fuhr ein Auto. Es gab nur zwei Möglichkeiten, um legal an Sprit zu kommen: entweder war man reich oder einflußreich. Die Reichen waren einflußreich, und die meisten Einflußreichen waren reich. Eberhart war nicht reich, hatte aber einen einflußreichen Brötchengeber – den HCR. Richard Shrike hatte zwar mit keinem Wort angedeutet, daß Eberhart durch den HCR an Gasohol kam, doch Delano wußte, was sie von Shrike zu halten hatte. Also hatte sie vorsorglich Shrikes Finanzen unter die Lupe genommen.

Das Computernetz des Energieministeriums war zehn Jahre alt und hatte keine Chance gegen Delano; binnen vierzig Minuten hatte sie sich an allen Sperren vorbei in die Zuteilungsdatei gemogelt. Sie paarte die Städte New Englands, von denen sie annahm, daß Eberhart sie in den letzten zwei Monaten tangiert hatte, mit Shrikes Kreditnummern. Bingo. Bei einem von Shrikes Konten tauchte eine Gasohol-Zuteilungsnummer auf, unter der es eine ganze Serie von Zugriffen auf die US-Strategische Gasohol-Reserve gab: am 28. Juni durch Gerald Konstantis, in Providence, Rhode Island; am 19. Juli durch John A. Kunen, in Quincy, Massachusetts; am 1. September durch Leo Ennis, in East Brunswick, New Jersey; und am 6. Oktober durch Susan Lawrence, in Wilmington, Delaware. Natürlich hatten diese Leute nicht alle dieselbe Zuteilungskarte. Und trotzdem ergaben die Städte eine Route, die durchaus Sinn machte. Shrike mußte Eberhart eine von diesen Schmarotzer-Karten gegeben haben, die mit einer randomisierten Magpie-Routine von fremden Gasohol-Zuteilungen schnorrte. Solchen Karten war nur schwer auf die Schliche zu kommen; nicht der Zugriff auf die Gasohol-Reserve war illegal, sondern der Zugriff auf die Zuteilungen.

Und diese Karte hatte Shrike ihr unterschlagen.

Delano schaltete den Laptop aus und streckte sich. Shrike war ein Schlitzohr, aber er unterschätzte sie gründlich. Es war zwei Uhr, und sie hatte noch nicht zu Mittag gegessen. Das Federal Arms brüstete sich damit, eines der letzten Hotels zu sein, das noch klimatisiert war, doch die Anlage war wegen der Strom-Rationierung auf 30° C bei Normal fixiert, was bei der gegenwärtigen Hitzewelle auf 32° C und mehr hinauslief. Sie spielte mit dem Schließfachschlüssel und ließ ihn wie eine Münze über die Finger turnen. Es brauchte noch zwei Stunden, bis sie die Tasche im Union-Bahnhof holen konnte. Sie ging ins Bad, wusch sich Gesicht und Schultern mit aufbereitetem Wasser, zog die weiße Jacke übers T-Shirt und verließ das Zimmer. Obwohl sie kein Vertrauen in die Sicherheitsvorkehrungen des Hotels hatte, steckte sie ihre Karte in den Schlitz und setzte die Tür auf ›*Vorsicht – Lebensgefahr*‹. Wer in ihr Zimmer wollte, brauchte dem Zimmermädchen nur zehn Dollar zuzustecken. Delano wußte aus eigener Erfahrung, mit was für einem Hungerlohn die Mädchen abgespeist wurden.

Sie spazierte die *Pennsylvania* hinunter, Richtung Weißes Haus. An einem Stand am *Washington Circle* kaufte sie sich einen Becher Limo und eine kleine Portion fritierten Tofu. Als sie zuletzt in D.C. gewesen war, hatte die Polizei noch den Ehrgeiz gehabt, die Obdachlosen aus den Geschäftsvierteln fernzuhalten. Jetzt hatte *Washington Circle* Krüppel zu bieten, AMPS-Kranke, einen Schizophrenen, der sich mit einem Unsichtbaren unterhielt, und einen Mann, der auf dem Gehsteig kauerte und Mundharmonika spielte; in seiner Kappe lagen ein paar Münzen und auf seinem Pappschild stand: ›I'm from California. Help Me.‹ Die geschniegelten und frisierten grauen Mäuse, die auf dem Weg ins Büro oder nach Hause waren, trugen modische OP-Masken. Sie hatten zwar Geld, aber nicht genug, um der mikrobenverseuchten Stadt ein für allemal den Rücken zu kehren. Delano bog von der Pennsylvania nach rechts in die 17th ab; auf dem Gehsteig vor dem *Executive Office* stand ein Panzer, ringsherum lungerten Nationalgardisten; sie rauchten und begafften die Frauen. Delano war offensichtlich nicht ihr Fall. Sie roch schon von weitem die Zeltstadt an der *Ellipse.* Die Zelte schimmelten, und die Chemietoiletten waren überfordert. Vereinzelte Kochgerüche konnten nicht darüber hinwegtäuschen, daß das Gros der Demonstranten ausgehungert war.

Delano überquerte die 17th und schlängelte sich zwischen den Zelten hindurch. Die Demonstranten kampierten auf der Südseite der *E Street;* das Dornan-Gesetz erlaubte den Gardisten, auf jeden zu schießen, der Anstalten machte, die Straße zu überqueren; eins hatten die Leute mit den Soldaten gemeinsam: sie schenkten Delano keine Beachtung. Abseits, unter den ausladenden Bäumen, saßen magere Männer und Frauen. In der *Ellipse* wuchs schon lange kein Gras mehr, der harte Erdboden verwandelte sich bei jedem Regen in Morast. Im Zentrum, auf einem gesäuberten Streifen von vielleicht hundert Metern Länge, hatte eine Splittergruppe von Anhängern des Reverend Jimmy-Don Gilray ein Kreuz aus Steinen ausgelegt:

die Landemarkierung für die Vorhut der Verheißung, mit deren Ankunft die Endzeitschwangeren tagtäglich rechneten.

An einem Ende der Piste stand ein hölzernes Podest. Auf dem Rand saßen eine Frau und zwei Männer, die sich von der Mittagsmesse erholten; sie lauschten einem Radio. Nach der Geräuschkulisse zu urteilen, schien es sich um die Übertragung einer religiösen Veranstaltung zu handeln, doch als Delano näher kam, stellte sich heraus, daß die drei einem Baseball-Spiel lauschten.

»Was wird denn so bejubelt?«

»Der reinste Sarkasmus«, sagte die Frau. Sie trug ein verblaßtes gelbes Hemd und Jeans mit durchgescheuerten Knien. Sie schwitzte aus allen Poren.

Der Mann mit dem blutverkrusteten T-Shirt, das noch feucht war von der jüngsten Geißelung, sagte: »Die *Senators* lagen eben noch vorne, mit zwei Punkten. Dieser Ellison hat ins Außenfeld geschlagen – für die *Sox*.«

Delano schwang sich auf das Podest und ging nach hinten, wo kräftige Dachlatten das Schild hochhielten: ›The Fact that He has not Destroyed us is Proof of His Love.‹ Sie packte eine Latte und tat einen Klimmzug; ihr Blick flog über die Zelte, die *E Street*, die Panzer und die Truppen hinweg zum Weißen Haus. Die Reparaturarbeiten am Ostflügel, auf den sich dieser Harakiri-Flieger gestürzt hatte, waren fast beendet. Ob der Präsident, wenn er aus dem Fenster des Blauen Zimmers an seinem Hubschrauberlandeplatz vorbeisah – ob er sie sehen konnte? *Hier bin ich, Mr. President,* rief sie lautlos. *Ich stehe zu Ihrer Verfügung.*

Delano hatte sich dem Präsidenten immer verbunden gefühlt. Nicht einem bestimmten – allen. Nicht selten ließ der Präsident ihr eine Nachricht zukommen. Nicht per Post oder durch einen Boten – nein, geheim. Er konnte nicht anders. So wie die Dinge lagen, war es ein Wunder, daß das Land überhaupt noch zusammenhielt. Manchmal steckte die Nachricht in einer einzelnen Zeile – meist in den Tagesmeldungen des HCR – und manchmal, besonders wenn die CIA nichts davon wissen durfte, ging es besonders raffiniert zu. Dann konnte es sein, daß man über Nacht die Lage ihrer Zahnbürste veränderte, gerade so, daß der Stiel auf den Flecken in der Tapete wies. Wenn sich dann noch ein streunender Hund, der in den Abfällen einer Seitengasse stöberte, nach ihr umsah, dann brauchte sie nur noch die Augen offenzuhalten und fand Mitteilungen wie: ›Verzehren Sie keine Milchprodukte.‹ ›Alte Menschen sind gefährlich.‹ ›Der nächste, der Sie anwirbt, ist unser Agent.‹

Kein Zeichen aus dem Weißen Haus. Damit war auch nicht zu rechnen gewesen.

»Schwester, brauchst du Beistand?«

Delano tastete nach der 38er, die hinten unter der Jacke steckte. Sie sah auf die drei hinunter, die auf dem Podest saßen. Die drei sahen zu ihr hoch. Der andere Mann war nur noch Haut und Knochen. Er fieberte. Seine Haut pellte sich, und die neue darunter war entschieden dunkler. Er wurde schwarz. Kein Wunder, wenn er sich mit betenden Flagellanten abgab. Er hätte ein Kondom benutzen sollen.

Delano sprang ab und klopfte sich die Hände sauber. »Wie spät ist es?« fragte sie.

Der Knochenmann sah sie stumpfsinnig an.

»Halb vier«, sagte die Frau. Sie hatte auch AMPS.

»Danke«, sagte Delano. Sie wollte hier nicht Wurzeln schlagen. Sie schwang sich hinten vom Podest und peilte das *Washington Monument* an.

Eberhart schien sich auf den Mittleren Westen und Nordosten zu beschränken. Seit Juni war sie hinter ihm her, und jetzt war Oktober. Ihr Kontaktmann war nach wie vor Richard Shrike, aber der eigentliche Auftraggeber mußte Jason Abramowitz sein. Kaum war sie aus den Startlöchern gewesen, da hatte Shrike schon nach Raleigh gewechselt, um für Reverend Jimmy-Don Gilray zu arbeiten. Der eklatante Kontrast zwischen dem HCR und einem Gottesmann hatte ihr gleich zu denken gegeben, zumal der HCR laufend Stories von Eberhart sendete, derweil sie, Delano, dem Mann hinterherjagte. Diese Stories gingen alle durch Shrikes Hände, doch angeblich hatte Eberhart den Absender jedesmal so gescrambelt, daß man ihm nicht beikommen konnte. Eine innere Stimme sagte ihr, daß Shrike die Stories selbst produzierte. Und außerdem: wieso interessierte sich niemand für das Verschwinden von Eberharts Frau? Lucy Di Paulo war wie vom Erdboden verschluckt.

Shrike hatte aus dem Gedächtnis eine Karte skizziert. Das Original wollte er im Apartment von Eberhart/Di Paulo gesehen haben, und zwar an jenem Junisonntag kurz vor dem mysteriösen Wohnungsbrand, bei dem Eberharts Unterlagen samt und sonders verbrannt waren. Mit dieser vagen Skizze hatte er Delano losgeschickt und sich bis auf den Tag darüber ausgeschwiegen, warum ihm so an Eberhart gelegen war. Die Tatsache, daß Eberhart die Gasohol-Karte von Shrike benutzte, war nur der jüngste Beleg dafür, daß Shrike sie für dumm verkaufte. Der Präsident hatte recht: da wurde ein Komplott geschmiedet. Entweder hatte Eberhart seine Frau umgebracht, und Shrike wollte Eberhart decken, oder Shrike hatte Eberhart und Di Paulo umgebracht, und die ganze Aktion war ein clever eingefädeltes Ablenkungsmanöver. Oder Eberhart und Di Paulo waren gemeinsam auf der Flucht. Und was war mit der ›Herzattacke‹, die der Mann wenige Wochen vor seinem Verschwinden erlitten hatte? Und was mit dem Terror-Anschlag auf *Mount Rushmore*[1] am Tag seines Verschwindens? Wieso hatten die *White Sox* seither eine solche Glückssträhne? Vom sechsten auf den ersten Platz! Und kaum hatte Shrike nach Süden gewechselt, da hatte Gilray Zion gegründet!

Sollte Eberhart wirklich seine Frau umgebracht haben, mußte Delano auf der Hut sein. Falls man aber Eberhart umgebracht hatte, mußte sie erst recht auf der Hut sein.

Und wenn der eigentliche Drahtzieher der Präsident war? Vielleicht hatte er das alles nur inszeniert, um Delano Amassa auf sich aufmerksam zu machen. Der Präsident war ein einsamer Mann. Seine friedliebenden Schultern trugen schwer an der Verantwortung. Zu einer Zeit, da das Land von Konflikten zerrissen wurde, hätte er eine Frau an seiner Seite gebraucht. Eine tüchtige, realistische Frau; eine beherzte Frau, die alles daransetzte, den Fortbestand der Republik zu sichern. Eine Frau, die auf ihr Gewissen hörte und nicht auf das Geschwätz ihrer Berater. Man wußte, daß Delano aus diesem Holz geschnitzt war, und setzte alles daran, die Kräfte, die in ihr schlummerten, nur ja nicht zu wecken.

Wie gerne hätte sie ihm den Rücken gestärkt!

Was nicht hieß, daß sie sich der Verantwortung entzog. Was auch passierte, sie würde nicht vom Pfad der Tugend abweichen. Wenn die apokalyptischen Reiter kamen, um Amerika auf tausend Jahre zu läutern, dann konnten sie zumindest auf *einen* Patrioten reinen Herzens zählen, der sie im Kampf gegen das Böse unterstützte.

---

1 Das *Mount Rushmore National Memorial* in den *Black Hills* im US-Bundesstaat *South Dakota* ist ein Berg, in dessen Flanke der amerikanische Bildhauer *John Gutzon Borglum de la Mothe* in den Jahren 1927 bis 1941 die Gesichter der Präsidenten *Washington, Lincoln, Jefferson* und *Roosevelt* gemeißelt hat.

Die *Mall* war ruhig. Zu den Scharen vom NRC-Katastrophenschutz, die vergeblich auf Wiedergutmachung hofften, hatten sich Scharen anderer Demonstranten gesellt. Unter die Unzufriedenen mischten sich Tramps, Landstreicher und jene Herumtreiber, die sich gerne als ›Touristen‹ bezeichneten. Menschen, die keinen Plan hatten, die sich weder für Politik noch für Religion interessierten, die nicht einmal genau wußten, warum sie überhaupt hier waren. Gaffer. Arbeitslose, die ihre Zeit totschlugen. Sie wollten ihren ungeborenen Enkeln erzählen, wie es am Vorabend des neuen Millenniums in Amerikas Hauptstadt zugegangen war. Sie hatten gehört, daß es auf dem Schwarzmarkt in D.C. noch ein paar Breitband-Antibiotika gab. Sie wollten ein paar Aufnahmen von Susie und Tommy am *Lincoln Memorial* machen und Aufnahmen von den Spinnern mit den bemalten Körpern, die am *Vietnam Memorial* hausten. Sie wollten hören, was die Flagellanten auf jenem Podest in der *Ellipse* lauthals aus dem Brief skandierten, den sie angeblich von Gott bekommen hatten.

Jeder einzelne hatte zweifellos einen Grund, warum er tat, was er tat, gerade so wie jeder Lemming seinen Grund hatte, warum er tat, was die anderen taten, wenn sie in den Tod rannten. Hätte es bei den Lemmingen so etwas wie TV-Aufnahmeteams gegeben, dann hätten sie eines hergeschickt, um die Lemminge zu interviewen. Mr. Arthur Lemming würde eine Viertelmeile vor der Brandung innehalten; die salzige Brise würde ihm die Schnurrhaare krümmen, während er die Unabwendbarkeit seines nassen Todes witterte und dem Lemming-Reporter von seiner Familie erzählte, von seinem Leben, vom Lemming-Baseball, vom Lemming-Sex und von der Lemming-Politik. Und dann würde Arthur Lemming unbeirrt seinen Weg fortsetzen.

Auf der *Constitution Avenue* wandte Delano sich nach links. Ein öffentliches Gebäude reihte sich ans andere, dazwischen die Ruinen des IRS-Gebäudes[1], dann nach der Kreuzung *Constitution-Pennsylvania* freier Blick auf die Lemming-Zentrale. Es gab kein Bauwerk, das in einem krasseren Widerspruch zur technischen Realität des einundzwanzigsten Jahrhunderts stand als das *Capitol*. Kein Zugeständnis an den menschlichen Erfindergeist, nichts Innovatives. Sie bog nach links in die *Louisiana Avenue* ab. Direkt hinter dem *Columbus Circle* lag der Union-Bahnhof. In der düsteren, weitläufigen Halle herrschte ein geschäftiges Treiben, Bittsteller trafen ein, Politiker fuhren ab, letztere abgeschirmt von Leibwächtern; wo man auch hinsah, Soldaten. Delanos Blick flog zur Uhr über den Fahrkartenschaltern. 16:25 Uhr. Sie ging an den erstbesten Schalter und buchte ein Abteil im letzten *Sunliner* nach Tallahassee. Dann setzte sie sich und beobachtete Schließfach 325 für den Fall, daß die Lieferung noch nicht erfolgt war. Nichts geschah. Um fünf Uhr stand sie auf und ging hinüber zu den Schließfächern. Sie nahm die Kameratasche an sich, die sie nach ihrer Ankunft heute früh hier eingesperrt hatte. Kein Winkel des Bahnhofs, der nicht von den Überwachungskameras eingesehen wurde; sie widerstand der Versuchung, einen Blick in die Tasche zu werfen, hebelte den Riemen über die Schulter und nahm die Metro nach *Foggy Bottom*.

Sie stieg aus und wandte sich zur *Pennsylvania*.

Washington Circle änderte sich gegen Abend. Der Imbißstand war fort. Die Dealer kamen aus ihren Löchern und boten Drogen und Medikamente feil. Die kranken Bettler hatten sich verzogen. Der Schizophrene lag auf einer Bank und schlief; der Mann mit

---

1 *Internal Revenue Services* = Staatskasse

der Mundharmonika hatte inzwischen ein paar Münzen mehr in der Kappe, spielte aber nicht mehr. Delano überquerte den *Rock Creek* und kehrte zum Hotel zurück. Zeit, sich umzuziehen und sich auf Kosten von Abramowitz ein teures Abendessen zu bestellen. Sie entschärfte die Tür. Das Zimmer sah unberührt aus. Was nicht hieß, daß es nicht durchsucht worden war. Aber es lag auch kein fremder Duft in der Luft. Sie beschloß, auf den Putz zu hauen; sie fand eine Fünf-Dollar-Münze in ihrer Handtasche und leistete sich eine richtige Dusche. Sie zog die weißen Breeches an und nahm eben staunend zur Kenntnis, wie gut die stahlblaue Pistole zu ihrer kobaltblauen Bluse und den titanweißen Ohrringen paßte, als das Telefon zwitscherte. Sie stellte durch. Shrike erschien auf dem Schirm.

»Francie?« fragte er. »Hier ist Richard.«

»Das sehe ich«, erwiderte sie. Er machte ein Gesicht, als sei er eben vom Olymp gestiegen und noch immer überwältigt von der Göttlichkeit der Götter. Sie ging zum Angriff über, zielte mit der 38er auf das Objektiv und schaltete es ein. *Bäng*.

»Hübsches Schießeisen«, sagte er. »Paßt zu deiner Bluse.«

Delano ließ die Pistole ins Holster unter der Jacke gleiten. »Was willst du?«

»Was ich will?« Er schien nachzudenken. »Ach ja. Was sind deine jüngsten Erkenntnisse über George?«

»Er bewegt sich nach Süden. Könnte sein, daß er gerade in Raleigh ist.«

»Zion. Wir nennen die Stadt jetzt Zion. Du meinst, er kommt *hierher?*«

»Wenn deine Karte stimmt, will er nach Florida und müßte jetzt bei euch durchkommen. Hattest du noch mal Kontakt mit ihm?«

»Deshalb rufe ich an. Funkstille seit einem Monat.

Der Junge wirft zuwenig ab, der Aufwand lohnt nicht mehr.«

Jetzt wollte sie den Stier bei den Hörnern packen. »Ich weiß, daß du seine Kreditnummer hast. Dreh ihm den Hahn zu, dann sitzt er fest.«

Shrike starrte sie an. »Ihm könnte etwas zustoßen. Ich will einfach, daß du ihn so schnell wie möglich aufspürst. Wenn du ihn eingeholt hast, ruf mich an. Weiter nichts, hörst du? Könnte sein, daß er mit dem Kopf durch die Wand will.«

Kapierte er überhaupt, daß er ihr wichtige Informationen vorenthielt? Der machte sich doch nicht wirklich Sorgen um Eberhart. Das kaufte sie ihm nicht ab. Vielleicht wollte er, daß sie aus lauter Sorge um Eberhart alle Vorsicht vergaß und dem Mann ins Messer lief. Shrike hatte nie viel Rücksicht auf sie genommen.

»Verstehe«, sagte sie. »Und wie geht es dir sonst, Richard?«

Shrikes Pupillen stachen wie Nadeln. »Ich tue die Arbeit des Herrn. Ich habe alle Hände voll zu tun. Könnte sein, daß ich bald einen Abstecher nach D.C. mache.«

»Das machen viele.«

»Wie sieht es da oben aus?«

Delano dachte an den Präsidenten. Welche Antwort erwartete er von ihr?

»Alles läuft nach Plan.«

Shrike zögerte. »Gut.« Er zögerte wieder. »Versteh mich richtig, Francie. Ich will nicht, daß du George verletzt.«

»Ich tue nichts, was nicht nötig ist.«

»Hältst du es nicht für nötig?«

»Was meint der Reverend?«

»Der Reverend ist nicht eingeweiht. Er kennt George nicht.«

»Und der Comandante?«

»Ich weiß nicht, wovon du sprichst.«

Delano setzte sich auf die Bettkante, wo das Telefon sie nicht mehr sah. Sie langte nach der Kameratasche und nahm sie auf den Schoß. »War bloß ein Scherz.«

Shrikes Augen forschten nach ihr. Er sah verloren drein; so wie damals, bevor sie miteinander geschlafen hatten. »Ich muß jetzt Schluß machen«, sagte er. »Ruf mich an.«

»Okay«, sagte sie. Der Schirm wurde blind.

Warum hatte der Mensch überhaupt angerufen? Er hielt sie ja doch bloß zum Narren. Sie zog den Reißverschluß der Tasche auf. Wo die zehntausend Dollar gesteckt hatten, steckte jetzt ein flaches Päckchen. Sie wickelte die Mullbinde ab und fand ein gefaltetes Blatt Papier und eine Schachtel mit dreißig Kapseln. Seit sechs Monaten schon graste sie die Straßen danach ab. Die Chemie, dein Freund und Helfer. Sie faltete das Papier auseinander und las den Laserausdruck:

TRUTH

Vorsicht, nur eine Kapsel! TRUTH hemmt die Sprachaufnahmefähigkeit des linken Schläfenlappens, stimuliert die Aufnahmefähigkeit für Ton und Gebärde im rechten Schläfenlappen. Globale Aphasie[1] von sechs bis acht Stunden Dauer.

Sie werden in diesem Zeitraum keine gesprochene Sprache verstehen. Gleichzeitig wird Ihre Sensibilität für Stimme, Körpersprache, audiovisuelle Schwankungen und nonverbale Reaktionen erhöht.

Die Tyrannei des Wortes ist gebrochen. Genießen und nicht zuviel reden.

1 zentral bedingter Verlust der Sprechfähigkeit und des Sprachverständnisses

Delano brach das Siegel der Schachtel, nahm eine Kapsel heraus und betrachtete sie von allen Seiten. An das Zeug war so schwer heranzukommen, daß sie den blinden Deal in Kauf genommen hatte. Das Pulver war gelblich weiß. Was, wenn es bloß Puderzucker war? Sie holte sich ein Glas Wasser und schluckte die Kapsel. Wann würde die Wirkung einsetzen? Sie schaltete das Fernsehen ein und sah sich die Tagesschau an. Während das Bogart/Gable-Remake von ›The Man Who Would Be King‹ gewürdigt wurde, bemerkte Delano, wie sich die Worte des Regisseurs allmählich in Kauderwelsch verwandelten, obwohl sie durchaus verstand, was er sagte. Sie grinste. »Himmelherrgottsakrament«, sagte sie laut.

So zumindest hätte es sich anhören sollen.

Während sie auf der Suche nach einem frugalen Abendessen durch *Georgetown* spazierte, wurde sie verfolgt. Um sich zu vergewissern, bog sie dreimal hintereinander rechts ab und trat in eine Seitengasse. Sie stand mit dem Rücken an der Hauswand und beobachtete den Gehsteig. Eine kleine Gestalt tauchte auf. Delano tat einen raschen Schritt, packte das Bürschchen beim Arm und zog es in die Gasse. Sie preßte ihm die Hand über den Mund.

»Gehst du mir nach?« sagte Delano. Die Worte kamen ihr zwar über die Lippen, hörten sich aber nach irgendeinem Dschungeldialekt an.

Der Junge hörte auf, sich zu wehren, und antwortete mit einem kurzen Wortschwall. Delano spürte die Verhärtung seiner Muskeln, hörte die Angst in seiner Stimme und sah im Halbdunkel, wie seine Lider zuckten. Was immer der genaue Wortlaut gewesen war, er verneinte. Und er log.

Er trug ein grünes Arbeitshemd und geflickte Jeans. Delano ertastete ein Messer unter dem Hosenbein. »Und was ist *das?*«

Der Tonus der Schultern verriet ihr, daß der Junge fieberhaft nach einem Ausweg suchte. Wieder ein Bandwurm aus Wörtern, verhaltener diesmal, aber mit einer Vibration von Berechnung. Eine Ausrede.

»Für wen arbeitest du?« Wenn sie nicht lange nachdachte und die Worte einfach sprudeln ließ, fiel ihr das Sprechen leichter. Die Lautfolgen, die sie zu hören bekam, machten zwar keinen Sinn, doch die Reaktion des Jungen verriet ihr, was sie gesagt hatte.

Der Junge redete wieder, aber er antwortete nicht. *Laß mich laufen, bitte.*

Er war so leicht zu lesen wie eine Reklametafel. Ein Gefühl der Macht durchströmte Delano. Die 38er lag ihr wie ein großer, kühler Kiesel in der Hand. »Für wen arbeitest du?«

Der Junge wußte, daß es jetzt brenzlig wurde. Seine Antwort klang nicht mehr so abwehrend. Vielleicht sagte er nicht die Wahrheit, aber er log auch nicht. Er redete um den heißen Brei.

»Die CIA?«

Nein. Stimmte.

Der Junge war schwer zu fassen. Vielleicht war er ein Straßenräuber, vielleicht ein religiöser Spinner, den ihr die Flagellanten nachgeschickt hatten, oder er spionierte für einen Gegner des Präsidenten, oder er arbeitete für Eberhart. Delano stieß ihm den Lauf der Pistole zwischen die Schulterblätter und bugsierte ihn tiefer in die Gasse hinein.

Seine Augen waren geweitet. Vietnamesische Augen. Sein Haar war rot wie das der Empfangschefin, aber kurzgeschoren. Delano riß ihm die Arme auf den Rücken und zwang ihn auf die Knie. In der Düsternis sah sie, wie sein Kinn bebte. Sie hörte Passanten auf der Straße; die Gasse verschluckte die Geräusche.

»Wirst du abgehört?« fragte Delano.

Der Junge schüttelte den Kopf, schluckte. Er hatte Angst. Angst zu sterben? Seinen Auftraggeber zu verraten? Schwer zu sagen.

Sie schoß ihm in den Hinterkopf; dann ging sie zu Abend essen. Sie hatte zwar Mühe, den Ober zu verstehen, aber das Menü war kein Problem.

20

MONTAG, 11. OKTOBER

Am Klavier macht Richard eine religiöse Erfahrung

»Was ich zu gerne wüßte«, sagte die Frau mit dem weißen Kostüm und dem frappierenden, rotplissierten Seitenschlitz, »was macht der Reverend am liebsten?«

»Liebe«, sagte Richard. »Ich kenne keinen Mann, der mehr liebt als der Reverend.«

Er nippte am Champagner und blickte sie mit sperrangelweit geöffneten Augen über das Glas hinweg an. Die Droge schlug zu. ›Lips‹ nannten sie das Zeug: die Lippen der Frau waren die reinste Reliefkarte, er verirrte sich in den Sprüngen und Falten. Die Frau schied einen wahren Dunstschleier an Pheromonen aus. Gott, wie liebte er *North Carolina!*

Charles Duke Sumners Vorwahlparty war in vollem Gange. In den Räumlichkeiten seiner erlesenen südlichen Heimstatt drängten sich die Menschen; es schwirrte von Stimmen, die Luft war rauchgeschwängert, und überall klirrten Champagnerflaschen gegen Gläser. Die Atmosphäre hatte im Laufe der letzten anderthalb Stunden eine Intensität erreicht, daß Richard sich bei geschlossenen Augen in einem East End-Club wähnte – in einem East End-Club während der Pause, und wenn man so aufgekratzt war wie er, dann schienen die Leute sogar einen britischen Akzent zu haben.

»Haben Sie schon *The Samurai Magnolia* gelesen?« fragte die Frau.

Der jüngste südpatriotische Bestseller. Literatur vom Feinsten. Man konnte froh sein, wenn einem bei der Lektüre nicht schlecht wurde. »Südliche Literatur?« sagte Richard. »Mir wird speiübel.«

»Sie mögen unsere Literatur nicht?«

»Saurierliteratur: fossiler Flügel des *Smithsonian*.«

»Sie sind aus dem Norden«, sagte sie kokett. »Der Norden hat keine Tradition. Aber die Literatur des Südens ist lebendig und trägt Früchte; sie ist noch mit den Werten befaßt. Mit dem Schoß der Nation.«

Richard lachte. »Dem Schoß? Dem … Das ist dunkle Vergangenheit, Geschichte ist das. Alles was davon übrig ist, ist ein Club von Schreiberlingen, der immer die gleichen inzestuösen Karikaturen beschwört, um seine Machwerke einer New-Yorker Leserschaft zu verhökern, die damit ihre Vorurteile befriedigt. Schreiberlinge, die auf einen Filmvertrag schielen. Und *davon* sind sie entzückt! Ihr glaubt wohl, ihr seid was Besondres. Ihr lauscht so verzückt eurem Akzent, daß ihr gar nicht merkt, daß ihr die gleichen korrupten, heuchlerischen Narzißten seid wie der ganze Rest von Amerika.«

Die Frau erbleichte. Ich muß vorsichtiger sein, dachte Richard. Er hob sein Glas, lächelte und floh auf die Veranda.

Die erste Runde des Spiels hatte er bereits verloren; oben in Sumners Schlafzimmer, als er angesichts von Charles Erscheinung einen regelrechten Filmriß gehabt hatte. Der Mann war ein unsägliches Konglomerat aus Schwachsinn und einem Modebewußtsein, das zwei Jahre hinterherhinkte: gesunde Bräune, gezupfte Augenbrauen, Weste, Kniehosen, ausgeprägte Waden, die durch weiße Socken betont wurden. Charles Duke Sumner stammte aus dem Geldadel. Die Familie seiner Mutter hatte zur Zeit des Amerikanischen Bürgerkriegs ein hohes Ansehen genossen, und sein Vater hatte sich mit Zähnen und Klauen – den gepflegten eines Gentlemans, versteht sich – gegen die Aufhebung der Rassentrennung gewehrt. Charles rebellierte. Er ging zur *University of California* und studierte statt an der philosophischen an der technisch-naturwissenschaftlichen Fakultät. In den frühen Siebzigern kehrte er in die heimatlichen Niederungen zurück, stieg ins Immobiliengeschäft ein und verdiente ein Vermögen, indem er das Dreieck *Raleigh, Durham* und *Chapel Hill* zur Antwort des Südens auf *Silicon Valley* machte. Bis zum zweiten Börsenkrach war Charles bereits Multimillionär. Dann ging er in die Politik. Seine Kandidatur zum Senator scheiterte. Er hatte Freunde in der Legislatur; als Mitte der Neunziger Bestrebungen laut wurden, die Armen zu kasernieren oder die Lehrkörper an den Universitäten zu halbieren, war Charles eine Stimme der Mäßigung. Trotz der Tatsache, daß er grundsätzlich genauso konservativ war wie seine Eltern, erwarb er sich eine Reputation als Liberaler.

Während seine Bankguthaben wuchsen, schlug sein Liberalismus in eine beinah mystische Genußsucht um. Sein Privatleben war eine einzige Kissenschlacht. Er unterhielt mehrere unsaubere Affären gleichzeitig, probierte jeden Muntermacher, der auf den Markt kam, verlor den Überblick über seine Finanzen und – in Richards berufenen Augen – jedes vernünftige Verhältnis zur Realität. Doch er wahrte den Schein. Sein Händedruck war fest, sein Teint gesund. Er schluckte Multivitaminpräparate und achtete auf sein Gewicht. Seine direkte Art zu reden täuschte darüber hinweg, wie lose inzwischen sein Kontakt zur materiellen Welt war.

Als Reverend Jimmy-Don Gilray nach Raleigh kam, verkündete Charles, er habe ein Gesicht gehabt, und es habe ihm gesagt, daß Jimmy-Don Gilray der Prophet des Millenniums sei. Zuerst hielten die Leute das für eine Art Galgenhumor, mit dem er müßigging und die Zeit überbrücken wollte, bis auch der letzte Heller verpraßt war. Aber Sumner meinte es ernst. Vielleicht hatte er anfangs mit dem Gedanken gespielt, Gilray vor seinen Karren zu spannen, doch es kam umgekehrt: der Reverend benutzte Charles, um politisch an Einfluß zu gewinnen. Die beiden wurden ein Gespann. Gilray ignorierte die sexuellen und chemischen Eskapaden von Charles, und Charles verschaffte Gilray eine solide profane Basis für seine Missionsarbeit.

Bevor Richard auf der Bildfläche erschienen war, hatten die beiden im kleinen Maßstab operiert. Es war Richards Idee gewesen, Sumners Verbindungen zu nutzen, um zuerst die weitgehend machtlose RDC-Planungskommission[1] zu übernehmen und dann ›unter dem Druck‹ der akuten Wirtschaftskrise und der grünen Krawalle kommunale Neuwahlen zu forcieren. Wenn es gelang, die Kommunen durch Abstimmung und Einschüchterung zu veranlassen, die Planungskommission mit den nötigen Befugnissen auszustatten, dann hatte man die Region in der Tasche.

Binnen einer Woche, nachdem Richard seine Arbeit aufgenommen hatte, hatte er ein Dutzend Gerüchte ausgestreut: über Anhänger des Comandante in den Kommunalregierungen, über Unregelmäßigkeiten seitens des Staatsanwalts bei den Voruntersuchungen

---

1 *Raleigh, Durham, Chapel Hill*

der grünen Krawalle, über geheime Absprachen zwischen den wichtigsten protestantischen Kirchen und dem SBI[1] und über Krankheitserreger im Trinkwasser-Reservoir *Falls Lake*[2]. Bürgermeister und Staatsanwalt traten zurück. Eine außerordentliche Wahl wurde anberaumt. Richard schlug Charles vor, für das Amt des Bürgermeisters zu kandidieren; Charles wäre lieber Gouverneur geworden, lenkte aber ein. Der Sommer war ein Hexenkessel; viele Menschen verließen *North Carolina,* die Herde des Reverend hielt Einzug. Es gab ein paar häßliche Zwischenfälle. Der Reverend richtete Schlafsäle und Großküchen für die Zuwanderer ein. Charles makelte mit Wohnungen und Häusern; manche Menschen übernahmen sich. Seine Agentur arbeitete mit dem Slogan ›Raleigh – näher zu Gott‹. Man begann die Stadt ›Zion‹ zu nennen.

Richard schlief im Durchschnitt vier Stunden pro Nacht. Er aß wenig oder gar nichts. Er vibrierte vor Amphetaminen, er stand unter Strom, er hatte sich noch nie so gut gefühlt. Bis Dienstag 0:00 Uhr war die Drei-Städte-Region unter ihrer Kontrolle, und die letzte Phase konnte beginnen: den Eifer des Reverend bis zur Weißglut schüren und seine Anhänger zu Kadern organisieren, um zum finalen Schlag gegen die Welt auszuholen. Das einzige Problem war George. Richard brauchte keine Stories mehr; zum Teufel mit Abramowitz und dem ganzen HCR. Doch Delano war ein Selbstläufer, und Richard sah einfach keine Möglichkeit, wie er George zurückholen konnte, ohne sein Gesicht zu verlieren. Alles, was Lucy betraf, war erstunken und erlogen; er hatte keine Ahnung, wo sie steckte, und zu allem Überfluß hatte er George eine

---

1 *Southern Bureau of Investigation*

2 See am nördlichsten Zipfel von *Raleigh*

Privatdetektivin auf den Hals gehetzt, die eigentlich in eine geschlossene Anstalt gehörte. Wie würde er dastehen vor George?

Richard streunte auf der Veranda umher, die sich über drei Seiten des Hauses erstreckte. Durch die offenen Glastüren sah er sie reden und trinken. Ein Wandbildschirm war auf den Sender des Reverend eingestellt. Während Richard so dastand, löste sich Charles Frau aus der Menge.

»Richard Shrike. Der Mann, der einen Plan hat.«

»Nein, Marie, ich habe keinen Plan. Ich kenne immer nur den nächsten Schritt.«

Ihre Lippen waren blaß und glänzten. Marie strahlte einen südlichen Charme aus, der ungefähr so authentisch war wie der Säulengang, den man hierzulande vor die weißen holzverschalten Häuser setzte, damit sie aussahen wie der Palast auf Tara[1]. Eine solche Front in Schuß zu halten, kostete eine Menge Arbeit, und selbst wenn sie im Schuß war, verletzte sie gründlich die Proportionen. Marie jedoch trug die ihre mit solch kindlicher Selbstverständlichkeit, daß Richard sich fragte, was sie eigentlich für ein Haus war. Er mochte das. Es hieß, daß Marie sich für die Wiederkunft aufhob.

»Ich war heute in der *Ellipse* und habe mit einer Flagellantin gesprochen«, sagte sie. »Sie brauchen neue Peitschen.«

»Undank ist der Welten Lohn«, sagte Richard. »Alles andere bekommen sie schon von uns: den Platz, dann die Bühne, wo sie sich vor Millionen Fernsehzuschauern produzieren können, Uniformen, Lieder.«

»Ach, nicht, daß sie unzufrieden war«, sagte Marie.

1 Hügel in Irland, Grafschaft *Meath* in der Nähe von *Dublin,* auf dem ehemals der Königspalast stand

»Die Fliegen in ihren Narben waren putzmunter, und sie hat gelächelt. Sie meinte, wenn sie sich in einer Schaufensterscheibe sieht, dann säh sie aus wie der blutende Christus.« Ein Diener mit einem Silbertablett blieb stehen; Marie angelte sich ein Horsd'œuvre.

»Wie sieht der blutende Christus aus?«

»Er sieht aus wie jemand, der sich keine eigene Peitsche leisten kann.« Maries Zungenspitze spielte an den schönen Zähnen. Die langen Wimpern kämmten den Blick. »Ich aber kann mir so was leisten.«

Trotz der ungebrochenen Hitze trug sie ein hochgeschlossenes Kostüm mit langen Ärmeln. »Du benutzt sie, um Christus näherzukommen?« fragte Richard.

»Die Zeit drängt. Der Reverend sagt, wir sollen unseren Geist befreien.«

»Mußt du mir demnächst mal zeigen.«

»Warum nicht gleich?«

Er nickte.

»In fünf Minuten. Zweiter Stock, Westecke, am Fuß der Treppe.« Mit einem entspannten Lächeln auf den Lippen glitt sie nach drinnen und mischte sich wieder unter die Gäste. Sie bewahrte eine exzellente Haltung.

Richard ging die Stiegen hinunter und schlenderte zu dem gelbgrün gestreiften Pavillon im Seitenhof. Er ließ sich von einem schwarzen Diener in weißer Jacke Schampus nachfüllen. Er wechselte ein paar Worte mit Lucas Boston, der die staatlich lizensierte Gefängnisfarm des Reverend leitete. Er bewunderte das hochgestochene weiße Haus. Er studierte die blanken grünen Blätter des Magnolienbaums, der so sehr nach Plastik aussah, als hätte man ihn eigens für den Anlaß gemietet. Wer weiß? Er machte kehrt, um Maries Zimmer aufzusuchen, wurde drinnen jedoch von einem jungen Mann abgedrängt, der ein goldenes Kreuz am Revers trug.

»Mr. Shrike? Thad Benzinger, *Evening Democrat.* Keinen Kommentar zur Wahl? Wie würden Sie Reverend Gilray beschreiben?«

Richard sah an ihm vorbei auf den Magnolienbaum. »Verwurzelt. Hat beide Füße in der guten roten Erde des Südens, den Kopf in den Wolken und hängt mit beiden Augen an den Lippen des Schöpfers.«

Benzinger wollte auf Richards Beziehung zum HCR hinaus. Binnen einer Minute hatte Richard ihn beim Kanthaken. Ein Trottel von der Journalistenschule mit Heiligenschein und Halbbildung. Richard ließ ihn zappeln und sah ihm genüßlich dabei zu. Der Champagner hatte sich im rückwärtigen Teil seines Schädels gesammelt und war auf dem Vormarsch. Kein unangenehmes Gefühl. Als Benzinger sich nach George erkundigte, sagte Richard: »Ich arbeite nicht mehr für den HCR. Man hat mich gefeuert.«

Benzinger verlor die Geduld. »Sie machen sich wohl nichts aus der Wahrheit, wie? Hauptsache, Sie kommen an bei den Leuten. Der Reverend wird Ihnen draufkommen, und dann sind Sie weg vom Fenster.«

»Warum diese Feindschaft, Benzinger? Ich tue nur meine Arbeit.«

»Wie der Müllschlucker. Nur, daß der das Zeug nicht wieder auf die Teller spuckt und guten Appetit wünscht.«

»Oh, wir haben ein Ethos, nicht wahr? Der HCR bietet Ihnen – sagen wir – den Kommentar an. Sie müssen sich eine Art Maskerade einfallen lassen. Sagen wir – Geisha. Sie lassen sich die Augenbrauen zupfen, Sie wollen irgendwie unergründlich wirken. Man nennt die Serie ›Kommentar von Lo Meïn‹ und verhökert das Ganze dann an die Anstalten mit Vorkaufsrecht.«

»Wenn es wieder aufwärts geht, seid ihr die ersten,

die den Bach runtergehen. Ihr genießt jedes Privileg, das Amerika zu bieten hat, und was habt *ihr* zu bieten? *Nichts*.«

»Sie übersehen den Müll. Ich begreife nicht, warum Sie sich so aufregen. Ich habe lediglich die Funktion eines Beraters. Ich tue, was ich kann, damit die Saat des Reverend aufgeht.«

»Und düngen mit Scheiße.«

»Der beste Dünger. Politik ist die Kunst des Möglichen«, sagte Richard. »Und Medienforschung macht aus der Kunst eine Wissenschaft. Ich könnte einen Algorithmus aufschreiben, der selbst auf einen Mr. Benzinger paßt.«

»Glaub ich Ihnen aufs Wort.«

»Politiker mußten immer einen Instinkt dafür haben, was politisch machbar war und was nicht. Warum sich noch auf den Instinkt verlassen, wenn es verläßliche Daten gibt?«

»Der Reverend ist kein Politiker.«

»Selbst der Leib Christi braucht verläßliche Daten. Der Reverend hält eine Predigt und hat, dank meiner Wenigkeit, binnen fünfzehn Minuten ein wissenschaftlich exaktes Meinungsbild, das auf einem statistisch signifikanten Querschnitt der öffentlichen Meinung basiert. Aber das ist noch gar nichts. Jetzt haben wir das IRM.«

»Das *was?*«

Richard machte einen Schlenker mit dem Glas, und Benzinger wich dem Schampus aus, der überschwappte. »Das Information-Response-Modul. Der Chip wird genau hier implantiert« – Richard tastete nach der Schädelbasis hinterm Ohr –, »wo er Kontakt mit dem logischen Hirnzentrum hat. Über eine Manschette am Handgelenk ist der Betreffende mit dem Informationsnetz verbunden. Unmittelbares Feedback, jederzeit und auf jede Frage. Wir brauchen keinen sensorischen Input mehr. Steht eine wichtige politische Entscheidung an – sagen wir, ob Senator Kalikak sich die Augen versilbern lassen soll oder nicht – dann jagen wir das ins Netz bis an die repräsentativen Leute mit dem IRM und bekommen sofort die Antwort. Ja, sagen die Leute. Aber tun Sie mir einen Gefallen, Benzinger, und behalten Sie das für sich. Der Zug ist längst abgefahren. Also – geht Senator K. zum kosmetischen Chirurgen und klettert prompt um drei Prozentpunkte auf der Beliebtheitsskala.«

»Ach was.«

»Der nächste Schritt wird sein, das Feedback von den IRMs direkt in das Hirn des Politikers zu speisen. So vermeiden wir das Risiko, daß Senator K. die Information womöglich fehlinterpretiert: er drückt einfach auf den richtigen Knopf und wird zum Sprachrohr eines repräsentativen Querschnitts seines Wahlbezirks. Sozusagen verzögerungsfreie repräsentative Demokratie. Die Vervollkommnung unseres Regierungssystems.«

»Was hat das alles mit Religion zu tun?«

»Das liegt doch auf der Hand, Benzinger. Die Religion liefert die wichtigste Information überhaupt. Wir können eine Menge Seelen retten, wenn wir Senator K. an der kurzen Leine halten.«

»Und denken braucht keiner mehr.«

»Denken?« Richard lachte. »Laß dich an die Leine nehmen, Bruder! Denken erhöht den Netzwiderstand, hemmt den Informationsfluß, heizt das Netz unnötig auf! Nein, Denken ist überflüssig. Je reibungsloser der Informationsfluß, um so überflüssiger das Denken. Wie soll Senator K. sich bei der Abstimmung verhalten? Ich liefere ihm das Votum. Die einzige Entscheidung, die er noch treffen muß – und dabei kann ihm der Reverend behilflich sein – er muß Prioritäten setzen. Danach lassen wir einfach das Programm laufen. Denken stört nur – was zählt, ist die Tat!«

Benzinger zitterte wie ein vegetarischer Tierschützer, der ein Steak auf dem Teller hat. Na fabelhaft. Aber während Richard die Leiter seiner Phantasie erklommen hatte, hatte sein Wahrnehmungsvermögen eine andere Leiter erklommen: die der Fleischlichkeit. Ein unangenehmer Nebeneffekt von ›Lips‹. Benzingers Augen waren Kugeln aus Gallerte, übergossen mit warmen, glibbrigen Flüssigkeiten. Richards Magen rebellierte. Er mußte weg hier.

»Richard, Richard!« Charles Sumner kam im Laufschritt über den Rasen. Richard empfand eine Welle der Erleichterung. Dann fiel ihm Marie ein, die oben in ihrem Schlafzimmer mit einer Peitsche wartete. Sein Innerstes paddelte wie eine Katze auf Glatteis. Bevor er sich rühren konnte, hatte Charles ihn beim Unterarm gepackt. Charles Gesicht war unter der Bräune blutleer. »Komm, das mußt du sehen«, sagte er. »Schnell!«

Widerstrebend ließ Richard sich abschleppen. Auf dem Wandschirm im Salon war ein Alien zu sehen. Das Gesicht war grünlich weiß, die Nase so plattgedrückt, daß nur mehr zwei winzige Schlitze blieben; riesige Augen, breiter, kahler Schädel und spitze Ohren. Das Wesen sah aus wie eine Kreuzung zwischen Faun und Dwight D. Eisenhower.

»… beschlossen, auf diesem Weg Kontakt mit euch aufzunehmen«, sagte das Ding auf BBC-Englisch. »Seit vielen Jahren schon steht unser Mutterschiff hinter dem Mond und überwacht eure Sendungen. Wir haben die schrecklichen Nöte verfolgt, in die ihr euch hineinmanövriert habt, und wir wollen tun, was in unseren Kräften steht, um euch vor dem Untergang zu bewahren. Denn soviel steht fest: ihr werdet es aus eigener Kraft nicht schaffen. Aber das muß nicht unbedingt ein schmerzlicher Prozeß sein.«

Die Leute im Zimmer hingen mit mehr oder weniger ehrfurchtsvollen Blicken am Bildschirm. »Plötzlich, vor zwei Minuten«, flüsterte Charles. »Das Ding ist mitten in die Show des Reverend geplatzt.«

»Das erste fundamentale Problem, das wir gemeinsam anpacken sollten, hat mit eurer Unart zu tun, euch in Klassen einzuteilen. Diese Klassen haben keinerlei biologische Wurzeln und sind ein Hauptgrund für die Zwietracht unter den Erdlingen.« Der Außerirdische sah auf sie herab wie Franz von Assisi auf eine Schar Tauben.

»Zum Glück gibt es für dieses Problem eine einfache Lösung«, sagte der Fremdling. »So einfach, daß meine Gameten und ich uns schon seit vielen Jahren wundern, warum ihr nicht schon längst darauf gekommen seid. Unsere erste dringende Bitte lautet daher: gebt die Unart auf, euch durch eure Kleidung voneinander abzuheben. Wie ihr das anstellt, ist eure Sache. Wir zum Beispiel ...« – auf dem Schirm war plötzlich ein Laufsteg zu sehen, und im Kreuzfeuer der Scheinwerfer schritt ein unglaublich dünnes Wesen mit unglaublich großen Brüsten hocherhobenen Hauptes von einer Pirouette zur nächsten – »... wir sind ganz verliebt in diesen schlichten Einteiler, den Hunilla vom Jupiter entworfen hat.« Das nächste Mannequin trug nur eine Art Lendenschurz, der mit blitzenden, kreisrunden Scheibchen besetzt war. »Oder für verwegenere Rassen diese geile venusische Strandkleidung von Terri, perfekt für die 400-Grad-Nächte!« Die Kamera zoomte auf die nackten Oberschenkel der Außerirdischen, die mit pendelnden Hüften von einer Pirouette zur nächsten schritt.

»Der Comandante!« sagte Richard laut.

»Abschalten!« rief Gilray. Jemand stürzte sich auf das Kontrollpaneel. Eine nervöse Stille trat ein.

»Ihr seht, wie weit eines Menschen Seele vom rechten Weg abkommen kann«, sagte der Reverend. »Dieser Mensch spuckt auf die Gemeinschaft der Gläubigen. Doch hier kann er uns nichts anhaben.« Gilray schlug die Faust an die makellose Hemdbrust. »Er verdient eher unser Mitleid als unseren Haß. Aber vergeßt keine Sekunde, wie gefährlich er ist.«

»Amen«, sagte Richard. Jeder Einzelne nahm den Faden wieder auf, den er hatte fahren lassen. Richards Sinne loderten.

Die Aufregung hatte Charles irgendwie zur Ader gelassen. Er sah aus, als habe er eben einen Autounfall überstanden. »Eine Minute lang hab ich das geglaubt«, flüsterte er.

»Wer weiß?« flüsterte Richard zurück. Er fragte sich, ob er genauso verstört dreinsah wie Charles.

Charles starrte ihn an. »Es war nur der Comandante.«

»Wer sagt, daß der Comandante kein Alien aus dem Weltraum ist? Niemand kriegt ihn zu fassen. Er blendet sich ins Programm ein, wann immer er Lust hat. Er hat uns schon eine Menge Scherereien gemacht.«

»Aber das – das war doch lächerlich!« Charles' Hand machte einen Schlenker gegen den blanken Wandschirm. »Warum sollte sich ein Alien einen so infantilen Quatsch ausdenken?«

»Er *ist* ein Alien, Charles. Weißt *du*, wie ein Alien denkt? Vielleicht ist er ein frühreifes Kerlchen, das von zu Hause ausgerissen ist. Macht eine Spritztour mit Papas UFO und spielt mit dem CB-Funk.«

Richard hätte ein Jahr seines Lebens für ein Foto des Pfingstleuchtens gegeben, das über Charles Gesicht flog. »Glaubt das der Reverend?«

»Der Reverend trägt die Scheuklappen Gottes«, sagte Richard. »Er glaubt nur, was ihm offenbart wird.«

Er erspähte Bitsy Sumner, die sich zu ihnen durchschlängelte. Sie wollte etwas, und was immer es war, es gefiel ihr ganz und gar nicht. Richard begrüßte die Herausforderung. Er schlitterte die Flanke eines Eisbergs hinunter. Er hatte ein bißchen Wackelpudding in den Gliedern, stand aber noch seinen Mann. Gott, wie liebte er *North Carolina!*

»Charles.« Bitsy tippte Charles auf die Schulter, und Charles fuhr wie elektrisiert zusammen. »Da ruft eine Frau an. Ein Notfall, sagt sie. Du müßtest dringend in den ersten Bezirk.«

Ein Code. Vermutlich wußte Charles genau, um welche Mieze es sich handelte und was sie von ihm wollte. Der giftige Blick, mit dem Bitsy ihren Bruder bedachte, verriet alles über das Verhältnis der beiden. Der erste Bezirk. Richard malte sich ein Schäferstündchen in schwarzem Leder aus. Charles eilte von dannen.

Bitsys inbrünstige Religiosität und der Umstand, daß ihre Augen so eng beieinander standen, verliehen ihr eine frostige Eindringlichkeit. Richard hatte sie noch nie blinzeln sehen. »Sie sehen aus, als ob Sie Ärger hätten, Bitsy.«

»Ich muß zusehen, wie mein Bruder zur Hölle fährt. Soll ich da jauchzen?«

»Viele von uns fahren zur Hölle. Und nicht immer die, von denen wir's annehmen.«

»Sehr gescheit, Mr. Shrike. Ich kenne Sie. Sie reden gerne.«

»Ich kann auch zuhören.«

»Sie müssen schwerhörig sein, wenn Sie nicht mitbekommen, wie tot Charles bereits ist.«

»Jesus hat Tote zum Leben erweckt. Es ist noch nicht zu spät. Ist das nicht die Botschaft des Reverend?«

Bitsys schmale Stirn wurde noch schmaler. Die

Nasenspitze beteiligte sich an jedem Wort. »Ich würde mich da lieber nicht auf die Langmut des Herrn verlassen. Ich halte mehr davon, jetzt und hier mit Ihm ins Reine zu kommen.«

»Deshalb bin ich hier.«

»Ich glaube Ihnen jedes Wort.«

»Nicht so feindselig, Bitsy. Heiliger Zorn muß rechtschaffen sein. Es stimmt, daß Charles ein Mann des Fleisches ist. Aber Sie kennen auch seine kindliche Naivität. Er hat die Piratensendung sofort für eine Botschaft Gottes gehalten. Er sehnt sich mehr nach Erlösung als die meisten hier. Selbst seine Korruption hat etwas kindlich Naives.«

»Kindlich? Naiv?« Bitsy sagte das so laut und spitz, daß mehrere Leute hersahen. »Das ist keine Naivität, und schon gar keine kindliche. Das ist Arroganz! Zu glauben, daß Gott einem vergibt, nur weil man das Herz am rechten Fleck hat. So zu tun, als sei Sündigen so eine Art Schmutzigmachen, und man brauche anschließend nur zu duschen, pah! Charles will genießen, ohne zu bezahlen. Er ist verdammt.«

»Ruhig Blut, Miss Sumner.« Gilray trat zu ihr. Er deckelte ihre Hand mit der seinen und sah Bitsy in die Augen. »Mr. Shrike will nur nicht, daß wir uns als Richter aufspielen. Und tut er nicht recht daran? Das wahre Gericht kommt noch früh genug.«

»Darauf wollte ich hinaus.«

Richard fahndete nach einem Ausweg. Er sah das große *Bosendorfer,* das glitzernd wie ein Obsidian die eine Ecke des Raums füllte. »Wie wär's mit Musik?«

Er wankte auf das Klavier zu wie ein Aussätziger nach Lourdes. »Ein Spiritual!« sagte er. »Eine Andacht!«

Er setzte sich, schlug den Klavierdeckel auf und testete einen Akkord. Das Instrument war tadellos gestimmt. Die Linke rumpelte durch die Bässe und legte die Begleitung für *Down by the Riverside* an, als neben ihm Marie Sumner auf die Klavierbank glitt.

Hoppla! Richard trat in das rechte Pedal und stürzte sich kopfüber in das Spiritual. Mehr Leute kamen von der Veranda in den Salon. Richard schenkte Marie ein schwaches Lächeln. Marie hatte sich umgezogen. Ihr Blick hätte einen Kaktus verdorren lassen. Ihre Lippen sahen aus wie tote Schnecken. »Was war los?« zischten sie.

Die Musik alleine funktionierte nicht. Er mußte einen anderen Ausweg finden. Sein Kopf war wie leergefegt. Er spielte lauter, wilder. Die Akkorde schmetterten an seine Trommelfelle. Die Tasten wurden schlüpfrig, und die Hände schienen nicht mehr ihm zu gehören. Der Druck im Hinterkopf war einem elektrischen Lichtbogen gewichen. Richard begann zu singen, nicht die richtigen Verse (er kannte sowieso nur den ersten), sondern was ihm gerade einfiel.

Gonna lay down my Burdens
Down by the wrecking ball
Inside the bloody hall
Ignore the feeble Paul …[1]

Immer mehr Leute drängten in den Salon. Ein paar versuchten mitzusingen. Richard sang lauter, rief die Worte, schrie sie. Er spürte, wie seine Stimmbänder heiser wurden. Die Leute hielten inne. Marie suchte das Weite. Er kreischte die Worte, verrenkte sich, warf sich und bäumte sich und zuckte, als stünden die Tasten unter Strom oder die Bank oder beides. Das war

---

1 Adaptionsversuch. Der Inhalt rekurriert auf Kapitel 11:

Ich werfe meine Haut
Unter den vergammelten Globus
Und verlasse das räudige Vestibül
Paulus war ein zahnloses Krokodil …

es! Es funktionierte. Er allein wußte, was er tat. Sonst niemand. Er war besessen von der Brillanz seiner Idee, von der Urgewalt seines Willens – und sie würden es für mystische Ekstase halten!

Gonna blow up the antichrist
After the seventh seal
After the filthy deal
After the crime's appeal
Gonna drown in my loinfire
Below the stolen war
After the whore is dead![1]

Die Bank hüpfte und das Klavier bebte unter dem wilden Veitstanz, den Richard vollführte, und der Schampus in den Gläsern der Leute warf konzentrische, musikalische Ringe, und die perlenden Bläschen zerplatzen zur Musik und den elektrischen Entladungen in Richards Hirn. Richard schloß die Augen und konnte trotzdem sehen. Jemand legte ihm die Hand auf die Schulter. Richard riß die Schulter fort, ließ den Kopf kreiseln, schüttelte die Mähne und spielte. Er biß sich auf die Zunge und schrie durch den Schmerz hindurch. Er spürte den Faden aus Speichel und Blut, der ihm aus dem Mundwinkel kroch. Er riß die Augen auf und sah die hellroten Spritzer auf den Tasten. Ringsum Geschiebe und Aufregung.

Adaptionsversuch. Der Inhalt rekurriert auf die ›Offenbarung an Johannes‹:

Ich jage den Satan zur Hölle
Nachdem das Siebte Siegel gebrochen
Nachdem man uns bestochen
Nachdem der Reiz des Bösen vergangen
Ertrinke ich im Feuer meiner Lenden
zwischen denen die Waffe schweigt
Denn die Hure ist tot!

Da war wieder die Hand auf seiner Schulter, fester diesmal; der Reverend. Richard sah ihn reden, hörte ihn aber nicht. Er schüttelte die Hand ab und schrie weiter. Er würde sie alle schlagen! Der perfekte Coup. Nebel raubten ihm die Sicht. Hände packten ihn und zerrten ihn rücklings von der Bank. Sie legten ihn auf den Boden, er zuckte, bäumte sich. Er hörte noch immer die Musik. Er sah in die bornierten Gesichter. Gaffende Rindviecher. Er hieb den Kopf auf den Hartholzboden, schrie sinnloses Zeug, spürte die Freiheit und das weiße Licht. Frei! *Gewonnen.*

Zu komisch, daß ihm dieser Fluchtweg bisher entgangen war.

21

MONTAG, 11. OKTOBER

Auf der Farm

Lucy war noch nicht ganz fertig mit Frühstücken, als eine der Aufseherinnen an ihren Tisch trat. »Würden Sie bitte mitkommen, Hester.«

Die andere Frau am Tisch sah nicht von ihrer Hafergrütze auf. Lucy legte den Löffel ab und folgte der Aufseherin durch die Kantine. Die Wärterin in der Panzerglaskabine entriegelte das Schloß der Sicherheitstür, und die Aufseherin schob Lucy hindurch.

»Hallo, Sharon«, rief die Wärterin durch das Fenster zum Korridor.

»Hallo, Mel«, sagte die Aufseherin. »So ein Tag, und dann da eingesperrt.«

»Ich hab wenigstens 'ne Klimaanlage«, sagte Mel.

Die Aufseherin deutete mit dem Lauf der Betäubungswaffe den Korridor hinunter und ließ Lucy vorangehen. Sie betraten den Personalraum. Mit einem Wink forderte sie Lucy auf, sich in einen der Ohrensessel zu setzen. »Kaffee, Hester?«

»Nein, vielen Dank, Ma'am.«

Die Frau zapfte sich einen Kaffee und setzte sich. Die Aufseherinnen hatten nichts mit dem Klischee von geilen Mannsweibern gemein; diese hier erinnerte Lucy an Mrs. Jackson, ihre Lehrerin in der dritten Klasse. »Tut mir leid, daß ich Sie von Ihren Freundinnen trennen muß«, sagte die Frau. »Und Arbeit gibt es ja weiß Gott genug.«

»Das kann wohl sagen«, versetzte Lucy; sie hatte gelernt, anderen nach dem Mund zu reden.

Die Aufseherin erlaubte sich ein flüchtiges Lächeln, kaum mehr als ein Zucken der Mundwinkel. »Sie machen wirklich Fortschritte, Hester. Wenn man bedenkt, wie Sie sich zugerichtet haben, bevor Sie zu uns gekommen sind, dann können Sie stolz auf sich sein.«

»Ich bin stolz darauf, Ma'am.«

»Aber nicht zu sehr. Der Dank gebührt Gott.«

»Gelobt sei der Herr.«

Die Aufseherin nippte an ihrem Kaffee. Lucy behielt die Hände im Schoß gefaltet, obwohl ihr die Nase juckte.

»Wenn ich nur wüßte, ob Sie es auch ernst meinen«, sagte die Aufseherin.

»Ich meine es ernst, Ma'am.«

»Könnte ich Ihnen nur glauben, Hester. Wie wäre es mit einem Beweis Ihrer Aufrichtigkeit?«

»Sagen Sie mir, was ich tun soll.« Lucy wußte, worauf die Frau hinauswollte.

»Sagen Sie mir, wer Sie wirklich sind, Hester. Sagen Sie uns, woher und wie Ihr Labor an den Plasmid-Vorrat für die Gen-Rekonstruktion gekommen ist. Nennen Sie uns die Namen der anderen Mitglieder Ihrer Bewegung.«

»Ich kenne kein anderes Mitglied. Bitte glauben Sie mir.«

»Seit wann sind Sie in der linken Szene?«

Lucy fiel etwas ein, das Luz ihr in der Nacht vor ihrer Verhaftung gesagt hatte, als sie bis nach Mitternacht auf dem zerschlissenen Sofa politisiert hatten, derweil Concepción über dem Computer gehockt und DNS-Sequenzen aus dem staatlichen Datenspeicher gefilzt hatte. *Die Linken und die Rechten haben das gleiche Problem,* hatte Luz gesagt. *Mit einem Flügel kann man nicht fliegen.*

Lucy erinnerte sich an das schimmernde Lächeln im Finstern. »Ich bin ein Nichts. Wir haben uns nur gegenseitig geholfen, das ist alles.«

Die Aufseherin schickte ihr einen mitleidigen Blick. Sie setzte ihre Tasse ab.

»Was haben Sie mit ihr gemacht?« sagte Lucy.

»Mit wem, Lucy?«

»Sie wissen, wen ich meine.« Sie vermasselte alles, aber sie konnte nicht anders.

»Ich denke, Sie haben niemanden gekannt. Wieso machen Sie sich da Sorgen um sie?«

»Ich habe sie gekannt.«

»Und das haben Sie einfach vergessen? Genauso wie Sie angeblich Ihren richtigen Namen vergessen haben?«

Lucy schwieg. Die Aufseherin stand auf.

»Okay, Hester. Gehn wir.« Doch ehe sie den Raum verlassen konnte, wurde die Tür geöffnet. Ein gut angezogener Mann stand im Türrahmen; er maß Lucy von Kopf bis Fuß. Die strengen blauen Augen und der puritanische Zug um den Mund paßten nicht zu dem widerspenstigen Haarschopf, der ihm in die Stirn sprang.

»Das ist Dr. Kent«, sagte die Aufseherin. Sie schien nicht glücklich darüber. »Wir wollten gerade gehen, Doktor.«

Sie mußten sich an ihm vorbeischieben, um in den Korridor zu gelangen. Sein Atem roch nach Zigaretten.

Lucy wurde zu ihrer Überraschung nicht in die stickige Werkstatt gebracht, wo sie seit drei Monaten zusammen mit den anderen Gefangenen Drillichoveralls nähte; statt dessen mußte sie zur Unterkunft zurück. »Packen Sie Ihre Sachen«, sagte die Aufseherin. »Wir verlegen Sie in die Sonderabteilung.«

Lucy stopfte ihre Habseligkeiten in einen Seesack,

und dann ging es durch einen anderen Korridor zu einer Unterkunft, die sich in nichts von der bisherigen unterschied: Leuchtstoffröhren an der Decke, dreistöckige Wandbetten, dazwischen ein enger Gang, vollgestellt mit Abfalltonnen aus Plastik und Klapptischchen, über den Türen an beiden Enden gerahmte Bilder von Jesus und Reverend Jimmy-Don Gilray. Die Aufseherin wies ihr ein Bett zu und sah zu, wie Lucy sich einrichtete. Lucy bekam zwei neue Overalls, weiße statt graue, und mußte sich umziehen. Auf die Brust war ein großes rotes Kreuz gedruckt. Die Aufseherin dirigierte Lucy einen weiteren Korridor hinunter und dann durch eine Tür hinaus in einen weitläufigen Hof. Der Tag war schon heiß. Die gleißende Morgensonne im Rücken folgten die beiden ihrem Schatten, der auf ein Sojabohnenfeld wies, wo bereits ein Trupp Gefangener bei der Arbeit war.

»Diese Frauen erfreuen sich alle der Gnade Gottes«, sagte die Aufseherin. »Er hat uns dieses wunderbare Wetter geschenkt, damit wir es für eine zweite Bohnenernte nutzen. Aber Satan funkt mit seinem tückischen Unkraut dazwischen. Vielleicht stimmt Sie der Kampf gegen den Antichristen dankbarer, Hester.«

Sie gingen am Rand des Feldes vorbei auf eine große rote Scheune zu. Frauen im weißen Overall mit dem roten Kreuz auf der Brust bewegten sich langsam zwischen den parallelen Bohnenreihen auf und ab. Jede hatte einen Plastikkanister auf den Rücken geschnallt; das Herbizid gelangte über einen Gummischlauch in das stabförmige Handgerät, mit dem es versprüht wurde. Im Schatten einer Eiche gingen zwei Wärter auf und ab.

Im Innern der Scheune war es ein wenig kühler. Es roch nach Chemie. Die Aufseherin zog einen Kanister samt Zubehör vom Wandregal. Sie hakte die Betäubungswaffe an den Gürtel ihrer Montur, nahm den

Kanister in beide Hände und schüttelte einmal kräftig. »Genug fürs erste«, sagte sie. »Heute abend füllen Sie ihn nach. Der Tank da enthält 2,4,5-Trichlorphenoxyessigsäure[1]. Sehen Sie zu, daß Sie nichts davon auf die Hände oder in die Augen bekommen.« Aus einer Kiste in der Ecke zog sie ein Paar gelbe Gummihandschuhe. »Die tragen Sie.«

Die Aufseherin half Lucy den Kanister schultern, brachte sie zur Eiche und stellte sie den Wärtern vor. Die beiden trugen verspiegelte Sonnenbrillen und einläufige, halbautomatische Schrotflinten. Einer der Wärter rief eine Gefangene herbei und wies sie an, Lucy zu zeigen, wie man das Unkraut sprühte, ohne die Sojapflanzen zu schädigen. Nach der kurzen Unterweisung war Lucy auf sich allein gestellt. Die Aufseherin kehrte ins Gebäude zurück.

Lucy verbrachte die nächsten paar Stunden damit, Unkraut zu besprühen und immerfort die Wolke aus Fliegen zu vertreiben, die um ihren Kopf schwirrte. Die Sonne brannte auf ihren Nacken, und der Rücken begann zu schmerzen. Sie kniff die Augen gegen die Helligkeit zusammen. Die Hände in den Handschuhen wurden glitschig vom Schweiß. Immer mal wieder massierte sie mit der freien Hand ihr Kreuz; die anderen ignorierten sie. Man vermied jeden Blickkontakt.

Warum man sie zur Feldarbeit abgestellt hatte, war ihr ein Rätsel. Sah so die Gnade Gottes aus? Das sah eher nach Strafe aus – Strafe dafür, daß sie nicht kooperiert hatte. Aber warum erst jetzt und nicht schon früher? Ob die Aufseherin das mit dem Antichristen ernst gemeint hatte?

---

1 ein Herbizid, das einkeimblättrige Pflanzen wie Getreide verschont, aber bei zweikeimblättrigen Pflanzen zu Wachstumsstörungen führt, die ihr Absterben bewirken

Lucy arbeitete sich an einer Sojareihe entlang, die nahe an dem Maschendraht verlief, der das Feld begrenzte. Sie sah kaum einmal auf. Eine Frau kam die nächste Reihe herauf. Lucy sah sie aus den Augenwinkeln und stutzte, dann fiel es ihr wie Schuppen von den Augen: das war Luz!

Nach ihrer Verhaftung hatten Luz und Lucy einen Monat auf ihren Prozeß gewartet; und diesen Monat hatten sie zusammen mit zwanzig anderen in einer stinkenden Zelle zubringen müssen; und in dieser Zelle hatten die beiden Frauen Freundschaft geschlossen. Über Lucys Idee, ein Teilgeständnis abzulegen, um so vielleicht mit einem blauen Auge davonzukommen, hatte Luz gelacht. Mit allem, was Luz hätte eingestehen können, wäre die Anklagevertretung nicht zufrieden gewesen, und alles, womit die Anklagevertretung zufrieden gewesen wäre, konnte Luz nicht eingestehen, ohne Kopf und Kragen zu riskieren. Luz schlug vor, lieber inständig zu beten, daß die Polizei nicht auf die Idee kam, das Zeug in dem Taschenrechner zu testen; denn wenn man dahinterkam, was sie da wirklich unter die Leute gebracht hatten, dann würden sie alt aussehen – ziemlich alt und garstig dazu, ehe man sie – wenn überhaupt – wieder auf freien Fuß setzen würde.

Dann hatte Luz ihr geraten, sich als Zeugin der Anklage anzubieten, um so vielleicht mit einer Anklage wegen Brandstiftung davonzukommen. Sie hatten Details ausbaldowert, die Lucy helfen konnten und die Luz nicht bestreiten wollte. Lucy hatte sich geweigert. Warum? Bei allem, was Lucy über Gefängnisse wußte, hätte sie zu jeder Schandtat bereit sein müssen, um nicht hinter Gitter zu kommen. Aber sie hatte sich verändert. Es lag an Luz. Luz schien keinerlei Identitätsprobleme zu haben, Luz war immer Luz. Sie kannte die Mächte, die sich gegen sie verschworen hatten, und ließ weder Wut noch Verzweiflung aufkommen und erst recht keine Selbstzweifel. Lucy konnte sie einfach nicht im Stich lassen. So vergingen die Tage, und dann stellte man ihnen einen Pflichtverteidiger, und Lucy blieb ihrem Vorsatz treu. Erstaunt über sich selbst und mit einem merkwürdigen Gefühl innerer Freiheit bekannte Lucy sich zu Hester Palenque.

Die Verhandlung vor dem Bundesbezirksgericht dauerte ganze zehn Minuten: Luz bekam zehn Jahre, Lucy fünf. Da die Resozialisierungsanstalten von New York zu hundert Prozent überbelegt waren, überstellte man sie einer christlichen Rehabilitationseinrichtung in *South Carolina.* Hier waren sie mit Strafgefangenen aus sechzehn Bundesstaaten unter mittleren Sicherheitsbestimmungen interniert. Luz nahm ihr Schicksal mit Gleichmut auf. Sie erzählte Witze und wurde prompt dafür bestraft. Sie wurde dabei ertappt, als sie einen Hungerstreik organisieren wollte – sie hätte wissen müssen, daß die Räume abgehört wurden – und wurde verlegt. Seitdem hatte Lucy sie nicht wieder zu Gesicht bekommen.

Als sie auf gleicher Höhe waren, zischte Lucy: »Luz! Ich dachte, sie hätten dich umgebracht.«

Luz setzte ruhig einen Fuß vor den anderen. »Ich bin okay«, sagte sie, ohne den Schritt zu verhalten. Lucy sah über die Schulter. Luz zielte mit dem Sprühstab auf ein Unkraut am Fuß einer Sojapflanze. Ein Wärter sah her; Lucy wandte sich rasch wieder ihrer Arbeit zu. Im Laufe des Morgens kam sie nicht mehr in die Nähe von Luz.

Die Sonne hatte ihren Höchststand überschritten, als einer der Wärter die Trillerpfeife blies. Lucy folgte den anderen zu einem Eimer mit Wasser, der am Ende des Feldes wartete. Sie nahm den Kanister vom Rücken und drückte die Schultern durch, bis die Wirbel krachten. Luz und die anderen schlürften Wasser aus dem Alubecher und wechselten ein paar Worte. Lucy schielte über den Rand ihres Bechers zu Luz hinüber. Luz blickte her. Ihre Augen begegneten sich, aber nur einen flüchtigen Augenblick lang.

Lucy ging zu ihr hinüber. »Whales in the Sea, His Voice obey[1]«, flüsterte sie.

»Amen«, sagte Luz.

Lucy fiel ein Stein vom Herzen. »Luz«, sagte sie. »Wie lange machst du das hier schon?«

»Ziemlich lange«, sagte sie. »Die Arbeit tut gut. Ich fühle mich stark.«

Lucy schielte zu den Wärtern. Sie schenkten ihnen keine Aufmerksamkeit. »Wie kommen wir hier raus?«

»Indem wir gut sind.«

»Du? So gut kannst du gar nicht sein, Luz.«

»Wer ist schon so gut, daß er die Freiheit verdient?« sagte Luz.

Es rieselte Lucy eiskalt den Rücken hinunter. »Meinst du das ernst?«

Luz sah sie an. Auf ihrer Haut glitzerte gesunder Schweiß. Die braunen Augen waren klar und dunkel und warm. »Ich habe keine Zeit, um es nicht ernst zu meinen. Ich war auf dem falschen Weg. Jetzt bin ich auf dem richtigen.«

»Aber Luz …«

»Okay, Mädels«, rief einer der Wärter. »Zurück an die Arbeit. Wir sind kein Hospiz.«

»Bleib bei mir heute nachmittag!« flüsterte Lucy noch.

Sie kehrten an die Arbeit zurück. Sie unterhielten sich häppchenweise und im Telegrammstil, und die Wärter schienen keine Notiz zu nehmen. Allmählich

---

1 Adaptionsversuch: »Selbst der Wal im Kattegat / tut, was Gottes Stimme sagt.«

kam Lucy zu der Überzeugung, daß Luz tatsächlich meinte, was sie sagte. Aus ihr sprach weder Zorn noch Sarkasmus. Lucy kam es so vor, als ob die neue Luz im Vergleich zur alten etwas eingebüßt hätte, doch als sie das sagte, bekam sie nur zur Antwort: »Aus dir spricht der Zorn. Zorn ist eine Krankheit. Ich wär fast daran gestorben. Ich bin froh, daß das vorbei ist.«

Lucy schwieg. Sie fühlte sich betrogen. Luz, die Revolutionärin, redete der Versöhnung das Wort, während Lucy, die Rechtsanwältin, an ihrer Wut zu schlucken hatte.

Es schien Jahre zu dauern, bis die Trillerpfeife die Tagesarbeit beendete. Lucys Magen knurrte wie ein Hund. Die Frauen bildeten eine Zweierreihe. Es ging paarweise in die Scheune. Die Kanister wurden aufgetankt, die Sprühgeräte in die Regale gelegt, die Handschuhe in eine Stahltonne geworfen. Die Wärter schienen aufzutauen. Luz setze Muskeln an, stichelte der eine. Luz schenkte ihm ein Lächeln. Zum ersten Mal heute unterhielten sich die Frauen. Lucy fühlte sich benommen. Sie ging neben Luz und dem Wärter zum Schlafsaal. Luz hatte einen federnden Gang. Sie schwatzte munter drauflos, über die Ernte und die Hitze und seinen finstren schwarzen Bart. Gerade so, als habe sie heute nichts weiter getan als gejoggt. Heiter, erwartungsvoll, sie war einfach fit und guter Dinge. Lucy war unwillkürlich von ihr angetan.

»Der Tag heute hat dir gut getan, was?« sagte Lucy.

»Hat er«, zwitscherte Luz. »Merkt man das nicht?«

»Und ob«, sagte der Wärter. »Keine Sorge, Luz. Die Wohltaten nehmen kein Ende.«

Kaum durch die Tür, standen sie schon vor einem Tisch. Ringsum drängten sich die Frauen. Am Tisch teilte eine lächelnde Aufseherin kleine Gläser mit

Orangensaft und einen Pappbecher mit einer Kapsel aus.

Luz bahnte sich ihren Weg durch die Frauen. Lucy erhaschte einen Blick in die Augen ihrer Freundin, als diese mit zitternden Händen das Glas und den Becher entgegennahm, sich die Kapsel auf die Zunge rollen ließ und sie mit dem Saft hinunterspülte. Das Zittern war wie weggeblasen. Als Luz dem Tisch den Rücken kehrte, streifte sie Lucy mit einem Blick, als sei Lucy nichts weiter als eine Pappfigur.

Lucy wartete, bis alle Frauen ihre Ration bekommen hatten. Die Aufseherin hielt Lucys Labsal in den Händen. »Sie sind Hester, hab ich recht?«

Die anderen waren schon auf dem Weg zur Gemeinschaftsdusche. »Nein, danke, ich möchte nicht.«

»Sie brauchen das, Hester.«

»Mir geht es gut, wirklich.«

Die Aufseherin setzte das Glas und den Becher mit den Kapseln wieder ab. »Sie sind ein schlechtes Mädchen«, sagte sie.

»Ihr könnt mich mal.«

»Würden Sie mich bitte begleiten, Hester?«

»Würden Sie mir bitte erlauben, Ihnen die Kehle durchzubeißen, Ma'am.«

Stunden später – nach freundlichem Zureden, sanften Warnungen und hübsch verpackten Drohungen – nach Strammstehen, grellem Licht und endlos wiederkehrenden Fragen – da zeigte man Lucy das Band. Der Hunger wühlte in ihrem Bauch. Sie hatte rasende Kopfschmerzen. Sie fragte sich, warum man soviel Umstände machte und ihr die Drogen nicht einfach per Spritze verabreichte.

Das Sagen hatte Dr. Kent. Sein Haar war noch widerborstiger als am Morgen. Er erklärte ihr, daß er kein Doktor der Medizin sei; er war Strafrechtler.

Wäre ihr der Mann nicht so gegen den Strich gegangen, er hätte sie angeödet. Die Nacht war schon fortgeschritten, als er der Aufseherin nahelegte, eine Pause zu machen und ihn mit Lucy allein zu lassen.

»Ich will Ihnen ein Video zeigen, Hester, und zwar weil Sie sich so hartnäckig dagegen sträuben, uns zu helfen.« Dr. Kent drückte eine Taste; der Monitor auf dem Wandbrett in der Ecke begann zu flimmern. ›PATIENT 999-97-9263. SITZUNG 6‹ Nach dem Titel erschien dasselbe Zimmer, in dem Lucy jetzt saß. In ihrem Stuhl saß Luz. Knapp zwei Schritte hinter Luz stand eine Aufseherin, die Hand mit der Betäubungswaffe auf dem Rücken. Hinter dem Tisch saß Dr. Kent. Mitten auf dem Tisch stand ein Aschenbecher, daneben lag ein hellgrünes Briefchen Streichhölzer, und näher zu Luz lag eine geöffnete Packung Marlboro.

Obwohl Luz entspannt wirkte, beinah arrogant, stimmte irgend etwas nicht mit ihrem Gesicht. Der Kiefer war geschwollen. Ein Mundwinkel stand steif abwärts, als sei er taub. Ab und zu fuhr sie mit der Hand in den Nacken.

»Wir sind nicht da, um Sie zu bestrafen«, sagte der Dr. Kent auf dem Band. »Wir sind da, um Ihnen zu helfen.«

»Sie und Dr. Mengele[1]«, sagte Luz.

»Aus Ihnen spricht der Zorn«, sagte Kent. »Zorn ist eine Krankheit, Luz.«

1 Josef Mengele, berüchtigter deutscher KZ-Arzt (grausame Versuche an jüdischen Kindern, vor allem an eineiigen Zwillingen), dem mit Hilfe der katholischen Kirche – nachdem ihn seine (wohlhabende) Familie (Landmaschinenfabrik) jahrelang im heimatlichen Oberschwaben versteckt hatte – die Flucht nach Südamerika gelang und dem 1959 – angeblich auf Betreiben des amtierenden Diktators von Paraguay, General Alfredo Stroessner, die paraguayanische Staatsbürgerschaft gewährt wurde

»Die Regierung ist die Krankheit.«

»Ich will Ihnen das gerne noch einmal erklären, denn ich glaube, daß wir Ihnen trotz Ihrer Krankheit eine Erklärung schuldig sind.«

Luz zupfte eine Zigarette aus der Schachtel und zündete sie an; sie war peinlich darauf bedacht, die geschwollene Seite des Mundes zu schonen.

»Warum wird jemand interniert?« sagte Kent. Die aufgezeichnete Stimme klang hohl. »Wir internieren ihn, weil er die gesellschaftlichen Werte nur unzureichend verinnerlicht hat und sein Handeln demzufolge den normativen Rahmen der Gesellschaft sprengt. Habe ich mich klar genug ausgedrückt?«

»Nein«, sagte Luz und inhalierte.

»Wir internieren den Mann ...«

»Ich bin kein Mann.« Sie blies den Rauch über den Tisch. »Aber das wissen Sie längst, hab ich recht?«

Die Aufseherin sah nicht besonders glücklich aus. Kent lächelte. »Wir internieren ihn, um ihn von der Gesellschaft zu isolieren, deren Werte er zu akzeptieren sich weigert. Ist er einmal interniert, gibt es zwei Alternativen: a) wir isolieren ihn auf unbestimmte Zeit von der Gesellschaft – b) wir ändern die Situation derart, daß sich sein Verhalten innerhalb akzeptabler Normen bewegt.«

»Isoliert mich, bis ich Grünspan ansetze«, sagte Luz. Sie klang unverkennbar müde, trotz der schlechten Tonqualität. Lucy sah Kent an, aber der war in das Video vertieft, als handle es sich dabei um die Raubkopie eines verschollenen Bogart-Streifens.

Die Aufseherin auf dem Bildschirm kam in Bewegung, doch ein Blick von Kent genügte, um sie wieder einzufrieren. Er fuhr fort. »Alternative b) eröffnet zwei weitere Alternativen: ba) – wir verändern die gesellschaftlichen Normen derart, daß das Verhalten des Häftlings, das bislang als kriminell galt, allgemein akzeptiert wird …«

»Klingt schon besser …«

»Oder bb) – wir verändern das Verhalten des Kriminellen derart, daß es wieder in die sozialen Normen paßt.«

»Darf ich wählen?«

Kent blickte ihr offen ins Gesicht. Sein Lächeln wurde sehr breit. »Natürlich nicht«, sagte er unverblümt. »Ihre Einstellungen liegen außerhalb der geltenden gesellschaftlichen Normen. Deshalb sind Sie hier, Luz.«

»Ich dachte, wegen der Bakterienküche.«

Die Aufseherin zielte mit der Waffe in den Nacken ihres Schützlings und drückte ab. Luz warf alle viere und fiel kraftlos in den Stuhl zurück. Die Zigarette traf Kents Revers, kullerte über den Tisch und kam schwelend am Aschenbecher zur Ruhe. Kent sah die Aufseherin mißbilligend an, die Aufseherin runzelte die Stirn. Er erhob sich aus seinem Stuhl, kam um den Tisch herum und trat neben Luz. Er tastete den Puls an ihrem Hals. Dann nahm er die Zigarette auf, machte einen tiefen Zug und schritt im Zimmer auf und ab, bis Luz wieder zu sich kam. Dann setzte er sich und redete weiter, als sei nichts passiert.

»Alternative a)«, sagte er, »entspricht ganz der Tradition des Strafvollzugs – unbegrenzte Sicherheitsverwahrung für die sogenannten ›Unverbesserlichen‹. Auch Alternative ba) wurde verschiedentlich probiert – zuletzt in der Woge von Toleranz, die in den letzten dreißig Jahren über Amerika hinweggegangen ist, und zwar mit verheerenden Auswirkungen. Unsere Christliche Farm widmet sich dagegen der Alternative bb). Wir verändern das Verhalten des Kriminellen.«

Luz stierte ihn teilnahmslos an.

»Hören Sie mich, Luz?«

»Ja.«

»Wir wären sehr erleichtert, wenn Sie Ihre Pillen nähmen. Ist das klar?«

»Ja, Dr. Kent.« Sie schien sich zu erholen. Aber ihre Aufmüpfigkeit war dahin. Lucy wollte schreien.

»Sonst wird das nichts mit uns, Luz.« Er sah auf. »Nicht wahr, Ma'am?«

Die Aufseherin legte Luz die Hand auf die Schulter. Luz fuhr zusammen, fast wie unter dem Betäubungsschuß.

»Sie brauchen Ihre Medizin, Miss«, sagte sie.

»Ja, Ma'am«, sagte Luz und starrte auf den Tisch.

Dr. Kent sah sie forschend an. Die Hand der Aufseherin lag noch auf ihrer Schulter, der Daumen der Aufseherin spielte mit ihrem Nackenhaar.

»Wollen Sie das für uns tun, Luz?« fragte Kent. »Werden Sie Ihre Medizin nehmen?«

»Ja, Dr. Kent«, flüsterte Luz.

Die Aufzeichnung brach ab.

Kent schaltete aus. Er wandte sich an Lucy, als erwarte er, daß sie etwas sagte.

Sie starrte ihn an. Sie hatte keine Angst: sie war wütend. Die Welt ist ungerecht, hatte Concepción gesagt. Wie recht sie hatte. Um so weniger verstand sie, wie Concepción angesichts dieser unumstößlichen Gewißheit noch Humor aufbringen konnte. Das war kein Grund zum Lachen. Sollte sie je wieder freikommen, dann wollte sie nie wieder lachen. Sie schickte einen vernichtenden Blick in die Kamera, die oben in der Ecke des Zimmers lauerte. Sie stellte sich vor, wie irgendeine andere Frau hier sitzen würde, in einer ähnlichen Lage wie sie, und sich die Aufzeichnung dieser Sitzung ansah. Hoffentlich würde sie Lucys Wut erkennen. *Scheiß ihnen was,* dachte sie an die Adresse ihrer potentiellen Leidensgefährtin. *Laß dich nicht unterkriegen!*

»Und jetzt soll ich wohl artig sein und tun, was Sie von mir verlangen«, sagte sie zu Kent. »Sehe ich das richtig?«

»Wissen Sie denn schon, was ich von Ihnen verlange?«

»Sie verlangen von mir, daß ich Drogen nehme.«

»Die Gesellschaft verlangt es.«

Am liebsten würde sie ihm die Daumen auf die Augen setzen und zudrücken. »Sie haben sie getötet.«

»Unsinn, Lucy. Sie sind heute nachmittag mit ihr zusammengewesen. Sie war noch nie so lebendig.«

Der Stuhl scharrte, dann zog Kent eine Schublade auf und nahm einen kreditkartengroßen Taschenrechner heraus. »Erinnern Sie sich. Darin ist das Virus, das als Beweis gegen Sie verwendet wurde.« Kent fuhr mit der Fingerspitze an der Kante entlang. »Man hat mir gesagt, daß dieses Virus, wenn es richtig aktiviert wird, den Körper veranlaßt, eine Lawine von Endorphinen zu produzieren. Zehntausendmal wirkungsvoller als Morphium.«

Er wußte nicht, was er da wirklich in der Hand hielt. Die Polizei mußte die Version von Luz geglaubt haben. Lucy starrte wie hypnotisiert auf den Taschenrechner.

»Das Virus wird durch Sex aktiviert«, sagte sie. »Die Hormone nehmen ihn Huckepack.«

Kent schaltete die Videokamera ab. »Stimmt das wirklich, Hester?«

»Ich weiß, daß Sie mich haben wollen«, sagte sie seelenruhig. »Und ich bin einverstanden, wenn Sie mich nur hier rausbringen. Wir müssen zusammenarbeiten. Ich will nicht so enden wie Luz.«

»Ich bin doch nicht verrückt, Hester.«

Lucy streute eine Prise Verzweiflung in ihre Stimme. Es war ein Kinderspiel. »Ich habe Luz erlebt. Sie ist innerlich tot. Ich möchte so bleiben, wie ich bin.«

»Sie würden tun, was ich will?«

»Ja. Aber nicht hier – irgendwo anders. Wo, ist mir egal. Was halten Sie von einem Motel? Sie werden es nicht bereuen.«

Kent betrachtete sie eingehend. Lucy biß sich inwendig auf die Lippe und blinzelte, bis ein paar Tränen kamen. Sie mied seinen Blick und fixierte den Aschenbecher auf dem Tisch. *Komm schon, du Bastard. Trau dich.*

Die Aufseherin kam zurück. Kent steckte den Rechner in die Brusttasche seines Jacketts. Er stand auf. »Würden Sie Hester behilflich sein«, sagte er. »Ich fürchte, ich muß sie zur weiteren psychiatrischen Untersuchung nach *Columbia* bringen.«

Die Aufseherin schien nicht viel davon zu halten. »Heute noch?«

»Diese Nacht noch.« Seine Wangen waren gerötet.

Die Frau zog Lucy aus dem Stuhl und drehte sie um; Lucy mußte die Hände auf den Rücken nehmen und bekam Handschellen angelegt. Kent nahm eine Betäubungswaffe aus der Schublade. »Kommen Sie, Hester«, sagte er.

Sie ließen die Aufseherin zurück. Kent brachte Lucy durch mehrere Korridore und schließlich durch eine Sicherheitstür nach draußen. Die Nacht war schwül, eine Augustnacht im Oktober. Die Felder erstreckten sich bis an die hell erleuchtete Straße zwischen den zwei Maschendrahtzäunen. Lucy sah Kent von der Seite an. Sie wußte noch nicht, was sie im entscheidenden Moment tun wollte, doch sie verließ sich ganz auf den Zorn, der sich in ihr angestaut hatte. Kent ließ sie in ein Auto steigen, und sie fuhren auf das Haupttor zu. »Sie werden sehen, Hester, wenn Sie erst mal außer Reichweite der Kameras sind, fühlen Sie sich wohler.«

Die Wachen stellten keine Fragen. Das zweite Tor entließ sie auf eine Straße mit durchgehendem Mittelstreifen, die Fahrbahn war schmal. Je weiter sie sich von der Farm entfernten, um so mehr wich das Gewicht, das auf Lucys Schultern drückte. Der heiße Fahrtwind blies durchs Fenster. Sie lehnte sich gegen die Handschellen und sah den Sternen zu, die rechts und links hinter den Wipfeln vorüberzogen. Sie mußte an Luz denken.

Kent bog auf einen unbefestigten Waldweg ab. Eine Meile oder mehr holperten sie über Buckel und Löcher, dann hielt Kent mitten auf der Straße. Er stellte den Motor ab. Der Wald streute sein trockenes Rascheln über sie aus.

»Was soll das?« fragte Lucy.

»Hier sind wir ganz unter uns.«

»Nein. Ich will in ein Motel.«

»Das ist zu riskant.«

Kent kletterte zu ihr auf den Sitz und begann, ihren Overall aufzuknöpfen.

»Und das Virus?«

»Genmanipulation ist Sünde, Hester. Ich möchte Sie rehabilitieren.«

Lucy wollte sich abwenden. Seine feuchte Hand packte um ihr Gesicht herum und zwang sie, ihn anzusehen. »Die Sünde quält den Menschen, seit Gott ihn aus dem Paradies vertrieben hat«, flüsterte er heiser. Die andere Hand fummelte an den Knöpfen ihres Overalls. Sein Atem stank nach Zigaretten.

Er verlor die Geduld und riß den Overall auf, dann suchte er nach ihren gefesselten Händen, auf denen sie lag. »Hör zu, Hester!« keuchte er. »Jeder, der nur ein bißchen Mitgefühl hat und den Lauf der Welt betrachtet, muß die menschliche Borniertheit verfluchen. So viele Sünder, so viele Sünden.« Er bekam ihre Handgelenke zu fassen und riß ihre Hüften an sich. Sie überlegte fieberhaft. Sie durfte die Kontrolle nicht verlieren.

»Ja«, sagte sie.

Er schien überrascht. »Verstehst du mich, Hester?«

»Ja.«

»Entweder du stehst zu diesem Projekt, zu unserer Rehabilitationsmethode, oder du bist nicht besser als der bornierte Soldat, der die Bibliothek von Alexandria angezündet hat, oder der Jeanne d'Arc verfolgt hat oder der dem Gekreuzigten die Lanze in die Seite gestoßen hat.«

Wut, Verzweiflung und Ekel wollten sich ihrer bemächtigen, aber Lucy beherrschte sich. »Ich weiß«, sagte sie. »Schließ mir die Handschellen auf.«

»Was jetzt kommt, macht alles nur leichter, Hester.«

»Bitte. Ich möchte dir helfen.«

Kent hielt inne. Er wich zurück, keuchend. Er nestelte den Schlüssel aus seiner Tasche. Er ließ ihn über ihr baumeln. »Du willst frei sein?« sagte er. »Die Freiheit verdienst du noch nicht.«

Dann packte er um ihren Oberschenkel und zerrte ihr die Beine auf den Sitz.

Später, nachdem er auf ihr eingeschlafen war und sie wieder einen klaren Gedanken fassen konnte, spürte sie unter sich einen kleinen, harten Gegenstand. Sie arbeitete sich mit den Fingern vor. Es war der Schlüssel. So behutsam wie möglich schob sie die Hände über den Sitz hinaus. Nach qualvollen Minuten krampfhafter Anstrengung und panischer Angst, den Schlüssel zu verlieren, gelang es ihr schließlich, die Handschellen aufzuschließen. Sie robbte unter Kent heraus, klinkte den Schlag auf und krabbelte aus dem Wagen. Kent regte sich, sein Kopf hing halb im Freien.

Sie schlug die Tür mit aller Kraft zu, machte sie wieder auf und schlug sie wieder zu. Sie zählte die

Schläge nicht. Schließlich krabbelte sie auf allen vieren davon und erbrach ihren Magenschleim. Zwischen den Beinen spürte sie ein Rinnen von Sperma oder Blut. Den Overall um die Knie gesammelt krabbelte sie zum Wagen zurück und öffnete den Schlag noch einmal. Sie zerrte Kent heraus, riß ihm die Jacke vom Leib und rollte ihn in den Straßengraben. Er atmete noch. Nur hundert Dollar waren in seiner Brieftasche. Sie spuckte auf ihn, raffte den lädierten Overall hoch, fuhr in die Ärmel und taumelte zum Wagen. Ihr fiel der Taschenrechner ein. Sie fingerte ihn aus der Brusttasche.

Sie versuchte nicht nachzudenken und fuhr zum Highway zurück. Der Rechner lag in der Ablage und schillerte bedrohlich im Mondlicht. Sie war es leid, herumgereicht zu werden. Das Gezerre trieb einen in den Wahnsinn. Es sah ganz so aus, als sei das jetzt ihr Lebenszweck: *wahnsinnig* zu werden.

Die Welt war ungerecht. Eine Träne für Concepción, eine für Luz und – eine für Lucy. Sie lachte.

22

DIENSTAG, 12. OKTOBER

Nie beschweren, nie erklären

Ich kann nichts sagen, solange Sie ihn nicht herbringen. Ich muß wenigstens ein paar Tests machen können«, sagte Vance. »Alles andere ist Spekulation.«

»Spekulieren Sie«, sagte Gilray.

»Tja, da kommt vieles in Frage. Epilepsie, bedingt durch einen Hirntumor, aber es muß kein Tumor sein. Oder die Folge von jahrelangem Drogenmißbrauch. In Raleigh gibt es ein Dutzend guter Ärzte, die eine Diagnose stellen können. Es sei denn, Sie kommen auf mein Angebot zurück und lassen mich in Raleigh ein paar Fallstudien machen.«

»Sie meinen, Sie wollen einen Blick auf unseren Zoo werfen.«

Vance runzelte die Stirn. »Zoo? Ich denke, Sie haben es mit Menschen zu tun, Reverend.«

»Wir werden sehen«, schloß Gilray das Gespräch. »Ich komme gegebenenfalls auf Sie zurück.« Er legte auf.

Seit Richards Anfall auf Sumners Wahlparty hatte Gilray das untrügliche Gefühl, daß eine Krise bevorstand. War es denkbar, daß Richard ganz im Widerspruch zu seinem Lebenswandel einer der zwei Zeugen war, von denen es in der Offenbarung[1] hieß, sie

1 ›Offenbarung an Johannes‹, Kap. 11

würden 1260 Tage lang predigen, bevor ihr Martyrium durch die Herrschaft des Antichristen besiegelt wurde? Das würde bedeuten, daß Richard schon seit mehr als drei Jahren das Sprachrohr Gottes war.

Nur wenige seiner Glaubensbrüder würden das für möglich halten. Doch was das ›Zeitalter der Entrückung‹ betraf, da hatten sie auch geirrt, und er hatte recht behalten. Vielleicht irrten sie auch diesmal. Die Chronologie war allerdings konfus. Der Antichrist schwang bereits das Zepter; die Beweise waren erdrückend. Es war nicht der Antichrist, der am Ende des Jahres kam, es war der Erlöser höchstpersönlich. Das hatten Offenbarungen so an sich. Die ganze, kompakte Wahrheit war Johannes in einer einzigen, überwältigenden Vision offenbart worden, die die Fesseln von Zeit und Raum sprengte; deshalb war das Buch auch voller Prolepsis[1], und künftige Ereignisse wurden beschrieben, als seien sie schon eingetreten. Um die Vision des Johannes zeitlich zu ordnen, bedurfte es einer neuen Offenbarung.

Daraus schöpfte Gilray die Gewißheit, daß er prophezeien mußte. Und daß Richard der Zweite im Bunde war. Ihm stand Grausames bevor. Er allein wußte um die Qual, die ihm auferlegt war – den erbarmungslosen Willen, den er aufzubringen hatte, um Zion vorzubereiten.

Die Sprechanlage surrte. Marianne teilte ihm mit, daß der Wagen bereitstand. Im Vestibül stieß er auf Richard, der sich mit Felton über Logistik unterhielt. Richard wirkte niedergeschlagen. Er war unrasiert, und der Anzug hatte ganz ungewöhnliche Knautschfalten. Man hatte Richard von der Sumner-Party nach Hause verfrachtet, wo er unter Aufsicht einer Kran-

---

1 *Prolepsis* (griech.) = Vorwegnahme

kenschwester das Bett gehütet hatte. Richard hatte es nicht lange ausgehalten.

Sie gingen zu dritt zum Wagen. »Wie geht es Ihnen, Richard?« fragte Gilray.

»Prima.«

»Sie haben uns einen schönen Schrecken eingejagt.«

Richard schwieg, bis sie alle im Wagen saßen und Felton den Motor angelassen hatte. »Ich hab mir selbst einen Schrecken eingejagt.«

»Sie sollten nicht dagegen ankämpfen, Richard«, sagte Gilray. »Sie haben eine große Begabung. Und eine Verantwortung dazu. Das eine ist nicht ohne das andere zu haben.«

»Danke.«

»Es stößt auf wie Zitronensäure …«

»Ich würde sagen …«

»… aber im Mund wird es zu Honig. Ich weiß.«

»Mein Mund fühlt sich an wie der Boden eines Reaktorkessels.«

»Feuer schlägt aus ihrem Mund und verzehrt ihre Feinde …«

»Pardon. Ich habe mit Mundwasser gegurgelt.«

»… und so muß jeder sterben, der sie verletzen will.«[1]

»Wohin fahren wir?«

Gilray gab auf. Wenn Richard der Wahrheit noch nicht ins Auge sehen wollte, dann konnte Schweigen mehr bewirken als Reden. Sie hielten an der Feuerwache, die als Bezirkswahllokal fungierte. Eine kleine Herde hatte sich eingefunden und wartete. Gilray schüttelte ein paar Hände und überließ es Richard, mit den Leuten zu reden, derweil er nach drinnen ging, um seine Stimme abzugeben. Ein Fotograf blitzte ihn. Als Gilray fertig war und eben wieder ins

---

1 Bibel: ›Offenbarung an Johannes‹, Kap. 11, 5 (gemeint sind die *zwei Zeugen*)

Freie wollte, sah er Richard auf dem Rasen stehen und auf einen Reporter einreden; er entsann sich, den jungen Mann auf Sumners Party gesehen zu haben.

»Ich und einen Anfall? Wo denken Sie hin, Mann?« sagte Richard eben. So laut hatte der Reverend ihn noch nie erlebt; die Leute starrten die beiden an. Der Reporter war sichtlich sauer. Gilray stand noch in der Tür, er hielt sich zurück. »Das war genauso wenig ein Anfall, wie diese Sendung von Comandante Jesus ein Zufall war.«

»Was wollen Sie damit sagen?« fragte der Reporter.

»Sehen Sie denn nicht diese Verkettung von Ereignissen? Erstens – kaum tauche ich in Raleigh auf, da stellt mich der Reverend in seine Dienste. *Mich,* verstehen Sie? Ich bin nicht einmal ein Christ. Zweitens – es vergeht kaum ein Monat, und der Anti-Wiedererweckungsartikel wird ratifiziert. Drittens – seit 1953 hat man nie wieder so viele UFOs gesichtet wie in letzter Zeit. Viertens – Comandante Jesus sendet in immer kürzeren Abständen. Fünftens – Das Klima schlägt um: das Hochwasser geht zurück, und wir bekommen den August im Oktober. Sechstens – Heuschreckenplagen im Mittelwesten. Siebtens – das Massaker der Grünen. Achtens – die Kommunen beschließen außerordentliche Wahlen.«

»Für Sieben und Acht gibt es naheliegende Erklärungen.«

»Sind Sie sicher? Wie wahrscheinlich sind denn diese Ereignisse für sich genommen? Einige sind ziemlich komplex. Dann multiplizieren Sie das mal. Die Wahrscheinlichkeit einer solchen Kette ist astronomisch klein. Das ist kein Zufall, sage ich.«

Gilray gewahrte den Feuereifer in Richards Stimme. Er hatte es gewußt.

»Was sonst?« schnaubte der Reporter.

»Der Reverend sagt, die Letzten Tage sind angebrochen. Ich kenne mich damit nicht aus. Ich stehe mit beiden Beinen im Diesseits. Aber diese UFOs sind mehr als Sumpfgasblasen. Und Comandante Jesus ist keine Einbildung. Was, wenn er sich nur deshalb Jesus nennt, weil er die Christen ärgern will? Angenommen, er ist nicht bloß irgendein verrückter Hacker. Angenommen, er ist der Kopf eines außerirdischen Terrorkommandos, das längst vor Ort ist. Angenommen, sie haben sich bereits in ganz Amerika etabliert. Sagt nicht die Bibel, Satan wird in der Maske von Christus kommen?«

»Wollen Sie behaupten, Comandante Jesus ist Satan?«

»Nageln Sie mich nicht fest; Religion ist nicht mein Metier. Vielleicht ist der Comandante ein Alien mit Fledermausflügeln und Hufen. Warum sollten Leute von einem anderen Stern nicht auch anders aussehen? Wer weiß, vielleicht brauchen sie unseren Planeten? Vielleicht sind sie schon seit Tausenden von Jahren dabei, die Menschheit zu unterwandern. Vielleicht gibt es auch Aliens mit guten Absichten, die aussehen wie Engel und uns ab und zu aus der Patsche helfen. Vielleicht sind wir ein Dritte-Welt-Planet im intergalaktischen Poker der Supermächte.«

»Was hat das alles mit Ihrem Anfall zu tun?«

Richard holte kaum Atem. »Eine Botschaft. Eine telepathische Botschaft der Guten Aliens. Sie haben mich zugeschaltet, ich hing plötzlich in ihrem Informationssystem, in ihrem Computernetz oder in weiß der Henker was. Jedenfalls war ich nicht vorbereitet und der Energiefluß so gewaltig, daß sie mir fast das Hirn verschmort hätten. Aber jetzt steht die Verbindung. Ich bin empfangsbereit und erwarte jederzeit Informationen, die wir dringend brauchen, um den Kampf gegen die Bösen Aliens zu gewinnen. Ich bin ein Terminal.«

Gilray trat vor. »Er ist ein Prophet.«

Die Leute drehten den Kopf. Richard wandte sich nach ihm um.

»Und das, obwohl Mr. Shrike von sich sagt, er sei kein Christ«, fuhr der Reverend fort. »Auch Saulus wußte nichts von seiner Berufung, als er das Pferd sattelte, um nach Damaskus zu reiten.

Manche von euch waren skeptisch, als ich diesen Mann eingestellt habe. Aber ich wußte, was ich tat, und gestern nachmittag wurde es offenbar. Er spricht von Guten Aliens und von Bösen Aliens, und die Bibel spricht von Gott und von Satan. Mr. Shrike denkt wie ein Mann, den die Schule des 20. Jahrhunderts verbogen hat. Aber wie verbogen eine Seele auch ist, Gott kann sich ihrer bedienen, um der Wahrheit zum Sieg zu verhelfen. Es gibt keine Zufälle. Gott hat die Schritte dieses Mannes rechtzeitig nach Zion gelenkt, um die Regentschaft des Herrn vorzubereiten. Und jetzt spricht Gott aus seinem Mund, auch wenn Mr. Shrike das noch nicht begriffen hat.

Das Wahlergebnis und seine Folgen sind ein weiteres Glied in dieser Kette von Ereignissen, die wir Wunder nennen. Die Zeit drängt. Die Apokalypse nimmt ihren Lauf. Wir müssen an die Arbeit.«

Man sah dem Reporter an, daß er nur eins im Sinn hatte: nur ja nicht den Redaktionsschluß zu verpassen. »Sie haben doch sicher alles auf Band?« fragte der Reverend.

Der Mann zog den Recorder aus der Brusttasche. »Habe ich.«

»Gut. Schreiben Sie darüber. Wir erwarten die Niederkunft des Neuen Jerusalems. Am Tag, da die Vorbereitungen beginnen, sollen die Zeitungen voll davon sein.«

Gilray gab Felton einen Wink. Der Chauffeur ging zum Wagen und hielt den Schlag auf. Richard sah verdattert aus, beinah verärgert. Gilray lächelte ihm zu. Sie mochten beide Propheten sein, doch Freunde würden sie nicht werden. Der Herr erwählte die Seinen um ihrer Fähigkeiten willen. Manche waren scharfkantig wie ein Meißel, sie konnten die Dinge spleißen. Manche waren stumpf und kraftvoll wie ein Hammer. Wieder andere waren wie ein Bohrer, sie konnten ins Herz der Dinge vordringen, um dort eine Zeitbombe zu deponieren. Sie alle waren Gottes Werkzeuge. Gilray hoffte, daß sie dem Herrn Ehre machten. Um welchen Preis, das wußte er besser als Richard es je wissen würde. Wenn unter unwirtlichen Verhältnissen schier Unmögliches zu leisten war, dann waren Gottes Werkzeuge gefragt. Das eine oder andere mochte der Beanspruchung nicht gewachsen sein.

»Sie werden der *Hammer Gottes* sein«, sagte Gilray.

Richard sah ihn an. »Was Sie vorhin gesagt haben, Reverend – wieviel glauben Sie davon?«

»Jedes Wort. Und Sie?«

»Kein Wort. Ich habe alles erfunden. Aus dem Stegreif. Blablabla.«

»Warten wir es ab«, sagte Gilray.

23

DIENSTAG, 12. OKTOBER

George lernt dazu

Das Motel *Gulf Breeze,* ein mit Dachpappe gedecktes ›H‹ aus Stuck und Glasbausteinen an der Tennessee-Straße, einen halben Block weit von der I-10-Abfahrt, hatte seinen Gästen früher ein Frutti-di-mare-Restaurant, eine Rollschuhbahn und einen Minigolfplatz geboten. Jetzt waren die Fenster des Restaurants mit Brettern vernagelt, die Rollschuhbahn war in eine Bingo-Halle umfunktioniert worden, und die Windmühlenflügel auf dem Golfparcours standen still. Am Montagabend, als George hier haltgemacht hatte, nachdem er vierundzwanzig Stunden durchgefahren war, hatten vor der Bingo-Halle ein Dutzend Rentner angestanden. George hatte sie ignoriert. Er hatte sich als George Sklovsky eingetragen, war auf sein Zimmer gestelzt und hatte sich, so wie er war, aufs Bett fallen lassen.

Als er vierzehn Stunden später aufwachte, wußte er nicht, wo er war. Er tastete sich durch die Spinnweben eines verfliegenden Traums. Nein, das hier war kein Hospital. Das war ein Motel. Er war in Tallahassee. Sein Reisewecker zeigte fast Mittag an, aber George fühlte sich zerschlagener denn je.

Er versuchte aufzustehen und landete auf den Knien. Er sammelte sich einen Moment lang, dann setzte er sich mit dem Rücken gegen das Bett, zog die

Beine an und stieß sich auf die Füße. Er stand vor der Frisierkommode; sein Spiegelbild bot keinen erfreulichen Anblick. Ob man ihn immer noch beobachtete? Er schwankte ins Bad und klatschte sich kaltes Wasser ins Gesicht. Das Gesicht im Badezimmerspiegel sah nicht besser aus; die Augen waren gerötet, und die Haut spannte sich wie Pergament über die Knochen. Das ramponierte Toupet sah lächerlich aus. Er trocknete sich das Gesicht ab. Das Handtuch roch nach Kerosin. Er hängte damit den Spiegel zu, nahm ein anderes mit ins Zimmer zurück und hängte es über den Spiegel der Kommode. Ob sie ihn beobachteten oder nicht, er jedenfalls wollte sich nicht sehen.

Er spähte durch die heruntergelassene Jalousie. Hinter dem leeren Parkplatz gähnte die Tür der Bingo-Halle wie der Stollen einer verwaisten Mine. Die purpurrote Neonschrift glühte blaß gegen den Tag an. Zwei spanische Jungen in Hawaiihemden lehnten an der rosafarbenen Wand und unterhielten sich mit einer Frau; sie trug eine weiße Jacke, und die schwarzen Leggins zeichneten jeden Muskel ihrer athletischen Beine nach. George nahm den Finger aus der Jalousie und setzte sich auf die Bettkante.

Er war zwar nicht hungrig, fand aber, er sollte sich etwas zu essen besorgen. Er kramte den Liter Scotch aus der Reisetasche und nahm einen kräftigen Schluck. Normalerweise quartierte er sich irgendwo ein, machte sich mit der Gegend vertraut und fahndete nach Anhaltspunkten und Indizien. Er war so müde. Nicht, weil er sich davon irgendwelchen Aufschluß erhoffte, sondern nur, um sich in Schwung zu bringen, raffte er sich auf, einen Waschsalon aufzusuchen.

Er stopfte die Wäsche in einen Kissenbezug und ging damit über den Parkplatz. Sein Auto war das einzige hier. Die Kids und die Frau am Eingang musterten ihn flüchtig, während er näher kam. Die Augen der Frau waren so tiefbraun, daß sie beinah schwarz waren. Er ging an den dreien vorbei in die Halle. In der Nähe der Männertoilette stand ein Imbißautomat. George zog sich einen Sojariegel. Er ging wieder nach draußen, warf sich den Beutel über die Schulter, riß mit den Zähnen die Verpackung auf und biß ab; kauend ging er die Straße hinunter, das Zeug schmeckte nach nichts. Er versuchte, die heiße, feuchte Luft mit jeder Pore in sich aufzusaugen, um seine Lebensgeister aus ihrer Lethargie zu wecken. Die Tennessee-Straße war eine dieser klassisch amerikanischen Bandwurmstraßen, die ganz dem Automobil gewidmet waren: Autohändler, Ersatzteillager, Fast-Food-Restaurants, Autowaschanlagen, und hier und da ein Waschsalon, eine Videothek, ein Freitod-Club. Die Dattelpalmen auf den Parkplätzen vor den geschlossenen Läden ließen die Flügel hängen. Der Himmel war milchig weiß.

Der Waschsalon teilte sich ein Gebäude mit Charlie's Gym, einem Fitness Center. Zwischen den beiden Eingängen hing ein großes Poster mit einem Muskelprotz in roten Shorts. Im Waschsalon waren zwei alte Frauen damit beschäftigt, Kleidungsstücke zu falten, in einem der Plastikstühle saß ein alter schwarzer Mann in T-Shirt und Bermudas und schlief. Die Frauen verstummten, als George eintrat. George leerte den Kissenbezug in eine der Waschmaschinen, steckte eine Münze in den Seifenspender und stellte einen zusätzlichen Desinfektionsgang ein. Er ging wieder nach draußen und zog sich an der Ecke eine Zeitung aus der Box. Aus dem offenen Fenster über dem Fitness Center drang stampfender Techno-Sound. Die heiße Brise schmeckte salzig und roch nach totem Fisch.

Die Zeitung datierte von Sonntag. George setzte sich in die Saunaluft des Salons und versuchte, die Stories zu analysieren, doch die Sätze wurden zu Wörtern und die Wörter zu Buchstaben, und er ertappte sich immer wieder dabei, wie er durch den Raum auf die purzelnden Kleidungsstücke im UV-Licht der Trockner starrte. Das Wälzen und Gurgeln der Maschinen spülte jeden Gedanken aus seinem Hirn.

Schließlich kamen zwei Kids mit einem alten Einkaufswagen voller Kleidungsstücke herein. Die alten Frauen gingen. Der alte Mann schlief immer noch. Seine Augen lagen unter lauter Fältchen begraben. George füllte seine Wäsche in den Trockner. Der Techno-Sound vom Fitness Center wurde schlagartig von einer A-cappella-Schnulze abgelöst. Die Kids wollten George Meperidin[1] verkaufen.

»Nein, danke«, sagte George.

»Wirklich nicht?« sagte der Kleinere. »Haben Sie denn gar keine Schmerzen?«

»Nein«, sagte George.

»Man weiß nie, wann man das Zeug mal braucht«, sagte der andere.

»Da hast du recht. Aber ich brauch's nicht.«

»Hübsche Perücke«, sagte der Kleinere.

»Danke.«

Die beiden durchsuchten mit geschickten Händen die Taschen des Schlafenden, wurden aber nicht fündig.

Als George das Motel erreichte, war er erschöpft. Auf seinem Zimmer schaltete er den Fernseher ein und zappte querbeet durch die Kanäle. Er suchte nach Regionalnachrichten und stieß auf einen Able-

---

1 eingedeutscht von *meperidine (hydrochloride)* = weißes kristallines, wasserlösliches Analgetikum

ger des HCR. Der Spot dauerte gut eine Minute; es ging um einen mysteriösen Kirchenbrand in Indiana, den ein Kugelblitz verursacht hatte. Dann merkte George, daß der Spot einem Video aufgepfropft war, das von ihm stammte.

»UFO-Experten in Indiana haben uns dieses Beute-Video, das man in den Ruinen der ausgebrannten Methodistenkirche fand, zur Verfügung gestellt, und behaupten, es sei von einem außerirdischen Überwachungsteam aufgenommen worden, und zwar bei dem Versuch, einen amerikanischen Staatsbürger in der Männertoilette des Interrail-Bahnhofs von Fort Wayne zu rekrutieren.« Über den Schirm flackerte Georges Video vom Fort-Wayne-Bahnhof, das mit dem Sprung in Burdocks Rücken endete.

»Nach den Worten von Dr. Ivor Blossom vom *American UFO Network* ist der Kirchenbrand in der Innenstadt von Columbia, Indiana, nur der jüngste in einer ganzen Serie von Anschlägen der UFOnauten auf religiöse Einrichtungen in der westlichen Hemisphäre.« Schnitt und Großaufnahme von Dr. Blossom, der sich über die religiösen Ketzereien der Aliens ausließ.

Das war Georges Video, aber man hatte es manipuliert. Jemand hatte aus seiner Geschichte den alten Mist fabriziert. George schaltete auf den Telefon-Kanal, las die Instruktionen für eine Satellitenverbindung, dann tippte er am Telefon neben dem Bett Richards Code ein. Beim neunten Freizeichen wollte er schon aufhängen, als Richard sich meldete.

»Hallo? Bist du es, George?«

George hielt den Hörer am Ohr und wandte sich zum Fernseher. Richard brauchte eine Rasur. »Richard«, sagte George. »Ich habe eben einen HCR-Bericht gesehen; jemand treibt Schindluder mit meinem Material. Was ist los?«

»Du weißt doch, wie das geht. Fast-food.«

»Das ist verdammt wichtig, Richard. Ich schicke euch keine Versatzstücke. Ich versuche eine Katastrophe zu verhindern. Wer weiß ...«

»Katastrophen sind unser Job. Katastrophen und Wunder.«

»Richard, was, zum Teufel, ist los?«

»Reg dich nicht auf, George. Du warst immer schon ein Spinner. Du verrennst dich total. Du hast deinen Spaß gehabt, aber jetzt will ich, daß du die Nase wieder in den Wind drehst.«

»Weißt du überhaupt ...«

»Ich bin in der Höhle des Löwen, George. Ich bin so mit dem Reverend.« Richard hielt die Faust mit dem gestreckten Daumen hoch. »Er hält mich für einen Propheten. Ich bin heiß, George. Die Kiste saust den Berg hinunter, draußen ist es dunkel, kein Mond, der Himmel ist bedeckt, die Scheinwerfer ausgeschaltet, die Bremsen lassen nach, auf dem Beifahrersitz der Reverend, er gibt Ratschläge, die Abfahrt windet sich wie eine Tausend-Dollar-Nutte, ich mich auch, und ich sitze am Steuer. *Ich sitze am Steuer,* George. *Ich* bin der Fahrer. Es ist geil, mein Freund. Ich hab keinen Schimmer, wo wir ankommen, aber ich fange an, den Trip zu genießen. Deine Stories sind bloß ein Teil des Ambiente. Ein bißchen weißes Rauschen, eine klitzekleine Stimulation am Rande. Kapierst du, George?«

George sagte kein Wort.

»Du benutzt deine eigene Abfahrt, ich weiß. Aber meine ist die richtige. Ich sende dein Material, George, und ich weiß deinen Kick zu schätzen; dein Spleen mit dem Alien hat mich erst draufgebracht. Aber die Wahrheit ist weich wie Wachs. Und so bescheuert, daß ihr keiner draufkommt, jedenfalls nicht von weitem. Warum kommst du nicht einfach zurück und springst auf? Ich kann dich brauchen.«

»Richard, du redest wirres Zeug.«

»Schade. Ich weiß, daß das dein Metier ist. Aber lassen wir das. Du hältst mich also für verrückt. Und wieso? Nur weil ich meinen Job aufgegeben habe, um für einen religiösen Fanatiker zu arbeiten, der mich für einen Propheten Gottes hält?«

»Was hältst du von den Stories, die ich bisher geschickt habe?«

»Gutes Rohmaterial. Kann ich natürlich so nicht lassen.«

»Glaubt Gilray an den Außerirdischen?«

»Gilray glaubt an Gott«, sagte Richard. »Du glaubst an den Außerirdischen. Und ich bin der Adapter. Ich glaube gar nichts. Was du mir erzählst, sage ich so, daß der Reverend es versteht.«

»Er hält was von meiner Theorie?«

»Er hält was von *meiner* Theorie. Du bist für ihn ein unbeschriebenes Blatt. Gib deinem Hirngespinst den Laufpaß, George; komm und laß uns zusammenarbeiten. Das wär ein Grund zum Feiern.«

George musterte Richards Konterfei. Bei dieser niedrigen TV-Auflösung wußte man nie genau, wo man dran war, aber Richard kam ihm irgendwie unheimlich vor. Fernsehen trug immer auf, ließ den Dünnen gesund aussehen, den Alltäglichen imposant. Richard sah genau so aus, wie er in New York ausgesehen hatte. »Nein, Richard«, sagte George.

»Eins hab ich dazugelernt, George: wenn Gott dich braucht, dann ist es ihm schnuppe, ob du ja sagst oder nein.«

»Woher weißt du, daß es Gott ist, der dich braucht?«

»Sei nicht blöd«, sagte Richard. »Es gibt keinen Gott. Das war eine Metapher.«

»Ich meine, angenommen, diese Aliens stecken dahinter? Ich habe sie bei der Arbeit erlebt, Richard. Das ist der Grund, weshalb ich nicht zurückkann. Wenn du mir schon nicht glaubst, dann solltest du mich wenigstens unterstützen. Sabotiere meine …«

»George, genau darum geht es ja. Was tue ich denn die ganze Zeit. Ich bringe doch deine Alien-Theorie größer raus, als du das je könntest. Aber ich könnte einen kreativen Menschen wie dich gebrauchen. Okay, was den gesunden Menschenverstand angeht, da macht mir keiner was vor. Aber der ungesunde, da bist du mir einfach über, George.«

»Angenommen, sie haben dich unter Kontrolle, Richard. Dich und den Reverend. Angenommen …«

»Eine Verschwörung? Gute Idee. Wie die Trilaterale Kommission. Oder die Yeti-Yellowstone-Scouts. Find ich prima. Aber du sollst deinen Arsch nach hier bewegen und ihn nicht spazierenfahren.«

»Wenn ich irgendwohin zurückgehe, dann nach New York, Richard. Ich bin es leid. Und ich bin es leid, dich als Mittelsmann zwischen mir und Lucy zu benutzen. Gib mir endlich ihre neue Nummer. Ich will sie anrufen und …«

»Das geht nicht, George.« Richards Stimme klang flach.

»Warum nicht?« fragte George. Sein Herz hämmerte. »Ist Lucy irgendwas zugestoßen?«

»Uns stößt immer mal was zu, George. Du bist nicht der einzige, der Stress hat. Bei manchen kommt eben noch die Sorge um deine geistige Gesundheit dazu. Wie wir uns fühlen, daran denkst du wohl nicht.«

»Du hast mich angelogen!« George hatte das Gefühl, als kippe das Zimmer. Er setzte sich auf die Bettkante.

»Ach, leck mich«, sagte Richard. »Hab mich schon viel zu weit aus dem Fenster gelegt, nur um dich zu verstehen. Ist doch nicht mein Fehler, daß deine Ehe in die Binsen geht. Sag mir nicht, du hättest deiner Frau je einen Funken Aufmerksamkeit geschenkt.«

»Wo ist sie?«

»Kann ich dir am Telefon nicht erklären. Komm nach Raleigh. Bis …«

George hängte auf. Das Bild ertrank im Schneegestöber. Er zitterte. Sein Kontakt mit Lucy war ein einziges Täuschungsmanöver gewesen. Es war nicht zu fassen. Er versuchte, seine Gedanken zu ordnen. Was konnte passiert sein? Alles, was ihm in den Sinn kam, waren die Bilder eines Fernsehsüchtigen: Lucy im Krankenhaus, in einem Kokon aus Gaze wie ein Opfer der *Three Stooges*. Lucy in anthrazitschwarzer Robe vor der Anwaltskammer, wie sie sich selbst gegen falsche Beschuldigungen verteidigte. Lucy, die sich in der Wohnung verbarrikadierte, derweil weiße dickflüssige Aliens aus dem Kamin tropften.

Es klopfte an der Tür. George reagierte nicht. Es klopfte wieder. »Ja?«

»Mr. Slovsy?« Die Frau schlabberte beide ›k‹s.

Er ging zur Tür, machte aber nicht auf. »Wer ist da?«

Schweigen. Dann: »Patsy. Patsy Burroway. Ich bin vom Empfang.« Die Frau klang beschwipst.

George öffnete einen Spalt weit. Es war die Frau in den schwarzen Leggins.

»Es gibt ein Problem mit Ihrem Zimmer«, sagte sie. »Darf ich rein?«

George ließ sie rein. Er schloß die Tür, und als er sich umdrehte, war Patsy Burroway schon am Bett. Sie sah ihn erwartungsvoll an. »Und?« sagte er.

»*Sie* sind am Zug, Eberhart.«

Sie kannte seinen Namen. »Wovon reden sie?«

»Nun tun Sie nicht so. Ich bin nicht vom Motel.«

Sie artikulierte die Worte richtig, aber sie betonte sie falsch. Als sei sie taub. Oder als sei Englisch eine total fremde Sprache für sie. Die Erkenntnis fuhr ihm förmlich in die Kniekehlen: *diese Frau war ein Alien.* Er setzte sich halb auf den Rand der Kommode. »Wer sucht, der findet«, sagte er.

»So ist das.« Sie lächelte. »Jetzt heißt es töten – oder mitkommen.«

»Was wollen Sie? Was tun Sie hier?«

»Meinen Job. Sie zurückbringen.«

»Zurück? Wohin?«

»Nach Hause.«

Ob auf dem Parkplatz ein UFO wartete? »Ich geh nicht mit.«

»Was wollen Sie tun?«

»Überhaupt nichts. Nicht, bis ich weiß, warum ihr zur Erde gekommen seid.«

Die Frau bekam steile Falten über der Nasenwurzel. Sie nahm die Hand hinter dem Rücken hervor; George blickte in die Mündung einer schweren Pistole. »Gehn wir!«

»Das ist ja phantastisch!« sagte George. »Das halt ich im Kopf nicht aus. Was soll das Theater? Warum quält ihr uns? Warum zeigt ihr nicht euer wahres Gesicht?«

Sie sah ihn an, als rede er irgendeinen Dschungeldialekt. Ihre Pupillen waren geweitet. Sie winkte mit der Waffe. »Los!«

Er saß in der Falle. George stieß sich von der Kommode ab und erwischte mit der Hand einen Zipfel des Handtuchs, das über dem Spiegel hing. Die Hand mit der Waffe zuckte, und der Spiegel zerbarst. Der Knall war ohrenbetäubend. George duckte sich ins Bad und verriegelte die Tür. Sie dröhnte und bebte unter der Wucht der Schulter, mit der sich die Frau dagegenwarf. Das Schloß hielt stand, aber nicht mehr lange.

»Kommen Sie raus da!«

George versuchte sich am Badezimmerfenster, aber es war zugepappt mit Lack. Er riß das Handtuch vom Spiegel und umwickelte damit die Faust. Die Frau traktierte die Tür. Er boxte alle vier Scheiben nach draußen, riß das Fensterkreuz aus dem Rahmen. Die Frau schoß durch die Tür; die Kugel verfehlte ihn um Zentimeter, Kachelsplitter spritzten durchs Bad. Er stieg auf das Klobecken und kletterte ins Fenster. Eine Glasscherbe ratschte ihm eine Fünf in die Hose. Er fiel und raffte sich auf.

Er lief die Gasse hinunter und über die nächste Straße. Die orangerote Sonne hing tief zwischen den Gebäuden. Die ersten Laternen flammten auf. Er brachte Haken schlagend mehrere Häuserblocks hinter sich, ehe er sich zum Schrittempo zwang. Er rang nach Luft, sein Atem pfiff; er war am Ende seiner Kräfte. Er bog in eine Seitenstraße und versuchte den Schrecken aus seinem Gesicht zu verbannen; aus einem alten Backsteingebäude drangen auf- und abschwellende Stimmen. Auf dem Schild stand ›Holy Martyrs‹[1]. Ein Seppuku-Club. George zog die Tür auf, gerade so weit, daß er hindurchpaßte.

Am Ende eines kurzen Flurs gelangte er durch eine Flügeltür in einen großen Raum mit lauter hohen, geöffneten Fenstern. Um die zwanzig Leute saßen in den Bänken rings um ein Podest; auf dem Podest standen mehrere Leute und legten Zeugnis ab, zumeist alte, ein paar in Georges Alter. George setzte sich auf einen freien Platz in der letzten Reihe, flankiert von einem geblümten, fadenscheinigen Kleid und einem Bart über einem abgewetzten braunen Anzug. Er bemerkte, daß er sein Toupet verloren hatte. Er schlug das Bein über den Riß in der Hose und versuchte sich einzubilden, er sei unsichtbar.

---

1 ›Die Heiligen Märtyrer‹

»… dem Tod ins Auge«, psalmodierte eine Frau auf dem Podest. »Mein Finger krümmte sich um den Abzug des Scharfrichters. Meine Zeit war gekommen. Ich schmeckte den Stahl der Waffe, roch den Schweiß auf meiner fiebernden Stirn. Aber dann vernahm ich eine innere Stimme, Brüder und Schwestern. Es war die Stimme des Herrn! *Mary,* sagte der Herr, *Mary, willst du denn ohne deine Freunde gehen? Du hast zwar die Letzten Dinge bedacht – den Tod, das Jüngste Gericht, den Himmel und die Hölle – aber hast du auch an deine Brüder und Schwestern gedacht? Du bist bloß eine kleine Zelle im Leib Gottes. Wenn dieser Leib in die ewige Herrlichkeit eingeht, dann will er ganz darin eingehen!*«

»Amen!« rief jemand. George sah sich um. In der Rückwand gab es unter einem verrußten EXIT eine feuersichere Metalltür.

»… *weißt doch, Mary, wie man die verfolgt, die sich nach einem schnellen, schmerzlosen Tod sehnen. Man tut alles, um die Heiligen Märtyrer aufzuhalten, wenn sie angesichts der ewigen Herrlichkeit den Dolch gegen ihre Brust richten. Mary, sagte der Herr, Mary, du darfst nicht nur an* dich *denken!*

Und deshalb nahm ich diese Vierundvierziger wieder aus dem Mund und habe sie heute abend mitgebracht. Denn, Brüder und Schwestern, wir müssen uns gemeinsam läutern und gemeinsam in den Tod gehen, um allen kundzutun, daß wir jedes Vertrauen in diese gotteslästerliche, besessene Welt verloren haben, und wir müssen auch die Wiedererweckten mit uns nehmen, um allen kundzutun, daß niemand den Letzten Dingen entrinnen kann.« Die Frau hielt eine große Handtasche hoch und zog die Vierundvierziger heraus, von der die Rede war.

»Ich habe mein Ticket!« rief sie. »Wie steht es mit euch?«

Überall hielten Leute ihr Ticket ins Jenseits hoch:

Küchenmesser, ein reichhaltiges Sortiment Handfeuerwaffen, Döschen mit Rattengift, zwei reichverzierte orientalische Kurzschwerter, Pillenfläschchen …

»Ich habe keine Angst, in den Zug zu steigen!« rief die Frau.

»Amen!«

Die Frau neben George winkte mit einem Fläschchen; wenn George sich nicht täuschte, waren die Pillen blau.

»Der Zug fährt ab!«

George wurde speiübel. Er kam wankend auf die Füße und taumelte zu der feuersicheren Tür. Sie führte in einen Raum voller Eimer, Leichensäcke und alter Mops mit rostbraunen Köpfen. Es roch wie in einer verplombten Metzgerei. Georges Magen rebellierte. Vor einem Fernsehgerät saßen zwei Männer, die träge von einem Pferderennen aufsahen. Er schob sich an ihnen vorbei zur Hintertür hinaus. Draußen in der Gasse kotzte er an die Backsteinwand. Ihm war schwindlig. Ein paar Meter weiter stand ein verlassenes Auto ohne Räder; er kroch hinein.

Während er so dalag und ventilierte, wehten aus dem Meßraum gedämpfte Laute an sein Ohr. Ein Mann redete sanftmütig über den Frieden, den das Vergessen bescherte. Und just bei diesem Stichwort fiel George ein, was ihn wirklich umgebracht hatte. Keine Herzattacke. Er selbst hatte Hand an sich gelegt. Und zwar mit dem geballten Inhalt eines Fläschchens aus seinem Schreibtisch: er hatte die Tabletten mit Orangensaft hinuntergespült, wohlwissend, daß er Lucy den nötigen Respekt vor seinem Arbeitszimmer eingeflößt hatte und sie sich erst trauen würde, in sein Refugium einzudringen, wenn es ohnehin zu spät war. Er wünschte sich, er hätte recht behalten.

24

DIENSTAG, 12. OKTOBER

Mrs. Shummel tauscht mit einem Gewinner

Die Bingo-Halle am *Gulf Breeze* schwirrte bereits wie ein Bienenstock, als Martha Shummel und ihre Freundin Betty Alcyk eintrafen. Es war der Abend des *Free Central America Day.* Rechts vom Podium, auf dem die Bingomaschine wartete, hing die Flagge von Florida, links die zerfetzte US-Flagge aus der Schlacht um Panama City, die Pete Cullum mit zurückgebracht hatte. Es hieß, die längliche dunkle Stelle am Rand rühre von der Verwundung, an der General West, der *Heiland* vom Panama-Kanal, gestorben war; obwohl Martha diese Geschichte nicht in Frage stellte, war es ihr nach wie vor ein Rätsel, warum General West sich in die Flagge gewickelt hatte, denn anders konnte die Blutspur nicht entstanden sein. Die Tische mit dem aufgemalten GULF BREEZE waren bereits zur Hälfte mit Bingokarten bedeckt; die Leute lehnten sich zurück, unterhielten sich und vernebelten die Halle mit Zigarettenrauch.

Martha kam gerne zeitig, damit sie einen guten Platz bekam, ihre Karten kramen und sich zurücksetzen konnte, um die Neuankömmlinge zu beobachten. Dann schwatzte sie mit ihren Nachbarn über die Kinder, die Politik und das Wetter. Es war wie in einem Club. Man saß mit Freunden zusammen, vergaß die schlechte Verdauung, das allzu schmale Haushaltsbudget oder wie lange es schon her war, daß die Kinder angerufen hatten. Wer wagt, gewinnt – oder auch nicht. Wenn man dann ging, mußte man vielleicht an dealenden Punks vorbei in seine muffige Altenbleibe zurückkehren, aber man hatte das alles für zwei Stündchen beiseite schieben können und ein bißchen Spaß gehabt.

Aber Betty war nicht fertig gewesen, als Martha sie abholen kam. Also mußten sie jetzt hinter Sarah Kinsella anstehen. Sarah war die reinste Nachrichtenbörse und traute sich nicht ohne Atemmaske unter die Leute. Ihre Stimme klang nach einem Fadentelefon, und die Maske wackelte bei jedem Wort; so auch jetzt, während Sarah sich über den UFO-Hafen am Grund der *Apalachee Bay* ausließ, über die brasilianischen Spione, die in ihrer Mülltonne wühlten, und darüber, wie gut sich ihr Enkel Hugh an der Universität von Florida machte – er war frischgebackener *Linebacker* im Football-Team, Schatzmeister der Burschenschaft, und er machte lauter glatte Einser. Martha und Betty kannten das alles schon. Endlich kam Sarah an die Reihe, kaufte fünf Karten und ging in den Bingo-Saal. Die beiden Frauen seufzten erleichtert.

»Er macht lauter glatte Einser«, äffte Betty.

»Ja«, versetzte Martha. »Dafür sind seine Zweier ein bißchen rauher.« Sie lachten, bis ihnen die Tränen kamen.

Ed Kelly, der die Karten verkaufte, lächelte sie an. »Na, los, Mädels. Zur Sache. Sonst macht ihr euch noch in die hübschen Höschen.«

»Sei nicht so frech, Eddie«, sagte Martha. Die Karten kosteten zwei neue Dollars das Stück. »Sechs«, sagte Martha und reichte ihm 150 $ in alter Währung.

Sie gingen in den Saal. Bettys Augen ließen nach,

deshalb bestand sie darauf, so nah wie möglich an der Zahlentafel zu sitzen. Doch Marthas Augen waren noch gut – sie konnte die zwölf Spielfelder auf ihren sechs Karten noch mühelos lesen – und die Leute vorne waren ihr zu hektisch. Es machte sie verrückt, wenn sie »Bingo!« kreischten, damit nur ja alle Bescheid wußten. Ihr bevorzugter Platz war drüben bei den Fenstern, doch als sie näher kam, saß schon ein junger Mann da. Sie wollte eben sagen: »Mein Sohn, das ist mein Stammplatz«, als der Junge zu ihr aufsah.

Sein zerzaustes Haar schimmerte daunenweiß, aber die Augen hätten dunkler nicht sein können. Er wirkte verstört, als sei er eben aus einem K. o. erwacht und finde sich unter Marthas forschendem Blick. Die blauen Schatten um die Augen erinnerten sie an David. Sie stand da, hielt die Henkel ihrer Handtasche, so daß man nicht sagen konnte, ob sie die Tasche absetzen oder wieder aufnehmen wollte.

Schließlich löste sich ihre Zunge. »Das ist mein Stammplatz«, sagte Martha. »Würdest du dich bitte woanders setzen.«

Der Bursche bückte sich und nestelte so etwas wie Tafel und Griffel aus dem Gymnastikbeutel. Es war eines von diesen magischen Täfelchen, mit denen Marthas Kinder schon gespielt hatten: eine durchsichtige Plastikfolie auf schwarzem Hintergrund. SELIG DIE BARMHERZIGEN, las Martha, bevor der Bursche den Schieber zog und den Spruch löschte. Er schrieb etwas, dann hielt er ihr das Täfelchen unter die Augen: VERPISS DICH, ALTE.

Marthas Herz setzte einen Schlag aus, dann raste es los. Bevor sie noch jemanden zu Hilfe rufen konnte, zog der Bursche den Schieber und löschte die akkurat geschriebenen Blockbuchstaben. Sie stand da wie ein begossener Pudel, lauschte dem Stimmengewirr in der Halle und dem Scharren der Stühle auf dem Hartholzboden.

Der Bursche sah sie an. Er seufzte. Still schob er sein Schreibzeug und seine Bingokarte von sich, kam um den Tisch herum und setzte sich mit dem Rücken zur Bingomaschine. Martha setzte sich auf ihren Platz. Sie würde den Teufel tun und sich von einem Punker herumschubsen lassen, schon gar nicht von einem taubstummen und retardierten. Gab man nach, dauerte es nicht lange, und sie hatten einen an der Leine. Sie breitete ihre Karten aus, nahm die Plastikschachtel mit den Chips und den dünnen Stabmagneten aus der Handtasche. Die Chips hatten einen Metallrand, und jedes Spielfeld auf den Karten einen Parkplatz; sie parkte die Chips. Als sie wieder aufsah, starrte der Bursche sie an.

Er setzte sich zurück, Einfalt und Wachsamkeit in einer Person, das Gesicht so unbeteiligt wie der Mond in einer heißen Nacht. Sein Haar war nicht gebleicht, es war von Natur aus weiß. Sie fragte sich, ob er einer von diesen Nachbarsjungen war, die einem die Arzneien billig besorgen konnten. Sie mied peinlichst jeden Blickkontakt mit ihm, während sie sich umsah. Aus der Schnellküche im rückwärtigen Teil duftete es nach Pizza und Hot dogs. Männer und Frauen mit Bier in Plastikbechern und Pizzastücken auf fettgetränkten Papptellern zogen sich auf die alte Rollschuhbahn zurück. Der Tag hinter den Fensterzeilen ging zur Neige, und in der verspiegelten Kugel, die mitten im Saal von der Decke hing, stand ein Abglanz der Abendröte.

Martha konnte Dutzende von Leuten ausmachen, die sie aus den Eigentumswohnungen an der *Paradise Beach* kannte. Italiener, Deutsche, Polen, Schwarze, Kubaner, Vietnamesen, Engländer, Ex-New Yorker und Ex-Chicagoer und waschechte Südstaatler, frisch

Vermählte und fast Tote, Republikaner, Demokraten, Indeterministen und sogar Hyman Spivek, der lauthals das Schwert des Kommunismus predigte, milchweiße Männer mit Leukämie und von der Sonne gegerbte Frauen, Baptisten, Juden, Katholiken und Gottlose, manche mit Geld wie Heu und andere, die von der Hand in den Mund lebten, erträgliche Leute wie Betty und Nervensägen wie Sarah. Die meisten waren Rentner und sparten sich die Bingokarten vom Mund ab; mit dem 250-Dollar-*Coverall* konnte man den Gedanken an den Seppuku-Club wieder ein Weilchen hinausschieben. Ein Haufen Leute, so bunt, dachte Martha, wie irgendwo sonst in diesem Stummelschwanz von Amerika.

Der taubstumme Junge an ihrem Tisch konnte nicht älter als fünfzehn sein und benahm sich, als sei er auf dem Mars aufgewachsen. Martha hatte ihn noch nie gesehen.

Bingotime. Tony Schuster warf die Mischmaschine an: die Anzeige leuchtete auf, die numerierten Tischtennisbälle prasselten in den durchsichtigen Kasten und begannen im Luftstrom zu tanzen. »Erstes Spiel«, verkündete er über Lautsprecher. »Normales Bingo auf Ihren Karten, Innenecken, Außenecken, waagerechte, senkrechte, diagonale Reihen. Erste Zahl ...« Die Maschine machte ein Geräusch wie jemand ohne Kehlkopf, wenn er Luft holt, und sog den Ball hoch. »I-18«, rief Schuster.

Martha deckte die Zahl auf zwei Karten ab. Die eine war eine Innenecke. »G-52.« Die Zahl hatte sie auch zweimal, aber nicht in denselben Feldern wie die erste. »G-47.« Pech. »I-29.« Gleich dreimal. Sie sah auf. Ed Kelly, der jetzt zwischen den Tischreihen patrouillierte, sah dem Jungen über die Schulter: auf dem obersten Feld hatte der Junge die vier Innenecken abgedeckt. Er verhielt sich still. »Bingo!«

rief Kelly aus, gerade als Schuster die nächste Zahl bekanntgeben wollte. Der Saal stöhnte; Martha seufzte.

»I-18, I-29, G-52, G-47«, las Kelly laut und vernehmlich.

»Wir haben ein Bingo«, rief Schuster. Im ganzen Saal klickten die Chips, die von ein paar hundert Karten abgeräumt wurden, es klang wie ein Heer von Feldheuschrecken. Martha räumte mit ihrem Magnetstift ab, derweil Kelly dem taubstummen Jungen 20 $ in roten Scheinen auszahlte. Kelly klopfte ihm auf die Schulter. »Und melde dich beim nächsten Mal«, sagte er.

»Er ist taubstumm«, sagte Martha.

»Bestimmt nicht taub, Martha – er sitzt mit dem Rücken zur Maschine. Warum hilfst du ihm nicht?«

Ohne den Kopf zu bewegen, sah der Junge von Martha zu Kelly und wieder zu Martha. Martha schwieg, und Kelly ging. Schuster begann das zweite Spiel. Es wurde eine Serie, die mit einem regulären Bingo von 20 $ anfing und mit einem 100-Dollar-House aufhörte. Martha hatte es auf vier Chips in der O-Spalte gebracht, da kreischte jemand auf der anderen Seite des Saals »Bingo«. Sie seufzte wieder. Dann ging es um das innere Quadrat. Martha hatte noch keinen Chip gesetzt, als ziemlich vorne eine schwarze Frau Bingo meldete. Während der Kontrolleur die Zahlen aufrief, damit Schuster vergleichen konnte, warf Martha einen Blick auf die Karte des Jungen. Auf einem Spielfeld war das innere Quadrat komplett abgedeckt.

Sie hätte fast ›Bingo‹ für ihn gerufen, doch als der Junge aufsah, schlug sie rasch den Blick nieder und tat, als studiere sie ihre Karten.

Das Glück ist mit den Dummen, dachte sie, aber der Junge war so dumm, daß er es nicht mal merkte.

So war das Glück: gestern zum Beispiel, da hatte sie 300 $ verloren, als die Senators das Finale gegen die *White Sox* verloren hatten, und das bei einem windgestützten *home run* durch ein Küken wie diesen Ellison. Seit den späten Fünfzigern zählte Martha sich zu den Baseball-Fans. 1958, bei *Yanks* gegen *Athletics*, da hatte sie Sam, ihren späteren Mann, kennengelernt.

Sam hatte immer auf die *Yanks* gesetzt, und sie hatten ihm Glück gebracht – nicht so der Krebs, der ihn mit fünfundfünfzig aufgefressen hatte. Sam hatte Baseball-Karten gesammelt. Nach seinem Tod hatte Martha den Schatz fünfzehn Jahre lang gehütet. Manchmal hatte sie die Karten aus den Plastikumschlägen genommen und betrachtet und sich erinnert, wie Sam über ihnen gebrütet und die Urlaubsreisen so umdisponiert hatte, daß sie Tauschbörsen besuchen konnten, um vielleicht eine '52er Phil Rizutto oder Eddie Lopat zu erwischen. Martha hatte auf das Brustbild irgendeines rundschädligen Spielers in einer aufgebauschten Uniform gestarrt und geseufzt, das einzige, was sie tun konnte, um nicht wieder zu weinen. Sie hatte die Karte wieder in den Umschlag geschoben, ihn zurückgesteckt zu den anderen und die Sammlung wieder in den Wandschrank geschoben. Sie drückte kurz den Ärmel der Strickjacke an jedes Auge und brühte sich einen Kaffee. Es war fast Zeit für *The Strange and the Lovely.*

Sie hatte drei Kinder zur Welt gebracht: erst Robert, dann Gloria und zuletzt David. Robert war Wirtschaftsprüfer in Portland. Gloria war Textileinkäuferin für *Macy's* in New York. Und David, ihr Liebling, ein hübscher Junge – in gewisser Hinsicht so hübsch wie dieser unverschämte Punker – David war mit vierzehn gestorben; das war 1982 gewesen. Er war an einem Wochenende mit seinen Freunden nach *Jones Beach* ausgebüchst. Er hatte wohlweislich nicht um

Erlaubnis gefragt. Und obwohl er ein sehr guter Schwimmer gewesen war, war David ertrunken.

Danach ging ihr Leben in Scherben. Sie und Sam zogen 1990 nach Florida, wo im Jahr darauf auch Sam starb. Dann brach die Wirtschaft restlos zusammen, und Sams Rente war nur noch ein Almosen. Alles andere wurde von der Inflation aufgezehrt. Letztes Jahr hatte sie die Baseball-Karten verkauft, um ein kleines Polster zu haben.

»B-9.« Sie setzte ihre Chips und sah flüchtig über den Tisch; der Junge legte auf die Zahl und hatte das äußere Quadrat und damit das komplette Spielfeld abgedeckt. Schuster rief drei weitere Zahlen. Der Junge hatte sie alle drei auf dem unteren Spielfeld. Bei der vierten Zahl ertönten an drei Stellen im Saal Bingo-Rufe. Der Saal stöhnte. Der Junge saß bloß da. Er jubelte nicht, er seufzte nicht, er schien das enttäuschte Gemurmel ringsum überhaupt nicht wahrzunehmen. Die Kontrolleure prüften die Karten der Gewinner und teilten das Geld auf.

»Jetzt zum *Coverall*«, dröhnte Schuster. »I-22.« Martha war so zerstreut durch die Karte des Jungen, die fast völlig mit roten Chips bedeckt war, daß sie es verpaßte, bei sich nachzusehen. »O-74.«

»Bingo!« rief ein Mann.

Der Junge kippte seine Karte, und alle Chips glitten auf den Tisch.

Warum tat er das? Wollte er sie durcheinanderbringen? Er mogelte. Darum hatte er sich auch nicht gemeldet – der Kontrolleur hätte den Schwindel sofort entdeckt. Beim nächsten Spiel wollte sie ihn im Auge behalten.

Schuster rief fünf Zahlen. Der Junge hatte vier davon, eine klare Gewinn-Diagonale, die wie ein Pfeil mitten in Marthas Herz traf. Er blieb so stumm wie eine Schlange, und zwei Zahlen später räumte jemand anderes ab. Der Junge hatte auch diese zwei Zahlen.

Martha saß da und verfolgte mit einem Unbehagen, das wie ein Tumor heranwucherte, wie der Junge die nächsten fünf Spiele gewann, ohne sich ein einziges Mal zu melden. Die Halle und alles darin verschmolz zu einem diffusen Hintergrund, vor dem sich die Bingokarte des Jungen um so deutlicher abhob. Schuster rief eine Zahl, und es war gerade so, als lese er sie von der abgegriffenen Pappkarte des Jungen ab. Der Junge schwieg. Er ließ andere die 170 $ kassieren.

Martha hatte Mühe zu atmen. Sie brauchte dringend frische Luft. Doch dringender als Luft, dringender als alles andere, brauchte sie diese Bingokarte.

Bis zur Pause hatte Marthas Unbehagen einen Januskopf aus Wut und Furcht bekommen. Der Junge hatte alle zehn Spiele gewonnen und sich nicht gemeldet. Es war unmöglich, daß ein und dieselbe Karte ununterbrochen gewann, es sei denn, die Zahlen auf der Karte änderten sich; doch Martha hatte aufgepaßt wie ein Luchs und keine Zahl dabei erwischt, wie sie sich änderte. Am Ende des letzten *Coveralls,* als zwei Frauen Bingo riefen, eine von ihnen war Betty Alcyk, da sah der Junge auf. Er zeigte auf Marthas Karten. Sie hatte sich schon eine ganze Weile nicht mehr um die Karten gekümmert. Er schrieb auf seine Plastiktafel: WOLLEN SIE NICHT GEWINNEN?

»Halt den Mund!« herrschte sie ihn an. Ein paar Leute sahen her.

Er zog den Schieber und schrieb. Er hielt die Tafel und die Bingokarte hoch, wobei die farbigen Chips auf den Tisch klackerten. Einer rollte Martha in den Schoß. WOLLEN SIE MEINE KARTE?

Martha nagte an der Oberlippe. Wollte er sie hereinlegen? Sie nickte.

Er schrieb: KOMMEN SIE NACH DRAUSSEN.

Er stand rasch auf und ging, ohne sich umzusehen, zur Seitentür. Eine Minute später folgte Martha ihm. Sie tat so, als wolle sie frische Luft schnappen; tatsächlich war es der ganze Abend mit all den verlorenen Spielen, der ihr wie ein Stein in der Brust steckte.

Draußen auf dem Parkplatz standen ein paar Leute und unterhielten sich. Paula Lorenzetti winkte, doch Martha stellte sich nachtblind. Der Junge wartete unter einer Straßenlaterne. Das zerstreute zunächst ihre Bedenken, bis ihr aufging, daß er das Licht zum Schreiben brauchte.

Als sie zu ihm trat, hielt er ihr die Bingokarte hin. Sie nahm sie. Es schien sich um eine ganz gewöhnliche Karte zu handeln. Sie hatte die Form eines Kapitols: Pappe mit Eselsohren, zwei Zahlengitter, schwarz auf weiß gedruckt, ein kleines Bild der Kongreßkuppel in den Parkfeldern. Unten rechts stand in kindlicher Handschrift: *Das Leid regiert die Welt!*

»Wieviel?« fragte sie.

Er schrieb auf der Tafel: IHRE STIMME.

»Was?«

SIE GEBEN IHRE STIMME PREIS.

Martha war mit einemmal hellwach. Sie sah alles mit schmerzhafter Deutlichkeit. Ihre Sinne waren so scharf, als sei sie wieder zwanzig; ihre Augen machten jedes einzelne Haar auf dem Arm des Jungen aus, sie roch das Aroma der Schnellküche und den Mief des Abfalls in der Seitengasse. Irgendwo hinter der Stadt fuhr ein Truck an und schaltete hoch.

»Das soll wohl ein Witz sein.«

NEIN.

»Wie willst du mir meine Stimme abnehmen?«

ICH NEHME NICHT – SIE GEBEN.

»Wie soll ich dir meine Stimme geben?«

SAGEN SIE JA.

Was hatte sie zu verlieren? Es war unmöglich, jemandem die Stimme zu stehlen. »Einverstanden«, sagte sie.

»Leben Sie wohl«, sagte der Junge. Es klang sanft, fast wie ein Wispern.

Er kehrte ihr den Rücken und ging. Wie er das tat, erinnerte Martha so sehr daran, wie David ihr früher getrotzt hatte, daß es ihr einen Stich versetzte – das *war* David oder ein Geist, der gekommen war, um sie zu quälen –, und sie wollte ihm schon hinterherrufen, er solle doch gefälligst stehenbleiben und warten und bitte, bitte mit ihr sprechen. Bevor sie noch ein Wort über die Lippen bekam, war er um eine Ecke verschwunden. Sie hielt die Karte in der Hand. Sie fühlte sich leicht, so leicht, als genüge ein Schritt, um sie vom Erdboden abzustoßen und hinauf in die Nacht zu tragen.

Sie erinnerte sich daran, wie sie mit Sam zum Krankenhaus gegangen war und wie sie mit dem Verkehr von *Long Island* gerungen hatten. Sam hatte sie gedrängt, zu Hause zu bleiben; so etwas sei nichts für eine Frau, doch sie hatte darauf bestanden, und zwar in einem Ton, daß selbst Sam aufgemerkt hatte. Die Notaufnahme war heiß und roch nach Lysol. Das Personal hatte David bereits in einen Nebenflur gerollt; die Bahre stand an der Wand, das Bettuch darüber erinnerte an ein kaschiertes Tablett nach dem Abräumen. Zum ersten Mal in ihrem Leben spürte Martha, daß sie nicht identisch war mit ihrem Körper: sie wohnte bloß darin, spähte durch die Augen nach draußen und ging mit Armen und Beinen um wie ein Baggerführer mit seinem Bagger. Da lag David, bleich und still. Sein Haar war ganz kurz bis auf den dummen Rattenschwanz, um den er gekämpft hatte; es war noch feucht aber nicht mehr naß und begann sich wieder aufzurichten. Sie berührte Davids Gesicht. Es war kühl wie ein Seidenkissen. Sam hatte sie fortziehen müssen, hatte ihr gut zugeredet. Am nächsten Tag erst hatte sie wieder reden können. »Sei still, Sam«, hatte sie gesagt, mehr nicht.

»Martha!«

Paula kam über den Parkplatz. »Wer war das?« Sie blickte auf die Bingokarte in Marthas Hand.

Martha brauchte einen Augenblick, ehe sie wieder in die Gegenwart fand. Sie dachte an ihre Stimme und schluckte. »Irgend so ein blutjunger Punker«, sagte sie. »Heiß ist das heute abend.«

»Das ist dieser Comandante. Stellt das ganze Wetter auf den Kopf.«

»Der Oktober war immer schon heiß.« Die Worte flossen ihr wie Wasser aus dem Mund.

»Aber nicht *so*«, sagte Paula.

Martha fiel ein Mann auf, der schnurstracks auf einen Wagen zuging, der vor dem Motel parkte; in seiner Hose klaffte ein Riß, und er wirkte total verstört. Er riß den Wagenschlag auf, schwang sich ans Steuer, setzte zurück und gab Gas. »Die Bluse gefällt mir«, sagte sie zu Paula.

»Dieser Fummel?« sagte Paula. »War spottbillig. Wenn einem das Muster nicht gefällt, braucht man ihn nur zu waschen.«

Martha lachte. Sie gingen zur Halle zurück. Die meisten saßen wieder an ihren Plätzen. Martha eilte zu ihrem Tisch, räumte die anderen Karten beiseite und legte die neue zurecht. Mel Shiffman übernahm das Mikro.

»Ruhe bitte, bitte Ruhe«, sagte er wie ein Lehrer, der nach dem Klingeln in die Klasse kommt. »Elftes Spiel auf Ihren regulären Karten, einfaches Bingo. Erste Zahl: bei O, die 65.«

Der Saal blieb still. Martha hatte die Zahl, auf dem unteren Spielfeld – rechte untere Ecke.

»B-14.« Obere linke Ecke.

»N-33.« Mitte oben.

»N-42.« Nirgends. Martha kamen Zweifel.

»O-72.« Obere rechte Ecke. Noch die Außenecke B-1. *B-1*, dachte sie.

»B-1.«

Sie war die Sonne, sie ging auf, stand im Zenit; es war, als ob die Bingomaschine, Shiffmans Stimme, die ganze Welt nur ihr gehorchten. »Bingo!« rief sie. Der Saal grummelte. Ed Kelly kam her und kontrollierte die Zahlen. »Wir haben ein Bingo«, verkündete Shiffman.

Kelly zahlte ihr 20 $ aus. Die roten Scheine raschelten wie trockenes Herbstlaub. »Innen- oder Außenquadrat«, rief Shiffman. Die Stimmen erstarben. »Nächste Zahl: I-25.« Marthas Karte hatte die Zahl in beiden Spielfeldern. Shiffman rief noch drei Zahlen. Jede war auf der Karte. Marthas Sinne waren angespitzt: die Karte vor ihr war so plastisch wie ein Hologramm; die Farben leuchteten. Ihre Nase konnte das Konglomerat aus Gerüchen in seine Bestandteile zerlegen: Pizza und Zigarettenrauch und ein Hauch von Auspuffgasen, der durchs Fenster zog. Aus dem rastlosen Gemurmel hörte sie Stimmen von Bekannten und Freundinnen heraus, die über ihren Karten saßen und nur eins im Sinn hatten – zu gewinnen. Doch Martha wußte, daß sie vergeblich hofften: *sie* würde gewinnen. Wie auf Geheiß Gottes fielen ihr die Zahlen zu, eine um die andere, und dann war das innere Quadrat voll. »Bingo!« rief sie wieder.

Sie hörte, wie die Menge aufstöhnte, ein explosives Stöhnen, in dem sich der ganze Frust entlud, und gleich darauf Stimmen: »Zweimal hintereinander!« – »Sie hat Glück heute abend.« – »Ich gewinne nie.« – »N-32. Mehr hätt ich nicht gebraucht.« – »Sie gewinnt immer«, sagte Betty in gut sechs Meter Entfernung, so deutlich, als säße sie in Marthas Ohr.

Kelly kam her und zahlte ihr die 40 $ aus. Jetzt konnte sie sich ein neues Kostüm leisten, sich ein Pfund richtiges Gehacktes kaufen und die Spülung reparieren lassen. »Scheint dein Tag zu sein«, sagte Kelly. »Oder es liegt am Tisch, wer weiß?«

»So hab ich noch nie gewonnen«, sagte sie.

»Schlechtes Gewissen?« Kelly zwinkerte ihr zu.

Sie wollte protestieren, aber da war er schon weg. Ihr Gehör, irgend etwas stimmte nicht damit. Sie hörte zu gut. Das nächste Spiel begann. Sie spürte die Spannung körperlich, und jeder Seufzer über eine Zahl, die auf ihrer Karte vorkam, aber nicht auf der des Seufzenden, versetzte ihr einen Nadelstich. Als die letzte Zahl kam, die das äußere Quadrat im oberen Spielfeld und zugleich die letzte Lücke im ganzen Feld schloß, da brauchte sie einen Augenblick, bis sie die Luft beisammen hatte, um »Bingo!« zu rufen.

Das Stöhnen war ein Gemenge aus Eifersucht, Verzweiflung und Haß. Sie sah auf und blickte in Gesichter voller Neid. Von ganz weit vorne warf Betty einen bösen Blick über die Schulter. Der Saal summte. Kelly las ihre Zahlen vor. Jemand machte »Pscht!« Shiffman gab bekannt, daß das, o Wunder, ein gültiges Bingo war. Kelly zahlte ihr den kombinierten Gewinn von 160 $ aus. Sie sah zu ihm auf; ihr Lächeln verunglückte. Er zählte die Scheine wortlos auf den Tisch.

Was hätte sie anderes machen sollen, als die Chips für das nächste Spiel zu parken? Shiffman, inzwischen so nervös, daß sein Lächeln, soweit Martha sich erinnerte, zum ersten Mal im Keim erstickte, warf die Maschine an. Die ersten vier Zahlen, die er ausrief, ergaben auf Marthas Karte eine diagonale Reihe. Sie stammelte »Bingo«.

Ringsum brodelte es vor Entrüstung und Bestürzung. Der Saal war purer Neid. Sie wollte das Geld nicht annehmen, doch Kelly bestand darauf. Jeder Schein, den er auf den Tisch zählte, war wie ein Nackenschlag, und als Kelly endlich fertig war, fehlte ihr der Atem, ihm zu danken.

Als sie beim nächsten Spiel merkte, daß sie schon wieder gewann, da verlor sie den Mut. Sie setzte keine Chips mehr. Schließlich jubelte irgendwo eine Frau »Bingo!« Der Saal zollte Beifall.

Martha wollte sich verdrücken, doch die Beine versagten ihr den Dienst. Sie wartete still die letzten Spiele ab und sah nicht mehr von ihrer Karte auf. Sie hatte einen Kloß im Hals. Hätte sie ihnen die Stirn geboten, hätte sie jeden Dollar kassieren können. Schließlich war alles vorbei. Sie sammelte ihre Chips ein, ließ die Karten auf dem Tisch liegen und schwankte zur Tür. Freundinnen wollten mit ihr reden. Betty Alcyk rief sie beim Namen. Doch die Erinnerung an Bettys Stimme im Chor der anderen, schloß ihr den Mund. Sie konnte mit Betty nicht reden. Ihre Freundschaft war nur ein Pakt von Verlierern gewesen, aber nicht aus dem Stoff, der einen Gewinner verkraftet hätte.

Aber es hätte schlimmer kommen können. Was, wenn jemand anderes die Zauberkarte gehabt hätte? Was, wenn dieser Mensch der liebste gewesen wäre, den Martha auf der Welt hatte? Wenn es Betty oder Sam oder gar David gewesen wäre – wäre sie dann nicht genauso haßerfüllt gewesen?

Die Leute sickerten nach draußen. Die Stimmen hallten in Marthas Kopf. Sie hatte ihnen nichts zu sagen, und sie fragte sich, ob sich daran je etwas ändern würde.

25

DONNERSTAG, 14. OKTOBER

Kurze Fühlungnahme

Drüben winkten die Lichter einer Regierungstankstelle; Lucy lag heißhungrig und übersät mit Zeckenbissen im Gestrüpp und spähte über den Asphalt. Sie trug Bluejeans, ein T-Shirt mit dem Emblem der *Georgia Bulldogs* und Dr. Kents Jacke. Das T-Shirt und die Jeans hatte sie von einer Wäscheleine gestohlen; das war hinter einem Haus außerhalb von *Canadys, South Carolina,* gewesen, wo sie den Pkw aus dem Gefängnis zurückgelassen hatte. Sie hatte sich durch den Wald geschlagen, den Tag über in einem Tabakschuppen geschlafen und sich erst bei völliger Dunkelheit an die I-95 gepirscht. Abgesehen von ein paar schrundigen Äpfeln aus einem verwahrlosten Obstgarten hatte sie noch nichts gegessen.

Das dürre Gras raschelte im Wind. Obwohl die Tankstelle verhältnismäßig gut zu tun hatte, mußte Lucy lange auf eine Gelegenheit warten. Endlich fuhr ein Wagen an der einzigen unbeleuchteten Säule vor. Der Fahrer stieg aus und ging mit hängenden Schultern und Bleifüßen in den Kassenraum. Lucy peilte den Wagen an und lief gebückt über die Straße; sie zwängte sich in den hinteren Fußraum. Der Wagen starrte vor Abfall. Sie zog zwei leere Gasoholkanister auf sich herunter und hoffte inbrünstig, daß der Mann zu müde war, um es zu bemerken.

Eine Minute später hörte sie jemanden laufen. »He, Freundchen!« schrie eine Stimme. Die Tür auf der Fahrerseite wurde aufgerissen, und der Mann warf sich ans Steuer. Er drehte den Zündschlüssel; der Motor sprang an, und der Wagen machte einen Satz. Lucy hielt den Atem an. Die Stimme schrie hinter ihnen her, und die Stoßdämpfer setzten hart auf, als der Wagen holterdiepolter zum Highway schoß.

Als sie die Straße einmal unter den Rädern hatten und mit gleichbleibendem Tempo fuhren, begann Lucy mit dem Schlaf zu kämpfen. Sie war wieder ein Kind und saß auf dem Rücksitz im Wagen ihrer Eltern – damals, als sie noch Ausflüge gemacht hatten, bevor die beiden angefangen hatten, über den Durst zu trinken. Auf der Heimfahrt vom Hudson River lag sie lang auf der Rückbank, die Haut klebrig vom Sonnenöl und pieksig vom Sand, die Schultern brannten. Die Sonnenstrahlen fielen schräg durchs Fenster, bis sie ganz erloschen und die Dämmerung hereinbrach. Es war dunkel, und sie hörte, wie ihre Eltern sich unterhielten. Es war so beruhigend gewesen, ihren Stimmen zu lauschen. Richtig achtgegeben hatte sie nur, wenn ihr Name fiel, und dann hatte sie immer gespürt, daß die beiden sie lieb hatten.

Einmal hatte ihr Vater sich beklagt, sie sei zu sensibel für ein normales Kind, zu zaghaft, zu ängstlich. Tja, Dad, was sagst du nun zu deiner Lucy? Sie tastete in der Jackentasche nach Kents Betäubungswaffe. Sie war noch da, zusammen mit dem Taschenrechner. Solange sie fuhren, konnte sie den Mann nicht betäuben. Sie konnte ihm höchstens drohen. Sie konnte aber auch warten, bis er wieder anhielt. Was sie auch tat, es lief darauf hinaus, ihm Leid zuzufügen – vielleicht mußte sie ihn sogar töten. Wie würde sich Luz in dieser Situation verhalten?

Der Mann stellte das Radio an und zwitscherte durch die Frequenzen; ab und zu hielt er inne und lauschte, nur um gleich wieder weiterzudrehen. Lauter Fetzen: eine Big Band aus den Vierzigern, eine A-cappella-Schnulze, eine Wiedererweckungspredigt, Pop Rock. Er verweilte bei einem Politiker, der sich über die verheerenden Auswirkungen der steilen Inflation auf die Wirtschaft von *Carolina* verbreitete und daraus ein Argument für den Ausstieg aus dem Staatenbund strickte, dann wieder Zwitschern, dann eine Sportsendung, bei der die Hörer zugeschaltet waren und über die Chancen der *Braves* gegen die *White Sox* im Herbstfinale diskutierten. Als die Sendung durch einen Werbespot unterbrochen wurde, folgte ein wilder Slalom durch die Frequenzen. Der Mann überfuhr ein Rock'n'Roll-Programm, setzte zurück und pegelte sich darauf ein. Mitten in ihren Überlegungen, wann und wie sie ihn am besten überwältigen konnte, mußte sie lächeln. Zuzuhören, wie er durch den Äther irrte, war so, als belausche sie seine Gedanken. Sein Hin und Her war launisch, von einer fast kindlichen Unrast.

Er schien den angestaubten Rock zu mögen. Mitten in Elvis Presleys Version von *That's Allright, Mama* begann er mitzusingen, erst leise, dann was die flache Stimme hergab. Lucy stutzte, sie wäre nicht verdutzter gewesen, hätte sie den Mann als den leibhaftigen Elvis identifiziert.

»George?«

Der Mann verstummte. Der Wagen machte einen Schlenker. Lucy wollte sich aufsetzen und flog, als die Räder blockierten, gegen den Rücken des Fahrersitzes. Der Motor erstarb. Das Lied quoll um so lauter aus dem Radio.

Der Mann zog sich ans Steuer und drehte sich nach ihr um. Sie packte die Kopfstütze und zog sich auf die

Füße. Sie blickten einander über den Horizont der Rückenlehne an, eine Elle voneinander entfernt.

»Lucy. Jesus Christus! Bist du es wirklich?«

»Ja.«

»Wie hast du mich gefunden?«

Sie konnte sein Gesicht im Dunkeln kaum ausmachen. Sein Haar bildete Inseln, seine Wangenknochen traten schärfer hervor, als sie es in Erinnerung hatte. Er sah alt aus. »Ich hab dich nicht gesucht, George.«

Er schwieg einen Moment lang. »Tja, aber gefunden hast du mich.« Er lachte. Das klang so vertraut, daß sie am liebsten geheult hätte. Er streckte die Hand aus und berührte ihr Gesicht.

Sie räumte den Camcorder vom Beifahrersitz und setzte sich nach vorne. Während sie weiterfuhren, erzählte sie alles, was ihr inzwischen passiert war. Sich alles von der Seele reden zu können, war ein Segen. Doch als sie auf die Nacht im Auto mit Dr. Kent zu sprechen kam, tat sie sich schwer. George stellte ihr ruhige Fragen, bis sie es ihm erzählte. Doch beim Erzählen wurde sie von Wut übermannt, Wut auch über ihn. Es fiel ihr nicht leicht, ausgerechnet den Mann zu schonen, der sie durch seinen Realitätsverlust in die abgedrehte Welt des HCR gelotst hatte. Ob er das kapierte? Während sie erzählte, sah er sie immer wieder von der Seite an; er sah erschöpft aus. Als Lucy die Gegenwart erreicht hatte, saßen sie einen Moment lang schweigend nebeneinander. »Dieses ganze verdammte Pack«, sagte er dann. Er nahm ihre Hand in die seine. »Es tut mir so leid, Lucy.«

Sie hielt seine Hand mit beiden Händen fest, und er erzählte, wie er versucht hatte, sich mit ihr in Verbindung zu setzen. »Aber Richard hat mich belogen. Er hat mir weisgemacht, du wärst noch in New York. Er hat mir sogar vorgeschwindelt, was du alles gesagt hast – immer vorausgesetzt, daß es Richard war.«

Lucy fragte nicht, wie er das meinte. Nach einer Weile fühlte sie sich ein wenig besser. »Können wir nicht irgendwo übernachten?« fragte sie.

In Manning, South Carolina, stießen sie auf *Noah's Motel.* ›FUTURE LAUNCH SITE OF THE REVELATION ARK‹[1] verkündete ein tragbarer Baldachin auf dem Parkplatz. Die Räder walzten über den Kies. Das Motel sah verlassen aus. Ein ›V‹ aus blechgedeckten, holzverschalten Hütten auf einem Sockel aus Schlackensteinen. Davor ein großes Farmhaus aus rotem Backstein. Auf einer Holztafel über der Seitentür stand ›Office‹. Die Fliegendrahttüre pendelte im trockenen Wind. Niemand hinter dem Tresen. George und Lucy streunten durch den Hof, bis sie die Lichter in einer alten Scheune gut hundert Meter hinter dem Haus gewahrten. Der Wind wirbelte Staubteufelchen auf, als sie den ausgefahrenen Lehmweg hinuntergingen. George strauchelte mehrmals in den Radfurchen. Kurz vor der Scheune konnten sie durch das halboffene Schiebetor eine Fliegende Untertasse sehen.

Das Ding hatte einen Durchmesser von knapp zehn Metern und nahm fast den ganzen Raum in Anspruch. Es war aus Blechstreifen zusammengenietet; obenauf eine Kuppel mit Bullauge, gekrönt von einem Kreuz aus rostfreiem Stahl. Auf den Rand der Untertasse waren noch weitere Kreuze geschweißt. Eine Flügeltür stand offen; sie blickten auf eine Werkbank und in das trübe erleuchtete Innere. An einem schrägen Dachbalken saß eine Steckdose; von dort lief eine Verlängerungsschnur ins Schiff. Lucy hörte das Geräusch einer Bohrmaschine.

George stand wie angewurzelt. Lucy trat an ihm

1 ›Künftige Startbasis für die Arche der Offenbarung‹

vorbei und klopfte energisch an die Schiffswand, da wo zwei griechische Buchstaben aufgemalt waren. »Ist da jemand?« rief sie.

Das Bohrgeräusch setzte aus. Dumpfe Schritte inwendig. Ein alter Mann im Overall stieg rücklings aus der Tür. Er richtete sich langsam auf und fixierte Lucy. »Ja. Was kann ich für Sie tun?«

»Wir hätten gern ein Zimmer für die Nacht.«

»Wer ist wir?«

Lucy drehte sich um. George war fort. Sie wandte sich wieder an den Mann. »Mein Mann und ich.«

Die Kiefer des Mannes arbeiteten, dann spuckte er seinen Priem aus. »Kostet Sie hundert alte Dollar.«

»Okay.«

»Im voraus.«

Lucys Magen knurrte. »Ein kleiner Imbiß inbegriffen.«

»Abgemacht.« Er putzte sich die Hand an einem Lumpen von der Werkbank ab und streckte sie aus. »Noah Barnes. Wo ist denn Ihre bessere Hälfte?«

Lucy schüttelte ihm die Hand. Sie spähte aus dem Scheunentor zum Haus hinüber. »Er ist bestimmt die Sachen holen.«

Auf dem Weg zum Büro siegte Lucys Neugierde. »Sie bauen an einer Untertasse?«

»Einer muß es ja tun«, sagte der Alte.

»Fliegt sie?«

»Gott läßt die Vögel fliegen, die Wespen und die Samen des Löwenzahns. Da wird er uns nicht im Stich lassen.«

»Sie haben sie selbst konstruiert?«

»Gott hat sie konstruiert, durch Johannes[1], seinen

---

1 Bibel: ›Offenbarung an Johannes‹, Kap. 11, 19. Dort heißt es im Englischen: *And the temple of God was opened in heaven, und there was seen in his temple the* ark *of his testament* – das Wort *ark* steht im Englischen sowohl für *Arche* (Arche Noachs) als auch für *Lade* (Bundeslade).

Propheten. Es steht alles in der Bibel. Gewiß, wir haben unsere Chemie, unsere Philosophie, unser Lichtbogenschweißen – aber gegen das Buch der Offenbarung ist Einstein ein Waisenknabe. Man muß es nur lesen können.«

George stand neben dem Hyundai. Er wirkte auf Lucy wie ein geprügelter Hund.

»George, Mr. Barnes baut eine Fliegende Untertasse.«

»Arche, Miss. Eine fliegende Arche.«

»Was Sie nicht sagen«, sagte George tonlos. »Welche Tiere wollen Sie denn mitnehmen?«

»Meinen Hund Jake. Meinen Kater Amos. Und eingefrorene Samenzellen.«

»Welche Eizellen wollen Sie denn damit befruchten?«

»Das Wirken des Herrn ist voller Geheimnisse.«

George ging zur Hecktür und nahm die Reisetasche und die Kamera aus dem Wagen. »Dagegen läßt sich nichts sagen. In welcher Hütte wohnen wir?«

Barnes überlegte. »Nummer Neun. Am Ende der Reihe.«

»Neun also«, sagte George und wollte losgehen. Barnes hielt ihn auf.

»Hundert Dollar.«

George setzte die Tasche ab. »Sie nehmen wohl keine Kreditkarten.«

»Nein.«

George zog einen roten Zehner aus der Brieftasche.

»Danke«, sagte Barnes. »Bring Ihnen gleich was zu essen vorbei.«

Nummer Neun war sauber, aber muffig. Kiefernvertäfelung dritter Wahl, ein Doppelbett, ein wackliger Beistelltisch aus Kiefernholz mit einem vorsintflutlichen Radiowecker darauf. Die Naßzellen waren in einem separaten Gebäude. George warf die Tasche aufs Bett und legte die Kamera auf den Tisch. Sein Mund war schmal. Lucy erkannte den alten Ärger in seinem Gesicht. Früher wäre sie eingeschüchtert gewesen und hätte mit einem Donnerwetter gerechnet, das meistens ausblieb, weil sie bereits vorher in Deckung ging. Jetzt, wo er so abgehärmt aussah, wirkte seine Miene eher komisch.

»Was hast du, George?«

»Jemand hat mir den Kredit gesperrt. *Und* die Gasoholkarte. Auf diesem Bahnhof hätten sie mich fast eingelocht. Dank dir hab ich jetzt noch zehn Dollar in der Tasche. Warum mußtest du dich einmischen?«

Lucy lachte. »Einmischen? Wo warst du denn? Du bist doch weggelaufen.«

»Wegen der Untertasse. Ich dachte, sie wär echt.«

»Ist sie denn unecht?«

»Ich dachte, der Mann wär einer von denen. In Tallahassee hätten sie mich fast umgebracht.«

Er schien das völlig ernst zu meinen. »Du bist also noch mal davongekommen. Und was für Waffen haben sie benutzt?«

»Polizeiwaffe, Kaliber 38. Hätte mir fast den Kopf weggepustet.«

»Aber du bist ihm entwischt?«

»Ihr bin ich entwischt. Aber sie war keine Frau, sie sah nur so aus.«

Lucy fiel ihre letzte Unterhaltung mit Richard ein. »Die Frau war bestimmt ein Detektiv, George. Richard hat so was angedeutet; er wollte jemanden auf deine Spur setzen.«

»Das war kein Mensch, Lucy. Sie konnte nicht mal Englisch. Wenn du nur die Hälfte erlebt hättest, was ich in den letzten paar Monaten ...«

Und was hatte *sie* erlebt? Sollte er sich die Farm doch mal von innen besehen. »Du hast dir nicht besonders viel Mühe gegeben, mich in deine Pläne einzuweihen, George. Wie wär's, wenn du das jetzt mal nachholst?«

»Würdest du sowieso nicht glauben.«

»Versuch's doch mal.«

»Meinetwegen. Also erst hab ich gedacht, es wären nur Aliens aus dem Weltall. Ich meine, die ganzen UFO-Berichte, das alles konnten unmöglich nur Halluzinationen oder Schwindler sein. Soviel stand fest, in den Staaten trieben sich Aliens herum, und sie machten den Leuten Scherereien. Du hast ja die Ausschnitte gesehen, die ich gesammelt hab.«

»Sind leider alle verbrannt.«

»Was? – Ach so ja. Na ja, jedenfalls hab ich die ganzen Stories via Satellit an Richard durchgegeben. Aber der hat sich abgesetzt und arbeitet jetzt für Reverend Jimmy-Don Gilray.«

»*Was?* Wie das denn?«

»Erst hab ich das Ganze für ein abgekartetes Spiel gehalten, also zwischen ihm und Abramowitz. Aber, weißt du, er hat sich so – so merkwürdig verhalten. Als ob ihn jemand total kirre macht, der Reverend oder sonstwer.«

Wenn es darum ging, ob jemand total kirre war, dachte Lucy, dann war George so ungefähr der untauglichste Mensch, um das zu beurteilen. »Wie ich Richard kenne, macht er eher den Reverend kirre.«

»Dieser Gilray führt was im Schild. Hast du mal darauf geachtet, was er in den letzten Monaten gemacht hat?«

»Ich war im Gefängnis, George.«

George ging auf und ab. »Der Reverend stachelt seine Anhänger zum heiligen Krieg auf. Sie warten nur darauf, daß Christus kommt und sie anführt im Kampf gegen den Antichristen. Auf der ganzen Welt erwarten seine Leute einen Erlöser, der aus dem Himmel steigt. Über Brasilien, Borneo und Tibet werfen sie tragbare Fernseher ab! Globale Propaganda! Paßt genau zu meinen HCR-Berichten: er erklärt die UFOs aus der Bibel. Und jetzt taucht ein Alien auf und versucht mich aus dem Weg zu räumen. Verstehst du? Das ist kein Zufall!«

»Gar nichts versteh ich.«

»Ich hatte verdammtes Glück in Tallahassee. Wie ein Dieb hab ich mich zum Motel zurückgeschlichen und mir den Wagen geschnappt.«

Lucys alte Verbitterung kehrte zurück. Aber nicht die alte Geduld. »George …«

»Gesetzt den Fall, du wärst ein Alien und wolltest die Erde übernehmen, kämen dir da unsere abergläubischen Vorstellungen nicht gerade recht? Man würde dich mit offenen Armen empfangen, man würde dir sogar helfen, jeden Widerstand zu brechen. Wäre es da nicht von Vorteil, wenn du menschliche Gestalt annehmen könntest, um einen Agenten zu gewinnen, der dir die Arbeit abnimmt? Und gesetzt den Fall, du wärst dieser Agent, wäre es da nicht von Vorteil, einen gewieften Medientyp wie Richard auf deiner Seite zu haben?«

»Gilray ist höchstens ein Agent Gottes, aber nicht von irgendwelchen Aliens.«

»*Ach ja?* Vielleicht steckt wirklich Gott dahinter. Vielleicht ist Gott irgendein größenwahnsinniger Potentat des Universums, der mit Putsch, Terrorismus und Desinformation arbeitet. Wie ein kosmischer CIA-Direktor, der mit seinen Geheimagenten die Gesellschaft destabilisiert.«

»George, wenn hier einer destabilisiert ist, dann bist du das. Meinst du nicht, du wärst genauso übergeschnappt wie dieser Motelbesitzer?«

»Und wer war die Frau, die mich töten wollte?«

»Ein Detektiv von Abramowitz. Oder sonstwer. Und falls du es noch nicht bemerkt hast, da draußen wimmelt es von Verrückten.«

»Du kennst Richard nicht, Lucy. Er ist mein bester Freund. Er würde mir keine Lügen über dich erzählen. Und wenn jemand hinter mir her gewesen wäre, dann hätte Richard mir das gesagt. Wenn mir Gefahr gedroht hätte, hätte er mich gewarnt.«

»Auf Richard ist kein Verlaß.«

»Das sagst *du*. Zwischen Richard und mir ist das anders. Nein, Lucy. Ich glaube, der Reverend steckt dahinter. Und hinter dem Reverend steckt noch jemand.«

Er starrte sie an. Als sie nichts erwiderte, setzte er sich auf die Bettkante, langte nach dem Radio auf dem Beistelltisch und begann mit dem Rändelknopf zu spielen. Er fand nur Statik, in die ab und zu alter Rock'n'Roll platzte. Es war derselbe Sender, bei dem er schon im Auto gelandet war.

»Gilray ist kein Alien, George. Er ist nichts weiter als die jüngste Ausgabe von diesen abgedrehten Predigern, die seit zweitausend Jahren ihr Unwesen treiben. Außer daß er einen TV-Satelliten hat.« Sie setzte sich neben ihn und legte ihm den Arm um die Schultern. Schließlich sah er sie an. »Hör auf mich, George.«

»Ich höre ja.« Er war wie ein hyperaktives Kind. Er deutete mit dem Kinn aufs Radio. »Das Ding erinnert mich an meine Kindheit«, sagte er.

Er sah so müde aus. Sie war gerührt, ob ihr das nun paßte oder nicht. »Das war vor meiner Zeit. Ich hab diese Wecker später erst kennengelernt, im Museum.«

»Als Kinder haben wir im Bus Kaw Lake gehört«, sagte George. »Seth hatte ein Transistorradio. Es war so klein, daß es in seine Jeanstasche paßte. Er bekam zwei Sender. Es war wie ein Wunder, daß man Radios so klein machen konnte.«

George hatte den Sender gefangen. Sie spielten *Too Much Monkey Business*. »Zuviel Affentheater, ich halt das nicht aus.« Das Lied war wie zugeschnitten auf Lucy. Aber sie sah keinen Ausweg, jedenfalls keinen glimpflichen.

Sie musterte George im Dämmerlicht. »George, warum krampfhaft nach Aliens suchen, um die Misere zu erklären? Sieh mal, wir beide zum Beispiel. Unsere Probleme haben doch auch nichts mit Aliens zu tun.«

George nahm den Blick nicht vom Radio. »Ich muß herausfinden, was da los ist, Lucy. Ich muß die Antwort finden.«

»George, es gibt keine Antwort!«

»Doch, es muß eine geben.«

Sie zermarterte sich das Hirn, wie sie ihn zur Vernunft bringen könnte. »Kennst du diese Geschichte über die Voyager-Sonde? Ich meine, die erste, die das Sonnensystem verlassen hat?«

»Was ist damit?«

»Die Wissenschaftler spekulierten, daß Aliens sie womöglich aufgreifen könnten, und packten Aufzeichnungen hinein. Was für eine Chance, ein paar große Antworten zu bekommen, dachten sie. Sie packten soviel Information hinein, wie sie nur konnten, sogar ein paar Stunden Musik: Bach, Folklore aus Mexiko, afrikanische Rhythmen, Navajo-Gesänge, Stammestänze aus Neu Guinea. Und *Johnny B. Goode*[1].«

George, die Schultern an die Ohren gezogen,

---

1 *Chuck Berry* alias Charles Edward Berry (1926), amerikanischer Rockmusiker (Liederschreiber, Sänger und Gitarrist), in jungen Jahren Baptistenlieder, Swing und Blues; begann mit 29 Lieder zu schreiben: *Maybellene, Roll over Beethoven,* ***Johnny B. Goode,*** *Memphis, Tennessee, Promised Land, Sweet Little Sixteen.* Viele seiner Lieder gehören zum Standard-Repertoire des Rock and Roll und wurden Hits anderer Gruppen (Animals, Beatles, Beach Boys).

schnippte nach dem Riemen der Kameratasche. »Und?«

»In der Story warten die Wissenschaftler den Rest ihres Lebens auf eine Antwort. Nichts. Nationen entstehen und vergehen. Das Klima ändert sich. Neue Zivilisationen. Zehntausend Jahre des Schweigens. Nach all der Zeit kommt ein Funkspruch von den Sternen. Um ihn zu entschlüsseln, braucht es ein weiteres Zeitalter. Philosophen verbringen ihr Leben damit, über die Bedeutung dieses Kontaktes zu spekulieren. Endlich gelingt es den Nachkommen der ursprünglichen Wissenschaftler die Botschaft zu entziffern: ›Schickt uns mehr von Chuck Berry.‹«

George sah sie an. »Ha, ha, selten so gelacht. Das ist kein Jux, Lucy. Aliens erobern die Erde, und du sagst: Schickt uns mehr von Chuck Berry.«

»Dann eben Little Richard[1]. Buddy Holly[2]. Was du willst.«

George wollte aufstehen. Lucy hielt ihn fest. Sie dachte an Luz, die ihre ›Labsal‹ schluckte, an das schmale Gesicht von Kent auf der dunklen Straße. Sie lehnte den Kopf an seine Schulter, und sie kippten beide aufs Bett. Er schien sich zu entspannen. »Vielleicht hast du recht«, seufzte er. Er bettete den Kopf auf das Kissen; nur ein paar Zentimeter trennten ihre Gesichter. Seine Wangen waren eingefallen. Wenn das der eisige Mann aus ihrem Alptraum war, dann war er inzwischen in Tauwetter geraten. »Lucy, ich … ich

---

1 *Little Richard* alias Richard Penniman (1935), amerikanischer Rocksänger (auch Gospelsänger), hatte großen Einfluß auf Soulsänger und britische Popmusik.

2 *Buddy Holly* alias Charles Harden Holley (1936–59), amerikanischer Rockmusiker (Liederschreiber, Sänger und Gitarrist); Hits: *That'll be the Day, Maybe Baby, Peggy Sue, Oh, Boy, Think it over, It doesn't Matter anymore.*

weiß, was mit mir los ist«, sagte er. »Ich weiß, wie ich vor dem Herzinfarkt war. Aber es war nicht das Herz. Es …«

Ein Klopfen an der Tür zerriß die dünnen Bande. George sprang ans Fenster. Lucy fuhr hoch und riß die Betäubungswaffe aus der Jackentasche. Seine Nervosität steckte an. Kurz vor seinem Tod war es genauso gewesen.

»Das Essen«, sagte eine Stimme von draußen.

George machte einen Spaltweit auf. Lucy kam dazu und öffnete ganz. Der Hund neben Barnes ließ die Zunge heraushängen. Der Alte brachte ein Tablett: Brötchen mit Schinken und Ei, Gemüse, Kuchen und Kaffee. Lucy nahm ihm das Tablett aus den Händen. »Schönen Dank«, sagte sie.

Barnes spähte prüfend ins Zimmer. »Seid ihr Christen?«

»Wir sind Gläubige«, sagte Lucy.

»Schön, dann vergeßt nicht, euer Gebet zu sprechen«, sagte er und wandte sich zum Gehen. »Komm, Jake.«

Wie George dastand und durchs Fenster spähte, bildete er eine wüste Silhouette vor dem Dämmerlicht. Er ließ die Gardine fallen. »Ich glaube, er gehört auch dazu«, sagte er.

»Also ich hab Kohldampf.«

Er funkelte sie an, kehrte ihr den Rücken und ging bis an die rückwärtige Wand. »Ich muß unbedingt zu Richard«, sagte er mehr zu sich selbst.

Während Lucy ihm zusah, fiel in ihrem Herzen eine Tür zu. Sie setzte sich und biß in ihr Brötchen. Der Schinken war salzig, das Brötchen mit Fett getränkt. Luzy fand alles köstlich, auch den schlaffen, versalzenen Kohl. Sie nahm einen ordentlichen Schluck Kaffee; er war ziemlich heiß, aber das tat gut. George warf sich aufs Bett, verschränkte die Hände hinterm Kopf und starrte an die Decke. »Willst du nichts essen?« fragte sie.

»Nein.«

Sie hatte keine Lust, in der Story vorzukommen, die er gerade in Arbeit hatte: Lucy Di Paulo, die mit sich selbst beschäftigte, abhängige Frau, und George Eberhart, der aufopfernde, unabhängige Mann. Er nahm sie überhaupt nicht wahr. Vermutlich war Mitleid das einzige, was sie noch für ihn aufbringen konnte. Aber Mitleid für einen Psychopathen, das war nach allem, was sie in den letzten fünf Monaten durchgemacht hatte, ein bißchen viel verlangt.

Und dennoch wollte es ihr das Herz zerreißen. Ihre Ehe war Schnee von gestern. Sie betrachtete sein Profil. Der Mann aus Eis. Bevor ihr die Tränen kamen, ging sie zur Tür.

»Wo gehst du hin?«

»Duschen.« Sie zog die Tür hinter sich ins Schloß.

Der Wind war inzwischen feuchtkalt geworden; sie schlug den Kragen hoch. Die Naßzellen lagen in einem niedrigen Schlackensteinbau an der Spitze des ›V‹. Sie setzte sich auf die schmutzige Toilette und wischte sich mit dem Handrücken die Tränen von den Wangen. Sie hätte sich ohrfeigen können: Was hatten sie denn in den letzten Jahren gehabt? Wenn es etwas gab, was zum Weinen war, dann waren es Scheußlichkeiten wie Kent und die Gefängnisfarm. Nein, sie war nicht schwach. Die schwache Lucy hätte jetzt an dieser Toilette gekniet und sich den Finger in den Mund gesteckt. Sie hatte sich verändert.

Sie fahndete in der Jackentasche nach dem Rechner: sie würde jetzt das Zeug nehmen und getreu dem Plan von Luz die Welt verändern. Doch der Rechner war nicht mehr da. Sie mußte ihn im Wagen verloren haben oder vorhin, als sie die Betäubungswaffe herausgerissen hatte.

Scheune und Farmhaus waren dunkel. Als sie den Kiesplatz überquerte, gewahrte sie bei den Hütten eine Bewegung. Sie verhielt nicht den Schritt und ging zielstrebig zum Wagen. Während sie im Fußraum nach dem Taschenrechner suchte, spähte sie immer wieder durch die Scheibe nach draußen. Eine Gestalt schlich bei den Hütten herum, klein, eher untersetzt.

Lucy vergaß den Rechner. Sie tat, als ob sie nichts bemerkt hätte, und stieg die Stufen von Nummer Neun hinauf. George war eingeschlafen. Das Radio wisperte. Der Rechner lag auf dem Nachttisch. Lucy schob ihn in die Tasche und löschte das Licht. Sie rüttelte an Georges Schulter. »George!« flüsterte sie.

Er rührte sich. »Da draußen ist jemand.«

Er schlug die Augen auf. »Mann oder Frau?«

»Eine Frau, glaub ich. Nicht besonders groß.«

George setzte sich auf. Er schlich sich ans Fenster und spähte hinaus. »Nichts zu sehen«, flüsterte er. Er kam zurück. »Paß auf. Ich geh vorne raus und versuche, den Wagen zu erreichen. Du steigst aus dem Hinterfenster. Die sind hinter *mir* her, nicht hinter dir, aber so kommt wenigstens einer von uns durch. Du läufst …«

»Nein. Das ist kein Alien. Die Frau hat keine Mordabsichten. Ich geh raus und rede mit ihr.« Lucy machte die Tür auf.

»Lucy, nein!«

Bevor er sie hindern konnte, war sie wieder draußen. Sie ging an den Hütten entlang. Sie war nervös, ob sie wollte oder nicht. »Hallo?« rief sie. »Ich weiß, daß Sie hier irgendwo sind. Ich will mit Ihnen reden.«

Keine Antwort. Der Wind, der mit jeder Minute kälter wurde, wirbelte Staub auf. Plötzlich, am schmalen Durchlaß zwischen zwei Hütten, stellte ihr jemand ein Bein und war augenblicklich über ihr. Sie bekam ein Knie ins Kreuz gesetzt und etwas Hartes zwischen die Rippen gestoßen. »Still«, sagte die Frau an Lucys Ohr.

Sie packte Lucy beim Kragen und zerrte sie in den Durchlaß. Lucy wurde an die Wand gedrückt. Die Frau war klein und hatte kurzes braunes Haar. Sie zielte mit der Pistole auf Lucys Brust. Sie sagte etwas, aber so undeutlich, daß Lucy kein Wort verstand.

»Ich kann Sie nicht verstehen«, sagte Lucy.

Die Frau verdrehte die Augen. Langsam wiederholte sie: »Ha-te-ve-hart ei-ne Waffe?«

»Ob Eberhart eine Waffe hat?« sagte Lucy. »Hören Sie, er braucht keine Waffe. Er ist …«

Auf dem Parkplatz orgelte der Anlasser und der Motor sprang an. Die Frau ließ Lucy fahren und rannte los. Die Reifen wühlten sich in den Kies; ein Schuß peitschte auf. Lucy sprang auf die Füße und lief hinterher; die Frau wollte George den Weg zur Straße abschneiden. Lucy spurtete über den Parkplatz und sprang sie von hinten an. Sie stürzten auf den Kies und wälzten sich. Barnes Hund kläffte. Bis die Frau sich aufgekniet hatte, war George auf und davon. Wütend nahm sie sich Lucy vor und setzte ihr die Mündung der Waffe unters Kinn, das verschwitzte Gesicht knapp dreißig Zentimeter von Lucys. Die Mündung war heiß und stank nach Schmauch. Die Augen der Frau forschten in Lucys Zügen, als suche sie da nach dem Geheimnis, das all ihre Probleme lösen würde.

Lucy kapierte, daß sie es schon wieder mit einem Geisteskranken zu tun hatte. Diesmal mit einem weiblichen Exemplar.

26

FREITAG, 15. OKTOBER

Spaß ohne Drogen

Während er summend durch sein Apartment im Endzeit-Institut kreiselte und an der Überraschung feilte, die er sich für die Kundgebung am Nachmittag ausgedacht hatte, da wurde Richard bewußt, daß all seine Wünsche befriedigt waren, die er mit zwanzig gehegt hatte. Mit zwanzig, da hatte er einen amüsanten Zeitvertreib gesucht, und jetzt war er ein Prophet. Mit zwanzig, da hatte er Rache geschworen, und jetzt dirigierte er Menschen, die er verachtete. Mit zwanzig, da hatte er sich einen Freund und eine Geliebte gewünscht, und jetzt wußte er, daß es weder den einen noch die andere gab; Freunde und Frauen stellten Ansprüche, handelten irrational und brauchten Hilfe; sie kapierten einfach nicht, daß jeder auf sich selbst gestellt war.

Mit zwanzig, da hatte er bereits gewußt, daß es keine Hilfe gab – daß die Welt eine Wüste aus Hoffnungslosigkeit und Enttäuschung war. Alles, was ihm gefehlt hatte, waren die empirischen Beweise gewesen. In diesem Garten religiöser Wahnvorstellungen hatte er den endgültigen Beweis gepflückt: Menschen waren clevere Idioten. Sie akzeptierten jede attraktive Lüge. Ihr Selbstbetrug gipfelte in schierer Bosheit. Sie waren weniger als Insekten. Ein Idealist wie George würde das nie akzeptieren; und genau das hatte ihn getötet und würde ihn wieder töten. Richard jedoch war eine Seher. Er war berufen. Er sah sich so, wie er wirklich war, und nicht wie ein Foto ihn ablichtete: seine Augen glühten vor Intuition und aus seinen Fingerspitzen trat Licht. Er war abgedreht, aufgedreht, voll in Fahrt, und das, obwohl er seit Sumners Party nichts mehr angerührt hatte. Er konnte, wenn er wollte, das ganze niederträchtige Juwel zertrümmern.

Seit Dienstag hatten sich die Ereignisse überschlagen. Die abendliche Kundgebung auf der Fayetteville-Allee anläßlich ihres Wahlsiegs war durch die Pilger, die im Laufe der letzten Monate in die Stadt geströmt waren, zu einer überwältigenden Massenveranstaltung geworden. Gut hunderttausend Menschen waren am Regierungssitz vorbeigezogen und hatten Fackeln und Schilder mit THERE ARE NO ACCIDENTS geschwenkt. Derweil sie auf Gilrays Ansprache warten mußten, waren die Menschen ungebärdig geworden; die Polizisten, die nicht genug Verständnis aufbrachten, um einfach wegzusehen, wurden überwältigt. Störende Zwischenrufer wurden brutal zum Schweigen gebracht.

Endlich zeigte Gilray sich der Masse. Richard hatte ihn noch nie so temperamentvoll erlebt: der Reverend konnte es mit einem größeren Popstar aufnehmen. Seine Ansprache wurde mit einem Enthusiasmus aufgenommen, der gegen Mitternacht orgiastische Züge annahm; die Fackeln flackerten heller, und die Flagellanten verschafften sich mitten in der Menge eine kreisrunde Arena und gingen an die Arbeit. Gilray sah mit einem grimmigen Lächeln zu, wie sie sich blutig geißelten. Dann stieg er vom Podest, ließ sich eine blutige Peitsche geben und trieb damit eine junge Frau in religiöse Ekstase. Respekt vor soviel Talent.

Am nächsten Morgen fuhr der Gouverneur nach Asheville, wo er ein unklares Statement abgab, in dem er die Ausschreitungen bedauerte und Gott pries. In Washington warnte der zweite Senator von *North Carolina* den Kongress vor dem wachsenden Fanatismus auf dem Piedmont-Plateau und forderte den Präsidenten auf, Fort Bragg in Alarmbereitschaft zu versetzen. In Zion nannte der erste Senator von *North Carolina*, der sich in der Nacht selbst ein paar blaue Flecke geholt hatte, den Gouverneur einen Atheisten und den zweiten Senator einen freigeistigen Humanisten. Kein Außenstehender machte Anstrengungen, das Feuer zu löschen. Wenn es nach der Mehrheit der Menschen in *North Carolina* ging, dann war es an der Zeit, daß die Hauptstadt mit Gott ins Reine kam, und in Armee und Nationalgarde gaben die Anhänger des Reverend bereits den Ton an.

Die nationalen Medien machten nicht viel Aufhebens. Levine, von Abramowitz nach Raleigh abgeschoben, hatte ein paar Berichte durchgegeben; doch landauf, landab passierte soviel Absonderliches, daß man einem religiösen Strohfeuer nicht allzuviel Sendezeit einräumte. Doch Richard war optimistisch. Bis jetzt war Zion eine Dressurnummer; der Trick bestand darin, Zion zur Manege zu machen. Richard spürte förmlich, wie eins zum andern kam.

Auf seinem hochauflösenden Schirm stand links ein Nachrichtenüberblick und rechts liefen Piratensendungen von Comandante Jesus; die CD bot eine Auswahl der größten Hits des Comandante.

EKSTASE-ROULETT: Das perfekte Plagiat einer populären Spielshow, in der Arbeitslose anriefen und je nach Laune des Glücksrads eine Klinikpackung Nembutal oder einen Monat im Isolationstank gewinnen konnten. Der Comandante hatte die Sendung so abgeändert, daß der Showmaster und die Spieler allesamt splitternackt waren. Letztere hatten groteske Mißbildungen; sie litten an unheilbaren Krankheiten. Sie beantworteten die Fragen durch vernehmliches Furzen, wobei blaue Flämmchen aus ihren Ärschen schossen. Der glückliche Gewinner bekam die ersehnte Spritze und entschlief vor aller Augen.

DIE WAHLERGEBNISSE VON 1998: Der Comandante hatte die kalifornischen Auszählungen so unentwirrbar verknäult, daß man die Ergebnisse verwerfen und die Amtsinhaber weitermachen mußten.

GRUPPEN-EXEKUTION IN FLORIDA: Dem Comandante war es gelungen, eine Kamera in die erste amerikanische Gruppenexekution zu schmuggeln; er hatte das Material für 40 Millionen Menschen ausgestrahlt und sich selbst als digitale Animation eingeblendet, um anhand zeitgleicher Einzelbilder zu zeigen, wer von den drei Kandidaten nach der tödlichen Injektion am schnellsten starb, wobei sein Helfershelfer Otto Da Frey, der zu diesem Anlaß mit schwarzer Kapuze und Buckel auftrat, mit verhaltener Stimme die Verfärbungen kommentierte.

DIE ANSPRACHE AN DIE NATION VON 1999, in die der Comandante Untertitel eingeblendet hatte, die jede einzelne Heuchelei in unverblümtes Englisch übersetzten, gewürzt mit gelegentlichen Kommentaren über die sexuellen Neigungen des Präsidenten.

DIE OSCAR-VERLEIHUNG 1998: Schon Wochen vor der Show kursierten Gerüchte, daß sich der Comandante einmischen würde. Man betrieb einen beispiellosen elektronischen Aufwand: jedes Glied der elektronischen Kette vom Theater zum Studio, vom Studio zum Netz und vom Netz zum Zuschauer wurde permanent überwacht. Die Übertragung lief mit makelloser Langatmigkeit bis zur Kategorie *Film und Fernsehen,* und zwar bis zu dem Augenblick, da die alternde Schauspielerin, die den Oscar überreichen sollte, als

Preisträger die Musical-Version von *Triumph of the Will*[1] verkündete. Harter Wechsel: ausgeflippte Nazis (die den politischen Köpfen der westlichen Allianz zum Verwechseln ähnlich sahen) tanzten um das Innenfeld eines Olympiastadions und sangen ›Springtime for Hitler‹. Nach dem Clip zog die würdevolle, ältere Dame eine kleine Pistole und schoß ihrem Co-Präsentator eine Kugel in die Schulter. Sie war später nicht in der Lage, ihre spontane Reaktion zu erklären, doch es wurde gemunkelt, daß man ihre Hormonspritzen mit Halluzinogenen versetzt und ihre Videoanlage mit ultrakurzen, unterschwellig wirksamen Bildern geimpft hatte.

Den leibhaftigen Comandante hatte noch niemand gesehen: in seinen Piratensendungen trat er nur als digitale Animation in Erscheinung. Mal als lateinamerikanischer Beau, mal als kahlgeschorene Orientalin im Kaftan. Richard hatte nicht die leiseste Ahnung, ob der Comandante Männlein oder Weiblein war – ob er überhaupt eine Person war und nicht bloß eine Organisation oder gar ein Arm der Regierung, auf den sich dieselbe selbst nahm; vielleicht war der Comandante ja tatsächlich ein Alien, und Richard hatte Charlie Sumner gar keinen Bären aufgebunden. Und was, wenn der Comandante ein Agent Gottes war?

Bis vor kurzem hätte Richard das letztere für äußerst unwahrscheinlich gehalten. Doch sein Anfall auf der Party und seine Tiraden vor dem Wahllokal hatten ihn bis ins Mark erschüttert. Vielleicht wurde

---

1 *Leni Riefenstahl* (1902), deutsche Schauspielerin, Filmregisseurin und Fotografin. Ihre Laufbahn als Regisseurin begann 1932 mit einem Film über die Dolomiten (*Das blaue Licht*) und endete 1954 mit einer Opernverfilmung (*Tiefland*); dazwischen drehte sie im Auftrag des NS-Regimes zwei Propagandafilme über die Reichsparteitage der NSDAP in Nürnberg von 1933/34 (*Sieg des Glauben* und ***Triumph des Willens***) sowie den zweiteiligen Propagandafilm über die Olympischen Spiele 1936 (*Fest der Völker* und *Fest der Schönheit*).

er genauso manipuliert wie vordem die alte Dame? Wie er George am Telefon angegangen war – so richtig mies und rücksichtslos –, das reimte sich zusammen. Er kochte allmählich über. Gilray hatte ihn Gottes Hammer genannt. Richard wußte zwar nicht, wessen Hammer er war, doch die Vorstellung gefiel ihm. Endlich zuschlagen. Warum nicht? Er hatte es satt, den Souffleur zu spielen.

Am Mittwochmorgen nach der Kundgebung hatte er Georges Kredit gesperrt. Einen Mann ohne Geld konnte selbst eine Delano fangen. Noch am selben Morgen ließ Delano ihn auf ihre paranoide Art wissen, ›daß er noch vor Ablauf der Woche von ihr hören würde‹. Am Nachmittag beraumte Gilray eine Konferenz für Freitag an. Donnerstagabend schlug dann der Blitz ein: Delano rief an, um ihm mitzuteilen, daß sie einen Fang gemacht hatte. Sie hatte nicht George sondern Lucy erwischt. Es war wie ein Wunder. Lucy war wie vom Erdboden verschluckt gewesen, und jetzt, Monate später, fiel sie ihm in die Hände. Auf sein Geheiß war Delano mit ihr unterwegs nach Zion. Ein Werk der Vorsehung?

Richard schaltete den Monitor aus. Er salutierte vor dem samtweichen Konterfei von Elvis und ging den Korridor hinunter, der die Apartments mit dem Hauptgebäude verband. Gilray, Lucas Boston, Charlie Sumner und Marianne waren schon im Konferenzraum, zusammen mit Helms Griffin, dem leitenden Ingenieur der Projektgruppe *New Jerusalem Landing Pad*[1]. Boston schilderte eben, wie ein Dr. Soundso von irgendeiner Gefängnisfarm durch eine Gefangene massakriert worden war. Gilray ignorierte den Mann und heftete seinen Blick auf Richard. Richard hatte diesen Blick in letzter Zeit oft bemerkt: als sei er ein

1 *Landeplatz für das Neue Jerusalem*

Preisbulle, auf den der Reverend stolz war und vor dem er ein bißchen Angst hatte.

Charles eröffnete die Konferenz mit den genauen Auszählungen: sie hatten mit einer hauchdünnen Mehrheit gewonnen.

»Großartig«, sagte Richard. »Nur sollten wir jetzt mehr tun, als dasitzen und frohlocken. Nachrichten verbreiten sich schnell, Fäulnisbakterien noch schneller. Wenn wir nicht bis November in die zweite Phase gehen, bekommen wir dumme Fragen zu hören. Jeder will sein eigenes Süppchen kochen, und viele Köche verderben den Brei.«

»Wir taufen zweimal am Tag«, sagte Marianne. »Auch ohne unser Zutun rotten sich die Menschen jeden Abend zusammen.«

»Im Kern jeder Versammlung brauchen wir einen Mann unseres Vertrauens«, sagte Gilray. »Es gibt bereits falsche Propheten. Elf Wochen bleiben uns noch bis zum Ende. Tausende von Gläubigen werden noch nach Zion strömen. Begreifen die Regierungen, was sich hier abspielt, bekommen wir ganz schnell den geballten Zorn des Antichristen zu spüren. Der Konflikt ist unvermeidbar. Hier gibt es immer noch genug Menschen, die sich mit Händen und Füßen gegen eine Regentschaft Gottes sträuben.«

Gilray wandte sich an Sumner. »Noch was vom Gouverneur gehört?«

»Sieht aus, als würde er für eine Weile in Asheville bleiben.«

»Will er eine Exilregierung bilden?«

»In weiser Voraussicht? Ich glaube nicht, daß er jetzt schon daran denkt. Oder?«

»Selbst wenn«, sagte Richard. »Wir müssen uns so oder so auf Opposition gefaßt machen. Wie steht es mit der Miliz?«

Boston ergriff das Wort. »Unsere Leute bilden die

Rekruten auf dem staatlichen Messegelände aus. Wir kasernieren sie in den Messehallen, angetreten und trainiert wird auf dem Gelände. Ein Teil kommt in der Landwirtschaftsschule unter.«

»Gut«, sagte Richard. »Wir müssen das vorantreiben. Infrastruktur. Medizinische Versorgung. Schlafsäle. Freie Verpflegung. Und tägliche Paraden, um das Feuer zu schüren.«

Man diskutierte die Fortschritte, die man beim Erwerb der Grundstücke jenseits des *Alexander Drive* zu verzeichnen hatte. Vor der Wahl war man gegen eine Betonwand von Gesetzen gerannt, aber seit Dienstag setzte Boston alle Hebel in Bewegung, um eine Enteignung durchzusetzen. Umweltschützer lamentierten und bekamen Schützenhilfe von den Überbleibseln der High Tech-Industrie im *Research Triangle Park*, doch sofern der Gouverneur blieb, wo er war, würden die Bulldozer die Quadratmeile Wald bis Ende des Monats gerodet haben.

Helms Griffin erhob sich, um ihnen das Projekt zu erläutern. »Es wird ein hartes Stück Arbeit sein«, sagte er, »aber wir schaffen es bis Weihnachten.« Er benutzte eine Stablampe, um ihnen die Details zu zeigen: die Gebäude, die abgerissen werden mußten; Tausende von Bäumen, die man zersägen mußte; die enormen Erdbewegungen; die Tonnen von Beton, die vergossen werden mußten; den TV-Kamera-Turm; die zweiundsechzig Flutlichtmasten; die TV-Wände, auf denen die vielen hunderttausend Menschen, die man erwartete, die Tribüne sehen konnten, von der aus der Reverend den Erlöser begrüßen würde.

»Natürlich wird nicht alles so reibungslos verlaufen, wie wir uns das vorstellen«, sagte Griffin. »Wenn ich nur schon an die alles überstrahlende Helligkeit der Heiligen Stadt denke. Unsere Kameras sind so konstruiert, daß sie eine Unmenge Gegenlicht kompensieren können, aber wir wissen nicht, ob wir es mit kohärentem oder inkohärentem Licht zu tun haben. Nachher ist man immer klüger. Wichtig ist, daß wir die Menschen warnen, den Abstieg nicht mit ungeschützten Augen zu beobachten.« Er hielt eine Brille mit dunklen Gläsern hoch. »Die wird natürlich jeder von uns tragen.«

Richard hatte seine helle Freude an dem Schwachsinn. »Natürlich«, sagte er.

»Gute Arbeit«, sagte Gilray. Griffin nickte wie ein Hund, der einen Happen hinunterschlingt.

Sumner raffte sich auf. »Ich will Ihnen den Appell zeigen, den wir ausstrahlen wollen.« Er drückte eine Taste und das Wandgemälde mit Jesus über den Wolken glitt beiseite und legte einen Bildschirm frei. Er drückte eine andere Taste, und die CD lief ab: ein Mann und eine Frau, beide in abgerissener Kleidung, schleppten sich auf einem Highway voran. Die Frau sah abgehärmt aus. Der Mann trug einen Sack auf der Schulter, die Frau eine Bibel in der Hand.

Die hallende Stimme des Reverend: »Derweil geschniegelte Agnostiker noch debattieren, ob sie ihre Eigentumswohnungen und ihre Mitgliedschaft in Gesundheits- und Schönheitsclubs für Jesus aufgeben sollen oder nicht, strömen immer mehr der hungernden, verstoßenen und entflohenen Regierungssklaven, immer mehr der Siechen und Alten in die Arme Christi.«

Mehr Pilger – alte, junge, manche rüstig, die meisten müde und erschöpft – schlossen sich den beiden an. »In Zion wird stündlich die Wahrheit verkündet: die Erlösung naht. Sie wollen alle nach Zion, der Fluchtburg der Heiligen, um das Neue Jerusalem zu empfangen ...« – Luftaufnahme vom Pilgerzug, die Kamera ließ den Highway hinter sich und flog wie ein Kondor über die bewaldeten Hügel; in der Ferne gleißte, eingelassen in den Wald, die Quadratmeile aus weißem Beton –, »…denn Gottes Strafgericht wirft bereits seine Schatten voraus. Schließ dich dem Pilgerzug an, wenn du Gott nicht versuchen willst. Rette deine Seele! Fliehe aus Babylon!« Bilder von Babylon: zehnjährige, ausgezehrte Huren am *Time Square,* die neue Dürrezone im Mittelwesten; Wissenschaftler, die in Labortiere schossen; eine alte Frau, die rituellen Selbstmord verübte; ein tränenüberströmtes Kindergesicht.

»Vergeßt nicht, wie es Lots Frau erging, als sie sich auf der Flucht nach der Sünde umdrehte; sie erstarrte zur Salzsäule. Hört nicht auf euren gottlosen Ehepartner. Laßt ihn zurück, auch die ungläubigen und ungehorsamen Kinder.

Schert euch nicht um materielle Dinge. Vergeßt euren Videorecorder. Verzichtet auf euren CD-Player. Den Heiligen wird es an nichts mangeln: nehmt nur euer Geld mit, was ihr auf dem Leib habt und Proviant für die Reise. Wer eine Waffe hat, der bringe sie mit, ob Messer, Revolver, Jagdgewehr oder Maschinenpistole. Wer noch keine Waffe hat, soll sich eine besorgen.« Soldaten Christi, Männlein und Weiblein, Groß und Klein, alle trugen sie weiße Overalls und Waffen. »Gemeinsam werden wir Satan besiegen!«

Anschwellende Musik, ein Gleißen am Himmel, ein Vorgeschmack auf das Erscheinen der himmlischen Braut. Abblendung.

Gilray schien in Gedanken versunken. Richard fragte sich, was den Reverend so beschäftigte. »Gut und schön«, hob Gilray an. »Aber …«

Da ging die Tür auf und Felton trat ein. »Entschuldigen Sie die Störung. Mr. Shrike hat gebeten, ihn sofort zu verständigen, wenn diese Herrschaften auftauchen.«

»Welche Herrschaften?« fragte Gilray.

Felton trat beiseite und ein Polizeisergeant mit umgehängtem M-16 schob zwei Frauen in den Raum: Delano Amassa und Lucy.

Delano trug eine USTS-Uniform, Lucy ein Sakko und zerrissene Jeans. Lucys Haar war kurzgeschoren. Einen Schmierfleck über der Braue und eine Schürfwunde am Mund, sah sie sich mit finsterer Miene um. Ihr Blick blieb an Richard hängen.

Sumner reagierte ungehalten. »Hier werden wichtige Dinge besprochen. Sie hätten die Frauen nicht ...«

»Schon gut, Charles«, winkte Gilray ab. »Mit wem haben wir die Ehre, Richard?«

»Das ist Delano Amassa, Privatdetektiv. Abramowitz hat sie auf George Eberhart angesetzt. Die andere Dame ist Lucy Di Paulo, Eberharts Frau.«

Boston wirkte verunsichert. »Läuft da was hinter unserem Rücken?«

»Eberhart glaubt, der Reverend betreibt so was wie sich selbst erfüllende Prophezeiungen«, sagte Richard. »Jason Abramowitz hat ihn losgeschickt, in der Hoffnung, Eberhart würde etwas ausgraben, was uns in Mißkredit bringt; doch ich konnte Miss Amassa überreden, für *mich* zu arbeiten. Daß sie nicht George sondern Lucy aufgegriffen hat, ist reiner Zufall.«

Lucy zeigte sich völlig unbeeindruckt.

»Es gibt keine Zufälle«, sagte Gilray; er war diesmal nicht in Gedanken sondern in Lucys Anblick versunken.

Delano stützte sich auf den Konferenztisch. Sie benahm sich, als sei außer Richard niemand anwesend.

»Hübsche Uniform, Francie«, sagte Richard.

»Ich habe einen USTS-Lieferwagen gestohlen«, sagte sie. »Ich brauchte Sprit.«

»Verstehe.«

»Die Frau überlasse ich dir«, sagte sie. »Ich muß

Eberhart holen.« Ihre Stimme war so flach wie ein Billardtisch, aber lange nicht so weich.

Es gab eine latente Verbindung zwischen dieser Stimme und mörderischer Wut. Richard spürte, daß Georges Leben in akuter Gefahr war. Er hätte es wissen müssen. Hätte? Hatte er es denn nicht in Kauf genommen? Schließlich wollte George doch sterben. Nicht mehr lange, und sie waren sowieso alle tot. Mausetot. Zum Teufel mit dir, George. Wärst du hier, dann würdest du mit eigenen Augen sehen, wie unausweichlich das Ende ist.

Richard hatte einen Hitzestau, seine Schultern schmerzten. Er nickte Delano zu. »Okay«, sagte er sanft.

27

FREITAG, 15. OKTOBER

Ein Gruß von Christus, dem Kommandanten

Als sich die Tür öffnete und die Frau aus seinem Traum eintrat, wurde Reverend Gimmy-Don Gilray vom Pfeil der Vorsehung durchbohrt. Zu wissen, daß der Herr den Sturzflug des Falken lenkte, war eine Sache; zu fühlen, wie die Lenden unter der Berührung Gottes erzitterten, eine ganz andere. Diese Frau war der leibhaftige Beweis, daß er, Gimmy-Don Gilray, in der Hand einer Macht war, gegen die er nichts ausrichten konnte.

Diese Menschen hier, diese Konferenz, die Worte, die sie sprachen, ihre Hoffnungen, Ängste, ja die Konstellation der Luftmoleküle – all das war so und nicht anders von Anbeginn an im Geist Gottes vorgesehen gewesen. Gilray empfand das mit schmerzlich süßer Hingebung, ähnlich dem Mann, der vom Blitz getroffen wird und mit süßem Entsetzen seinen Tod konstatiert. Das Universum war vor sechstausend Jahren dem Nichts entsprungen, und mit ihm und in ihm Jimmy-Don Gilray, diese Frau und sein Verlangen. Er mußte seinen Part spielen, ob er wollte oder nicht.

Er ließ Luzy in einem der freien Stahlrohrsessel Platz nehmen. Er musterte sie. Sie sah ihn an; sie zeigte keinerlei Gefühlsregung. Sie zuckte mit keiner Wimper. *Daß wir hier sind, hat seine Bewandtnis,* wollte er ihr sagen. Wie gerne würde er ihr von seinem Frohlocken abgeben, wie gerne ihre Wange berühren. Sie hatte graue Augen.

Richard entließ Delano. Er sah so betroffen drein, als habe er eben seinen besten Freund verloren.

Gilray überspielte seine Erregung und sah in die Runde. »Gibt es noch etwas, das keinen Aufschub duldet?«

»Ich finde, wir sollten uns über Comandante Jesus unterhalten«, sagte Richard.

»Gibt es einen Anlaß?«

»Ich habe seine Ergüsse gründlich studiert. Entweder ist er unser Gegner schlechthin oder er ist ein Werkzeug Gottes. Abgesehen von ein paar flüchtigen Bemerkungen haben Sie bislang nicht eindeutig Stellung bezogen, Reverend. Immerhin nennt der Mann sich Jesus.«

»Blanker Hohn, weiter nichts.«

»Woher sollen die Menschen das wissen?« Richards Stimme wurde eindringlicher. »Wir sehen unsere Aufgabe darin, die Menschen zu Jesus zu bringen, richtig? Wir sollten die Gelegenheit beim Schopf packen. Wir sollten mit einer eigenen Version des Comandante aufwarten. Wir funken bei unseren eigenen Sendungen dazwischen, aber wir geben der Botschaft einen kleinen Drall, so daß Fans des Comandante auch Fans von uns werden.«

»Wir sollten die Menschen nicht unter falschen Vorzeichen nach Zion locken«, sagte Boston. »Unter Erlösung stell ich mir was andres vor.«

»Hier geht es noch nicht um Erlösung«, sagte Richard. »Man kann niemanden erlösen, der nicht erlöst werden will.« Er lehnte sich vor, die Hände umspannten die Armlehnen. Er sah Boston nicht einmal an: er starrte auf Lucy Di Paulo. »Im Augenblick der Geburt ist man entweder erlöst oder verdammt.

Wenn jemand sterben will, gibt es, verflucht noch mal, nichts, womit man ihn hindern kann.«

Boston lief rot an. »Das ist gegen …«

Richard fixierte ihn. »Dieser Spot vorhin war Dünnschiß, Lucas! Ein fades Haferschleimsüppchen. Es fehlt der Biß. Die Leute sollen hier nicht Urlaub machen. Das ist das Finale! Blackout! Schluß der Vorstellung! Man muß ihnen die eiternden Wunden der Welt zeigen, die zerschlagenen Gebeine der Zeit. Tod und Auferstehung!«

»Wir drehen hier keinen Film!« rief Boston hitzig.

Gilray spürte, wie ihm die Fäden entglitten. Er stand neben sich. Seine Sinne waren die Sinne dieser Frau. Er sah wie durch ihre Augen. Das war sehr komisch. In ihren Augen waren sie alle klein. Boston war der kleinste, ein Fanatiker ohne Phantasie; genauso belanglos war Sumner. Richard war größer, aber er war wahnsinnig. Und wie groß war er selbst? Er wußte es nicht. Er verlor die Orientierung.

Wollte er sie zurückgewinnen, mußte er reagieren. »Richard hat den Nagel auf den Kopf getroffen«, sagte er.

»Könnte sein«, sagte Sumner.

»Ich habe diese Blasphemien satt. Dieser Mann ist total korrupt. Wenn ich der einzige bin …«

»Es reicht, Lucas!« sagte Gilray. »Gott ist einfallsreicher, als Sie denken. Und Richard ist sein Werkzeug.«

»Gott kommt nicht durch die Hintertür.«

»Gott hat seinen Sohn in eine Futterkrippe gelegt. Seine Apostel waren Zöllner und Sünder.«

Er wandte sich an Richard, der zurückgesunken war und das Kinn auf der Brust hatte. Gilray dachte mit Unbehagen an die Kräfte, die in diesem Mann am Werke waren; er war sich nicht sicher, ob er sie bändigen konnte. »Richard, Sie arbeiten mit Lucas an den Werbespots. Der eine bleibt so, wie er ist.«

Er legte Boston die Hand auf die Schulter. »Und machen Sie Gebrauch von Ihrem Glauben, Lucas. Wen Gott liebt, den schont er nicht.«

Während er redete, kam seine Seele wieder ins Lot. Auch diese Prüfung hatte er bestanden. Am Ende war er größer als jeder andere hier im Raum. Auch größer als diese Frau?

Lucy Di Paulo saß da und sah von einem zum anderen. Ob sie auch so einen apokalyptischen Traum geträumt hatte? Ob sie ihn, Gilray, wiedererkannte? Wollte und fürchtete sie das Feuer genauso wie er?

Gilray hatte für Lucy ein freies Zimmer im Wohntrakt herrichten lassen. Marianne brachte ihr Kleidung, und wenig später lud er Lucy ein, mit in die Fayetteville-Allee zur Kundgebung zu kommen. Er zeichnete noch seine Nachmittagssendung auf. Im Vestibül wartete Felton. Lucy war bei ihm; sie trug ein knöchellanges Kleid von Marianne. Richard ließ bestellen, er werde nachkommen.

Felton fuhr den Wagen vor. Lucy hatte geduscht und sich das Haar gewaschen; Gilray atmete den Duft des Shampoo. Auf seine Frage, wie sie Delano ins Netz gegangen war, wandte sie sich ab und sah schweigend aus dem Fenster. Ein Schauer rann ihm den Rücken hinunter, so makellos war dieses Profil.

Oder war es das Wetter, das ihn frösteln ließ? In den letzten vierundzwanzig Stunden hatte eine massive Kaltfront eine Wolkendecke über die Gegend gebreitet, und Sturmböen hatten die Temperatur um 28 Grad fallen lassen. Ein weiteres Omen.

Sie fuhren aus dem Tor und dann durch das Pilgercamp. Männer und Frauen kamen auf die Füße; manche jubelten ihnen zu. »Sie kommen von überall her«, sagte Gilray zu Lucy.

»Ich wette, viele wurden angekarrt«, sagte sie, ohne ihn anzusehen. »Gegen ihren Willen.«

Ein Mann mit einem Blick so wild wie sein Grinsen hievte ein Kind auf die Schultern, damit es besser sehen konnte. »Wer weiß schon, wenn uns Dinge widerfahren, wessen Wille da am Werk ist«, sagte Gilray.

»Der von irgendeinem Wirrkopf.«

Sie ließen das Camp zurück. »Sie haben keinen Grund, so feindselig zu sein. Ich wußte nichts von einem Detektiv.«

»Ich war auf Ihrer Gefängnisfarm«, sagte sie. »Ich wurde vergewaltigt, von einem Ihrer akademischen Mitarbeiter.«

»Nennen Sie mir den Namen. Ich sorge dafür, daß er bestraft wird.«

Sie sah ihn an. »Da schließen Sie am besten die ganze Farm. Da wird gegen alle Bundesvorschriften der letzten dreißig Jahre verstoßen.«

»Angesichts dessen, was auf uns zukommt, sind ein paar Vorschriften nicht von Bedeutung.«

Lucy sah wieder aus dem Fenster. Ihr Zorn schüchterte ihn ein. Gott erwartete seine Reaktion, doch zum zweiten Mal war er unsicher heute. Er sah aus seinem Fenster.

Jede zweite Kiefer hatte ihre Nadeln verloren, der Wald wurde immer brauner. Die Forstwirtschaftsschule machte den sauren Regen verantwortlich, doch in Wahrheit war es einfach fünf vor Zwölf, die Uhr lief ab. Sie fuhren an IBM vorbei, wo Gilray damals, vor dreißig Jahren, als EDV-Ingenieur hingebungsvoll an der Entwicklung von Parallelprozessoren für das Pentagon gearbeitet hatte. Er hatte das erste nationale christliche Computer-Bulletin ins Leben gerufen. Wie wenig er damals verstanden hatte, um was es wirklich ging! Doch seine Absichten waren von vorneherein klar gewesen: es galt den Willen Gottes zu tun, nicht den eigenen.

Hatte Gott ihm diese Frau geschickt? Konnte er sicher sein?

Auf der I-40 kamen sie an Pilgern vorbei, die zu Fuß unterwegs waren oder an Pick-ups hingen. Ein Pilgertrupp hatte sich einen USTS-Bus gekapert; *Prepare the Rule of Saints!* hatten sie auf die Seite gepinselt. Der Slogan hielt sich seit Monaten. Ob die Werbespots nun taugten oder nicht, der Strom riß nicht ab. Die Getauften, die Erleuchteten, die Rechtschaffenen hatten Jubelbriefe an ihre Freunde geschickt und ihnen die idealen Bedingungen geschildert, die sie hier vorfanden. Vielleicht nahmen sie dabei ein wenig vorweg, wie es sein würde, wenn die Heilige Stadt aus dem Himmel herabstieg, doch sie taten es im rechten Glauben, denn was die Propheten geweissagt hatten, das durfte man getrost als virtuelle Realität betrachten. Alles war nur noch eine Sache von Wochen.

Als sie in die Stadt kamen, wirbelten ein paar Schneeflocken aus dem Himmel. Die Bäume schwankten wie mächtige Metronome. Aus allem sprach die Erwartung. Lucy hörte auf, aus dem Fenster zu starren, und besah sich den Reverend von der Seite.

In der Innenstadt waren die Straßen voller Menschen. Viele wohnten in aufgegebenen Läden; andere standen auf unbebauten Grundstücken rings um Abfalltonen, aus denen die Flammen schlugen. Überall bekritzelte Hauswände, Spruchbänder über den Straßen, und beschriftete Bettlaken, die aus den Fenstern im ersten Stock hingen: *Free the Undead; Remember July 17th; The Reverend and All He Stands For!* Hinter einer Straßenbarrikade standen Männer mit umgehängten Maschinenpistolen und redeten auf Polizisten ein. Sie sahen her, als die Limousine vorbeifuhr. Felton hielt an einem Kontrollpunkt und fuhr dann in eine Garage unter dem Bezirksgericht.

Ein Wachmann, die Hand am Kolben des M-16, öffnete ihnen den Schlag. Er schien gut aufgelegt. »Hui«, sagte er. »Das reinste Zombiewetter da draußen.«

Lucy tat, als merke sie den abschätzenden Blick nicht. Gilray brachte sie die Treppe hinauf in den Hauptkorridor, wo sie auf die Diakone stießen, die die Kundgebung vorbereiteten. Sie bestiegen das Podium vor dem Haupteingang. Diakon Harrison, das Gesicht von der Kälte gerötet, machte gerade den Vorbeter, doch die Menge wurde abgelenkt, als Gilray hinter ihm auftauchte. Die Allee war in ihrer ganzen Breite vollgepackt mit Menschen, Hunderte von Metern weit nach beiden Seiten. Die verstärkte Stimme des Diakons hallte über die Köpfe hinweg und wurde von den Fassaden zurückgeworfen. Wind peitschte die Allee hinunter, die Staats- und Christusflaggen vor dem Gerichtsgebäude knatterten, das Taufwasser kabbelte. Mehrere frisch Getaufte kauerten in Decken gehüllt am Beckenrand. Menschen auf den Dachtraufen, Menschen in den Fenstern; die einzige Lichtung in diesem Menschenmeer war die kreisrunde Gedenkstätte mit den weißen menschlichen Umrissen auf dem Pflaster, den authentischen Umrissen der Märtyrer, die dort am 17. Juli verblutet waren.

Als das Gebet gesprochen war, stimmte Harrison ein Lied an:

> Before Jehovah's awful throne
> Ye nations bow with sacred joy.
> Know that the Lord is God alone
> He can create und He destroy.[1]

---

1 Versuch einer Adaption:

> Vor Jehovas erhabenem Thron
> beugt euch, ihr Nationen, mit freudigem Herzen.
> Und wisset, der Herr ist euer Patron
> Was Er geschaffen, das kann Er auch merzen.

Als das Lied verklang, gab Gilray seinen Helfern zu verstehen, Lucy im Auge zu behalten, und trat an das Rednerpult. Die Menge tobte. Minutenlang ließ er sie gewähren. Er legte den Kopf in den Nacken und starrte in den bleiernen Himmel. Die Wolken paßten in diese Zeit: doch sie rissen auf. Noch während er so dastand, vibrierend im Brennpunkt vieler tausend Seelen, stach ein Lichtspeer aus dem Himmel und strich über die Allee. Gilray hatte die Hände erhoben, und die Menschen tobten, jeder einzelne trug in seiner Winzigkeit und Vergänglichkeit zu dieser einen großen, tosenden Stimme bei, die allen Frust und alle Sehnsucht gen Himmel trug. Das hielt minutenlang an. Dann erlosch der Lichtspeer. Die Wogen glätteten sich. Gilray lehnte sich vor und ließ den Blick über die Köpfe schweifen. Er hob an:

»Die Zeiten sind schlecht. Wer noch eine Seele im Leib und Augen zum Sehen hat, dem kann es nicht entgehen. Das Böse geht unter uns um! Es treibt uns an den Rand der Verzweiflung. Es zehrt unsere Kräfte auf. Es macht uns krank. Wir sehen uns um und fragen: *Wo sind die Starken? Wer sind die Rechtschaffenen? Was ist die Wahrheit?*

Heutzutage gibt es Männer, die ihren Lebensunterhalt damit verdienen, daß sie den Zweifel nähren. Sie stellen Fragen. Sie sind so gut im Fragenstellen, so ernsthaft bei der Sache, so erpicht, die Wahrheit zu finden. Doch geht man zu ihnen und serviert ihnen die Wahrheit auf einem Sammetkissen, erlebt man eine Überraschung! Sie mustern sie, als sei sie eine scharfe Handgranate. Sie weichen zurück. Sie fragen weiter. ›Welchen *Beweis* hast du?‹ fragen sie. ›Hast du *Belege?*‹ ›Wie um alles in der Welt‹, sagen sie, ›... wie können wir eine so *fragwürdige* Autorität wie diese auf einer so *subjektiven* Grundlage, wie es der *Glaube* ist, akzeptieren?‹

Habt ihr gehört, wie ihnen das Wort über die Lippen kommt? *Glaube?* Es klingt so traurig aus ihrem Mund, aber auch ein bißchen amüsiert. Es bringt sie nämlich in Verlegenheit! In ihrer Wohnung hat das Wort *Glaube* nichts verloren. Es ist wie ein Hund, der den kostbaren Teppich besudelt. Wie ein Gast in den Kleidern vom Vorjahr. Ach, du liebe Zeit, so ein Wort hat uns gerade noch gefehlt, sagen sie. Es ist nicht intellektuell! Es bezeichnet etwas Unfalsifizierbares! Etwas, das sich experimentell nicht reproduzieren läßt! Als sei der Glaube an Gott so etwas wie der Glaube an den Nikolaus! Als sei der Gebrauch dieses transzendenten Wortes *Glaube* ein Eingeständnis von Naivität oder Schwachsinn oder Willensschwäche! Sie wissen nicht, was Christus gemeint hat, als er sagte: ›Lasset die Kinder zu mir kommen.‹ Niemand findet zum Glauben, der nicht so offen, so unschuldig und so einfältig ist wie ein Kind.

Also werden wir ihnen sagen, wo die Wahrheit zu finden ist. Wo ist die Wahrheit? Die Wahrheit ist *hier,* hier in Zion! Die Wahrheit Gottes. Zweifel ist nicht Stärke, Zweifel ist eine Krankheit!«

Die wirbelnden Schneeflocken wurden größer. Der Wind schlug in die Mikrophone. Die Gesichter der Menschen waren so verschieden wie ihre Mienen; sie hatten nur eins gemeinsam – den Brennpunkt. Ein rothaariger Junge, die Stirn von Zorn umwölkt. Eine hagere Frau, die Augen weit und voller Vertrauen; sie umklammerte ein Kreuz. Ein Mann mit Pausbackengesicht, der weinte. Neben ihm ein dunkelhäutiger Mann mit solch grimmig angestrengter Miene, als vergegenwärtige er sich die Ansprache Wort für Wort. Das, dachte Gilray, war der Sinn seines Daseins. Diese Menschen machten ihn größer, als er war, genauso wie Gott diese Menschen durch ihn aus ihrer Kleinkariertheit befreite und ihnen Bedeutung verlieh. Er stand im Brennpunkt all ihrer Emotionen und bündelte ihre Kraft für Gott.

»Hier ist die Wahrheit!« rief er ihnen zu. »Sprecht mir nach: Christus ist gestorben und von den Toten auferstanden!«

Die Menge rief asynchron zurück: »... ist gestorben und von den Toten auferstanden!«

»Sind eure Stimmen eingefroren?« Seine verstärkte Stimme prallte von den Gebäuden zurück. Der Wind grummelte und knurrte in den Lautsprechern. »Glaubt ihr, die Atheisten dieser Welt werden euch hören, wenn das schon alles war? Wollt ihr die Stimme des Antichristen mit eurem Flüstern übertönen? Ruft so laut ihr könnt! *Christus ist gestorben und von den Toten auferstanden!*«

»CHRISTUS IST GESTORBEN UND VON DEN TOTEN AUFERSTANDEN!«

Das Brüllen hatte die Stärke des Windes. »Der Weg ins Himmelreich führt nur über Ihn!«

»DER WEG INS HIMMELREICH FÜHRT NUR ÜBER IHN!«

»Christus wird wiederkommen!«

»CHRISTUS WIRD WIEDERKOMMEN!« Die Menschen hüpften und schwenkten die Arme.

»Er ist schon unterwegs!«

»ER IST SCHON UNTERWEGS!« Die Flagellanten zogen ihre Peitschen.

»In zwei Monaten ist Er hier!«

»IN ZWEI MONATEN IST ER HIER!« Inferno, Ekstase. Ein mächtiger unartikulierter, nicht enden wollender Schrei.

Gilray hob die Arme, und der Schrei schwoll an. »Ja!« schrie er. »In zwei Monaten. Leibhaftig wird Er vor euch stehen – vor euch, die ihr jetzt dasteht und mir zuhört – mir, Seinem unwürdigen Diener. Er wird Seine Lungen mit derselben Luft füllen, die ihr jetzt atmet, um Worte zu sprechen, die ihr mit denselben

Ohren hören werdet, mit denen ihr jetzt die meinen vernehmt. *In zwei Monaten!* Eure Freude wird übergroß sein, sie wird alle Freude in den Schatten stellen, die ihr je erlebt habt! Sie wird jede Freude übersteigen, derer ihr jetzt fähig seid! Eure Wonne wird so überwältigend sein, daß ihr meint, ihr müßtet daran sterben!«

Die Masse johlte und tanzte. Sein Herz war entflammt, loderte in Harmonie mit allen Seelen der Stadt. Sie waren alle miteinander verbunden. Und er wußte, wenn er sich umdrehte, würde er die Ehrfurcht auf den Gesichtern seiner Helfer sehen. Das war eine Wahrheit, an der auch Lucy Di Paulo nicht vorbeikam.

»Und ihr *werdet* sterben! Ihr werdet der Sünde den Rücken kehren und wiedergeboren werden, um tausend Jahre in Frieden und Freiheit auf Erden zu leben und eine Ewigkeit im Himmel. Und jeder Augenblick dieser grenzenlosen Zeit, jede Millisekunde dieser tausend Jahre und der Ewigkeit danach, wird erfüllt sein mit dieser Wonne, die unsere armselige Vorstellungskraft übersteigt, – mit einer Wonne, berauschender als jene, die ihr im Akt der körperlichen Liebe erfahrt, – einer Wonne, verzückender als jene, die euch die Peitsche beschert, wenn sie auf euren blutigen Rücken niederfährt und euch in die Nähe der Heiligen Märtyrer treibt, die euch auf dem rechten Weg vorangegangen sind!

Seid ihr bereit? Seid ihr auf Seine Ankunft gefaßt? Seid ihr auf den Anblick des Neuen Jerusalem gefaßt, wenn es aus dem Himmel herabsteigt, jenes gigantische Vaterschiff, jener titanische, juwelenbesetzte Kubus aus Gold und diamanthartem Stahl – wenn er herabsteigt auf das Fundament, das wir ihm bereiten, und das nicht einmal zehn Meilen von der Stelle entfernt ist, an der wir eben jetzt stehen?«

Die Menschen sprangen, schwenkten Arme, Fahnen und Peitschen. Der Schnee fiel dichter, ein Schneegestöber setzte ein. Gilray hob wieder die Fäuste, schüttelte sie und melkte Schreie und Tränen und Rufe aus der vieltausendköpfigen Menge. Er atmete in tiefen Zügen, hellwach bis ins Mark, kein Makel von Schwäche. Er war geläutert, er war stark. Er war bereit.

Er zog sich langsam von den Mikrophonen zurück. Trotz der Brandung vernahm er hinter sich die Geräusche eines Handgemenges. Er drehte sich um. Richard Shrike kletterte eben auf die Füße; Lucy wurde von zwei Diakonen festgehalten. Gilray trat dazwischen. »Alles in Ordnung?« fragte er sie.

»Könnte nicht besser sein«, sagte Lucy.

Richard taumelte nach vorne. Er trug ein schwarzes Chorgewand und eine schwarze Schnur um den Hals, an der ein vergoldeter Schreinerhammer befestigt war. Er hielt den Hammer hoch und schüttelte ihn, und ein Aufschrei ging durch die Menge.

»Ich bin Richard, der Hammer!« schrie er. Die Menge tobte. Boston machte Anstalten, ihn aufzuhalten, doch Gilray legte ihm die Hand auf den Arm.

»Der Reverend will wissen, ob ihr bereit seid.« Richards Stimme dröhnte über die Allee und prallte von den Häusern zurück. »Seid ihr bereit für die Gute Nachricht?«

Die Menschen jubelten.

»Ich habe von Berufs wegen mit Nachrichten zu tun. Und ich bin hier, um euch die Nachrichten von Oben zu verkünden.« Richard stieß den Hammer gegen den bleiernen, wirbelnden Himmel und brüllte so laut, daß man meinte, es müßte seine Stimmbänder zerreißen. »Sie kommen aus absolut verläßlicher Quelle!«

In diesem Augenblick, trotz Schneegestöber und

Windböen, rissen die Wolken zum zweiten Mal auf. Die Sonne schlug funkelnde Spitzlichter aus dem goldenen Hammer. Richard wurde von Krämpfen geschüttelt, er warf sich, als stünde er unter Strom. Der erhobene Arm bebte, der Hammer zuckte. Der Aufschrei, der jetzt aus tausend Kehlen brach, klang wie das Gebrüll eines eingekerkerten Untiers. Den zitternden Arm noch immer erhoben, redete Richard weiter, leiser diesmal, geradezu nüchtern. Wie ein Rocksänger im Stadion überließ er die Lautstärke ganz der Verstärkeranlage. »Der Mann, der zu euch spricht, hat jetzt eine *Direktverbindung* zum Himmel!«

Hier und da ein Zwischenruf, doch die meisten Menschen spürten, daß etwas Ungewöhnliches geschah. Gilray war fasziniert. Im Ablauf der Dinge gab es nichts, was nicht vorherbestimmt war, und dennoch erlebte man immer wieder sein blaues Wunder. So ging Gott vor. Alles stand fix und fertig in Seinem Drehbuch. War Seinem Geist entsprungen und folgte Seinen Regieanweisungen. Wonnevolles Entsetzen. Sehnsucht.

»Die Worte, die ihr aus seinem Mund vernehmt, werden live von der Brücke der *Neuen Jerusalem* übertragen, die in diesem Moment noch fünfhundert Parsec von eurem Planeten entfernt ist und auf einer Mission der Barmherzigkeit den Hyperraum durchquert. Unsere Vorhut ist bereits unter euch. Kommandant Jesus, der Sohn Gottes, grüßt Zion, die Stadt der Heiligen!«

Vereinzelte Jubelrufe. Richards erhobener Arm stand jetzt unheimlich still. Der Hammer in seiner Faust vibrierte wie eine Stimmgabel. Es mußte Richard unsägliche Kraft kosten, ihn da oben zu halten.

»Zion ist *ohne* Sünde!«

Jubel.

»Und dennoch, unsere Vorhut berichtet, daß es in

eurer Stadt der Heiligen noch immer so etwas wie *Privatbesitz* gibt. Die Kranken, die Armen, die Hungernden – täglich kommen sie in Scharen nach Zion. Sie frieren in euren öffentlichen Parks. Sie verzehren sich nach einer Kruste Brot. Ihre Kinder weinen vor Hunger! Unser Kommandant weiß, daß viele von euch diese schmerzliche Wahrheit am eigenen Leib erfahren.«

Eine Woge von Schreien türmte sich auf. Mit einer Armbewegung hielt Gilray die anderen zurück. »Halten Sie sich bereit«, sagte er zu Sumner. »Er ist ferngesteuert. Alles, was er sagt, trifft zu.« Aus dem Augenwinkel sah er, wie Lucy zurückwich, als wolle sie sich davonstehlen. Er packte sie beim Handgelenk. »Hören Sie zu«, raunte er.

»Er ist wahnsinnig.«

»Er ist nicht der Mann, den Sie kennen.«

»Jesus«, flüsterte Sumner. »Jesus.«

Schweiß tropfte von Richards Kinn. Sein Haar war wirr. »Angesichts eures Elends«, fuhr Richard fort, »angesichts eures Elends sitzen die Reichen in ihren warmen Zimmern, haben Fleisch und Kartoffeln auf dem Teller, beteiligen sich an obszönen, interaktiven Kabelprogrammen und *lachen*. Christus, der Kommandant, kommt, und sie *lachen*.«

Er hielt inne, und es blieb still bis auf das Rauschen der Lautsprecher und das Knurren der Windböen in den Mikrophonen; das Schneegestöber hielt an, auch das geisterhafte Lichtspiel auf dem vibrierenden Hammer. Aus dem Himmel drang ein Rumpeln, schwoll an und entlud sich in einem ohrenbetäubenden Donnerschlag. Die Echos rollten über die Stadt. Ein Wunder, ein Gewitter bei Schneesturm. Richard wartete, damit seine Worte gleichsam aus dem verebbenden Grollen erstanden:

»Zion ist *ohne* Sünde … Zion ist *ohne* Sünde … ZION IST OHNE SÜNDE!«

Die Menschen nahmen die Worte auf, skandierten sie immer lauter. Gilray ertappte sich dabei, wie er laut mitsprach. Richard wartete; die Stimmen schwollen zu einem Donnergrollen. Sein Arm stand gen Himmel, als sei der goldene Hammer dort verankert und er, Richard, halte sich daran fest. Minuten später, als der rhythmische Sprechchor verebbte, hob Richard von neuem an:

»Wenn das so ist – wenn Zion ohne Sünde sein soll – *dann müßt ihr die Sünde tilgen!* Ihr müßt die Sünder vor die einfache Wahl stellen: verschwindet aus Zion, besinnt euch oder sterbt! Die Stadt der Heiligen muß von den Söhnen Esaus gesäubert werden! Alle. SIE ALLE MÜSSEN GEHEN ODER STERBEN!

GEBT JENEN, DIE SICH WEIGERN, DEN HAMMER GOTTES ZU SPÜREN!«

Und Richard ließ den Hammer in den Strauß aus Mikrophonen sausen. Es krachte fürchterlich, und das schrille Pfeifen der Rückkopplung sengte über die Allee. Die Menge antwortete lauter als je zuvor bei einer Kundgebung. Rasend vor Wut hob Richard immer wieder den Hammer und schlug auf die Mikros ein. Er kreischte, packte das Rednerpult, brach es aus der Verankerung und stieß es vom Podium in die Menge.

Die Menschen waren außer Rand und Band. Flagellanten schwangen die Peitsche und scherten sich nicht um die Umstehenden. Ja, dachte Gilray. Die Menge schäumte wie ein riesiger Organismus, betrunken von dem göttlichen Feuer, das Richard wie eine Marionette tanzen ließ. Sehnsüchte, Ängste, die Moleküle der Luft. Alles Gottes Geist entsprungen. Die Menschenmenge kam in Bewegung, trat über die Ufer der Allee, riß Straßenschilder nieder, um sich damit zu bewaffnen; ein Mob sammelte sich vor einem Haus in der Nachbarschaft.

»Wir müssen sie aufhalten«, sagte Boston. »Das ist ein Aufruhr.«

Auf dem Podium standen auch Milizionäre; Sumner entwand einem das M-16. »Was sie brauchen, ist ein Anführer«, rief er. Er schwang sich über das Frontgeländer und bahnte sich einen Weg durch die Leute. Der Lärm entfernte sich.

Richard schwankte. Er verdrehte die Augen und brach zusammen. Boston und die anderen stürzten zu ihm.

Gilray spürte, wie Lucy unwillkürlich Anstalten machte, es ihnen gleichzutun. *Nein,* dachte er. Sie beherrschte sich, als habe sie seinem Gedanken gehorcht. »Ich muß hier weg«, murmelte sie.

»Steht alles in Gottes Drehbuch«, sagte er.

Sie sah ihn von der Seite an, als wolle sie ihn nicht offen ansehen. *Na, wie groß bin ich denn jetzt?* wollte er fragen. *Wie groß bin ich jetzt, Lucy?* Der Schneesturm hatte sich zu einem Blizzard ausgewachsen. Der Wind trug fernes Gewehrfeuer an ihre Ohren. Morgen würde es in der Stadt nur noch Heilige geben.

28

SAMSTAG, 16. OKTOBER

George entschließt sich zu einer technischen Lösung

Das Fernsehgerät in dem Lokal war auf *American News Network* eingestellt. »Wie die Staatspolizei von Idaho bekanntgibt, hat man nach der gestrigen Schießerei zwischen örtlichen Nazis und Demonstranten auf der Baustelle des neuen, hakenkreuzförmigen Schwimmbads die Burley-Region wieder unter Kontrolle.« Der Nachrichtensprecher trug ein rotes Hemd, eine weiße Krawatte und einen blauen Sakko mit Sternen. »Parker Goody, Führer der *American Patriot Party,* zu Nola Hawk vom ANN …«

Video eines Mannes im Tarnanzug mit Maschinenpistole im angewinkelten Arm. »Das Hakenkreuz ist ein historisches, indianisches Symbol«, sagte er. »Die zionistische Regierung will uns nur daran hindern, die Ureinwohner Amerikas zu ehren.«[1]

Kein Mensch im Lokal hörte zu. »Wie geht's denn deiner Frau, Clay?«

»Wir reden nicht. Das Weib ist so was von störrisch;

---

1 Swastika (Sanskrit), crux gammata (lat.), fylfot (engl.); zu deutsch: Hakenkreuz. Die Swastika ist ein altindisches Glückssymbol. Im Originaltext sagt der amerikanische Nazi: *»The swastika is a historical Indian sign.«* Das Adjektiv *Indian* kann *indisch* oder *indianisch* bedeuten, was auf einen verzeihlichen Irrtum von Kolumbus zurückzuführen ist, wovon der Nazi offenbar keine Ahnung hat.

wenn die sie sich im Congaree ersäufen würde, müßte man sie stromaufwärts suchen.«

»... Nun zu weiteren Unruhen: Der Gouverneur von *North Carolina,* der sich zur Zeit in Asheville aufhält, erklärte nach den nächtlichen Ausschreitungen in der Hauptstadt den Ausnahmezustand über die Raleigh-Durham-Region. Seit in den vorgezogenen Wahlen vom Dienstag die Kandidaten der Millennialisten gesiegt haben, kommt die Region nicht mehr zur Ruhe. Noch heute morgen sickerten widersprüchliche Berichte von Flüchtlingen durch, die es nach Greensboro und Winston-Salem verschlagen hat. Der Gouverneur befahl dem loyalen Teil der Nationalgarde, die Research Triangle-Region abzuriegeln und den Opfern der religiösen Ausschreitungen Asyl zu gewähren ...«

George saß an einem Tisch in der Ecke. Der Bildschirm stierte aus der gegenüberliegenden Ecke auf ihn herunter. Der Raum war lang und dunkel. Schwarzweißer Linoleumboden; hinter dem Tresen ein ausgestopfter Speerfisch, der über die Reihen von Flaschen hechtete; ansonsten hingen an der Wand lauter Kegel- und Softball-Trophäen, dazwischen eine gerahmte Dollarnote, Fotos von Mannschaften und Mädchen und ein Schild mit dem Hinweis ›Absolutely No Credit‹. Die Klientel bestand aus Tagelöhnern und Arbeitslosen, die ihr gezapftes Bier hätschelten, weil es für mehr als eine halbe Stunde reichen mußte.

Zwei schwarze Männer saßen an der Bar. Der mit Namen Clay war entweder ein Albino, oder er hatte sich irgendeinen neuen Retrovirus[1] zugezogen, der

---

1 *Retroviren* sind Viren, bei denen die genetischen Informationen hauptsächlich in der RNS (Ribonukleinsäure) gespeichert sind und nicht in der DNS (Desoxyribonukleinsäure). Diese Viren sind in der Lage, die normale Richtung des genetischen Informationsflusses von der DNS zur RNS umzukehren: das *human-T-cell leukemia virus* ist ein solches Retrovirus.

das Gegenteil von AMPS bewirkte. Seine Haut war pink, seine Augen waren rosa, und sein Kraushaar war gelb. Ein weißer Neger.

Ein Kommentator erschien auf dem Schirm; er trug eine gepuderte Perücke und sah auch sonst wie einer der Gründerväter[2] aus. »Ob die Nationalgarde ohne die Hilfe regulärer Truppen mit der Krise fertig wird, ist eine offene Frage. Inzwischen ergeht sich der Präsident in Besorgnis. Er mag aus Sorge um die Reaktion seiner fundamentalistischen Gönner davor zurückschrecken, mit Gewalt gegen eine Stadt der Heiligen vorzugehen, gegen Menschen, die nur ihrem Gewissen folgen, einem Gewissen, das 80 Millionen Amerikaner für sich reklamieren, die angeblich im letzten Jahr persönliche Botschaften von Gott erhalten haben. Doch während er kostbare Zeit verplempert, greift im Südosten der religiöse Wahn wie ein Steppenbrand um sich. Parallele Vorfälle in Goldsboro und Wilmington von Freitagnacht lassen vermuten, daß bis heute abend die Anzahl der Pilger, die *nach* Zion strömen, die der Ungläubigen übersteigt, die auf der Flucht sind …«

»Stell das Ding ab, Snyder«, sagte einer der Männer. »Wann fängt das Spiel an?«

Der Barkeeper langte nach der Fernsteuerung. Clay nahm einen Schluck Bier. »Ich sage dir, da steckt dieser Reverend dahinter.«

»Wie man hört, soll er's mit Weibern treiben«, sagte Clays Kumpel.

»Quatsch, Burnette. Wer hat dir denn den Bären aufgebunden?«

»Am liebsten ging ich auch nach Raleigh«, sagte Burnette.

»*Zion,* Burnette. Zion.«

---

1 Gemeint sind die Mitglieder der verfassunggebenden Versammlung (1787) in *Philadelphia.*

»Vielleicht hat der Reverend recht, Clay. Vielleicht werden wir Neujahr wach, uns brummt der Schädel, und die Welt ist futsch.«

»Du hast ein Tief, Burnette. Liegt bloß an dem billigen Bier, das Snyder uns auftischt.«

Der Barkeeper blätterte durch das TV-Menü. »Mehr könnt ihr euch gar nicht leisten«, sagte er, ohne den Blick vom Schirm zu nehmen.

»Siehst du, das ist der Punkt«, sagte Burnette. »Das sagt auch der Reverend. Der arbeitende Mensch kann sich nicht mal die einfachsten Dinge leisten; das ist Wirtschaftstroika, verstehst du? Geht es dem arbeitenden Menschen schlecht, kriegt der Reiche die Schuhe billiger geputzt.«

»Woher weißt du, wie es einem arbeitenden Menschen geht?« sagte Clay.

»So haben die Reichen das immer gemacht«, sagte Snyder. Er fand die Einleitungsshow für das Baseball-Herbstfinale, drehte den Ton ab und stützte sich auf den Tresen. »Richtig schlecht gegangen ist es denen noch nie.«

Clay setzte sich auf seinem Barhocker zurück. »Ich glaub nicht, daß sie das mit Absicht machen. Das ist einfach so gekommen.«

»Wie meinst du das?«

»Amerika ist am Ende. Leuten wie uns wird es nie besser gehen; da mußt du schon das große Los ziehen. Hast du schon mal Glück gehabt, Burnette? Das ist wie mit den verdammten Briten nach dem Krieg; die sind auch den Bach runter.«

»Welcher Krieg?«

Clay ignorierte die Frage. »Nur, daß die dreißig Jahre gebraucht haben und wir grade mal zehn. Wir sind jetzt Dritte Welt, oder Vierte.«

»Quatsch. Wo hast du das denn aufgeschnappt? Ich ...«

Clay pochte mit dem blassen Fingerknöchel auf den Tresen. »Wenn du da wirklich raus willst, Burnette, da mußt du nicht nach Zion, da mußt du nach China oder Brasilien.«

»Wenn Gott wiederkommt, da sind diese Katholiken fein raus.«

»Nun mach mal halblang, Burnette.«

George saß vor einem doppelten Whiskey, seinem Taschenrechner und seiner kompletten Barschaft. Er trennte die neue Währung von der alten, stapelte die Münzen und reihte alles auf: eine rote Fünfdollarnote, ein Dreidollarstück, drei neue geklebte Vierteldollarmünzen, ein Zehncentstück und sechs Pennies. Zwei alte grüne Zehndollarscheine, jeder etwa ein Dollar wert. Summa summarum 10,91 $, neue Währung. Er notierte das auf einem Papierfetzen.

Der Sprit hatte noch für achtzig Meilen gereicht, bis zu einem ausgewiesenen Naturschutzgebiet am Highway 261. George hatte den Fond nach Dingen abgesucht, die ihm vielleicht noch nützlich sein konnten, und am Boden den Rechner gefunden. Er hatte den Hyundai über den Seitenstreifen bugsiert; nachdem der Wagen ein Stück weit gerollt war, hatte er ihn durch das Geschlinge aus Kuzu unter die Bäume geschoben; dann hatte er sich zu Fuß auf den Weg gemacht. Die löchrige Landstraße lag wie ausgestorben. Knapp zwei Stunden später, kurz vor der Dämmerung, hatte ein Auto gehalten und ihn mit nach Columbia genommen. Seither hatte er sich nur herumgetrieben und versucht, dem Regen zu entgehen. Er verdrängte jeden Gedanken an Lucy. Er war in Panik gewesen. Ein Schuß aus der 38er hatte das Heckfenster durchschlagen.

»Wieviel Geld hat der Reverend wohl im Strumpf, was glaubst du?« fragte Burnette.

»Millionen«, sagte Snyder.

»Schon von den beiden Burschen gehört, die man

auf dem Interrail erwischt hat? Sie hatten den Bahnhofsladen überfallen. Das Geld hätten sie einem Engel gegeben, haben sie der Polizei gesagt; und die Kanonen brauchten sie wegen der Apokalypse.«

George nippte an seinem Whiskey. Der Alkohol wärmte. Die Hand mit dem Glas zitterte. George betrachtete die Sehnen und Knöchel am Handgelenk. Sein ganzes Leben lang war er ein respektierlicher Mann gewesen, hatte zwanzig oder dreißig Pfund Übergewicht gehabt: jetzt war er eine kraftlose Vogelscheuche, mit der es bergab ging.

Okay, daran war nichts zu ändern. Aber wie lange reichte das bißchen Geld noch? Angenommen, er aß so wenig wie möglich: vielleicht für fünfzig Cent am Tag. Angenommen, er schlief in Bushöfen oder Obdachlosenasylen oder irgendwo draußen. Eine Menge Leute waren mit weniger unterwegs. Wenn er sich mit altem Brot und Kartoffeln begnügte, kam er vielleicht mit fünfundzwanzig Cent pro Tag aus. Er nahm den Rechner zu Hilfe: 10,91 $ geteilt durch 0,25 ergab 43,64 Tage. Es war schon erstaunlich, wie lange man durchhalten konnte, wenn man sich am Riemen riß. Schade, daß er so mit dem Geld geaast hatte. Schade, daß er die Kamera in Noahs Motel gelassen hatte; er hätte sie ins Pfandhaus bringen können.

»He, Kumpel. Noch'n Drink?« Snyder, der Barkeeper, sah her. Burnette sah über die Schulter.

George schwenkte sein Glas und ließ die millimeterhohe Pfütze kreiseln. »Danke, jetzt noch nicht.«

»Okay, kannst dich ja melden«, sagte Snyder.

»Mach ich.«

George verdrängte die Gedanken an das Motel. Er versuchte sich einzureden, daß die Wahrheit, der er auf der Spur war – daß sie wichtiger war als Lucy. Aber sein Gewissen gab keine Ruhe. Nichts als Ausflüchte, Ausreden und ein Bauch voll Wut.

Er hatte fast vergessen, wie reizbar er vor seinem Tod gewesen war. Sein früheres Ich, sein Schattendasein vor der Wiedererweckung, es hatte nicht etwa mit Zuversicht in die Zukunft geblickt, der alte George war vielmehr vom Schrecken der Gegenwart geprägt gewesen und von der Überzeugung, daß die Vergangenheit belanglos war; der alte George war geprägt durch eine Entfremdung, an der er selbst soviel schuld hatte wie die Welt ringsum. Lucy war seine einzige Zuflucht. Doch er war außerstande, bei ihr Zuflucht zu suchen. Seine Seele saß in der Falle, die Tür war eingerostet. Welche Hoffnung er auch immer gehegt hatte, sie war gestorben.

Da hatte er sich das Leben genommen.

Und war im Krankenhaus wieder aufgewacht. Aber nichts und niemand vermochte ihn gegen seinen Willen am Leben zu erhalten. Mit seiner Jagd auf die Aliens hatte er nur verdrängen wollen, daß er nach wie vor einsam war und millimeterweise starb. Um sich abzulenken, jagte er seinen Aliens nach. Was nicht hieß, daß sie nicht existierten.

Clay sah auf den Schirm, wo die Einleitungsshow im Gange war. »Die *Sox* hatten verdammtes Glück. Kein Mensch hätte gedacht, daß sie die *Senators* schlagen.«

»Quatsch. Ausscheidungsspiele gewinnt man nicht mit Glück.«

»Dieser *home run,* den Ellison geschlagen hat, wenn das kein Glück war.«

»Der Wind stand günstig für beide. MVP[1] wird man nicht durch Glück.«

»Hab ich dir schon erzählt, daß ich mit Ellison in der High School war?«

»Ich kann's schon nicht mehr hören.«

---

1 *Most Valuable Player* = Spieler mit den besten Durchschnittswerten

»*Terry Sanford High School* in Fayetteville. Also, das Gelbe vom Ei war er damals nicht.«

»Dann nenn mir einen, der in der zweiten Saisonhälfte besser gespielt hat.«

»Blödes weißes Glück.«

»Ist schwarzes Glück nicht blöde?«

»*Afro-amerikanisches,* meinst du.«

»Schwarze Menschen haben kein Glück.«

»Amen.«

»Die schwarzen Menschen werden jeden Tag mehr.«

»Wird immer schwerer, die Schwarzen von den Afro-Amerikanern zu unterscheiden.«

»Kein Wunder, daß das Land den Bach runter geht.«

Sie lachten.

»Beten wir, daß das Millennium kommt«, sagte Burnette.

Wenn es nach dem Reverend ging, dann brachen Millionen Menschen in frenetischen Jubel aus, wenn die Aliens kamen. Das kubische Mammutschiff setzt behäbig auf dem Betonfeld des Reverend auf. Ein Taumel der Begeisterung, die Massen tanzen und singen. *A Mighty Fortress is Our God. Onward Christian Soldiers!* Rampen aus rätselhaftem Metall, gegossen, geschmiedet und geschweißt unter dem Licht ferner Sonnen, strecken sich wie lechzende Zungen auf die Piste hinab. Die Luken gleiten auf, und der blendend weißen Lichtfülle des Innern entsteigen die Aliens. Großgewachsen und stattlich, wie sie sind, ähneln sie Onkel Charlie, deiner hübschen Schwester Sue, Abraham Lincoln, deinem und meinem Popstar und Jesus Christus persönlich. Vertrauenerweckender, anziehender, brüderlicher, verständnisvoller als sechzig Generationen mordender christlicher Soldaten sich das in ihren schwülsten Träumen hatten träumen lassen. Der Reverend tritt vor, um sie willkommen zu heißen. Der Schwindel ist perfekt und die Autonomie der Menschheit Makulatur.

Das würde passieren, wenn man Gilray gewähren ließ. Er, George, konnte das verhindern. Er brauchte nur zu beweisen, daß es diese Aliens wirklich gab. Vielleicht war Gilray selbst ein Alien. Auf jeden Fall konnte er dem Reverend diesen ganzen bigotten Heilsschwindel in die wortgewaltige Kehle zurückstopfen und der schrecklichen Wahrheit zum Sieg verhelfen. Und dann – dann konnte er endlich sterben.

43,64 Tage. Und wenn er nur jeden zweiten Tag aß – 86 Tage. Das war bis zum 10. Januar. Mehr als genug Zeit.

Aber er konnte weder den Reverend noch sonst jemanden mit bloßen Händen ausschalten. Er subtrahierte vier Dollar von seinem Vermögen und rechnete neu: mit 12,5 Cent pro Tag blieben ihm immer noch 55,28 Tage. Vielleicht reichte das. Vielleicht auch nicht.

Oder er aß noch weniger. Warum nicht? Warum überhaupt essen?

Die Tür zur Straße ging auf, und ein kalter Windstoß blies zwei Männer und eine Frau ins Lokal. »He, Snyder, he, Burnette«, sagte der größere der beiden Männer. Er ging zu dem Albino und schlug ihm auf die Schulter. »Na, Clay, alter Knabe?«

»Warum bist du so gut drauf, Mann?«

Der Mann zog einen Umschlag aus der Innentasche. »Snyder, krieg ich für diese SRA-Marken[1] Bares bei dir?«

---

1 *Synthetic Rubber Anodyne* = synthetischer Kautschuk, der mit einem Betäubungsmittel versetzt ist

»Was? Von wann sind die?«

»Von heute. Postfrische Sondermarken, die Zunge freut sich. Tomanda meint, daß sie von irgendeiner Gesellschaft gesponsert sind.«

Burnettes Augen leuchteten. »Teilt sie aus, Kinder! Party Time.«

Clay zog eine Grimasse, daß man nicht wußte, ob er grinste oder Schmerzen litt. »Na klar doch, teilt sie nur aus. Dopen wir uns zu Tode.«

»Du hast ein gutes Herz, Clay«, sagte Snyder.

»Und du denkst nur ans Geschäft, Sny. Dir ist alles egal. Mit diesem Zeug machen uns die Reichen mundtot.«

»Du bist eine Fehlinvestition; sollte man denen vielleicht mitteilen.«

»Ja, wenn *du* die Dinger ableckst, dann lohnt sich die Investition. Und weißt du, warum? Weil sie dann einen Speichellecker mehr haben. Besser, du würdest das Geld *gegen* das System einsetzen.«

»Mit Briefmarken gegen das System?«

»Verkauf sie an Junkies, dann hast du Geld.«

»Ich merk schon, du kennst dich draußen nicht aus.«

»Ich bin viel zu häßlich für die Straße. Ich bin so potthäßlich, daß Mamma mich nach der Geburt auf die Veranda gelegt hat, um zu sehen, ob ich krähe oder belle.«

»Du bellst, aber du beißt nicht«, sagte der Große.

»Er kräht, aber er bellt nicht«, sagte die Frau. Die anderen lachten. Clay hielt sich an seinem Glas fest.

Burnette sah besorgt drein. »Beruhige dich, Clay.«

»Ich beruhige mich«, sagte Clay. Seine Schultern entspannten sich; es sah aus, als rede er zu seinem Bier. »SRA-Marken. Wißt ihr, was das ›A‹ bedeutet?«

Snyder schenkte die Gläser voll.

»He, mach lauter«, sagte Tomanda. »Sie stellen die Teams vor.«

»Was bedeutet das ›A‹, Mister Einstein?« sagte Burnette.

Clay hob den Kopf. »Es ist der Anfang vom Ende.«

Amen, dachte George. Er steckte Geld und Taschenrechner ein, schob den Stuhl zurück und stand auf. Snyder beobachtete ihn. Clay sah mit rosa blicklosen Augen über die Schulter. Er sah fremder aus als all die Phantome, die George auf Trapp hielten.

»Du bist bald wieder hier, wirst schon sehen.«

Draußen wurde es dunkel. Wolken trieben über den Dächern, als blase die Zukunft zum letzten Appell. *Eine feste Burg ist unser Gott.* Zwei Häuser weiter klebte auf dem Sperrholz, das die Schaufensterscheibe eines Ladens ersetzte, ein Schild mit dem Schriftzug: ›Felix' Hardware & Guns‹.

George betrat den Laden. Hinter der Theke war ein Sortiment von Gewehren an die Wand gekettet. Reihenweise Pistolen in einer Glasvitrine. *Vorwärts, Soldaten Christi!* Aus dem hinteren Teil des Ladens kam ein Mann, er trug ein blaues Hemd mit großen orangeroten Papageien darauf. »Was kann ich für Sie tun?«

»Ich habe vier Dollar. Ich brauche eine Waffe.«

29

SONNTAG, 17. OKTOBER

Über Theorie und Praxis des *moralischen* Glücks

Ohne tanken zu können würde Eberhart nicht allzu weit kommen. Delano fuhr die Hauptrouten nördlich von Manning ab und wurde auf dem Highway 261 in Höhe des *Poinsett State Parks* fündig.

Das Heck des Hyundai lugte am Fuß einer sanften Raigrassenke durch einen Vorhang aus Wisteria. Der Wagen stand herrenlos unter den ersten Bäumen eines Gehölzes inmitten von Trichterwinde, Geißblatt und Fichtensämlingen. Die Haube war kühl. Delano öffnete den Schlag und klaubte ziellos zwischen Sojakekshüllen und leeren Gasoholkanistern herum. Der Zündschlüssel steckte. Sie warf den Schlag wieder zu, lehnte sich rücklings an den Wagen und sog die Luft durch die Nase; es roch nach dem feuchten Bodensatz aus Fichtennadeln. Sie zündete sich eine Zigarette an und stimmte ihre nächsten Schritte mit dem Präsidenten ab.

Zehn Minuten später schnippte Delano die Kippe auf die Straße und stieg wieder in den Lieferwagen. Nach einer Meile, immer noch in Höhe des *Poinsett Parks,* sah sie – als folgten die Ereignisse einem geheimen Drehbuch – George Eberhart auf der Straße stehen. Er hatte leere Hände und trug Schwarz. Er winkte, während sie bremste. Knapp zehn Fuß vor ihm brachte sie den Wagen zum Stehen. Er öffnete den Schlag und kletterte auf den Beifahrersitz. »Danke fürs Anhalten«, sagte er.

Er schien sie nicht zu erkennen. Delano argwöhnte eine Falle. Sie beschleunigte.

»Sie haben Glück«, sagte sie. »Sie hätten gut und gerne eine Woche da stehen können. Hier hat man den USTS-Service ziemlich ausgedünnt.«

»Ich wußte, daß mich jemand mitnimmt.«

»Wie das?«

»Weil Sie mir schon den ganzen Monat nachsetzen. Tja, jetzt haben Sie mich gefangen.«

Wenn er spielen wollte, na bitte. Delano hatte das Gefühl, als blicke sie durch eine Maske. Ein Trupp Arbeiter, der den Randstreifen säuberte, sah auf, als der rotweißblaue Lieferwagen vorüberjagte. Sie sah nicht mehr, wie der dürre Alte, der auf seinem Rechen lehnte, ihnen den Vogel zeigte.

TRUTH hatte sie nicht mehr genommen, doch es brauchte keine Droge, um Eberhart zu durchschauen. »Ich habe Sie nicht gefangen, Mr. Eberhart. Sie haben mich angehalten. Und wenn Sie glauben, Sie könnten mich überrumpeln, dann täuschen Sie sich gewaltig. Eine falsche Bewegung, und ich blase Ihnen das Hirn aus dem Kopf.«

»Hoppla! Keine Feindseligkeiten, Miss. Ich sitze in Ihrem Wagen, und Sie haben die 38er und fahren – *wie* schnell? – siebzig Meilen die Stunde. Da würden wir höchstens beide draufgehen.«

Er setzte sich zurück, faltete die Hände im Schoß und saß da, gefaßt wie ein christlicher Märtyrer. Er sah nicht im entferntesten so verstört aus wie auf seinem Zimmer in Tallahassee; tatsächlich sah er aus wie jemand, der drei Mahlzeiten am Tag verzehrte und jede Nacht zehn Stunden schlief. »Sie machen mir ganz den Eindruck«, sagte Delano, »als wär es Ihnen ziemlich schnuppe, wenn sie sterben.«

»Sie hängen am Leben?«

»Ja.«

»Das ist gut. So gehört sich das auch. Aber man kann immer mal Pech haben.«

»Ich glaube nicht an Pech.«

Eberhart schnaubte. »Soll das ein Witz sein?«

»Nein.«

»Dann war das kein Pech, daß Sie mich in Tallahassee verfehlt haben?«

»Sie konnten entkommen, das ist alles.«

»Und in Noahs Motel? Da haben Sie mich auch verfehlt. Bin ich denn so verdammt gut im Entkommen?«

Delano schwieg.

»Muß ziemlich grausam sein, so oft zu versagen.«

»Beim zweiten Mal hatten Sie Unterstützung. Aber, na ja, eigentlich hätte ich Sie längst haben müssen. Ich übernehme die volle Verantwortung für meine Fehler.«

»Jeder macht Fehler.« Eberhart lehnte sich weiter zurück, nahm die Füße hoch und setzte sie gegen das Armaturenbrett. »Schon mal was von *moralischem* Glück gehört?«

»Nehmen Sie die Füße runter. Aber langsam.«

Eberhart gehorchte; er hinterließ zwei Schmutzflecke auf dem Kunststoff. »Die Theorie des moralischen Glücks ist eine Anwendung der Quantenphysik auf die moralische Schuldfrage. Die Theorie besagt, daß die moralische Dimension des persönlichen Handelns vom Zufall bestimmt wird.«

Delano fragte sich, worauf er hinauswollte. »Das ist Quatsch. Die Menschen wissen ganz gut, was richtig und was falsch ist.«

»Aber es liegt einfach nicht alles in ihrer Hand.«

»So? Aber ihre Absichten, die haben sie doch in der Hand.«

»Es geht nicht bloß um Absichten«, sagte Eberhart. »Nehmen wir zum Beispiel zwei Nachbarn: Mr. Smith und Mr. Jones. Mr. Smith weiß, daß die Bremsen an seinem Auto schlecht sind, läßt sie aber nicht überholen. Dann, eines Morgens, fährt er zur Arbeit. Er fährt längst nicht so schnell, wie es erlaubt ist, da stürzt ein Kind zwischen parkenden Autos hervor. Smith steigt auf die Bremse, kommt aber zu spät zum Stehen. Das Kind ist tot. War das fahrlässige Tötung?«

»Was sonst? Er hätte den Wagen längst in die Werkstatt bringen müssen.«

»Okay. Jetzt nehmen wir an, daß die Bremsen von Mr. Jones genauso schlecht sind, aber es rennt ihm nie ein Kind vors Auto. Ist er genauso schuldig wie Mr. Smith?«

Delano zögerte. »Ich würde sagen, ja.«

»Das heißt, wir prüfen seine Bremsen, und wenn sie nicht okay sind, klagen wir ihn der fahrlässigen Tötung an.«

»Nein. Das wär doch total verrückt.«

»Aber eben haben Sie gesagt, er wär genauso schuldig wie sein Nachbar, der das Kind überfahren hat. Doch es gibt einen Unterschied: Mr. Jones hatte Glück.«

Delano dachte angestrengt nach. »Vielleicht ist Jones nicht so schuldig wie Smith, aber schuldig ist er trotzdem. Die ganze Zeit rennen einem Kids über den Weg. Er hätte damit rechnen müssen, daß ihm das auch mal passiert.«

»Aha. Dann ist ein Vergehen also doch nicht bloß eine Frage von richtig oder falsch, wie Sie eben noch meinten? Ist Jones ein Zehntel so schuldig wie Smith? Ein Drittel so schuldig? Halb so schuldig?«

Ihr gefiel der Verlauf des Gesprächs nicht. »Irgend so was«, sagte sie.

»Genau. Die Theorie des moralischen Glücks besagt, daß moralisches Verhalten eine Sache von Wahrscheinlichkeiten ist, nicht von Gewißheiten; daß es durch Ereignisse bestimmt wird, nicht durch Absichten. Die moralische Schuld von Mr. Smith und Mr. Jones ist die gleiche – bis zu dem Augenblick, da Smith dieses Kind vor den Wagen rennt. Und dieses Ereignis ist purer Zufall. Die Schuld von Mr. Smith ist in einer Art Schwebezustand, bis die Umstände sie sichtbar machen – gerade so wie wir in der Quantenmechanik den Ort oder den Impuls eines Elementarteilchens erst kennen, wenn wir ihn gemessen haben. Man könnte sagen, das Teilchen *hat* überhaupt erst einen bestimmten Ort oder einen bestimmten Impuls, wenn es mit dem Detektor interagiert. Dasselbe gilt für die moralische Schuld. Das Kind, das vor den Wagen rennt, ist sozusagen der Detektor für die moralische Schuld von Mr. Smith.«

»Augenblick mal. Das macht doch keinen Sinn.«

»Das macht Sinn. Menschen sind nicht verantwortlich für Pech oder Glück.«

»Ich habe Ihnen doch gesagt: ich glaube weder an Pech noch an Glück.«

»Und ich habe über soviel Albernheit gelacht.«

Es fing an zu regnen. Delano schaltete die Wischer ein, sie empfand tiefe Verachtung für den Mann. »Das ist nicht irgendein Spiel, das wir hier spielen, Eberhart. Um uns herum passieren Dinge, die wie Zufälle aussehen, die aber in Wirklichkeit Teil eines Plans sind. Wer weiß, vielleicht ist das Kind, das in die Straße rennt, eine Botschaft, die speziell für Jones gedacht ist?«

»Für Smith.«

»Was?«

»Für Smith. Es war Smith, der das Kind überfahren hat.«

»So? Wer sagt denn, daß der Unfall nicht als Warnung an Jones gedacht war, damit der endlich in die Gänge kam?«

»Richtig. Man kann diesen Standpunkt vertreten. Einstein hat das so ausgedrückt: *Gott würfelt nicht.* Es gibt keine Zufälle. Das Kind rennt nicht von ungefähr ins Auto – der Unfall sollte die Schuld von Smith definieren oder Jones warnen. Oder das Kind bestrafen.«

»Oder sonstwas, wer weiß?«

»Ich bestimmt nicht, Ms. Amassa. Tut mir leid, wenn Sie mit dem 20. Jahrhundert nicht fertig werden. Einstein hatte dasselbe Problem.«

Sein Sarkasmus erinnerte sie an ihren Vater, der nie eine Schwäche gezeigt hatte – es sei denn, er hatte etwas von ihr gewollt. *Moralisches Glück.* Er wäre ein großer Fan davon gewesen. »Sie sind krank, ist Ihnen das klar? Ich höre nicht mehr zu.«

»Das ist eine reife Antwort. Wer sich als Marionette wohl fühlt, soll sich dafür halten dürfen; nur zu. Was immer mit Ihnen passiert, der diensthabende Regisseur hat den Überblick. Sie sind immer im Brennpunkt des großen Moraldetektors. Sie haben mich nicht zufällig aufgelesen, nein; es steht alles im Drehbuch. Das Leben ist ein Testfall. Fragen Sie mich bloß nicht, wie Sie dabei abschneiden.«

»Halten Sie endlich die Klappe!« sagte sie. »Kapieren Sie endlich, daß Sie verloren haben. Sie sind mir ins Netz gegangen. Schmeißen Sie jetzt keine Nebelbomben.«

»Keine Sorge«, sagte er. »Sie sollten das Licht einschalten.« Er starrte aus dem Fenster. Sie passierten eine sterbende Geschäftszeile an der Umgehungsstraße von Camden, South Carolina. Die Straße war schlüpfrig vom Regen, und die Tropfen liefen diagonal über die Seitenfenster. Eberhart spurte einem Tropfen mit der Fingerspitze nach.

Sie hatte die Nase voll. »In vierzig Jahren hat sich Amerika dank solcher Einstellungen in einen stinkenden Tümpel verwandelt! *Moralisches* Glück! Nur wieder eine Methode, um sich vor der Verantwortung zu drücken. Euch ist doch scheißegal, wenn Amerika wie ein Straßenköter unter die Räder kommt.«

»Amerika geht es ganz gut; es darf sich nur nicht zwischen parkende Autos ducken und blindlings über die Straße rennen.«

»Amerika verfault. Und ihr seid das Gift, nicht das Gegenmittel.«

»Ich doch nicht. Ich bin ein Journalist, ein Spürhund. Ich will den Menschen doch nur helfen.«

Delano lachte verbittert. »Den Menschen helfen! Haben Sie Thoreau gelesen? Thoreau sagt, wann immer er sicher war, daß ein Mann zu ihm unterwegs war, um ihm zu helfen, da ist er um sein Leben gerannt. Jeder soll sich um sich selbst kümmern, besonders die, die angeblich helfen wollen.«

»Der Löwe gesellt sich nicht zum Lamm, was?«

»Und wenn, dann hat das Lamm nichts zu lachen«, sagte Delano. »Wer das nicht weiß, ist ein Schwachkopf. Und Sie sind kein Schwachkopf.«

»Ganz recht.«

Delano gab Gas. Die Reifen zischten auf dem nassen Asphalt wie Speck in der Pfanne. Die Scheibenwischer schlugen einen hektischen Rhythmus. »Ich will Ihnen sagen, was Moral ist«, sagte sie. »Moral ist etwas, das man tief in sich drin spürt. Das ist ein Instinkt. Man weiß, was richtig und was falsch ist, und man braucht dazu weder Gesetze noch Vorschriften noch Theorien über moralisches Glück. Moral ist Lauterkeit. Ist radikale Einfalt.«

»Klingt sehr amerikanisch.«

Sie wunderte sich, daß er das begriff. »Das ist amerikanisch«, sagte sie. »Oder war es jedenfalls. Amerika hat seine Unschuld verloren. Als es antrat, da konnte es noch frei atmen, inzwischen erstickt es unter einem Berg von Gesetzen und sogenannten zivilisierten Verhaltensnormen. *Zivilisiertes Verhalten,* daß ich nicht lache! Wer denkt sich die Regeln dafür aus?«

»Die Rosenkreuzer?«

»Die Leute, die an der Macht sind, damit sie die Macht nicht verlieren! Ich habe das am eigenen Leib erfahren. Zivilisation dient nur dazu, dem Egoismus ein Mäntelchen umzuhängen. Wohlverhalten hat nur *einen* legitimen Zweck: ein Klima zu schaffen, das es erlaubt, die Feinde Amerikas ein für allemal zu eliminieren.«

Eberhart lächelte. »Das klingt aber jetzt sehr modern.«

»Halten Sie die Klappe. Amerika war weltweit die einzige moralische Nation. Aber wir haben zu sehr auf das Geschwätz über ›internationale Gesetze‹ und ›diplomatische Gepflogenheiten‹ gehört. Dabei waren das genau die Dinge, gegen die wir revoltiert hatten! Wir verloren immer mehr den Kontakt zu unserer instinktiven Rechtschaffenheit. Und ihr Fernsehbanausen habt pausenlos in dasselbe Horn geblasen.«

»Ms. Amassa, Sie sprechen mir aus der Seele. Trotzdem, ich glaube, Sie sind da zu pessimistisch. Mr. Amerika hat nach wie vor seine instinktiven Tugenden: er ist arrogant, faul und lügt sich in die eigene Tasche. Und er ist unschuldig – vor allem das! Seine Unschuld schwillt an wie ein Kropf. Egal, wen er überfährt: seine Absichten sind immer die besten.«

»Sie sind ein verdammter Clown.«

»So ist Amerika. Gott segne Amerika! Amerika ist

nicht nur heiliger als du und ich, es ist heiliger als das *Universum,* es ist unbeirrbar unschuldig, stets aufs Neue erstaunt, hat nie von etwas gewußt, schützt sich vor der Wahrheit durch einen Harnisch aus Mythen, hätschelt die unantastbaren Lügen, hüllt sich in einen undurchdringlichen Nebel aus manischer Selbstbefriedigung. Bring mir den Spiegel! Nein, das ist keine eiternde Wunde. Das ist ein Schönheitsfleck.«

»Ziehen Sie mein Land nicht in den Schmutz!«

»Sie, Ms. Amassa, haben es einen ›stinkenden Tümpel‹ genannt. Haben Sie eine Erklärung, wie es dazu kommen konnte? Es lebe die Quantenmechanik.«

Delano stutzte. »Woher kennen Sie eigentlich meinen Namen?«

»Weil es der Zufall so will – oder der Plan. Wie Sie wollen.«

Der Lieferwagen schoß dahin. Es regnete in Strömen. Sie warf einen Blick auf Eberhart, und Eberhart drehte ihr das Gesicht zu. Die Selbstverständlichkeit, mit der er das tat, fuhr ihr durch Mark und Bein.

Sie sah wieder auf die Straße. »Sie sind nicht Eberhart«, sagte sie.

»Endlich bemerkt, Francie?«

Sie sah ihn wieder an. »Wer sind Sie?«

»Teil des Plans. Wir tüfteln seit Generationen daran. Wir hassen Amerika. Wir zerstören es. Alles, was das 20. Jahrhundert an schlimmen Dingen zu verzeichnen hat, ist unser Werk. Wir sind überall. Wir verkaufen Drogen an Achtjährige. Wir machen die Lehrpläne für die öffentlichen Schulen. Wir kontrollieren das Oberste Bundesgericht. Wir sprühen Graffitis auf die U-Bahn von New York. Wir manipulieren die Rohstoffnotierungen in Chicago. Wir verstrahlen die Häuser mit Mikrowellen, um Krebs zu erzeugen. Wir programmieren das TV-Netz. Wir stricken Krankheitserreger. Wir impfen die Videoclips mit unterschwelligen Stimuli, die zur Rassenmischung ermutigen. Wir unterhalten Abtreibungskliniken. Wir reichern die Milch mit Fluor an.«

»Das ist Irrsinn.«

»Meinen Sie? Na gut. Das spielt uns in die Hände.«

»Auf die Dauer fliegt ihr auf damit.«

»Wir machen kein Hehl daraus. Sie kennen uns doch; Sie sind nur auf halbem Weg stehengeblieben. Nennen Sie mir einen, der nicht zu uns gehört. Richard Shrike. Reverend Jimmy-Don Gilray. Ihre Mutter.« Sie fuhren an einem Feld vorbei, ein Mann im karierten Jackett stapfte durch den Morast, die aufgebrochene Schrotflinte über dem Unterarm. Eberhart zeigte auf den Mann. »Das ist Vernon McCollum. Er hat vorhin seine Familie liquidiert und sie gerade im Wald verbuddelt. Kaum zu glauben, was?«

Delano kämpfte um ihre Selbstbeherrschung. Sie stieß das Gaspedal bis zum Anschlag durch, als gelte es jemandem zu entkommen. Eberhart betrachtete sie mit einem Anflug von Schadenfreude. »Angst, Francie?«

»Ich glaube Ihnen kein Wort.«

»Und die Zeichen? Sie haben Kassiber vom Präsidenten erhalten. Doch selbst der Präsident ist einer von uns. Er hat mir einen Geheimbefehl erteilt. Ich sollte vor *Ihren* Wagen springen, Francie. Zum Glück waren Ihre Bremsen in Ordnung.«

In ihren Augen standen Tränen. »Nein.«

»Sie kommen von der Straße ab, Francie. Passen Sie auf! Sie könnten verunglücken.«

Delano riß die 38er aus dem Gürtel und schoß. Der Knall war ohrenbetäubend. Der Wagen brach aus; sie riß das Steuer herum und schoß weiter. Die Schüsse warfen Eberhart rücklings gegen die Beifahrertür; seine Augen waren weit aufgerissen. Er blutete nicht. Er schluckte die Geschosse wie ein Heuballen auf dem Schießstand. Seine Finger ballten und spreizten sich, er reckte ihr die offenen Hände entgegen, als wolle er sie umstimmen. Sie wich zurück, der Abzug schnappte ins leere Magazin.

Der Wagen geriet auf den Seitenstreifen, das Lenkrad schlug herum. Ein scheußlicher Taumel, ein Gefühl wie Fliegen. Bevor die Windschutzscheibe zerbarst, gewahrte Delano noch den Baum, der sich kopfüber drehte, als sei die Schwerkraft außer Betrieb. Sie hörte das Kreischen von zerreißendem Metall, sah das stille Lächeln von Eberhart, gewahrte ein Wispern in den Ohren und spürte, wie sie mit dem Schädel aufprallte.

DEZEMBER

Ich sah, wie der Sturm eine mächtige Wolke von Norden herantrieb; sie war von einem hellen Schein umgeben, und Blitze zuckten aus ihr. Die Wolke brach auf, und aus ihrem Innern leuchtete ein helles Licht, wie der Glanz von gleißendem Gold. In dem Licht sah ich vier Gestalten, die wie Menschen aussahen …

– Ezechiel

30

MITTWOCH, 29. DEZEMBER

Ein Blick in die allernächste Zukunft

Im Osten und im Westen wurde gekämpft. Im Bezirk Robeson wüteten Rassenkrawalle. In Chapel Hill besetzten Säkularisten den öffentlichen Fernsehsender und erklärten die Stadt zur Sozialistischen Republik. Charles Duke Sumner, gewählter Bürgermeister von Zion, erklärte sich zum Heiligen Gouverneur von North Carolina und bezog die Gouverneursvilla.

Am 14. Dezember türmte ein Erdbeben der Stärke 7,2 auf der Richterskala, dessen Zentrum draußen vor der Küste von North Carolina lag, eine Flutwelle auf, die die äußeren Landbänke überschwemmte. Ein zweites Beben am Weihnachtsmorgen brachte den wackligen Leuchtturm von Cape Hatteras zu Fall und unterbrach die Hauptversorgungsleitungen für Trinkwasser und Gas bis hinauf nach Zion. Die Erdbeben, eine ungewöhnliche Kälte und die Anzahl der desertierten Nationalgardisten erschwerten die Belagerung des Millennialistenstaates erheblich. In Zion wurden alle rüstigen ›Männer‹ über fünfzehn in die Miliz gepreßt. Trotz des Mangels an Waffen und Munition konnte man den größten Teil von Wake und Durham und einen Teil des Bezirks Orange halten. Nichtsdestoweniger hatte sich die Blockade bis Mitte Dezember durchsetzen können.

Innerhalb der Gottesstadt wurden die Lebensmittel immer knapper. Die medizinische Versorgung war mehr als dürftig. Der Winter entwickelte sich zum härtesten der letzten fünfzig Jahre: die Temperaturen waren seit dem *Thanksgiving Day* nicht mehr über den Gefrierpunkt gestiegen, und seit 1. Dezember waren 44 cm Schnee gefallen. Die Tagesrate an UFO-Sichtungen kletterte unaufhörlich. Verschiedene Gottesfürchtige hatten Begegnungen mit Moses, den Aposteln und Abraham, mit König David und Maria und Joseph und den Radarmenschen der Venus. Nicht wenige hatten zu Weihnachten Unterredungen mit Santa Claus. Die Häretiker konnten nicht so rasch abgeurteilt und bestraft werden, wie die Straße neue hervorbrachte. Die nächtlichen Massenkundgebungen und die täglichen Umzüge verschmolzen zu einem Hexenkessel aus Hoffnung und Verzweiflung; in der letzten Jahreswoche befand sich die Region in einem Zustand anhaltender Hysterie. Dessen ungeachtet nahm der ›Landeplatz‹ allmählich Gestalt an, und die Arbeiten, so Lucas Boston, würden bis Donnerstagabend abgeschlossen sein, volle vierundzwanzig Stunden vor dem erwarteten Eintreffen der *Neuen Jerusalem*.

Zion war ohne Sünde. Um die Lage unter Kontrolle zu halten, hatten Reverend Gilray und Richard Shrike zu Maßnahmen gegriffen, die von einer Extra-Ration Lebensmittel für Informanten bis zur Gründung einer Heiligen Basketball-Liga reichten. Der Reverend erkannte die Bedeutung heilsamer Entspannung selbst für die Frommsten der Frommen, auch am Ende der Zeiten, doch es war Richards Idee, am laufenden Band und kostenlos Filme vorzuführen. Und es war auch Richards Idee, nur zwei Nächte vor der Wiederkunft Christi zusammen mit Lucy die Abendvorstellung der digital auf Farbe, Stereo und Breitwand getrimmten Fassung von *It's a Wonderful Life* im Christian-Valley-Theater zu besuchen.

Die Menge öffnete eine Gasse für die Limousine, Felton hielt vor dem Eingang; die Menschen drängelten, als Lucy und Richard ausstiegen. Lucy kam sich vor wie in einem Gemälde von Bosch: Die Leute, die auf dem eisig kalten Parkplatz warteten, hatten dieselbe aufstörende, entstellte Realität, allzu menschlich und zugleich grotesk. Richard trug sein Hammer-Kostüm: einen strengen schwarzen Anzug, einen schwarzen Pullover mit Rollkragen, spitze schwarze Stiefel, und um den Hals die schwarze geflochtene Schnur mit dem vergoldeten Hammer. Das lange schwarze Haar, straff nach hinten gekämmt, sah er aus wie der Herausforderer des Teufels persönlich. Felton harrte nervös aus, als Richard eine vom Alter gebeugte Frau umarmte, die blutende Wundmale in den Händen hatte. Hinter ihr erging sich ein weinender Junge im Zungenreden, und ein Mann mit dem farblosen Gesicht eines Versicherungsvertreters rang mit einem unsichtbaren Dämon.

Lucy langte in die Manteltasche und tastete nach dem Rechner, den sie jetzt immer bei sich trug; sie hätschelte ihn wie ein Etui mit Rückfahrkarte. Zu wissen, daß sie damit jederzeit Reißaus nehmen konnte, war beruhigend.

Die zwei Monate Hausarrest im Institut des Reverend erinnerten sie lebhaft an den Lebensabschnitt in ihrer New Yorker Wohnung. Materiell ging es ihr gut. Und seit der Reverend ihr gestattet hatte, sich für die Gesundheit der Flüchtlinge einzusetzen, da ging sie einem Job nach, der nicht minder anspruchsvoll und frustrierend war wie ihre Arbeit im Ministerium für Resozialisierung. Dr. Vance, der für das Gesundheitswesen verantwortlich war, gebärdete sich nicht minder arrogant wie der Generalstaatsanwalt, ein säkularer Humanist unter lauter Gottesfürchtigen, der sich fleißig Notizen machte für eine Studie über Glossolalie[1], spontane Wundmale, Wunderheilungen und andere physische Manifestationen religiöser Hysterie. Der Reverend stand für George. Er nahm sie, abgesehen von seinen penetranten Annäherungsversuchen, nämlich auch nicht zur Kenntnis. Und Richard war Richard.

Trotzdem war natürlich alles ganz anders. Die Welt ringsum war nicht bloß deprimierend, sie war ein Tollhaus. Früher in Manhattan, da hatte sie wenigstens den Anschein eines Asyls gehabt: ihre Ehe. Hier hatte sie nichts dergleichen. Sie hatte immerzu vor Augen, wie die Welt unaufhaltsam in die Apokalypse schlitterte. Am liebsten hätte sie nachgeholfen. Doch sie gab nicht auf.

Sie führte Tagebuch, wollte festhalten, was sie hier erlebte. Gilray war faszinierend und abstoßend zugleich. Für ihn war sein Begehren mehr als das Werk seiner Begierde. Sie hatte im Laufe des letzten Monats soviel an Perversion und Gewalt in Zion erlebt, daß sie nicht mehr zwischen Wirkung und Ursache seiner Predigten unterscheiden konnte. Wenn es möglich war, daß viele tausend Menschen ihm glaubten, wenn das Gewebe der Realität solche Falten werfen konnte, daß selbst Auspeitschungen und Hexenjagd an der Tagesordnung waren, wie real war dann die Realität?

Aber sie hatte immer noch ihr Ticket. Wann immer ihr diese Millennialistenwelt die Luft zum Atmen raubte, konnte sie den Taschenrechner zücken und die Quersumme ihrer Wut berechnen.

Felton bahnte ihnen einen Weg ins Theater. Das Christian-Valley war in den Achtzigern während des letzten Aufbegehrens vor dem Kollaps erbaut wor-

---

1 Zungenreden

den; der Schlackensteinbau war mit den Jahren unansehnlich geworden, doch das Foyer war geradezu luxuriös. Der Kartenschalter lag hinter Panzerglas, als habe der Bauherr Überfälle befürchtet. Der heraldische Foyerteppich repräsentierte mit seinen ungleichen griechischen Maskenpaaren aus Komödie und Tragödie gleichsam den filmischen Wasserkopf aus Teenager-Sex und Draufgänger-Mentalität, der seinerzeit Leinwand und Bildschirm beherrscht hatte. Die Vitrine mit dem Schild ›Demnächst in diesem Theater‹ enthielt ein großes Poster von Jesus. An den Wänden baumelten Ketten aus Goldlametta und von den verschmutzten Dämmplatten der Decke hingen weiße und rote Pappmachéglocken. Die Heizung schaffte es bis knapp über den Gefrierpunkt. Aus den Stereo-Lautsprechern tingelte *Silver Bells.* Lucy wunderte sich, daß niemand daran Anstoß nahm; der Text war reichlich profan.

Der Verkaufsstand hatte sich bis vor kurzem auf gerahmte Bibelzitate beschränkt; doch Richard, angesichts der Tatsache, daß es spätestens am Samstag Manna regnen würde, hatte den Reverend überreden können, den Kinobesuchern etwas Eßbares anzubieten. Die Arbeiter hinter der Theke händigten kostenlos Brötchen mit Honig aus. Eine Frau mit blutig gekratztem Kahlkopf biß zitternd in ihr Brötchen; sie trug einen Pelzmantel, der seine zwanzigtausend Dollar gekostet hatte: noch so eine Bekehrte, dachte Lucy, mit einem Mann irgendwo in Chicago oder Dallas, der nicht wußte, was passiert war, während er seine Gefühle mit Drogen betäubt hatte. Vielleicht war ihr Mann auch tot. Oder er saß schon im Kino.

Felton brachte sie zu den reservierten Sitzen. »Ich liebe dieses Kino«, sagte Richard. »Es zeigt mir, wie sehr Gott uns lieben muß.«

»Du bist nicht ganz dicht«, sagte Lucy.

Er lehnte sich zu ihr hinüber und flüsterte: »Das ist das Problem mit dir, Lucy. Du bist immer ganz dicht. Du erstickst noch. Ich will dich immer wieder auf ein Spielchen locken. Aber nein.«

»Es könnte gefährlich werden, wenn ich mir Luft mache. Du hast gottlob keine Ahnung, was in mir vorgeht.«

»Es kann sein, daß ein anderer dich besser kennt, als du dich selbst. Der Reverend zum Beispiel hat in mir ein paar Sachen entdeckt, von denen ich keine Ahnung hatte.«

»Richard, den Hammer?«

»Vielleicht. Vielleicht war ich schon immer Richard der Hammer. Vielleicht gibt es keinen. Vielleicht gibt es ihn nur in den Köpfen der Leute.«

»Vielleicht wurde Jimmy Stewart[1] von einem Engel gerettet.«

»Es sind seltsamere Dinge passiert.«

Lucy gab es auf. Es lag auf der Hand, daß Richards Verstand einen Haken geschlagen hatte und sich nur noch in Kategorien von Auferstehung und Martyrium erging. Seine Anfälle waren nur die Spitze des Eisbergs. Lucy war dazu übergegangen, ihn, wenn er es hörte, den *Hammer* zu nennen. Es gefiel ihm. Er quittierte ihr Entgegenkommen mit der alten Ironie; er kam ihr vor wie der alte Richard hinter einer transparenten Maske. Er verführte einen dazu, nicht mehr zu fragen, was hinter der Maske war, wenn überhaupt etwas anderes dahinter war als noch eine Maske und noch eine und noch eine, Schicht um Schicht wie bei einer Zwiebel. Lucy war überzeugt, daß Richard sich dessen gar nicht bewußt war. Diese Verführung ging soweit, daß man zuletzt jede Hoff-

---

1 gemeint ist ***James** Stewart* als *George Bailey* in dem Film *It's a Wonderful Life*.

nung auf einen realen Kern über Bord warf. Wann immer es Lucy gelang, ihren Zorn hintenanzustellen, erlebte sie Richard als eine eher tragische Gestalt. Vor ihren Augen löste sich da ein ganz nobler Charakter in Wohlgefallen auf. Doch dieser noble Charakter wurde von so vielen Masken überdeckt, daß sie nicht einmal mehr sagen konnte, ob er je nobel gewesen war, so daß am Ende jedes Mitgefühl wieder im Keim erstickte. Sie fühlte sich nicht berufen, die unrettbar Verlorenen zu retten. Richards Methode, seinen Untergang zu betreiben, war so clever, daß man nur davon abraten konnte.

Die Lampen erloschen, und auf der Leinwand erblühte eine üppige grüne Landschaft. Sanfte Musik quoll aus den Lautsprechern, während die Kamera wie ein Kondor über die dunklen Wälder, über Felder voller Gänseblümchen, über funkelnde Flüsse und über einen See hinwegglitt, in dem sich ein kristallklarer Himmel spiegelte. Die Musik umfing die Zuschauer mit den Armen einer liebenden Mutter. Am Horizont erschien ein strahlendes Licht, aus dem sich eine komplexe, glänzende Struktur schälte. Lucy vernahm das kollektive Luftholen im Saal. Ein vielstimmiger Chor hob an, während die Kamera auf die himmlische Stadt zuschwebte, und eine hallende, männliche Stimme sprach: »Und ich, Johannes, erblickte die heilige Stadt, das Neue Jerusalem …«

Der Saal seufzte. Türme aus Glas und Stahl; breite, mit Gold gepflasterte Straßen; Parks voller Kinder und alter Menschen; juwelenbesetzte Plätze, auf denen azurblau gewandete Chöre aus hellhäutigen Männern und Frauen – darunter das eine oder andere schwarze oder asiatische Gesicht – ihre Stimmen zu einem einzigen Lobpreis Gottes erhoben. Dann jählings Strand und Gischtfontänen, als die Kamera auf den Ozean hinausstob; sie schlug einen Bogen, blickte auf die Herrlichkeit des göttlichen Paradieses zurück und folgte dann dem blauweißen Strand, um in der Nähe einer modernen Hochhaussiedlung die Brandung zu kreuzen. Ein Mann und eine Frau ritten durch die Gischt. »Kanaan am Meer«, sagte die engelhafte Stimme. »Eine Satellitengemeinde des Neuen Jerusalem. Die eure – am ersten Tag des Millenniums.«

Der Chor schwang sich in erhabene Höhen. Die Kamera tauchte in das weiträumige, lichte Atrium der Siedlung und näherte sich einem langhaarigen Mann mit ausgebreiteten Armen und einem Lächeln, so strahlend wie die Sonne an einem klaren Morgen im Frühling. Die Kamera hielt inne und zoomte, bis sein bärtiges und liebevolles Antlitz die ganze Leinwand füllte. Das Bild gefror. Der letzte, triumphale Akkord verhallte im Theater, und die Leinwand wurde perlweiß.

»Jesus erlöst«, wisperte Richard an Lucys Ohr.

It's a Wonderful Life begann. Vor vielen Jahren hatte Lucy im Fernsehen die Originalfassung gesehen, diese jüngste Vergötterung kannte sie noch nicht. Anfangs empfand sie die digitale Animation als störend: James Stewart und Donna Reed und Lionel Barrymore hatten alle längst das Zeitliche gesegnet. Die Produzenten hatten sich gegen ein Update entschieden, so daß der Film nach wie vor in den Vierzigern angesiedelt und die Story immer noch dieselbe war. Als habe sich eine Filmgesellschaft von heute nach 1945 gebeamt und den Film mit modernen Mitteln neu gedreht.

Derweil sich die Story dieses George Bailey von einer frustrierenden Katastrophe zur nächsten entfaltete, fragte Lucy sich mit einem Mal, wieso der Streifen immer noch so populär war. Nicht mehr erinnern konnte sie sich allerdings an den ersten Teil, in dem der Mann nicht minder vom Schicksal gebeutelt wurde wie der Held einer griechischen Tragödie. Als Junge rettet George seinen Bruder vor dem Ertrinken und wird zur Belohnung auf dem rechten Ohr taub. Er bewahrt den Apotheker davor, versehentlich einen Kunden zu vergiften und wird wegen seiner Bemühungen zur Schnecke gemacht. Er sehnt sich danach, aus seiner spießigen Heimatstadt zu entkommen, wird aber von widrigen Umständen daran gehindert. Der plötzliche Tod seines Vaters zwingt George, vorzeitig das College zu verlassen. Jeder Versuch, ein bißchen Glück zu erhaschen, vergrößert nur die Bürde, die auf ihm lastet. Seine Frau ist ein Heimchen. Seine Kinder sind teuer. Er steuert eine kleine Bausparkasse durch die Große Depression, lebt von der Hand in den Mund und ausschließlich für seine Freunde, seine Familie und die Gemeinde und sieht seine bescheidenen Wünsche auf Schritt und Tritt vereitelt.

Bei aller Gefühlsduselei beschäftigte sich der Film mit einer durchaus ernsten Frage, und Lucy begriff, daß es dieselbe war, mit der George – ihr George – sie immerzu genervt hatte: woher kommt das Elend dieser Welt? In diesem Film waren schlechte Menschen schuld, wie der körperbehinderte Bankier – oder unsensible Menschen wie Georges Bruder Harry – oder menschliche Fehlbarkeit wie die Vergeßlichkeit von Onkel Billy – oder der Zufall – oder eine übernatürliche Kraft (Gott? Satan?) wie bei dem Schlaganfall von Georges Vater. Das Elend konnten nur gutherzige Menschen wie Bert, der Polizist, oder Ernie, der Taxifahrer, mildern; oder die Liebe eines guten Partners.

Wer immer dafür verantwortlich war, die Katastrophen folgten Schlag auf Schlag und trieben George an den Rand des Selbstmords. Die Zuschauer im Christian-Valley saßen wie gebannt. Was würde geschehen? So, wie die Dinge lagen, gab es keine Rettung für George Bailey.

An diesem Punkt schlug der Film unvermittelt ins Phantastische um. Gott schickt einen Engel. Der Engel heißt Clarence. Und Clarence macht George begreiflich, daß alle Katastrophen in Wirklichkeit gar keine Katastrophen sind – nicht einmal der Verlust des Geldes, der ihn in der verschneiten Nacht auf die Brücke getrieben hat. Der Buchprüfer, der George anzeigen wollte, singt zu guter Letzt mit seiner Familie Weihnachtslieder, und die fehlenden zehntausend Dollar werden aus den Spartöpfen der Bürger von *Bedford Falls* beglichen.

Die Zuschauer reagierten mit einem Beifallssturm. In diesem Augenblick verstand Lucy, warum der Film soviel Anklang fand. Die Leute lebten in einer Welt, in der menschliche Anstrengung zwecklos war. Sie waren bereit, sich jedweder Sichtweise der Realität anzuschließen, Hauptsache, sie versprach ihnen Erlösung von den Kräften, die George Bailey zugesetzt hatten, und die nicht zuletzt ihnen zusetzten. So und nicht anders hielt der Reverend seine Herde bei der Stange.

Diese Suche nach einer Erklärung, begriff Lucy, trieb nicht nur den Reverend um, sondern auch ihren George. Sie verstand George jetzt besser. Und von Verständnis zu Sympathie war es nur ein Katzensprung. Doch anders als sie waren George und Gilray Egomanen. Nur weil sie das Problem sahen, hielten sie sich schon für human; nur weil sie eine Hypothese über das Elend hatten – der eine machte die Aliens, der andere den Satan verantwortlich – glaubten sie schon, die Lösung beim Schlafittchen zu haben. Und dieser Lösung zuliebe würden sie alles tun. Eine Frau verlassen, ein Terror-Regime errichten und Chaos stiften, wo sie Ordnung bringen wollten. Und sie verloren jeden Blick für die wahren Verhältnisse, weil sie von ihren Hypothesen geblendet waren.

Lucy sah sich um. Die von Frust und Eigensinn gezeichneten Gesichter wurden nicht nur vom zurückkehrenden Licht erhellt, sondern auch von einer albernen Hoffnung. Die Gemeinschaft der Heiligen. Ende der Woche kam Gott – um ihretwillen. Kein engelsgleicher Charakterdarsteller, nein – Jesus, der leibhaftige Friedensfürst. Diesem Hirngespinst rannten sie hinterher, auf Gedeih und Verderb. Es würde keinen 1. Januar geben; nicht weil Christus kam, sondern weil Legionen Verrückter in Erwartung eines Wunders vorher die Welt zerstörten.

Sie hatte jedenfalls ihr Wunder in der Tasche.

Sie sah Richard an. Er war so auf Anerkennung erpicht wie jeder andere auch, war so arglos aus der schützenden Dunkelheit aufgetaucht wie ein kleiner Junge.

»So was wird nicht mehr produziert«, sagte er.

»Der Film wurde erst letztes Jahr gemacht«, sagte Lucy.

Im Foyer bekreuzigten sich die Leute, als Richard vorbeikam; sie nannten ihn ›Reverend‹; eine Frau wollte ihm die Stiefel putzen – mit ihrem Haar. Draußen wirbelten dicke Schneeflocken aus dem Himmel und hüllten jede Lampe in einen unruhigen weißen Kokon. Die Leute stiegen in die gelben Schulbusse, mit denen sie aus den Pilgerzentren gekommen waren. Auf der Fahrt zum Institut faselte Richard über die ›radikale Semiotik‹ des Films. Lucy hätte am liebsten den Hammer genommen und Richard damit erschlagen.

Von der Straße aus konnte man die Bulldozer im Flutlicht schuften sehen, die Rodungsarbeiten rings um den frisch betonierten Landeplatz waren noch in vollem Gange. Die Diesel brüllten. Die Auspuffgase aus ihren Schornsteinen stießen wie graue Finger gen Himmel und riefen: *Wir schaffen es, Du wirst schon sehen!* Tausende von Pilgern hatten sich bereits eingefunden; die Miliz hatte eine Straßenbarrikade errichtet. Die Wachen winkten die Limousine am Kontrollpunkt vorbei; Felton bog in den Privatweg. Sie passierten die neuen Bunker und fuhren um den Christusbrunnen herum zum Haupteingang des Instituts.

Als sie den Wohntrakt betraten, sagte Lucy: »Richard, könnten wir noch auf dein Zimmer gehen und reden?«

Richard zeigte sich überrascht. »Aber sicher doch.«

In seinem Zimmer erinnerte nur eins an den alten Richard: die hochmoderne Video-Satelliten-Anlage, die eine ganze Wand in Anspruch nahm. Mit dieser Anlage konnte er seine eigenen Sendungen produzieren und über Satellit und Kabel weltweit Informationen abzapfen.

»Ich muß dir unbedingt was sagen«, sagte er und drückte die Tür ins Schloß. Er schaltete den Videorecorder ein und drehte die Lautstärke auf. Eine HCR-Sendung: ein Live-Bericht über ein Brautpaar, das sich mit Benzin übergoß und anzündete. Richard wirkte nervös. »George hat Delano getötet.«

»Du hast mit George gesprochen?«

»Nein. Nicht mehr seit Oktober. Aber Delano ist tot. Auch das weiß ich schon seit Oktober. Man hat sie in einem Autowrack in South Carolina gefunden. Ich nehme an, George hat sie getötet.«

»Woher willst du das wissen?«

»Nur eine Vermutung. Aber George ist vielleicht auch tot.«

»Interessant, aber was soll ich damit?«

Richard fuhr zusammen, als das Telefon zirpte; er blickte auf das rote Blinklicht, ging hinüber und setzte den Kopfhörer auf. Er drückte die Sprechtaste.

Es war Zeit. Lucy ging ins Bad und versperrte die Tür. Sie schraubte die Plastikflasche auf und goß sich ein Glas Trinkwasser ein, setzte sich auf den Toilettdeckel und legte den Taschenrechner auf den Rand des Waschbeckens. Sie setzte ihre Nagelfeile in die Randfuge und hebelte ihn auf.

Nichts lag in dem Rechner. Sie fluchte. Sie trat so feste nach der Ecke des Toilettschranks, daß es weh tat. Wieder mal vom Schicksal gelinkt.

Sie ließ den Rechner wieder zuschnappen und ging zurück in Richards Zimmer. Er war nicht da. Drüben am Anrufbeantworter leuchtete die Betriebsanzeige. Dann sah sie Richard daliegen, vor dem Stuhl. Sein Atem ging flach. Aus der Stirnwunde sickerte Blut; er war mit dem Kopf auf die Tischkante gefallen. Wieder ein Anfall.

Das Telefon zeichnete immer noch auf. Sie drückte die Monitortaste, und auf dem Schirm erschien das Bild eines Mannes, der arg mitgenommen aussah: »... ihn noch diese Woche zur Rede stellen. Die Aliens ...« Der Mann verfing sich in einem Hustenanfall.

Es war George. Tiefe Falten hatten sich in sein Gesicht gegraben. Er war bärtig und grau.

»... nicht mit leeren Händen zu ihm kommen. Das bist du mir schuldig, Richard.«

Richards Atem beruhigte sich und wurde dann sehr regelmäßig. Konnte man nach einem Anfall träumen? George quasselte weiter.

»Man muß ihn aufhalten. Aber die sind verdammt clever. Hast du dich mal gefragt, wem es am meisten nützt, wenn dieses sogenannte Gottesschiff landet? Das liegt doch ...«

»George, halt die Luft an!« sagte Lucy.

Er verstummte.

»Hier spricht Lucy, George. Lucy, deine Frau.«

»Lucy! Aber ich habe Richard angerufen.«

»Stimmt. Du hast Richard angerufen, und am Apparat bin ich. Richard ist im Moment nicht erreichbar. Vielleicht kann *ich* dir helfen. Du willst den Reverend zur Rede stellen, richtig?«

»Du kannst dir denken, warum. Ich muß wissen, was …«

»Ich kann mir denken, daß du viele drängende und dringende Wünsche hast, George. Ich möchte dir helfen. Aber erst brauche ich ein Zeichen deines Vertrauens.«

»Meines Vertrauens?« George klang gekränkt. »Ich habe dir immer vertraut, Lucy.«

»Tja, weißt du, George, darüber könnten wir bis morgen früh reden.«

»Es tut mir leid, was in dem Motel passiert ist, glaub mir. Aber ich bin froh, daß du heil davongekommen bist.«

»Schön. Dann hör mir jetzt zu, George. In deinem Wagen, hast du da zufällig einen Taschenrechner gefunden?«

George wirkte verstört. »Ja.«

»Gut. Bist du in Zion?«

»Ja. Ich bin …«

»Ich möchte, daß du den Taschenrechner an einem Ort hinterlegst, wo ich ihn abholen kann. Und ich möchte nicht, daß du irgendwelche Fragen stellst.«

»Was willst du?«

»Sei still, George! Hör jetzt einfach nur zu! Du sorgst dafür, daß ich den Rechner bekomme, und ich sorge dafür, daß du binnen vierundzwanzig Stunden eine Audienz beim Reverend hast.«

»Das versteh ich nicht.«

»Kannst du auch nicht. Du mußt mir schon blind vertrauen. Wenn du machst, was ich von dir verlange, dann weiß ich, daß du mich liebst.«

»Liebe verlangt keine Beweise, Lucy.«

»Schreib dir das aufs T-Shirt, George. Aber vorher tust du, was ich dir sage.« Lucy war sicher, daß Felton ihr den Gefallen tat und den Rechner holte. »Und zwar spätestens bis morgen mittag«, sagte sie. »Das wär dein kleines Neujahrsgeschenk für mich.«

Richard rührte sich, murmelte Unverständliches. Lucy erklärte George noch, wo er den Rechner hinterlegen sollte und hängte auf. Sie setzte sich auf den Stuhl. Vielleicht meinte das Schicksal es neuerdings gut mir ihr. Georges Anruf und Richards Anfall schienen sich verabredet zu haben.

Sie konnte froh sein, daß sie den falschen Rechner erwischt hatte. Es gab eine elegantere Lösung. Sollte der Reverend das Virus schlucken. Er begehrte sie. Er konnte sie haben – und das winzigkleine Präsent dazu. Für ihn, seine Anhänger und die ganze Menschheit. Ein purer Willensakt, ein Selbstläufer, von ihr auf den Weg gebracht. Und von Luz.

Lucy hockte sich neben Richard auf den Boden. Sein Gesicht war entspannt. Sie brachte ihn in eine natürlichere Lage, schob ihm das Stuhlkissen unter die Füße und ging ins Bad. Sie kam mit einem nassen Waschlappen zurück und kühlte die geschwollene Stirn. Der Goldhammer auf Richards Brust hob und senkte sich mit jedem Atemzug. Lucy stellte sich Richard in den Tiefen seines Schlafs vor, wie er in Zeitlupe mit seinen unbekannten Träumen Tarantella tanzte. Sie beneidete ihn. Sie hatte schon lange nicht mehr gut geschlafen, doch jetzt fühlte sie sich schläfrig. Sie spulte Georges Telefonat zurück und löschte es; dann streckte sie sich auf Richards Sofa aus und fiel in Schlaf.

31

DONNERSTAG, 30. DEZEMBER

George liefert das Gewünschte

George wachte auf; er lag steif, kalt und hungrig in der Eingangshalle der Universität. Die Fenster zum Innenhof zeigten ihm, daß es über Nacht wieder geschneit hatte. Er starrte stumm nach draußen, blinzelte. Ein Spatz landete auf dem Ast einer Eiche, schüttelte sich, und Pulverschnee rieselte auf den makellos weißen Boden. Noch schlaftrunken suchte George sich zwischen den vierzig, fünfzig anderen, die hier am Boden schliefen, seinen Weg zum Portal. Er trat ins Freie. Die Sonne war noch nicht aufgegangen, doch in der grauen indirekten Helligkeit war alles deutlich zu erkennen. Das war der schönste Morgen, den er je erlebt hatte. Stille: kein Verkehr, keine Sirenen, keine Flugzeuge, keine Menschen. Sein Atem kam in Wölkchen aus dem Mund. Die Kälte machte ihn hellwach. Er fühlte sich kräftig.

Minuten später ging er wieder nach drinnen. Andere rührten sich, kontrollierten ihre Plastiktaschen voller Kleidungsstücke und ihr Portemonnaie voller nutzlosem Geld. In Zion gab es nichts zu kaufen, und das Wenige, das sich zu kaufen lohnte, war unverkäuflich.

George humpelte in seine Nische zurück. Der Taschenrechner, die Pistole und das Ersatzmagazin waren noch da. Zion hatte die Pilger zwar aufgerufen, Waffen mitzubringen, aber George war nicht so dumm zu glauben, die Grenzwächter würden ihm die Waffe auch lassen. Er hatte eine Woche lang sondiert und geplant, um abseits der Straßen einen Durchschlupf zu finden, wo er weder mit der Nationalgarde in Berührung kam, die das Utopia des Reverend belagerte, noch mit der Grenzmiliz von Zion. Er hielt sich nicht für den einzigen Pilger, der ohne Wissen der Stadtregenten eine Waffe bei sich trug; wahrscheinlich war er nicht einmal der einzige, der den Reverend umlegen wollte, aber er war derjenige, dem es gelingen würde.

Immer mehr Leute rappelten sich auf, rollten ihre Decken oder Schlafsäcke ein und strebten zu den Toiletträumen neben dem stillgelegten Aufzug. Die Leiterin der Notunterkunft, eine aufgeregte Frau mit den traurigen Augen eines Bassets, stieg auf einen Stuhl und versuchte, sich Gehör zu verschaffen. »Lobet den Herrn!« rief sie.

»Amen«, antworteten ein paar Leute.

»Laßt uns beten.« Sie betete vor, und die Leute wiederholten; es entspann sich ein inbrünstiges, etwas konzeptloses Gebet, in dem die Leute Gott für ihr Leben, den Schnee und das Fernsehen dankten und Ihn baten, heute und morgen noch Seine schützende Hand über sie zu halten. George starrte auf die ausgefransten Ärmel des Mannes, der vor ihm stand.

Nach dem Gebet gab es eine Überraschung. Aus dem Schrank der verwaisten Snackbar zauberte die Frau eine Kaffeemaschine und eine Schachtel mit Automatengebäck. Die Teilchen waren so alt, daß der Zuckerguß zerbröselte. Zwei Pilgerinnen mußten das Gebäck in so kleine Stücke schneiden, daß jeder etwas abbekam. Die Frau füllte Leitungswasser in die Kaffeemaschine, schüttete ein Päckchen gemahlenen Kaffee in das Brühsieb und stöpselte den Stecker ein.

Kein Zweifel, die Pilger waren guter Dinge. George war gerührt. Er wußte, daß manche von ihnen Ungläubige aus der Stadt gejagt hatten; andere hatten Schlimmeres getan. Dennoch, ihr Gemeinschaftssinn war echt. Ein merkwürdiges Phänomen, vielleicht das merkwürdigste.

Als George dahockte, durchs Fenster in den Schnee hinausstarrte und seinen Kaffee schlürfte, sprach ihn jemand an: »Von wo kommen Sie?« Der Mann saß nur zwei Armlängen entfernt.

Er war Mitte fünfzig, trug grüne Gummistiefel mit gelber Sohle, einen karierten Rock und mindestens zwei Hemden übereinander; er hatte die orangefarbene Jägerkappe tief in die Stirn gezogen. Das Gesicht war frisch rasiert. Auf einem kleinen Schnitt in der Kinnkerbe klebte ein blutiges Fitzelchen hellbraunes Hygienepapier.

»New York«, sagte George.

»Ich bin aus Texas«, sagte der Mann. Er streckte George die Hand hin. »John Field.«

»George … Lowell.«

»Wann haben *Sie* denn zu Gott gefunden, George?«

»Im April.«

»Ein Nachzügler. Aber nicht zu spät, gelobt sei die Langmut des Herrn!«

»Und Sie?«

John Field beugte sich vor, die Unterarme auf den Knien. »Ich weiß es auf die Minute genau: am 11. Dezember 1997, um 23.45 Uhr, in Waco, Texas. Ich saß vor dem Fernseher, so niedergeschlagen wie noch nie in meinem ganzen Leben. Meine Frau war auf und davon, ich war seit sieben Monaten arbeitslos, voll wie eine Haubitze und hatte, wenn es hoch kam, in drei Wochen einmal geduscht. Ich zappte durch die Kabelkanäle, kletterte die Programmleiter hinauf bis in die hohen Nummern, wo es nur noch Schnee und

Rauschen gab, sonst nichts. Sie können ermessen, was ich für ein Mistkerl war, wenn ich Ihnen sage, daß ich mich sauwohl dabei gefühlt hab. Ich kletterte gern die Zahlen rauf, immer höher, wo ich nichts als Rauschen bekam. Es war, als ob ich durch die Schichten in meinem Hirn kletterte, wo es auch bloß rauschte und rauschte. Sturzbesoffen war ich und ein Kotzbrocken. Wär jemand ins Zimmer gekommen, ich hätte ihm ins Gesicht gespuckt.«

»Und was ist passiert?«

»Wie ich so durch den Schnee und das Rauschen zappe, bekomme ich plötzlich einen Sender rein. Auf dem Schirm war das Bild von unserem Herrn Jesus Christus persönlich. Sogar den Kanal weiß ich noch – Kanal 777. Jesus sagte zu mir, *John,* sagte er, *ich will, daß du aufhörst, dich wie ein Pausenclown beim Rodeo zu benehmen. Reiß dich zusammen. Räume deine Wohnung auf. Nimm ein Bad. Es gibt soviel zu tun. Wenn Tolene zurückkommt, fall vor ihr auf die Knie und bitte die gute Frau um Vergebung. Das Ende der Zeiten naht. Hörst du, John?*

Ich hielt das erst für einen Film. Ich hab nichts gesagt. Aber Jesus sieht mich nur an, und dann sagt er: *Wach auf, John!* sagt er und zeigt mit dem Finger auf mich. Ein pinkroter Laserstrahl schießt aus dem Finger und trifft mich mitten zwischen die Augen. Ein kalter Windstoß fegt mir durchs Hirn, und das ganze Rauschen da oben ist wie weggeblasen. Ich saß in meinem Sessel und heulte wie ein Schloßhund. Ich war total fertig. Aber ich wußte, daß ich okay war, und daß ich am Ende der Zeiten an Seiner Seite sitzen würde. Dann muß ich ohnmächtig geworden sein, denn als ich aufwachte, war wieder Schneegestöber auf dem Schirm und die Lautsprecher rauschten. Aber in meinem Kopf, da herrschte Ruhe. Ich konnte mich an jede Einzelheit erinnern, und in meinem Herzen brannte ein Feuer.«

John Field blickte über den verschneiten Hof. »Und da brennt es immer noch, George. Ich hab das größte Geschenk bekommen, das man sich denken kann. *Gnade,* George. Tolene kam tatsächlich zurück. Auf halbem Weg zu Mamas Haus in San Antonio, da hätte sie sich entschieden, mir noch eine letzte Chance zu geben. Ich wollte wissen, um wieviel Uhr das ungefähr gewesen war; gegen viertel vor zwölf, hat sie gesagt. Da bin ich auf die Knie gefallen und hab ihr die Füße geküßt. Ich versprach Tolene, ihr nie wieder Kummer zu machen.«

Hinter John tauchte eine Frau auf und legte ihm die Hand auf die Schulter. »John. Wir müssen uns fertigmachen.« Sie schenkte George ein freundliches Lächeln. »Hallo«, sagte sie.

»Hallo«, sagte George, und zu John Field sagte er: »Danke für das Bekenntnis.«

»Wir sind spät dran«, sagte Tolene.

»Bis nachher.« Field nahm seine Frau bei der Hand, und die beiden gingen zu einer Gruppe von Leuten, die sich kostümierten. John Field setzte sich auf einen der niedrigen Tische und hielt still wie eine Braut, die für die Hochzeit hergerichtet wurde, derweil Tolene Field ihm die Kappe abnahm und ihm eine Dornenkrone aufs Haupt drückte. Sie half ihm aus der Jacke und aus den Hemden. Er zuckte kein einziges Mal, denn sein Rücken war kreuz und quer mit eiternden Striemen bedeckt. Überall im Raum standen Leute, die sich grobe Leinengewänder überstreiften. Zwei Männer plagten sich mit einem großen Pappmachékostüm herum, das früher mal ein Bühnenpferd gewesen war und jetzt das *Tier mit den zehn Hörnern* aus der Apokalypse darstellte.

George fühlte sich sehr einsam. *Eine feste Burg ist unser Gott.* Die Leute nahmen ihre Peitschen, ihre Schilder, ihre Kreuze und brachen zur vorletzten Kundgebung auf.

Nachdem sich die Eingangshalle geleert hatte, machte George sich an sein eigenes Kostüm. Aus dem groben Sackleinen eines Schlaflagers fabrizierte er sich einen Überwurf. Draußen im Hof scharrte er die Überreste eines Lagerfeuers aus dem Schnee und schwärzte sich das Gesicht mit Asche. Das ohnehin struppige und verquere Haar zerwühlte er noch mehr. Er holte sich das Messer, mit dem man das Gebäck aufgeteilt hatte, und begann einen sechs Fuß langen Stecken von einem abgestorbenen Hornstrauch zu schneiden. Dabei dampfte er aus Mund und Nase und fror trotz der körperlichen Anstrengung. Er redete sich ein, einer von den vielen verrückten Fanatikern zu sein. Es war nicht schwer, sich unentwegt in den Bart zu murmeln. Während er noch säbelte, vernahm er Gejohle von der Straße. Zwei junge Männer liefen über den Innenhof, ihre Füße warfen Wolken von Pulverschnee auf. Sie sahen, wie er sich abmühte, lachten und liefen weiter.

Er bereinigte den Stock, griff unter den Überwurf und stopfte die Pistole fester in den Gürtel, vergewisserte sich, daß der Rechner noch in der Tasche war, und machte sich auf den Weg zum *Capitol Square;* im Vorbeigehen prüfte er noch sein Spiegelbild in den Fenstern der Universität. Ganz respektabel.

Die Straßen waren voller Menschen. Die meisten waren unterwegs zur Innenstadt, aber nicht wenige strebten bereits in die andere Richtung und bildeten die Vorhut des langen Treks zum Landeplatz für die oder das *Neue Jerusalem,* ganz wie man es nahm. George holte einen Mann und eine Frau ein; der Mann redete leise vor sich hin, und die Frau trug ein Schild mit dem Slogan FISCHE KÖNNEN KEINE WAFFEN TRAGEN; über dem Slogan war mit Klebestreifen das Foto eines metallisch glänzenden UFOs befestigt. George grapschte nach ihrem Ärmel und blickte ihr forschend ins Gesicht. »Haben Sie IHN schon gesehen?« wollte er wissen. Der Mann kam dicht an ihn heran – es war das Vaterunser, das er betete –, machte aber keine Anstalten, George zu hindern.

»Nein«, sagte die Frau, winkelte den Arm an und ging weiter. George ließ die beiden ziehen. Niemand scherte sich um seine Aufmachung: in der Stadt der Heiligen war er nichts Besondres.

Vor dem *Brownestone Inn* war eine Gruppe von Pilgern damit beschäftigt, aus Schnee ein Kreuz zu bauen. Kinder scherten aus, um sich mit Schneebällen zu bewerfen, ihr Gelächter hatte etwas Hysterisches. Ein Junge stürzte vorbei, er trug die Strickjacke einer Frau und eine Schirmmütze mit heruntergeklappten Ohrenschützern. Einen Block weiter, vor einem Hotel, das früher einmal unverkennbar teuer gewesen war, kam es zu einem Tumult; eine Menge von Leuten quoll in den zertrampelten Schnee hinaus. Vom Balkon hielt ein Mann mit Megaphon eine wortgewaltige Ansprache. Unten kam es zu Handgreiflichkeiten zwischen Gegnern und Befürwortern.

Der Mann mit dem Megaphon kam George bekannt vor. George bahnte sich seinen Weg durch den Mob. Am schmiedeeisernen Geländer rechts und links von dem Mann standen Männer in militärgrünen Overalls mit schußbereiten automatischen Gewehren und behielten die Menge im Auge, die sich zwischen dem Hotel und dem ausgebrannten Hauptquartier der Grünen sammelte. Der Redner trug einen blauen Frack und eine rotweiß gestreifte Hose. Das weiße Haar hing ihm über den Kragen und die Spitze seines Van Dyck-Bartes tanzte unter dem Trichter des Megaphons. Wahrhaftig, Uncle Sam!

»Millionen Lebender sind bereits *tot!*« rief Uncle Sam. »Jedenfalls vom Hals aufwärts.« Das Megaphon ließ seine Stimme fremd und mechanisch klingen.

»Ihr hängt am Rockzipfel dieser selbsternannten Prediger. Ihr seid Amerikaner! Die Verfassung garantiert euch *Religionsfreiheit*. Und was macht ihr daraus? Einen faden, idiotischen, ungenießbaren *Eintopf*.«

Das löste wütende Rufe aus, aber auch vereinzelte Zustimmung. »Es ist höchste Zeit, die Ketten mittelalterlichen Aberglaubens abzuwerfen! Dieser Reverend Jimmy-Don Mayday legt euch die Bibel aus, und ihr hängt an seinem Maul wie die Gans am Mastschlauch. Ich sage euch, werdet endlich erwachsen! Wer auslegt, hat das Sagen! Redet ihr ihm deshalb nach dem Mund, weil er behauptet, er könnte besser lesen als ihr? Ich weiß nicht, ob ich lachen oder weinen soll!

Kennt ihr den heiligen Paulus? Dann wißt ihr vielleicht, daß er gesagt hat: *Wenn ich in den Sprachen der Menschen und Engel redete, hätte aber die Liebe nicht, wäre ich ein dröhnender Gong oder eine lärmende Pauke.* Der größte Gong von ganz Amerika hat euch taub gemacht! Ein Wunder, wenn ihr überhaupt noch was hört. Könnt ihr mich hören? Versteht ihr, was ich sage? Seid ihr noch bei Verstand?«

Verwünschungen und Beifall. George wurde geschubst und hätte beinah das Gleichgewicht verloren. Er stand jetzt direkt unter dem Balkon.

»Die Stimme eures Reverend Jimmy-Don Mayday hallt wie ein eherner Gong übers Land. Sie ist so laut, wie er hohl ist. Er dröhnt, weil er keine Autorität hat. Lärm ohne Inhalt. Kraft ohne ...«

Jemand schleuderte einen faustgroßen Stein, der Uncle Sam nur knapp verfehlte und hinter ihm von der Mauer abprallte. Die Leibwächter kippten die Gewehrläufe über die Brüstung und sondierten die Menge. Jemand schrie, und der Mob wogte auf das Hotel zu. Uncle Sam zeigte in die gärende Menge: »Nehmt den Kerl auseinander!«

Zwei, denen Uncle Sam aus dem Herzen gesprochen hatte, griffen sich den Steinwerfer. Andere sprangen dem Mann bei, und ein wüstes Handgemenge griff um sich. Die Leibwächter auf dem Balkon kamen nicht zum Schuß. Uncle Sam kletterte über die Brüstung und sprang auf den Parkplatz; George bekam nicht mehr mit, was aus Uncle Sam wurde, denn jemand rammte in seinen Rücken und stieß ihn zu Boden. Er bekam ein Knie an die Schläfe, grapschte blindlings nach oben, zog sich an einem Mantel hoch, um nicht zertrampelt zu werden. Ihm war schwindlig. Er torkelte. Aus dem Tumult war ein ausgewachsener Krawall geworden. George kämpfte sich durch, wurde durch eine Reihe von Wacholderbüschen an die Wand des Gebäudes geschubst und schob sich, den Stock hinter dem Rücken versteckt, seitwärts aus dem Zentrum des Getümmels.

Aus Richtung Innenstadt näherte sich das Jaulen einer Sirene. Mit blitzenden Rotlichtern schob sich ein Mannschaftswagen der Polizei in die Menge. Verstümmelte Befehle tönten aus dem Dachlautsprecher, und aus dem Heck sprangen ein Dutzend Männer mit Baseballschlägern. Oben vom Balkon peitschte ein Schuß, die Miliz feuerte zurück, und einer von Uncle Sams Leibwächtern kippte über die Brüstung und stürzte zwei Schritte von George entfernt in die Büsche. George wartete die weitere Entwicklung nicht ab; er eilte um die Ecke des Gebäudes, nahm den Stock in beide Hände und lief in die Seitenstraße und in die erstbeste Gasse, die sich zwischen den Häusern auftat. Hinter ihm erschollen Hurrarufe.

George war nicht der einzige, der sein Heil zwischen den Hinterhöfen suchte. »Was ist denn los?« rief ein älterer Mann aus dem Fenster.

»Uncle Sam! Er ist schuld an dem Krawall!«

»Der Mann ist verrückt«, rief ein anderer. »Das ist

der Antichrist.« Der Mann sah George von oben bis unten an.

»Ich bin der Ewige Jude«, sagte George. Er warf seinen Stab über einen Maschendrahtzaun in einen verschneiten Garten und kletterte hinterher. Seine Hände waren taub vor Kälte. Keuchend lief er in die nächste Straße und schloß sich dem Strom der Ausreißer an. Auf der Hauptstraße fielen keine Schüsse mehr, dafür wurde um so mehr gejubelt. George lag nichts daran, sich vom Ausgang des Krawalls zu überzeugen; er gab Uncle Sam keine Chance.

Mitten auf der Brücke, die über ein Bündel von Bahngeleisen führte, fegte ein hupender Pick-up vollgestopft mit Milizionären an ihm vorbei. Die beiden Ausreißer vor ihm retteten sich mit einem Sprung in die Schneeverwehung. George half der Frau auf; sie trug einen teuren Mantel. Der Mann im blank gewetzten Blazer klopfte sich den Schnee von der Hose. Der Pick-up rutschte hinten weg, als er in Richtung Stadtrand abbog.

»Angriff auf Highway 54«, sagte der Mann.

»Die heidnischen Truppen«, sagte die Frau. »Der Präsident hat sich mit den Japsen verbündet. Sie blasen zum Angriff!«

»Ihr spinnt doch«, regte ein Mann sich auf, der dazukam. »Das ist die heilige Revolution in Greensboro! Die Christen marschieren, sie wollen die Blockade brechen.«

»Sie wollen das Kraftwerk besetzen«, rief ein Mann von der anderen Seite der Brücke. »Das Kernkraftwerk – uns den Strom abschneiden und ausfrieren.«

»Ich wette, das ist die Vorhut der *Jerusalem*«, sagte jemand hinter George. Der Mann trat neben ihn und flüsterte ihm zu: »Die Vorausabteilung verteilt Manna. Wir sollten sehen, daß wir zum Landeplatz kommen.«

George sah die Leute an. »Das ist die Wiederkunft des Herrn«, sagte er. »Ich muß IHN unbedingt sprechen.« Er humpelte ans Ende der Brücke und schlitterte durch das verschneite Gewirr aus Kuzu-Ranken die Böschung zu den Schienen hinunter. Unter den neugierigen Blicken der Leute folgte er dem Gleisbett in Richtung Stadtmitte.

Ausgepumpt und durchgefroren erreichte er den *Capitol Square.* Die Miliz, die das alte Regierungsgebäude abriegelte, wirkte verkrampft. Drei Tage lang hielten sich schon Gerüchte über ein Massaker an der Heiligen Miliz im Westen. Ein Kommandant hatte angeblich die Vision gehabt, er sei unbesiegbar. Er sollte seine Truppe über die Linien führen; die Kugeln der Nationalgarde würden sich noch im Flug in Blumen verwandeln. Er und seine Leute kamen nicht einmal hundert Meter weit, da wurden sie niedergemacht. Ihre Leichen lagen noch da. Doch Freitagnacht, so glaubten manche – Freitagnacht, wenn der Erlöser kam, dann würden die Gefallenen wiederauferstehen und unverwundbar, wie sie waren, der Streitmacht des Antichristen den Garaus machen.

Die Miliz am Regierungsgebäude schien nicht sonderlich angetan von dieser Erwartung. Hinter der Barrikade aus Stacheldraht, die man rings um das Kapitol errichtet hatte, standen die jungen Männer in ihren olivgrünen Overalls steif an den lodernden Mülltonnen und klammerten sich an ihr Gewehr und den Becher mit dampfendem Kaffee, jeden Moment gewärtig, von einem Heckenschützen erschossen oder aus ihrem sterblichen Leib entrückt zu werden. Nur das Kapitol mitsamt seiner Parkanlage und den Denkmälern schien durch nichts zu beeindrucken – es schien immun gegen die Zeitläufte. Hinter dem schneebedeckten Rasen war ein Mann mit seiner Kettensäge zugange und zerlegte eine gefällte Eiche in handliches Brennholz. Das Schnarren der Säge schnitt unangenehm durch die Kälte.

George näherte sich dem Südtor des Platzes; angesichts der Maschinengewehre war ihm unbehaglich zumute. Der Posten richtete die Waffe auf George; der Bursche wollte ihn nicht heranlassen. Der Streifen auf seiner Brusttasche trug keinen Namen.

»Haben Sie noch keinen neuen Namen bekommen?« fragte George.

Der Bursche bekam eine krause Stirn. »Wer wollen *Sie* denn sein?«

»Ich bin der Ewige Jude.«

»Okay, dann sieh zu, daß du weiterkommst.«

»Das geht nicht.«

Der Bursche setzte ihm die Mündung des M-16 an den Bauch. »Hau ab!«

Zwei Milizionäre kamen hinter der Barrikade heraus. »ER kommt nur, wenn ich IHN suche«, sagte George. »So ist es prophezeit. Ich bin der Jude, der IHN abgewiesen hat.«

Einer der beiden anderen hatte verstanden, was George gesagt hatte. »He, laß hören«, rief er. »Wir warten schon auf dich.«

George raffte all seinen Schneid zusammen. »Dann könntet ihr mir einen freundlicheren Empfang bereiten. Im Alter von zweitausend Jahren ist man nicht mehr so gut zu Fuß.«

»Blasen läuft man sich auch in jungen Jahren, Pilger.«

»Daß ich rechtzeitig zur Stelle bin, verdanke ich nicht gerade Menschen euren Schlags. Zwei leidvolle Jahrtausende für mich und mein Volk! Immer wenn ein korrupter Politiker die Karre in den Dreck gefahren hat, dann hat er bloß auf einen Juden gezeigt und war aus dem Schneider.«

»Da hat er recht«, sagte der dritte Milizionär.

»Ihr könnt mir glauben, Freunde«, sagte George. »Ein zweites Mal mach in den Fehler nicht. Seid ihr IHM schon begegnet?«

Der älteste der drei lächelte. »Noch nicht. Warte bis morgen abend.«

»Wie wär's denn, wenn ihr mich reinlaßt?«

»Warum?«

»Ich will am Fuß der Statue beten.«

»Welcher Statue?«

»Von General Washington.«

»Was hat das mit Jesus zu tun?«

»Beide waren Märtyrer.«

Der Mann sah skeptisch drein. »Okay«, sagte er und winkte mit dem Gewehrlauf. »Aber wenn du irgendwas anstellst, ist der Ewige Jude ein auf ewig toter Mann, kapiert?«

Sie gaben den Weg frei und ließen George hinter den Stacheldraht. Die Statue stand, von zwei Kanonen flankiert, auf einem Minihügel vor dem Südportal. Sie war von einem schmiedeeisernen Gitter umgeben. Wie Washington im bronzenen Überzieher dastand und sich auf den Spazierstock stützte, sah er aus wie ein Landedelmann. George kniete sich an die rechte Kanone, er nahm die Hände unter den Überwurf und beugte den Kopf. Er zog den Rechner aus der Tasche. Er hatte die Frage verdrängt, warum Lucy so scharf auf das Ding war. Vielleicht hatte sie irgendeine absurde Rechenaufgabe zu lösen. Vielleicht wollte sie auch nur ihren Kontostand überprüfen.

Wie war sie bloß von South Carolina nach hier gekommen? Und wie zu Richard? Zum hundertsten Mal verdrängte er die Vorstellung, sie könnte nach seiner Flucht von wem oder was auch immer durch die Nacht gejagt worden sein. Er sah zu dem General auf. Den Milizionären, die ihn nicht aus den Augen ließen, mußte er den gottesfürchtigen Eiferer vorspielen, den Verehrer der amerikanischen Republik. Wobei letzteres, dachte George, gar nicht mal so gelogen war. Er glaubte so sehr an Amerika wie Uncle Sam. Er konnte zwar nicht genau sagen, was er mit Amerika meinte, doch er mochte es irgendwie. Obwohl die Amerikaner verrückt waren.

Lucy, die *ihn* für verrückt hielt, hatte er auch gemocht.

Seine Knie waren schon taub vor Kälte. Als er aufstand, langte er haltsuchend nach der Kanone – er brauchte das gar nicht vorzutäuschen – und ließ den Taschenrechner in die Mündung gleiten. Das Eisen war so eiskalt wie seine Hand. Auf den Stock gestützt humpelte er auf eine Gruppe von Soldaten zu, die sich an einem Feuer wärmten. Vereinzelte Schneeflocken wirbelten aus dem Himmel und schmolzen in der Hitze, die aus der Mülltonne stieg. »Gott segne euch, meine Brüder in Christus«, sagte er. »Habt ihr eine Handvoll zu essen für den Ewigen Juden?«

»Wir haben selbst nichts.«

»Du bist gar kein richtiger Jude, hab ich recht?« sagte ein anderer.

»Zweitausend Jahre Wanderschaft!« George stieß dem Mann den Finger auf die Brust. »Und alles nur, weil ich den Erlöser nicht erkannt habe, als ER vor mir stand. Macht mir nicht denselben Fehler! Bestellt das eurem Reverend.«

Ein großgewachsener Mann warf einen Armvoll Brennholz an die Tonne. »Im Gericht hast du vielleicht mehr Glück, Alter«, sagte er. Der Mann klang nicht unfreundlich. »Ich glaub, da gibt's was zu essen für Pilger. Wir müssen hier die Augen offenhalten.«

»Paßt bloß auf«, sagte George.

Im Westen gab es eine Detonation. Ein Ruck ging durch die Männer; einer stieg auf einen Sandsack, um besser sehen zu können, und der Korporal zog ihn gleich wieder runter. Eine schwarze Rauchwolke nabelte sich ab und stieg in den Himmel. Sie drängten George aus der Sperrzone. Er humpelte über die Straße zur Fußgängerzone.

Vor dem Gerichtsgebäude geißelten sich zwischen reihenweise aufgespießten Köpfen bußfertige Sünder mit Stacheldraht. Sie sangen und schrien. In der Nähe lag ein nacktes Kind auf einer Decke; ein Mann klammerte Startkabel an die Pole einer Autobatterie und drückte die freien Klammern an die Genitalien des Jungen. »Weiche, Satan, aus diesem besessenen Kind!« rief er mit beschwörender Stimme, derweil der Mann neben ihm mit hängenden Armen dastand und weinte.

Es gab nichts zu essen.

32

DONNERSTAG, 30. DEZEMBER

Angriffe, Tumulte, Warnungen und ein Versprechen

Er stand auf dem Dach des Apartments, in dem sie gewohnt hatten, als er noch ein Junge war. Memphis lag wie ein Lichterteppich unter ihm, heller als er es in Erinnerung hatte, und er blickte in die heiße Nacht hinaus, über die Häuserblocks hinweg, über die Nachtlokale und Lagerhäuser bis an das dunkle Ufer des Mississippi. Über ihm am Himmel glänzten seltsame Lichter, Lichter voller religiöser Symbolik. Sie verkündeten eine apokalyptische Botschaft, doch so sehr er sich bemühte, er konnte sie nicht entziffern.

Dann begann der Widerschein von Memphis zu flackern. Als er über die Brustwehr nach unten sah, gewahrte er, daß die Häuser brannten – daß die lodernden Straßen nicht die Straßen von Memphis waren, sondern die Straßen der Hölle. Er saß in der Falle. Er musterte den Dachfirst, und zwischen den pilzförmigen Abzugsöffnungen, Fernseh-Antennen und gemauerten Kaminen mit ihren Blechhüten entdeckte er die Gestalt, die ihn von seiner Einsamkeit erlöste: Lucy Di Paulo.

Der Wind blies ihr das dünne Nachthemd an den Leib. Das lange Haar wehte wie eine Fahne. Sie streckte die Hände nach ihm aus; er roch ihr Parfüm. Er wich zurück, doch ihre Arme umfingen ihn, und sie zog ihn an sich. Sie küßte ihn; ihr Leib preßte sich gegen ihn, und eine unsägliche Lust übermannte ihn. Die Posaune des Jüngsten Gerichts hob an, den Himmel zu spalten, doch er ließ sich nicht umstimmen, er nahm Lucy Di Paulo in die Arme und wollte sie aufs Dach kippen. Sie rangen wie in einem Kampf auf Leben und Tod, linkisch, komisch und schrecklich zugleich. Sie strauchelten am Rand des Abgrunds. Sie fielen. Sie fielen Meile um Meile, und er sah die hungrigen Flammen, hörte die orangeroten Rufe, spürte den heißen Odem, doch er hatte diese Frau in den Armen, und es war ihm egal, was ihn das kosten würde. Zusammen schlugen sie auf das züngelnde Pflaster der Hölle, und Lucys Kinnlade spliß ihm das Gesicht. Dann war er tot.

Mitten im Orgasmus wachte Gilray stöhnend auf. Er lag da zwischen Traum und Wirklichkeit, und derweil sich sein Herz beruhigte und das Sperma auf dem Bauch kalt wurde, ordneten sich seine Gedanken und der Kummer stellte sich ein. Er sah auf die Uhr: es war später Morgen. Er glitt aus dem Bett und torkelte unter die Dusche. Das heiße Wasser verdampfte den Kummer; zurück blieb nur das Mysterium.

Er verbrachte die nächste Stunde damit, sich mit den Kamera-Teams zu besprechen, die die Landung live übertragen würden. Er nahm eine leichte Mahlzeit zu sich, einen Salat mit den wahrscheinlich letzten Avocados, die man hatte auftreiben können. Am Nachmittag kam er ins Studio und verband die Countdown-Sendung mit einem letzten Aufruf an die Gottesfürchtigen der ganzen Nation, sich gegen die Herrschaft des Satans zu erheben und Zion zu Hilfe zu kommen. Abseits der Kamera wartete Richard auf ihn.

Er trug einen schwarzen Overall, schwarze italienische Kalbslederstiefel, schwarze hauchdünne Lederhandschuhe und natürlich den güldenen Hammer. Das Haar war straff und glatt nach hinten gekämmt, was den Kopf seltsam groß erscheinen ließ. An der Stirn, nahe der Schläfe, zeichnete sich eine Beule ab.

»Krisenzeit, Reverend.«

»Was ist los?«

»Am Vordertor hat es einen Angriff gegeben – und Tote.«

Sie verließen das Studio. »Ein alter Mann hat sich genähert, er hatte gut dreißig Männer und Frauen hinter sich«, sagte Richard. »Er hat behauptet, er sei das Schwert von Amerika und es sei seine Pflicht, gegen Gottes Hammer anzutreten. Er war angezogen wie Uncle Sam. Felton ließ mich holen. Ich dachte, wenn ich mit den Leuten rede, kann ich sie beschwichtigen.«

Richard tat hilflos. »Die Leute haben sich ziemlich aufgeregt. Sie fingen an zu schimpfen und haben Steine geworfen. Als ich mit ihnen reden wollte, haben sie das Tor gestürmt. Die Wachen haben das Feuer eröffnet.«

»Verletzte?«

»Ja. Sieht nicht gut aus bei einigen. Vance hat alle Hände voll zu tun.«

Sie gingen den Korridor hinunter, der den Wohntrakt mit dem Institut verband. Der geflieste Boden vor dem Lazarett war mit Blut beschmiert. Marianne und Felton dirigierten das Kommen und Gehen; neben der Tür saß ein Milizionär am Boden und drückte sich ein blutiges Handtuch an die Schulter. Drinnen arbeiteten Vance und eine Krankenschwester an einer bewußtlosen Frau, die einen Schuß ins Gesicht bekommen hatte. Drei, vier Leute hatte man auf Tische gelegt; ein Mann war zweifelsfrei tot.

»Wie sieht es aus am Tor?« fragte Gilray zu Felton gewandt.

»Der Bereich ist gesichert. Die meisten Aufrührer haben das Weite gesucht, auch dieser Uncle-Sam-Typ. Vielleicht wollen sie den Landeplatz sabotieren. Ich habe die Männer in Alarmbereitschaft versetzt; sie in der Masse ausfindig zu machen, ist allerdings die Suche nach der Nadel im Heuhaufen.«

Gilray nahm Richard mit ins Büro, und sie diskutierten ihr Vorgehen. Richard erwähnte ein Gerücht, demzufolge Charles Sumner eine Vision gehabt hatte, die ihn zum Herrscher über ganz Zion berief. Er schloß nicht aus, daß Sumner wirklich diese Vision gehabt hatte. Eine halbe Stunde später wurde die Tür aufgerissen und Vance platzte herein. »Dieser ganze Schwachsinn läuft aus dem Ruder«, sagte er. »Aber das Schlimmste ist, daß ich schon zwei Tage nichts mehr vom Zentral-Lazarett gehört habe.«

»Dafür ist Sumner zuständig«, sagte Gilray. »Wir haben wirklich genug um die Ohren. Das Ende der Zeit steht uns ins Haus.«

Vance sah grimmig drein. »Ich gehe wohl nicht falsch in der Annahme, daß Sie gegen Wiedererweckungen sind. Den einen oder anderen könnte ich vielleicht retten.«

»Schlagen Sie sich das aus dem Kopf.«

»Wozu der Aufwand?« sagte Richard. »Sie und ich, wir alle, geben Samstagmorgen unsere sterbliche Hülle an der Garderobe ab.«

»Das hat alles seinen Sinn«, sagte Gilray. »Wir sind Rädchen im großen Getriebe, winzige Zellen des großen Ganzen. Sie werden schon sehen, Vance.«

»Weiß der Kuckuck, wie ich in diesen Schlamassel geraten konnte.« Vance schabte unbewußt an einem Blutspritzer auf dem Unterarm und starrte aus dem Fenster auf den verschneiten Rasen hinaus.

»Sie hatten keine andere Wahl«, sagte Richard. »Am besten, Sie machen einfach weiter und tun soviel Gutes, wie Sie können. Sollten wir so verrückt sein, wie Sie glauben, werden das alle bis spätestens Samstagmittag wissen. Ich geb Ihnen dann meinen Hammer, und Sie dürfen mir den Schädel einschlagen.«

»Ich nehm Sie beim Wort«, knurrte Vance und fuhr auf dem Absatz herum. Er riß die Tür auf und stapfte hinaus.

Gilray wandte sich an Richard. »Ich weiß nicht, warum Sie Vance haben wollten. Es gibt gottesfürchtige Ärzte wie Sand am Meer.«

»Ich würde nicht einen von ihnen an meinen empfindlichen Körper lassen. Vance steht mit beiden Beinen auf der Erde. Was Sie ihm nicht abnehmen wollen, ist, daß er genauso darauf aus ist, die Welt zu erlösen, wie Sie, Reverend. Mit einem Unterschied: er geht nicht davon aus, daß er es schafft.«

»Dieser Uncle Sam-Putsch ist kein Zufall. Ich glaube, da steckt Charles dahinter.«

Richard spielte mit dem Hammer. »Schon möglich.«

»Auf Sie ist er ziemlich eifersüchtig, Richard. Seit Sie da sind, fühlt er sich zurückgesetzt.«

»Er hat sich selbst zum Gouverneur erklärt. Das müßte ihm genügen.«

»Tut es aber nicht. Er wird uns das Rampenlicht morgen nacht nicht gönnen.«

»Mit Jesus Christus zu konkurrieren, dürfte ihm schwerfallen.«

Gilray lächelte. Wann immer Richard zynisch sein wollte, sagte er die schlichte Wahrheit. »Das wird ihn nicht hindern, uns zu sabotieren. Ich werde ihn zum Ketzer erklären.«

»Eine Bestrafung können Sie nicht durchsetzen, Reverend. Dafür sind seine Leute zu loyal.«

»Viele werden sich von ihm abwenden, wenn ich

seine Ketzerei öffentlich mache. Er wird nicht zur Ruhe kommen. Und sollte die Nationalgarde morgen noch angreifen, dann wahrscheinlich den Regierungssitz und nicht uns hier draußen.«

Sie besprachen die Vorbereitungen. Richard schätzte die Anzahl der Getreuen, die rings um den Landeplatz kampierten, auf über hunderttausend; bis morgen um Mitternacht würden es zweihunderttausend sein. Heute abend wollte er die Tribüne und den TV-Turm inspizieren. Gilray hörte nur halb zu. Seine Gedanken kehrten immer wieder zu dem Traum zurück. Wurden alle Propheten so gequält? Er mußte einen so hohen Preis zahlen, und niemand wußte davon. Nicht einmal Richard, der auf seine Weise einen genauso hohen Preis zahlte. Er platzte in Richards Monolog: »Wollen Sie immer noch nicht zugeben, daß sie *glauben*, Richard?«

»An Sie glaube ich, Reverend. Vielleicht sind Sie verrückt, aber wie Sie Sumner durchschaut haben, das gefällt mir.«

»Ich sage nur die Wahrheit.«

»So ist es.« Richard hauchte den goldenen Hammer an und polierte ihn am Ärmel. Er studierte sein Spiegelbild darin. Dann sah er auf. »In der Zwischenzeit sollten wir uns um die Sicherheit kümmern. Jeder Zweite hat jetzt irgendwelche Erscheinungen, und *alle* sollen sich hier einfinden und Rechenschaft ablegen. Ich würde nicht mal für Felton die Hand ins Feuer legen.«

»Und wer trennt die Spreu vom Weizen?«

»Sie, Reverend. Ich muß jetzt gehen.«

Gilray mußte zugeben, daß Vance – in gewisser Hinsicht und aus den falschen Motiven – in den letzten zwei Monaten Heroisches geleistet hatte. Er hatte Vance auf Richards Betreiben nach Zion geholt. Richard hatte argumentiert, daß man hier einen kompetenten und erfahrenen Mediziner brauche, und Gilray hatte jemanden gebraucht, der sich um Richards Gesundheit kümmerte. Bestimmt hatte Richard dem Mann die Gunst der Stunde beschrieben und ihm klargemacht, daß er nie wieder eine solche Gelegenheit bekam, die Auswirkungen religiöser Hysterie auf den Durchschnittsamerikaner zu beobachten. Oh, er konnte sich lebhaft vorstellen, wie die Unterhaltung verlaufen war. Richard war durchaus in der Lage, aus den Vorurteilen dieses freigeistigen Humanisten Werkzeuge Gottes zu schmieden.

Kaum war Vance in Zion angekommen, hatte er sich in die Arbeit gestürzt. Er organisierte das restliche Krankenhauspersonal. Er lernte technisches Personal an. Er ordnete und erfaßte die medizinischen Vorräte. Er arbeitete achtzehn Stunden am Tag und hielt seinen Zynismus in Zaum. Alles was recht war, Vance hatte viel geleistet. Natürlich hatte er alles mitgebracht, um Wiedererweckungen durchzuführen, doch bis zu dem Zwischenfall am Haupttor hatte er damit hinter dem Berg gehalten.

Am frühen Abend kam Vance vorbei, um zwei weitere Todesfälle zu berichten. »Und noch etwas: wissen Sie, daß die Wachen Unbefugte auf das Gelände lassen?«

»Was sind das für Leute?«

»Kranke, die meisten jedenfalls. Eben jetzt wartet eine Schwangere vor dem Lazarett, die behauptet, ihr Ungeborenes sei die Wiedergeburt Christi, und daß sie Freitag um Mitternacht niederkommt mit dem Kind. Das Baby teilt ihr angeblich mit, was sie tun und lassen soll; es schickt ihr Vibrationen ins Rückenmark.«

»Davon steht kein Wort in der Bibel.«

»Tja, machen Sie ihr das klar, Reverend. Aber der

Punkt ist, daß sie gestern einfach hier aufgetaucht ist. Niemand will sie reingelassen haben.«

»Solche Menschen sind von Gott berufen. Ich erwarte nicht, daß Sie das verstehen, Doktor, aber ich erwarte, daß Sie uns respektieren.«

»Haben Sie bemerkt, wie Shrikes Zustand sich verschlechtert? Ich kann für nichts garantieren. Er braucht eine Behandlung, keinen Stress.«

Vance wand sich wie ein Mann auf der Folterbank. Vielleicht war das der wahre Grund für sein Hiersein. Sie waren wieder da, wo sie letzten Sommer in seiner Praxis gewesen waren; damals hatte die Wissenschaft Gilray wanken lassen. Jetzt brachte die Welt des Glaubens den Mann der Wissenschaft ins Wanken.

»Ich habe eher das Gefühl, daß *Sie* unter Stress leiden«, sagte Gilray. »Könnte es sein, daß Sie ein wenig besorgt sind, wir könnten am Ende vielleicht doch recht behalten?«

»Shrike ist ein Psychopath! Er führt Sie an der Nase herum.«

»Wir werden sehen.«

Die Kiefermuskeln des Arztes arbeiteten. »Jesus. Ich kann nur hoffen, daß ein paar Leute mit dem Leben davonkommen, wenn Ihnen die ganze Sache um die Ohren fliegt.« Er stand auf und wollte gehen. »Ich soll Ihnen das von Ms. Di Paulo geben.« Er griff in die Innentasche und reichte Gilray einen Umschlag.

Als die Tür hinter Vance ins Schloß fiel, riß Gilray den Brief auf.

Reverend,
mir ist nicht entgangen, wie Sie mich ansehen. Sie mögen deswegen ein schlechtes Gewissen haben. Sie glauben vielleicht, daß ich nicht dasselbe empfinde. Ich weiß nicht, was ein Gewis-

sen ist, aber ich hätte gerne, daß Sie es mir erklären – solange noch Zeit ist. Niemand braucht davon zu erfahren. Ich komme Freitagabend auf Ihr Zimmer.

Lucy

Gilray zitterte. Er erklomm den Gipfel. Gott hatte ihn geschaffen und ihm Macht gegeben, hatte ihm geholfen, sich all die freudlosen Jahre hindurch aufzuheben – um im Angesicht Gottes das erste Kind des Neuen Millenniums zu zeugen.

Er faltete das Blatt, steckte es in den Umschlag zurück und barg den Brief in der Innentasche seines Rocks, da wo er seinem Herzen am nächsten war.

33

DONNERSTAG, 30. DEZEMBER

Richard sorgt für Stimmung

Richard machte sich fit für die abendliche Stippvisite am Landeplatz und warf rasch noch eine LSD-Perle ein, bevor er seine Medizin schluckte. Viel Zeit blieb nicht mehr: Der Große Krieg konnte jeden Augenblick losgehen – der atomare Holocaust mit Zion an einem von 10 000 Bodennullpunkten[1]. Japan paktierte mit Brasilien, und Brasilien war ein Satellit der Russen, und jedermann wußte, daß die Russen das biblische Gog waren, das den apokalyptischen Krieg entfesseln würde. Vance würde sich in den Hintern beißen, daß er seine kostbare Zeit damit verplempert hatte, Leute zu verarzten, die nichts Besseres zu tun hatten, als sich gegenseitig zu verstümmeln – nur daß sein Bedauern so kurz wie ein Blitzschlag sein würde. Sie alle würden in Nullkommanichts gegrillt sein, und das ganze Wiedererweckungsgepäck eines Dr. Vance war Schnee von gestern. Dann war es schnuppe, wie man seine Zeit verbracht hatte, und schnurzpiepegal, was vorher mit George passiert war und ob er gemerkt hatte, daß Richard ihn hintergangen hatte, oder nicht.

Felton wartete draußen auf ihn. Felton war ein

1 der Punkt an, über oder unter einer Atombombenexplosion

Psychopath. Die ganze Gegend wimmelte vor Psychopathen, weshalb es ratsam war, die gepanzerte Limousine zu benutzen, obgleich der Landeplatz bequem zu Fuß zu erreichen war. Seit Weihnachtsmorgen riß der Pilgerstrom zum Landeplatz nicht mehr ab. Hunderte waren bereits an Unterernährung gestorben, erfroren oder ihrer maßlosen Selbstkasteiung erlegen. Die Gottesfürchtigen skandierten ihre Gebete in den bleiernen Himmel, der sich mit Hagelkörnern bedankte und einem Wind so scharf wie die Sichel des Sensenmannes.

Doch heute abend war der Himmel wolkenlos und glasklar. Richard machte sich auf den Weg ins Vestibül. Wie er so durch den trübe erleuchteten Korridor ging, vorbei an all den Fenstern, da schoß das LSD ein. Sterne sprangen wie Leuchtfeuer aus der Dunkelheit. Richard blieb stehen und starrte durch den pulsierenden Milchfleck seines Atems nach draußen. Als sei er im Koma und jemand prüfe mit einem Spiegel, ob er noch am Leben war. Dabei lebte er doch, oder etwa nicht? Was immer die Welt ihm in sechsunddreißig Jahren angetan hatte, sein Flämmchen flackerte noch. Er war einfach zu flüchtig, er war eine Zufallsbekanntschaft von Atomen, die sich vorübergehend zueinandergesellt hatten, und er konnte sich jeden Moment auflösen – oder auch nicht. Es gab keine Vorsehung. Für die Vorsehung war der Reverend zuständig.

In der Herzgegend stellte sich ein Schmerz ein. Er wollte schon zurück auf sein Zimmer, um eine Kapsel zu schlucken, als Felton auftauchte. Sie gingen zusammen hinaus zur Limousine. Richard sah die Lichter der Gebäude in rascher Folge aufblitzen und erlöschen, während sie an den Palisaden vorüberfuhren, und ihm war, als sei das ein unsäglich komplizierter Code, den nur er entziffern konnte. Ganz schön geil, die Idee. Aber was sagte der Code dazu? Wie die Grammatik des Zufalls knacken?

Sie erreichten das Tor und wurden durchgelassen. Felton lavierte die Limousine durch die streunenden Trupps von Pilgern, die bereitwillig Platz machten, wenn sie den Wagen des Reverend erkannten. Manche betatschten die Fenster; die meisten blieben einfach stehen und glotzten. Die Miliz hatte es aufgegeben, die Straße freizuhalten, und hatte sich zum *Glaxo*-Komplex am Rand des Landeplatzes zurückgezogen. Als die Limousine vor dem Schlagbaum hielt, kurbelte Felton die Scheibe runter, und ein Milizionär bückte sich ans Fenster.

»Auf dem Parkplatz ist es zu Handgreiflichkeiten gekommen«, sagte er. »Ein paar von Sumners Abtrünnigen. Aber wir haben das unter Kontrolle.«

Irgendwas gärte in dem Gehölz am Rand des Parkplatzes. Richard stellte fest, daß es Menschen waren. Sie kamen ihm wie große, unbeholfene schwarze Ameisen vor, die zwischen den Bäumen herumkrabbelten. Er stieg aus und ging auf sie zu. Eine Hand berührte ihn an der Schulter.

Felton. Sein Gesicht war eine wunderhübsche Larve. Richard bemerkte zum ersten Mal, wie hübsch Felton war. »Keine sehr gute Idee, Mr. Shrike.«

»Sie passen auf mich auf.«

Rauchschwaden von Lagerfeuern trieben über den Himmel, erhellt vom Streulicht der Scheinwerfer, die man in letzter Minute installiert hatte. Beim Näherkommen stellte Richard fest, daß die Bäume bis zu einer Höhe von zwei Metern kaum noch Äste hatten, viele Bäume hatte man gefällt, um an Brennholz zu kommen. Der kalte Wind blies den Gestank von Chemietoiletten herüber. Im gefrorenen Morast am Rand des Parkplatzes kauerte ein Kind. Der Junge war nicht älter als fünf. Das kleine Gesicht war fettverschmiert, mit einem Stein schlug er immerzu auf eine Blechdose, die keine Banderole hatte. Dann hielt er sich die Dose über den Mund und fing den Saft auf, der herauströpfelte. Als er Richard und Felton sah, rannte er unter die Bäume.

An den Randbezirken des Lagers nahm kaum jemand Notiz von ihnen, doch als Richard auf seinem Gesicht die Wärme des ersten Feuers spürte, drehten sich die Leute nach ihnen um. Ein paar Geschäftstüchtige hatten einen Reibach mit dem Verkauf von dunklen Schutzbrillen gemacht; andere boten alles mögliche feil, ihr Angebot reichte von Sonnenbrillen bis zu geöltem Transparentpapier. Eine hagere Frau mit langem Mantel und Wollmütze kletterte auf die Füße. Richard konnte ihre Stimme nicht hören, sah aber, wie ihre Lippen die Worte formten: »Der Hammer!« Sie zeigte auf ihn. Andere drehten sich um, und bald war er umringt. Die Hände waren wie Klauen, die Erwartungen so hochgespannt, daß es beinah nach Ozon roch. Felton trat nervös auf der Stelle, er fühlte sich nicht wohl in seiner Haut.

»Nichts Neues aus dem Kapitol?« fragte ein Mann.

»Nichts Neues«, sagte Felton.

Richard sah in die Runde und stellte sich hunderttausend Geisteskranke vor, die sich vermummt um unzählige Lagerfeuer drängten, ein wimmelndes Heer von Käfern rings um die betonierte Quadratmeile, auf der das *Neue Jerusalem* landen sollte. Hinter dieser ausgemergelten Frau und diesen verzweifelten Männern, scharten sie sich zu Dutzenden, Hunderten und Tausenden – fünfzigtausend oder mehr alleine auf dieser Seite des Landeplatzes parallel zur Ost-West-Schnellstraße. Andere quirlten ruhelos an den Grenzen des dunklen Gevierts, um die glorreiche Stadt zu begrüßen, wenn sie lichtgebadet herabstieg, ihre zwölf Tore öffnete und auf ihren goldenen

Straßen die Heerschar der Gläubigen empfing. Durch eine Lücke erhaschte Richard einen Blick auf den Landeplatz, der nur von einem einfachen Drahtzaun umgeben war. Die Ehrfurcht war so groß, daß sich niemand traute, den Platz zu überqueren. Bis jetzt jedenfalls. Richard sah die tanzenden Lagerfeuer auf der Nordseite, jenseits der dunklen Fläche aus überstürzt vergossenem Beton voller Risse und Platzwunden, die der Frost verursacht hatte; die Lichter tauchten auf und verschwanden, je nachdem ob sie von Pilgern verdeckt wurden oder nicht.

Er peilte den Beobachtungsturm an, von dem aus die Landung Christi übertragen werden sollte, und begann sich seinen Weg durch die Menge zu bahnen. Am Fuß des Turms hockten die Wohnwagen des technischen Personals; mit einem Blick erfaßte er die Flutlichter, die stark gefilterten Kameras, die Glasfaserkabel und die Aufwärtsverbindung zum Satelliten: alles schien betriebsbereit. Die Tribüne neben dem Turm blickte halb auf das dunkle, leere Betonfeld und halb auf das überfüllte Pilgercamp. Techniker überprüften die Verkabelung der HDTV-Wände, die man in Abständen rund um den Landeplatz aufgestellt hatte, so daß alle verfolgen konnten, wie der Reverend und Richard das Neue Zeitalter beschworen. Eine Notstromleitung zum Generator von *Glaxo* sorgte für den Fall vor, daß ein Angriff des Antichristen auf das Shearon-Harris-Kernkraftwerk die Stromversorgung lahmlegte. Das Flackern der TV-Wände machte den unruhigen Widerschein der Lagerfeuer auf Zelten, Bergen von Schlafzeug, schmutzigen Schneehaufen, Baumstümpfen, gefrorenen Morastfurchen und unzähligen schrundigen Gesichtern noch unruhiger.

Richard kam nur langsam voran, die Gesichter der Hoffnungslosen brannten sich in sein Hirn. Diese Menschen waren krank. Er wich ihnen aus. Er wollte sich nicht anstecken. Wenn es unumgänglich war, schob er sie mit dem angewinkelten Unterarm beiseite. Doch sobald die Leute ihn erkannten, gab es Unruhe, so daß die übernächsten sich bereits umdrehten. Sie würden ihm noch das Mark aus den Knochen saugen. Und trotzdem, wenn sie so erwartungsvoll an seinen Lippen hingen, ging zugleich eine belebende Energie von ihnen aus. Sie glaubten an die Kraft des Gebets. In gut vierundzwanzig Stunden würden ihre Gebete belohnt werden, so konkret wie nie zuvor das Gebet eines Christen belohnt worden war: *durch die leibhaftige Wiederkunft des Erlösers!* Als Richard das aufging – das ganze christliche Glaubensnetz, das wie ein Software-Virus bei Golgatha begonnen hatte und inzwischen den ganzen Erdball umspannte – da verflog seine Scheu. Der Kontakt mit den Geisteskranken war ein unerschöpflicher Lebensborn. Wenn das kein Grund zum Feiern war!

Was für eine Party! Die Flagellanten hatten es bereits bis zur blutigen Ekstase gebracht. Ludditen[1] hatten jede Menge Technik angeschleppt, vom Personalcomputer bis zur antiken Wanduhr, und die Sachen gemeinsam kurz und klein geschlagen. Das Zeug stammte aus *Data General,* aus dem *Microelectronics Center of North Carolina,* dem *Dupont Electronics Development Center,* dem RTP-Gebäude der *University of North Carolina* und unzähligen anderen verwaisten High-Tech-Zentren. Tausende Pilger trugen einen Hammer um den Hals. Amateurprediger legten lautstark die Offenbarungen aus, jeder auf seine Weise; im Hintergrund Zungenreden, Spirituals und geistliche Musik aus Gettoboostern. Ein Mann mit der

1 Anhänger des englischen Arbeiters *Ned Lud,* der zwischen 1811 und 1816 das Los der Arbeiter in den Fabriken durch die Zerstörung der Maschinen bessern wollte.

Kriegsbemalung eines Indianers im Gesicht blieb stehen, hob die Videokamera ans Auge und nahm Richard aufs Korn, wobei er leise in sein Kehlkopfmikrophon redete. Richard sah direkt in die Kamera und stellte sich vor, wie ihm in dreihundert Jahren jemand zusah. *Hallo!* dachte er. *Grüße aus dem ausgehenden Zwanzigsten!*

Er blieb stecken in der Menge. Frauen bedachten ihn mit einladenden Blicken. Schmutzstarrende Menschen fielen murmelnd auf die Knie. Manche schlugen die Hände vor die Augen, als blende er sie – was vielleicht zutraf. Schon möglich. Wie sollte er wissen, wie er in ihren Augen aussah? Vielleicht sahen sie in ihm einen Engel des Herrn in feurigem Gewand. Vielleicht sahen sie Christus, wenn sie ihn anblickten. Gott war allmächtig; das waren kleine Fische für ihn.

Und während er diese Leute betrachtete, während er den Gestank ihrer Latrinen einatmete und den Rauch ihrer Feuer, während er ihren Stimmen lauschte und der religiösen Hysterie, die darin vibrierte, da begann es in seinen Ohren zu summen und hinten auf seiner Zunge nach Heavy Metal zu schmecken – da überschwemmte ihn die Erinnerung an jene Zeit, da er *Gene Lethal* war. Er schwitzte trotz der Kälte. Felton nahm ihn beim Arm und wollte ihn zu einem der Wohnwagen lotsen, doch Richard schüttelte ihn ab. Die Dunkelheit, die grellen Scheinwerfer und die gärende Menschenmasse, all das erinnerte an ein Open Air-Festival, mit dem Unterschied, daß dieses Festival unvergleichlich größer war als jedes, bei dem die *Six Million Jews* aufgetreten waren. Galvanische Ströme durchfuhren ihn, gerade so, als sei er ein Empfänger, und die Aliens lancierten Botschaften in sein Nervensystem und lüden seine Glieder mit kosmischer Energie auf. Die Menschenmenge war ein rauschender Megawatt-Verstärker, und das Knistern darin waren seine feuernden Neuronen. Die Lagerfeuer loderten auf. Das Flackern dieser TV-Wand, die von Heilssüchtigen belagert wurde wie der Dealer von seinen Fixern, erschien ihm bedeutungsschwanger. *Er,* Richard Shrike, war der Dealer. Richard spürte förmlich, wie seine Augen genauso flackerten wie die TV-Wände. Die Leute ringsum sahen es auch; er sah den Widerschein *seiner* Augen auf ihren ausgezehrten, erwartungsvollen Gesichtern, ihren zitternden Gliedern, dem atmenden Hammer zwischen den Brüsten dieses immer noch schönen Mädchens, das sich vorgedrängt hatte.

»Nur noch morgen«, sagte Richard.

Die Leute ringsum nickten und griffen das Wort begierig auf: »Nur noch morgen. Nur noch morgen!« Das Mädchen streckte die Hand aus, um ihn zu berühren. »Nur morgen noch!« sagte es.

»Nur morgen noch«, rief Richard. Er lachte, und immer mehr Leute drängten sich ringsum. Felton wollte ihn fortziehen; Richard stieß ihn beiseite.

Ein Mann strauchelte aus dem Gedränge und streckte die Hand aus, als wolle er Richards Hand ergreifen. In seiner Hand war eine Pistole. Richard konnte ihm nicht ausweichen. Der Augenblick dehnte sich wie in Zeitlupe: der Bart, der blonde Schopf und die hohlen Wangen, der knochige Arm und die knorrige Hand, die auffallend saubere mattschwarze Waffe, die zurückdrängenden Menschen, das Licht und der Lärm und die Lippen des Mannes.

»Du säkularistische Dreckschleuder …«, zischte er. Er hob die Waffe, um Richard zu töten, doch das Mädchen schlug ihm den Arm nach unten. Der Knall war dünn, nahm sich winzig aus im Tohuwabohu der Masse, und die Kugel schlug in den gefrorenen Boden. Kreischen und Schreien, eine Wand von Leibern, die erst zurückfuhr und dann vorstürzte. Sie fielen über den Mann her, begruben ihn unter sich, schlugen mit Fäusten auf ihn ein, einige mit dem Hammer. Felton riß ein, zwei Leute zurück, doch er kam nicht an den Mann heran.

»Nichts wie weg hier!« schrie er Richard ins Ohr, doch Richard ignorierte ihn. Das hier war Spitze, dagegen sahen die bisherigen Massenkundgebungen alt aus: das hier rührte an das nackte Herz seiner kranken Seele. Schade, daß George nicht hier war.

Der Mann war längst tot, aber sie droschen immer noch auf ihn ein. Schließlich ließen sie von der zerschundenen Leiche ab. Richard hätte empört und angewidert sein müssen, aber er war es nicht. »Nur noch morgen«, sagte er leise.

Die Leute schwankten, atmeten schwer. Blut tropfte vom Hammer des Mädchens. Jemand übergab sich, jemand lachte. Sie warteten. Richard trug ihnen auf, die Leiche zum Landeplatz zu schaffen und über den Zaun zu werfen.

Sie taten es. Was immer er von ihnen verlangte, sie würden es tun. Was für ein Wunder der Glaube doch war! *Der Glaube versetzt Berge.* Zum ersten Mal in seinem Leben begriff Richard, was damit gemeint war. Berge? Planeten konnte er versetzen! Sonnensysteme! Er konnte Aliens über Lichtjahre hinweg anziehen, von einer Galaxie zur anderen durch nichts als die Energie feurigen, leidenschaftlichen Glaubens. Da oben irgendwo warteten sie auf ihn. Er war aufgeladen, stand unter Spannung, stand in Verbindung. Tief innen wußte er, daß da oben niemand wartete. Morgen um Mitternacht würde niemand und nichts hier landen; die Erlösung fand nicht statt. Na und? Er war am Drücker, er hatte gewonnen. Was wollte er mehr?

Richard drängte sich Schulter voran durch die Menge und schwang sich auf den untersten Querträger des TV-Turms. Er stand an der Ecke einer Kamera-Bühne, riß beide Arme in die Luft und schüttelte die Fäuste.

»Nur noch morgen!« schrie er.

»Nur noch morgen!« schrien die Menschen. Richard war der Sender, und die Welle pflanzte sich fort. Das war eine Informationswelle wie aus dem Lehrbuch.

»Nur noch morgen!« Das Signal erfaßte jeden, und jeder gab es weiter, und der Ruf schwoll zu einem Brausen und das Brausen zu einem Tosen, als erst tausend, dann zehntausend, dann unzählige, wütende, gläubige Kehlen wie ein gigantisches, ungebärdiges Tier mit der Stimme des Glaubens Richards Worte brüllten: *»NUR NOCH MORGEN!«*

Richard lachte, nahm den Hammer vom Hals und wirbelte ihn wie ein Lasso über dem Kopf. Dunkelheit, Qualm, Feuer, Scheinwerfer. »MORGEN NOCH! MORGEN NOCH!«

Hunderttausend Kehlen schrien die Worte, die sich an den Bäumen und Wohnwagen brachen, sich durch die Zeitverzögerung überlagerten, da sie meilenweit über den finsteren Friedhof mußten, denn nichts anderes war der Landeplatz. Die Menge wogte um den Fuß des Turms. Richard entdeckte Felton, der sich an einem Mast des Turms festhielt, um nicht abgedrängt zu werden. Felton war gläubig. Richard entdeckte das Mädchen mit dem blutigen Hammer. Es war gläubig. Hatte das Mädchen ihm das Leben gerettet? Lebte er denn? Hatte er je gelebt? Er sprang in die Menge, stieß sich durch zu ihr und umarmte sie. Der Chor der Menge drang von allen Seiten auf die beiden ein. Sie schmiegte sich an ihn und weinte. Richard bekam den kalten, kantigen Kopf ihres Hammers zu spüren.

Die Gläubigen drohten sie zu zerquetschen. Vielleicht erstickten sie, und wenn sie stürzten, war das ihr sicherer Tod. Na und? Richard spürte jede Rippe des Mädchens, roch das ungewaschene Fleisch, rieb seine Wange in das verfilzte Haar. Deshalb war er zu Reverend Jimmy-Don Gilray gekommen. Er beherrschte ein Volk, das jede Beherrschung verloren hatte. Er genoß jeden Augenblick. Es war eine Apotheose des Kreativen Nihilismus. Er war ein faulendes Stück Fleisch, er war verliebt, und am Ende war Lucy die Seine. Er war ein verdammter Idiot. Beißende Tränen schossen ihm in die Augen, und da wußte er, daß er lebte.

34

FREITAG, 31. DEZEMBER

Die Brandung tost

George hielt sich seit vierundzwanzig Stunden in der Eingangshalle der Universität auf, ohne daß Lucy etwas von sich hören ließ. Entweder hatte sie den Taschenrechner nicht bekommen oder sie war verhindert.

Donnerstagnacht waren drei Leute im Schlaf gestorben, unter ihnen John Field. Während die nervöse Leiterin der Unterkunft die weinende Tolene tröstete, half George zwei Männern, im Innenhof zwei flache Gräber auszuheben. Ein Laienprediger aus Pennsylvania sprach ein Gebet. George stand da in der Kälte, litt Atemnot und lauschte angestrengt, um nicht bei den Worten von Psalm Dreiundzwanzig das Klingeln des Telefons zu überhören, das im Treppenschacht der Eingangshalle hing. Seine Zähne saßen locker, das Zahnfleisch blutete, die Schultern fielen nach vorne, und er fühlte seine Zehen nicht mehr. Äußerlich war er die Ruhe selbst, innerlich kochte er. *Eine feste Burg ist unser Gott!* Die Aliens da oben lachten sich ins Fäustchen. Onkel Charlie, die hübsche Sue. Die Menschheit bestand aus lauter Kretins, und es bedurfte nur eines stattlichen Homunculus, eines geeigneten Musters elektrifizierter Phosphorpunkte, eines charismatischen Psychopathen wie des Reverend Jimmy-Don Gilray, um sie allesamt hinters Licht zu führen.

Bis zum Nachmittag hatte auch der letzte Pilger sein Bündel geschnürt und war auf dem Weg zum Landeplatz. Lucy hatte immer noch nicht angerufen. George probierte es mit Richards Satelliten-Relais-Code. Kein Freizeichen, nichts. Er konnte nicht länger warten: er mußte zusehen, wie er an den Reverend herankam. Er schlug die Adresse des örtlichen HCR-Büros nach, riß den Stadtplan aus dem Telefonbuch und brach die Zelte hinter sich ab.

Er mied die Straßen. Anhänger von Charles Duke Sumner und versprengte Poststrukturalisten-Krieger von Uncle Sam hatten die ganze Nacht über gekämpft. Die Sünder starben wie die Fliegen, so daß Jesus nach Seiner Ankunft wohl oder übel ein paar zum Leben erwecken mußte, damit Sein Feldzug nicht ins Leere stieß. George kürzte quer durch die Hintergärten ab. Die Sonne war ein gleißender Bronzefleck in den Wolken. Unter den Eichen und in den Gassen sammelte sich blauer Schatten. Abseits der Hauptstraßen lag die Stadt wie ausgestorben. Im Kielwasser der Schießereien war sie fast totenstill, nur mehr eine hügelige Ansammlung von stummen Gebäuden in einem Wald; am lebendigsten waren die Bäume.

Er traute sich auf eine Geschäftsstraße hinaus. PEACE STREET stand auf dem Schild. Eine alte High School, ein Backsteinbau, beherrschte die Straßenecke; gegenüber gähnte das zertrümmerte Schaufenster eines Blumenladens. Auf dem Vordach des Ladens stand ein weißes Anschlagbrett: oben in die Mitte hatte jemand mit roter Farbe FUCK gesprüht, darunter stand der Slogan **The Reverend and All he Stands For!**

Weiter unten auf der Straße, auf dem Parkplatz eines ausgeplünderten Haushaltswaren-Ladens war ein Mob dabei, Gefangene auszupeitschen. George spürte Vibrationen in der Luft. Die Leute sahen auf. Ein dumpfes kehliges Stakkato schwoll heran, und drei Militärhubschrauber schossen aus nordwestlicher Richtung über die Leute hinweg. Sie flogen niedrig und beschossen das Kapitol mit Raketen. Kurz darauf vernahm George eine Explosion, dann noch eine und Maschinengewehrfeuer. Die Leute auf dem Parkplatz suchten Hals über Kopf Deckung; eine Frau mit einem Packen UFO-Fotos in der Hand hätte ihn fast über den Haufen gerannt.

Er lief geduckt in die Gasse neben dem Farbengeschäft und verkroch sich hinter einem Müllcontainer. Zwei weitere Hubschrauber kamen im Tiefflug über die Dächer; sie trugen Hoheitszeichen, die George nicht kannte. Er hörte Salven aus automatischen Waffen, auf der Straße rannten Leute vorbei. Hinten stieß die Gasse an ein Gebäude. Er hatte keine Wahl; er mußte wieder dahin zurück, wo er hergekommen war. Es dämmerte bereits.

Während er noch zögerte, kam jemand, der einen langen, sperrigen Gegenstand trug, in die Gasse gelaufen. Ein junger Mann mit einem Surfbrett. Er lehnte das Brett an die Wand und hockte sich zu George hinter den Container. Er besah sich George eingehend. »Warten Sie, nichts sagen: der Ewige Jude, richtig?«

»Im Prinzip, ja.«

»Geht heiß zu in Zion«, sagte der junge Mann. Er trug eine Steppjacke; auf der Stirn saß eine Taucherbrille. Er bemerkte Georges Blick. »Schützt vor Tränengas.«

»Und das Surfbrett ist nur Tarnung«, sagte George.

»Ich bin auf dem Weg zur Küste, aber die verdammte Honda streikt. Seit hundert Jahren surft es sich an der Ostküste nicht so gut wie nach dem Erdbeben.«

»Hat man vor hundert Jahren schon gesurft?«
»Kaum.«
»Ist es nicht ein bißchen kalt für Wassersport?«
Der junge Mann deutete mit dem Kinn über die Schulter. Er meinte den Rucksack auf seinem Rücken. »Neoprenanzug. Ist kein Sport für Muttersöhnchen.«
Noch ein Pulk von Helikoptern donnerte über die Gasse. Schreie und Gewehrfeuer von der Straße. *Onward Christian Soldiers!* »Was soll das jetzt noch?« sagte George. »Das ist das Ende der Welt?«
»Wenn ich schon abtreten muß, dann soll's eine ganz Große sein. Rein in die Röhre – wauh! – und dann nur noch Splitter im Schaum. Ich sage Ihnen, die Wellen am *Nags Head* sind jetzt wahre Ungetüme!«
George drehte sich nach dem Surfbrett um. Es war gelb mit einem orangeroten Mittelstreifen. Vorne saß ein runder Aufkleber, auf dem sich die Namen *Zeus, Moses, Jesus* und *Elvis* nachliefen. Mit seinem langen Pferdeschwanz und dem struppigen Bart sah der Surfer wirklich ein bißchen wie Jesus aus.
»Ziemlich respektloser Aufkleber«, sagte George.
»Hoppla! Wenn Jesus noch am Leben wär, dann wär er der beste Wellenreiter. Das ist Respekt, mein Lieber.«
Auf der Straße gab es eine Detonation, und eine Rauchwolke stob in die Gasse. Georges Augen begannen zu tränen. Der junge Mann setzte die Taucherbrille auf.
George hustete. Der Surfer zog einen Lappen aus der Brusttasche, tränkte ihn mit Schneeschmelze und gab George zu verstehen, sich den Lappen auf Mund und Nase zu halten. Es half. Das machte George noch verrückt: er wollte sich von Burschen dieser Sorte nicht helfen lassen. Sein Kopf schien sich aufzuheizen und anzuschwellen. Es liefen einfach zu viele Irre

herum. *A Mighty Surfer is Our God.* Dieser ganze Irrsinn – wer würde die Verantwortung übernehmen?

Die Gefechte wurden erbitterter und verebbten schließlich. George und der Bursche hockten im düsteren Zwielicht der Gasse und warteten ab.

»Schade, mit so 'nem Rieseninsekt wär ich in einer Stunde an der Küste.«

»Schon möglich«, sagte George.

»In den *Special Forces* sind lauter Surfer. Wetten, daß die nach dem Einsatz zum Strand fliegen?«

George hätte den Burschen am liebsten auf der Stelle erschossen; aber er durfte keine Munition verschwenden, das hier war der falsche Irre. Er packte den Rand des Containers und zog sich unter Schmerzen auf die Füße. »Folgen Sie der Gleisstrecke nach Osten«, ächzte George.

»Bis dann, Mister.« Der Surfer klemmte sich das Brett unter den Arm und trabte auf die Straße hinaus. George fragte sich, ob der Kerl lebend aus Zion herauskam.

Als er das HCR-Büro erreichte, war es dunkel. Die Vordertür war mit einer Kette gesichert. George stellte sich auf die Zehenspitzen, nahm die Hände um die Augen und preßte die Nase an die Verglasung. Nichts zu sehen. Er ging um das Gebäude herum, der Boden war abschüssig. Jemand hatte den Müllcontainer bergan gegen die Feuertür zum Erdgeschoß geschoben; entweder hatte er es nicht ganz geschafft oder jemand hatte ihn wieder abgerückt, jedenfalls konnte George sich dazwischenzwängen und gelangte durch die Tür ins Haus.

Er tapste im Dunkeln die Treppe hinauf, blieb auf jedem Treppenabsatz stehen, stützte sich auf seinen Stock und wartete, bis er wieder bei Atem war. Seine Beine zitterten. Der Korridor auf dem ersten Stock war trübe erleuchtet. Er kam an einer großen Glasscheibe vorbei, einem Innenfenster zur Datenverarbeitung, öffnete die Tür und trat ein. Die Anlage war in Betrieb. Das machte ihn vorsichtig: schon vor Monaten mußte das Büro auf Geheiß des Reverend dichtgemacht worden sein. Die Bildschirme der Computerterminals waren aktiv, aber leer; in der linken, oberen Ecke blinkte jeweils der grüne Cursor. George ging zum Redaktionstisch. Er setzte sich an den Zentralcomputer, zog eine Schublade auf und fahndete nach einem Arbeitsbericht. Er fand einen, der drei Monate alt war.

Arbeitsberichte dienten dem Chefredakteur zur Leistungsbeurteilung; unter dem Kürzel und Anforderungscode des Mitarbeiters wurden die eingereichten Artikel mit Datum und Länge aufgelistet. George pickte einen Anforderungscode heraus und tippte ihn ein:

`LOG ON DOC, EDR`

Der Bildschirm leerte sich, dann antwortete der Computer:

```
DOC, EDR LOGGED ON
1647 EST 12/31/99
DOC:
```

16:47 Uhr. George rief die nationalen Nachrichten von AP, Stand 16:00 Uhr Eastern Standard Time, ab.

`1600 AUSG. NATNACHRICHTEN – ÜBERSCHRIFTEN:`

`WASHINGTON – Sezession »Nicht das Problem der Union«, kommentiert der Präsident.`

`WASHINGTON – Second Lady speist Menschen auf der Mall.`

`NEW YORK – Asiatische Wirtschaftsgemeinschaft droht mit Intervention, um USA zu stabilisieren.`

`DETROIT – Detroit erklärt Austritt aus Union.`

`CHICAGO – Computer-Fundamentalisten fordern informationellen Weltstaat.`

GLENS FALLS, NEW YORK – Engel verkündet Ultimatum in Silvester-Gottesdienst.

DAVIS, CALIFORNIA – Ozonschicht zu 40 % zerstört, erklären Wissenschaftler.

KEY WEST, FLORIDA – UFO-Aliens besetzen küstennahe Insel.

GREENSBORO, NORTH CAROLINA – Zusammenstoß zwischen Pilgern und Nationalgarde.

Das wollte er wissen. Er rief die Story ab:

GREENSBORO, 31. Dezember. – Am Freitag wurden mindestens einhundert Pilger bei dem Versuch, den Belagerungsring um den Zion-Staat des Rev. Jimmy-Don Gilray zu durchbrechen, von North Carolina-Nationalgardisten getötet.

Mit selbstgebastelten Bomben und Jagdgewehren bewaffnete Christen-Guerillas wollten sich an einem Highway-Kontrollpunkt nahe der Stadt Apex den Zugang zu den Rebellen-Bezirken erzwingen. Das Gefecht dauerte zwei Stunden und forderte, wie zuverlässige Quellen berichten, auf Seiten der Nationalgarde neun Tote und zwölf Verwundete. In den letzten Wochen kam es zu mehreren unliebsamen Zwischenfällen mit Pilgern, die in das Sperrgebiet wollten, um sich der Weltraum-Erlöser-Sekte anzuschließen.

Ein Adjutant von Gov. Melville Smith zur Presse: »Die Garde wird die Blockade solange aufrechterhalten, bis im Zentrum von North Carolina wieder Ruhe und Ordnung herrschen.«

Inzwischen berichten Flüchtlinge aus der belagerten Stadt von Kämpfen zwischen rivalisierenden Gruppen. Um die Lage unter Kontrolle zu halten, suche die Christen-Regierung ihre Zuflucht in öffentlichen Folterungen und Hinrichtungen.

Die Pilger, deren massenhaftes Eintreffen die Stabilität der Nachbarstädte bedroht, mildern solche Berichte ab.

»Man wolle lediglich die Gottesfürchtigen verleumden«, meinte Peter Castillo, ein Maschinenschlosser aus Louisiana, der seit zwei Monaten versucht, nach Zion durchzukommen.

Das Gefecht war nicht geeignet, die Gerüchte verstummen zu lassen, gewisse Kommandanten in Fort Bragg dächten angesichts der Weigerung des Präsidenten, für die geschundene Südost-Region den Ausnahmezustand zu erklären, über ein Beistandsangebot der Asiatischen Wirtschaftsgemeinschaft nach. Am Donnerstag dementierte Lt. Col. Dan Calloway, Sprecher des Kommandanten des 18. Luftlandekorps von Fort Bragg, jegliche Angriffspläne der Armee auf das *Christliche Utopia* des Rev. Jimmy-Don Gilray.

Die Gerüchte über eine asiatische Intervention waren nicht dazu angetan, die Meinungsverschiedenheiten innerhalb der Exilregierung von Gov. Smith zu schlichten. Ein Sprecher von Smith erklärte, der Gov. sei nicht von einem Angebot der AWG unterrichtet und bestehe darauf, daß eine Entscheidung in dieser Angelegenheit Sache der Zivilbehörden sei.

In Atlanta ließ Goro Yamada, Pressesprecher der regionalen AWG-Filiale, lediglich verlauten: »Wir sind natürlich besorgt um unseren Absatzmarkt North Carolina und werden im Einklang mit internationalem und hiesigem Recht nichts unversucht lassen, unsere Einflußsphäre zu sichern.«

Da bewegte sich etwas. George sah vom Bildschirm auf. Jemand huschte den Gang hinter den Terminals herauf. George wollte sich eben unter den Tisch gleiten lassen, als der Mann innehielt und sich duckte.

George tastete nach der Pistole. »Kommen Sie raus da!« rief er. »Wenn *Sie* mich nicht verpfeifen, verpfeife ich Sie auch nicht.«

Der Mann spähte über den Rand eines TV-Monitors, auf dem eine junge Frau mit schwarzer Maske lautlos die Nachrichten verlas. Der Mann kam George bekannt vor. Es war Stanley Levine. »Jesus. Stanley.«

»Hör zu, du Naseweis, ich hab keinen Schimmer, was du hier treibst, aber egal, was die Obrigkeit meint, das hier ist immer noch Privateigentum. Ich zähle bis zehn …«

»Stan, ich bin George. George Eberhart.«

Levine verstummte. Er kam um das Terminal herum auf George zu. Er hielt eine fettige Tüte in der Hand. »George. Alter Ganove. Was treibst *du* denn hier?«

»Das könnte ich dich auch fragen.«

»Exil, mein Lieber. Du warst kaum fort, da fiel Abramowitz auf, daß ihm mein Stil nicht paßte. Ab die Post. Ich sollte Richard auf die Finger sehen. Dann ging alles drunter und drüber, und ich saß in der Falle.«

»Du hattest Kontakt mit Richard?«

»Klar doch. Aus hundert Metern Abstand und mehr.«

»Ich muß unbedingt mit dem Reverend reden. Ich wollte eben Verbindung mit New York aufnehmen, ob vom HCR jemand Kontakt mit Richard hat.«

Levine ließ sich in einen der Redaktionsstühle fallen. »Mit Richard dem Hammer? Kannst du vergessen. Abgedreht. Völlig unzurechnungsfähig. Oder er zieht die größte Show seines Lebens ab. Jedenfalls will er nichts mehr mit uns zu tun haben.« Er zog ein geschrumpftes Croissant aus der Tüte und biß die Spitze ab. George knurrte der Magen.

»Wir können von Glück sagen, daß wir hier reingekommen sind«, sagte Levine. »Sonst waren hier immer zwei Gralswächter, aber jetzt, wo's drauf ankommt, da sind sie alle damit beschäftigt, sich gegenseitig abzumurksen.«

»Prosit Neujahr!«

Levine grinste. »Paß mal auf, Neujahr gehört uns die ganze Stadt. Die anderen spielen entweder Nachlaufen mit Jesus oder sind mit der *Neuen Jerusalem* auf und davon.«

George wollte lachen, aber die Brust schmerzte. »Was hast du die ganze Zeit gemacht?«

»Mir den Arsch abgehungert.« Levine nagte weiter an dem Croissant. Er dachte nicht daran, George ein Stück abzugeben. »Mich hier versteckt. Das hier war der allerletzte Bissen im Haus.« Er zerknüllte die Tüte und warf sie in den Papierkorb, der vollgestopft war mit monatealten Ausdrucken. »Oh, ich hab auch ein paar Meter gedreht. Ich könnte ein Buch schreiben über diese Irren; fragt sich bloß, ob noch jemand da ist, der es liest.«

»Könnte ein Bestseller werden.« George unterdrückte seinen Ärger.

»Du sagst es. Falls ich lebend hier rauskomme. Ich hab mich nämlich verkriechen müssen; der Reverend ist nicht gut zu sprechen auf mich.«

Unter dem Überwurf wog George die Pistole in der Hand. »Das hört sich gar nicht gut an.«

»Da kannst du einen drauf lassen.«

»Stan, ich *muß* mit dem Reverend reden, unter vier Augen. Heute abend noch. Und *du* wirst mir helfen.«

»Heute abend noch?« Levine lachte. »Tut mir leid, George. Die gute Mrs. Levine hatte nicht einen einzigen Debilen im Wurf.«

»Du willst auf Nummer Sicher gehen.«

»Denk an General Custer[1]. Warst du mal in der In-

---

1 *George Armstrong Custer* (1839–1876), General der US-Kavallerie, besiegt und getötet im Kampf gegen die *Sioux* und *Cheyenne* am *Little Bighorn* in Montana.

nenstadt? Wenn du fluchst, schneiden sie dir den Kopf ab und stecken ihn auf eine Straßenlaterne. Was meinst du, was sie mit einem jüdischen Gotteslästerer machen?«

»Genau das ist der Punkt, Stan. Jemand muß doch diesen Wahnsinn stoppen, bevor er zum Höhepunkt kommt.«

»Hört sich ziemlich sexy an, George. Ich krieg 'nen Ständer.«

George hielt das nicht mehr aus. Er stürzte sich auf Levine und stieß ihn mitsamt dem Stuhl hintenüber. Levine knallte mit dem Hinterkopf auf und blieb liegen. Die Attacke machte George zu schaffen, er schob den Stuhl beiseite und knickte so auf Levine hinunter, daß sein Knie in dessen Magengrube landete. Er zitterte vor Schwäche, war innerlich aber völlig ruhig. Er fahndete nach den kärglichen Überresten seiner Menschlichkeit, konnte sie aber nirgends finden; sein Verstand tickte kalt und regelmäßig wie eine Pendeluhr, und genauso mitleidslos. Er brachte die Pistole zum Vorschein, vergewisserte sich, daß sie entsichert war, und setzte Levine die Mündung unters Kinn. Er wartete. Mein Gott, was für eine Schweinerei, wenn er abdrückte.

Nicht lange, und Levine kam wieder zu sich, er stöhnte, tastete mit der Hand an den Kopf. »Hör gut zu«, sagte George. »Zuerst rufen wir in New York an, ob es irgendeine Möglichkeit gibt, mit Richard Verbindung aufzunehmen. Du wirst dich mit ihm verabreden. Du sagst, du hättest eine Vision gehabt. Du müßtest ihn heute abend noch sprechen. Das Schicksal der Menschheit hinge davon ab. Ich werd dir jedes Wort eintrichtern.«

Levine sah zu ihm auf. »Okay, George«, ächzte er.

»Wenn *das* nicht funktioniert, dann probieren wir

eben was andres. Du wirst dir ein Ablenkungsmanöver ausdenken, damit wir auf das Institutsgelände können, verstanden?«

»Wir kommen nicht mal aus der Stadt raus.«

»Wir kommen, verlaß dich drauf.«

»Das Gelände ist so dicht wie 'ne zugenähte Jung ...«

George stützte sich auf das Knie. Levine erstarrte. »Du warst also da, Stanley? Du kennst dich aus?«

»Nicht richtig. Ich war nur einmal da.«

»Das macht nichts. Du bist der perfekte Mann für den Job.«

»Wie wär's, wenn du das Knie wegnähmst?«

George drückte fester zu. Levine wand sich vor Schmerz, doch George empfand nicht die geringste Genugtuung dabei. Seine Finger schlossen sich fester um die Waffe. Schweiß glänzte auf Levines Stirn. Die Augen waren weiße Schnecken, die Adern dick und rot und kahl wie das Geäst der Winterbäume, die Haut eine feuchte Kellerwand, der Bart ein Schimmelpilz auf einem Kadaver. Nie zuvor hatte George das Gesicht eines Mannes so betrachtet – es hatte keine Züge, es lebte nicht, und es war auch nicht leblos: es war ein Phänomen, ein Nacheinander von Ereignissen ohne jede Beziehung zu dem Menschen, dem es gehörte. Wie das Wetter. Wie der kalte Wind in der Gasse. Wie der weiße Schnee, der sich früher oder später in dreckigen Matsch verwandelte, dann zu Wasser wurde, das ins Meer floß, um wieder zu verdunsten und Wolken zu bilden und Schnee, der sich wieder in schmutzigen Matsch verwandelte, und das immer so weiter und weiter – bis die Sonne sich aufblähte und den ganzen Planeten mitsamt Levine und George zu Asche verbrannte. Bis Mitternacht, da Christus wiederkam. Bis die Fliegenden

Untertassen landeten und die Aliens ihr wahres Gesicht zeigten. Bis der Teufel den Schleier der Illusion zerriß und das Verwirrspiel ein Ende hatte und sich die alltägliche Hölle offenbarte, in der George sein Dasein fristete. Bis – lieber, barmherziger Gott, ja – bis er aufwachte und feststellte, daß alles nur ein Traum war.

35

FREITAG, 31. DEZEMBER

Lucy setzt alles auf eine Karte

Und ausgerechnet heute, an diesem Abend, sollte Lucy dabei sein, wenn diese Männer das Millennium eröffneten, von dem andere Männer in zweitausend Jahren Männerherrschaft alle fünfzig Jahre behauptet hatten, nun werde es anbrechen. Ein Millennium, das von einem männlichen Gott regiert wurde, der das Universum zum Wohle der Männer erschaffen hatte. Dieser Männergott würde seinen Sohn, den Friedensfürsten, auf die Erde schicken, um die männlichen Gottesfeinde niederzumetzeln und eintausend Jahre lang die Geschicke der Erde ganz im Sinne seines Vaters zu lenken. Jene, die nicht an die Offenbarung glaubten, würden zur Hölle fahren, die von einem männlichen Satan regiert wurde, der in den letzten schrecklichen Tagen vor der Wiederkunft des Gottessohnes nichts anderes im Sinn hatte, als mit Hilfe des männlichen Antichristen so viele Gläubige wie möglich vom rechten Weg abzubringen.

Wie paßte da die Frau hinein? Ganz einfach: sie war die achtbare Jüngerin, das unschuldige Opfer oder die verfluchte Gottlose. Und nicht zu vergessen – sie war die Verführerin. Satans Agenten waren nicht selten weiblichen Geschlechts. In der Tat, ein sicheres Omen, daß diesmal wirklich das Millennium anbrach, war die Tatsache, daß die Frau nicht mehr wollte, was sie sollte. Und diese ganze schwerfällige Maschinerie der menschlichen Geschichte war nur in Gang gekommen, weil die erste Frau – von dem männlichen Gott dazu geschaffen, dem einzigen Mann im Garten Eden zu dienen – weil sie zu blöd oder zu renitent gewesen war – männliche Theologen hatten das Thema durch die Jahrhunderte debattiert – weil sie zu blöd oder zu renitent gewesen war, einfachste Verhaltensregeln zu befolgen. Und ihr Mann, der eigentlich nicht auf sie hätte hören sollen, war seiner Wünschelrute ins Verderben gefolgt.

Reverend Jimmy-Don Gilray und Richard der Hammer wollten die Menschen wieder aus dem Verderben herausführen. Doch selbst unter dem Eindruck des unmittelbar bevorstehenden Endes gab die Wünschelrute des Reverend keine Ruhe.

Sie konnte es kaum erwarten. Derweil er sich bei Einbruch der Dunkelheit am Landeplatz sehen ließ, sollte sie auf sein Zimmer kommen. Er wollte sich davonstehlen und um zehn zurück sein.

Lucy setzte eine Flasche Pinot Noir und zwei Gläser auf das Silbertablett; über den Taschenrechner, von dessen Inhalt sie sich überzeugt hatte, deckte sie ein zusammengefaltetes Handtuch.

Es war 8:30 Uhr – Zeit, sich unsichtbar zu machen. Sie duschte, wusch sich das Haar und fönte es trocken. Dank ihres Gefängnisaufenthalts trug sie es kurz; das war nicht besonders weiblich, aber nicht zu ändern. Sie zupfte sich die Augenbrauen, trug Lidschatten auf, zog Lidstriche, tuschte die Brauen und Wimpern und lackierte sich die Lippen. Sie zog das Kostüm an, das der Reverend ihr zugedacht hatte, ein dunkelblaues Samtkleid mit hautengem Mieder. Hochhackige, bis zur Wadenmitte geschnürte Stiefeletten. Sie balancierte auf den Absätzen zum Spiegel. Sie sah aus wie der Wunschtraum eines religiösen Fanatikers: spröde; bereit, sich zu unterwerfen, und mit jenem vielversprechenden Anflug von Wildheit, der ihn so in Anspruch nehmen würde, daß sie ihm unbemerkt das Virus unterschieben konnte. Er würde nicht einmal wissen, wer es getan hatte. Denn Lucy Di Paulo versteckte sich in der perfekten Frau. Einer traditionellen Rolle. Dem Plagiat eines Traums.

Lucy vermied es tunlichst, sich in die Augen zu sehen. Sie und George hatten in guten Zeiten viele Stunden im Bett verbracht, und nicht nur zum Schlafen. Sie hatten sich mancherlei Rollen zugedacht, und der Spaß hatte sie einander nähergebracht und nicht voneinander entfernt, weil sie gewußt hatten, daß das nur ein Spiel war, und zwar ein einvernehmliches und großherziges, bei dem niemand den anderen unter Druck setzte. War sie damals schon benutzt worden? Es war ihr nicht so vorgekommen.

Plötzlich bekam sie Gewissensbisse: das alles lag so weit hinter ihr, daß es ihr unwirklich vorkam – als habe es nie stattgefunden.

Sie sorgte dafür, daß Jeans und Sweatshirt griffbereit dalagen, damit Lucy Di Paulo hernach keine Zeit verlor; dann brachte sie das Tablett durch den Korridor zu Gilrays Apartment. Das Gebäude lag wie ausgestorben, alle waren zum Landeplatz gegangen. An der Tür tippte sie Gilrays Code ein und ging schnurstracks ins Schlafzimmer. Es war noch spartanischer als das von Richard: ein einfacher Toilettisch, ein altarähnlicher Computertisch, auf einem Ständer am Fuß des Monitors eine Bibel, ein Doppelbett mit nur einem Kopfkissen und keine Ablage am Kopfende. Über dem Bett ein Druck von Da Vincis *Felsgrottenmadonna* und über dem Computer ein gerahmtes Diplom der *Memphis State University*, das Gilray als EDV-Ingenieur auswies. An der Wand neben dem Toilettisch hing eine Leselampe, darunter stand ein

Lehnstuhl. Nebenan gab es ein bescheidenes Bad und eine Ankleidekammer mit Lamellentür.

Lucy setzte das Tablett auf den Toilettisch. Mit ihrer Nagelschere spliß sie den Rechner auf, nahm das Tütchen heraus und schnitt eine Ecke ab, dann schnippte sie das pinkrote Pulver in das für Gilray bestimmte Glas. Sie entkorkte die Flasche und schenkte den dunklen Spätburgunder in die Gläser. Auf den Umsturz: den Tod oder die Mutation der linken Gehirnhälfte!

Kurz vor zehn klopfte jemand an die Wohnungstür. Wie rücksichtsvoll. Sie öffnete und stand vor einem schrecklich mageren Mann in einem Überwurf aus Sackleinen. Er bedrohte sie mit der Pistole. »Lucy!« sagte der Mann.

Das Haar stand ihm wie ein verwahrloster Rasen vom Kopf. Es war George. Sie packte die bewaffnete Hand beim Gelenk und zog ihn ins Zimmer. »Wie bist du hier reingekommen?«

»Ich hatte Hilfe. Bist du in Ordnung?«

George sah viel schlimmer aus, als sie ihn vom Motel in Erinnerung hatte. Er sackte in den Stuhl vor dem Computer, die Hand mit der Waffe im Schoß. »Warum hast du dich nicht gemeldet?«

Lucy stöckelte an ihm vorbei zur Anrichte. »Ich habe den Taschenrechner nie bekommen. Ich dachte, du hättest mich aufsitzen lassen.«

»Ich hab ihn da hinterlegt, wo du gesagt hast!«

Sie ließ den Rechner in eine Schublade gleiten, bevor sie sich wieder umdrehte. »Ich hab ihn jedenfalls nicht bekommen.«

Er rieb sich die Stirn, als wolle er sein Hirn reanimieren. »Tut mir leid. Eine Menge ist einfach schiefgelaufen, glaub ich.«

»Sehr schlimm. Aber du mußt jetzt gehen, George.«

»Ich muß den Reverend sprechen.«

»Ich kann dich hier nicht brauchen.«

»Es war verdammt schwierig, Lucy. Zuviel steht auf dem Spiel.«

»Ist mir schnuppe, George. Ich kann dir nicht helfen.«

George wog die Pistole in der Hand. »Ich kann ihn aufhalten, Lucy. Die ganze Welt …«

»Die Welt kann mich mal, George.«

George sah mürrisch drein. Es fehlte nicht viel, und sie hätte lauthals gelacht. »Weißt du, wie bescheuert du bist, George?« fragte sie. »Das wär ja alles ganz niedlich, wenn nicht Leute wie ich soviel Zeit darauf verschwendet hätten, sich um Leute wie dich zu sorgen.«

»Mach dir keine Sorgen um mich, ich …«

»Abgemacht, George. Aber verschwinde jetzt.«

Es klopfte wieder. Lucy packte George beim Arm – was sie da unter dem Stoff zu packen bekam, war schauderhaft dünn – und riß ihn aus dem Stuhl; sie bugsierte ihn in Gilrays Ankleidekammer. »Halt dich still oder – oder du bist ein toter Mann!« zischte sie. Sie zog die Lamellentür ins Schloß, dann lief sie zur Wohnungstür. Es war Gilray.

»Hallo«, sagte sie. »Ich habe schon auf Sie gewartet.«

Anstelle eines Anzugs trug Gilray einen schwarzen Rollkragenpullover und eine schwarze Drillichhose. »Wie Sie aussehen!« sagte er. »Die Ewige Frau.«

Er sah so unscheinbar aus, hatte überhaupt nichts Bedrohliches an sich. Lucy entsann sich der Leute im Christian Valley-Theater, die bereit waren, diesem Mann bis in den Tod zu folgen. Sie ging voran ins Schlafzimmer und nahm sein Glas. »Wie laufen die Vorbereitungen?«

»Alles läuft ganz nach Plan. Die Sonne wird am Himmel einer neuen Welt aufgehen.«

»Trinken wir auf die neue Welt.«

Er nahm das Glas. Er setzte es an die Lippen. Lucy empfand eine so ungestüme Freude, daß sie zitterte. *Trink, du Miststück, auf daß du bei lebendigem Leib verfaulst. Schleppe die Seuche zu den anderen. Verdient hast du Schlimmeres.*

Er sah ihr in die Augen, ließ sie alleine trinken und setzte sein Glas auf den Computertisch. »Sie sollten kein Spiel mit mir treiben, Lucy.«

»Wie meinen Sie das?«

»Ich weiß, daß Sie nicht an das Millennium glauben.«

»Ich glaube, es ist Zeit, daß sich die Dinge grundlegend ändern. Ich will auf eine neue Welt trinken. Es muß nicht unbedingt die Ihre sein, Reverend.«

Er setzte sich auf die Bettkante. »Reden wir darüber«, sagte er.

Ihr war nach Umsturz, Vernichtung, vielleicht auch nach Sex – aber nicht nach Konversation. Sie beugte sich vor und küßte ihn. Er saß da, die Hände auf dem Bett.

Er wollte, daß sie ihn verführte. Sie ging zu ihrem Glas zurück und trank einen Schluck. Es war zum Verrücktwerden. Erst George und dann das. »Ich glaube, ich muß Sie ein wenig aufmuntern«, sagte sie. Sie stand mit dem Rücken zu ihm, bückte sich und begann ihre Stiefeletten aufzuschnüren.

Sie hörte, wie er aufstand, spürte die Hand auf ihrem Rücken. »Warum sind Sie so feindselig?« fragte er.

»Ich habe allen Grund, feindselig zu sein.« Die Fußballen taten ihr bereits weh von den hohen Absätzen. »Ich bin gedemütigt worden. Überall auf der Welt werden Frauen gedemütigt, und Sie behaupten, das sei Gottes Wille.«

Sie stützte sich bei ihm ab und schüttelte die Stiefeletten von den Füßen. Sie reichte ihm sein Glas. Dann nahm sie das ihre und trank einen Schluck. »Das ist kein Gejammere, das ist eine Feststellung.«

Er trank nicht und setzte das Glas wieder ab. »Soll ich Ihnen sagen, wer gedemütigt wird?«

»Wer noch?«

»Die Männer. Seit Adam und Eva haben die Frauen uns gedemütigt.«

»Männer behandeln uns wie Gegenstände.«

»Ihr Leib ist ein Gegenstand. Nicht Sie, Lucy – Sie sind die Seele, die ihn bewohnt.«

Wenn er jetzt anfing, über Seelen zu reden, brachte sie es nicht fertig. Sie nahm sich zurück. »Hören wir auf zu reden«, sagte sie. Sie zog ihn zum Bett.

Sie legten sich nebeneinander. Er spurte mit dem Finger um den züchtigen Ausschnitt ihres Kleides, er legte das Bein über ihres. Ihre Gesichter lagen nur Zentimeter auseinander. Seine Haut war glatt, und er roch nach nichts. Er küßte sie, und sie erwiderte den Kuß. Er wälzte sich halb auf sie, seine Zunge glitt ihr in den Mund. Er tastete nach dem Reißverschluß ihres Kostüms und zog ihn ihr bis ins Kreuz hinunter. Geschickt hakte er mit einer Hand ihren BH auf. Es hatte etwas Klinisches, wie er vorging – als habe er das alles aus einem Buch, habe es gründlich geübt und gehe nach einer Art geistigen Strichliste vor. Ihr wurde schlecht. Sie zog ihn an sich, damit er nichts merkte, doch er nahm Abstand und streifte ihr das Kleid von den Schultern. Er atmete ganz ruhig. Er legte die Hand um ihre Brust. »Seelen können auf manche Weise gerettet werden«, flüsterte er.

Lucy konnte nicht. Sie stieß ihn zurück und setzte sich auf. »Sie retten meine Seele nicht, indem Sie mich ficken. Da sind Sie auf dem Holzweg.«

Er ging nicht darauf ein. »Lucy, warum waren Sie bereit, sich mit mir zu treffen?«

»Wer viel fragt, kriegt dumme Antworten.«

»Ich kenne die Antwort«, sagte er. »Aber Sie kennen sie nicht.«

Lucy kehrte ihm den Rücken zu und starrte auf die Lamellentür. Was George wohl dachte? Sie war hergekommen, fest entschlossen, alles zu tun, damit Gilray von dem infizierten Wein trank, doch ihre angestaute Wut machte ihr einen Strich durch die Rechnung. Sie würde den Teufel tun, und ihm was vorheucheln. Sie würde ihm die Meinung geigen und selbst das Virus trinken. »Sie wissen also, warum ich hier bin?« sagte sie. »Wissen Sie denn auch, warum Sie hier sind! Sie waren von Anfang an hinter mir her. In einer Stunde landet Jesus, und Sie betatschen meinen Hintern.«

»Ich habe die lautersten Motive, Lucy. Der Heilsplan Gottes sieht es so vor.«

»Wie schön für Sie.«

»Ich tue nur meine Pflicht.«

Lucy wünschte sich, Luz und Concepción wären jetzt hier. Das war dieselbe kolossale Arroganz, die schon ihr Vater an den Tag gelegt hatte, wenn er besoffen war; mit der ihr Detweiler, die rechte Hand des Generalstaatsanwalts, begegnet war, oder George, seit er diesen UFO-Tick hatte, oder dieser Dr. Kent.

Das hielt sie im Kopf nicht aus. »Was sind Sie für ein Feigling! Sie wollen nicht zugeben, daß Sie Lust auf Sex haben, also erfinden Sie Gott als Rechtfertigung.«

»Es ist nicht bloß Gott, es ist ein biologischer Imperativ.«

»Scheiße ist auch ein biologischer Imperativ.«

Er legte ihr die Hand auf die Schulter, wollte sie dazu bewegen, ihn anzusehen. Sie widersetzte sich. »Warum können Frauen mehr aushalten als Männer?« fragte Gilray. »Ganz einfach. Weil sie gebären müssen und so gebaut sind, daß sie die Schmerzen der Geburt aushalten können. Männer sind körperlich stärker, damit sie Frau und Kind beschützen können.«

»Und damit sie sie verprügeln können, wenn sie nicht parieren.«

»Jemand muß führen, und jemand muß folgen.«

Sie raffte das Kleid hoch, um sich zu bedecken. »Ich glaube, Gott hat euch nur deshalb mehr Testosteron gegeben, damit ihr solche Theorien aufstellen könnt.«

»Sie halten sich für aufgeklärt, Lucy, aber das Gegenteil ist der Fall. Frauen erklimmen größere Höhen an Selbstaufopferung als Männer, aber wenn sie fallen, dann fallen sie um so tiefer. Frauen können besser sein als wir, sie können uns emportragen, sie können aber auch schlechter sein und uns in die Tiefe reißen.«

Er hatte immer noch die Hand auf ihrer Schulter. Sie schüttelte sie ab. »Lassen Sie mich raten, zu welcher Sorte ich gehöre.«

»Sie sind selbstlos! Wie die Mutter, die ins brennende Haus zurückrennt, um ihr Kind zu retten. Der Mann, der seine Familie rettet, ist dagegen ein fader Abklatsch. ›Frauen und Kinder zuerst‹, das ist kein Sexismus, das ist ein Naturgesetz. Nennen Sie es Evolution, wenn Sie nicht an Gott glauben. Solange Männer ihr Leben einsetzen, um Frauen zu retten, solange Frauen bereit sind, zu gebären und Kinder großzuziehen, ist Gott zufrieden und die Welt ist in Ordnung. Aber so haben wir nicht gelebt. Sie sehen, was dabei herauskommt. Sodom und Gomorrha. Aber in dieser Nacht wird die Ordnung wiederhergestellt.«

»Indem Sie mit mir schlafen.«

»Hier und jetzt. Ich werde den Neuen Menschen zeugen, und Sie, Lucy, werden ihn zur Welt bringen. Deshalb bin ich hier. Und ob Sie es wahrhaben wollen oder nicht, das ist der wahre Grund, warum Sie eingewilligt haben.«

»Ich hatte meine eigenen Gründe!«

»Davon bin ich überzeugt, Lucy. Wäre es nicht so, wäre ihre Unterwerfung nicht so befriedigend.«

Ihr zitterten die Hände. Sie schwang sich aus dem Bett, trat sich ins Kleid und wäre fast gestürzt. »Befriedigend!« sagte sie. »Das ist das einzige, worum es euch geht. Aber lassen wir das. Nicht heute nacht. Ich habe Kopfschmerzen.«

»Sie kommen nicht gegen Gott an, Lucy.«

Sie langte in ihren Rücken und kämpfte mit dem Reißverschluß. »Begreifen Sie nicht, daß das Wort ›Gott‹ aus Ihrem Mund immer nur eine Entschuldigung ist, damit Sie Ihren Willen bekommen? Sie sind kein heiliger Fernsehempfänger! Sie sind ein ganz gewöhnliches Mannsbild!«

Gilray war aufgestanden, packte sie und riß sie herum. Lucy wand sich. Seine Augen waren so starr wie die eines Hais, und mit einem Mal wurde ihr klar, welches Risiko sie eingegangen war. Gilray war ein Monster. Er war zu allem fähig. Sie würde der Welt einen Gefallen tun, wenn sie ihn tötete; das wäre kein Vergehen, das wäre ein Dienst an der Menschheit.

Und dann geschah etwas Merkwürdiges. »Ich würde der Welt einen Gefallen tun, wenn ich Sie tötete«, sagte er. »Das wäre kein Vergehen, das wäre nur ein Dienst an der Menschheit.« Er schob sie von sich. Er schien zu schrumpfen. Er sah jetzt klein aus. Furcht und Haß, die sie eben noch empfunden hatte, verblaßten angesichts seiner Schwachheit. Er erweckte auf eine gefährliche, ungerechtfertigte Weise ihr Mitleid.

»Was glauben Sie, warum ich hier bin«, sagte er und hob einen zittrigen Finger gegen Lucy. Die Hand wirkte zerbrechlich. Es war die Hand einer Frau. Sie hätte von ihr sein können. »Sie glauben, ich will nur Sex? Ich will die Tür zu einer neuen Welt aufstoßen, aber *Sie* haben zuviel Angst hindurchzugehen. Christus ist die Antwort! Er beherrscht die Männer, weil die Männer sich nicht beherrschen können. Die Männer beherrschen die Frauen aus dem gleichen Grund.«

Lucys Zorn versickerte. Gilrays Weltbild war durchsichtig. In den Köpfen der Masse mochte es Tod und Verderben säen, aber aus seinem Mund erschien es nur als eine unangemessene Reaktion auf sein Elend. Er dachte nur in Kategorien von Tod und Gewalt.

Sie dachte an George, der hinter ihm in der Kammer hockte. Die beiden waren wirklich aus dem gleichen Holz – besoffen von Erlösungstheorien und taub für den Pulsschlag ihres Blutes. Denker. Die Philosophen priesen diese Attitüde als der Menschheit größte Errungenschaft, aber jetzt und hier machte sie auf Lucy einen eher erbärmlichen Eindruck. George war an seinen Hypothesen dahingesiecht. Keiner von beiden war auch nur eine Spur stärker als Lucy. Jesus, sie war stärker als beide zusammengenommen!

Ihr Blick fiel auf die Schublade, in die sie den Rechner gesteckt hatte; sie stand einen Spaltweit offen.

»Sie brauchen wahrhaftig Hilfe«, sagte sie.

Gilrays Augen glitzerten. Er nahm das Glas vom Computertisch und hob es an den Mund.

»Nein«, sagte sie.

Das Glas an den Lippen, hielt er inne. »Nein was?«

Sie kam zu ihm, nahm ihm das Glas aus der Hand und setzte es wieder zurück. »So nicht«, sagte sie.

Es war, als habe er auf diese Geste gewartet. »Gut«, sagte er. Sein Gesicht leerte sich wie ein TV-Schirm am Ende der CD. Er legte ihr die Arme um die Taille und zog sie an sich,

George platzte aus der Kammer. »Lassen Sie die

Finger von ihr!« rief er. Er hatte die Pistole in der Hand.

»Nein, George …«, rief Lucy. Sie stieß sich von Gilray ab.

»Jemand *muß* ihn doch aufhalten«, sagte George. Er fuchtelte mit der Waffe herum.

»George«, sagte Lucy, »mach keinen Unsinn. Ein Verrückter reicht mir.« Sie stellte sich zwischen die beiden.

George schien in einer Einbahnstraße zu sein. Er zielte mit der Pistole an ihrer Schulter vorbei und krümmte den Finger, bis er weiß war. Nichts geschah.

»Verdammt!« Verbissen fummelte er an der Waffe herum. Gilray rührte sich nicht vom Fleck.

Sie würde dieser Farce ein Ende machen und George die Hormone aus dem Hirn prügeln. Er zielte wieder mit der Pistole. Lucy hob die Hände und wollte ihn abdrängen. Dabei trat sie sich ins Kleid und fiel. Ihre Wange traf seitlich den Lauf der Waffe, und der Schuß löste sich.

Sie spürte einen Schlag an der Schläfe. Der Boden kippte hoch und prallte gegen sie; das Zimmer wurde dunkel. *Das traf den Nagel auf den Kopf!* Die unsichtbare Frau. Erschossen von ihrem Gatten, während sie ihn davon abhalten wollte, den Mann zu töten, der sie vergewaltigen wollte. Wenn das ihr Tod war, dann war es schade, denn niemand würde wissen, daß sie ihr Leben weder für den einen noch für den anderen riskiert hatte, sondern einzig und allein für sich selbst.

36

FREITAG, 31. DEZEMBER

Richard entkommt

Richard hatte letzte Nacht den Bogen überspannt. Er war in die Menschenmenge getaucht, hatte Felton verloren, wurde fortgeschwemmt und hatte sich, an das blonde Mädchen geklammert wie an ein Rettungsboot, dem Voodoo-Orkan überlassen, den er selbst heraufbeschworen hatte.

Die Flut aus Geißelungen, Sprechgesängen und religiösem Veitstanz hatte sie an der Westseite des Landeplatzes vor die Tür eines Reihenhauses gespült, in dem eine Pilgerhorde hauste. Richard erfand aus dem Stegreif gewisse Rituale, die dazu führten, daß er und das Mädchen, das Dawn hieß, alleine im Schlafzimmer des Hauses landeten. Das Zimmer, möbliert im französischen Landhausstil, hatte die letzten Monate unbeschadet überstanden, und in diesem Zimmer hatte Richard die inbrünstige junge Frau mit übermenschlicher Selbstlosigkeit die Nacht über mißbraucht. – Und sie ihn. Im Kerzenlicht erblickte er in ihren Augen das triumphierende Antlitz einer Gottheit, die nichts als Vernichtung im Sinn hatte, und der leibhaftig zu begegnen, er nicht die geringste Lust verspürte.

Das Morgengrauen gab ihm keinen Anlaß aufzuhören. Er erklärte Dawn, daß Aliens sie gekidnapped und ihnen, um die Entführung zu kaschieren, falsche Erinnerungen eingeimpft hätten; das Schlafzimmer sei in Wahrheit ein Käfig in einem außerirdischen Zoo, und was man draußen höre, seien die Aliens, die sie beobachteten, um normales menschliches Verhalten zu studieren. Dawn glaubte ihm jedes Wort. Sie verbarrikadierten die Tür und gaben den Aliens eine Vorstellung. Irgendwann zwischen der zehnten und zwölften Stunde mit Dawn hatte Richard einen Blackout. Als er aufwachte, dämmerte es bereits und das Haus lag wie ausgestorben. Sein Kopf pochte, und sein Magen schien mit Asche gefüllt. Haare und getrocknetes Blut klebten an seinem Hammer. Unter einer Matratze am Boden sahen die nackten Beine einer jungen Frau heraus.

Es brauchte einige Zeit, bis er zum Institut zurückfand. Inzwischen war es dunkel. Er hatte Mühe, die Torwachen zu überzeugen, wer er war, doch das Ende stand so nahe bevor, daß die Vorsicht nachließ. Er rutschte und schlitterte auf der vereisten Zufahrt, kam an der verschneiten Christus-Statue vorbei und stapfte ins Vestibül. Das Gebäude schien menschenleer, doch auf dem Weg zu seinem Apartment stieß er auf Felton.

»Der Reverend hat sich schon Sorge gemacht. Wir dachten, Sie wären tot.«

»Noch nicht«, sagte Richard und rieb sich die Schläfen. »Wie spät ist es?«

»Nach neun.« Felton wirkte nervös. »Alle sind am Landeplatz. Um zehn will der Reverend zurückkommen, aber nur kurz.«

Richard war zu durcheinander, um sich zu wundern. »Sagen Sie ihm, er soll mich mitnehmen. Ich warte auf ihn.«

Er duschte. Er rasierte sich. Er zog saubere Sachen an. Er sah immer wieder dieses blasse, hübsche Mädchen vor sich. Er wurde das Bild nicht los. Er erinnerte sich, wie George ihn damals mit Lucy bekanntgemacht hatte. Lucy war so aufrichtig, so ernst. Sie hielt große Stücke auf George. Richard war verblüfft, daß George keine Skrupel hatte, sich mit einer Frau einzulassen, die einen so aufrechten Charakter hatte; er konnte nicht glauben, daß George ernsthaft an eine Verbindung dachte, von der sie beide wußten, sie würde nie und nimmer funktionieren.

Tja, und das hatte sie auch nicht. Richard erinnerte sich an sein letztes Gespräch mit George, als der ihn aus Tallahassee angerufen hatte. Wie dünn George ausgesehen hatte, wie abgehärmt.

Schluß damit. Er schob die Erinnerungen fort. Er säuberte und putzte den Hammer, er legte sich die Schlaufe um den Hals. Das Gewicht auf der Brust war beruhigend, die Schnur zurrte am Kragen. Er prüfte seine Erscheinung im Spiegel. Die Haut unter den Augen war ein bißchen schlaff, doch dagegen half einfache Feuchtigkeitscreme. Jetzt sah er aus wie jemand, der auf das Ende der Welt gefaßt war.

Richard ging ins andere Zimmer, nahm das LSD-Röhrchen aus der Schublade und schnippte sich eine Perle in die offene Hand. Er goß sich einen Fingerhoch *Glenmorangie* ein und spülte sie hinunter. Dann ließ er sich in den Stahlrohrsessel fallen und wartete. Wie er so dasaß, kam ihm ein wundervoller Gedanke: wenn Christus kam, würde er Dawn vielleicht wieder zum Leben erwecken. Aber Richard glaubte nicht an Jesus Christus. Er überlegte, ob das von Bedeutung war. Das LSD begann zu wirken. Die Lampen wurden heller, das Schwarz seiner Robe wurde schwärzer, die Struktur der Tapete wurde zum Relief. Das Rauschen der Heizung wurde unüberhörbar. Nicht lange, und es war so hell, daß Richard die Augen tränten. Er fand eine alte verspiegelte Sonnenbrille und setzte sie auf.

Gilray ließ auf sich warten. Richard war, als vibriere das Zimmer im monotonen Rhythmus ferner Maschinen, als befinde er sich tatsächlich in einem Raumschiff. Dann stellte er erleichtert fest, daß es sich um das Sechzig-Hertz-Gebrumm der Lampe auf dem Couchtisch handelte. Er schaltete sie aus und zündete die Kerzen an. Die Möbel warfen schwache Schatten an Wände und Decke, und das Zimmer wurde zur Klosterzelle. Richard saß da und stellte sich vor, er lebe im Jahre 999 des Herrn und warte in einer gläubigen Welt auf das Ende und nicht in einer Welt von TV-Exekutionen und Politikern aus elektrifizierten Phosphorpunkten.

Er hörte die Schritte im Korridor, als sie noch weit entfernt waren. Richard zurrte den Umhang um die Schultern. »Herein«, sagte er, als es klopfte. »Die Tür ist offen.«

Wer immer vor der Tür war, er zauderte einen Herzschlag lang. Dann trat er ein. Erst erkannte Richard den Mann nicht: groß, ruppig, mit buschigem Bart und dichtem, störrischem Kopfhaar. Er trug schwarze Jeans, einen schwarzen Rollkragenpullover und einen schwarzen Rock. Im schummrigen Halbdunkel sah er aus wie ein Bär in Männerkleidung. George.

»Ist das denn die Möglichkeit!« sagte Richard. Er stand aus dem Stahlrohrsessel auf und ging mit ausgestreckter Hand auf George zu. »Eine Freude ist das, eine wahre Freude! George, wo warst du die ganze Zeit?«

George betrachtete Richards Hand wie einen toten Fisch. Er behielt seine Hände in den Rocktaschen. »Du siehst lächerlich aus, Richard.«

»Ja, nicht wahr. Das ist diese Robe. Alle Propheten tragen sie. Ich finde das auch nur scheußlich, aber Vertrag ist Vertrag.«

»Ich möchte mit dir reden.«

Richard kehrte ihm den Rücken und begann auf und ab zu gehen. Jedesmal, wenn er zurückkam, spähte er an George vorbei zur Tür. George blieb stehen, wo er stand und versperrte ihm den einzigen Ausweg. »Nichts lieber als das, George. Ein kleiner Plausch zwischen Freunden. Es ist nur – sieh mal, ich muß zu einer wichtigen Versammlung diese Nacht. Großkundgebung. Vielleicht hast du davon gehört, das Ende der Welt.«

»Ich weiß.«

»Du hast nicht zufällig den Reverend gesehen? Nein? Irgendwelche Amokläufer? Kämpfe? Engel?«

»Mord und Totschlag. Keine Engel. Ich halte Engel für ziemlich abwegig. Glaubst *du* denn an Engel, Richard?«

»Ich glaube, ich muß mich auf den Weg machen. Bin schon spät dran. Kann mir jemand sagen, wo der meschuggene Reverend bleibt?«

»Ich denke, er wird aufgehalten. Das Ende der Welt, Richard, wie sieht es aus?«

»Katastrophen. Leuchterscheinungen am Himmel. Botschaften. Jähe und wunderbare Wende.«

»Und du glaubst wirklich, daß uns das bevorsteht?«

Richard streifte den Ärmel zurück. Das Ticken der Armbanduhr hallte wie die Hämmerschläge in einer Schmiede. »In … einer Stunde und dreizehn Minuten.«

»Eastern Standard Time.«

Richard lächelte. »Immer noch der alte Galgenhumor. Natürlich Eastern Standard Time. Wo *wir* sind, George, da spielt die Musik. Gott stellt seine Uhr nach der unseren.« Richard fragte sich, ob George ihn gehen ließ, wenn er einfach hinging und ihn beiseiteschob. George sah fit und gut genährt aus, er war kein klappriges Fliegengewicht. Das war nicht der Mann, der ihn aus Tallahassee angerufen hatte.

»Willst du gehen, Richard?«

»Überhaupt nicht. Wie kommst du darauf?«

»Richard, du redest mit mir, als ob dich was bedrückte.«

»George, ich hab nicht gewollt, daß dir was zustößt. Diese Delano war eine Verrückte. Ich hab ihr eingetrichtert, dich mit Samthandschuhen anzufassen, aber sie hat durchgedreht.«

»Seh ich aus, als wollte ich mich beklagen?«

»Nein, du siehst wirklich gut aus, George. Ich bin überrascht. Du warst so lange auf Achse, ich hätte nicht gedacht, daß du so gut in Form bist, besonders nach den letzten Monaten.«

»Delano hat mir in den Arm geschossen.«

»Hat sie? Stell dir vor.«

»Du hast mich belogen, Richard. Du hättest mir sagen können, daß Lucy verschwunden war.«

»Klar. Ich hätte einen Haufen Dinge tun können, aber hätte das irgendeinen Unterschied gemacht? Ich hatte keinen Schimmer, wo sie war. Sie war sauer auf dich. So hattest du wenigstens das Gefühl, daß jemand auf dich wartet.«

»Du hast mich zum Narren gehalten.«

»Mach dir nichts vor, George. Du hast nie wirklich Hilfe gebraucht. Wer hat sich denn das Leben genommen, hm?«

»Ich kann mich noch gut erinnern, wie du mich aufhalten wolltest. Die ganzen Gespräche über ›tödliche Gene‹ und die Absurdität des Daseins hatten nicht das geringste mit meinem Selbstmord zu tun. Dich trifft keine Schuld, Richard.«

Das Zimmer schien sehr heiß und sehr hell. Georges Augen waren selbst im Kerzenlicht deutlich zu sehen. Richard wandte sich ab und starrte in die

Kerzenflamme auf der Kommode. Der leiseste Luftzug machte die Flamme zur erotischen Tänzerin.

»Ich bin froh, daß du so denkst, George. Du sprichst mir aus der Seele. Tja, was hältst du davon, wenn wir uns aufmachen und den Reverend suchen? Die Zeit verrinnt, die Arbeit nicht.«

»Was wird passieren, Richard? Ich meine, nach Mitternacht.«

»Dann wird es vorbei sein, George. Die letzte, große Katastrophe.«

»Und wenn es keine gibt?«

»Wär auch eine.«

»Womit du nicht rechnest.«

Richard hatte die Nase voll. Er hatte eine fabelhafte Idee. Wauh, war er heute abend auf Zack! Er packte sich an die Kehle, riß den Kopf nach hinten, als ob ihn jemand hintenüberzerre, und setzte sich den Finger an die Schläfe, als wolle er sich damit erschießen. »Keine falsche Bewegung, Bürschchen«, drohte er, »... oder ich puste dem Hammermann das Licht aus!«

»Richard, bist du übergeschnappt?«

»Bitte!« sagte Richard mit unverstellter Stimme. »Mach, was er sagt. Ich glaube, er meint es ernst.«

Er bog sich noch weiter zurück, verlor fast das Gleichgewicht. »Darauf kannst du einen lassen, Freundchen«, grunzte er.

»Das ist ein reichlich verzweifelter Schachzug«, sagte George.

»Worauf du noch einen lassen kannst.«

»So leicht kommst du nicht davon.«

»Zerbrech dir nicht meinen Kopf, Bulle.«

»Du kommst nicht lebend aus dem Gebäude.«

Richard packte nach dem imaginären Arm und riß den nichtexistenten Aggressor mit Schwung über die Schulter. Als der Unsichtbare am Boden lag, trat er ihm in die unsichtbaren Eier. »Ein Glück, daß du zur

Stelle warst, George!« keuchte er. »Endlich bin ich den Kerl los! Jetzt aber nichts wie weg hier. Hilfst du mir?«

»Ich geb mir Mühe.«

Richard spürte, wie sein Groll wuchs. »Also dann! Zeit für die Kundgebung, mein Junge! Ich habe diesen Verrückten ins Land der Träume geschickt. Wer weiß, wie lange er es da aushält? Du kapierst nicht, wie gefährlich er ist. Er hält mich hier seit Monaten fest. Ich habe alles versucht. Hilferufe auf Klopapier. Morsezeichen am Abflußrohr.«

»Und fliehen konntest du nicht.«

»Wie denn? Wir waren wie siamesische Zwillinge! Und er weiß alles über dich, George. Ich mußte ihm alles erzählen. Du machst ihn krank, George, verstehst du? Er haßt dich bis aufs Blut, und er ist erst zufrieden, wenn du tot bist. Er war es, der dich in den Selbstmord getrieben hat. Nach ihm läßt du den Zyniker heraushängen, wärst aber randvoll mit Pollyanna-Scheiße[1]. Du wärst nie richtig erwachsen geworden, deshalb hättest du dich vor dem Leben gedrückt. Und Lucy hätte nur bei dir ausgehalten, weil sie eine professionelle Märtyrerin sei.«

»Daran ist viel Wahres. Er scheint mich ziemlich gut zu kennen.«

Richard spürte, wie ihm der Schweiß auf die Stirn trat. Das Zimmer war voller Lärm. »Ich weiß nicht. Aber dieser Kidnapper hat nichts zu verlieren. Er macht vor nichts halt.«

»Weiß der Reverend von ihm?«

»Der Reverend ist auf ihn reingefallen. Er hält den Burschen für eine Art Propheten.«

---

1 nach der Protagonistin *Pollyanna* des gleichnamigen Romans der amerikanischen Schriftstellerin *Eleonor H. Porter* (1868–1920). – *Pollyanna* steht für geradezu unverbesserlichen, blinden Optimismus.

George deutete auf das Kruzifix an der einen Wand und das samtweiche Konterfei von Elvis an der anderen. »Der Mann hat einen scheußlichen Geschmack.«

»Los, George, du mußt Hilfe holen. Beeil dich. Ich behalt ihn im Auge.«

George starrte Richard an, mit Augen so klar und offen wie zwei Kerzenflammen. Da begriff Richard, daß Menschen so etwas wie biologische Kerzen waren, die langsam verbrannten, sich verzehrten. Solange sie brannten, lebten sie. Alle Lebensäußerungen rührten von dieser Verbrennung. Ein wunderschöner Vergleich.

»Richard«, sagte George, »es gibt keinen Kidnapper.«

»Er ist unsichtbar! Daß du ihn nicht sehen kannst, heißt noch lange nicht, daß er mir nicht die Pistole an den Kopf gesetzt hat.«

»Hier sind nur zwei, Richard, du und ich.«

»George, warum sollte ich mir so was Blödes ausdenken? Du bist mein bester Freund. Wir haben uns seit Monaten nicht gesehen. Ich dachte, du wärst tot. Da tauchst du plötzlich auf, und wie wirst du empfangen – wie der totgeglaubte Freund? Nein. Ich behandle dich wie den dummen August. Du stellst mir unangenehme Fragen. Ich mache Ausflüchte. Wenn da am Boden kein Kidnapper liegt, was soll dann das ganze Palaver?«

»Das wüßte ich auch gerne.«

»Du mußt mir glauben!«

»Warum? Liegt dir denn daran?«

Zum Teufel mit ihm! Sie verbrannten beide, er und George, während sie dastanden. Aber George wollte, daß Richard das Spiel aufgab, bevor es zu Ende war. Warum sollte Richard sich als erster eine Blöße geben?

Er konnte nicht. Er zeigte auf den imaginären Kidnapper. »Er kommt wieder zu sich. Los, nichts wie weg hier!«

George sah Richard unverwandt an. »Lebewohl, Richard.«

»Lebewohl? Heißt das, du bleibst?«

»Nein. Ich glaube, jetzt hast du die Situation unter Kontrolle.« George wandte sich zur Tür. »Hübscher Hammer, den du da hast.«

Richard war, als spüre er ein Messer an der Kehle. Es bedurfte seiner Erfahrung, um das Spiel nicht platzen zu lassen. »Hübsch, nicht wahr? Und manchmal auch nützlich. Du solltest dir auch einen zulegen.«

»Ich brauche keinen. Jedem das Seine.« George ging, er zog die Tür hinter sich ins Schloß, ganz sanft.

Richard war noch nie so befremdet gewesen. Gewonnen? Der totale Sieg! Ihm war der Durchbruch in eine neue Realität gelungen. Er war völlig mit sich allein. Sein Magen hob sich, als habe sich unter seinen Füßen eine Falltür geöffnet. Er sah sich in einem Raum um, der sich unversehens verfremdet hatte. Richards Sinne entfesselten einen Sturm. Die Zeitanzeige am Videophon sprang von 22:03 auf 22:04. Die Ziffern glühten wie Feuer. Er konnte das ganze Gebäude hören. Das Gemurmel der Stimmen. Das schwache Fietschen der Scheibenbremsen am Lincoln des Reverend, als Felton draußen vorfuhr. Die Gebete und Schmerzensschreie der Menschen am Landeplatz. Das Geräusch der Krebszellen in seinem Hirn, mit dem sie sich unaufhaltsam teilten. Das Brummen der wirbelnden Atome, das Rumpeln der zunehmenden Entropie, derweil die Zeit unwiderruflich verrann. Es war schon spät.

Er wußte, wie es weiterging. Die Kerzenflammen schwankten, hell wie die Seelen im Fegefeuer, bernsteinfarben mit Herzen aus unstetem Grau. Er lauschte dem Fauchen ihrer Verbrennung. Er setzte sich auf den Rand des Stahlrohrsessels und beugte sich vor, die Ellbogen auf den Knien. Er nahm den Schreinerhammer in beide Hände, packte ihn wie einen Baseballschläger. Die goldenen Zinken zeigten in seine Augen. Der Stiel war glitschig vom Schweiß. Die Unterarme zitterten. Er schloß die Augen, stellte sich auf die Kraft ein, die nötig war, stellte sich das schreckliche Ergebnis vor. Die Muskulatur der Arme schmerzte. Das Herz raste, und er bekam kaum noch Luft. Krampfartig riß er den Hammer aufwärts. Doch sein Kopf wich instinktiv zurück, und die Zinken harkten durch seine Stirn und rutschten ab. Der Schock war brutal. Er sackte zu Boden. Einen Moment lang lag er da. Das Blut floß in sein linkes Auge. Er hatte sich die Stirn blutig geschlagen, die Stirn, weiter nichts. Feigling!

Er zwang sich auf die Knie. Er blinzelte, sah die Kerzen auf dem Tisch, hörte Stimmen im Wohnzimmer. Rasch jetzt. Er kniff die Augen zusammen, kniete unter dem samtweichen Elvisportrait. Ein gelungenes Bild. Sein Lachen war ein ersticktes Kläffen. Das Blut rann ihm wie Tränen über die Wangen, sammelte sich am Kinn und tropfte auf seine Hände. Keine Zeit mehr. Die Kerzenflammen tosten wie eine Feuersbrunst. Das Herz stampfte, der Puls dröhnte in den Ohren. Er fühlte sich stärker als je zuvor. Er setzte den Hammer mit der stumpfen Seite an den Boden, gefühllos und kalt wie eine Maschine, dann schlug er mit aller Willenskraft zu. Er wich nicht aus. Der Hammer traf ihn, als habe jemand von oben zugeschlagen. Richard spürte einen stechenden Schmerz in der Nasenwurzel und sah einen Lichtblitz.

37

FREITAG, 31. DEZEMBER

Der Reverend ringt mit einem Engel

Die Zeit lief ab, und die Dinge liefen aus dem Ruder. Richard blieb den ganzen Tag über verschollen. Am Landeplatz herrschte ein solches Chaos, daß Felton die Suche schließlich aufgab. Männer und Frauen, die aus Zion flohen, wußten zu berichten, daß die Armee nach heftigen Kämpfen den Regierungssitz erobert hatte. Charles Duke Sumners heilige Amtsperiode war abgelaufen. Hysteriker verbreiteten, daß man als nächstes den Landeplatz erobern wolle, und in der Tat hatte Reverend Jimmy-Don Gilray wenig Grund zu der Annahme, daß sie nicht den Nagel auf den Kopf trafen.

Andere Gerüchte behaupteten, Richard sei in den Himmel aufgefahren, von neidischen Rivalen aus dem Weg geräumt worden oder wandle verkleidet und unerkannt mitten unter den Menschen. Der Mitarbeiterstab geriet in Panik. Gilray versuchte über Rundfunk und Fernsehen das Feuer mit Öl zu löschen. Er verbrachte den größten Teil des Nachmittags auf der Tribüne, von dem Wunsch beseelt, Richard möge erscheinen, doch als schließlich die Dunkelheit hereinbrach, gewannen andere Wunschbilder die Oberhand. Erste Zweifel rührten sich, was sein Stelldichein mit Lucy betraf. Doch jetzt war nicht die

Zeit für Zweifel. Andererseits, war es denn verwunderlich, wenn ihm so kurz vor der Wiederkunft des Herrn diesbezügliche Zweifel kamen?

Es war schon nach zehn, bevor er sich absetzen konnte. Das Institut empfing ihn mit einem weiteren Problem. Vor gut einer Stunde war Felton vor dem Haupteingang von zwei Fremden angegriffen worden und hatte einen der beiden mit einem gewaltigen Fußtritt zu Boden geschickt. Der Mann war schlank, bärtig und kam Gilray irgendwie bekannt vor; nach Dr. Vance hatte er vermutlich das Genick gebrochen; Felton war ganz verzweifelt bei dem Gedanken, wegen dieser Gewalttat vom Jüngsten Gericht mit ewiger Verdammnis bestraft zu werden. Felton war der Letzte, dem Gilray Zweifel zugetraut hätte. Er versicherte Felton, der Herr werde die Güte in seinem Herzen erkennen, doch Felton beichtete ihm, er habe bei seiner Tat weit mehr als Genugtuung empfunden. Gilray hätte fast die Geduld verloren; er ließ Felton niederknien, und gemeinsam erweckten sie Reue und Leid und baten Gott um Vergebung.

Die Zeit drängte, und die Gedanken an Liebe erstickten im Ärger. Nach dem umständlichen Ritual rückte Felton schließlich damit heraus, daß Richard wieder aufgetaucht war und auf Gilray wartete. Was bedeutete, daß Gilray den Hammer erst noch zum Landeplatz schicken mußte, bevor er zu Lucy konnte. Er schickte Felton den Wagen holen, und eilte in den Wohntrakt.

Die Tür von Richards Apartment war nicht abgeschlossen, das Wohnzimmer war dunkel. Gilray vernahm ein Rascheln, als würde irgendein steifes Material zerknittert, das Geräusch ging mit einem organischen Ächzen einher, das Gilray die Nackenhaare sträubte. Hinten im Dunkel des Zimmers gewahrte er etwas Zuckendes. Irgendein Lebewesen – ein Mensch schien sich in sich selbst zu verkriechen. Gilray tastete nach dem Lichtschalter, die Beleuchtung flammte auf. Die Gestalt entwirrte sich, streckte sich und sah ihn an. Es war Lucy Di Paulo.

Er war nicht erleichtert. »Was machen Sie hier?«

»Ich habe auf dich gewartet.«

Sie trug einen rabenschwarzen Rollkragenpullover und eine rabenschwarze Hose. Die Frau wirkte so bedrohlich wie eine Pistole. »Sie sind nicht Lucy«, sagte er.

»Sehe ich nicht aus wie Lucy?«

»Ich weiß, was ich gesehen habe. Sie haben sich verwandelt.«

»Glaube nicht alles, was du zu sehen glaubst. Ich bin aus Fleisch und Blut. Überzeuge dich.« Die Frau streckte den Arm aus.

Er wich zurück. »Wer sind Sie?«

»Sagen wir, du bist bestimmt ganz versessen auf eine Unterhaltung mit mir.«

»Ich habe keine Zeit.« Wenn er doch nur die Zeit anhalten könnte! Zweitausend Jahre Menschheitsgeschichte stauten sich in diesen letzten Minuten hier in Zion. Die Sekunden pferchten sich so dicht zusammen, daß er ihre Hitze spüren konnte, und sie rissen all die bedeutungsschwangeren Ereignisse mit sich fort, so rasch, daß er keine Zeit fand, sie zu verstehen. Richard, Felton, der Mann mit dem gebrochenen Genick. Alles war vorgedacht in Gottes Geist. Er wich zur Tür zurück.

Die Frau lächelte. »Gott hat mich geschickt.«

Er verharrte.

»Ich bringe die Antworten auf deine Fragen«, sagte sie. »Dein Glaube verdient eine direkte Offenbarung. Nur zu. Stelle deine Fragen.«

»Du kommst nicht von Gott. Du bist eine – eine von diesen Kreaturen.«

»Ich bin ein Engel.«

»Du bist kein Engel.«

Die Frau kam anmutig auf ihn zu. »Ich muß zugeben, ich passe nicht ins Klischee. Ich bin durchaus imstande, das eine oder andere zu tun, was man Engeln normalerweise nicht zutrauen würde. Trotzdem bin ich ein Engel.«

»Du bist aus Fleisch und Blut.«

»Da muß ich dir recht geben. Das Wort ›Engel‹ meint einfach ›wie ein Mann‹. In meinem Fall ›wie eine Frau‹.« Sie streckte die Hand aus und berührte seine Wange. »Genau wie eine Frau.«

Er atmete ihr Parfüm, dann zuckte er zurück. Die Zeit! »Du bist eine von denen, die Vance verkörpert haben, damals in Lexington.«

»Eine aufschlußreiche Erfahrung.«

Er kreuzte beide Hände vor der Brust. Das war nur eine neue Versuchung. War er ihr gewachsen oder ließ er sich wieder austricksen? »Wenn du von Gott kommst, dann beantworte mir ein paar Fragen.«

»Nur zu.«

»Wird die Welt diese Nacht zu Ende sein?«

»Zweifelst du?«

»Antworte.«

»Ja. Die Welt, wie du sie kennst, wird diese Nacht zu Ende sein.«

»Und passiert es so, wie die Propheten es vorhergesagt haben?«

»Ja.«

»Genau so, wie sie gesagt haben?«

»Mehr oder weniger. Alle Propheten bedürfen der Auslegung. Du hast einen Beruf daraus gemacht.«

Vielleicht hatte er tatsächlich Lucy vor sich. »Wenn du ein Engel bist, dann weißt du auch, was Gott will.«

»Er will sozusagen, daß ihr gut zueinander seid,

aber ehrlich gesagt war Er nicht besonders konsequent in dieser Angelegenheit. Manchmal fragen wir uns, ob Er aufrichtig ist.«

»Du verspottest Ihn. Das ist Gotteslästerung.«

»Richtig. Das macht Ihm die größte Sorge. Die Goldene Regel[1] ist die Vorspeise. Der Hauptgang heißt *Glaube*. Wer nicht an Ihn glaubt, wird mit ewiger Verdammnis bestraft.«

»Soll das ein Witz sein?«

»Wer macht hier Witze? Ich spreche aus, was Er denkt. Glaubt oder werdet gegrillt. Was glaubst du, mein Schatz, warum Er deinen kleinen protestantischen Hintern so mag. Du bist einer Seiner treuesten Jünger. Du verbreitest die Gute Nachricht. Wer zehn Minuten von deinen Sendungen mitkriegt und ist nicht bekehrt, der kommt in den Toaster. Bei Johannes dem Großen hat jeder nur einen Versuch.«

»Engel sind nicht sarkastisch.«

»Das muß an deinen Ohren liegen. Ich sage nichts als die reine Wahrheit – soweit es einem Engel gegeben ist, Seine Majestät zu verstehen.«

Gilray blieb auf Distanz. Wo war Richard? Die Tür zum Schlafzimmer war geschlossen; er warf einen Blick auf die Armbanduhr. 23:18 Uhr. Er mußte zurück, um den Erlöser zu begrüßen – doch der Erlöser mochte auf Seine eigene, unerwartete Weise wiederkommen. »Werde ich erlöst?«

»Aber sicher. Alle, die glauben, werden erlöst werden, egal, was sie getan oder nicht getan haben. Es soll nicht deine Sorge sein, wie man deine Predigten aufnimmt. Nur keine Vorwürfe wegen all der Selbstmorde und Morde. Deine Motive waren lauter. Du

1 die seit dem 16. Jahrhundert so bezeichnete Grundregel rechten Handelns: *Behandelt die Menschen so, wie ihr selbst von ihnen behandelt werden wollt* (Bibel: ›Die Gute Nachricht nach Matthäus‹, Kap. 7, 12).

hast schließlich niemandem gesagt, er soll etwas Falsches tun. Und wenn doch, dann hast du es nicht so gemeint, und wenn du es doch so gemeint hast, dann nur, weil die Welt anders nicht zu retten war.«

»Was wird aus denen, die mich bekämpft haben?«

»Sie werden zur Hölle fahren. Ganz egal, was sie sich dabei gedacht haben. Ihre Seelen sind verkrümmt, sie werden in alle Ewigkeit dafür bezahlen. Diese Menschen haben noch ...« – die Frau schloß die Augen – »... dreißig Minuten, um sich für Jesus zu entscheiden.«

»Dann billigt Er meine Priesterschaft?«

»Er liebt dich. Hat nicht einer der sieben Engel gesagt: *Ich werde dir die Braut zeigen?*[1]« Sie breitete die Arme weit aus. Sie war wunderschön. »Sieh deine Braut. Du hast Erlösung durch Liebe gepredigt. Hier bin ich, die Frau des Lamms, gesandt, um dich zu beglücken.«

Er blickte zur Schlafzimmertür. Er bekam es mit der Angst. »Du bist niemals ein Engel. Du bist ein Alien.«

»Woher willst du das wissen?«

»Du bist ein körperliches Wesen. Du hast dich verwandelt, ich habe es gesehen.«

»Nur noch achtunddreißig Minuten, und da fängst du an zu zweifeln.«

»Ich will nicht betrogen werden.«

»Man kann einen aufrechten Mann nicht betrügen. Wenn du schon an mir zweifelst, warum hältst du mich nicht gleich für einen Dämon, für eine Ausgeburt Satans?«

»Du bist eine Ausgeburt Satans?«

»Stell mich auf die Probe. Sprich das Vaterunser

---

1 Bibel: ›Offenbarung an Johannes‹, Kap. 21, 9: ... *Komm her! Ich werde dir die Braut zeigen, die Frau des Lammes.*

und sieh zu, ob ich verschwinde.« Sie hielt ihm wieder die Hand hin. »Dieses Kreuz auf deinem Revers – probiere, ob es mir die Haut versengt.«

Gilray wich vor ihr zurück. Sie hatte ihn halb umkreist und stand zwischen ihm und der Tür.

»Gott wußte, daß du zweifeln würdest, Jimmy«, sagte sie. »Er gab mir eine Parabel mit auf den Weg. Die Parabel von der Frau, die an Aliens glaubte.«

»Ich habe keine Zeit mehr.«

Sie kam auf ihn zu. Er wich zurück und strauchelte in einen Stahlrohrsessel. »Soviel Zeit muß sein.«

Er packte die Armlehnen. »Ich …«

»Es war einmal eine Frau, die glaubte an Außerirdische …«

Er wollte aufstehen; sie stieß ihn zurück.

»Sie hatte eine schwere Kindheit durchgemacht«, fuhr sie fort. »Ihre Mutter war krank, und ihr Vater belästigte sie. Als sie der Mutter ihr Leid klagte, nannte die Mutter sie ein boshaftes Kind. Das Mädchen wurde verschlossen. Und weil ihre hartherzige Mutter regelmäßig zur Kirche ging, wollte das Mädchen nichts mehr von Religion wissen. Sie wandte sich der Wissenschaft zu. Sie kam zu der Überzeugung, es müsse im Universum noch intelligentere Wesen als die Menschen geben.

Diese Überzeugung war sozusagen aus tiefer, innerer Not geboren. Doch im Laufe der Zeit kam ein Beweis zum andern. Da war zunächst die Statistik: allein in unserer Milchstraße gab es mehr als hundert Milliarden Sterne, und genauso viele Milchstraßen gab es im Universum. Bei dieser unvorstellbar großen Zahl von Sternen war es nur vernünftig anzunehmen, daß intelligentes Leben nicht bloß auf der Erde entstanden war. Die gegenteilige Annahme war gleichbedeutend mit dem geozentrischen Weltbild des Mittelalters.

Sie fand Trost in dieser Vorstellung. Als ihre Mutter starb, zog sie zu einer Tante. Sie war ein unsauberes, wortkarges und tolpatschiges Mädchen. Sie war gut in der Schule, bekam aber keine Belohnung. Keines der berühmten Colleges wollte sie haben; sie landete an der staatlichen Universität. Dort verliebte sie sich in einen brillanten, frischgebackenen Medizinstudenten. Sie schliefen miteinander. Sie wurde schwanger. Die beiden heirateten, und sie gab ihr Studium auf, um das Kind großzuziehen und ihn zu unterstützen.«

»Was hat das mit …«

»… dir zu tun? Dann hör zu!«

»Sollte es dem gesunden Menschenverstand zum Trotz im ganzen weiten Universum wirklich keine anderen intelligenten Wesen geben als die Menschen, dann – so überlegte die junge Frau – mußte der Mensch von einem Gott erschaffen worden sein, der nur diese eine Rasse gewollt und den ganzen dummen Kosmos aus lauter Jux und Tollerei dazugeschaffen hatte. Doch diese Frau, die an Aliens glaubte, hielt nichts von einem so knauserigen Gott und bevölkerte das Universum mit unzähligen fremden Rassen, von denen ihr der gesunde Menschenverstand sagte, daß sie da draußen existieren mußten. Sie fragte sich, ob diese Aliens jemals Kontakt mit der Menschheit aufnehmen würden. Vielleicht hatte es solche Kontakte gegeben. Vielleicht gab es solche Kontakte. Vielleicht konnte *sie* mit ihnen Kontakt aufnehmen!

Schließlich ergatterte sie einen Job als Hilfslehrerin. Sie kümmerte sich um ihren Mann und die Kinder, ohne viel Aufhebens um ihre Überzeugung zu machen. Doch dann, im letzten Jahr seines Praktikums, verliebte sich ihr Mann in eine Krankenschwester. Er reichte die Scheidung ein. Die Frau, die an Aliens glaubte, stellte nur eine Bedingung: sie bestand auf den Kindern. Sie wollte Lehrerin werden und ließ sich immatrikulieren.

Inzwischen ließ sie der Gedanke, es könnte Aliens geben, nicht mehr los. Wenn sich die Aliens auf fernen Planeten unter gänzlich verschiedenen Bedingungen entwickelt hatten, dann mußten sie sich grundlegend vom Menschen unterscheiden. Ihre Art zu denken, mußte fremd sein. Der Kontakt mit ihnen konnte schreckliche Verwirrung stiften. Sie mochten auf den ersten Blick ganz vernünftige Wesen sein, sie mochten den Menschen sogar ähnlich sehen, doch dann, wenn man am allerwenigsten damit rechnete, mochten sie ihr wahres Gesicht zeigen. Ihnen zu vertrauen, wäre tödlicher Leichtsinn.«

Gilray empfand es als tödlichen Leichtsinn, was er hier über sich ergehen ließ. Aber was, wenn Gott sie geschickt hatte? Sie saß auf der Armlehne, suchte Blickkontakt, während sie redete. Sie hatte eine warme Stimme. Reine, glatte Haut. Er spürte die Nähe ihres Körpers. Die Sekunden rasten.

»Die Frau begann, ein Buch zu schreiben. Obwohl sie ihr Examen mit Auszeichnung bestand, fand sie keine Stelle – die Vorstellungsgespräche verliefen immer gleich. Sie wurde Kellnerin. Das Manuskript, in dem sie ihre Theorien darlegte, fand wenig Anklang. Das bestärkte sie nur in der Annahme, daß sie recht hatte.

Der fremde Verstand, so folgerte sie, mußte geradezu die Antithese zum menschlichen sein, derweil er alles daransetzte, den gegenteiligen Eindruck zu erwecken. Vielleicht war diese Maske der Menschlichkeit so perfekt, daß selbst die Aliens daran glaubten, so daß sie gleichsam in bester Absicht auf das Scheußlichste mit den Menschen verfahren konnten. Würde man ein Alien zur Rechenschaft ziehen, würde man nichts als Bestürzung und Unschuldsbeteuerungen ernten. Paranoia, würde der Außerirdische konstatieren. Pure Einbildung. Was nicht anders zu erwarten war bei dem verschlagenen, durchtriebenen Charakter jener gänzlich unmenschlichen Wesen.«

Gilray spürte sein Begehren. Er hatte Angst. Er wollte wieder aufstehen, doch die Frau setzte ihm die Hand auf die Brust und stieß ihn zurück.

»Aufgepaßt«, sagte sie. »Jetzt kommt der interessante Teil. Mittlerweile klagte ihr Exmann auf die Herausgabe der Kinder; er führte ins Feld, daß sie bei ihm besser aufgehoben wären. Die Frau, die an Aliens glaubte, konnte sich keinen guten Rechtsanwalt leisten. Ihr Exmann benutzte das Manuskript, um ihre geistige Labilität zu beweisen. Er bekam die Kinder zugesprochen. Die Frau mußte sich wohl oder übel damit abfinden. Vielleicht war sie ja wirklich keine gute Mutter. Sie stürzte sich in ihre Theorien. Sie legte sie ihren Kollegen im Restaurant auseinander. Und als die nicht mehr zuhörten, da wandte sie sich an die Gäste. Sie wurde gefeuert und bald darauf in eine Anstalt eingewiesen.

Dort schrieb sie weiter an ihrem Buch über die verhaßten Aliens. Denn sie hatte die wahre Natur der Aliens entdeckt: sie waren Aliens. Menschen waren gut. Menschen waren vernünftig. Aliens waren böse. Als Ergebnis ihrer Jahrmillionen währenden Evolution in allen möglichen Winkeln des Universums, als Resultat ihrer bizarren genetischen Verfassung, als Ergebnis ihrer unsäglich weiten Anfahrtswege, auf denen sie permanent von unbekannten Strahlungen bombardiert wurden, waren die Aliens verschlagene, durchtriebene, schleimige, unehrliche, heuchlerische, überlegene, grobe, selbstgerechte, programmatische, unberechenbare, sexualimperialistische Drohnen, die einfach nichts taugten für eine harmonische Koexistenz. Solche Scheusale waren es nicht einmal wert, daß man sie verachtete. Es gab nur eine gesunde Reaktion auf sie: Furcht gepaart mit Abscheu. Ein Verständigungsversuch war überflüssig – sie zu verstehen, war ein Ding der Unmöglichkeit –, man war es der Menschheit schuldig, sie zu identifizieren und mit Stumpf und Stiel auszurotten.

Zu ihrem Leidwesen kam die Frau, die an Aliens glaubte, bald dahinter, daß das Sanatorium von Aliens geleitet wurde. Daß ihr Exmann ein Alien war. Daß ihre Eltern Aliens gewesen waren; daß die Aliens die ganze Erde erobert hatten. Die Frau, die an Aliens glaubte, war den Aliens hilflos ausgeliefert. Sie sprach nicht auf die Therapie an und blieb für den Rest ihres Lebens in Gewahrsam. Soweit die Geschichte.«

Mit dem Anflug eines Lächelns in den Zügen liebkoste sie sein Schläfenhaar. Er zuckte zurück. Es war kurz vor Zwölf. Rings um den Landeplatz waren Zigtausende versammelt und warteten. Auf ihn. Auf Jesus. War diese Frau gekommen, um ihn zu erlösen oder zu verdammen? Ihr Blick war klar und offen. Sie war so nahe. Von ihr hatte er geträumt. Er suchte nach einem Zeichen, suchte nach Gewißheit in seinem Herzen, wo er sie noch immer gefunden hatte, doch alles, was er fand, war ein großes Schweigen. Mein Gott, mein Gott, warum hast du mich verlassen?

»War das alles?« sagte er. »Diese düstere Geschichte? Nach allem, was ich durchgemacht habe? Nach all der Pein? Gott würde mich nicht so auf die Folter spannen!«

»Niemand spannt dich auf die Folter. Das war eine Warnung an den Zweifler! Verscheuche deine Trugbilder von Aliens und Dämonen. Vertraue auf Gott. *Die Feiglinge und die Ungläubigen, die Abtrünnigen und die Mörder und die Ehebrecher, die Zauberer und die Göt-*

zendiener und alle Lügner – ihr Los wird der See aus brennendem Schwefel sein.[1]«

»Verhöhne mich nicht.«

»Dich verhöhnen?« Sie beugte sich über ihn. Ihr Gesicht war nur Zentimeter entfernt, ihr Atem ein Wohlgeruch. »Ein Engel würde dich niemals verhöhnen«, sagte sie. Sie küßte ihn. Ihre Lippen waren warm. Luftmoleküle. Das Ende der Menschheitsgeschichte. Vorgedacht im Geist Gottes.

Sie glitt auf seinen Schoß, legte die Arme um seinen Hals. »Laß dich erlösen«, flüsterte sie. »Es ist mehr als dein Wunsch; Gott wünscht es dir. Deshalb hat er mich gesandt – nur für dich, Jimmy.«

Ihr Fleisch war so warm. Die Hitze der Sekunden, der letzten. Er konnte nicht denken. Sein Leib reagierte. In seinem Herzen war keine Gewißheit, nur Panik und Verlangen. Er begehrte sie. Sie lockte ihn in die Welt des Zweifels. Sie wollte, daß er ihr zuliebe alles preisgab, und er würde nie erfahren, ob er recht getan hatte oder nicht.

Er stieß sich mit Gewalt aus dem Sessel, sie fiel zu Boden. »Nein.«

Sie kletterte besonnen auf die Füße. »Es ist nur dein Wunsch.«

»Nein.« Er ging auf Distanz. »Es ist nicht mein Wunsch.«

»Du verpaßt eine fabelhafte Gelegenheit.«

»Dann verpasse ich sie eben.«

»Nur ein einziges Mal.«

»Geh!«

»Das Angebot gilt nur bis Mitternacht.«

»Geh mir aus den Augen!«

Sie seufzte. »Wie du willst, Jimmy.« Sie ging zur Tür, öffnete sie und verließ das Zimmer.

---

1 Bibel: ›Offenbarung an Johannes‹, Kap. 21, 8

Gilray atmete schwer. Er hatte es vollbracht. Er war stark. Doch im nächsten Augenblick übermannte ihn ein Gefühl unsäglichen Verlustes. In seinem Herzen gähnte eine große Leere. Der Schweiß brach ihm aus allen Poren; er rang nach Luft. Er fiel in den Sessel zurück. Das alte Asthma. Er steckte den Kopf zwischen die Knie und versuchte, seine Lungen zu beruhigen. Er sah wie durch einen Schleier.

Nach einer Weile wich der Krampf. Gilray hob den Kopf. Das Institut war still. Die Armbanduhr zeigte 12:10. Es war, als sei die Frau nie dagewesen. Er stand auf und öffnete die Tür zu Richards Schlafzimmer. Es wurde nur von zwei niedergebrannten, blakenden Kerzen erhellt. Am Boden lag Richard, in der blutverkrusteten Stirn die gekrümmten Zinken des Hammers. Der Teppich schwarzgetränkt. Gilray wirbelte herum und floh ins Wohnzimmer. Minuten später zwang er sich, Richards Taschen nach dem Wohnungsschlüssel zu durchsuchen. Er schloß von außen ab und ging den Korridor hinunter.

Im Vestibül wartete immer noch Felton. »Es ist nach Mitternacht!« sagte er. »Wo ist Mr. Shrike?«

»Er ist schon vorgegangen«, sagte Gilray. Er mied Feltons Blick und ging voraus zum Wagen. Sie fuhren zum Landeplatz. Von der Straße aus waren die Scheinwerferstrahlen zu sehen, die den leeren Himmel absuchten. Man hörte Geschrei, Tumult. Er kurbelte die Scheibe herunter. Menschen, Kopf an Kopf. Irgendwo in der Nähe des Highways knatterten automatische Waffen. Leute auf dem Glaxogelände jubelten, als die Limousine ausrollte. Sie streckten die Hände aus, um den Wagen zu berühren; sie hinterließen Abdrücke auf den Scheiben. Felton und zwei Milizionäre bahnten eine Gasse. Gilray suchte die Beklemmung in seiner Brust auf etwas anderes zurückzuführen als auf die quälende Krankheit seiner Kindheit. In der Nähe der Tribüne, hinter der Barrikade, stürzte Lucas Boston auf ihn zu.

»Es ist nach Mitternacht! Er ist nicht gekommen!« Boston packte Gilray beim Arm. »Harrison wartet in einem Flugzeug. Wir müssen fort!«

Gilray hätte ihn am liebsten geohrfeigt. Der Anker von Bostons Universum hatte sich losgerissen, und alles, was der Mann konnte, war gackern und rennen wie eine aufgeregte Henne.

Gilray bestieg die Tribüne und ging mit großen Schritten zum Rednerpult. Er sah, daß Tausende den Zaun niedergetrampelt hatten und den Landeplatz bevölkerten. Sie schwenkten Fackeln. Sie sprangen und flehten das Neue Jerusalem herab, auf daß es sie erlöse oder unter sich zermalme. Gilray hob die Hände, und aus dem brodelnden Menschenmeer löste sich so etwas wie ein gigantischer Jubelruf. Er heulte über ihn hinweg wie der Wind, geschwängert mit derselben Hysterie, die Boston im Nacken saß. Der Reverend ließ die Arme sinken, doch es währte Minuten, bis der Jubel sich legte. Die Menschen standen am Rand des Wahnsinns. Sie waren nicht darauf vorbereitet, einem weiteren Tag ins Gesicht zu sehen. Wäre er eine Stunde später erschienen, hätten sie nur noch schnatternd auf den Leichen der Selbstmörder getanzt, kurz davor, Amok zu laufen, sich gegenseitig aufzufressen oder noch Schlimmeres zu tun. Die Leere in seiner Brust griff um sich.

»Brüder und Schwestern!« rief er. »Ich komme mit einer guten Nachricht!« Die Rückkopplung jaulte und quietschte über dem Landeplatz. Die Menschen jubelten. Die Taumelköpfe auf dem Betonfeld hielten inne. Er sah förmlich, wie sie ihre Schädel hoben und lauschten.

Er spürte, wie ihn die Kameras aufs Korn nahmen. Auf den TV-Wänden hier und auf Millionen Bildschirmen rings um den Globus war er zu sehen. »Wir hatten ein Gespräch unter vier Augen! Vor einer knappen halben Stunde hatte ich Besuch. *Von einem Engel Gottes.* Die Zeit ist reif!«

Die Menschen tobten.

»Doch der Jüngste Tag ist nicht heute!« rief er. Er packte das Mikrophon und verließ das Rednerpult. Die Kameras schwenkten mit. »Gott hat einen neuen Bund geschlossen, mit mir, Seinem unwürdigen Diener. Einen Bund von kosmischer Tragweite, den wir so eifersüchtig hüten müssen wie Israel dereinst die Bundeslade! Die Ungläubigen werden uns verhöhnen, aber wir müssen standhaft bleiben. Gott verspricht uns die Erlösung, aber es wird noch ein Weilchen dauern, denn wir haben sein Werk noch nicht vollendet.«

Gilray fühlte die Leere in seinem Innern, sie war kalt wie der Weltraum, sie saugte ihm das Mark aus den Knochen. Er ging mit großen, wütenden Schritten über die Tribüne.

»Und Er hat uns ein Zeichen gegeben! Ein Zeichen, Brüder und Schwestern im Herrn! Er hat Seinen Diener, Richard den Hammer, zu sich genommen!« Der Wind heulte und die Menschen johlten. »Heute nacht sah ich, wie der Engel des Herrn seine Stirn berührte. Ich sah Richard in den Himmel auffahren. Das alles überstrahlende Licht der Erlösung strömte aus seinen gespreizten Fingern und trug ihn empor ins Schiff unseres Herrn und Erlösers Jesus Christus. Tränen der Freude und Erfüllung rannen Richard und mir über die Wangen, als er mir diese letzten Worte zurief …«

Gilray stand am Rand der Tribüne. Vor ihm ein Meer aus Finsternis, Lagerfeuern und Wahnsinn. Er gab seiner Stimme die Kraft der Leere. »*Sag es ihnen, Jimmy!*« rief er weinend. »*Sag dem Volk Gottes, es soll festhalten an seinem Glauben. Ohne Glaube geht es nicht. In dieser schwierigen Zeit gibt es zwischen euch und dem Abgrund der Verzweiflung nur den Glauben. Du darfst nicht aufgeben, Jimmy. Ihr Glaube an dich wird sie retten.*«

38

FREITAG, 31. DEZEMBER

Das geheime Reagens

George hockte in der Ankleidekammer und lauschte Lucys Verführungskünsten. Durch die Lamellentür beobachtete er die Silhouetten der beiden, und einmal war er sogar versucht gewesen, Gilray in den Rücken zu schießen. Aber er hatte es nicht getan. Während er Lucys Zorn lauschte, hörte er Dinge, die er noch nie gehört hatte.

Er hatte sie oft genug zornig erlebt, doch jetzt war Angst im Spiel. Sie klang durchaus vernünftig, aber ihre Nerven schienen bis zum Zerreißen gespannt, als habe sie etwas Einschneidendes im Sinn. In Lucys Tanz zwischen Anklage und Verführung spürte George die Echos all der Schlafzimmergefechte, die sie gefochten hatten. Die Pistole hing in seiner Hand, schwer wie ein Ziegelstein. George hatte noch nie so zugehört. Sie hatte geschrien, damit er ihr zuhörte, und er hatte nicht zugehört.

Jetzt wollte sie sich rächen, indem sie mit Gilray schlief. Merkte Gilray das nicht? Sie verriet sich mit jedem Wort und jedem Schweigen. Sie tat, als sei George nicht da; er war Luft für sie. Er fühlte sich ohnmächtig und beschämt.

Gilray wurde heftig; er hörte sich an, als wolle er jeden Moment über sie herfallen. Es war kaum zu glauben, aber Lucy wurde immer ruhiger, je mehr Gilray in Fahrt kam.

»Sie brauchen wahrhaftig Hilfe«, sagte sie. Das klang wie eine Feststellung, überhaupt nicht sarkastisch. Stille.

»Nein«, sagte Lucy dann.

»Nein was?« sagte Gilray.

George erhaschte einen Blick auf den Saum von Lucys Kleid, als sie zu ihm ging. »So nicht«, sagte sie. Das schwache Klicken, mit dem ein Glas abgesetzt wurde.

George warf die Lamellentür auf. Die beiden standen mitten im Zimmer. »Lassen Sie die Finger von ihr!«

Lucy stieß sich von Gilray ab. »Nein, George ...«

»Jemand *muß* ihn doch aufhalten«, sagte George und schwenkte die Waffe. Gilray sah zu.

Lucy trat dazwischen. »George, mach keinen Unsinn«, sagte sie. »Ein Verrückter reicht mir.«

George hob die Waffe und zielte an ihr vorbei. Gilray wartete seelenruhig ab. George krümmte den Finger, doch der Abzug rührte sich nicht.

Die Waffe war nicht entsichert.

»Verdammt!« Der Hebel saß fest. Gilray rührte sich nicht von der Stelle. Lucy trat vor, gerade als George entsichert hatte. Er wich ihren Hände aus; sie trat sich ins Kleid, fiel gegen seinen Arm, und der Schuß löste sich neben ihrem Ohr. Der Rückstoß warf ihm die Pistole aus der Hand. Lucy glitt zu Boden.

»Nein!« schrie George. Er fiel neben ihr auf die Knie. Er hatte sie nicht getroffen, aber das Ohr war blutig vom Mündungsfeuer, und die Schläfe war geschwärzt. »Lucy.«

»Sie hat nur einen Schock«, sagte Gilray.

»Hoffentlich!« sagte George. »Wissen Sie, daß ich Sie töten wollte?«

»Natürlich.«

»Ich könnte es immer noch tun.«

»Sicher.«

Lucy atmete flach. George bettete sie bequemer. Er sollte ein nasses Tuch holen und sie aus ihrer Ohnmacht befreien.

»Keine Sorge, sie wird schon wieder«, sagte Gilray. »Ich muß zum Landeplatz. Bald kommt Jesus.«

George sah auf. »Sie wissen es besser, Reverend. Worauf Sie warten, das sind keine Abgesandten Gottes, das sind Aliens.«

»Es sind Gottes Aliens. Wir nennen sie Engel.«

George krabbelte auf allen vieren über den Teppich und grapschte nach der Waffe. Gilray wartete; so mußte Jesus vor Pilatus gestanden haben. Als George auf die Füße kam, verschwamm das Zimmer vor seinen Augen. Er lehnte sich an den Stuhl vor Gilrays Computer. »Sie spielen den Aliens in die Hände«, sagte er. »Ich bin den Spuren gefolgt, es ist eine einzige Spur der Verwüstung. Diese Aliens gehen über Leichen.«

»Nur wer stirbt, wird auch auferstehen.«

»Ich rede von wirklichen, technisch hochentwickelten Wesen!«

»Wir erwarten die Wiederkehr Christi, so steht es in der Bibel.«

George begann einzusehen, daß er sich an Gilrays Gott den Kopf einrennen würde. Doch er ließ nicht locker. »Die benutzen solche Prophezeiungen, um den Fuß in die Tür zu bekommen! Wer sagt denn, daß die nicht seit vierzig Jahren die Entwicklung so inszenieren, daß sie auf die Bibel paßt wie der Deckel auf den Topf?«

»Und wer sagt, daß sie nicht vielmehr diese Prophezeiungen inszeniert haben, ich meine vor zweitausend Jahren?«

»Okay. Aber jetzt stehen sie Gewehr bei Fuß, um ihr Werk zu vollenden und die Ernte einzufahren. Und Sie haben Millionen Menschen weichgeklopft, sie mit offenen Armen zu empfangen.«

»Mir gebührt nicht allein die Ehre. Ihr Freund Richard war eine große Hilfe.«

»*Sie* haben den Menschen weisgemacht, daß ihnen die Erlösung bevorsteht! Statt dessen treiben Sie sie in die Sklaverei.«

»Viele halten die Erlösung für Sklaverei. Sie wollen um jeden Preis frei sein. Auch das ist vorhergesagt.« Gilray fixierte die Pistole, dann wandte er sich ab und nahm eines der Gläser auf. »Selbst wenn Sie mich töten, George, Sie können nicht aufhalten, was einmal in Gang gesetzt ist. Sie sind am Ende ihrer Kräfte. Sie sind krank. Stecken Sie die Waffe fort, und trinken wir einen Schluck. Hier, nehmen Sie. Ich gieße mir neu ein.«

George *war* am Ende seiner Kräfte. Er konnte einen Schluck vertragen. Er blickte auf Lucy hinunter, die immer noch bewußtlos am Boden lag, und seine Wut wuchs. Eben jetzt kreischten die Schiffe der Aliens durch die Ionosphäre. Die Hüllen erhitzten sich. Und die Invasoren dahinter wechselten ihre Gestalt. Onkel Charlie, die hübsche Schwester Sue. Das war nicht der Augenblick zum Trinken. »Nichts zu machen«, sagte er zu Gilray. Er winkte mit dem Lauf der Pistole. »Setzen Sie das Glas ab – aber langsam.«

Gilray setzte das Glas auf die Armlehne des Stuhls. »Nehmen wir einmal an, Sie haben recht«, sagte er. »Nehmen wir an, diese Engel, die heute nacht kommen …«

»Es sind keine Engel«, sagte George. »Es sind Aliens. Und sie kommen nicht erst diese Nacht, sie sind schon seit Monaten hier, um uns zu unterwandern und Chaos zu stiften. Ich könnte ihnen einen *sol-*

chen Stapel von Vorfällen zeigen, bei denen Menschen zu Schaden kamen. Sie haben ihren Job verloren, ihre Ehe ging kaputt, haben sich umgebracht, und immer wegen dieses Außerirdischen. Er hat seine Nummer abgezogen, ohne Rücksicht auf Verluste.«

»Das hat Jesus auch getan.«

»Keine faulen Tricks. Ich rede hier von tragischen Schicksalen, zerstörten Existenzen.«

»Und wie machen die das?«

»Keine Ahnung. Sie sind unvorstellbar mächtig. Sie müssen einen Gruppenverstand haben, beliebige Gestalt annehmen können, und sie müssen Telepathen sein.«

Gilray lächelte. »Klingt ziemlich unwahrscheinlich. Aber gesetzt den Fall, diese Superwesen existieren wirklich. Gesetzt den Fall, sie mischen sich tatsächlich in unsere Angelegenheiten. Warum müssen sie unbedingt von dem Wunsch beseelt sein, die Erde zu übernehmen? Sie könnten ebensogut Engel sein, von Gott geschickt, um unsere Seelen zu retten.«

»Terroristen sind sie.«

»Vielleicht Gottes Terroristen.«

»Es sind Wesen zum Anfassen – Aliens.«

»Aliens, Engel – was soll die Wortklauberei? Nennen wir sie Prigogine'sche Agenten[1].«

George wurde mißtrauisch. »Was für Agenten?«

»Nicht so begriffsstutzig, mein Lieber. Stellen Sie sich eine instabile Gesellschaft vor. Stellen Sie sich diese Gesellschaft als ein thermodynamisches System vor. Vielleicht war es bei geringerem Input in der Lage, die hereinkommende Energie gleichmäßig zu verteilen. Aber die dynamische Beanspruchung hat

---

1 *Ilya Prigogine*, geboren 1917 in Moskau, Professor für Chemie in Brüssel und an der University of Texas in Austin, Nobelpreis für Chemie 1977, entwickelte eine nichtlineare Thermodynamik, die u. a. auch auf soziologische Systeme anwendbar sein soll.

zugenommen, der Energie-Input hat sich verdoppelt, verdreifacht. Teilsysteme brechen zusammen, oder neue werden geschaffen, die aus dem Rahmen fallen. Positive Feedback-Schleifen, die sich aufblähen wie ein schlechtes Computer-Programm. Das ganze System schaukelt am Rand des Zusammenbruchs. *Aber* wir wissen, daß ein neuer Energiestoß bevorsteht; wir können ihn nicht vermeiden.«

Gilrays schwarze Kleidung paßte eher zu einem Spion. George ließ die Pistole nicht sinken. *Die UFO-Flotte kreuzt die Ostküste und nimmt Kurs auf Zion. Die Agenten der Vorausabteilung sind überall.* »In so einer Situation gibt es nur zwei Möglichkeiten«, sagte Gilray. »Die eine: Maximale Entropie. Das System kollabiert. Die totale Katastrophe. *Aber* es könnte auch so kommen: Neuorganisation. Ein jäher Umschlag. Die alten Verhältnisse werden in einer abrupten Zustandsänderung hinweggefegt und eine neue Struktur kristallisiert.«

»Hab ich schon von gehört«, sagte George.

»Die Gute Nachricht spricht sich rum«, sagte Gilray. »Fragt sich nur noch, was ist wahrscheinlicher, der Kollaps oder die Neuorganisation? Hängt ganz davon ab.«

»Wovon?« George schwirrte der Kopf.

»Angenommen, man bringt ein Reagens ins Spiel«, sagte Gilray. »Dieses Reagens begünstigt entweder das Chaos oder die Neustrukturierung.«

»Ein Reagens?« Beliebige Gestalt annehmen. Unvorstellbar mächtig.

»Ein Reagens. Es bewirkt eine Reaktion. Die Reaktion macht aus dem einen Organisationsmuster ein anderes. Wie ein Virus. Es infiziert das alte System, greift die individuellen Zellen an, legt gleichsam eine neue Schablone darüber ...«

Mit einem Mal wußte George, was er versäumt

hatte. Nachzusehen nämlich, wo sein Schuß eingeschlagen war. Er schob Gilray beiseite und suchte die Wand ab. Kein Einschlag.

Er hatte ihn also getroffen, und Gilray hatte nicht einmal mit der Wimper gezuckt. Kein Blutfleck. Nichts.

»*Sie* sind ein Alien«, sagte George.

Dabei glich der Mann dem Reverend aufs Haar. »Ja, Sie haben recht«, sagte er.

George war, als habe plötzlich jemand die Tür aufgerissen, gegen die er anrannte. »Sie … Sie haben diesen Kreuzzug nur inszeniert, um uns zu vernichten?«

»Nein. Das war der richtige Reverend. Ich springe nur für ihn ein – hier und jetzt. Der richtige Reverend wurde aufgehalten.«

»Wie? Warum?«

»Stellen Sie sich ein Geschöpf mit einem Gruppenverstand vor, das beliebige Gestalt annehmen kann, und das ein Telepath ist.«

George klammerte sich an die nutzlose Waffe. »Ist das ein Spiel? Wenn ihr so mächtig seid, können wir gleich die Flinte ins Korn werfen. Warum macht ihr nicht kurzen Prozeß mit uns?«

»Muß der Schüler aufgeben, weil der Lehrer mehr weiß? Das Kind, weil die Eltern mehr Erfahrung haben? Oder besser noch: soll ein Vogel das Fliegen lassen, nur weil es die Schwerkraft gibt?«

»Die Schwerkraft ist keine Person. Sie kommt nicht daher und zermanscht Lebewesen.«

»Fragen Sie den Mann, der vom Felsen stürzt. Den Falken im Flug.«

George hatte Mühe, nicht schlappzumachen. »Soll das heißen, ihr seid eine Naturkraft?«

Der Außerirdische zeigte auf das Weinglas. »Trinken Sie, George. Die Suche nach der Wahrheit macht durstig. Sie sind ihr seit Monaten auf der Spur. Sie haben sich einen Schluck Wein verdient.«

George legte die Waffe aufs Bett. »Bitte. Ich bin Ihnen wehrlos ausgeliefert. Beantworten Sie meine Frage.«

»Ich bin gehalten, Ihnen alle Fragen zu beantworten«, sagte der Außerirdische. Sein Lächeln war so glatt wie eine gut maskierte Lüge. »... wenn ich damit einer Zustandsänderung dienen kann. Nehmen Sie zum Beispiel Lucy«, sagte er und deutete auf die bewußtlos Daliegende. »Ihr Leib ist ein System. Es stand unter Stress. Allein das Leben ist schon Stress genug, aber es gibt noch anderen Stress. Vergewaltigung. Gefangenschaft. Angst. Wut. Ein Schuß, der sich direkt neben dem Ohr löst. Kann man wissen, wie das System reagiert? Es kann kollabieren – das nennt man Tod. Es kann sich auch unter dem Einfluß des Han-Virus reorganisieren. Nur, daß es danach ein anderes System ist.«

George hatte Lucy ganz vergessen. Er sah auf sie hinab – und sah, daß sie nicht mehr atmete.

Nach allem, was passiert war, hätte er sich einen solchen Ruck nicht mehr zugetraut. Es war, als habe ihm jemand ins Rückgrat getreten und einen seit langem ausgerenkten Wirbel eingerenkt. Er fiel neben ihr auf die Knie. Er legte die Finger an ihren Hals. Kein Puls. Wie lange schon?

Er nahm die Hände überkreuz und begann mit der Herzmassage. Er hatte so wenig Kraft. Er sah nach oben. Der Außerirdische stand da und sah zu. »Helfen Sie mir!« keuchte George.

»Der Herr hilft denen, die sich selbst helfen.«

George hob Lucys Kopf an, bog ihn zurück und öffnete ihr den Mund. Er hielt ihr die Nase zu, stülpte seinen Mund über ihre Lippen und blies. Ihre Brust hob sich. Ihr Mund schmeckte nach Wein. Er blies noch einmal, dann ging er wieder an die Herzmassage. Er pumpte fünfzehnmal, dann wieder zwei Atemspenden.

»Ich muß jetzt gehen«, sagte der Außerirdische. »Es hat Spaß gemacht, sich mit Ihnen zu unterhalten.«

»Warten Sie!« ächzte George. Elf, zwölf. »Ich muß noch wissen ...« – dreizehn, vierzehn –, »warum Sie hier waren!« Fünfzehn. Er beugte sich wieder über ihren Mund, blies so kräftig, wie er konnte, einmal, zweimal.

»Ich kann mich nicht mit Ihnen unterhalten, solange Sie Ihre Zeit vergeuden«, sagte der Außerirdische. »Kommen Sie mit.«

George hielt die Finger an Lucys Hals. Kein Puls. »Ich kann nicht«, sagte er.

»George, wir besitzen die Antworten auf alle großen Fragen. Wir schenken Ihnen das Universum.«

George begann wieder mit der Herzmassage. »Schert euch zum Teufel!«

Der Außerirdische wandte sich wortlos ab und ging.

George fuhr noch ein paar Minuten lang fort, Lucy im Rhythmus 15:2 wiederzubeleben. Vergeblich. Verzweiflung übermannte ihn. Er hatte nicht aufgepaßt. Ein letztes, entscheidendes Mal hatte er sie aus den Augen verloren. Er stieß sich auf die Füße, schwankte, dann stürzte er aus dem Zimmer. Hatte Levine nicht ein Lazarett erwähnt? Er löste Feueralarm aus und stürmte den Korridor hinunter. »Hilfe! Hilfe!« schrie er. Das ganze Gebäude schien zu schrillen. Es war menschenleer. Die Uhr im Vestibül zeigte 12:15. Das Millennium hatte begonnen.

Er stürzte um eine Ecke. Eine offene ... Türe zu einem weißen Raum. Es roch nach Desinfektionsmitteln. Drinnen auf einem Feldbett lag Levine, vom Schlüsselbein bis zum Mund in Gips. George fand einen Erste-Hilfe-Kasten und stürzte damit zurück in den Korridor. Im Schlafzimmer des Reverend riß er den Kasten auf, fand die aufgezogene SOD-Spritze, tastete nach Lucys Halsschlagader und führte die Nadel ein. Er nahm wieder Herzmassage und Beatmung auf, um das Medikament in ihr Gehirn zu pumpen.

Es schienen Stunden vergangen zu sein, als ein blonder, bärtiger Mann im Flanellhemd dazukam. Er kniete sich neben Lucy. »Bringen wir sie ins Lazarett«, sagte er. »Nehmen Sie die Arme.« Zusammen schleiften sie sie den Korridor hinunter. Derweil George sie aus dem Kleid befreite, rollte der Mann einen Defibrillator heran. Er bewegte sich mit stiller, professioneller Kompetenz und dirigierte George mit knappen Befehlen. Beim dritten Stromstoß begann Lucys Herz wieder zu schlagen. »Glück gehabt«, murmelte der Mann. Er verabreichte ihr eine Reihe von Injektionen, stöpselte Schläuche in Armadern an und verband sie mit einem anderen Apparat. Er untersuchte die Schwellung an ihrer Schläfe, dann holte er eine sehr lange Kanüle. »Wir brauchen eine Probe von ihrem Nervengewebe«, sagte er. »Wer sind Sie eigentlich?«

»Ihr Mann«, sagte George.

»Hoffentlich keiner von diesen religiösen Wirrköpfen.«

»Nein, keine Sorge.«

»Gott sei Dank.«

George konzentrierte sich darauf zu tun, was der Mann ihm auftrug. Die Welt ringsum versank, bis es nur noch Lucy gab. Sie erschien ihm so zerbrechlich, ihre Chance zu überleben so gering. Ihr Gesicht war ausdruckslos. Er hatte sie daliegen und sterben lassen, einen Schrittweit entfernt.

Der Arzt, er hieß Vance, schloß Lucy an einen Respirator an. Er hatte festgestellt, daß sie auf Einstiche reagierte, und daß die Iris sich je nach Lichteinfall verengte und weitete; aber er konnte nicht sagen, ob

Lucy je wieder zu Bewußtsein kam; und falls sie wieder zu sich kam, wie sehr ihr Hirn gelitten hatte.

George saß an ihrem Bett und beobachtete sie. Vance analysierte die Gewebeprobe.

Nach einer Weile trieben ihn seine Gewissensbisse aus dem Lazarett ins Vestibül. Es schneite. Er trat ins Freie. In der Ferne Geräusche des Aufruhrs am Landeplatz. Noch kein Gottesschiff. Keine Fliegenden Untertassen, die in triumphaler Formation über den Himmel zogen, keine Erzengel in glitzernden Raumanzügen. Nichts Ungewöhnliches.

Schwere weiße Flocken kamen aus dem Nichts in die grellen Scheinwerfer gewirbelt, die die Christusstatue illuminierten; der Schnee sammelte sich auf Kopf und Schultern der Statue. George starrte ihr in den Rücken. Aus dieser Perspektive sah man Christus nicht oft. Hätte Christus dagehangen, ans Kreuz genagelt auf Golgatha, hätte es nicht nur die Trauernden am Fuß des Kreuzes gegeben, sondern auch die Unbeteiligten und Neugierigen am Fuß des Hügels hinter dem Kreuz. Vielleicht waren sie nachts vorbeigekommen, hatten die Fackeln gesehen und die langen, unruhigen Schatten. Hatten sie geahnt, daß da oben ein Zeitalter zu Ende ging und ein neues begann? Hatten sie geahnt, daß sich an diesem Kreuz die Geister scheiden würden? Daß wegen dieses Mannes Millionen anders leben und sterben würden? Hatte der Kamelhändler, der in der palästinischen Nacht vorbeiritt, den Wandel gespürt?

Wahrscheinlich nicht. Wahrscheinlich hatten ihn ganz andere Dinge bewegt. Die Menschen hatten weitergelebt, als sei nichts geschehen. Und von dem, was geschah, hatten sie weder die Ursachen noch die Folgen begriffen. Zum ersten Mal in seinem Leben verstand George, daß es wichtigere Dinge gab als das Ende der Welt. Es kam darauf an, wo man stand.

Es war kalt. Er ging ins Lazarett zurück und beobachtete Lucy. Der Respirator surrte. Ihr Zustand war unverändert. Rastlos, wie er war, kehrte er in die Wohnung des Reverend zurück. Sein ganzer Zorn war verflogen. Er war todmüde. Das Zimmer war noch so, wie sie es verlassen hatten: die Pistole lag auf dem Bett, Lucys Schuhe lagen vorne unter Gilrays Arbeitstisch, auf dem Tablett neben dem Computer stand eine Flasche Wein. Pinot Noir – kein besonderer Jahrgang. Die Ecken des Zimmers pulsierten: jeder Gegenstand sah unsäglich fremd aus, als sei er eigens für ihn geschaffen worden, nur um wieder zu verschwinden, sobald er ihm den Rücken kehrte. Erschöpft ließ er sich in den Stuhl fallen. Wie durch ein Wunder überlebte das Glas Wein, das der Außerirdische auf die Armlehne gesetzt hatte. Er nahm es, lehnte sich zurück und trank es in einem Zug leer.

Der Wein schmeckte wie Ambrosia. Das war genau das, was er jetzt brauchte.

APRIL

Und wer weiß, was noch für Maskeraden kommen werden.

– HERMAN MELVILLE,
Maskeraden oder
Vertrauen gegen Vertrauen[1]

1 ›The Confidence-Man. His Masquerade‹ von *Herman Melville* (1819–1891) / zitiert aus der Übersetzung von Christa Schuenke: ›Maskeraden oder Vertrauen gegen Vertrauen‹ (früher: ›Ein sehr vertrauenswürdiger Herr‹), Verlag Sammlung Dietrich, 1991, Seite 418. – Eine Satire auf die Leichtgläubigkeit und Schwäche nicht nur der amerikanischen Gesellschaft.

39

SAMSTAG, 15. APRIL

Ein Leck in der Hypothese

Ein paar Dinge änderten sich nicht. April war immer noch April. Am Morgen standen die Bäume immer noch stumm und still da wie die Säulen einer leeren Kathedrale, und die Frühnebel lagen ihnen zu Füßen. Das Gras sproß immer noch blindlings aus dem Boden, ohne zu wissen, daß es das bereits seit unsäglichen Zeiten tat, und die Spottdrosseln riefen immer noch draußen vor dem Fenster und weckten den Schläfer mit ihrem schönen und unerschöpflichen Gesang. Samstagmorgens fiel es Lucy noch genauso schwer aufzustehen. Wie früher war George dann bereits auf den Beinen.

Das Essen war nach wie vor ein Problem und die Arbeit nach wie vor unvermeidlich. Aber das Problem an sich und die Arbeit hatten sich geändert. Lucy war genaugenommen keine Anwältin mehr. Es gab keine Anwälte mehr – zumindest nicht so, wie es zuvor Anwälte gegeben hatte. Luz hatte recht gehabt. Die Gesetzesbücher waren sinnlos. Lucy konnte zwar darin lesen, doch es dauerte gar nicht lange, dann verlor sie den Faden, denn die Worte erklommen Pyramiden der Abstraktion, bis die Luft so dünn wurde, daß Lucy schwindlig wurde. Selbst die Passagen, die sie verstand, erschienen ihr unnötig kompliziert.

Anstatt also Anwältin zu sein, arbeitete Lucy mit

ein paar anderen Leuten in einem großen Gebäude in der Innenstadt, in dem früher die Finanzverwaltung residiert hatte, und versuchte herauszufinden, wie man die Dinge organisieren mußte, damit die Menschen zu essen und einen Platz zum Schlafen hatten. Lucy führte keine offizielle Amtsbezeichnung, doch wenn man sie aufgefordert hätte, eine zu erfinden, sie hätte vermutlich ›Vermittlerin‹ oder ›Diplomatin‹ vorgeschlagen. Das Militär hatte mit der Asiatischen Wirtschaftsgemeinschaft eine Regelung getroffen, um die wirtschaftliche Unabhängigkeit der Region zu sichern. Die Staatsregierung von *North Carolina* etablierte sich woanders, und innerhalb der Triangle-Region herrschte ein kreatives Tohuwabohu. Lucy brachte die meiste Zeit damit zu, zwischen den einzelnen Interessengruppen zu vermitteln, die sich im Kielwasser des Zusammenbruchs befehdet hatten: als da waren die religiösen Splittergruppen, die sich im Stich gelassen fühlten nach Reverend Gilrays Abgang, die Nachbarbezirke, die zurückkehrenden Säkularisten, die Grünen, verschiedene Amtsleiter von Zivilbehörden, Uncle Sam und sein Gefolge, die multinationalen Unternehmen, die Universitäten, die Farmer, die Alten, die internationalen Hilfsorganisationen, Dr. Vance und seine Hospizgenossenschaft.

Tatsächlich wollten die Menschen sich gar nicht befehden, oder sie waren es einfach leid. Im Januar, als das Ende ausblieb, hatten sich die Dinge zugespitzt. Der Reverend, unerschrocken, was seine fehlgeschlagenen Prophezeiungen betraf, hatte die Kontrolle über die Region verloren und sich nach Haiti abgesetzt. Im Fernsehen predigte er über das aufgeschobene Millennium und warnte alle Welt vor *Frauen aus der Hölle.* Viele Menschen waren desillusioniert, viele wütend. Und die kamen zumindest ins Grübeln.

Samstags war Gartenarbeit angesagt. Lucy kämpfte sich aus dem Bett. Die Regale im Bad lagen voller kaputter Uhren aus der Sammlung des alten Mr. Howard, darunter nicht eine einzige, die noch funktionierte. Lucy wußte trotzdem, daß es schon spät war. Sie zapfte ein paarmal Wasser, um sich das Gesicht zu waschen, und brachte das kostbare Naß anschließend nach draußen zur Abwassertonne. Ihr Haar wuchs gleichmäßiger nach als das von George seinerzeit. Sie hielt es kurz. Sie streifte ein altes Sweatshirt über, stieg in die Bluejeans und aß eine Handvoll von dem allgegenwärtigen braunen Reis, den die UN für die Multis bereitstellte. George und die anderen waren schon fort. Sie machte sich auf den Weg. Den Garten hatten sie in diesem Block angelegt, hinter zwei ausgebrannten Häusern. George, Mr. Howard und Pam Scully waren dabei, die letzten Tomaten und Bohnen zu pflanzen. Rudy Karamajian war nicht da. Lucy ging in den Autoschuppen, den sie als Lager benutzten, kam mit einem Spaten heraus und begann im abgesteckten Kartoffelbeet die Erde umzugraben. Nicht lange, und George gesellte sich zu ihr.

»Guten Morgen«, sagte er.

»Ich hab verschlafen«, sagte sie. »Warum hast du mich nicht geweckt?«

»Ich hab gesagt, du wärst erschöpft. Wir haben abgestimmt. 3 zu 1 für Schlafenlassen.« George setzte seinen Spaten ins Erdreich, setzte den Fuß auf und legte sein Gewicht vor. Die Lederfalten der Arbeitsschuhe waren gebrochen. Die Umschläge der Khakihose schlackerten um die Knöchel. Er folgte Lucy und grub hinter ihr die nächste Reihe um. Sie arbeiteten methodisch. Georges Gesicht lief rot an, er schnaufte. Lucy richtete es so ein, daß sie nicht schneller vorankam als er. Sie roch ihren Schweiß und spürte, wie sich ihre Muskeln dehnten. Sie dachte nicht nach und tat ihre Arbeit, sie begann im Rhythmus der Arbeit ein Lied zu summen.

Kurz darauf begann George leise die Worte zu singen:

I know an old woman
Who swallowed a fly
I don't know why
She swallowed a fly
Perhaps she'll die.

I know an old woman
Who swallowed a spider
That wriggled and jiggled and tickled inside her

She swallowed the spider
to catch the fly
I don't know why
She swallowed the fly
Perhaps she'll die ...[1]

Und so weiter und so fort. Lucy erinnerte sich: Grundschule, zweite Klasse, Mrs. Hadge. Lucy hatte mit den Holzstäben den Rhythmus geschlagen. »Das

---

1 Versuch einer Adaption:

Ich kenn eine alte Lady,
Die verschlang eine Fliege.
Ich weiß nicht, wieso
Sie die Fliege verschlang.
Kann sein, die Lady stirbt dran.

Ich kenn eine alte Lady,
Die verschlang eine Spinne,
Die kribbelte und krabbelte und kitzelte da drinne.

Sie verschlang die Spinne,
damit sie die Fliege finge.
Ich weiß nicht, wieso sie
Die Fliege verschlang.
Kann sein, die Lady stirbt dran.

muß ein altes Lied sein«, sagte sie. »Wo wir es beide kennen.«

»Da hast du recht«, sagte er.

Sein Singsang frischte ihr Gedächtnis auf, und bald sang sie mit. Ein ums andere Mal stachen sie in die Erde und warfen sie um. Die Arbeit wurde eine Art Ballett. Lucy ließ sich von dem Lied vorantragen, und die Gegenwart dehnte sich aus und legte sich wie ein munterer Teppich über Zukunft und Vergangenheit. Sie arbeiteten. Die Sonne stieg höher. Lucy kicherte. Sie war außer Atem. George auch. Bald hatten sie mehr als die Hälfte des Beets umgegraben. Sie stützten sich auf die Spaten, legten eine Pause ein. Lucys Hände waren wund und brannten, doch aus den Blasen vom Vormonat waren Schwielen geworden. Pam kam mit einer Kanne Tee; sie setzten sich in den Schatten einer Eiche und tranken.

Rudy tauchte mit einem Sack Saatkartoffeln auf, und derweil Pam die Knollen so in Stücke schnitt, daß jede mindestens ein Auge hatte, setzten die anderen sie in die Erde. Lucy und Mr. Howard gruben weiter um. Er war vor der Wende Programmierer gewesen, hatte sie alle bei sich aufgenommen und war, was die Wohngemeinschaft betraf, der leibhaftige Parallelprozessor. Wobei Lucy sich nicht sicher war, was genau ein Parallelprozessor war. Wenig später erinnerte Rudy an die Arbeit, die zu Hause auf George wartete. George gab Lucy einen Abschiedskuß und ging. Seine Lippen schmeckten salzig.

Ehe sie sich's versah, war es Mittag. Sie brachten ihr Handwerkzeug in den Schuppen und machten sich auf den Heimweg. Lucy genoß das Gefühl, wenn der Schweiß eintrocknete. Die Frühlingsbrise war kühl. Sie war richtig hungrig. Nach dem Waschen ging sie in die Werkstatt, wo George arbeitete. Tische voller kaputter Radios, Fernsehgeräte und Telefonapparate. Stapelweise *National Geographics.* Ein Rasensprenger. Gut zehn Meter Gartenschlauch. Ein reparierter Umdrucker. Unter dem Fenster ein Regal mit Sämlingen. Poster von Krischnamurti[1] und Da Vinci. Flaschen mit selbstgebrautem Bier. George saß vor dem Computer und feilte an einem Plädoyer für den Nachrichtensender des Comandante. Derweil er nach einer offenen Telefonverbindung fahndete, lauschte er einem der wenigen noch intakten Radios. Ein Baseballspiel. Ein paar Dinge hatten sich nicht verändert. Die *Red Sox* hatten versprochen, ihren schwarzen September nicht auf die neue Saison abfärben zu lassen und verloren prompt die ersten sieben Spiele. George war immer noch auf solche Pechsträhnen fixiert.

»Was macht die Arbeit?« fragte sie.

Er sah auf. »Heiße Sache«, sagte er. »Wir wollen eine neue Reihe starten. Jede Woche senden wir Software, mit der man den Nachrichtendienst einer anderen Regierung knacken kann.«

»Könnt ihr das?«

»Ich weiß nicht. Der Comandante meint, die Regierungen hätten zuviel Dreck am Stecken, um einseitig vorzugehen, und wären zu mißtrauisch, um gemeinsame Sache zu machen. Die Multis werden sich freuen.«

George gab seinen Text durch. Im Januar hatte Comandante Jesus sein Geheimnis gelüftet; der Name stand für ein Syndikat von Medien-Hackern, das von einem Burschen namens Sid Wasserman in Toledo ge-

---

1 *Jiddu Krischnamurti* (1895–1986), indischer Theosoph, erzogen in England von der Theosophin Annie Besant, die ihn 1925 zum Messias erklärt und den ›Weltorden des Sterns im Osten‹ (*The World Order of the Star in the East*) gründet; er lehnt später diese Rolle ab, löst den Orden auf und reist durch die Welt und lehrt eine Lebens- und Denkungsart, die nicht durch Nationalität, Rasse und Religion eingeengt wird. Er gründet die *Krischnamurti-Stiftung* und schreibt mehrere philosophische und religiöse Bücher.

führt wurde. Die Verlautbarung war aus Reykjavik gekommen, wo Wasserman die nötige Rückendekkung gefunden hatte, um aus dem illegalen Netz einen neuen Multimedia-Info-Service zu machen. Er hatte ihn *Absolute Truth* getauft. Die isländischen Sozialisten hatten ihm Asyl gewährt, und das, obwohl die Vereinigten Staaten, Japan, die Sowjetunion und Frankreich vor Wut geschäumt hatten. George hielt das Projekt für eine großartige Idee. Kaum war er wieder bei Kräften gewesen, hatte er sich als Korrespondent beworben.

»Wie wär's mit ein paar Kohlehydraten?« fragte Lucy.

»Mittagessen?« George lauschte dem Wort, als sei es eine Zauberformel, die hungrig machte. »Warum nicht.«

Sie gingen in die Küche und gesellten sich zu Pam, Rudy und Mr. Howard. Es gab Vollkornbrot mit Erdnußbutter. Zum Nachtisch aßen alle von der Apfelsine, die man Lucy und George zum Hochzeitstag geschenkt hatte. Das Gespräch drehte sich um den Comandante.

»Wißt ihr«, sagte George, »es ist noch gar nicht lange her, da hätte ich Stein und Bein geschworen, daß da mehr dahintersteckt als irgend so ein Hacker.«

»Wer weiß«, sagte Pam. »Vielleicht steckt ja dein Außerirdischer dahinter.« Seit sie von Georges Theorien gehört hatte, zog sie ihn damit auf.

»Nein«, sagte George. »Sid Wasserman ist einer von uns. Man kann nicht alles den Aliens in die Schuhe schieben.«

»Gebt uns Hackern eine Chance, Pam«, sagte Mr. Howard.

»Ich hab mit einer Invasion aus dem All gerechnet«, sagte George, »und der Reverend mit Jesus Christus. Wir lagen beide falsch.«

»Als ich die Grippe hatte«, sagte Lucy, »hast du mir da nicht eine Geschichte erzählt, von wegen der Reverend sei ein Alien?«

»Nein, der Reverend ist einer von uns, genau wie Wasserman. Ja, ich hab mit jemandem gesprochen, der so aussah wie der Reverend, aber das war anders. Ob das aber ein Alien war oder nicht, spielt keine Rolle. Was er getan hat, zählt.«

»Was hat er denn getan?« fragte Rudy.

»Mir die Augen geöffnet. Dafür gesorgt, daß ich mich um Lucy kümmere.«

Lucy beobachtete Georges Gesicht. Er sah inzwischen wieder etwas voller aus, doch der alte Bär hatte sich verabschiedet. George war nach Neujahr so krank geworden, daß es eine Zeitlang ausgesehen hatte, als würde er wieder sterben. Trotzdem hatte er sich nach ihrer Wiedererweckung rührend um sie gekümmert. Bestimmt hatte er sie angesteckt. Grippe-Epidemie hatte es geheißen. Lucy hatte eins und eins zusammengezählt. Bevor sie gestorben war, hatte sie versucht, die Verbreitung des Virus zu verhindern, doch irgendwie war er trotzdem unter die Leute gekommen.

Sie erinnerte sich, wie sie im Lazarett aufgewacht war. Sie hatte an die Decke gestarrt und war überzeugt gewesen, im Jenseits zu sein. Nur George hatte nicht dazu gepaßt. Er hatte geduldig am Fenster gesessen und gewartet. Seine Augen lagen tief, und seine Stirn war naß – zu der Zeit mußte er schon die ersten Symptome gespürt haben. Er kam an ihr Bett, beugte sich über sie und gab ihr einen Kuß auf die Stirn. »Es tut mir so leid«, hatte er gesagt. »Ich werde dich nie mehr allein lassen.«

Sie hatte nur eine Erklärung gehabt: George mußte es irgendwie fertiggebracht haben, mit ihr in diese neue, jenseitige Welt zu kommen. Sie hatte das Jüngste Gericht erwartet. Lohn und Strafe. Bestimmt hatte sie viel getan, was Bestrafung erforderte, und das eine oder andere, was Belohnung verdiente.

Statt dessen lebte sie wieder und hauste mit George und den anderen in Mr. Howards Rumpelkammer. George hatte verstanden, was sie durchmachte. Er hatte nicht locker gelassen. Die Realität zu leugnen, sei eine Flucht, hatte er gesagt. Vertraue auf deine Sinne, hatte er gesagt. Und sie hatte auf ihn gehört. Was für eine Entdeckung! Es gab körperliche Arbeit, Luft zum Atmen, Nahrung, Musik, Geschichten. Alles war irgendwie greifbarer als früher. Wie hatte sie nur die Wirklichkeit der Dinge übersehen können? Arbeit, Sex, Wetter, Tiere, Nahrung. Jetzt waren ihre Tage angefüllt damit. Auch wenn sie den Dingen nicht mehr so logisch nachgehen konnte, wie sie das früher getan hatte, so stellte sich die Lösung eines Problems nicht selten von selbst ein, schlicht und einfach oder verwirrend wie ein Jazz-Solo, hübsch wie das Muster auf einer Bettdecke oder verästelt wie das Geäder eines Blattes.

Nach dem Essen gingen Pam und Rudy zum Park. Mr. Howard ging zu seinem Freund Dillard Stamp, bei dem er übernachten wollte. George legte sich schlafen. Zum ersten Mal seit Wochen hatte Lucy einen Nachmittag für sich allein. Es gab keine Arbeit. Das machte sie nervös. Sie versuchte, in einem Buch zu lesen, konnte sich aber nicht konzentrieren. Am Himmel zogen Wolken auf, die Wolkendecke schloß sich, es sah nach Regen aus. Sie schaltete das Fernsehen ein und schipperte durch die Kanäle. Die Epidemie wütete weltweit. Viele starben. In Nordamerika schien das Schlimmste überstanden, doch überall sonst waren Gesundheitsämter und Krankenhäuser restlos überfordert. Nach Wirsen, einem schwedischen Hirnspezialisten, rief der sogenannte Grippe-

Virus subtile neurologische Veränderungen hervor. Unglücklicherweise hatte sich der Schwede die Krankheit selbst zugezogen, und seine Kollegen sahen sich außerstande, seine Erkenntnisse zu bestätigen. Lucy konnte nur hoffen, daß Luz noch am Leben war und die Frucht vom Baum ihrer eigenen Erkenntnis genießen konnte – auch wenn diese einen bitteren Beigeschmack hatte.

Gegen fünf Uhr läutete es an der Haustür. George schlief noch, und sonst war niemand im Haus. Als Lucy aufmachte, prallte sie zurück. Vor ihr stand Richard.

Noch im selben Augenblick gewahrte sie, daß es nicht Richard war: es war jemand, der sich einer kosmetischen Operation unterzogen hatte, um wie Richard auszusehen. Das Ergebnis war nicht perfekt. Haar und Haut stimmten, auch die Augen, aber sein Unterkiefer war zu breit, und der Mann hielt sich völlig falsch. Richards egomanischen Charme zu kopieren, war bestimmt nicht leicht. Und höchst überflüssig.

Der Mann hielt ein hausgemachtes Pamphlet hoch. »Mein Name ist Richard Shrike«, hob er an.

»Nein, Sie lügen.«

Der Mann versuchte es noch einmal. »In mir wohnt die wiedergeborene Seele des unlängst von uns gegangenen Propheten Richard Shrike …«

»Auch das ist gelogen«, sagte Lucy, doch Augen und Stimme erinnerten so sehr an Richard, daß sie wankelmütig wurde.

»Ich wurde umstrukturiert, und zwar mit Hilfe eines echten DNS-Fragments von Richard Shrike …«

»Richard ist tot«, sagte sie.

»Hauptsache, das Wochenende ist nicht verregnet«, sagte der Mann. »Der Tod ist bloß ein genetischer Unfall.«

Das war Richards Art zu reden. Lucy umklammerte den Türknauf.

»Ich vertrete die *Church of the New Age.* Sie haben noch nicht gehört von uns?«

»Nein.«

»Wir glauben«, sagte er, »daß das Millennium begonnen hat, aber es hat bei jedem Einzelnen begonnen. Wir glauben, daß sich die Agenten Gottes, die Außerirdischen, im Laufe der letzten Jahre mit jedem von uns befaßt haben, daß sie jeden Einzelnen beurteilt und gerichtet haben. Daß alles, was geschehen ist, von Gott so geplant war ...«

Wie der Mann von Zynismus auf Ernst umgeschaltet hatte, zerstörte auf Anhieb Lucys Illusion. Sie war erleichtert. »Ich habe kein Interesse«, sagte sie.

»Das ist eine wichtige Botschaft.«

»Kann schon sein.«

»Die Außerirdischen sind immer noch unter uns. Sie regieren die Welt.«

»Das glaube ich nicht.«

»Wir haben Beweise.«

»Da müßte man sich unterhalten«, sagte Lucy. »Aber nicht heute.«

Der Mann starrte sie an, und der Zorn, aus dem sich sein Glaube speiste, wurde einen Moment lang sichtbar. Wer nicht zuhören wollte, war es nicht wert, daß man mit ihm redete. Er dankte und ging weiter, um an der nächsten Tür zu klingeln.

»Sie sehen ihm überhaupt nicht ähnlich«, rief sie ihm nach.

Der Mann blieb stehen und drehte sich um. Mit dem schwarzen Anzug und dem goldenen Hammer auf der Brust sah er aus wie ein mit Vergangenheit gefülltes Loch in der Gegenwart.

»Sie haben ihn gar nicht gekannt«, sagte sie.

»Ich habe ihn erlebt. Ich habe ihn in mir. Ich *bin* Richard Shrike.«

»Höchstens eine Kopie, und zwar eine ganz miserable.« Lucy schloß die Haustür.

George kam die Treppe herunter, er rieb sich die Augen. »Wer war das?« fragte er.

»Niemand«, sagte sie.

Abends vor dem Schlafengehen rieb George ihr den Rücken ein – inzwischen ein fester Bestandteil des neuen Lebens. Er goß sich die Lotion in die Hände, um sie vorzuwärmen. Durchs offene Fenster kam der Geruch der Bäume. George massierte und knetete die verhärteten Muskelstränge. Lucy schloß die Augen. Draußen braute sich das Unwetter zusammen. Heftige Böen. Donnergrollen. Auf dem Dach das Trommeln des Regens. Parterre ließen Pam und Rudy auf einem geretteten CD-Player *Die vier Jahreszeiten* laufen. Lucy lauschte dem leisen Rauschen von Georges Händen auf ihrem Rücken. Sie seufzte. Sie erinnerte sich, wie George vor einem Jahr dagelegen hatte in seinem Bett im Krankenhaus. Wie gereizt er sie aus den Augenwinkeln betrachtet hatte, wie jemand, der wußte, daß man ihm etwas verheimlichte, der aber seinen Argwohn versteckte. Sie hatte sein Begehren gespürt und die Angst. Wie er damals zusammengezuckt war, als sie ihn berührt hatte!

Jetzt war er es, der sie berührte. Und es gab nichts zu verbergen.

Sie rollte sich auf den Rücken und nahm ihn in die Arme, und sie liebten sich wortlos im Dunkel der Nacht. Danach fiel George in Schlaf, den Arm um ihre Taille geschlungen und den Bauch warm in ihr Kreuz gedrängt. Lucy lag wach und lauschte auf das Geräusch des Regens, der auf das Dach fiel und auf die jungen Blätter der Bäume draußen vor dem Fenster und unten am Boden auf die Blätter vom vergangenen Jahr. Wie sie so dalag, hatte sie eine Vision. Sie sah von hoch oben auf das Haus hinunter, wie aus einem Raumschiff, das über der Erde schwebte; das Haus war aus Glas. Alles darin hatte seine Struktur: jeder Mensch, all die defekten und intakten Apparate, Pflanzen, Möbel, Bücher. Sie sah den elektrischen Strom in den Wänden, das Licht, die Wärme und die Geräusche. Die Bits aus einer CD, die sich in Musik verwandelten. Die Buchstaben auf einem Fernsehschirm. Das Blut, das in den Körpern pulsierte. Und während sie zusah, dehnten sich die Strukturen in die Zukunft aus. Sie sah Jahre der Arbeit kommen. Erfolge und Fehlschläge. Fragen ohne Antworten. Unumkehrbaren Wandel.

Kühle Luft strich über ihre Wange. Sie zog die Decke höher. Sie spürte Georges regelmäßigen Atem im Nacken. Er murmelte in sich hinein: er träumte.

Auch hier und jetzt blieb nichts, wie es war. Sonst lag sie neben George und machte sich Sorge. Egal wie warm der Augenblick war oder wie zuverlässig sein Herz schlug, sie konnte nicht vergessen, daß Herzen irgendwann stillstanden und Augenblicke nie von Dauer waren, denn niemand lebte ewig. Jetzt begriff sie, daß dieser Augenblick die einzige Unsterblichkeit war, die sie und George je teilen würden, und sie war froh, diesen Augenblick zu haben, und mehr brauchte sie nicht.

Beim Schreiben dieses Buches fand ich unschätzbaren Aufschluß und ebensolche Inspiration in *The Savage God: A Study of Suicide* von A. Alvarez – *The Day the Future Changed* von James Burke – *The Pursuit of the Millennium* von Norman Cohn – in dem bemerkenswerten Buch *In Advance of the Landing: Folk Concepts of Outer Space* von Douglas Curran – in *War* von Gwynne Dyer – in *The Revelation of John,* Ausgabe von T. F. Glasson – in der provozierenden Schrift *Flying Saucers* von C. G. Jung – in *The Rapture* von Hal Lindsey – in *Futures – Human and Divine* von Ted Peters – in *The Man Who Mistook His Wife for a Hat* von Oliver Sacks – in *The Third Wave* von Alvin Toffler – in dem bizarren Buch *Close Encounters: A Better Explanation* von Clifford Wilson & John Weldon – und nicht zuletzt in *The Complete Books of Charles Fort.*

Besondere Erwähnung verdient der fesselnde und amüsante Überblick über chiliastische Bewegungen in *Antichrist and the Millennium* von E. R. Chamberlin. Wer sein Buch liest, wird verstehen, warum ich Chamberlin zu Dank verpflichtet bin und seiner Beschreibung der Ereignisse, die sich 1534/35 in der deutschen Stadt Münster[1] zutrugen.

Ich empfehle außerdem eine bemerkenswerte Zeitung namens *Weekly World News,* die man in den meisten (amerikanischen) Supermärkten bekommt.

---

1 **Pierers Konversations-Lexikon, Neunter Band, Stuttgart 1891:** 153-35 wurde M. durch die holländischen W i e d e r t ä u f e r heimgesucht, die den Schneider Bockold aus Leyden zum König erhoben u. in M. eine theokratische Pöbelherrschaft begründeten. 25/6 1535 bemächtigten sich die Bischöflichen wieder der Stadt u. die falschen Propheten wurden hingerichtet.